Hong Li Yuan

Die Tempelglocken von Shanghai

Hong Li Yuan

Die Tempelglocken von Shanghai

Roman

nymphenburger

Besuchen Sie Hong Li Yuan im Internet unter
www.tai-chi-chuan-qi-gong.de

und die nymphenburger unter
www.herbig.net

Redaktionelle Mitarbeit: Bettina Yuan
Schutzumschlaggestaltung: Wolfgang Heinzel
Schutzumschlagmotiv: Photonica, Hamburg
Satz: Uhl + Massopust, Aalen
Gesetzt aus 11,2/13,2 pt Adobe Garamond
Druck und Binden: Wiener Verlag, Himberg
Printed in Austria
ISBN 3-485-00901-6

上海的钟声

袁孔力

1

Am Tag meiner Geburt regnete es in Shanghai sehr stark.
An diesem Tag, Anfang Juni 1957, kam so viel Wasser vom Himmel, dass der Fluss über die Ufer trat und das Land überschwemmte. Meine Cousine, die acht Jahre älter ist als ich, fing zum ersten Mal in ihrem Leben einen Fisch, allerdings nicht im Fluss, sondern auf der Straße.
Vor unserem Haus bei der Bushaltestelle stand das Wasser einen halben Meter hoch und dort fand sie diesen großen Fisch. Sie freute sich so sehr über ihren Fang, dass sie bis heute jedes Jahr ein paar Mal davon erzählt.
Ich kam in einer Frauenklinik zur Welt, nach dem chinesischen Horoskop im Jahr des Hahns.
Es gibt zwölf Tierzeichen, jedes davon hat Vorteile und Nachteile. Die Vorteile des Hahns lauten: fleißig, klug und organisationstüchtig. Die Nachteile: angeberisch und nachlässig. Ob man mir die Vorteile zurechnen kann, weiß ich nicht genau. Ich stehe auf alle Fälle nicht gern so früh auf wie ein Hahn. Und was die Nachteile betrifft, lieber Leser, so musst du dir selbst einen Eindruck verschaffen.
Vielleicht bin ich zum falschen Zeitpunkt zur Welt gekommen. Bis einige Tage vor meiner Geburt musste meine Mutter mit mir zusammen noch an verschiedenen Sitzungen teilnehmen. Damals gab es eine große Bewegung zur »Verbesserung des Arbeitsstils«.
Man führte einen »Kampf gegen den Bürokratismus, Dogmatismus und das Sektierertum«.
Seit der Gründung der Volksrepublik China waren acht Jahre vergangen; für das chinesische Volk hatte sich das Leben in der Zeit vollkommen verändert. Zum ersten Mal herrschte in diesem Land ein sozialistisches System und die Menschen waren voller Hoffnung und Enthusiasmus, erfüllt von »himmelsstürmendem Elan«.

Gleichzeitig wuchs jedoch auch die Bürokratie und damit einhergehend gab es zunehmend Korruption und Machtmissbrauch auf allen Ebenen der Partei. Vor allem ein Mann war deswegen in großer Sorge, sein Name war Mao, Tse Tung, der Vorsitzende der kommunistischen Partei. Auf der chinesischen Machtpyramide saß er ganz oben. Er spürte die Gefahr für die Partei und konnte nicht dulden, dass seine eigenen Leute diese Pyramide von innen zerstörten. Nein, das konnte er nicht. Deswegen hatte er die »Bewegung zur Verbesserung des Arbeitsstils« gegründet. Er lud persönlich die bekanntesten Vertreter von Kultur, Wissenschaft und Politiker zu Gesprächen ein, forderte sie auf, ihre wirkliche Meinung über die kommunistische Partei zu sagen und ließ sie Verbesserungsvorschläge machen. Dann rief er im ganzen Land dazu auf, nach seinem Vorbild zu verfahren.
Plötzlich fanden in ganz China zahllose Sitzungen statt, in denen jeder frei seine Meinung äußern durfte. Auf allen Ebenen nahmen die jeweils führenden Vertreter der Partei teil. Meine Mutter war eine von ihnen. Sie saßen bescheiden in den Sitzungen, ein Notizbuch in der Hand, hörten genau zu und protokollierten jedes Wort. Es war das absolut erste Mal, dass eine machthabende Partei in China die Kritik der Bürger nicht nur duldete, sondern sie sogar dazu aufforderte. Deswegen waren die Leute am Anfang sehr vorsichtig mit ihren Äußerungen und brachten ihre Kritik nur freundlich und zaghaft vor.
Im Lauf der Zeit wurde ihr Mut jedoch größer, weil sie merkten, dass ihnen nichts geschah, egal was sie sagten. Und die Kritik wurde schärfer, weil viele Menschen schon lange Zeit voller Unmut die Missstände in der Politik beobachtet hatten. Vor allem diejenigen, die vor der Befreiung Kapital oder ein eigenes Geschäft besessen hatten, waren unzufrieden, denn sie hatten durch die Verstaatlichung ihren ganzen Besitz verloren. Sie wollten ihre Lage natürlich verändern und sagten ihre Meinung nun deutlich.
Meine Mutter, die Parteisekretärin bei einer Firma in Shanghai mit zweitausend Angestellten war, konnte das überhaupt nicht verstehen. Wie hätte sie das auch akzeptieren sollen? Sie stammte aus einer armen Familie und musste schon mit vierzehn Jahren vom Land nach Shanghai ziehen, um dort Arbeit zu suchen. In der Verpackungsabteilung hatte sie zwölf Stunden täglich unter schlechten Bedingungen gearbei-

tet: »Die Arbeitstische waren so hoch, dass ich mich auf einen Stuhl stellen musste; nie durfte ich längere Pausen machen, sonst hat die ›Number One‹ (der Kontrolleur der Fabrik) mich sofort beschimpft und geschlagen.« Das hat sie mir oft erzählt.

Eine Kollegin, die ungefähr zehn Jahre älter war als meine Mutter, kümmerte sich besonders um sie. Sie übernahm immer wieder Arbeiten, die eigentlich meine Mutter hätte erledigen müssen, und gab ihr oft vom eigenen Essen ab.

»Du bist noch jung, du musst gut auf dich aufpassen. Du wirst sehen, in Zukunft wird alles gut werden.« So tröstete Schwester Liu, wie sie genannt wurde, meine Mutter und sprach auch viel über Politik mit ihr.

»Wir Arbeiter gehören zur ausgebeuteten Klasse. Wir besitzen nichts, wir sollten uns zusammenschließen und die Bourgeoisie und alle anderen Ausbeuterklassen stürzen. Wenn wir uns befreit haben, wird das Leben viel besser sein.«

Einmal gab Schwester Liu meiner Mutter heimlich zwei Bücher. Eines war von Karl Marx, das andere vom Vorsitzenden Mao. Meine Mutter hatte nur vier Jahre lang die Schule besucht. Das war zu wenig, um das Buch des Deutschen Karl Marx verstehen zu können, auch wenn es ins Chinesische übersetzt war. Doch das Buch Maos gab ihr Hoffnung für ihre Zukunft. »Glaubst du auch, dass wir Arbeiter einmal die führende Klasse sein können?«, fragte sie Schwester Liu.

»Ja, natürlich! Was der Vorsitzende Mao sagt, ist immer richtig. Wir sollen die führende Klasse sein. Du kannst auch mit uns kämpfen. Wenn die Volksbefreiungsarmee Shanghai befreit hat, werden wir ein sozialistisches System haben und dann ein kommunistisches, wie in der Sowjetunion. Dann werden alle Menschen glücklich leben. Jeder hat genug zu essen und kann sich im Winter warm anziehen.«

Ihre eigene Erzählung hatte Schwester Liu so bewegt, dass sie zu Tränen gerührt war. Sie sah die Befreiung so deutlich vor sich, als ob alles schon morgen geschehen würde.

Nachdem Schwester Liu meine Mutter bei der kommunistischen Partei vorgestellt hatte, trat meine Mutter, gerade erst achtzehn Jahre alt, ein. Damals war die kommunistische Partei verboten, die Mitglieder arbeiteten im Untergrund und meine Mutter schwor unter Lebensgefahr, unter der roten Flagge stehend, für die Kommunisten zu kämpfen.

Nur vier Jahre später wurde die Volksrepublik China gegründet. Am 1. Oktober 1949 verkündete der Vorsitzende Mao vor der ganzen Welt: »Das chinesische Volk ist nunmehr aufgestanden.«
Von diesem Tag an veränderte sich alles in China. Mehr als dreißig Jahre lang hatte die Macht in den Händen der Kuomintang gelegen. Jetzt wurde diese mitsamt ihrer Armee auf die Insel Taiwan verjagt. Der Machtwechsel fand von oben bis unten statt. Danach war China ein rotkommunistisches Land.
Nach einem halben Jahr intensiver Ausbildung kam meine Mutter als Parteisekretärin in ihre alte Firma zurück. Nun saß sie in dem mit Mahagoni und Leder ausgestatteten Büro in dem Jugendstilgebäude, das sie früher, so gut es ging, gemieden hatte, und musste notieren, was die Leute gegen die Partei vorbrachten. Sie konnte überhaupt nicht verstehen, warum diese »Bewegung zur Verbesserung des Arbeitsstils« so lange von der Parteispitze aufrechterhalten wurde. Ihr Notizbuch war schon ganz voll und bald sollte ich geboren werden, trotzdem erlaubte man ihr keine Ruhepause.
»Wir Parteichefs mussten uns damals von den Leuten kritisieren lassen wie Grundschulkinder, die einen Fehler gemacht haben, und durften uns mit keinem Wort wehren. Niemand von uns hat das verstanden. Wir haben so viel bewirkt, das Leben ist für die Arbeiter so viel besser als früher. Jeder kann das sehen. Wer hat uns Arbeiter vor der Befreiung als Mensch behandelt? Jetzt sind wir Herren im eigenen Land. Jeder hat eine Wohnung, Arbeit, Urlaub, eine Krankenversicherung. In meiner Firma wurde sogar ein Kindergarten gebaut. Wäre das früher etwa möglich gewesen? Trotzdem müssen wir uns ständig kritisieren lassen. Wie kann man das verstehen?«
Natürlich konnte sie das nicht akzeptieren.
Und auch der Vorsitzende Mao nicht!
Er saß in seinem Büro in Peking, der Hauptstadt von China. Dieses Büro lag in einem parkähnlichen Anwesen mit wunderschönen, künstlich angelegten Bergen, Seen und Pavillons, das von einer hohen Mauer umgeben war. Dort reifte nun ein neuer Plan in ihm heran, denn er begann in der Kritik, die jeden Tag auf seinem Bürotisch landete, eine Gefahr zu sehen. Manche wollten sogar das chinesische System nach westlichem Vorbild verändern mit mehr Demokratie und Wählerrech-

ten. Das konnte er nicht mehr zulassen, es berührte zu sehr seinen Machtbereich.

Nach der Idee von Karl Marx kann es nur einen weltweiten Kommunismus geben, wenn die Kommunisten die Macht selbst in der Hand haben. Mao hatte sein Leben lang dafür gekämpft, die Macht in China zu haben. Wie könnte er sie jetzt loslassen?

Wer seine Macht unterstützte, war sein Freund. Alle anderen waren Feinde, die vernichtet werden mussten. Wie konnte er seine Feinde im größten Land der Welt aufspüren? Mao wusste wie. In einem alten, sehr bekannten chinesischen Buch über Strategien der Kriegsführung »Suen Ze« gibt es einen berühmten Spruch: »Wenn man etwas fangen will, muss man es zuerst loslassen.«

Mao war ein großer Stratege und einer der besten Kenner der alten chinesischen Philosophie. Die Leute sollten weiter ihre Kritik äußern, ohne Widerspruch zu bekommen. Und wieder wurde alles, was sie sagten, notiert. Dann ließ er seine Leute verschiedene Artikel an die größte chinesische Volkszeitung schreiben. Darin wurde die freie Meinungs- und Kritikäußerung gefordert, es sollten öffentliche Aussprachen abgehalten werden und kritische Texte auf Dazibaos (Wandzeitungen) sollten große Debatten entfachen.

»Nicht eine, sondern hundert Blumen sollen sich öffnen«, war das Motto.

Eigentlich hatten viele Parteifunktionäre geglaubt, dass sie jetzt endlich wieder einmal Atem holen könnten. Manche hatten schon ein Resümee aus der Kritik der Bürger gezogen und in aller Öffentlichkeit Selbstkritik geübt. Doch von oben kam nun der Befehl, die Bewegung weiterzuführen.

Alle jammerten, folgten dem Befehl aber trotzdem, denn sie waren es gewöhnt, sich bedingungslos unterzuordnen.

Nur meine Mutter konnte nicht mehr weitermachen. Sie schrieb nichts mehr in ihr dickes Notizbuch, sondern ging ins Krankenhaus, um mich zur Welt zu bringen.

Es regnete an diesem Tag, es regnete stark. Regen symbolisiert sehr viel in China. Das Interessante daran ist, dass die Deutung sowohl positiv als auch negativ sein kann.

Dazu gibt es zwei Geschichten über den Drachenkönig. In der einen regnet es, weil der Drachenkönig mit den Menschen zufrieden ist. Deshalb verteilt er Wasser aus seinem himmlischen Teich auf der Erde, damit die Menschen weiterleben können.

In der zweiten Geschichte regnet es, weil der Drachenkönig sehr traurig über die Menschen da unten ist. Deshalb muss er weinen und seine Tränen kommen als Regen auf die Erde.

Als ich noch ein kleiner Junge war, hat meine Großmutter mir viele solcher Märchen erzählt. Wenn man geboren wird, weiß man noch gar nichts. Man weiß nicht, was man in Zukunft zu erwarten hat. Auch wenn man später ein bekannter Dichter oder ein großer Sänger wird, kann man doch unmöglich in der ersten Sekunde schon dichten oder singen. Jeder Mensch, der zur Welt kommt, kann zuerst nur eins: weinen.

Warum? Weil man traurig ist, dass man als Mensch geboren wurde? Oder weil man sich zu sehr freut, so sehr, dass man weinen muss? Niemand kann das erklären.

»Aber du, du hast am Anfang nicht geweint«, erzählte meine Mutter, »erst als die Ärztin dir zweimal auf deinen kleinen Popo geschlagen hat, da hast du geweint. Weißt du, wie schwer ich es in der Schwangerschaft hatte? Täglich kritisieren lassen und notieren, kein Wunder, dass du nach deiner Geburt immer krank warst.«

Mein Vater konnte ihr auch nicht helfen, denn bei meiner Geburt diente er in der Armee und war gerade in der Fu-Jian-Provinz gegenüber von Taiwan. Als Major der neu gegründeten Marine in der chinesischen Armee hatte er zu viel zu tun. Die Kuomintang-Regierung propagierte täglich den Gegenangriff auf das Festland und die kommunistische Regierung hatte sich schon seit einiger Zeit darauf vorbereitet, die letzten Gebiete der Insel Taiwan zu besetzen. Mein Vater stand in vorderster Linie.

»Wie habt ihr euch kennen gelernt?«, fragte ich später einmal meine Mutter, neugierig wie jedes Kind.

Sie lachte stolz. »Das hing mit der Befreiung Shanghais zusammen«, erinnerte sie sich. »Es war im Mai 1949. Alle Kommunisten waren instruiert worden, die Bürger gut zu organisieren, um sie auf die Begrüßung der Volksarmee vorzubereiten. Weißt du, das war keine einfache Aufgabe. Bevor die alte Regierung floh, hatte sie in der Zeitung und im

Radio viel Propaganda gegen die kommunistische Armee gemacht. Sie nannten sie ›Räuber‹ und behaupteten, wenn die Armee käme, würde alles vereinnahmt, sogar die Frauen.«

Sie wedelte dann mit einer Hand vor der Nase. Das bedeutet bei uns: Diese Worte stinken, das ist absolut aus der Luft gegriffen.

»Die Nacht der Befreiung ist noch ganz genau in meiner Erinnerung. Am Anfang wurde überall stark geschossen, der ganze Himmel leuchtete rot. Dann plötzlich war es ruhig, ganz ruhig, fast totenstill. Die Soldaten der Volksarmee waren gekommen. Überall auf der Straße waren sie. Viele Bürger hatten Angst, sie fürchteten diese Soldaten wie den Teufel. Sie verriegelten Türen und Fenster, verbarrikadierten sich in ihren Häusern und erwarteten das Schlimmste. Doch dann geschah etwas, was man kaum glauben kann: In ganz Shanghai wurde an keine einzige Haustür geklopft. Mehr als eine Million Soldaten übernachteten auf der Straße. Es regnete leicht und war eiskalt, trotzdem lagen die armen Männer alle auf den nassen Pflastersteinen. Sie hatten den Befehl, auf keinen Fall die Bürger zu stören. Sie durften noch nicht einmal um Wasser bitten.«

Sie schüttelte den Kopf; offensichtlich fand sie diese Order zu hart.

»Die Einwohner von Shanghai konnten natürlich nicht schlafen und sahen alles, was draußen passierte. Einige, die besonders mutig waren, öffneten ihre Haustür ein wenig und baten die Soldaten herein, damit sie sich ein bisschen trocknen und aufwärmen könnten. Doch keiner kam ins Haus. Dann, nach und nach, kamen die Menschen von Shanghai mit Schirmen, Decken und heißem Tee auf die Straßen. Zehn Jahre lang hatte die Kuomintang Ängste geschürt und in einer einzigen Nacht waren ihre ganzen Bemühungen zunichte gemacht worden. Seit dieser Nacht glauben die Leute nur noch, was wir erzählen: die Volksbefreiungsarmee gehört dem Volk.« Sie lachte siegesbewusst und erzählte dann weiter. »Vor unserer Firma lag auch ein Trupp Soldaten. Ich sorgte dafür, dass jemand eine warme Ingwersuppe für sie kochte. Gegen nasskaltes Wetter ist Ingwersuppe am besten. Dann brachten wir den Soldaten die Suppe. Anfangs wollten sie gar nichts annehmen, sagten immer nur ›danke, danke‹ in ihrem nordchinesischen Dialekt. Doch bestand ich darauf, dass meine Kolleginnen ihnen die Suppenschüssel in die Hand drückten. Die Soldaten hielten die warmen

Tassen in den Händen, im Arm ihre langen Waffen, aber niemand trank. Alle schauten auf einen jungen Offizier. Er trug die gleiche Uniform wie die anderen, nur dass in seinem breiten Gürtel zwei Pistolen steckten. Er sah irgendwie beeindruckend aus, stand einfach nur da und beobachtete uns lächelnd, ohne ein Wort zu sagen. Ich brachte ihm dann eine Tasse Suppe und sagte: ›Lieber Offizier, lassen Sie ihre Soldaten etwas trinken. Ich bin eine Genossin von Ihnen und begrüße Sie im Namen aller Parteimitglieder und Arbeiter unserer Firma. Wir haben schon lange auf diesen Tag gewartet. Bitte, trinken auch Sie von der Suppe.‹ Er hatte immer noch nichts gesagt, sondern mich nur angeschaut. Plötzlich nahm er mir die Tasse aus der Hand und trank sie mit zurückgelegtem Kopf auf einmal aus. Dann gab er mir die leere Tasse zurück und salutierte. Die anderen Soldaten taten es ihm nach und dann haben wir gemeinsam gefeiert. Ich konnte diesen jungen Offizier nicht vergessen und er mich auch nicht. Wir haben uns dann gegenseitig Briefe geschrieben. Ich habe erfahren, dass er keine Verwandten mehr hatte. Einmal hat er mich auch besucht. Sieben Jahre später haben wir geheiratet und jetzt ist er dein Vater.«

Das war fast das einzige Mal, dass meine Mutter mir über meinen Vater und sich erzählte. Ich sah ihn als Kind sehr selten, denn als Offizier der Armee konnte er nur wenige Wochen im Jahr mit seiner Familie zu Hause verbringen. Wir hätten natürlich auch bei ihm wohnen können, doch war das nicht möglich, weil meine Mutter einen wichtigen Posten in Shanghai hatte.

Nach meiner Geburt hätte meine Mutter drei Monate zu Hause bleiben können, sie blieb jedoch sogar nur einen Monat, weil die politische Lage sich in dieser Zeit dramatisch veränderte.

Am 8. Juni 1957 erschien in der »Volkszeitung« auf Betreiben des Vorsitzenden Mao der Artikel »Warum«. Der Text befasste sich mit den aktuellen Geschehnissen und bezeichnete sie als »Wind der Rehabilitierung der Feinde«. Als Feinde sah der Autor so genannte »Rechtsabweichler« und alle Kritiker der KP an. Er warf ihnen vor, dass sie die kommunistische Regierung entmachten wollten und das chinesische Volk wieder in die dunkle Vergangenheit zurückstürzten, und forderte das Volk auf, sich zur Wehr zu setzen.

Gleichzeitig wurden die Parteisekretäre angewiesen, ihre Notizbücher zu öffnen und die Informationen zu nutzen. Von einem Tag zum anderen veränderten diese ihr Gesicht. Sie hörten nicht länger ruhig und bescheiden zu, wenn die Leute ihnen bei ihrer Selbstkritik halfen. Nein, jetzt zeigten sie ihre Fäuste und demonstrierten fast unbegrenzte Macht.

Die Leute, die ihre Meinung geäußert hatten, bereuten das jetzt unendlich. Sie mussten ihre eigene Zunge hassen und sich selbst schimpfen: »Warum war ich so naiv und habe meinen Mund zu weit aufgemacht?« Doch es war zu spät. Die Wörter waren schon herausgekommen. Wie konnte man sie zurücknehmen?

Einer der Kritiker, ein junger Ingenieur aus der Firma meiner Mutter, beklagte die mangelnden Kenntnisse der Parteichefs in den wirtschaftlichen und technischen Bereichen der Firmen. »Sie kennen sich gar nicht aus, aber geben trotzdem immer Befehle«, beschwerte er sich. Das genügte, um ihn als Antirevolutionär zu bezeichnen. Er musste die Firma verlassen, in der er schon zehn Jahre lang gearbeitet hatte, und auf dem Land Zwangsarbeit verrichten.

Ein anderer junger Mann, der gerade mit dem Studium fertig war, glaubte, dass Karl Marx zu weit von China entfernt sei, dass seine Ideen sich nicht ganz mit der chinesischen Tradition und Geschichte vereinbaren ließen. Er war der Meinung, dass man die Menschen nicht zwingen sollte, sich dem Kommunismus zu unterwerfen. Schlimm für den jungen Mann war, das nicht nur selbst zu glauben, sondern auch zu sagen. Denn so stand alles ganz genau in den Notizbüchern der Parteifunktionäre und er wurde ebenfalls zur Zwangsarbeit geschickt.

Zwangsarbeit gehörte damals nicht zum Strafrecht, ohne Prozess und Gerichtsurteil konnte das Parteikomitee entscheiden, wer dorthin gehen musste. Wie viele Menschen damals als so genannte »Rechtsabweichler« aufs Land geschickt wurden, weiß niemand genau. Es waren sehr viele. Kaum einer der Parteifunktionäre dachte darüber nach, ob es richtig war, die Menschen für das Äußern ihrer eigenen Meinung zu bestrafen. Nein, sie glaubten nur von ganzem Herzen an die Größe und Intelligenz des Vorsitzenden Mao. In ihren Augen hatte er mit geringem Aufwand so viele gefährliche Feinde der Revolution entdeckt.

Die Kritiker konnten nur eins tun: auf ihre persönliche Katastrophe warten. Während der Zeit der »Bewegung« hatten sie ihrem Land und der kommunistischen Partei helfen wollen, sich zu verbessern. Doch sie waren zu naiv gewesen. Oh, diese armen Leute.

Der größte Sieger, der Vorsitzende Mao, konnte sich nun eine lange Atempause gönnen. Er stand vor der Landkarte Chinas und sah ein Land, das neun Millionen sechshunderttausend Quadratmeter groß war und siebenhundert Millionen Einwohner hatte, fast das größte Land der Welt. Jetzt herrschte hier Ruhe, und alles funktionierte wieder nach seinen Vorstellungen. Er öffnete langsam die oberen Knöpfe seiner Jacke, zündete sich eine Zigarette an und rauchte sie genüsslich, so wie jedes Mal, wenn er einen Sieg errungen hatte. Jetzt hatte niemand mehr den Mut, an seiner Macht zu rütteln. Er hatte wieder einmal gewonnen, aber nur auf der politischen Seite.

»Nicht alle wurden bestraft«, erzählte meine Mutter einmal. »Eine Arbeiterin kritisierte zum Beispiel, dass die Führungskräfte zu viel arbeiten mussten und damit ihrer Gesundheit schadeten. Sogar hochschwanger musste man zur Arbeit kommen. Sie forderte, dass die Vorgesetzten sich mehr um sich selbst kümmern sollten. Diese Frau wurde nicht bestraft.«

Man sagt, dass diese Frau sogar zur Werkstattleiterin befördert wurde, obwohl sie gar kein technisches Wissen hatte. Die kommunistische Idee zählte damals eben mehr als fachliche Kompetenz.

»Wir haben damals wie verrückt für die Revolution gearbeitet. So etwas kann man heute nicht mehr finden«, erzählte meine Mutter weiter.

»Warum hast du das damals getan?«, wollte ich von ihr wissen.

»Weil die KP und der Vorsitzende Mao uns gebraucht haben. Sie waren unsere Retter. Wir hätten alles für sie getan.«

Damals gab es jedoch zumindest noch einen anderen Menschen, der meine Mutter gebraucht hätte. Das war ich. Ich war von Anfang an ein krankes Kind. Bis zum Alter von drei Jahren musste ich häufig ins Krankenhaus, oft für längere Zeit.

»Das war für mich auch schwer. Jedes Mal, wenn ich mich im Krankenhaus an deinem Bett von dir verabschieden musste, hast du mich mit deiner kleinen Hand festgehalten und wolltest mich nicht gehen lassen. Dann hast du gefragt: Mama, kommst du morgen früher? Aber ich konnte nicht. Zu viel Arbeit hat auf mich gewartet. Zum Glück waren die Ärzte und Krankenschwestern immer nett zu dir und Großmutter hatte immer Zeit, sich um dich zu kümmern.«

Meine Großmutter war eine alte, schlanke Frau, die noch eingebundene Füße hatte. Diese Frau, eine Buddhistin, die noch zur Zeit des Feudalismus geboren worden war und mich nur zehn Jahre lang begleiten konnte, weil sie dann in den Himmel ging, spielte in meinem Leben eine Hauptrolle.

Ihre Füße waren künstlich verkleinert worden und gefielen den Männern. Die Frauen sollten sich auch nicht zu weit von ihrem Haus entfernen, es am besten gar nicht verlassen. Kultur und Bildung zu haben war für sie nicht nötig. Nach der Heirat war ihre Aufgabe lediglich, ein Leben lang für den Ehemann und die Kinder zu sorgen.

»Das tut weh, es tut einige Jahre lang weh«, erzählte eine sehr alte Dame einmal bei einer Sitzung während der Kulturrevolution auf der Bühne. Ich sah, dass sie dabei weinen musste.

»Überlegt einmal, Genossinnen und Genossen, die Füße müssen doch wachsen. Doch man hat sie mit langen Tüchern eingedreht, fester und fester. So fest wie möglich, damit sie nicht mehr größer werden können. Wie sehr das schmerzt! Manche Mädchen sind dabei sogar in Ohnmacht gefallen.«

»Nieder mit dem Feudalismus!«, schrien die Rotgardisten von unten.

Ja, in dieser alten, wilden Zeit hatten die Männer unbegrenzte Macht. Die Frauen waren immer Opfer, egal in welcher sozialen Schicht.

Meine Großmutter beschwerte sich nicht. Sie kam langsam, mit ihren kleinen Füßen, zu mir ins Krankenhaus, in einer Hand den Stock, in der anderen ihre Tasche. Darin war immer eine Reissuppe mit etwas gehacktem Schweinefleisch oder Fisch, darauf ein Deckel. Sie wollte nicht glauben, was der Arzt ihr erzählte: »Wahrscheinlich kann Ihr Enkel nicht größer werden, es fehlt zu viel in diesem kleinen Körper.«

Nein, sie wollte das nicht glauben. Sie kam täglich zu mir, langsam, in der einen Hand ihren Stock, in der anderen ihre Tasche.

Als ich vier Jahre alt war, brachte sie mich nach Hause zurück. Sie kümmerte sich Tag und Nacht um mich, sang mir Lieder und wiegte mich in den Schlaf. Wenn ich aufwachte, sah ich sie oft vor dem Guanyin-Buddha sitzen und mit dem Rosenkranz in der Hand etwas vor sich hin murmeln. Dann betete sie für ihren armen Enkel.

2

Als ich ungefähr acht Jahre alt war, beneidete ich die anderen Kinder immer sehr um ihre dicken, schwarzen Haare. Ich selbst hatte nichts davon. Wenn ich in den Spiegel schaute, war ich jedes Mal enttäuscht vom Anblick dieser schütteren, weißen Haare. Merkwürdig war, dass zwischen den weißen auch ein paar schwarze Haare waren. Man hatte mir gesagt, dass ich eigentlich auch schwarze Haare haben sollte, doch leider konnte ich diesen Vorstellungen nicht entsprechen.
»Weißkopf« – wenn ich Streit mit meinen Kameraden hatte, nannten sie mich immer so. Kein einziger Junge in meiner Klasse hatte Angst vor mir. Ich war ungefähr einen halben Kopf kleiner als die anderen, jeder konnte bei einem Kampf gegen mich gewinnen. Bald wurde Weißkopf mein ständiger Name. Nur die Lehrerin Chang nannte mich noch Chen, Da Lee.
»Chen, Da Lee« – in China nennt man immer zuerst den Familiennamen. »Du bist so dumm. Du weißt doch, dass du keine Chance hast. Trotzdem kämpfst du mit den anderen.«
Sie zog mich dann meist unter einem anderen Jungen hervor. Das passierte normalerweise in der Pause. Die Lehrerin Chang schimpfte ein bisschen mit uns, dann war die Sache erledigt. Nur einmal war es anders. Da habe ich mit einem dicken Jungen während der Mathematikstunde gekämpft, die ich immer besonders langweilig fand.
Im chinesischen Notensystem sind eins und zwei die schlechtesten Noten und bedeuten, dass man die Prüfung nicht bestanden hat. Von drei bis fünf ist man mittel bis gut. Ich hatte nur in Chinesisch immer eine fünf, in Mathematik nicht. Keine Chance.
Chau, Hong war meine Nebensitzerin. In unserer Klasse waren achtunddreißig Kinder, fast genau zur Hälfte Mädchen und Jungen. Als Jungs schämten wir uns, etwas mit den Mädchen zu tun zu haben. Deshalb blieben wir immer auf Abstand zu ihnen und spielten nie zusammen.

Wir übten Kartenwerfen oder spielten mit Glaskugeln. Manchmal gingen wir zusammen zum Teich, um dort Frösche und Kaulquappen zu fangen. Die steckten wir dann in Gläser und fütterten sie. Im Herbst fingen wir Grillen, ließen sie gegeneinander kämpfen und schauten zu. Manchmal kämpften wir auch selbst. Dann machten wir einen Ring, zwei Jungen mussten in der Mitte miteinander einen Ringkampf machen.
Auch die Mädchen hielten sich so fern wie möglich, sie fanden unsere Spiele zu wild.
Was spielten sie? Nur Gummitwist oder »Jian Ze«. Das ist eine Art Ballspiel, bei dem eine Bronzemünze in ein Tuch gewickelt und oben mit drei bis fünf Hühnerfedern versehen wird. Das Mädchen versucht, den »Ball« so oft wie möglich mit einem Fuß in die Luft zu schleudern, ohne dass er auf den Boden fällt. Das war zu langweilig für uns. Kein einziger Junge spielte dort mit. »Schäm dich, schäm dich«, drückten sie einem den Finger in die Wange, wenn man aus Versehen den Mädchen zu nahe gekommen war.
Diese unsichtbare Mauer kannten natürlich auch die Lehrer. Deshalb setzten sie absichtlich immer Jungen und Mädchen an einem Tisch nebeneinander und sorgten so für mehr Ruhe im Klassenzimmer.
Meine Nebensitzerin Chau, Hong war auch meine Nachbarin. Deshalb sprachen wir gelegentlich miteinander. Sie hatte sehr große Augen, trug saubere, weiße Sachen, sie sprach ruhig und langsam und sah beim Lachen besonders süß aus mit ihren Grübchen, wie eine geöffnete Blume.
In einer langweiligen Mathematikstunde waren meine Augen schon lange von der Lehrerin weggewandert, nach links und rechts auf der Suche nach etwas Neuem. Plötzlich sah ich in Hongs Buch ein rotes Blatt in Form einer Hand, nur ziemlich dünn, fast durchsichtig. »Was ist das?«, fragte ich sie.
»Das ist mein Lesezeichen, ich habe es von einem Ahornbaum genommen.« Normalerweise gab sie mir keine Antwort, sondern zeigte mit einem Finger auf die Lehrerin und hielt ihn dann vor den Mund, um damit zu sagen, ich solle mich auf den Unterricht konzentrieren. Sie war eine fleißige Schülerin und hatte immer die besten Noten. Dieses Mal hatte sie allerdings geantwortet. Vielleicht gefiel ihr das Blatt selbst so gut.

»Warum nimmst du ein Blatt als Lesezeichen, das geht bestimmt schnell kaputt?«, fragte ich weiter.
»Nein, das geht nie kaputt. Wenn man es in ein Buch steckt, wird es mit der Zeit immer röter und immer weicher. Fühl mal hier!« Sie strich einmal mit dem Finger über das Blatt. Dann ließ sie auch mich das Blatt berühren.
»Ja, das stimmt. Ganz weich und glatt.«
»Weißt du was, meine Mama hat mir etwas erzählt. Früher, wenn eine Frau sich in einen Mann verliebte, schenkte sie ihm so ein Blatt.«
»Liebe? Was bedeutet Liebe?« Ich stellte diese Frage zum ersten Mal im Leben.
Die Farbe ihres Gesichts veränderte sich sofort. Sie wurde fast so rot wie das Blatt. »Ich weiß nicht, ich weiß nicht!«, schüttelte sie heftig den Kopf.
»Aber ich weiß! Das bedeutet ›oh!‹« Das war der Dicke, der vor uns saß. Wahrscheinlich hatte er die ganze Zeit zugehört. Jetzt drehte er sich zu uns um und drückte seinen dicken Finger in die Wange, um mich zu beschämen.
»Tsch, tsch, das geht dich gar nichts an.« Ich schob ihn weg.
»Du sprichst zu viel mit einem Mädchen, du solltest dich schämen!«
»Sie ist meine Nachbarin.«
»He, he, Nachbarin.« Er zog die Wangen ein und strich sich mit der Hand über den Kopf. Ich wusste, dass er sich über mein Aussehen lustig machte.
Ich zahlte es ihm zurück, indem ich die Wangen aufblies, die Hände an die Ohren legte und sie bewegte. Das bedeutet: Du bist ein Schwein. Der Dicke konnte es nicht länger aushalten. Er warf eine Papierkugel zu mir, ich warf sie zurück. Dann kam ein Buch herübergeflogen, gefolgt von einem Lineal und einem Radiergummi. Natürlich warf ich ihm alles wieder ins Gesicht, nicht nur seine Sachen, sondern auch noch meine.
Hong war aufgeregt. »Bitte hört doch auf, die Lehrerin kann das sehen.« Doch es war schon zu spät. Lehrerin Chang sprang zu uns. »Pah!«, schlug sie ihren Stock auf den Tisch. »Habe ich etwa falsch gesehen? Im Mathematikunterricht habt ihr beiden gekämpft?« Die Lehrerin schrie mit ganz böser Stimme.

»Er hat angefangen!« Hong zeigte auf den Dicken.
»Nein, Da Lee war das!«, zeigte der Dicke auf mich.
»Der war zuerst!« Ich zeigte wieder auf ihn.
»Aufhören mit dem Streiten! Ihr kommt beide mit mir.« Zur Unterstreichung schlug sie jedem von uns mit ihrem Stock einmal auf den Kopf.
Ich wusste, dass wir eine Strafe bekommen würden. Diese Strafe hieß: »An der Wand stehen«. Wir mussten an der Wand stehend am Unterricht teilnehmen, so lange, bis es für die Lehrerin genug war. Solche Strafen bekam der Dicke viel öfter als ich, weil er nicht nur den Unterricht störte, sondern auch schlief. Manchmal schnarchte er sogar wie ein kleines Schweinchen. Diesmal mussten wir länger als sonst stehen, ich unter dem Plakat des Vorsitzenden Mao: »Lernt gewissenhaft! Macht täglich Fortschritte!« Das hatte er nach dem Besuch einer Grundschule für die Kinder geschrieben. Nun war es in jeder Schule, sogar in jedem Klassenzimmer zu lesen.
Ich konnte damals nicht lange stehen, weil mir leicht schwindelig wurde. Das wussten die anderen natürlich nicht. Manche lachten uns aus. Da wurde jedoch plötzlich die Tür langsam und sehr leise geöffnet und die Direktorin kam herein. Das tat sie häufig. Sie kam während des Unterrichts, blieb ein paar Minuten im Klassenzimmer und ging dann so leise, wie sie gekommen war. Sie war eine Frau mittleren Alters, trug ein hellblaues Halstuch und eine goldene Brille und zeigte immer ein lächelndes Gesicht. Trotzdem hatten alle Kinder Angst vor ihr, warum, weiß ich auch nicht.
Nicht so vor unserer jungen Lehrerin. Obwohl sie oft schimpfte und uns bestrafte, machten wir im Unterricht Affentheater.
Lehrerin Chang ging sofort zur Direktorin und sprach schnell und leise auf sie ein. Dabei zeigte sie fortwährend mit dem Finger auf uns. Es war klar: Sie beschwerte sich über uns. Die Direktorin schüttelte den Kopf, sagte leise etwas zu Chang und ging dann.
Lehrerin Chang kam zu uns: »Ihr beide kommt jetzt zu euren Plätzen zurück. Doch nach dem Unterricht geht ihr in das Büro der Frau Direktor!« Dann schnaubte sie, um zu sagen, dass diese Sache sehr schlimm für uns sei.
Nach der Stunde gingen wir beide mit riesiger Angst im Bauch zum

Büro der Direktorin. Es war das erste Mal, dass wir dorthin mussten. Auf dem Weg schlossen wir Frieden, weil wir hofften, dass die Strafe dann glimpflicher ausfallen würde.
Als wir vor der Tür standen, klopften wir jeder einmal. Dann, als keine Reaktion kam, jeder noch einmal, ein bisschen lauter. Wir hatten nicht den Mut, am Anfang schon mit Kraft zu klopfen. Wir zitterten vor der Tür wie zwei arme Kaninchen und malten uns das Schlimmste aus. Unsere Schule hatte einen guten Ruf und alle Eltern waren stolz, wenn ihr Kind diese Schule besuchen durfte. Und ich hatte noch eine Sorge mehr als der Dicke. Um meinen Hals trug ich ein rotes Tuch, das Zeichen für einen guten Schüler. Noch nicht einmal die Hälfte der Klasse durfte so ein Tuch tragen. Diesmal würde ich es vielleicht wieder hergeben müssen.
Endlich hatte die Direktorin das Klopfen gehört. »Herein!«, rief sie. Wir gingen langsam, mit schwachen Beinen, zu ihr. Ihr Büro war nicht sehr groß, aber geschmackvoll eingerichtet. An der Wand hingen viele interessante Bilder. Mich beeindruckten besonders die Narzissen, die auf der Mitte des Tisches standen. Narzissen sind wunderschöne Blumen. Sie öffnen ihre Blüten normalerweise in der Winterzeit vor dem chinesischen Neujahrsfest. Man kann sie leicht selbst ziehen. Viele Familien kaufen die Narzissenzwiebeln und stellen sie, mit Steinen befestigt, in einen Teller Wasser. Sie wachsen dann von selbst. Zuerst kommt ein bisschen Grün von unten, dann entstehen lange, ganz dünne Blättchen. Bevor die Blüte kommt, sieht man einen grünen Stängel wachsen. Die Blume selbst ist weiß, mit gelbem Innerem, und ihr Duft füllt den ganzen Raum. Die Narzissen unserer Direktorin, die in einer weißen, speziell dafür gekauften Schale standen, waren schon sehr weit aufgeblüht. Es duftete im ganzen Raum.
»Kommt, ihr beiden kleinen Affen, trinkt zuerst ein bisschen Tee, aber Vorsicht, er ist noch heiß.«
Das hatten wir nicht erwartet, dass die Direktorin für uns schon zwei Gläser Tee vorbereitet hätte.
»Warum habt ihr beiden gekämpft?« Ihre Stimme war ganz ruhig, ihr Gesicht zeigte sogar einen amüsierten Ausdruck.
»Wir haben uns schon wieder vertragen!« Wir antworteten fast gleichzeitig.

Diesmal lachte sie richtig, den Kopf in das Polster des Sessels gedrückt. Sie kannte sich gut aus mit den Tricks der Kinder. »Gut, gut! Aber macht nicht wieder so etwas! Chao, Qiang, du solltest fleißiger lernen. Deine Noten dürfen nicht immer auf drei bleiben. Du bist ein kluges Kind und kannst das sicher schaffen, ja?« Mit einer Hand ergriff sie die Hand des Dicken, mit der anderen Hand streichelte sie seinen Kopf. Dann drehte sie sich zu mir um, nahm meine Hand und streichelte mit der anderen meinen Kopf.
»Chen, Da Lee, du bist schon Pionier der Freundschaft. Die Schüler sollen zusammenstehen und einander helfen. Wie kann man da kämpfen?«, fragte sie langsam und sehr eindringlich. »Ihr beide sollt von Onkel Lee, Fong lernen.« Sie zeigte auf ein Bild an der Wand, das einen Soldaten mit lächelndem Gesicht zeigte, ein großes Vorbild der Chinesen. Von ihm stammt der bekannte Satz: dem Volk dienen von ganzem Herzen und alles tun, was die KP sagt.
Bei einem Unfall hatte er sein Leben verloren, später wurden seine Taten überall populär gemacht, bis der Vorsitzende Mao selbst ihn zum Vorbild nahm. Er schrieb: »Wir lernen vom Genossen Lee, Fong.« Danach war sein Name in ganz China bekannt, fast heilig.
Alle lernten von ihm, anderen Menschen selbstlos zu helfen. Manche taten es ihm so genau nach, dass sie sich auch am Wochenende auf die Straße stellten und auf alte Leute warteten, um ihnen die schweren Taschen nach Hause zu tragen. Manche Beamte gingen am Wochenende auf die Baustelle, um dort kostenlos zu arbeiten.
»Onkel Lee, Fong hat gesagt: Den eigenen Genossen soll man ein warmes Gefühl geben, wie der Frühling! Denkt darüber nach! Und jetzt geht in euer Klassenzimmer zurück. Ich glaube, ihr könnt euch bessern.« Sie strich uns über den Rücken und lachte noch einmal sehr nett. Wir lachten auch. So ein Gespräch hatten wir uns nicht erwartet.
»Da Lee, du bleibst noch einen Moment.« Ich war schon fast bei der Tür gewesen. Sofort war ich wieder angespannt. Ich drehte mich zu ihr um, diesmal war ich allein. Sie wartete, bis der Dicke die Tür geschlossen hatte, dann fragte sie mich: »Da Lee, warst du im Krankenhaus, wegen deinem Körper und deinen Haaren?« Ihre Stimme klang anteilnehmend.
»Ja, früher sehr oft, jetzt nicht mehr.«

»Warum?« Ich sah, wie sich ihre Augen hinter den Brillengläsern weiteten.
»Meine Mutter hat gesagt, kein Arzt kann mich mehr behandeln. Sie hat auch keine Zeit, sie ist Chefin.«
»Und dein Vater?«
»Er ist Offizier bei der Marine, sehr weit von Shanghai.«
»Mit wem lebst du?«
»Mit meiner Großmutter.«
»Bekommst du gutes Essen?«
»Ja, meine Großmutter kocht sehr gut für mich, aber ich darf nicht viel essen.«
»Warum?«
»Ausspucken.« Ich machte mit der Hand eine Bewegung von unten nach oben, um anzudeuten, dass ich mich sonst übergeben musste.
»Du armes Kind!« Sie umarmte mich.
Ich musste fast weinen. Ein Kind, besonders ein Kind, dem im Leben vieles fehlt, kann sofort spüren, wenn jemand sich mit echter Anteilnahme kümmert.
»Lass uns jetzt zusammen gehen. Deine nächste Stunde beginnt bald.« Sie begleitete mich bis zum Klassenzimmer. Es hatte geklingelt. Meine Klassenkameraden saßen schon auf ihren Plätzen. Die Direktorin ließ mich ebenfalls Platz nehmen, dann sagte sie sehr leise etwas zu Lehrerin Chang und ging. Es war wieder eine Mathematikstunde, doch ich versuchte nicht mehr zu stören. Der Dicke auch nicht. Wir wollten uns nur konzentrieren und gut aufpassen. Meine Bücher waren wieder ordentlich an ihrem Platz, sicher hatte Hong sie zurückgestellt. Ich sah das rote Ahornblatt in meinem Buch und freute mich sehr. »Danke!«, sagte ich ganz leise zu ihr.
»Schhh«, legte sie einen Finger vor den Mund und zeigte dann auf die Lehrerin. Doch das war nun nicht mehr nötig. Ich wollte das ja selbst.
»Ja, das war sehr gut!« Die Lehrerin Chang kam nach dem Unterricht zu uns. »Macht weiter so! Aber Chen, Da Lee, du darfst nicht glauben, ich hätte keine Erlaubnis mehr, dich an die Wand zu stellen, und du könntest jetzt alles tun. Wenn du dich nicht benimmst, bestrafe ich dich wieder, mit einer anderen Methode! Hm!«
An diesem Nachmittag, nach der Schule, ging ich mit dem Dicken zu-

sammen nach Hause. Ich wohnte im Wohngebiet eins, er im dritten. Wir hatten den gleichen Weg, nur unsere Wohnbedingungen waren ganz anders. Die Wohngebiete lagen im Südwesten von Shanghai und hießen Chao Yang. Fast alle Shanghaier kannten Chao Yang, weil es damals als vorbildlich galt. Und vor allem das Wohngebiet eins: Hier hatten alle Häuser nur drei Stockwerke, jedes Haus hatte einen eigenen Garten, es gab einen Sportplatz und eine breite Allee führte durch das Gelände. Außerdem gab es einen künstlich angelegten Fluss, der das Gebiet in Form eines Kreises einschloss und den eine schöne, rote Holzbrücke überspannte. Bei der Brücke gab es künstlich behauene Steine, die man aus den Bergen holte. Normalerweise schlägt man mit dem Hammer einige Löcher durch die Steine und lässt sie dann einige Jahre lang auf dem Grund eines Flusses liegen. Das Wasser lässt mit der Zeit die Spuren der Bearbeitung verschwinden und wenn man den Stein dann herausholt, sieht es so aus, als ob die Natur diese Löcher geschaffen hätte. In chinesischen Gärten, Parks oder in der Lobby von Hotels kann man oft solche Kunstwerke bewundern.
Bei der roten Brücke standen jedoch nicht nur einige Steine, sondern man hatte dort einen fünf Meter hohen Berg gebaut. Zusammen mit dem Fluss, dem Gras und den Bäumen ergab das ein wunderschönes Bild. Die Besucher aus anderen, aus ärmeren Provinzen konnten meist nur den Kopf schütteln, wenn sie hierher kamen. »He, die Leute hier sind alle keine Kommunisten mehr, sie lieben den Luxus!«
Besonders gut gefiel mir das Echo, das es dort gab. Manchmal hatte ich hohes Fieber, über vierzig Grad, dann musste ich zu Hause bleiben. In dieser Zeit herrschte im ganzen Wohngebiet Ruhe und dann gaben die Vögel ihr Konzert. Sie zwitscherten und tanzten in den Bäumen und ich versuchte, sie zu finden. Normalerweise versteckten sie sich zwischen den dichten Blättern. Einen Vogel mochte ich besonders, den Star: Sein Kopf sah genauso aus wie meiner, nämlich weiß. Wenn der Star singt, hört es sich an wie: guligulo. Ich glaubte, dass die Vögel mir in einer fremden Sprache etwas erzählen wollten, doch ich verstand nichts. Die Spatzen flogen sogar bis zu meinem Fenster. Wir wohnten im dritten Stock. Ich legte oft etwas Reis für die Spatzen vor das Fenster. Meine Mutter war davon nicht sehr begeistert, denn die Spatzen benutzten das Fensterbrett nicht nur als kostenloses Restaurant, son-

dern auch als Toilette. »Schau mal, wie das hier aussieht! Du darfst die Vögel nicht mehr hier füttern.« Sie war so selten zu Hause und wenn sie da war, fand sie immer etwas, was ihr nicht gefiel. Dann kam meine Großmutter mit Schaufel und Besen und entschuldigte sich: »Das ist auch mein Fehler, ich habe vergessen, das zu putzen.«
Wenn ich die Spatzen nicht fütterte, klopften sie ans Fenster. »Jia, jia«, mit großem Echo. Als ich an dem Nachmittag mit dem Dicken zurückkam, hörte man davon nichts mehr. Alle Kinder kamen aus den verschiedenen Schulen zurück und marschierten mit lautem Geschrei durch das ganze Wohngebiet.
Damals gab es noch keine Familienplanung. »Je mehr Kinder, desto besser für das Vaterland.« Und: »Mehr Leute, mehr Kraft.« Das waren Sätze des Vorsitzenden Mao. Manche Mütter wurden zu Heldinnen gemacht, nur weil sie viele Kinder geboren hatten. Hong hatte sechs Geschwister, sie war die Jüngste. Der Dicke hatte drei Geschwister, er war der Älteste.
»Da Lee, ich nenne dich in Zukunft nicht mehr Weißkopf«, sagte er auf dem Heimweg feierlich zu mir. Es war offensichtlich, dass er sehr beeindruckt war von dem, was die Direktorin gesagt hatte.
»Und ich nenne dich auch nicht mehr Dicker, sondern nur noch bei deinem Namen: Chao, Qiang.«
»Freundschaft?« Er formte seinen kleinen Finger zu einem Haken.
»Ja, Freundschaft!« Ich hakte meinen Finger in seinen und zog dreimal hin und zurück. Diese Zeremonie fand nur zwischen Jungen statt und war sehr förmlich und bedeutsam. Und ich hatte zum ersten Mal im Leben einen richtigen Freund.
Meine Großmutter hatte das Essen für mich immer schon vorbereitet, wenn ich aus der Schule kam. Sie machte oft ein Gericht, das aus geschlagenen Eiern, Sojasoße, Sesamöl, Frühlingszwiebeln und kleinen getrockneten Krabben bestand und im Wasserdampf gegart wurde. Ich konnte das immer essen, es schmeckte sehr gut. Sie selbst aß gerne Min-Choi-Gemüse, das sie selbst getrocknet hatte. Dazu kauft man bei schönem Wetter frisches Gemüse und hängt es ungefähr eine Woche lang im Garten über ein Gestell aus Bambus. Wenn es ganz trocken ist, wird es in Salz eingelegt. Man kann es zu Fleisch oder Fisch essen. Meine Großmutter ernährte sich zeitweise vegetarisch. Im Buddhis-

mus gibt es drei Arten von Vegetariern. Die erste heißt »lange vegetarisch« und bedeutet, dass man sich nur vegetarisch ernährt. Die zweite heißt »kurz vegetarisch«, was bedeutet, dass man sich für kurze Zeit, zum Beispiel ein paar Monate im Sommer, vegetarisch ernährt. Die dritte heißt »zeitweise vegetarisch« und bedeutet, dass man sich nach dem chinesischen Kalender jeden Monat ein paar Tage ohne Fleisch ernährt. Als Anhänger des Buddhismus darf man Fleisch essen, allerdings nur »sauberes« Fleisch. Dafür gibt es drei Bedingungen: Erstens darf man das Tier nicht selbst töten, zweitens darf man nicht gesehen und drittens nicht gehört haben, wie es stirbt. Als Buddhist soll man bedürfnislos sein, die innere Ruhe suchen und nicht aus Gier Tiere töten. Meine Großmutter hatte keine Schule besucht, sie konnte die Zeitung nicht lesen, doch den chinesischen Kalender hatte sie fest im Kopf. An jedem Ersten und Fünfzehnten des Monats aß sie kein Fleisch und keinen Fisch, auch nicht an Buddhas Geburtstag und an buddhistischen Festen. An solchen Tagen ging sie mit einer Schüssel in ein Restaurant und kaufte für mich Wan Tan und Bao Ze. Bei beiden Gerichten ist das Fleisch im Nudelteig versteckt und beide sind meine Lieblingsgerichte. Interessant ist, dass sie in jedem Restaurant anders schmeckten, weil damals alle Gerichte noch von Hand gemacht wurden und jeder sein eigenes Rezept hatte. Das Essen vom Chao-Jang-Restaurant schmeckte mir am besten. Seine Wan Tan hatten die beste Füllung. Sie bestand aus frisch gehacktem Schweinefleisch, mit ein wenig Gemüse vermischt, dazu noch Ingwer und Krabben. Bei der Herstellung waren mehrere Köche beteiligt. Sie standen, mit weißen Kitteln bekleidet, direkt an einem riesigen Topf mit kochendem Wasser. Jeder nahm ein quadratisch geformtes, dünn ausgerolltes Teigblatt in eine Hand und gab einen kleinen Löffel der Füllung in die Mitte des Teiges. Dann wurde der Teig blitzschnell zu einem Schmetterling geformt und in das kochende Wasser geworfen. Den nächsten machten sie genau gleich. Bei der Arbeit schwatzten sie über Himmel, Erde, Kinder, Nachbarn, Verwandte, also über Gott und die Welt. Wenn sie genügend gemacht hatten, hörten sie auf. Ein Koch rührte das kochende Wasser mit einem Schaumlöffel um. Sobald die Wan Tan auf dem Wasser schwammen, holte er sie heraus und verteilte sie auf verschiedene tiefe Teller, in denen schon die Suppe vorbereitet war. Diese Suppe machten sie erstklassig. Sie suchten immer kräftige alte Hühner, die sie selbst schlachteten, und kochten sie zusammen mit Bambus und Pilzen die ganze Nacht über. Zum Schluss benutzte man nur die Suppe. Im Teller waren noch Lauchzwiebeln und dünne, in Streifen geschnittene Eierpfannkuchen. Wenn alles fertig war, musste man es nur sehen und riechen und schon lief einem das Wasser im Mund zusammen. Die Wan Tan im Teller waren weiß, rot schimmerte die Füllung durch, und die Suppe ganz hell und aromatisch duftend. Diesen Anblick konnte niemand aushalten, manche waren sogar süchtig nach dieser Wan-Tan-Suppe und mussten jede Woche ein paar Mal in dieses Restaurant zum Essen kommen.

Die Bao Ze wollten alle Kinder täglich essen. Sie schmeckten einfach besonders gut. Es gab zwei Sorten: eine ohne, die andere mit Schweinefleisch. Die fleischlose Füllung bestand aus gehacktem Kohl oder Schnittlauch, dazu noch Lauch, schwarzen Morcheln und Champignons. Zum Schluss wurde alles mit Sesamöl vermischt. Schon bevor sie gekocht wurden, duftete der ganze Raum.

Für die Fleischfüllung wurde auf dem Markt nur Schweinefleisch vom Bein gekauft, weil dieses genau richtig war, nicht zu fett und nicht zu mager. Dann verarbeiteten die Köche es selbst zu Hackfleisch, und zwar nicht mit einer Maschine, sondern von Hand, weil sie überzeugt waren, dass bei Fleisch, das von einer Maschine gehackt wurde, das Gefühl fehle, es nicht echt schmecke. Zwei Männer, jeder mit zwei großen Messern, hackten das Fleisch mit lautem Geräusch: »Do, do, do.« Das Hackfleisch wurde mit Salz, Reiswein, Lauch und Ingwer vermischt. Einige Köche standen neben dem Tisch, auf dem schon drei Berge aufgehäuft waren: Nudelteig, Füllung mit Fleisch und Füllung ohne Fleisch. Einer schnitt Scheiben vom Teig aus der Nudelrolle. Der nächste drückte das Teigstück flach und nahm es in die Hand. Dann gab er einen Löffel Füllung darauf. Danach wurde der Rand Stück für Stück zusammengekniffen und eingefaltet, bis die Füllung ganz eingepackt war. Anschließend wurde die Bao Ze markiert: Wenn sie Fleisch enthielt, wurde eine Delle in die Mitte gedrückt, wenn nicht, dann wurde der Teig in der Mitte ein wenig hochgezwirbelt, sodass eine Spitze entstand. Gegart wurden die Bao Ze über Dampf in Behältern aus Bambus, von denen man bis zu zehn übereinander stapeln konnte.

In jedem dieser Behälter lag ein Lotosblatt, auf das man dann die Bao Ze legte. Alle Behälter übereinander gestapelt waren ungefähr einen Meter hoch und standen noch auf einem Dampfkochtopf.
Und davor wartete manchmal eine lange Schlange hungriger Kunden. Nur meine Großmutter musste sehr selten anstehen. Wenn sie hinten stand, zeigten ihr alle Leute nur eine Richtung: Bitte nach vorn! Die Chinesen hatten immer Hochachtung vor alten Menschen, jedenfalls damals.
Die Verkäuferin kannte sie gut. »He, Großmutter, ist gerade wieder Ihre vegetarische Zeit?«
»Ja, richtig, ich kaufe das für meinen Enkel.« Sie öffnete den Deckel des Topfes, den sie mitgebracht hatte.
Die Verkäuferin goss schnell die Wan-Tan-Suppe hinein. Dann hob sie den Deckel von den Bao Ze ab und sagte: »Heute schmecken die Bao Ze mit Fleisch besonders gut. Nehmen sie ein paar mehr?«
»Nein, das ist ein krankes Kind. Er kann nur eine essen, leider«, sagte meine Großmutter mit trauriger Stimme.
Ich aß die Bao Ze nie wie andere Kinder, die einmal hineinbissen bis zur Füllung. Nein, ich aß immer den Teig von außen vollständig weg, dann konnte ich die Füllung richtig genießen. Von dort, bis zu dem Zeitpunkt, wenn ich mir hinterher die Finger ableckte, war meine schönste Zeit.
»Schmeckt es dir? Sie haben mir erzählt, heute wären sie besonders gut«, fragte mich meine Großmutter. Beim Essen saß sie gerne vor mir und beobachtete mich. Wenn sie allerdings vegetarisch aß, war sie immer hinter mir.
»Sehr lecker«, antwortete ich. »Und wo ist die Wan-Tan-Suppe?« Ich suchte mit den Augen.
»Kannst du noch mehr essen? Warte doch lieber ein wenig, sonst wird dir wieder schlecht.«
Sie hatte zu viele schlechte Erfahrungen mit mir gemacht.
»Doch, ich kann sofort essen.« Das sagte ich jedes Mal und hinterher wurde mir dann übel. Letztlich war es mir egal, denn das kam ja nach dem Essen. Die Großmutter gab meinem Drängen nach und stellte den Topf auf den Tisch. Es war ein stapelbares Kochgeschirr mit fünf Einsätzen, die durch Klappverschlüsse miteinander verbunden waren.

Im obersten Einsatz befand sich die Wan-Tan-Suppe. Ich besorgte mir einen Teller aus der Küche, und sie gab die Suppe hinein.
»Langsam essen!«, sagte sie jedes Mal zu mir. Und jedes Mal war es ein Festessen für mich.

Der nächste Tag war ein Sonntag. Ganz früh rief schon jemand von unten hoch zu meinem Fenster: »Da Lee, Da Lee!« Es war Chao, Qiang. Wenn wir Kinder uns gegenseitig besuchten, riefen wir immer zuerst nach dem Freund. War er da, dann kam er zum Fenster und sagte entweder: »Komm, meine Eltern sind nicht zu Hause«, oder : »Warte, ich komme zu dir.«
An diesem Sonntag war meine Mutter wieder in der Firma. Die Großmutter musste ich nicht fragen, ob Besuch kommen dürfte. Sie erlaubte das immer.
»Du, komm einfach nach oben!«, rief ich hinunter und ging, um die Tür zu öffnen.
Chao, Qiang kam mit neugierigem Blick herein. »Oh, so eine große Wohnung habt ihr! Zu wievielt wohnt ihr hier?«
»Drei, nein vier, wenn mein Vater auch da ist.«
»He, ihr habt drei Zimmer für so wenige Leute? Wir sind zu fünft und haben nur ein Zimmer. Und Küche und Toilette teilen wir uns noch mit den Nachbarn. Du bist glücklich.«
Er wusste nicht, dass das Wohngebiet eins nur für Chefs und so genannte Arbeitshelden gedacht war.
»Ist das dein Vater?« Er zeigte auf das Bild an der Wand. »Oh, er ist ja ein hoher Offizier!«
»Und was ist das?«, fragte er weiter. »Ein Plattenspieler? Wo ist die Kurbel?«
»Der braucht keine Kurbel, er läuft mit Strom.«
»Toll, deine Familie ist viel reicher als meine.« Er setzte sich aufs Sofa und wippte ein paar Mal auf und ab.
»Was willst du machen, so früh am Tag?«, fragte ich.
Er schämte sich plötzlich ein bisschen. Mit rotem Gesicht sagte er zu mir: »Erinnerst du dich noch, die Frau Direktor hat gesagt, wir sollen von Onkel Lee, Fong lernen.«
»Ja, natürlich.«

»Ich habe eine Idee, wir können auf die Straße gehen und wie Lee, Fong den alten Leuten helfen. Wenn sie zu schwer tragen müssen, helfen wir ihnen dabei.«

»Ist das gut?«

»Ja natürlich.« Er wollte etwas sagen, hielt dann jedoch wieder inne, die Augen auf meinen Hals gerichtet.

»Ich will auch ein rotes Halstuch haben.«

»Ja, richtig, du sollst auch eines haben. Ich helfe dir.«

Das rote Halstuch bekamen nur gute Schüler. Das bedeutete, man musste alle Prüfungen bestanden haben. Wir hatten drei Fächer: Chinesisch, Mathematik und Sport. In allen Fächern musste man eine bessere Note als drei haben. Zusätzlich war es wichtig, im Unterricht gut aufzupassen, damit der Lehrer zufrieden war. Und man musste beweisen, dass man einen guten Charakter hatte, hilfsbereit und sozial war. In unserer Klasse hatten schon fast die Hälfte der Schüler ein rotes Halstuch. Leider gehörte mein Freund bisher noch nicht dazu.

Ich ging zu meiner Großmutter und berichtete ihr, dass wir auf die Straße gehen wollten, um von Lee, Fong zu lernen.

»Lee, Fong? Wer ist das?« Sie las ja keine Zeitung und im Radio hörte sie nur die Shanghai-Oper im Dialekt. Über Politik und gesellschaftliche Themen wusste sie kaum etwas.

»Ich erkläre dir das später.« Ich zog Chao, Qiang einfach weg.

»Seid vorsichtig!«, rief uns meine Großmutter nach.

Wir sprangen auf der Straße herum wie zwei Vögel. Es war kurz vor dem Neujahrsfest und viele Leute trugen bunte, festliche Kleidung. Wir waren etwas enttäuscht, weil fast keine alten Leute allein unterwegs waren. Nur ein oder zwei gingen vorbei, sie hatten jedoch nichts zu tragen. Außerdem sahen sie ausgesprochen gesund aus. Also gingen wir immer weiter die Allee entlang, deren Bäume wegen der Winterzeit ziemlich kahl aussahen.

Wir kamen bis zum Bahnübergang. Die Schienen waren gleichzeitig die Grenze unseres Wohngebiets. Die Bambusschranken waren hochgezogen, was bedeutete, dass in der nächsten Zeit kein Zug kommen würde. Wir blieben vor den Schranken stehen und uns war fürchterlich langweilig.

»Was machen wir jetzt?«, fragte ich.

Chao, Qiang schüttelte seinen Kopf, er wusste auch nichts. Plötzlich leuchteten seine Augen auf. Er zeigte mit seinem Finger nach hinten. Ein Kuli-Wagen kam die Straße entlang auf uns zu. Das ist ein Fahrrad mit drei Rädern und einem Anhänger. Ein Mann mit weißem Tuch auf dem Kopf war der Fahrer. Der ganze Wagen war voll mit Obst und Gemüse. Der Mann mühte sich sehr ab. Jedes Mal, wenn er in die Pedale trat, ging der ganze Körper nach oben. Sein Gesicht war voller Schweißperlen.

»He, Onkel, wir helfen Ihnen!«, riefen wir fast gleichzeitig. Wir warteten seine Reaktion gar nicht erst ab, sondern liefen zum Wagen und schoben von hinten, einer rechts und einer links.

Jetzt fuhr der Wagen sehr leicht über die Schienen hinweg.

»Danke, danke!«, sagte der Mann. An einem großen Baum hielt er an und stieg ab. Er nahm das Tuch vom Kopf und trocknete sein Gesicht ab. »Wie heißt ihr und von welcher Schule kommt ihr netten Jungen?«

»Chen, Da Lee und Chao, Qiang von der Chao-Jang-Schule.«

»Oh, das ist eine bekannte Schule. He, warum lacht ihr jetzt?«

Wir lachten immer weiter, weil wir seinen Kopf sahen. Der war ganz glatt rasiert, mit sechs weißen Punkten darauf.

»Sind sie ein Mönch?«, fragte ich.

»Ja«, antwortete er und schaute mich an. »Sünde, Sünde. Omito Fo. Wie konnte ich mir von dir helfen lassen?« Er schüttelte seinen Kopf, sicher war er von meinem mageren Körper und den weißen Haaren beeindruckt. Er kam zu mir, nahm meine beiden Arme und hockte sich vor mich hin. »Warst du schon beim Arzt?«

»Ja«, antwortete ich. Ich wunderte mich nicht über seine Frage, denn die meisten Leute fragten das Gleiche, wenn sie mich zum ersten Mal sahen.

»Aber ohne Erfolg, oder?«

Ich nickte.

»Gut, gut, ich danke euch. Den Wagen müsst ihr nicht weiter schieben, ich mache das selbst. Nochmals vielen Dank, tschüss.« Er band sein Tuch wieder um den Kopf und fuhr weiter.

Wir Kinder blieben auf der Straße stehen. Die gute Tat war in unseren Augen zu kurz gewesen, wir wollten noch weiter helfen. Unsere Blicke folgten dem Wagen, der sich langsam immer weiter entfernte. Interes-

santerweise hielt er plötzlich an, der Mönch stieg ab und kam zu uns zurück.
»He, Jungs, ich habe eine Idee. Könnt ihr mit mir kommen? Ich will euch zu einem Meister bringen, er ist ein großer Qi-Gong-Meister. Er kann dir bestimmt helfen.« Er strich mir mit der Hand über den Kopf.
»Natürlich können wir mitkommen«, sagte Chao, Qiang.
Das wollte ich natürlich auch. Ein Treffen mit einem Qi-Gong-Meister! Welches Kind hätte da Nein gesagt? Wir hatten schon viele Geschichten über solche Menschen gehört. Angeblich konnten sie fliegen, spurlos durch Mauern gehen und Krankheiten durch eine einzige Berührung heilen. Ich und viele andere hatten auf dem Markt schon mehrmals Vorführungen gesehen, bei denen der Meister mit einem Schlag seiner Hand zehn aufeinander gestapelte Steine auf einmal zerschlagen hatte. Wenn er die Energie in seinem Kopf sammelte, dann konnte er einen großen Stein damit zerstören, ohne dass er selbst eine Verletzung davontrug. Manche konnten sogar auf einem Nagelbrett liegen, auf dem Bauch einen Betonstein, und ein Helfer schlug mit einem großen Hammer »pong, pong« auf den Stein, bis dieser ganz kaputt war, ohne dass der Körper des Meisters Schaden genommen hatte. Jetzt bot sich uns die Chance, einen solchen Meister persönlich kennen zu lernen. Wir waren aufgeregt und freuten uns.
»Gut dann«, sagte der Mönch. »Du, Da Lee, du darfst auf dem Wagen sitzen, und du, Qiang«, er nahm seinen Arm und schüttelte ihn ein wenig, »oh, Junge, du hast zu viel Fleisch. Ein wenig Laufen tut dir gut, schiebe bitte von hinten weiter.«
»Danke«, sagte ich. Ich war schon müde und froh darüber, auf dem Wagen sitzen zu können. Der arme Qiang musste laufen und auch noch schieben. Trotzdem war er nicht böse, sondern lachte sogar noch und stellte beim Schieben tausend Fragen. »He, Mönch, o nein, Genosse, nein, Onkel!« Er suchte nach einer passenden Anrede.
»Du kannst mich Onkel Wu nennen.« Der Mönch lachte.
»Onkel Wu, wie groß ist die Kraft dieses Meisters?«
»Oh, sehr groß, sehr groß. Ich kann es nicht beschreiben. Sehr groß.«
»Ist er auch ein Mönch?«
»Nein, er ist zwar ein gläubiger Buddhist, aber Laie. Zurzeit wohnt er bei uns im Tempel.«

»Wie heißt dein Tempel?« fragte ich ihn.
»Jadebuddha-Tempel.«
»He, den kenne ich, da war ich schon ein paar Mal mit meiner Großmutter.«
»Gefällt er dir?«
»Ja, aber nicht alles.«
»Warum?« Er drehte seinen Kopf zu mir.
»Der Buddha aus Jade gefällt mir, doch die anderen bei der Tür sind zu groß, zu schrecklich.«
Der Mönch lachte ganz laut. »Du findest die vier Offiziere in der ersten Halle schrecklich? Ja, sie sind die Beschützer des Himmelstores. Sie müssen groß und böse aussehen!«
»Ist der Qi-Gong-Meister auch so groß wie die Offiziere?«, fragte Qiang. Der Ärmste schwitzte, seine dicke Jacke hatte er schon ausgezogen und auf den Wagen gelegt.
»Was? Was hast du gefragt?« Der Mönch lachte so sehr, dass er fast vom Wagen gefallen wäre. »Ihr könnt es nachher selbst sehen.«
Der Jadebuddha-Tempel liegt im Westen von Shanghai mitten in einem Industrie- und Wohngebiet. Er besteht seit dem Ende des neunzehnten Jahrhunderts. Damals kam ein Mönch namens Hui, Gen mit fünf Jadebuddhas aus Burma nach China zurück. Er war auf dem Weg zu einem heiligen Berg, um dort für die Buddhas einen Platz zu suchen. Als er und seine Helfer an der Stelle vorbeikamen, wo heute der Tempel steht, blieben die Pferde, die den Wagen zogen, stehen. Die Leute versuchten mit allen Mitteln, sie zum Weitergehen zu bewegen. Doch egal, wie sie zogen und schoben oder die Pferde schlugen, sie gingen einfach keinen Schritt mehr weiter. Der Mönch wunderte sich darüber. Er bat die Leute, ihre Bemühungen einzustellen, und kam selbst zu dem Wagen, auf dem zwei der fünf Jadebuddhas verpackt waren.
Der Mönch stellte sich mit zusammengelegten Händen vor die beiden Figuren.
»Buddha, ehrfurchtsvoll bitte ich Euch, mir Eure Meinung zu sagen. Warum wollt Ihr nicht weitergehen?« Dann verbeugte er sich tief, mit geschlossenen Augen, die zusammengelegten Hände vor der Stirn haltend. Plötzlich erschien ihm im Geiste ein goldgelbes Licht. Das Licht wurde immer größer und heller. Schließlich hatte er die Vision eines

Tempels mit gelben Mauern; hinter den Mauern sah er eine riesige Metropole mit vielen Häusern. Er öffnete seine Augen, doch in Wirklichkeit gab es nur ein paar Felder und einige einfache Fabrikgebäude. Doch sobald er die Augen wieder schloss, war das Bild des Tempels und der Stadt wieder zurück. Da verstand er, was ihm die Vision sagen wollte: »Ja, die Buddhas wollen hier bleiben. Sie wollen den Leuten hier Glück bringen.« Dann sagte er zu seinen Helfern: »Wir bitten euch, die Buddhas hier abzuladen.«

»Was?« Die Leute wunderten sich über seinen Wunsch. »Hier?«

»Ja. Wir lassen die Buddhas hier, sie werden den Menschen Glück bringen«, sagte er mit sicherer Stimme.

Seine Helfer bezweifelten das. Sie schauten sich um, hier gab es gar nichts Besonderes. Keinen schönen Berg, keinen Wasserfall, keine Sehenswürdigkeit. Es gab nur flaches Land. Doch trotz ihrer Zweifel folgten sie dem Wunsch des Mönchs.

Diese Geschichte ereignete sich 1899. Wie sieht Shanghai heute aus? Liebe Leser, das sollt ihr mit eigenen Augen sehen. Die moderne Metropole und der weltbekannte Jadebuddha-Tempel werden auch euch sicherlich beeindrucken.

Als Chao, Qiang, der Mönch Wu und ich vor den Toren des Jadebuddha-Tempels standen, sahen wir ein ganz anderes Bild: Der Tempel war verhüllt vom Rauch, den die Schornsteine der Häuser und Industriegebäude ausstießen. Die gelben Mauern waren so verschmutzt, dass sie fast grau aussahen. Doch drinnen, hinter den Mauern, war es ganz anders. Sauber und ruhig, eine ganz andere Welt, eine isolierte Insel mitten in Shanghai.

Als wir den Tempel betraten, wehte uns ein starker Duft von Räucherstäbchen entgegen. Ich kannte das Kloster bereits. Es gab hier zwei große Hallen und einige Nebenräume. In der ersten Halle standen die Statuen der vier Offiziere, jede von ihnen ungefähr drei Meter hoch. In ihren Händen trugen sie Waffen, jederzeit zum Kampf bereit. Als ich zum ersten Mal mit meiner Großmutter hier gewesen war, wollte ich sofort wieder gehen, weil die Statuen so böse schauten. Doch mit der Zeit hatte ich mich an ihre Gesichter gewöhnt. Schließlich wusste ich ja, dass sie alle nur aus Holz geschnitzt und lackiert waren. In der zweiten, der Haupthalle, saßen die drei Hauptbuddhas. In der Mitte war

Rulai Fo (Tathagata). Rechts von ihm befand sich Yaoshi Fo (Medizinbuddha), links Omito Fo (Amitabha). Im gleichen Saal, Rücken an Rücken mit den dreien, war Guanyin Fo, der bekannteste chinesische Buddha. Der wertvolle Jadebuddha saß im ersten Stock des Hinterhauses, umgeben von den kanonischen Schriften des Buddhismus. Das war der wichtigste Raum des ganzen Klosters.
Der Mönch führte uns nicht, wie meine Großmutter, zu jedem Buddha, um zu beten. Wir durchquerten einen Nebenraum links neben dem Haupteingang, und gingen durch einen Hof mit kleinen Bambussträuchern bis zu einer Haustür. Dort blieben wir stehen. Auf dem Weg hatten wir einige Mönche getroffen. Alle waren gleich bekleidet, mit einer Kasaya-Mönchskutte, und kahl geschoren. Um den Hals trugen sie den Rosenkranz mit einhundertundacht Kugeln. Alle waren sehr höflich zu uns. »Guten Tag, junge Gönner!« Dann legten sie die Handflächen gegeneinander und stellten sich an die Seite. Chao, Qiang und ich beachteten sie jedoch kaum. Wir waren sehr aufgeregt und wollten den Qi-Gong-Meister endlich kennen lernen. So schnell wie möglich waren wir Onkel Wu bis zur Tür gefolgt. Es war eine runde Tür, schwarz lackiert und in der Mitte geteilt. Auf jeder Seite gab es einen faustgroßen bronzenen Löwenkopf, der einen Ring im Maul trug. Der Mönch Wu brachte zuerst seine Bekleidung in Ordnung, dann nahm er einen Ring und klopfte an die Tür. Langsam öffnete sie sich und wir sahen einen kleinen, schlanken alten Mann mit hellbraunem Gewand. Chao, Qiang sprang sofort durch die geöffnete Tür ins Innere, ich folgte ihm. Wir sahen eine Mönchszelle, mit einem großen Tisch in der Mitte, umrahmt von vier dunklen Holzstühlen. Es gab auch ein Bett und an der Wand hingen viele Bilder und Kalligrafien. Außer uns, dem alten Mann und Onkel Wu war niemand im Raum.
»Wo ist der große Qi-Gong-Meister?«, fragte Qiang.
»Hier ist er.« Wu zeigte auf den kleinen Mann.
»Was, der?« Uns wurde vom Kopf bis zu den Füßen kalt. »Bist du der große Meister?«, fragten wir fast gleichzeitig.
Der kleine Mann lachte. »Ja, das kann man sagen, aber nicht groß, nur ein kleiner.« Er ging zum Tisch, nahm den Pinsel, der dort lag, und schrieb weiter. Es war eine wunderschöne Kalligrafie, das konnten sogar wir Kinder sehen.

»Was wollt ihr?« Er drehte sich zu uns um.
»Ich wollte Sie um etwas bitten ...«, Wu war sehr vorsichtig mit seinen Worten.
»Bist du Qi-Gong-Meister? Kannst du Steine kaputtmachen, zum Beispiel diesen hier?«
Mein Freund Qiang hatte keine Geduld mehr und war offensichtlich enttäuscht, dass dieser kleine Mann der große Meister sein sollte. Deshalb hatte er Wu unterbrochen. Sein Finger zeigte immer noch auf den Stein, der neben der Tür lag und die Größe eines Schuhs hatte.
Wu war die Situation peinlich. »Meister Yun, Fe, Sie müssen diesen Kinder verzeihen. Sie wissen gar nicht, wie hoch der Himmel ist und wie dick die Erde.«
Der kleine Mann lachte nur. »Nein, nein, ich will nicht versuchen, diesen Stein kaputtzumachen. Ich kann es nicht, aber er könnte mich kaputtmachen.«
»Ha, kannst du das nicht? Wie kannst du dich dann Qi-Gong-Meister nennen? Ich habe einen auf der Straße gesehen, der konnte zehn Steine auf einmal zertrümmern!« Qiang lief so angeberisch und breitbeinig durch den Raum, wie er es bei den Straßenmeistern gesehen hatte.
Der Mönch Wu bereute sicher bereits, dass er uns hierher gebracht hatte. Mehrmals versuchte er vergeblich, Qiang den Mund zuzuhalten.
»Ja, ich habe das auch gesehen«, sagte ich und lief genauso breitbeinig hinter Qiang her. Gemeinsam lachten wir. Plötzlich stieß einer von uns an den Tisch, das Tintenfass fiel um und die Tinte ergoss sich über Yun, Fes gerade so schön geschriebene Worte.
Er war sehr ärgerlich, nahm das Papier, zerknüllte es zu einer Kugel und warf es in die Ecke. »He, ihr zwei Affen.« Er drehte den Stuhl zu uns herum und setzte sich breitbeinig darauf. »Gut, ich habe keine Kraft, den Stein kaputtzumachen. Habt ihr die Kraft, das Papier vom Boden aufzuheben?« Er schaute uns leise lächelnd an.
»Ist das ein Witz?« Qiang bückte sich nach unten und nahm die Papierkugel in die Hand. Dann versuchte er, sich aufzurichten, doch vergeblich. »Oh, schwer, schwer! Mein Körper ist so schwer!«
Ich hatte gesehen, dass der kleine Mann mit zwei Fingern nach unten gezeigt hatte, einen Meter vor Qiang. Und nun konnte er sich nicht mehr aufrichten. Mit ganz rotem Gesicht und aller Kraft versuchte er

hochzukommen, doch er bewegte sich keinen Zentimeter nach oben. Ich konnte das einfach nicht glauben. »Qiang, ich helfe dir.« Ich bückte mich und nahm die Papierkugel. Sie war ganz leicht, wie jede andere Papierkugel auch. Doch als ich wieder hoch wollte, konnte ich ebenfalls nicht mehr. Der kleine Mann zeigte mit den Fingern der anderen Hand in meine Richtung. Ich hatte das Gefühl, als ob ein riesiger Magnet mich festhalten würde. Obwohl der Mann mich überhaupt nicht berührte, musste ich mich nach seinem Willen nach unten beugen, immer tiefer und tiefer.

»Das geht nicht mehr, Meister! Oh, großer Meister, lass uns bitte wieder nach oben!«, schrien wir. Fast mussten wir weinen.

Er lachte.

Der Mönch Wu lachte noch mehr. »Ihr solltet euch beim Meister entschuldigen«, sagte er.

»Ja, ja, Entschuldigung! Wir tun alles, wenn ihr uns freilasst!«

»Gut, gut! Steht auf.« Meister Yun, Fe drehte seine Handflächen nach oben. Ich fühlte mich sofort befreit und konnte ohne Probleme wieder gerade stehen.

»Was hast du mit uns gemacht? Ist das Zauberei?« Qiang stand da, ein Auge weit offen, das andere zusammengekniffen, als ob er gerade aus einem Traum erwachen würde.

»Oh, dieser Kleine. Omito Fo.« Mönch Wu wollte wieder Qiangs Mund zuhalten.

»Lass das, lass das«, winkte der Meister ab. Er schien nicht abgeneigt, sich mit uns zu unterhalten. Vielleicht amüsierten ihn diese beiden vorlauten und neugierigen Jungen ein wenig. Er saß noch immer unverändert auf seinem Stuhl. Nun hob er beide Handflächen in die Luft, drehte sie sanft und hielt sie uns entgegen. Ich spürte sofort eine unsichtbare Kraft, die mich zurückschob, bis mein ganzer Körper an die Wand gedrückt wurde. Qiang ging es ebenso. Er riss beide Augen weit auf.

»Das ist unmöglich, unmöglich.« Wir versuchten, von der Wand wegzukommen, aber ohne Erfolg.

»Das ist keine Zauberei, das heißt Qi Gong, Energiefähigkeit, junge Männer. Wisst ihr jetzt Bescheid?« Meister Yun, Fe saß ganz entspannt zwei Meter von uns entfernt auf seinem Stuhl.

»Ja, ja, wir wissen jetzt Bescheid.« Diesmal hatten wir genau gespürt, dass die ganze unsichtbare Kraft aus diesem kleinen Körper gekommen war. So etwas hatten wir zum ersten Mal in unserem Leben erlebt, wir waren vollkommen überwältigt. Der Qi-Gong-Meister zog seine Handflächen zurück und wir waren sofort wieder frei. Wir gingen zu ihm.

»Du bist wunderbar, du bist toll, du bist kein Mensch, sondern ein Heiliger…« Wir versuchten, die passenden Worte zu finden.

Er lachte nur. Es schien, als ob er uns mochte, denn er strich uns beiden über den Rücken. Der Mönch Wu ergriff die Gelegenheit, um sein Anliegen vorzutragen. »Meister Yun, die beiden Jungen waren sehr nett. Sie haben auf der Straße gewartet und mir geholfen, den Wagen zu schieben. Nett, nett.« Er legte seine Handflächen zusammen. »Doch schauen Sie sich diesen Jungen an, er ist so dünn und hat so viele weiße Haare auf dem Kopf! Er hat bestimmt große Probleme mit seiner Gesundheit. Buddha hat mir gesagt, ich soll Sie um Hilfe für ihn bitten. Nett, nett! Omito Fo.«

Der Meister schaute mich konzentriert an. Seine Augen waren zwar nicht groß, doch sehr scharf, fast wie Adleraugen. Langsam schloss er diese scharfen Augen, dann öffnete er sie schnell wieder. »Wie heißt du?«

»Da Lee. Chen, Da Lee.«

»Wie alt ?«

»Acht Jahre alt. Oh, ich bin der Kleinste im ganzen Klassenzimmer.« Ich hatte sein zweifelndes Gesicht gesehen.

»Ist dein Bauch oft eiskalt und schwitzt du immer nachts? Ja? Und nach dem Essen musst du spucken? Und ist dir oft schwindelig?« Er fragte und gab gleichzeitig die Antwort. Das wunderte mich sehr. Beim Arzt musste ich immer erzählen, doch dieser Mann wusste alles, bevor ich überhaupt etwas gesagt hatte.

»He. Sein Hauptmeridian ist blockiert. Wenn man nichts tut, kann er nicht weiterwachsen.« Er wandte sich an den Mönch Wu.

»Sünde, Sünde. Der Teufel soll von ihm gehen. Meister, Sie können ihm doch dabei helfen? Nett, nett. Omito Fo. Ich bete bei Buddha für den jungen Gönner.« Ich konnte wieder Wus ganzen, glatten Kopf sehen, weil er sich mit zusammengelegten Handflächen weit nach vorn beugte. Früher hatten wir immer geglaubt, dass Mönche komisch wären, anders als wir normalen Menschen, doch das hier war ein netter Mann.

Der Meister war überzeugt. Nach kurzem Schweigen sagte er: »Gut. Aber ich muss deine Eltern fragen, persönlich fragen. Sind sie jetzt zu Hause?«

»Nein, nur meine Großmutter ist zu Hause. Sie kümmert sich um alles.«

»Dann gehen wir gemeinsam zu ihr«, sagte er.

»Das ist sehr weit. Können wir mit dem Bus fahren?« Ich kannte den Bus. Wenn ich mit meiner Großmutter den Jadebuddha-Tempel besuchte, nahmen wir immer den Bus Nummer 63 oder eine Rikscha.

»Nein«, antwortete er. »Wir fahren heute nicht mit dem Bus, wir gehen zu Fuß!«

»Aber ich bin schon müde«, entgegnete ich. »Ich schaffe das nicht mehr.«

»Doch, heute kannst du das schaffen. Meister Wu, kümmern Sie sich bitte darum, dass das andere Kind nach Hause kommt? Dann gehen wir.« Bevor ich etwas sagen konnte, legte er mir eine Hand auf den Rücken und schob mich etwas nach oben. Ich hatte sofort das Gefühl, als ob mein ganzer Körper leicht würde. »Qie«, er sagte nur dieses eine Wort. Ich verstand das nicht, doch der ganze Körper war wie schwerelos, als höbe er sich vom Boden ab. Meine Füße spürten nichts mehr von meinem Gewicht, es war, als würde ich in der Luft fliegen.

Blitzschnell waren wir am Hauptportal des Tempels und gingen auf die Straße. »Fu, fu, fu«, sauste es wie Wind an meinen Ohren vorbei. Menschen, Busse, Autos, Fahrräder, Gebäude, Bäume, alles flog blitzschnell an mir vorüber. Ich glaubte, dass ich im Traum wäre, und biss mir auf den Finger. Das tat weh. Es war also doch kein Traum. Ich sah den Meister an, seine langen schwarzgrauen Haare wehten wie die Mähne eines galoppierenden Pferdes nach hinten. Zu schnell, ich hatte Angst und wollte anhalten, doch das ging einfach nicht.

»Welche Hausnummer?« Die Stimme schlug mit dem Geräusch des Windes gegen meine Ohren, als wäre sie vom Himmel gekommen.

Ich antwortete, mit lauter Stimme gegen den Wind ankämpfend. Und da waren wir auch schon vor unserem Haus angelangt.

»He, endlich kommst du zurück! Wo warst du denn so lange Zeit?«, fragte meine Großmutter sofort, als sie die Tür öffnete. Sie hatte sich schon große Sorgen um mich gemacht.
»Das ist ein Großmeister vom Jadebuddha-Tempel.« Ich wollte gleich alles erzählen, was ich erlebt hatte. Doch mein Kopf war noch nicht ganz zurück von der schnellen Windreise. Ich konnte nur dastehen, ganz außer Atem.
»Nein, nein, kein großer Meister. Mein Name ist Yun, Fe.« Der Meister legte eine Faust in die Handfläche der anderen Hand und hielt die Hände vors Gesicht. Das war eine sehr höfliche Geste in der chinesischen Tradition, weil er die Hände bis zum Gesicht hob. Er hatte sicher bemerkt, dass meine Großmutter viel älter war als er.
»Oh, Herr Yun, kommen Sie bitte herein.« Sie führte uns ins Wohnzimmer und begann sofort, Tee zuzubereiten. Zu Hause hatten wir immer grünen Tee und heißes Wasser. Sie nahm einige getrocknete Blättchen und streute sie in drei Teetassen. Dann füllte sie aus der großen Thermoskanne heißes Wasser in die Tassen. Es war Drachentee der ersten Klasse. Er duftete nicht so stark wie Jasmintee, aber das leichte, angenehme Gefühl, das man nach dem Trinken hatte, hielt im Mund ziemlich lange an. Der Meister setzte sich an den Tisch. Als meine Großmutter den Tee brachte, stand er sofort wieder auf. Mit beiden Händen nahm er die Tasse entgegen. »Danke, danke«, sagte er. Dann stellte er den Tee auf den Tisch und wiederholte nochmals die höfliche Geste. »Darf ich einmal fragen, in welchem glücklichen Lebensjahr Sie sind?«
»Dreiundsiebzig, schon alt.« Großmutter hatte sich auch an den Tisch gesetzt und antwortete mit freundlicher Stimme.
»Oh, zehntausendmal Glück, zehntausendmal Glück für Sie. Sie sind meine ältere Schwester, ich bin gerade zehn Jahre jünger als Sie, dreiundsechzig.«
In China, wenn sich zwei alte Leute zum ersten Mal unterhalten, fragen sie sich immer gern nach dem Alter. Dann weiß man sofort, wer die ältere Schwester oder der ältere Bruder ist. Die Älteren werden immer mehr geachtet. Außerdem herrscht schnell eine vertraute Atmosphäre, wenn man über so persönliche Dinge wie das Alter spricht.

Alter symbolisiert in China mehr Erfahrung, Erfolg und Wissen. Das stimmt zwar nicht unbedingt, doch sehr viele Leute glauben das, besonders die alten Leute selbst.
»Ich bin länger über Brücken gegangen als du über Straßen« oder »Ich habe mehr Salz gegessen als du Reis« sind Sprüche, die man oft von den alten Leuten hört.
Von meiner Großmutter habe ich das allerdings nie gehört. Zwar hatte sie nie eine Schule besucht, aber sie unterhielt sich immer gern mit gebildeten Menschen. Sie hörte solchen Leuten mit großer Aufmerksamkeit zu und lernte von ihnen. Der Meister, der mit höflicher und bescheidener Haltung gekommen war, hatte sie schon in der ersten Minute beeindruckt. Mit ihrer Menschenkenntnis, die sie sich in mehr als siebzig Jahren erworben hatte, bemerkte sie sofort, dass dieser Besucher ein außergewöhnlicher Mensch war.
Sie hatte mir oft erzählt, dass es im Himmel drei Schätze gibt: Sonne, Mond, Sterne. Auf der Erde gibt es auch drei Schätze: Wind, Wasser, Erde. Beim Menschen: Seele, Energie, Geist. Auf Chinesisch heißt das: Jin, Qi, Shen. Alle drei verbunden, machen die Ausstrahlung eines Menschen aus. Diese Ausstrahlung kann man sehr schwer beschreiben, doch man spürt sie sofort, wenn man jemandem gegenübersteht.
Meine Großmutter war nicht so dumm wie mein Freund Qiang und ich. Sie spürte die starke positive Ausstrahlung von Anfang an. Sie schaute den Meister von oben bis unten an, die Thermoskanne immer in der Hand, und kaum hatte er seine Tasse halb leer getrunken, goss sie schon wieder nach. »Bitte, bitte«, sagte sie und man konnte sehen, dass sie so höflich wie möglich sein wollte.
»Guter Tee, guter Tee.« Nachdem Großmutter eingeschenkt hatte, stand der Meister auf und bat sie, sich doch auch wieder zu setzen. Nun saßen sie sich am Tisch gegenüber und endlich konnte man zur Sache kommen. »Ich komme wegen ihres Enkels zu Ihnen. Dieses Kind hat von Geburt an viele Probleme. Ihm fehlt zu viel Yuan-Energie, das ist die Energie, die man schon vor der Geburt hat. Auch Yin und Yang sind bei ihm nicht im Gleichgewicht.«
»Ganz richtig, ganz richtig. Als er zur Welt kam, hatte seine Mutter zu viel Stress. Schauen Sie sich ihn an, so jung hat er schon fast die gleiche Haarfarbe wie ich. Sein Körper ist auch zu klein. Wir können

schon nicht mehr zählen, wie oft wir mit ihm beim Arzt gewesen sind. Niemand konnte ihm helfen. Was kann ich noch tun, außer bei Buddha für ihn zu beten!«

Meine Großmutter legte beide Hände auf den Tisch und beugte sich näher zu Yun, Fe. »Meister, welches Amt haben Sie im Tempel? Und in welcher Zelle wohnen Sie?« Daran, in welcher Zelle ein Mönch lebte, konnte man seinen Rang erkennen. Zum Beispiel lebte nur der Oberste in der Fang-Zhang-Zelle.

»Er wohnt im Nebenraum mit viel Bambus, und er hat Kalligrafien an der Wand. Er hat sehr starke Energie ...« Endlich hatte ich eine Gelegenheit gefunden, auch etwas zu sagen. Ich wollte alles erzählen, was ich erlebt hatte, doch schon hinderte mich der Meister mit lachendem Gesicht daran, fortzufahren.

»Ich bin nur zu Gast im Kloster, ältere Schwester. Sie haben einen netten Enkel mit einem guten Herzen. So jung weiß er schon, dass er anderen Menschen helfen soll. Wenn Sie erlauben, würde ich ihn mit Qi Gong behandeln. Ich glaube, mit ungefähr zehn Behandlungen kann er richtig geheilt werden.«

Meine Großmutter sprang auf und legte die Handflächen gegeneinander. In ihren Augen blitzte ein Hoffnungslicht auf. »Ich danke Ihnen, ich danke Buddha! Sie sind unsere Rettung.«

»Tut das weh?«, fragte ich.

»Nein.« Er schüttelte den Kopf. »Ich kann dich schon jetzt behandeln. Setz dich hier vor mich hin, mit dem Rücken zu mir. Ja, so ist es richtig. Beug deinen Kopf ein bisschen nach unten. Gut, richtig. Bleib so!«

Ich nahm einen kleinen Stuhl und befolgte seine Anweisungen ganz genau. Er konzentrierte sich ungefähr eine halbe Minute lang. Dann hielt er die rechte Hand in die Luft und deutete mit dem Zeige- und Mittelfinger aus etwa zwanzig Zentimetern Entfernung auf meinen siebten Halswirbel. Plötzlich spürte ich dort ein heißes, aber sehr angenehmes Gefühl, wie einen Strom. Er breitete sich immer weiter aus. Einmal nach oben zu meinem Kopf, der sofort ganz klar wurde – im Gegensatz zu sonst, wo mir immer schwindelig war und ich ein Druckgefühl hatte. Jetzt war er frei und sauber. Der andere Strom ging den Rücken entlang nach unten. Er breitete sich bis in die Hände und Füße aus. Das Gefühl war unbeschreiblich angenehm. So musste sich eine halb verdurstete

Pflanze fühlen, wenn es regnet. Das war Energie, Lebensenergie, die Meister Yun, Fe über seine Finger in mich hineintankte.
Langsam fielen mir die Augen zu. Ich ging in eine Welt von Ruhe, Helligkeit und Freude. Ich spürte, wie die dunklen Schatten in der Mitte meines Körpers mich verließen. Sie wanderten in Richtung meiner Finger. Als sie die Fingerspitzen erreichten, wurde mir eiskalt. Doch sobald sie den Körper verlassen hatten, war mir wieder wohlig warm.
»Das war's für heute.« In meinen Halbschlaf hinein drang die Stimme des Meisters, die vom Himmel zu kommen schien. »Hat es dir gut getan?«, fragte er.
»Ja, es war toll.« Ich war sehr enttäuscht, dass die Behandlung jetzt beendet sein sollte. Ich war schon fast hundertmal im Krankenhaus gewesen. Jedes Mal hatte ich entweder Schmerzen von einer Spritze oder ich litt darunter, bittere Medizin zu schlucken. Aber so etwas Schönes wie diese Qi-Gong-Behandlung hatte ich noch nie erlebt.
Die Großmutter war aus der Küche gekommen und brachte Teller und Stäbchen. »Großmeister, bleiben Sie doch bitte zum Essen da!« Ich hatte gar nicht gemerkt, dass sie in der Küche gewesen war.
»Vielen Dank, aber ich bin zum ersten Mal hier. Ich sollte lieber nicht zum Essen bleiben.«
Das war typisch chinesisch, man musste eine Einladung höflicherweise erst einmal ablehnen, egal ob man wollte oder nicht.
»Sie haben gerade meinen Enkel behandelt, sie müssen auf jeden Fall dableiben und etwas essen. Jetzt ist gerade die richtige Zeit dafür.«
»Gut, gut. Ihre Einladung anzunehmen ist besser, als aus Höflichkeit abzulehnen.« Er blieb sitzen. Ich half meiner Großmutter, den Tisch zu decken. Es gab fünf Speisen und eine Suppe. Es war Sonntag, deshalb hatte sie vorher schon etwas vorbereitet. Es gab geschmorten Karpfen, Schmorfleischklöße, getrocknetes Gemüse mit Sojasoße und Schweinefleisch, Trockengemüse mit Tofu, Rührei mit Champignons und Erbsensuppe. Sie deutete mit ihren Stäbchen auf die letzten drei Speisen und sagte: »Diese habe ich mit Pflanzenöl zubereitet.«
Es war Sitte, einem buddhistischen Besucher vor dem Essen die vegetarischen Gerichte zu zeigen. Normalerweise machte man das indirekt, so wie meine Großmutter, damit der Besucher nicht denken musste, der Gastgeber wäre geizig und wollte am Essen sparen.

»Was möchten Sie trinken?«, fragte ich. »Wir haben besten Schnaps da, Mau Tai.« Als Kind durfte ich selbstverständlich nichts davon trinken, doch ich wusste, wo der Schnaps aufbewahrt wurde. »Danke, keinen Schnaps, habt ihr vielleicht Shao-Hsing-Wein?«
»Shao-Hsing-Wein?« Ich musste nachdenken. »Ja, das haben wir, allerdings keinen guten, nur zum Kochen.«
»Ja, das geht gut. Bei so viel gutem Essen brauche ich einen Wein.« Er lachte ein wenig verlegen. Neugierig und gespannt beobachtete ich ihn beim Essen. Im Märchen wurde erzählt, dass Heilige nur Wasser vom heiligen Berg trinken und auch nur Obst von dort essen. Irgendwie dachte ich, ein so außergewöhnlicher Mensch wie er müsste auch ein Heiliger sein.
Er probierte zuerst die vegetarischen Speisen und die Suppe. »Gut, schmeckt sehr gut«, sagte er. Dann wanderten seine Stäbchen immer weiter zu den Schüsseln mit Fleisch und Fisch.
»Oh, er isst nicht vegetarisch, jedenfalls nicht heute«, dachte ich.
»Das schmeckt gut. Ich habe noch nie so gutes Fleisch mit Trockengemüse gegessen. Ältere Schwester, wie haben Sie das gekocht?«
Meine Großmutter lachte, dabei zogen sich alle Falten zusammen. »Das war in unserem Dorf das bekannteste traditionelle Gericht. Das Fleisch muss dafür zuerst eine ganze Nacht in Sojasoße liegen. Das Gemüse habe ich selbst getrocknet. Leider gibt es hier nicht so viel Platz dafür wie in meinem Dorf. Kennen Sie das Dorf Wushi? Dort ist alles so schön. Es gibt saubere Flüsse, grüne Berge, nicht wie hier in Shanghai. Shanghai ist so groß und trotzdem ist es überall sehr eng.«
»Shanghai ist die größte und modernste Stadt in unserem Land!« Das hatte ich in der Schule gelernt. Ich kannte meine Großmutter. Wenn sie über ihr Dorf erzählte, konnte das Stunden dauern, egal ob die Leute zuhören wollten. Deshalb benutzte ich jede Gelegenheit, um sie zu stoppen.
Nach dem Essen gab Großmutter dem Meister einen kleinen, roten Papierumschlag. Ich wusste schon, dass darin Geld war. Er wusste das auch. »Nein, nein, vielen Dank. Ich nehme das nicht.«
»Sie müssen das annehmen, sonst kann ich meinen Enkel nicht mehr bei Ihnen behandeln lassen.«
»Oh, das ist schwer für mich. Aber ich habe einen Vorschlag: Sie brin-

gen das Kind jeden Sonntag zu mir, bis wir zehn Behandlungen gemacht haben. Sie brauchen nicht jedes Mal zu bezahlen. Wenn das geht...« Er schaute auf die Schüssel mit Fleisch und Trockengemüse. Sie war ganz leer. Fast alles hatte er allein gegessen. »Wenn das möglich ist, bringen Sie mir die Dorfspeise mit, dann bin ich vollkommen zufrieden.« Er lachte wieder ein bisschen verlegen. »Und lassen Sie die Mönche nicht das Fleisch sehen. Schließlich bin ich in einem Kloster zu Gast.«

»Gut, gut. Ich danke Buddha«, sagte meine Großmutter. Sie freute sich sehr, wenn man ihr Essen mochte. Doch ihre größte Freude war natürlich, dass ein Retter für ihren Enkel aufgetaucht war.

Am nächsten Sonntag fuhren meine Großmutter und ich mit einer Rikscha zum Jadebuddha-Tempel. Sie hatte ihren Stock dabei, außerdem eine Tasche, in der das Schweinefleisch mit Trockengemüse war. In der Schüssel sah man nur das Gemüse, das Fleisch hatte sie darunter versteckt. Dazu hatte sie noch einen guten Shao-Hsing-Wein eingepackt. Am übernächsten Sonntag und am Sonntag darauf taten wir das Gleiche.

3

Im Zentrum von Shanghai gibt es eine weltbekannte Geschäftsstraße, die Nanjing-Straße. Sie beginnt östlich vom Fluss Huan Pu und endet in der Mitte der Weststadt und ist fünf Kilometer lang. In der Nanjing-Straße gibt es mehr als zehntausend Läden und Restaurants. Tagsüber bilden einige Millionen Menschen zu Fuß, in Bussen, Autos oder mit Fahrrädern einen riesigen, fortwährend laufenden Strom. Abends ist dieser Strom hell erleuchtet von unzähligen Neonlichtern. Hier zeigt sich das Leben, hier ist das Herz der Metropole und hier kann man überall Gold finden, so sagen diejenigen, die aus allen Teilen des Landes nach Shanghai kommen. Und wer diese Straße richtig kennt, wundert sich nicht über solche Worte.

Die Straße verdankt ihre Berühmtheit einem jüdischen Einwanderer, der einer der reichsten Männer Shanghais wurde und mit seinem Geld die Nanjing-Straße aus teuren Baustoffen hatte bauen lassen. Es ist kaum zu glauben, doch zu meiner Zeit bestand der Belag der ganzen Straße aus einer zehn Zentimeter dicken Schicht Mahagoniholz!

Der Mann hieß Hardoon und war im Jahr 1873 mit einem Schiff nach monatelanger Fahrt aus Europa nach Shanghai gekommen. Bei seiner Ankunft im Hafen von Shanghai hatte er nichts. Sein einziges Gepäck war ein Schlafsack. Beide Jackentaschen waren leer. Es hätte auch unmöglich Geld darin sein können, denn die Taschen waren voller Löcher, genauso wie sein Schlafsack. Ein armer Junge, fast die ganze Welt hatte ihn vergessen. Nur Shanghai empfing ihn mit weit geöffneten Armen. Er spürte, dass hier seine Zukunft lag, dass sich sein Schicksal zum Guten verändern würde. Er arbeitete und lernte fleißig. Er sparte jeden Pfennig. Sein erster Job war Portier in einem Lager für ausländische Importwaren. Danach arbeitete er als Angestellter in einer Bank. Von seinem Verdienst gönnte er sich nicht den geringsten Luxus. Die Winter in Shanghai waren eiskalt. Nur in wenigen Häusern gab es eine

Heizung. Und der Ofen in seinem Zimmer wurde nie angezündet. Er fand es unsinnig, Geld für die Heizung auszugeben. Lieber wickelte er sich zusätzlich in eine Decke. In seinem Wohngebiet gab es viele Restaurants. Hardoon liebte die chinesische Kochkunst sehr. Doch er genoss nur mit langer Nase den Duft der Speisen, der hier überall die Luft erfüllte. Seinen Hunger stillte er mit ein paar Man To: Das waren sehr billige Hefeklöße ohne Füllung. Noch nicht einmal die Rikscha-Kulis aßen sie gern. Doch Hardoons Ersparnisse wuchsen auf diese Weise.
Nachdem er genug Kapital angesammelt hatte, investierte er das Geld in Immobilien. Es war die richtige Zeit, denn Shanghai befand sich im Aufschwung. Unzählige Händler und Unternehmer kamen aus der ganzen Welt hierher, um ihre Geschäfte zu machen. Wie ein rollender Schneeball wurde sein Kapital immer größer und größer. Er ließ die Nanjing-Straße bauen und wie durch Zauberei kam das Geld zurück, zehnfach, ja hundertfach vermehrt. Es war klar: Wer ein Geschäft auf der teuersten Straße der Welt haben wollte, musste auch die teuersten Mieten bezahlen. Er wurde reich, sehr reich, und war bald als der reichste Mann von Asien bekannt. Nach der Heirat mit einem Mädchen aus Shanghai wollte er endlich sein Leben genießen. Überall in Shanghai ließ er Feng-Shui-Meister nach dem besten Platz für eine Villa suchen. Endlich hatte er den passenden Ort gefunden, ein Grundstück von zwölf Hektar Größe in der Nähe der Yean Chong Road. Und es ist sicherlich kein Zufall, dass dort einige Jahre später Shanghais Zentrum entstand.
Hardoon engagierte für seinen geplanten Garten den bekanntesten Gartenarchitekten, Umu Shenzhen. In dem Garten entstanden wunderschön geformte Berge aus Kunststein. Zu Füßen der Berge gab es einen kleinen Fluss mit zahlreichen Goldfischen. Auf den Gipfeln standen mehrere Pavillons, alle im Stil der Ming-Dynastie. Über den Fluss führten gewundene Brücken. Inmitten des Gartens, zwischen alten Fichten, Zypressen und Bambuswäldern ließ er ein luxuriöses Gartenhaus für sich bauen: Es war mit bestem Marmor und vielen Goldverzierungen ausgestattet und galt als das schönste und größte Gartenhaus von Shanghai.
Hardoon hatte bei all seinem Reichtum nicht vergessen, wo er seine große Chance erhalten und wer ihm damals geholfen hatte. Er nahm

viele elternlose Kinder von der Straße in seine Villa auf und sorgte für sie. Sogar eine Schule baute er ihnen.
Leider machte keines der von ihm adoptierten Kinder später Karriere. Nach seinem Tod verwilderte der »Hardoon-Garten« immer mehr, weil niemand sich um seinen Erhalt kümmerte. Seine Kinder stritten nur um das Erbe, das er ihnen hinterlassen hatte. Zum Schluss wurde das gesamte Gebiet durch eine Feuersbrunst dem Erdboden gleichgemacht und es herrschte wieder Ruhe. Nach der Befreiung baute die Regierung auf dem Gelände das Gebäude der Freundschaft zwischen der Sowjetunion und China.
Und vor diesem Gebäude fand für meinen Freund Qiang am 1. Mai 1965 ein sehr wichtiges Ereignis statt: Er erhielt das rote Halstuch und die Mitgliedschaft bei den Pionieren der Freundschaft. Davon hatte er schon so lange Zeit geträumt. Außer ihm erwarteten noch etwa hundert Kinder von unserer und anderen Schulen das rote Halstuch. Mehr als tausend Schüler wurden mit Bussen dorthin gebracht. Wir setzten uns alle auf den Marmorplatz, die Schüler mit und die ohne rotes Halstuch getrennt voneinander. Bei uns leuchtete es überall rot. Es war ein schönes Bild, wie die Halstücher im Wind tanzten. Das rote Halstuch war ein Stolz für alle chinesischen Kinder.
Der Platz war ziemlich groß. Obwohl so viele Schüler und Lehrer gekommen waren, blieben noch viele Plätze frei. Es gab hier zwei künstliche Teiche mit Springbrunnen, im Wasser schwammen Goldfische. Wahrscheinlich war es die Absicht des Architekten gewesen, einen Teil des Hardoon-Gartens wieder entstehen zu lassen. Er hatte auch einige Kunststeine und einen Pavillon gebaut, doch irgendwie passte das nicht zum Hauptgebäude mit seiner vergoldeten russischen Kuppel.
»Jetzt beginnt die Aufnahmesitzung.« Ein Mann mittleren Alters leitete die heutige Sitzung, vielleicht ein Funktionär der Regierung. Er stand auf der Bühne, bekleidet mit einer Mao-Jacke, die durch häufiges Waschen schon ganz grau geworden war. Die Trompeter spielten einen lauten Marsch. Es waren zehn Jungen, alle gegen zwölf Jahre alt. Sie trugen weiße Hemden, blaue Hosen und ein rotes Tuch um den Hals. Sehr gerade, das Kinn in die Luft gestreckt, hielten sie mit der rechten Hand ihre Trompeten hoch, Richtung Himmel, die linke

Hand hatten sie in die Taille gestützt. Sie sahen aus wie der rote Hahn, wenn er frühmorgens auf dem Dach stand und laut krähte.
Die Trompeter spielten ein Stück, dann kamen von der anderen Seite Trommlerinnen dazu, zehn Mädchen mit kleinen weißen Trommeln am Gürtel. Die Mädchen hatten weiße Blusen und blaue Röcke an und selbstverständlich trugen auch sie das rote Tuch um den Hals. Sie schlugen die Trommeln mit zwei Schlägeln, alle im gleichen Takt. Das sah sehr gut aus, wie zehn Schmetterlinge, die gemeinsam tanzen.
Nun wurden alle Schüler aufgefordert, aufzustehen. Wir Pioniere stellten uns den Neubewerbern gegenüber. Ich stand gerade in der ersten Reihe. Lehrerin Chang gab jedem von uns ein neues rotes Halstuch in die Hand. Der Sprecher sagte ins Mikrofon: »Nun erhalten die neuen Pioniere das rote Halstuch.« Wir traten einen Schritt vor und die Versammelten klatschten laut Beifall. Mir gegenüber stand ein Mädchen, das wegen seiner runden Brille den Spitznamen »Vierauge« hatte. Sie war mit Chau, Hong befreundet, die neben mir und gegenüber von meinem Freund Qiang stand.
»Wollen wir den Platz wechseln?«, fragte ich.
»Ja, gern!«, antwortete Hong.
Nun standen sich die beiden Mädchen lachend gegenüber. Hong band »Vierauge« das Halstuch um und ich tat das Gleiche bei Qiang.
»Ich gratuliere dir«, sagte ich, während ich ihm sein Tuch um den Hals legte.
Er war so aufgeregt und glücklich, dass er immerfort das rote Tuch streichelte, das er nun zum ersten Mal trug.
»Da Lee, ich danke dir. Ich habe gehört, dass du mich in der Sitzung vorgeschlagen hast. Lehrerin Chang hätte mir das Tuch sicher nicht gegeben, wenn du und Hong euch nicht so für mich eingesetzt hättet.« Er konnte nicht mehr weitersprechen, weil nun die Musik aufhörte und der Redner uns zum Hinsetzen aufforderte. »Mein Papa hat gesagt, dass er dich einladen will«, sagte er noch schnell, bevor er sich auch setzte.
Jetzt war der ganze Platz gefärbt wie ein rotes Meer. Sehr schön. Der Redner erzählte uns die Geschichte des roten Halstuchs und wir erfuhren, dass es eine Ecke der roten Flagge darstellte. Und warum war es rot? Weil so viele Revolutionäre, die für unser aller Glück gekämpft

hatten, als Märtyrer mit ihrem Leben bezahlt hatten. Ihr Blut hatte das Tuch rot gefärbt. Er sagte den neuen Pionieren, dass es eine große Ehre sei, das Tuch zu tragen, und dass sie sich seiner würdig zeigen sollten. Sie sollten unter der Fürsorge der Partei gesund heranwachsen und sich moralisch, geistig und körperlich gesund entwickeln. Es folgte großer Beifall, dann spielten wieder die Trompeter und Trommler einen Marsch. Wir waren alle sehr bewegt. Fast alle Kinder spürten einen großen Stolz und dieser Stolz rührte vom »roten Meer« her, der Musik, den lächelnden Gesichtern des Redners, der Lehrer und Direktoren, und auch von innen, von unseren Herzen.

Ein schwarzes Shanghai-Auto war leise herangefahren und parkte nun am Rand des Platzes. Drei Menschen stiegen aus. Der Redner sprang sofort zu ihnen hin, dann rannte er zurück zur Bühne. »Ruhe, Ruhe, alle ruhig sein, bitte.« Er versuchte, die Menge mit einer Handbewegung zur Ruhe zu bringen. Doch er selbst konnte nicht mehr ruhig sein. Im Gegenteil, er war ganz aufgeregt, er schwitzte sogar schon. »Eine gute Nachricht für euch! Unsere Stadtbezirkschefin Liu kommt zu uns, trotz ihrer großen dienstlichen Inanspruchnahme. Bitte Beifall!« Er begann zu klatschen und wir klatschten alle eifrig mit.

»Jetzt bitten wir unsere verehrte Chefin um eine kleine Ansprache.«

Eine Frau mittleren Alters in blauer Bekleidung betrat die Bühne. Sie ging mit energischen, kräftigen Schritten, wie eine Offizierin. Ich kannte sie, sogar sehr gut. Es war die Frau, die meine Mutter »Schwester Liu« und ich »Tante« nannten. Sie hatte uns schon oft besucht und wir sie auch. Sie und ihr Mann hatten keine eigenen Kinder, deshalb schenkten sie mir immer viele Spielsachen und Süßigkeiten. Einmal, nach einem Besuch in der Sowjetunion, hatte sie mir einen riesigen Stoffbären mitgebracht, der fast so groß war wie ich selbst.

Sie stand hinter dem Mikrofon und schaute mit lächelndem Gesicht einmal über den ganzen Platz. Dann begann sie mit ihrer Rede. Ihre Stimme klang so laut und klar durch das Mikrofon, dass jeder ihr zuhören musste.

»Meine jungen Genossinnen und Genossen! Ihr alle seid die nachwachsenden Kräfte der revolutionären Sache, des Proletariats …« Ihre Hand zeigte von links nach rechts über die Masse der Schüler. Plötzlich traf ihr Blick sich mit meinem. Ich saß nur gegen zehn Meter entfernt von ihr. Irgendwie schämte ich mich. Schnell beugte ich meinen Kopf nach unten. Ich wollte die anderen nicht gern wissen lassen, dass ich eine große Chefin kannte. Ich gab damit auch nicht bei meinen Kameraden an, wie andere Kinder, die immer damit prahlten, was ihre Eltern taten. Ich sah meine Eltern sehr selten, sie kümmerten sich nicht viel um mich und ich hatte keinen Vorteil durch ihren beruflichen Erfolg.

Die Stadtbezirkschefin fuhr mit ihrer Rede fort. Sie erzählte von der Geschichte Shanghais aus der Zeit vor der Befreiung, vom Kampf der Genossen gegen die Kapitalisten und darüber, wie sie das neue China aufgebaut hatten. Das alles wusste ich schon. Ich konzentrierte mich nur auf die drei Ameisen auf dem Boden. Vielleicht suchten sie den Rückweg zu ihrem Haufen. Jede von ihnen trug einen Kuchenkrümel, der sicher aus der Hosentasche irgendeines Schülers gefallen war. Die Ameisen rasten wie verrückt herum, immer zwischen meinen Füßen hin und her. He, wohin wollten sie gehen, mit so einem großen Stück, größer als sie selbst? Sie hatten sich wohl zu viel vorgenommen.

»Nun möchte ich euch gerne jemanden aus eurer Mitte vorstellen.« Plötzlich erreichten ihre Worte meine Ohren. Was, wen wollte sie jetzt vorstellen? Ich war gespannt. »Sie heißt Yan, Lin Fan und ist Direktorin an der Chao-Jang-Schule.«

»He, das ist unsere Direktorin.« Meine Kameraden und ich waren plötzlich hellwach. Alle schauten zur Bühne, mit großen Augen und großen Ohren.

Die Chefin trank einen Schluck Tee, den ihr der Redner gereicht hatte. »Genossin Yan stammt aus einer sehr reichen Familie. Ihr Vater besaß vor der Befreiung fünf Textilfabriken in Shanghai. Im Jahr 1949 sind alle ihre Verwandten, wie die übrigen Kapitalisten auch, vom Festland geflohen. Sie hat in Amerika ihren Doktortitel erworben. Als sie hörte, dass man in China gut ausgebildete Fachleute für den Aufbau braucht, kam sie einfach zurück, ganz allein. Sehr viele Leute haben ihr davon abgeraten und rieten ihr, sich alles noch einmal gut zu überlegen, aber sie ist trotzdem gekommen, zu euch. Für die Sache des Bildungswesens der Partei zermartert sie sich das Gehirn. Sie arbeitet rund um die Uhr. Ihre Verwandten schicken ihr immer wieder Geld, doch sie hat alles dem Staat für den Aufbau von zwei Grundschulen gespendet. Und wie lebt sie selbst? Sie verlangt so wenig wie möglich. Jetzt ist sie sogar aus ihrem Haus ausgezogen und wohnt in der Schule in einem kleinen Zimmer. Sie hat mir gesagt, dass in ihren Augen die Kinder die Zukunft sind. Für die Zukunft von China wollte sie alles geben.«

Den letzten Satz hatte sie ganz laut gesprochen, sodass durch das Mikrofon ein Echo zurückkam. Danach schwieg sie. Auf dem ganzen Platz herrschte Stille. Als Politikerin hatte sie schon viele Reden gehalten und wusste, wie man mit Sprache umging. Sie wusste, wie man ein großes Publikum in die Hand bekommen konnte. Jetzt hatte sie nur gegen tausend Schüler und einige Lehrer vor sich. Es war für sie ein leichtes Spiel, die volle Aufmerksamkeit zu erhalten. Sie wartete und wartete, bis die Stille nicht zu überbieten war, sich alle Augen nur auf sie richteten, bis jeder sein eigenes Herz schlagen hörte und nichts mehr wahrnahm außer der Rednerin auf der Bühne, dann sprach sie weiter.

»Meine jungen Genossinnen und Genossen!« Jetzt sprach sie nicht mehr laut, sondern viel leiser als zuvor, aber mit viel Gefühl. »Wie glücklich seid ihr, eine solche Direktorin zu haben. Sie ist eine revolutionäre Intellektuelle. Sie ist ein Vorbild für uns. Heute habe ich für sie eine gute Nachricht mitgebracht.« Sie trank einen Schluck Tee und räusperte sich.

»Direktorin Yan hat schon vor langer Zeit beantragt, ein Mitglied der kommunistischen Partei zu werden. Da sie aus einer kapitalistischen Familie stammt, mussten wir ihren Antrag genau prüfen. Gestern Nachmittag ist das Komitee nach langer Diskussion zu einer Entscheidung gekommen: Direktorin Yan ist ab heute Kommunistin. Gleichzeitig wurde sie als Arbeitsheldin für unseren Ausbildungsbereich bestimmt. Wo ist Genossin Yan? Bitte, kommen Sie auf die Bühne!« Sie gab dem Sitzungsleiter ein Zeichen.

Er war ein Mensch mit rascher Auffassungsgabe. Sofort ließ er das Orchester so laut spielen, dass die Musik bis in den Himmel drang. Uns Schülern taten vom vielen Klatschen schon die Hände weh. Tausend Augen suchten Direktorin Yan, unsere geliebte und gefürchtete Direktorin, unser Vorbild und Arbeitsheldin. »Da, dort!« Alle Köpfe drehten sich in die Richtung, die uns der schlanke, große Junge zeigte. Ich sah sie auch. Sie war ganz hinten, ging jedoch nicht zur Bühne, sondern stand da und weinte wie ein Schulmädchen. Ein weißes Taschentuch bewegte sich schnell zwischen ihren Augen hin und her. Lehrerin Chang und eine andere Kollegin rannten zu ihr hin. Sie von beiden Seiten stützend, begleiteten sie die Direktorin zur Bühne. Fast sah es so aus, als würden sie sie tragen.

Chefin Liu kam zum Rand der Bühne und half ihr hinauf. Nun, wo beide auf der Bühne standen, brandete der Beifall erneut auf. Der ganze Platz erzitterte.

»Ruhe bitte, Ruhe jetzt! Ich erteile Genossin Yan das Wort!« Chefin Liu machte eine einladende Geste und trat mit lächelndem Gesicht zur Seite.

Das war schwer für Direktorin Yan, denn ihr liefen immer noch die Tränen aus den Augen. Wir hatten sie noch nie in diesem Zustand gesehen und einige Mädchen waren so berührt, dass sie mitweinen mussten. »Ich danke für die Betreuung und die Erziehung durch die kommunistische Partei.« Endlich fand sie vor dem Mikrofon Worte, aber ihre Stimme erkannte ich nicht wieder. Sie machte einige Sekunden Pause, dann nahm sie das Mikrofon ganz fest in beide Hände. »Meine lieben Schülerinnen und Schüler! Ich bitte euch, fleißig zu lernen und schnell zu wachsen. Unser Land braucht euch!« Ihre Stimme war zurückgekehrt und klang noch viel gefühlvoller. Man konnte spüren, dass ihre Worte von Herzen kamen. Wieder gab es starken Beifall, dann spielte das Orchester weiter.

Die Frauen, beide fast gleich alt, verließen langsam die Bühne. Der Sitzungsleiter beendete den Festakt und betonte, wie erfolgreich der heutige Tag verlaufen sei. Das fanden wir auch. Qiang lachte immer noch. Endlich hatte sich sein größter Wunschtraum erfüllt: das rote Tuch flatterte um seinen Hals. Direktorin Yan hatte sich von ihrem freudigen Schock erholt und unterhielt sich lächelnd mit Chefin Liu. Dabei kamen die beiden immer näher zu uns. Hinter Chefin Liu waren noch zwei Leute, ein junger Mann und eine Frau, wahrscheinlich ihre Sekretäre. Alle bewegten sich in meine Richtung. Als ich sah, wie Direktorin Yan mit dem Finger auf mich zeigte, wurde ich ziemlich nervös. Chefin Liu, nein, Tante Liu sah mich zweifelnd an und kam dann schnell zu mir. »Da Lee, bist du das wirklich? Ich habe dich gar nicht mehr erkannt! Vor ein paar Monaten hast du noch ganz anders ausgesehen.«

»Tante Liu!« Ich stand auf, etwas beschämt, weil sich nun alle Augen auf mich richteten.
»Du bist größer geworden und runder im Gesicht! Und deine Haare sind ja jetzt schwarz! Gut, gut!« Verwundert strich sie mir mit der Hand übers Haar. »Sag mir doch bitte: In welchem Krankenhaus bist du behandelt worden?« Alle warteten gespannt auf meine Antwort.
»Das war kein Krankenhaus, das war ein Tempel!«
»Tempel?« Alle schauten mich mit großen Augen an.
»Ja, im Tempel, von einem großen Qi-Gong-Meister bin ich behandelt worden. Ich sage die Wahrheit, wirklich!«
»Im Tempel? Von wem? Von einem Qi-Meister?« Tante Liu zog ihre Augenbrauen fest zusammen. »Was sagt deine Mutter dazu?«
»Sie hat gesagt, nur eine Behandlung, das geht schon. Und ich soll nicht hinhören, was die Leute dort alles erzählen.«
»Das ist ganz richtig. Du bist eine Nachwuchskraft der revolutionären Sache des Proletariats. Du musst auf das hören, was deine Mutter dir sagt. Solcher Aberglaube aus dem Kloster ist nicht gut für dich, dafür bist du noch zu jung.«
Sie drehte sich zu ihren Begleitern um.
»Ihr kennt seine Mutter bestimmt auch, Sekretärin Wang. Ja, sie ist meine jüngere Schwester, wir kannten uns schon vor der Befreiung und haben gemeinsam für die Revolution gekämpft.«
»Sie waren damals bestimmt im Untergrund, das war doch sicher gefährlich?«, fragte der junge Mann.
»Natürlich.« Sie lachte und strich sich einige Mal durch ihr schwarzes, kinnlanges Haar. Offensichtlich war sie stolz auf ihre Vergangenheit, konnte sie doch aller Welt zeigen, dass sie mit viel Einsatz und unter großem Risiko das erreicht hatte, was sie heute darstellte.
»Ja, ich habe eine Idee.« Sie legte mir eine Hand auf die Schulter. »Du fährst jetzt mit mir nach Hause. Ich lade dich zum Abendessen ein. Mein Fahrer bringt dich dann zurück zu deiner Mutter. Ich sage deinem Lehrer Bescheid. Wo ist er?«
»Ich bin hier.« Lehrerin Chang tauchte sehr schnell auf. »Ja, Da Lee, du gehst mit der Chefin, deiner Tante«, sagte sie mit ganz netter Stimme zu mir. »Er ist mein liebster Schüler.« Sie wartete meine Reaktion gar nicht ab, sondern wandte sich sofort der Chefin zu. Ihr Gesicht war

rot, vielleicht wegen der Aufregung. Nur seit wann war ich ihr Lieblingsschüler? Ich hatte keine Ahnung. Davon hatte ich bis jetzt überhaupt nichts gespürt.
»Schön, schön, es freut mich, dass Da Lee in Ihrer Schule ist, Genossin Yan.« Chefin Liu schaute nur kurz zur Lehrerin.
»Sie haben mir gerade aus dem Herzen gesprochen«, sprach die Lehrerin dazwischen. »Die verehrte Direktorin Yan ist seit langem mein Vorbild. Sie kümmert sich um mich wie um eine jüngere Schwester. Ich bin sehr dankbar, dass ich unter Ihrer Führung mit der Direktorin Yan zusammenarbeiten darf.« Meine Lehrerin Chang war heute besonders nett und freundlich, so hatte ich sie noch nie gesehen. Mir verursachte das allerdings eine leichte Gänsehaut, vielleicht Tante Liu auch. Sie hatte keine Lust mehr, weiter zuzuhören.
»Da Lee, gehen wir!«, sagte sie.
»Nein, ich habe mich schon mit Chao, Qiang verabredet.« Ich war schon oft bei ihr gewesen und wollte lieber mit meinem Kameraden zusammen sein. Außerdem hatte Qiang gesagt, dass sein Vater mich einladen wollte. Ich kannte Qiangs Vater schon gut, bei ihm fühlte ich mich wohl und ganz locker. Er war wie ein großes Kind und machte immer Späße mit mir. Manchmal hatte ich Bauchweh vom vielen Lachen.
»Geh mit der Chefin.« Lehrerin Chang schubste mich von hinten.
»Nein.«
»Dieses Kind! Ich kenne ihn schon seit seiner Geburt! Lassen Sie ihn nur!« Sie kam mit dem Kopf ein bisschen näher zu mir. »Gut, sehr gut, du siehst viel besser aus. Wann kommt dein Papa wieder zurück?«
Ich schüttelte den Kopf.
»Weißt du das nicht? Sag deiner Mama, ich besuche euch auf jeden Fall in der nächsten Zeit. Grüße auch deine Großmutter, ja?« Sie tätschelte noch einmal meinen Kopf, dann ging sie mit ihren Begleitern zu dem schwarzen Auto. Direktorin Yan begleitete sie bis zum Wagen.
»Du, Da Lee, warum hast du mir nicht erzählt, dass du so eine große Chefin kennst?« Lehrerin Chang schüttelte mich ein wenig an der Schulter.
Warum sollte ich ihr das erzählen? Damals konnte ich es nicht verstehen. Nur eins war ganz klar: Von da an war sie immer sehr nett zu mir.

Chao, Qiangs Vater arbeitete im Kino als Filmvorführer. Deswegen konnten wir oft kostenlos Filme anschauen. Eine Woche nach der großen Zeremonie, wieder an einem Sonntag, lief ein Film mit dem Titel: »Der wunderbare Affe«, die Verfilmung des bekannten Romans: »Die Pilgerfahrt nach dem Westen«. Es war ein Märchenfilm, in dem sehr viele Gong-Fu-Kämpfe vorkamen. Ich wollte diesen Film schon lange sehen, doch leider waren alle Tickets ausverkauft. Also nahm Qiangs Vater uns einfach mit in den Vorführraum. So konnten wir den Film durch das Fenster anschauen. In dem Raum gab es zwei große Vorführmaschinen, die aussahen wie Kanonen. Herr Chao tanzte ständig zwischen den beiden Maschinen hin und her. Wenn der Film in einer zu Ende ging, schaltete er sofort die andere ein, dann wechselte er wieder den Film der ersten Maschine aus und so weiter. Eigentlich war das eine langweilige Arbeit, doch bei ihm sah es sehr lustig aus. Er drehte den großen Aluminiumbehälter für die Filme um seine Taille wie einen Basketball, ließ ihn auf seinem Kopf kreisen, dann erst öffnete er den Deckel und wechselte den Film aus. Du, du, du, du, jetzt war die Maschine wieder eine Kanone. Ich musste über seine Späße sehr lachen.

In dem Film: »Der wunderbare Affe« wurde immer weiter gekämpft. Der Meister des Affen – ein ruhiger, bescheidener Mönch – war schon von Teufeln gefangen worden, die ihn zuerst dämpfen und dann fressen wollten. Es hieß, wer das Fleisch dieses Mönchs äße, würde ewig leben. Die Teufelskönigin war durch schwarze Magie aus einem menschlichen Skelett entstanden. Sie hatte eine Ziehmutter, die auch zu dem erwarteten Festmahl eingeladen war.

Diesmal hatte der Wunderaffe eine Chance gefunden, sich in die Teufelsburg einzuschleichen, um seinen Meister zu retten. Er sprang auf eine Wolke und beobachtete von dort aus die Teufelsmutter. Sie wurde in einer Sänfte von vier Teufelsmännern getragen, umringt von einer Truppe kleiner Teufelssoldaten, die mit Sägen und Schwertern bewaffnet waren. Der Wunderaffe sprang vom Himmel, schlug ein paar Mal, ping, ping, pang, mit seinem goldenen Stock um sich und schon waren alle Teufelssoldaten tot, einschließlich der Teufelsmutter. Der Wunderaffe riss sich einige Haare aus dem Fell, legte sie auf die Hand und blies sie fort. Aus jedem Haar entstand ein neuer Soldat. Dann ver-

wandelte er sich selbst in die Teufelsmutter, setzte sich in die Sänfte und die ganze falsche Truppe marschierte weiter zur Teufelsburg.
Hui, und plötzlich lief die ganze Truppe auf dem Kopf, die Beine in die Luft gestreckt! »Falsch herum, falsch herum!«, schrie auch schon der ganze Saal.
Qiang und ich drehten uns um. Herr Chao tanzte immer noch zwischen den Maschinen hin und her. »Der Film steht auf dem Kopf!«, schrien wir.
»Was, auf dem Kopf?« Er hängte sich fast mit dem ganzen Körper aus dem Fenster zum Kinosaal. »Ja, stimmt!« Dann schrie er mit komischer Stimme: »He, Leute, hier ist der wunderbare Affe! Ich zaubere den Film sofort wieder richtig.« Er sprang zur Maschine. Aus dem Saal kam tosendes Gelächter.
Eigentlich war Herrn Chaos Arbeit für zwei Leute gedacht, doch weil sein Kollege immer irgendetwas zu erledigen hatte, übernahm er oft netterweise die ganze Arbeit, denn er war ein sehr hilfsbereiter Mann. Er sah seinem Sohn nicht ähnlich, sondern war schlank, mit schmalem Gesicht und sehr lebendigen Augen, fast wie der wunderbare Affe.
»Da Lee, gehst du noch zu dem Qi-Gong-Meister, um dich behandeln zu lassen?«, fragte er mich später beim Essen, zu dem er uns nach dem Film eingeladen hatte. Diesmal hatte ich fünf Bao Ze und eine Wan-Tan-Suppe bestellt, genau wie Qiang. Die Übelkeit nach dem Essen hatte ich schon lange nicht mehr.
»Nein, ich gehe nicht mehr dorthin, ich bin schon gesund. Schau mal!« Ich schlug mit der Faust auf meine Brust.
»Das kann jeder sehen. Deine Haare sind schwarz und du bist jetzt genauso groß wie Qiang. Das ist ein Wunder, weißt du das, Junge? Du hast einen richtigen Qi-Gong-Meister getroffen, einen Meister mit großen Fähigkeiten. Nur bist du nicht klug genug.«
»Wieso?«, verteidigte mich Qiang sofort mit aufgerissenen Augen.
»Gut. Ich erzähle euch eine Geschichte. Früher, vor langer Zeit, wohnte ein heiliger Mensch auf einem heiligen Berg...« Er schlürfte geräuschvoll einige lange Nudeln. Dann schob er seinen Teller zur Seite und legte die Stäbchen darauf. Damit zeigt man, dass man beim Essen eine Pause machen will. Dann fuhr er mit seiner Erzählung fort. »Dieser heilige Mann konnte Steine zu Gold machen. Wenn man zu ihm

kam und um Hilfe bat, drückte er seine Finger auf irgendeinen beliebigen Stein und der wurde sofort zu Gold. Das schenkte er den Hilfe Suchenden, die mit tausend Dank zurückkehrten. Einmal kam ein kluger Junge. Der Heilige schenkte ihm auch einen Goldklumpen. Doch der Junge nahm das Gold nicht an.
›Oh, ist das nicht genug für dich?‹, fragte der Heilige. Er zauberte noch einen Goldklumpen. Der Junge rührte sich nicht. Er rührte sich auch nicht, als schon fast alle Steine um ihn herum zu Gold gemacht waren.
›Noch nicht genug? Hast du in deinem Leben schon einmal so viel Gold gesehen? Junge, bitte, nimm dieses Gold mit nach Hause. Du sollst damit zufrieden sein.‹
›Nein, ich komme nicht, um Gold von Ihnen zu bekommen. Ich weiß, auch wenn Sie mir einen ganzen Berg aus Gold schenken, kann ich doch nicht wirklich glücklich damit sein‹, sagte der junge Mann mit sicherer Stimme.
›Was willst du?‹, wunderte sich der Heilige.
›Ich will Ihre Finger haben‹, sagte der Junge.
›Ha, du bist der Richtige. Ich habe schon lange auf einen so klugen Jungen wie dich gewartet‹, lachte der Heilige.«
Da Lee, hast du jetzt verstanden, warum ich gesagt habe, du bist nicht klug genug? Und du, Qiang?« Er schaute abwechselnd Qiang und mich an, mit schnellen Augenbewegungen suchte er nach einem Zeichen von Verständnis in unseren Gesichtern.
»Aber, Onkel Chao, wie kann ich die Finger von Meister Yun haben? Das ist doch unmöglich!« Ich schaute ihn zweifelnd an.
»Ja, niemand will seine eigenen Finger verschenken!« Qiang unterstützte mich.
»Ihr beiden kleinen Dummköpfe!« Er schlug jedem einmal mit seinen Stäbchen auf den Kopf. »Wer sagt, dass er euch seine Finger schenken soll? Ihr sollt seine Fähigkeit von ihm lernen!«
»Fähigkeit lernen?« Das verstanden wir nicht ganz.
»Wollt ihr nicht auch einmal Qi-Gong-Meister sein?«
»Natürlich, aber will er uns nehmen?«, fragte ich.
»Ihr müsst euch eben Mühe geben und es versuchen. Nun, ich weiß nicht, ob deine Eltern das erlauben, wo sie doch beide wichtige Leute in der Partei sind.«

»Das ist bestimmt kein Problem, meine Mutter freut sich doch so sehr, dass ich nun gesund bin. Sie erzählt immer allen Leuten, dass ich jetzt, nur fünf Monate nach der Qi-Gong-Behandlung, ganz anders aussehe als früher. Und mein Vater hat mir geschrieben, ich solle mehr Sport machen, damit mein Körper noch gesünder und stärker wird. Dann kann ich in Zukunft viel für den Schutz und Aufbau unseres Vaterlandes tun.«

»Gut. Dann gehen wir morgen zu Meister Yun und fragen ihn, ob er euch als Schüler annehmen will.«

Und das taten wir. Am nächsten Tag holte Qiangs Vater uns von der Schule ab. Wir gingen direkt zum Tempel, aber Yun, Fe war nicht da. Der Mönch Wu sagte uns, dass er nach Hause zurückgegangen sei. Er habe eine Wohnung in Shanghai, wo genau, das wisse er auch nicht. Er bat uns, eine Woche später noch einmal zu kommen, da sei er vielleicht wieder da.

Eine Woche später trafen wir ihn tatsächlich an.

»Nein«, sagte Meister Yun mit ganz harter Stimme. »Nein, ich bringe keinem Kind Qi Gong bei.« Er schaute mich an. »Da Lee, du bist schon gesund, du sollst nicht mehr hierher kommen.«

»Aber ich will deine Finger haben, also, ich will von dir lernen!«

»Ja, ich auch!«, sagte Qiang.

»Ihr habt in der Schule genug zu lernen.«

»Ja, richtig, Kinder sollen in der Schule lernen. Nur mein Sohn und Da Lee wollen Ihre Qi-Fähigkeit erlernen, das gibt es dort nicht. Sie sind ein großer Qi-Gong-Meister, es wäre eine Ehre für uns, wenn Sie die beiden als Schüler nehmen würden. Natürlich würden wir Ihnen das Honorar zahlen, das Sie verlangen.« Qiangs Vater sprach ganz vorsichtig. Der Meister war ungefähr dreißig Jahre älter als er und er hatte sicher schon von den Fähigkeiten Meister Yuns gehört. Deshalb war Qiangs Vater besonders bescheiden. Doch Meister Yun war überhaupt nicht beeindruckt. Er saß nur da und sah Qiangs Vater mit seinen Adleraugen so scharf an, dass er den Kopf abwenden musste.

»Gehen Sie wieder nach Hause und nehmen Sie die beiden Kleinen mit.« Er setzte sich mit gekreuzten Beinen zum Meditieren hin. Das war ein Zeichen, dass die Unterhaltung für ihn beendet war und er nicht mehr mit uns sprechen wollte. Die Situation war sehr peinlich für uns.

»Also, dann gehen wir. Auf Wiedersehen, Meister Yun. Ich wünsche Ihnen noch einen schönen Tag.« Onkel Chao wollte das Gespräch höflich beenden. Doch als sich die schwarze Tür hinter uns geschlossen hatte, drehte er sich sofort um und schlug mit beiden Fäusten in die Luft. »So ein komischer Alter!«, schimpfte er. Das konnte der Meister Yun glücklicherweise nicht hören, weil er immer noch bewegungslos auf seinem Stuhl saß und meditierte.

»Wie kann man einen Meister so fragen?«, lachte meine Großmutter laut, als ich ihr die Geschichte erzählte. »Früher, wenn man Schüler bei der Oper werden wollte, musste man zuerst seinen Wunsch auf ein rotes Papier schreiben, mit dem minutengenauen Geburtsdatum und einem Fingerabdruck. Die Kinder aus reichen Familien sollten auch Gold oder Silber dazulegen. Vor dem Meister musste man einen Kniefall machen, das war eine große Zeremonie. Dass man das so einfach macht wie ihr, habe ich noch nie gehört.«

»Wir wollten nicht zur Oper, sondern Qi Gong lernen.«

»Das ist das Gleiche. Ein Meister ist kein Lehrer, sondern mehr wie ein Vater. Wenn man etwas von ihm lernen will, soll man sich an die Regeln halten. Lass Chao, Qiang und seinen Vater morgen hierher kommen, ich helfe euch bei der Vorbereitung. Ihr könnt dann auch Essen mitnehmen, mein getrocknetes Gemüse mit Fleisch isst der Meister sehr gern.«

Diesmal bereiteten wir uns gut vor. Meister Yun, Fe musste lachen, als er uns die Tür öffnete.

»Woher kennt ihr die alten Traditionen, wo wir jetzt doch in einer neuen Gesellschaft leben?« Er sah, dass Qiang und ich ein rotes Papier in der Hand hielten. Wir hatten vorher schon geübt, ganz höflich dazustehen, beide Arme vor der Brust verschränkt. Onkel Chao hielt auch etwas in der Hand. Das kannte der Meister, es war das Geschirr meiner Großmutter. Er konnte sich denken, dass darin sein Lieblingsessen war. An Onkel Chaos Arm hing die Tasche meiner Großmutter, die kannte er auch. Es war nicht schwer zu erraten, dass die beiden Flaschen darin Shao-Hsing-Wein enthielten.

»Aber trotzdem kann ich euch nicht nehmen. Wir leben jetzt im Sozialismus, solche Sachen, wie ich sie euch beibringen könnte, sind nicht mehr gefragt. Die Kinder sollen an einer neuen Kultur teilhaben.«

Nachdem er unser rotes Papier gelesen hatte, klang seine Stimme schon viel freundlicher. »Herr Chao, lassen Sie die Kinder lieber in der Schule fleißig lernen, nicht bei mir, das hat keine Zukunft.«
»O doch, das hat eine große Zukunft!« Qiangs Vater stand sofort von seinem Stuhl auf. »Das Leben kommt vom Himmel. Das Böse, so wie Krankheit, kommt von der Hölle. Sie können etwas gegen das Böse und für den Himmel tun, das ist eine großartige Sache. Wenn die beiden Kleinen von Ihnen lernen dürfen, haben sie eine unbegrenzte Zukunft.«
»Sollen die beiden nicht so etwas wie Ingenieur werden, als revolutionärer Nachwuchs?«
»Können sie nicht beides gleichzeitig sein und damit den Menschen helfen?«
Einige Zeit herrschte Schweigen in dem kleinen Zimmer. Keiner von uns sagte etwas. Meister Yun saß da, in seine Gedanken vertieft. Onkel Chao glaubte vielleicht, dass er schon etwas erreicht hatte, dass seine Worte den alten Mann beeindruckt hätten. Er sah ihn starr an, hoffnungsvoll wartend. Wir Jungen wussten gar nicht, was wir tun sollten. Wir standen vor dem Tisch, als wären wir zwei Holzfiguren.
»Nein, nein, lieber nicht.« Meister Yun schüttelte nachdenklich den Kopf. Dann verschränkte er langsam wieder seine Beine auf dem Stuhl, als Zeichen, dass er meditieren und nichts mehr von uns hören wollte.
»Glauben Sie, Sie wären der Einzige, der den Kindern Qi Gong beibringen kann? Ich kann das auch!« Onkel Chao war ein bisschen böse. Wir hatten uns so viel Mühe gegeben und trotzdem hatten wir keinen Erfolg.
»Sie?« Meister Yun sah ihn zweifelnd an.
»Ja, ich. Ich zeige den beiden, wie man Qi-Gong-Übungen machen kann.« Er sprang in die Mitte des Zimmers, schwang die Arme über den Kopf und zum Boden, machte den Mund auf und zu und blies seine Backen auf.
»Ich kann ihnen auch Gong Fu zeigen.« Er machte den Affentanz, den wir im Kino gesehen hatten. Wir lachten so sehr, dass uns die Bäuche wehtaten, weil das Ganze zu komisch aussah.
Meister Yuns Gesicht versteinerte. »Was ist das? Sie führen die Kinder mit diesem Unsinn in die Irre.«

»Was soll ich denn machen? Sie wollen die beiden ja nicht annehmen, dann muss ich ihnen eben selbst etwas beibringen.« Onkel Chao merkte, dass seine Methode wirkte. Er gab uns ein Zeichen. Wir knieten uns auf den Boden, so wie wir es vorher geübt hatten. »Meister, nehmen Sie uns als Schüler, sonst stehen wir nicht mehr auf!«

»Steht auf, steht auf! Gut, ich nehme euch beide.« Er kam zu uns und zog uns nach oben.

»Danke, vielen Dank!«, riefen wir alle drei.

»Nein, ihr müsst mir nicht danken. Ihr beiden Jungen habt die Voraussetzungen, um Qi Gong zu lernen. Doch es gibt drei Bedingungen, die ihr einhalten müsst, sonst gibt es auch keinen Kurs.«

»Drei Bedingungen? Dreißig nehmen wir auch an!«, sagte ich.

»Nur drei. Erstens: Ihr beide müsst fleißig das üben, was ich euch sage. Wenn ihr das nicht tut und faul seid, darf ich euch auch schlagen.«

»Kein Problem, ich schlage meinen Sohn sowieso. Wenn er Ihnen Ärger macht, schlagen Sie ihn ruhig auf seinen Po«, sagte Onkel Chao.

»Zweitens: Lernt weiterhin fleißig in der Schule und erzählt den anderen nicht, dass ihr bei mir Qi Gong lernt.«

»Das verstehe ich nicht ganz, warum sollen wir es nicht unseren Schulkameraden erzählen?«, fragte ich.

»Ich will meine Ruhe haben«, erklärte der Meister. »Drittens: Ihr dürft in Zukunft mit eurem Können den Menschen niemals schaden, sondern nur helfen.«

»Ja, natürlich, wir tun später nur Gutes für die Menschen«, sagte Qiang eifrig.

Jetzt war abgemacht, dass wir seine Schüler werden durften. Wir dankten ihm tausendmal. Endlich hatten wir es geschafft. Als Kinder glaubten wir, alles sei so einfach. Ich sah mich selbst schon als Meister, als ob ich das an einem Tag erreichen könnte. Ich würde die Menschen genauso wie Meister Yun, Fe mit meiner Energie ein paar Meter weit entfernt steuern. Wenn ich wollte, dass jemand sitzen blieb, würde er nicht mehr aufstehen können. Ich könnte die Menschen auch mit Qi Gong behandeln und egal, wie schlimm ihre Krankheit wäre, ich würde sie unter meiner Hand verschwinden lassen. Ja, dann wäre ich sehr bekannt und berühmt… Damals hatte ich keine Ahnung, wie weit der Weg war, bis man sich Meister nennen durfte, und wie viele Schmerzen, Tränen und Schwierigkeiten auf diesem Weg auf mich warteten. Die Finger, die aus Steinen Gold machen konnten, waren nicht einfach zu erhalten. Und wenn man sein Ziel erreicht hatte, war man dann ein glücklicher Mensch?

Samstagnachmittags hatten wir immer frei. Wie vereinbart, kamen Qiang und ich zur ersten Unterrichtsstunde in den Jadebuddha-Tempel. Diesmal gingen wir allein hin. Wir glaubten, dass wir groß genug wären und keinen Erwachsenen dabeihaben mussten. Meister Yun saß am Tisch und trank seinen Tee. »Gut«, sagte er, »ihr seid pünktlich gekommen.« Er stellte die Teetasse auf den Tisch zurück. Ich sah, dass ein Stück Bambus auf dem Tisch lag. Es war kein frischer Bambus, er war schon sehr alt. Vom häufigen Benutzen war er ganz glatt und glänzend geworden. »Jetzt stellt euch beide in die Mitte. Ja, so ist es gut. Bleibt ganz locker.« So begann unsere Qi-Gong-Übungsstunde. Wir bewegten uns nach seinem Vorbild.

»Einatmen, ausatmen. Die Hände langsam bewegen, ja, noch langsamer, das ist gut. Pass auf, das ist keine Gymnastik! Nicht so hart sein!« Er sprach immer weiter und wiederholte sich.

Nach nicht allzu langer Zeit spürte ich schon etwas. In meinen Händen fühlte ich etwas wie Elektrizität und sie wurden wärmer, immer wärmer. Das Gefühl breitete sich langsam über den Körper aus, wunderschön war das.

»Gut, jetzt macht ihr mit mir zusammen die Hauptübung. Man nennt sie ›Pferd‹. Stellt die Füße nebeneinander ganz fest auf den Boden. Jetzt geht ihr in die Knie, senkt den ganzen Körper weit nach unten. Die Arme sollen locker an den Schultern sein. So ist es richtig, gut, bleibt so!«

Wir taten alles, was er sagte. Ich spürte sofort eine große Veränderung. Mein Körper war nicht mehr warm, sondern von innen heiß, sehr heiß. Das Stromgefühl war nicht nur in den Händen, sondern kam sehr stark bis in Rücken und Bauch. Wenn dieser Energiestrom bei der Vorübung wie ein langsam vor sich hin fließender Bach gewesen war, so war er bei der Hauptübung eine sprudelnde Quelle. Ich fühlte mich, als ob ich im Strom schwimmen würde.

Der Schweiß lief mir über Gesicht und Rücken und das ganze Hemd war schon nass.

Langsam sagten mir meine Knie und Beinmuskeln, dass es anfing, wehzutun. Ich versuchte, ebenso wie Qiang, mich aufrecht hinzustellen.
»Weiter unten bleiben. Die Hauptmeridiane müssen sich öffnen, dann kann die Zhen-Energie von Himmel und Erde sich sammeln. Wenn ihr nicht tief stehen bleibt, werdet ihr das nicht erreichen. Tiefer jetzt!« Er zeigte mit zwei Fingern nach unten. Ich musste den Körper nach unten senken, obwohl ich das nicht wollte. Das Gleiche machte er mit Qiang.
»Oh, meine Beine tun so weh. Ich habe Schmerzen, es geht nicht mehr!«, schrie er. Trotzdem musste er seinen Körper nach unten senken, weil Meister Yun ihn mit seiner Energie nach unten geführt hatte. Während er sich um Qiang kümmerte, war ich frei und sofort richtete ich mich ein bisschen auf. War das schön, die Beinschmerzen gingen sofort weg. Meister Yun, Fe konnte sich nicht immer auf uns konzentrieren. Als er ging, um einen Schluck Tee zu nehmen, stand Qiang sofort fast gerade und ich machte es ihm nach. Wir nutzten jede Gelegenheit, um eine Pause zu machen.
»Wer hat gesagt, dass ihr aufhören könnt? Weiter, das ist eine Übung!« Der Meister war böse, er kam mit dem Bambusstock zu uns und schlug jedem einmal auf das Hinterteil. Jetzt wusste ich, wofür der Bambusstock da lag.
»Wenn ihr selbst Meister werden wollt, müsst ihr euch jetzt bemühen«, sagte er mit fester Stimme.
Diese erste Übungsstunde war für uns eine Katastrophe. Zwar spürten wir diese starke Energie, doch wir hatten überall Schmerzen, besonders in den Beinen und Knien. Ich für mein Teil hätte lieber eine Qi-Gong-Behandlung gehabt.
»Nächstes Mal wird es schon besser sein.« Er brachte uns eine große Schüssel und goss heißes Wasser aus der Thermoskanne hinein. »Jetzt wascht ihr euch erst einmal.« Er gab jedem von uns ein Handtuch. »Schon gut, dass ihr bis zum Ende ausgehalten habt und nicht einfach mitten in der Übung weggelaufen seid. Zu Hause macht ihr das täglich ein bis zwei Stunden.«
Anscheinend war er ziemlich zufrieden mit seinen neuen Schülern.
»Meister, wie heißt dieses Qi Gong? Können wir später damit die

Steine kaputtschlagen?«, fragte Qiang. Im Gegensatz zu mir hatte er noch keine Qi-Gong-Behandlung erlebt. In seinen Augen spielte das Steinekaputtschlagen die wichtigste Rolle beim Qi Gong.
»Wenn du einen Stein zerschlagen willst, ist das sehr einfach. Jedes Mal nach der Qi-Gong-Übung schlägst du mit der Faust auf einen Stein. Dann sammelt sich deine Energie nur in der Faust. Bis du achtzehn Jahre alt bist, kannst du sicher auf einmal zehn Steine zertrümmern. Nur, Qiang, wofür denn? Willst du den Leuten zeigen, wie stark deine Faust ist? Du sollst den Menschen mit deinen Händen helfen, nicht daran denken, was man kaputtmachen kann!«
Qiang schwieg. Er versuchte, die Worte des Meisters zu verstehen.
»Wie heißt dieses Qi Gong?« Das, was er gerade erzählt hatte, war sicher von großer Bedeutung, doch interessierte mich viel mehr der Name.
»Zieht erstmal ein Hemd an. Was ihr gerade ausgezogen habt, ist schon ganz nass, das dürft ihr nicht wieder anziehen. Nehmt die nassen Hemden mit nach Hause. Wie das Qi Gong heißt, sage ich euch heute nicht. Nächstes Mal, wenn ihr zu mir kommt, geht ihr vorher zuerst einmal in die Haupthalle. Und jetzt nehmt diese Hemden, bevor euch kalt wird.« Er warf uns zwei von seinen Hemden zu. Sie waren ein wenig größer als unsere, allerdings nur ein wenig, weil er selbst nicht groß war. Nach dem Waschen, mit den sauberen Hemden auf dem Körper, fühlten wir uns sehr angenehm. Es war Anfang Juli, da war ein Hemd gerade das Richtige.

4

Jetzt hatte ich immer etwas zu tun. Wenn ich nach der Schule zu Hause war, machte ich sofort eine Stunde lang meine Übungen. Obwohl noch ein Kind, wusste ich doch schon, wie wichtig Gesundheit für mich war. Wenn man lange Zeit in der Dunkelheit verbringen musste, weiß man genau, wie schön das Sonnenlicht ist, und wenn man oft Durst hatte, weiß man, wie wertvoll Wasser ist. Und wenn man einen eiskalten Winter erlebt hat, kann man den Frühling richtig genießen. Ich wollte nicht mehr zurück zu meinen schlechten Zeiten, sondern immer gesund bleiben. Ich wollte sogar wie Meister Yun in Zukunft helfen, die Menschen vom Krankheitsteufel zu befreien. Die Übungen brachten mir sehr viel, das merkte ich. Nach der Qi-Gong-Übung konnte ich mich besser auf meine Hausaufgaben konzentrieren. Bevor ich zu Bett ging, machte ich auch noch einmal Übungen, dann konnte ich viel besser schlafen.

Meine Großmutter sah mir beim Üben immer mit lächelndem Gesicht zu. Manchmal sprach sie dabei ihre buddhistischen Gebete, mit dem Rosenkranz. Und dann war die Atmosphäre besonders harmonisch.

Nur meine Mutter konnte das anfangs nicht akzeptieren.

»Was machst du, Da Lee?«, fragte sie, wenn sie von der Firma zurückkam und mich sah, wie ich in merkwürdiger Haltung zitternd dastand.

»Qi Gong.«

»Bist du schon fertig mit deinen Hausaufgaben?«

»Ja, du kannst sie kontrollieren.«

Sie kontrollierte sehr genau und war zufrieden mit mir.

Mein Freund Qiang machte auch sehr fleißig Qi Gong, allerdings wegen seines Vaters. Er erzählte mir, dass dieser ihn zwang, täglich zwei Stunden lang zu üben. Da die Familie sich ein Zimmer teilte, mussten seine Geschwister in dieser Zeit draußen spielen und die Mutter machte ihre Hausarbeit so leise wie möglich. Armer Qiang, unter den strengen Blicken seines Vaters musste er zwei Stunden lang schwitzen und zittern, trotz Muskelkaters.

Doch auch er bereute es nicht, dass er Qi-Gong-Schüler geworden war. Nach drei Tagen erzählte er mir schon: »Da Lee, ich spüre so viel Energie, dass ich sie auch anderen Menschen geben kann! Hier, spürst du das?« Er hielt seine Hand ungefähr zehn Zentimeter über meine.

»Nein, gar nicht«, antwortete ich wahrheitsgemäß.

»Ist das nicht das gleiche Gefühl wie beim Meister, wie ein warmer Strom?« Er war enttäuscht. »Nein? Du, warte nur, in ein paar Jahren kann ich die Menschen auch aus ein paar Metern Entfernung mit Energie steuern, genau wie Meister Yun. Und ich kann machen, dass sie sitzen bleiben müssen und nicht mehr aufstehen können.« Sein Wissen über Qi Gong war schon größer geworden, es war zum Glück nicht beim Steinezertrümmern geblieben. Trotzdem spürte ich noch gar nichts von seiner »Energieübertragung«. Kinder sagen immer die Wahrheit. Und ich hatte damit seinen Stolz verletzt. In der Schule sprach er ungefähr einen halben Tag nichts mehr mit mir.

Die Woche bis zur nächsten Übungsstunde ging sehr schnell vorbei. Diesmal begaben wir uns nicht direkt zum Meister, sondern zuerst in den Hauptsaal des Jadebuddha-Tempels, so wie er uns aufgetragen hatte. Dreimal gingen wir rundherum, doch außer einigen Besuchern, die auf den Knien vor den drei Hauptbuddhas beteten, sahen wir nichts Neues. Onkel Wu stand dort hinter der großen Holztrommel, die wie ein Fisch geformt war, und schlug mit einem Stock leicht darauf: »Do, do, do« klang es durch sämtliche Räume. Beim Trommeln meditierte er mit geschlossenen Augen, wahrscheinlich hatte er uns gar nicht gesehen oder er wollte sich nicht durch uns stören lassen.

Da wir nichts fanden, gingen Qiang und ich schließlich zu Meister Yun. In der Tasche hatten wir jeder das geliehene Hemd, natürlich frisch gewaschen, ein Ersatzhemd und ein Handtuch.

»Wart ihr schon im Hauptsaal?«, fragte Meister Yun als Erstes. Er blies in die Tasse mit heißem grünen Tee in seiner Hand.

»Ja«, antworteten wir.

»Habt ihr etwas entdeckt?«

»Nein, die drei großen Menschen sitzen immer dort«, sagte Qiang.

»Das sind Rulai Fo, Yao Shi Fo und Omito Fo.« Ich verbesserte ihn sofort, denn in diesem Bereich wusste ich durch meine Großmutter viel mehr als Qiang.

»Und die achtzehn Figuren daneben, neun auf jeder Seite, habt ihr die nicht gesehen?«

»Das, die haben wir schon gesehen, doch das sind alles kleine Figuren ohne größere Bedeutung«, sagte Qiang. Ich war der gleichen Meinung.

»Die achtzehn Figuren bedeuten sehr viel. Leider gibt es hier nur die achtzehn, in einem Kloster in Suzhou gibt es fünfhundert. Das waren alles Menschen, man nennt sie Lohan«, erklärte der Meister.

»Lohan?« Im Gegensatz zu mir schien Qiang diesen Namen zum ersten Mal zu hören.

»Ja, Lohan. Habt ihr gewusst, dass Lohan auch Buddhas sind? Sie wurden alle in China geboren und die drei Hauptbuddhas sind von Indien gekommen.«

»Was? Rulai, Yao Shi und Omito sind von Indien gekommen?« Das war für mich auch neu.

»Richtig. Der Buddhismus ist auch von Indien gekommen. Aber die Geschichte des Buddhismus ist noch zu kompliziert für euch, dafür seid ihr beiden noch zu jung. Das könnt ihr später in der Schule lernen. Letztes Mal habt ihr mich gefragt, wie mein Qi Gong heißt, nicht wahr?« Sofort nickten wir beide eifrig mit dem Kopf.

»Gut, ich erzähle euch jetzt die Geschichte dieses Qi Gongs. Setzt euch hin und trinkt eine Tasse Tee mit mir. Er zeigte auf zwei Tassen, die er schon für uns vorbereitet hatte. Ich nahm die Kanne und goss allen ein, dem Meister zuerst. Dann setzten wir uns an den Tisch und waren gespannt wie vor jeder Geschichte, die uns erzählt wurde.

»Es war vor langer, langer Zeit.« Meister Yun trank einen Schluck Tee, dann erzählte er weiter. »Damals gab es Menschen, die anderen gerne helfen wollten. Und weil es noch keine Krankenhäuser gab, kamen alle, die krank waren, zu ihnen. Sie behandelten die Patienten mit Energie.« Meister Yun hielt zwei Finger hoch, wie bei einer Behandlung. Wir sagten nichts, denn wir konzentrierten uns ganz auf seine Erzählung. »Solche Leute konnten auch Naturmedizin herstellen. Egal, wie schlimm die Krankheit war, mit der Medizin und ihrer Energie konnten sie die Menschen immer heilen. Sie lebten gerne in den Bergen, in schöner Umgebung. Dort suchten sie sich eine Grotte, in der sie wohnten und auch ihre Energie-Übungen machten. Die Leute wunderten sich darüber, dass man sie immer in der gleichen Position antraf, wenn man mit einem Problem zu ihnen kam. Ihre Energie war so stark, dass man sie noch in einigen Metern Entfernung spürte.«

»Das ist genau wie bei dir«, sagte Qiang.

»Nein, das soll man nicht mit mir vergleichen.« Meister Yun trank wieder einen Schluck Tee und erzählte dann weiter. »Nach dem Tod solcher Menschen bauten die Leute zur Erinnerung an sie Häuser in die Nähe ihrer Berghöhlen. Heute nennt man diese Häuser Kloster. Um sich an die heiligen Menschen zu erinnern und als Dank stellte man sie als Figuren im Kloster auf, natürlich in der Position, in der man sie oft gesehen hatte. Solche Figuren in speziellen Positionen nennt man Lohan. Manche wollten ihre Nachfolge antreten und ließen sich im Kloster nieder, um dort ihr ganzes Leben zu verbringen. Das waren die ersten Mönche. Ho, ich habe schon genug erzählt. Jetzt solltet ihr beide wissen, wie mein Qi Gong heißt. Wie heißt es?«

»Ja, natürlich, Kloster-Qi-Gong!«, sagte ich.

»Nein, Mönch-Qi-Gong!«, verbesserte Qiang.

»Beides ist falsch! Lohan-Qi-Gong!« Der Meister schrie schon beinahe, so enttäuscht war er. Da hatte er sich so viel Mühe gegeben, die komplizierte Geschichte des Qi Gong so einfach wie möglich für uns Kinder zu erklären, und dann waren wir zum Schluss doch nicht auf den Namen gekommen. »Nun geht und schaut noch einmal im Saal! Die Lohan-Positionen haben alle mit Qi Gong zu tun.«

Wir gingen schnell wieder in den Saal zurück. Diesmal bemerkten wir etwas. Alle Lohan, die aus Holz geschnitzt waren, sahen plötzlich lebendig aus und sagten zu uns: Macht es so wie wir! Mit solchen Positionen bekommt ihr starke Energie, die Lebensenergie von Himmel und Erde könnt ihr auch haben, wenn ihr fleißig übt. Im Saal waren außer uns beiden Kleinen jetzt nur noch die riesigen Buddhas und die Lohan. Alle schauten uns mit großen Augen an. Wir standen wie im Himmel, um uns herum viele Wolken, in der Ferne kamen viele Berge nach oben. Riesige Berge, die alle noch weiterwuchsen. Höher, höher, über den Wolkenteppich in den tiefen, dunklen Himmel hinein. Blitzschnell veränderte sich alles. Ja, alle Berge waren Buddhas und Lohan. Jetzt schauten sie von ganz oben aus dem Himmel zu uns…

Ich konnte nicht sagen, wann wir in die Wirklichkeit zurückkamen. Ich war sehr durcheinander, Qiang auch.
»Gehen wir, ja?«, sagte er mit blassem Gesicht.
»Ja, lass uns schnell laufen.«
»Ha, ha, ha«, lachte Meister Yun laut, als wir erzählten, welche Visionen uns Angst gemacht hatten. Und als er merkte, dass wir immer noch hastig atmeten, sagte er einfach: »Macht jetzt eure Übungen.« Er erklärte uns nichts, sondern gab uns nur diesen Befehl.
Diesmal sah ich keinen Bambusstock auf dem Tisch.
»Ihr beide habt schon sehr fleißig zu Hause geübt, macht weiter so.«
»Wie kannst du das wissen?«, fragte ich.
»Als ihr hereingekommen seid, habe ich schon gesehen, dass es gut ist.« Er lachte sehr freundlich. Das war ein schönes Lob für uns. Selbstverständlich übten wir von da an noch fleißiger.
Samstag war ein sehr wichtiger Tag für Qiang und mich. Wir erwarteten diesen Tag immer mit großer Spannung, denn nach dem Qi Gong fühlten wir uns jedes Mal wunderbar locker und energievoll. Ich wunderte mich immer über die Hände von Meister Yun, mit denen er aus so weiter Entfernung steuern konnte. Einmal war ich faul und wollte früher nach Hause gehen.
»Nein, du hast heute noch nicht genug geübt, mach weiter«, sagte er, am Tisch sitzend.
Ich wollte trotzdem gehen. Aber es war kaum zu glauben: Ich konnte nicht über die Türschwelle gehen. Sobald ich einen Schritt darüber setzen wollte, musste ich wieder zurück und es noch einmal probieren. Jedes Mal zog mich eine unsichtbare Kraft zurück. Diese Kraft kam von Yun, Fe. Er verband seine Energie mit mir und so konnte ich nicht mehr weglaufen. Mit seiner Energie zog er mich wieder zum Übungsplatz. Dann musste ich weiter üben bis zum Ende.
Leider konnten Qiang und ich unseren Schulkameraden nicht erzählen, was wir beim Meister erlebten. Das hatten wir ihm versprochen. Die anderen Schüler wussten nur, dass wir oft zum Jadebuddha-Tempel gingen und ich durch die Behandlung eines Qi-Gong-Meisters gesund geworden war. Im Unterricht waren wir nun viel konzentrierter und unsere Noten in den Prüfungen wurden besser. Darüber freuten sich Lehrerin Chang und auch die Direktorin Yan.

An diesem Samstag hatten wir einen halben Tag Unterricht. Qiang und ich spielten am Teich im Schulgarten. Ein Schulkamerad behauptete, er hätte dort einen Fisch gesehen, der so groß war wie er selbst. Wir suchten lange nach diesem Fisch, aber der größte, den wir fanden, war nur ungefähr zehn Zentimeter groß. Langsam ging uns auf, dass er uns vielleicht angelogen hatte. Letztes Mal hatte er uns erzählt, drei große Vögel wären auf seinem Bett gelandet und er hätte sie gefangen. Doch als wir ihn extra deswegen besuchten, gab es noch nicht einmal die Spur einer Feder. Wir schimpften über diesen kleinen Lügner und schworen uns, in der nächsten Woche mit ihm abzurechnen, denn nun mussten wir schnellstens zu Meister Yun. Zum Glück hatte Qiang ein wenig Taschengeld dabei. Davon kauften wir eine Bao Ze für jeden. Damals kostete eine Bao Ze nur acht Fen, ungefähr fünf Pfennige. Dazu kauften wir noch zwei Ofenkuchen mit Sesam für sechs Fen. Mit der Bao Ze und dem Ofenkuchen in der Hand gingen wir zu Fuß zum Tempel. Ums Trinken machten wir uns keine Gedanken, denn beim Meister gab es immer grünen Tee.

»Da Lee, schau mal, zwei Soldaten von der Marine stehen vor der Tempeltür.« Qiangs Augen waren besser als meine, er hatte sie schon von weitem gesehen.

Als wir näher kamen, sah ich die beiden Jungen in Uniform auch. Ich kannte sie. Sie waren beide etwa zwanzig Jahre alt. Der kleinere hieß Chang und war Fahrer bei der örtlichen Marine. Immer wenn mein Vater nach Shanghai kam, wurde er von Chang mit einem Jeep abgeholt. Der größere, muskulöse war Wang. Er war der Adjutant meines Vaters. Er gefiel mir, weil er immer eine Pistole bei sich trug und mich für kurze Zeit damit hatte spielen lassen, natürlich nur ungeladen. Warum waren die beiden heute hier? Ich wunderte mich sehr. Interessant war, dass ich die beiden sehen konnte, aber sie mich offensichtlich nicht. Unsere Blicke trafen sich, doch dann schauten sie wieder weg und suchten irgendetwas.

»He, Genossen Chang und Wang, was macht ihr beiden hier?« Ich stand nur einen Meter von ihnen entfernt.

»Kennst du die?« Qiang kam schnell hinter mir her. Damals wollten alle Jungen sehr gerne in der Nähe von Soldaten sein, sie erschienen uns noch als Helden.

Die beiden Soldaten blickten mich unbeweglich an. Plötzlich zeigte sich Überraschung in ihren Gesichtern. »Bist du das, Da Lee?« Sie hatten mich nicht gleich erkannt. »He, du hast dich ja ganz verändert. Komm, wir warten schon auf dich.« Wang zog mich weg.

»Wohin denn, wir wollen doch zu Meister Yun gehen.«

»Er ist nicht da. Er ist gegenüber im Teehaus, bei deinem Vater.«

»Bei meinem Vater? Ist mein Vater schon zurück?«

»Ja, dein Vater und ich sind heute Mittag gekommen, doch du warst nicht zu Hause. Deine Großmutter hat gesagt, dass du bei einem Meister im Jadebuddha-Tempel seist. Dein Vater hat sich darüber gewundert und er ist mit uns hierher gekommen. Dann hat er sich ins Teehaus gesetzt, weil er mit seiner Offiziersuniform lieber nicht in den Tempel gehen wollte, und hat uns aufgetragen, dich zu suchen.«

»Und warum ist der Meister jetzt bei meinem Vater?«

»Als wir dich nicht gefunden haben, haben wir den kleinen Alten einfach mit ins Teehaus genommen. Und dann haben wir vor der Tür auf dich gewartet.«

»Ein komischer Alter, er hat uns gefragt, ob er seine Sachen mitnehmen darf. Glaubt er, dass wir ihn verhaften wollten?«, lachte der Fahrer.

»Er ist ein guter Meister, ihr müsst höflich zu ihm sein!«

»Was, was, geh jetzt schnell zu deinem Vater, er wartet schon eine ganze Zeit auf dich.«

»Qiang kommt mit!« Ich nahm Qiangs Hand fest in die meine.

»Gut, aber kommt schnell.« Er führte uns zum Teehaus.

Der Fahrer ging zu seinem Jeep, um dort zu warten.

Auch wenn man in China eine Weile keine Zeitung gelesen oder die Nachrichten im Radio gehört hat, muss man keine Angst davor haben, schlecht informiert zu sein.

Man kann einfach ins Teehaus gehen und in weniger als einer Stunde kennt man die neuesten Nachrichten, sowohl die offiziellen als auch die inoffiziellen. Das Teehaus ist ein Sammelpunkt für Neuigkeiten und ein Treffpunkt für Menschen. Hier gibt es keine Fremden, schon nach dem ersten warmen Tee kennt jeder jeden. Alle klopfen sich gegenseitig auf die Schulter oder das Bein, lachen zusammen, egal ob sie alte Kunden sind oder zum ersten Mal da.

Wenn man guten grünen Tee probieren will, muss man hierher kommen. In jedem Teehaus gibt es ungefähr dreißig verschiedene Sorten Grüntee. Die bekannteste ist »Lung Ching«, die wieder in fünf Klassen unterteilt wird. Tee erster Klasse ist zehnmal so teuer wie fünftklassiger. Erstklassiger Tee besteht nur aus handverlesenen jungen Blättchen.
Die Bauern sammeln sie zu Beginn des Frühlings im Teegebiet Hangshou. Dann werden sie in riesigen Trockenöfen bei schwacher Hitze langsam getrocknet. Man wendet die Blättchen von Hand. So kann man genau beurteilen, ob die Temperatur stimmt und wie trocken die Blättchen schon sind. Natürlich braucht man dazu viel Erfahrung.
Wenn man Tee zubereitet, wird zunächst die Kanne mit heißem Wasser vorgewärmt. Das Wasser gießt man weg und gibt die Teeblättchen in die Kanne. Dann überbrüht man sie mit kochendem Wasser und lässt die Kanne ohne Deckel stehen. Bei gutem grünem Tee tanzen sofort alle Blätter nach oben. Wenn sie sich geöffnet haben, sinken sie langsam wieder nach unten. Die Farbe ist hellgrün. Jetzt kann man den Deckel auf die Kanne geben, um den Tee warm zu halten, nicht früher, sonst ist die Temperatur zu hoch und der spezielle frische Geschmack des jungen Tees verschwindet. Wenn der Tee wirklich gut ist, behält er bis zum dritten Aufguss seine hellgrüne Farbe. Schlechter Tee ist beim ersten Gang vielleicht dunkelgrün, beim zweiten Gang schmeckt er schon wie Leitungswasser, also nach gar nichts. Tee erster Klasse jedoch schmeckt beim zweiten Gang sogar besser, weil das Aroma dann gerade richtig ist, nicht zu stark und nicht zu schwach. Man spürt auf der Zunge und auch im Magen lange diesen angenehmen, leicht süßlichen Nachgeschmack.
In einem solchen Teehaus spielt Zeit keine Rolle mehr. Manche Rentner gehen schon morgens, bevor die Sonne aufsteigt, hinein und denken erst ans Nachhausegehen, wenn es abends schon wieder dunkel ist. Um sein leibliches Wohl muss man sich nicht sorgen, denn es gibt viele verschiedene, köstliche Nudelgerichte.
Große Teehäuser haben auch Bühnen, auf denen es Darbietungen gibt wie Peking-Oper, lustige Dialektstücke und Akrobatik.
Die Gäste müssen sich nicht voll auf die Darbietung konzentrieren, sie können sich weiter laut unterhalten, lachen oder Zeitung lesen. Die Schauspieler kümmern sich überhaupt nicht um die Reaktion des Pub-

likums, sie spielen einfach weiter, auch wenn ihre Stimmen ab und zu im Lärm untergehen. Hier herrscht eine ganz spezielle Atmosphäre – Teehausatmosphäre eben: laut, locker und ganz lebendig.
Mitten in diesem Getümmel springen Männer mit großen, weißen Stoffservietten über der Schulter hin und her, in der Hand einen großen Metallkessel mit langem Schnabel, um die Kannen auf den Tischen nachzufüllen. Das sind die Kellner. Wenn ein Kunde kommt, empfangen sie ihn an der Tür und ist es ein alter Kunde, wissen sie genau, welche Sorte Tee er bevorzugt. Oft kennen sie den Beruf, Familienstand, manchmal sogar den Geburtstag ihrer Kunden. Kommt jemand zum ersten Mal, dann müssen sie nur einen Blick auf ihn werfen, um zu wissen, welchen Platz sie ihm zuweisen und welchen Tee sie ihm anbieten sollen. Und sollte jemand nur hereinkommen, um nach dem Weg zu einer bestimmten Adresse zu fragen, so wird auch ihm geholfen.
Der Kellner, der nun vor uns stand, war Mitte vierzig und schlank. Er schaute uns an, dann zeigte er mit dem Finger auf mich und sagte: »Der da ist bestimmt der Sohn vom Offizier.«
»Wie können Sie das wissen?«, fragte Wang.
»Schaut euch mal sein Gesicht an, da steht es schon geschrieben.« Er strich mit seinem Finger über mein Gesicht. Wir lachten. Dann führte er uns durch den vollen Saal nach hinten zu einem separaten, halbrunden Raum, der durch eine dünne, halbhohe Schwingtür vom Saal abgeteilt war. Unter der Tür sah ich zwei Paar Schuhe, eines aus Stoff und klein, das andere größer und aus Leder, der Besitzer der Schuhe hatte die Beine übereinander geschlagen. Wang klopfte uns kurz auf die Schulter und bedeutete uns, stehen zu bleiben. Er selbst trat einen Schritt vor und salutierte. »Meldung!«, sagte er zur Tür hin.
Ich wartete die Reaktion von innen gar nicht ab, sondern stieß die Tür auf: »Papa!«
Mein Vater und ich hatten uns zuletzt vor acht Monaten gesehen. Er schaute mich überrascht an und stellte sein Bein herunter, stand auf und nahm mich in seine Arme. Dann schob er mich ein Stück von sich weg, um mich genauer ansehen zu können, und umarmte mich noch einmal. »Da Lee, du bist sehr groß geworden und siehst sehr viel besser aus.« Er freute sich sehr und schien sogar aufgeregt zu sein.

Er war im besten Alter, neununddreißig Jahre alt, groß und sprach immer mit lauter Stimme.
In seiner Marineuniform sah er bewundernswert aus.
»Meister Yun, das ist mein Papa! Papa, das ist der große Meister, der mich mit Qi Gong behandelt hat.« Meine Bekanntmachung war sehr unnötig, denn die beiden Männer saßen schon eine Zeit zusammen und hatten sich bestimmt schon über alles unterhalten. Nun, wo er gesehen hatte, wie gut ich jetzt aussah, war mein Vater schon beeindruckt. »Ich danke Ihnen, Herr Yun.« Er nahm Yun, Fes Hand.
»Sie haben einen guten Sohn«, sagte der Meister.
»Wie geht es mit der Schule?«, fragte mein Vater.
»Gut. In Chinesisch habe ich in der letzten Prüfung eine gute Note gehabt, fünf, in Mathematik vier und in Sport hatte ich dieses Mal auch die beste Note, fünf.«
In Wirklichkeit hatte ich die Sportprüfung zum ersten Mal gemacht. Früher musste ich wegen meiner Krankheit nicht an der Prüfung teilnehmen, ich hatte immer ein Attest vom Arzt gehabt.
»Gut, sehr gut. Unser Land braucht nicht nur gute Köpfe, sondern auch gesunde Körper. Es freut mich sehr für dich, dass du jetzt so gesund bist. Du bist ja fast einen Kopf größer als das letzte Mal, he!« Er schlug mir mit der Faust einmal leicht gegen die Brust, dann setzte er sich wieder hin.
»Weißt du, ich lerne bei Meister Yun nun auch selbst Qi Gong.«
»Ja, ich weiß schon.« Er schwieg. Das Lachen verschwand langsam von seinem Gesicht. Meister Yun wollte etwas sagen, doch er zog es vor zu schweigen und nahm einen Schluck Tee.
»Freust du dich denn gar nicht darüber?«, fragte ich meinen Vater.
»Da Lee, du bist noch jung. Deine Mutter und ich haben nur einen Sohn. Du bist der Nachwuchs unseres Landes und wir hoffen, dass du in Zukunft wie wir deine Kraft für die Revolution einsetzen wirst. Du musst viele wichtige Sachen lernen. Gerade habe ich schon mit dem Meister besprochen, dass du nicht weiter bei ihm Qi Gong lernen wirst.«
»Was? Nein!« Ich traute meinen Ohren nicht.
»Onkel Cheng, das darfst du nicht machen!« Qiang konnte sich nicht mehr zurückhalten. Er hatte meinen Vater die ganze Zeit schon mit großen, überraschten Augen beobachtet. Vielleicht war er ein bisschen

nervös, weil er ihn noch nie zuvor gesehen hatte. Sein Blick hing schon lange Zeit an den Schultern meines Vaters fest, dort, wo die Rangabzeichen waren. Wahrscheinlich wusste er nicht, wie hoch der Rang meines Vaters war, aber was er gerade gehört hatte, enttäuschte ihn sehr. Das hatte er nicht erwartet.
»Wer bist du denn, junger Mann?«, fragte mein Vater leicht amüsiert.
»Das ist mein Freund, Chao, Qiang.« Ich antwortete an seiner Stelle.
»Warum darf ich das nicht machen?«, fragte mein Vater Qiang weiter.
»Weil Da Lee viel vom Meister lernen kann und außerdem will ich nicht allein bleiben. Wenn du Da Lee erlaubst weiterzulernen, können wir beide später Qi-Gong-Großmeister sein.«
»Und was könnt ihr dann machen? Auch auf der Straße stehen, Steine zerschlagen und eure Medizin verkaufen, wie solche Straßenmeister?«
»Das, das…« Qiang fehlten die Worte. Obwohl er ebenso wie ich sicher noch viele Gründe wusste, warum ich weiterlernen sollte, und wie lächerlich es war, Qi Gong immer mit dem Steinezerschlagen zu verbinden, konnte er nicht weitersprechen. Ich wusste auch nicht, was ich sagen sollte.
Wang stand immer noch an der gleichen Stelle. Er lachte, wahrscheinlich teilte er die Meinung meines Vaters.
»Herr General, darf ich etwas dazu sagen?« Meister Yun stellte seinen Tee auf den Tisch zurück.
»Natürlich, aber bitte nennen Sie mich nicht General, ich bin Oberst oder Kapitän zur See.«
Vater zeigte auf seine linke Schulter, wo wie auf der rechten ein Rangabzeichen mit zwei goldenen Streifen und drei silbernen Sternen auf die reinweiße Uniform genäht waren.
»Gut, Herr Oberst, ich bin auch Ihrer Ansicht. Ihr Sohn und sein Freund sollen in der Schule fleißig für unser Vaterland lernen. Ich wollte die beiden von Anfang an nicht als Schüler annehmen, nur ihr Fleiß und ihre Intelligenz haben meine Meinung geändert. Natürlich dürfen Sie ihrem Sohn verbieten, bei mir weiterzulernen. Doch Qi Gong ist nicht das, was sie denken. Sie müssen entschuldigen, wenn ich so direkt bin. Ich beschäftige mich nun einmal schon seit vierzig Jahren damit, das ist vielleicht länger, als Sie alt sind. Verzeihung, Herr Oberst, nicht dass ich auf mein Alter pochen will…«

»Was, was? Verzeihung? Warum sagst du es dann?« Wang konnte sich nicht mehr zurückhalten. Der kleine alte Mann hatte sehr großen Mut, so offen gegenüber einem Offizier zu sein.
»He, Genosse Wang, bitte ein bisschen höflicher!« Nachdem er ihn zurechtgewiesen hatte, wandte sich mein Vater wieder Meister Yun zu. »Sie dürfen ganz offen zu mir sprechen, als Soldat höre ich immer gerne direkte Worte. Er ist noch jünger und ein wenig heißblütig, bitte entschuldigen Sie ihn.«
Meister Yun schaute zu Wang. »Kein Wunder, dass du so leicht böse wirst, junger Mann, deine Leberentzündung ist gerade erst geheilt. Du hast einfach noch zu viel Feuer im Körper. Außerdem tut dir ja auch noch der Rücken weh, deshalb hast du so schlechte Laune, nicht wahr?«
»Jawoll!« Wang salutierte ganz automatisch, dann erst wurde ihm bewusst, was der Meister gerade gesagt hatte. Er schaute ihn mit misstrauischen Augen an. »He, wie kannst du das alles wissen?«
»Er war wegen seiner Leberprobleme zwei Wochen im Krankenhaus und soll nun für einen Monat in Shanghai bei seinen Eltern bleiben, um sich zu erholen«, erzählte mein Vater.
»Melde gehorsamst, Genosse Kommandant, meine Leberkrankheit ist schon geheilt, ich bin gesund und möchte wieder meinen Dienst tun!« Heißblütige junge Soldaten wie er zeigten gerne ihre Stärke und ständige Einsatzbereitschaft für das Vaterland.
»Gut. Aber das ist schon entschieden. Übrigens hat der Meister gerade gesagt, dass dein Rücken noch nicht in Ordnung ist, stimmt das?«
»Ja, das stimmt, letzte Woche habe ich mich beim Üben auf dem Kampfschiff ein wenig verletzt. Es ist nicht weiter schlimm, die Schmerzen gehen bestimmt von alleine wieder weg. Das macht mir nichts aus.«
»Doch, das macht schon etwas, wenn das nicht ausgeheilt wird, können die Schmerzen chronisch werden. Junger Mann, dreh dich einmal mit dem Rücken zu mir.« Der Meister richtete aus einem Meter Entfernung zwei Finger auf Wangs Rücken.
»Oh, ist das heiß, mir wird so schön heiß am Rücken, was ist das bloß?« Wang fing an zu schwitzen.
»Das ist eine Qi-Gong-Behandlung, der Meister überträgt Energie auf

dich.« Es freute mich, dass ich eine Chance hatte, Qi Gong zu erklären. Für meinen Vater war das auch neu. Er kniff die Augen zusammen und beobachtete jede Bewegung des Meisters.

»Jetzt bewege dich einmal, hast du noch Schmerzen?« Yun, Fe wandte sich wieder seinem Tee zu.

»Nein, nicht mehr, gar nicht mehr!« Wang drehte sich mit einem überraschten Ausdruck auf dem Gesicht nach links und rechts. »Danke schön, vielen Dank!«

»Können Sie bei mir auch etwas finden?« Vater war plötzlich neugierig wie ein Kind.

Meister Yun schaute meinen Vater kurz an und schüttelte wortlos den Kopf.

»Was ist? Bei mir ist alles in Ordnung, oder?«

»Ja, Sie sind gesund. Doch Sie sollten trotzdem zum Arzt gehen und sich operieren lassen.«

»Warum?« Wir waren alle sehr gespannt auf die Antwort.

»Sie haben einen Fremdkörper im Beckenbereich, auf der rechten Seite. Er muss schon lange dort sein, und Sie sollten ihn entfernen lassen, denn ein Fremdkörper schadet Ihnen. Ich kann Ihnen da leider nicht weiterhelfen.«

»Pa!« Vater schlug mit der Hand auf den Tisch. »Unmöglich, unmöglich. Das habe ich niemandem erzählt, wie können Sie das wissen?«

»Das ist Qi Gong. Ich habe noch nie auf der Straße Steine zerschlagen, aber ich habe schon viele reiche Leute mit Qi Gong behandelt.« Yun, Fe sprach mit Stolz und auch ein bisschen Ironie.

»Meister, Sie sind wirklich ein außergewöhnlicher Mann.« Vater sprach jetzt wie ein bescheidener Schüler. »Wissen Sie, das war eine Kugel, damals vor zweiundzwanzig Jahren, von den Japanern. Im Krieg gab es leider nur sehr einfache Behandlungsmöglichkeiten und sie konnte nicht entfernt werden. Ich musste wieder zurück in den Kampf. Nach der Kapitulation der Japaner wollte ich sie eigentlich entfernen lassen. Doch dann gab es den Krieg im eigenen Land und ich musste wieder in der Armee kämpfen. Nach dem Sieg wurde ich sofort zur Marine geschickt. Beim Aufbau der neuen Armee gab es so viel Arbeit, dass ich diese Sache ganz vergaß. Die Kugel stört mich schon lange nicht mehr, nur bei schlechtem Wetter habe ich manchmal Schmerzen.«

»Die Schmerzen können stärker werden, und wenn Ihre Nerven und Knochen geschädigt sind, dann ist es zu spät. Lassen Sie sie lieber jetzt entfernen.«
»Zu Befehl, sobald ich wieder bei der Armee zurück bin, melde ich mich im Marinekrankenhaus.« Vater stand auf und salutierte ganz ordentlich, wie vor einem Vorgesetzten. Er war wohl schon zu lange bei der Armee. Bewusst und unbewusst benahm er sich immer wie ein Soldat. Meister Yun stand schnell auf und hielt seine Hände vor dem Körper, die rechte Faust in die linke Handfläche gelegt.
»Bitte, Herr Oberst, nehmen Sie doch wieder Platz.« Vater lachte über das ganze Gesicht. Er sah den kleinen alten Mann jetzt mit ganz anderen Augen. »Genosse Wang, geh zum Auto, hole den Mao-Tai-Schnaps und bring ihn hierher. Und lass einen Kellner kommen.«
»Jawohl.« Wang stand stramm, dann drehte er sich um und verschwand. Nur ein paar Sekunden später kam der Kellner. Zuerst goss er heißes Wasser in die Kanne.
»Haben Sie etwas zu essen hier?«
»Ja, wir haben ungefähr zehn verschiedene Nudelgerichte und eine große Anzahl an Vorspeisen.«
»Was möchten Sie gerne essen, Meister?«, fragte Vater.
»Er hat gerne Shao-Tsing-Wein und Trockengemüse mit Fleisch.« Das wusste ich schon gut.
»Das haben wir leider beides nicht. Hier gibt es keinen Alkohol, auch keine großen Gerichte. Dafür haben wir leckere Imbiss-Gerichte. Zum Beispiel Xiao Long oder Bao Ze.«
»Sehr gut.« Für mich war das wie ein Festessen. Xiao Long haben die gleiche Form wie Bao Ze, nur sind sie viel kleiner. Die Teighülle ist so dünn, dass man fast hindurchsehen kann. Sie schmecken noch besser und feiner als Bao Ze.
»Bringen Sie alles her, was gut ist«, sagte Vater.
»Schön, ich komme sofort.« Der Kellner schwang seine weiße Serviette im Halbkreis, legte sie sich dann wieder über die Schulter, nahm seinen Kessel und ging. Wang kam mit dem Mao-Tai-Schnaps zurück.
»Nehmt auch Platz, Genosse Wang, und ihr beiden Kinder sitzt hier bei mir. Heute seid ihr alle eingeladen.« Vater nahm die Flasche und zeigte sie Meister Yun. »Trinken Sie das gerne?«

»Mao Tai? Ja, schon, das ist der beste Schnaps. Der ist fast zu gut für mich.«
»Er gehört jetzt Ihnen.«
»Nein, nein.«
»Doch, ich möchte Ihnen die Flasche schenken. Das ist echter Mao Tai, der wurde ungefähr zwanzig Jahre lang gelagert. Er ist gut. Ich danke Ihnen von Herzen für das, was Sie für meinen Sohn getan haben.« Er drückte ihm die Flasche einfach in die Hand. Der Meister musste sie nehmen.
»Darf Da Lee weiter beim Meister lernen?«, fragte Qiang. Er hatte den richtigen Zeitpunkt gefunden.
»Natürlich.« Keine Erklärung von meinem Vater, warum er jetzt dafür war, doch uns reichte das.
Der Kellner kam mit einem Servierwagen zurück und in wenigen Sekunden war der Tisch voll. Er nannte jedes Mal den Namen des Gerichts, das er gerade auf den Tisch stellte. »Xiao Long, Bao Ze«, die kamen in einem mehrstöckigen Garbehälter aus Bambus. Die anderen Gerichte befanden sich auf weißen Porzellantellern, die blau bemalt waren. »Quallensalat, Fisch- und Eierkuchen, Rouladen, frische Gurken, geröstete Erdnüsse …«
Wenn mein Vater Urlaub hatte und zu Hause in Shanghai war, war dies die schönste Zeit für mich. Er kaufte mir dann gern Spielzeug, vor allem Spielzeugpistolen und Gewehre.
Beim Abendessen saßen vier Leute um den Tisch, alles war wärmer und interessanter für mich. Leider dauerte die schöne Zeit diesmal nicht lange, drei Wochen später musste er schon wieder zurück zur Armee. Beim Abschied trug er mir auf, mich darum zu bemühen, in der Schule auch ein Amt zu übernehmen, zumindest als Gruppenleiter. Damals hatten immer gegen zehn Schüler einen Anführer, der auf dem Ärmel ein Plastikabzeichen mit einem Streifen tragen durfte. Wer einen höheren Rang hatte, bekam zwei, der höchste Rang war drei Streifen. Mir gefiel das nicht, warum sollte ich der Chef meiner Kameraden sein?
»Ihr habt viel Glück, du lebst in einer sehr guten Zeit. Lerne fleißig in der Schule, grüße deinen Lehrer von mir und auch Meister Yun.« Er strich mir noch einmal über den Kopf, dann stieg er in seinen Jeep und fuhr zum Flughafen.

Wir Kinder waren damals wirklich sehr glücklich, wir mussten uns keine Sorgen ums Überleben machen und hatten den Kopf voller Hoffnungen. Viele wollten Wissenschaftler oder Ingenieure werden und mithelfen, unser Land aufzubauen. Vieles wurde erneuert und die Lebensbedingungen wurden immer besser. Einen unserer damaligen Lehrtexte habe ich immer noch im Kopf. Der Titel lautet: »Rückflug der Schwalbe«. Es wird erzählt, wie Familie Schwalbe aus dem Süden zurückkehrt. Das Schwalbenjunge kann vom Himmel aus die Umgebung nicht wieder erkennen. Es fragt seine Mutter: »Mama, sind wir richtig geflogen? Unten gibt es so viele Häuser, die ich noch nie gesehen habe.« Die Mutter antwortet: »Ja, wir sind richtig. Das sind alles neue Gebäude für Schulen und Krankenhäuser.« – »Mama, sind wir richtig? Die alten, kaputten Häuser sind nicht mehr da unten.« – »Ja, wir sind richtig. Die Menschen haben neue Wohngebiete gebaut.« – »Mama, was ist das da unten mit dem Rauch?« – »Das ist der Kamin der neuen Fabrik...«

Dieser Text gefiel mir. Wir mussten ihn auswendig lernen und ich hatte ihn in der Klasse vorgetragen. Das hatte ich mit so viel Gefühl gemacht, dass ich sogar Beifall von unserer Lehrerin und den anderen Schülern bekam. Für mich passierte das, worüber sich die kleine Schwalbe wunderte, tatsächlich vor meinen Augen. In diesem ruhigen, gut geplanten Leben fühlten sich alle Kinder wohl. Aber plötzlich, ganz plötzlich, wurde alles ganz anders.

Die Kulturrevolution erfasste das ganze Land mit Körper und Seele. In China, dem Land mit den meisten Einwohnern, war jeder davon betroffen. Entweder man wurde von anderen kritisiert und angeklagt oder man kritisierte und klagte selbst andere an. In ganz China gab es keinen einzigen Menschen, der nicht davon beeinflusst wurde. Die Feuer der Revolution brannten überall. Unter den Losungen »Die Restauration des Kapitalismus verhüten« und »Das Alte zerstören, das Neue schaffen« war das Gefüge des Landes zerstört und die staatlichen Organe außer Kraft gesetzt worden. Arbeiter taten nichts mehr für ihre Produktion, Bauern gingen nicht mehr aufs Feld, Schüler nicht mehr zum Unterricht. Sie wollten nur Revolution machen. Die Landwirtschaft war sofort am Ende. Es gab einen großen Nahrungsmangel. Ganz China war durcheinander.

Ein Mann lachte noch über das Ganze. Das war der Vorsitzende Mao, der Begründer der Kulturrevolution. Warum wollte er diese Revolutionsbewegung machen? Dafür gab es viele offizielle Erklärungen, doch sie waren alle nur Propaganda. In Wirklichkeit war es nur ein Kampf um die Macht. Das Wesentliche für den großen Politiker Mao war Macht. Ohne sie konnte er nicht leben. Dies hatte sich schon sehr viel früher gezeigt. Anfang der Sechzigerjahre war seine Macht in Gefahr gewesen. Erstaunlicherweise hat Mao nie begriffen, dass es schwieriger ist, ein Land aufzubauen, als es zu zerstören.
Er übernahm einfach die Theorien von Karl Marx, die dieser nie in der Praxis ausprobiert hatte. Mao glaubte das Märchen, dass man ein Wunder schaffen könne, wenn das Volk von der kommunistischen Idee durchdrungen sei. Er rief beispielsweise 1958 China dazu auf, mehr Stahl zu produzieren als die kapitalistischen Länder, und ließ das ganze Volk zusammenarbeiten. Überall wurden unzählige Öfen gebaut, in Fabriken, Schulen, im Verwaltungsbereich, sogar in Krankenhäusern. Aber natürlich waren alle primitiv und ohne viel Sachverstand gebaut. Überall versuchte man Eisenerz zu beschaffen.
Fast jede Familie spendete Metall aus dem eigenen Haushalt, viele Leute warfen Töpfe und Messer in die örtlichen Hochöfen, um Maos großes Ziel zu verwirklichen. Leider produzierten solche Öfen nur Metallmüll, obwohl die Leute Tag und Nacht dafür arbeiteten. Der richtige Stahl kam nur aus Spezialfabriken. Doch wie viel dort auch produziert wurde, es reichte immer noch nicht aus, um neue Töpfe und Messer herzustellen. Die Familien hatten ihre Bestände gespendet, die sie im Alltag eigentlich benötigten. Es war ein merkwürdiger Kreislauf.
Von den Bauern auf dem Land verlangte Mao, dass sie alle privaten Felder und das Vieh den Kommunen überlassen sollten. Man durfte nicht mehr zu Hause kochen. Jeder musste in so genannten »Volksküchen« essen. Mao glaubte, es sei genial, die kommunistische Theorie von Marx in China umzusetzen. Doch es funktionierte nicht. Die Bauern arbeiteten nicht fleißig auf den Feldern, die ihnen nicht mehr gehörten, sondern warteten lieber in der Volksküche auf ihr kostenloses Essen. In China gab es mehr als fünfhundert Millionen Bauern. Fast alle hatten einen großen Magen. Sie aßen so viel, dass das gesamte Getreide der Kommune nicht ausreichte, um alle satt zu bekommen.

Trotzdem bestand Mao weiter darauf, dass Volkskommunen eine gute Sache seien. Zum Schluss mussten einige Millionen Bauern verhungern.
Ein Mann konnte angesichts dieser Lage nicht länger schweigen. Er schob Maos Leibwächter zur Seite und ging direkt in sein Schlafzimmer. Es war tagsüber und Mao schlief noch, denn er arbeitete normalerweise nachts.
»Bitte, hör auf mit deinem Fanatismus, unser Volk befindet sich in einer Katastrophe!«, schrie er dem Vorsitzenden zu, dem großen Machthaber, der noch nicht ganz aus seinen Träumen erwacht war.
Wer hatte so großen Mut? Das war der Verteidigungsminister, Marschall Peng, De Huan. Peng, ein Mann mit heißem Blut, hatte keine Angst davor, direkt etwas gegen Mao zu sagen. Er sagte nicht nur etwas, sondern schrieb es sogar auf. Auf der Plenartagung des Zentralkomitees beim Lu-Berg, einem landschaftlich wunderschönen Gebiet in Südchina, zeigte er Mao seinen Brief. Darin verlangte er, dass Mao, Tse Tung sich selbst kritisieren und wegen seiner Fehler beim Volk entschuldigen sollte. Leider war er zwar ein bekannter General mit großem Können, wenn es um Feinde von außen ging, für den internen Kampf in der eigenen Partei war er jedoch noch zu jung.
Der Vorsitzende Mao nahm wieder die scharfe Waffe: Klassenkampf. Er behauptete, dass Verteidigungsminister Peng auf der Seite der Klassenfeinde in China und der Ausländer stehe und dass er versuche, die kommunistische Regierung zu stürzen. Mao verbündete sich mit Ministerpräsident Zhou, En Lai, dem zweiten Vorsitzenden Liu, Shao Qi und Marschall Lin, Biao. Gemeinsam gelang es ihnen, Peng zu Fall zu bringen. Sofort war ganz China durch Radio und Presse informiert: »Peng, De Huan ist ein Antirevolutionär.« Der arme Mann! Eigentlich wollte er nur etwas für das Volk tun. Zum Schluss musste er als Volksfeind Zwangsarbeit auf dem Land verüben. Sein Amt des Verteidigungsministers wurde von Lin, Biao übernommen.
Mao hatte wieder einmal gewonnen, aber die wirtschaftliche Lage in China wurde immer schlimmer. Er wusste, dass er die Lage mit der kommunistischen Idee von Karl Marx überhaupt nicht verbessern konnte, also gab er diese chaotische Unordnung, diesen »Saftladen« einfach an Liu, Shao Qi weiter. Er selbst ging nach Südchina, besuchte

dort Sehenswürdigkeiten, reiste von Ort zu Ort und erfreute sich an den Schönheiten der Natur.
Als zweiter Vorsitzender der Partei und Staatsvorsitzender setzte sich Liu, Shao Qi in dieser Zeit mit aller Kraft für die Verbesserung der wirtschaftlichen Lage ein. Er stand auf einer Linie mit seinem Helfer Deng, Xiao Ping. Gemeinsam leiteten sie viele richtige Maßnahmen ein. Von Deng gibt es ein bekanntes Zitat: »Egal, ob eine Katze weiß oder schwarz ist, wenn sie eine Maus fangen kann, ist sie eine gute Katze.« Er war Politiker. Die politische Bedeutung dieser Worte lautet: egal, ob Kommunismus oder Kapitalismus, was auch immer hilft, das Leben des Volkes zu verbessern, ist eine gute Sache. Um den Fleiß der Bauern anzuregen, gab der Staat ihnen ihre Felder zurück und sie durften wieder privat anbauen. Die Volksküchen wurden natürlich geschlossen. Und in den Städten wurden die lächerlichen Hochöfen beseitigt.
China wurde langsam wieder gesund, wie ein schwer kranker Riese, der endlich die dringend benötigte Behandlung erhielt. Die Lebensbedingungen des Volkes wurden deutlich besser. Man erinnerte sich wieder an einen Mann, der damals mit großem Mut Kritik an Maos Politik geäußert und die Wahrheit erzählt hatte, der dann sein Amt verlor und als Bauer auf dem Land arbeiten musste. Man wusste noch nicht einmal, ob er noch lebte, doch das Volk hatte ihn nie vergessen. Warum war er noch nicht befreit? Wenn der Vorsitzende Mao wirklich von ganzem Herzen dem Volk diente, wie er immer beteuerte, warum hatte er so viel Angst vor Kritik, die dazu dienen sollte, seine Arbeit zu verbessern? Gibt es einen Menschen, der niemals einen Fehler macht? Die Zweifel an Mao und die Sympathien für Peng, De Huan stiegen gleichzeitig nach oben. Man zeigte das auch. Ein Mann hatte ein Theaterstück geschrieben. Der Titel hieß: »Hai Jui wird seines Amtes enthoben«.
Hai Jui war während der Kaiserzeit Minister. Er hatte gesehen, dass das Volk in Not und Elend leben musste, während der Kaiser ein parasitäres Luxusdasein führte und nur Günstlinge und Schmeichler mit leitenden Posten betraute.
Er kritisierte das Ganze direkt beim Kaiser. Die anderen Beamten rieten ihm, gut auf seinen Kopf aufzupassen. Doch er hatte keine Angst vor dem Tod, für das eigene Land und Volk sagte er dem Kaiser seine

Meinung ganz offen, der so etwas gar nicht gern hören wollte. Zum Schluss wurde Hai Jui hoch bestraft. Dieses Theaterstück fand großen Anklang beim Publikum. Die Menschen hatten gleich verstanden, dass der kaiserliche Minister Peng, De Huan symbolisierte. Der Vorsitzende Mao war auch nicht dumm. Nach dem Besuch dieses Theaterstücks konnte er seinen Urlaub in Südchina nicht weiter genießen und fuhr mit seinem Spezialzug ohne Pause nach Peking zurück.

Die Lage und die Atmosphäre in der Hauptstadt machten ihn sprachlos. Der zweite Vorsitzende Liu, Shao Qi konnte sich aufgrund der Erfolge beim Wirtschaftsaufbau und der Verbesserung des Lebensstandards eines ausgezeichneten Rufes erfreuen. Was Mao selbst propagierte: »Der große Sprung nach vorn«, darüber amüsierte man sich höchstens noch in Gesprächen nach dem Essen oder beim Teetrinken. Er ging zur Sekretärsabteilung, ZK, und verlangte, dass man den »Wind der Rehabilitierung«, der jetzt für Peng, De Huan wehte, zurückschlagen solle. Niemand kümmerte sich jedoch um seinen Vorschlag. Der Generalsekretär dort war Deng, Xiao Ping. Er und seine Genossen hatten die Nase voll von innerparteilichen Kämpfen. Natürlich wollten sie nicht gegen Peng agieren. Dann ging Mao zur Parteizeitung und zum Ministerium für Kultur. Er verlangte, dass man das Theaterstück »Hai Jui wird seines Amtes enthoben« als »Giftkraut« kritisieren solle. Doch auch hier hatte er kein Glück. Jetzt merkte er, dass seine Macht schon angeschlagen war. Die ganzen wichtigen Abteilungen stellten sich gegen ihn. Er empfand sie wie »hermetisch abgeschlossene, unabhängige Königreiche«. Das konnte er nicht zulassen. Er hasste Liu, Shao Qi bis aufs Blut. Wegen seiner Erfolge stand Maos Macht auf dem Spiel. Immer mehr Menschen glaubten, dass die wirtschaftliche Lage besser wäre, wenn der große Führer, Vorsitzender Mao, nicht an der Spitze stünde.

Maos Blicke sammelten sich langsam auf seiner eigenen Ehefrau. Sie hieß Jiang, Qing. Lange Zeit war das ein unbekannter Name im chinesischen Machtsystem, aber bald schon zitterte ganz China wegen ihm.

Jiang, Qing wurde im Jahr 1914 geboren, sie war einundzwanzig Jahre jünger als ihr Mann. Als junges Mädchen schon machte sie eine Ausbildung als Schauspielerin. In den Dreißigerjahren war sie in Shanghai schon einigermaßen bekannt, im Film und als »Partyhäschen«. Aus großer Abenteuerlust ging sie dann nach Yenan, dem revolutionären Zentrum im Krieg gegen die Japaner. Wie eine Jägerin im neuen Revier hatte sie sofort ihr Ziel gesehen: den Vorsitzenden Mao. Damals hielt Maos Armee nur ein kleines Gebiet in Nordchina besetzt. Aber Jiang war davon überzeugt, dass in Zukunft ganz China ihm gehören könnte. Leider war er schon verheiratet, aber zu Jiangs Glück musste sich Maos Ehefrau aufgrund einer Krankheit in der Sowjetunion behandeln lassen und war demzufolge weit weg. Die Jägerin schlich sich immer näher an ihr Ziel heran. Jedes Mal, wenn Mao einen Vortrag hielt, war Jiang seine bewundernde Zuhörerin. Zum Schluss hatte sie immer irgendetwas »nicht verstanden«. Sie musste mit ihrem Notizbuch zu Maos Wohnung gehen und ihm viele Fragen stellen. Die Leute von Yenan wohnten in Erdhöhlen, Mao ebenso. In solchen Räumen gab es normalerweise ein »Kang«. Das war ein Ziegelbett, alle vier Seiten waren gemauert. Im Winter legte man brennende Holzkohle in ein Loch unter dem Kang, dann kam die Hitze von unten. Doch nun kam die Hitze von oben, wenn Mao mit seiner fleißigen Schülerin auf dem Bett saß.

Den Türwachen war aufgefallen, dass Jiang fast täglich kam. Am Anfang hatte sie immer ihr Notizbuch in der Hand, später nicht mehr, es war nicht mehr nötig. Die Besuche dauerten immer länger. Einmal blieben die beiden sogar eine ganze Nacht zusammen, unzertrennlich wie Leim und Lack. Am nächsten Tag gingen sie aus, Hand in Hand standen sie auf dem Platz, wo Mao sonst immer seine revolutionären Vorträge hielt und Jiang mit ihrem Buch in der Hand immer so fleißig zugehört hatte. Sie standen zusammen, beide in blauen Uniformen, Hand in Hand vor den überraschten Leuten. Sie teilten der Welt mit, dass sie heiraten wollten.

Was, heiraten? Diesmal hatte die Geduld von Maos Mitstreitern ein Ende. In den Augen der anderen Revolutionäre war diese Frau eine halbe Prostituierte. Wie konnte Mao sie heiraten? Im Übrigen war er noch nicht einmal geschieden. Das Politbüro löste das Problem: Die beiden durften zwar zusammenleben, aber so lange Mao nicht von seiner Frau He geschieden war, durfte er Jiang nicht offiziell als Ehefrau nehmen. Und Jiang, Qing durfte sich nur um Maos Privatleben küm-

mern. Darüber ärgerte sie sich natürlich sehr. Doch sie sollte Mittel und Wege finden, zur ersten Frau im Lande zu werden.
Mao bat sie nun, in Literaten- und Künstlerkreisen eine Revolution zu entfachen und Leute zu organisieren, die das Theaterstück »Hai Jui wird seines Amtes enthoben« kritisierten. Dann sollte die Revolution sich in allen Bereichen ausbreiten, bis der Hauptfeind zu Boden geschlagen wäre. Jiang spürte, dass ihre Zeit nun gekommen war. Die ehemalige Schauspielerin wollte der Welt zeigen, wer die Hauptrolle auf der politischen Bühne spielte. Jiang flog von Peking nach Shanghai und nahm dort mit dem Kritiker Yao, Wen Yuan Kontakt auf.
Die Chinesen sagen immer: »Im Stil eines Artikels offenbart sich der Charakter.« Das ist normalerweise ganz richtig, nur bei Yao war es anders. Er hatte ein rundes Gesicht und einen relativ dicken Körper. Seine Begabung war Sitzen. Er konnte sehr lange Zeit ruhig am Schreibtisch sitzen. Den ganzen Tag nichts sprechen und einen Text nach dem anderen schreiben: Seine Artikel waren so scharf, dass einige Angeklagte schon in den Fluss gesprungen waren. Trotzdem schrieb er noch weiter. Er hoffte, dass sein nächstes Opfer von einem hohen Gebäude springen würde.
Yao machte Jiangs Bekanntschaft im Rathaus von Shanghai, neben dem »Bund«, der Hafenpromenade am Huan-Pu-Fluss. Jiang saß in einem großen Ledersessel. Lange Zeit beobachtete sie diesen schwächlichen Mann, dann sprach sie Wort für Wort: »Genosse Yao, unsere sozialistische Revolution ist an einem kritischen Punkt angelangt. Ich hoffe, dass Sie Ihre ›Waffe‹ – den Füller – benutzen, um gegen die Restauration des Kapitalismus einen ersten Schuss zu landen. Das ist auch die Aufgabe, die der Vorsitzende Mao Ihnen geben will.«
Yao spürte, wie seine Knie ganz schwach wurden, fast machte er einen Kniefall. »Ich bitte die Genossin Jiang, sich keine Sorgen zu machen. Ich werde die Erwartungen des großen Führers nicht enttäuschen.«
Tatsächlich brachte die Dialekt-Zeitung von Shanghai »Wen Huen Bao« einige Tage später einen Artikel von ihm. Der Titel lautete: »Die Kritik an dem Bühnenstück ›Hai Jui wird seines Amtes enthoben‹. Yao, Wen Yuan behauptet: Dieses Theaterstück ist eine große Verschwörung und Kränkung. Die Antirevolutionäre benutzen es als Werkzeug, um die Partei mit aller Wut anzugreifen. Der Kampf gegen dieses Stück ist

auch der gegen die Restauration.« Mao war sehr zufrieden, nachdem er den Artikel gelesen hatte, und befahl der Parteizeitung von Peking sofort, ihn zu übernehmen.

Als hätte man einen großen Stein auf einen spiegelglatten See geworfen, folgten tausend Wellen nach. Alle Jugendlichen, die alle schon von Geburt an eine kommunistische Ausbildung genossen hatten, liebten die Partei und den Vorsitzenden Mao. Das war ein natürlicher Bestandteil ihres Lebens. Jetzt wollten die Antirevolutionäre im Kulturbereich die KP angreifen und Mao stürzen. Wie konnten sie das zulassen? Sie mussten aufstehen, um das sozialistische Vaterland und den Vorsitzenden Mao zu beschützen.

Am Abend des 29. Mai 1966 kamen zehn Schüler in Pekings Vorstadt, Yuan Min Yuan. Während des Kaiserzeit gab es hier eines der »Weltwunder«, einen riesigen Garten im europäischen Stil. Aber die Streitkräfte der »acht Mächte« hatten diesen Garten im Jahr 1900 kurzzeitig besetzt und alles genommen, was man mitnehmen konnte. Alles Übrige wurde von ihnen verbrannt. Jetzt lagen dort nur noch verfallene Überreste von Toren und Postamenten aus Marmor, es sah aus wie ein verwilderter Friedhof.

Die zehn Schüler, alle im Alter zwischen dreizehn und neunzehn Jahren, standen dort im Kreis. Sie hatten alle einen gespannten Gesichtsausdruck und schauten auf einen brennenden Holzhaufen, der in der Mitte aufgeschichtet war. Das Feuer war schon entflammt, die Feuerzungen sprangen immer höher wie der Kampfwille der jungen Leute.

»Genossinnen und Genossen!« Ein Junge brach das Schweigen. »Jetzt wollen die konterrevolutionäre Verschwörerclique und die bürgerlichen Karrieristen die Macht an sich reißen, die chinesische Revolution auf Leben und Tod. Wir müssen aufstehen und unseren großen Führer beschützen.«

»Ja, richtig!« Alle waren der gleichen Meinung.

»Wir müssen eine Organisation aufbauen, in der wir mit anderen jungen Revolutionären gemeinsam kämpfen!«, lautete ihre Überzeugung. Sie mussten nur noch einen passenden Namen finden, zum Beispiel »Sonnenblume« oder »Lokomotive«. Der Name »die Rote Garde« fand schließlich bei allen Anklang. Rote Beschützer für den Vorsitzenden Mao, das war ein sehr schöner Name. Sie konnten sich nicht im Traum vorstellen, dass die »Rote Garde« in kurzer Zeit an die hundert Millionen Mitglieder haben würde. In jeder Schule Chinas trugen fast alle die Uniform mit der roten Armbinde mit leidenschaftlichem Eifer und stürmischem Elan. Sie wollten bis zum letzten Blutstropfen für den Vorsitzenden Mao kämpfen. Das war der Beginn der Kulturrevolution. Selbst Liu, Shao Qi, der zweite Parteivorsitzende und Staatsvorsitzende, der zweite große Machthaber in China, musste seinen Kopf vor den bösen jungen Leuten senken. Er musste eine Tafel um den Hals tragen und sich von den jungen Revolutionären kritisieren lassen. Anfangs glaubte er noch, das alles wäre nur eine Massenbewegung, die sehr schnell vorbei sein würde. Doch er hatte sich geirrt. Er war wie ein großer Fisch schon in Maos Netz gefangen. Der große Politiker Mao, Tse Tung schlug ihn Schritt für Schritt nieder. Wie konnte er ihn wieder aufstehen lassen? Sein politisches Leben war von diesem Tag an beendet.

Mao rief ganz China dazu auf, die Wurzeln des Revisionismus auszurotten und die Klassenreihen zu sichten. Er wollte seine Macht von oben bis unten stabilisieren. Überall wurde nur gekämpft und kritisiert. Alle Staatsorgane waren gelähmt, keine Führungsabteilung funktionierte mehr. Man baute eine ganz neue höchste Behörde auf. Sie hieß: »Die Gruppe für die Kulturrevolution beim Zentralkomitee«. Von hier aus wurde die Revolution weitergeführt, hier wurde alles über China entschieden. Hier wurde das ganze Land nach Maos Vorstellungen befehligt. Die Gruppenleiterin war Jiang, Qing, Maos Frau, eine neue Königin.

Die Lage wurde immer angespannter, sowohl in Shanghai als auch in meiner Familie. Wir wunderten uns darüber, dass die Roten Garden und die Rebellen noch keine Hausdurchsuchung bei uns gemacht hatten. Bei Leuten, die in einer ähnlichen Position waren wie meine Mutter, hatte man das gemacht. Viele waren schon im »Stall« gelandet, in einfachen Gefängnissen, die man in Schulen und Firmen eingerichtet hatte. Vielleicht lag es an meinem Vater, dass man uns bis jetzt verschont hatte.

Offiziere standen in der Hierarchie ganz oben, besonders solche Offiziere, die schon gemeinsam mit Mao für den Kommunismus gekämpft hatten. Unten waren die Arbeiter, Bauern und Soldaten. Der Mittelstand sowie Studenten und Intellektuelle waren auf Platz neun. Deshalb werden sie bis heute noch aus Spaß »Stinkende Neun« genannt. Wir galten als revolutionäre Familie. Nur dass meine Mutter Chefin einer Firma war, machte die Sache kompliziert. Unser Schicksal musste von den Rebellen ihrer Firma entschieden werden.

Schließlich kam dieser Tag. Meine Großmutter und ich waren gerade mit dem Mittagessen fertig, als Besucher vor der Tür standen; mehr als zehn Leute, alle mit roten Armbinden: Rebellen. Ihr Anführer informierte uns, dass meine Mutter jetzt auch zu den Angriffszielen der Revolution gehöre. Die Rebellen kamen, um eine revolutionäre Hausdurchsuchung bei uns vorzunehmen.

»Wo ist meine Tochter?«, fragte Großmutter.

»Sie ist im Stall und schreibt eine Eigenkritik. Im Moment darf sie nicht nach Hause kommen.«

Der Anführer war groß und schlank, er sah nicht so böse aus wie die anderen.

Ich war so nervös, obwohl Mutter uns schon mehrmals gesagt hatte, dass dieser Tag irgendwann einmal kommen würde und wir uns keine Sorgen machen sollten, weil sie ein reines Gewissen hätte. Trotzdem war ich nun, wo alles tatsächlich vor meinen Augen passierte, sprachlos. Großmutter und ich standen an der Wand. Eine Frau mit einem Stock blieb neben uns stehen. Sie befahl uns, nicht von dort wegzugehen. Die Durchsuchungsarbeiten schienen nicht ganz einfach zu sein. Sie öffneten Schränke und Koffer und fragten immerzu, welche Sachen meiner Mutter gehörten und welche meinem Vater. Alles, was nur Mutter gehörte, untersuchten sie oder brachten es in ihren Lastwagen. Niemand rührte Vaters Sachen an, als ob sie ihre Finger daran verbrennen könnten. Nachdem ich wusste, worum es ging, sagte ich bei möglichst vielen Dingen, dass sie meinem Vater gehörten.

»Wem gehören diese Bücher?«, fragte ein junger Mann.

»Meinem Vater«, antwortete ich sofort.

»Alle?«

»Ja, alle.« Viele davon las ich sehr gern. Zum Glück hatte Mutter bis jetzt nur andere Sachen verbrannt, sie hatte noch nicht die Zeit gefunden, sich um die Bücher zu kümmern. In Wirklichkeit gehörten sie

mir. Jetzt ließ ich meinen Vater die Bücher beschützen, obwohl er gar nicht da war – nicht schlecht, dass ich einen revolutionären Vater hatte. Es wirkte, der junge Mann stand kopfschüttelnd vor dem Regal, dann ging er weg.
Der Anführer kam zu uns. »Hat Ihre Tochter nur so wenig Briefe?« In seiner Hand hielt er einige geöffnete Briefe.
»Ich weiß nicht«, war alles, war Großmutter dazu sagte. Sie konnte nicht akzeptieren, was die Rebellen taten. Woher nahmen sie das Recht, bei uns alles durcheinander zu bringen? Sie musste sich beherrschen, um nicht anders zu reagieren, ihre Hand hielt meine ganz fest. Mutter hatte uns eindringlich gewarnt, wir sollten nichts unternehmen, wenn die Rebellen kämen. Ihre Aktionen gehörten zur Revolution und wir sollten sie unterstützen.
»Was ist mit dir? Junge, warum sind das so wenige, wo sind die anderen?« Er fragte mich mit lächelndem Gesicht und schüttelte die Briefe, die fast alle von meinem Vater waren.
»Verbrannt!« Das war mir aus den letzten Tagen noch im Gedächtnis geblieben. Immer wenn Mutter nach Hause kam, warf sie etwas von dem ins Feuer, was sie im Schrank gefunden hatte.
»Verbrannt?« Er zog die Augenbrauen zusammen, dann entspannten sich seine Gesichtszüge wieder und er lachte. »Bitte, nehmen Sie Platz hier. Mit Ihren kleinen Füßen dürfen Sie nicht so lange stehen!« Er war sehr freundlich zu Großmutter, besorgte ihr sogar einen Stuhl. »Und du, kommst du bitte mit mir?« Er brachte mich in das andere Zimmer.
»Du heißt Chen, Da Lee und bist schon zehn Jahre alt, stimmt das?«
»Ja, woher wissen Sie das?«
»Ich weiß noch mehr; zum Beispiel, dass dein Vater Offizier ist, ein revolutionärer Offizier, und du bist ein guter Junge.« Er kauerte sich neben mich, sodass wir gleich groß waren. »Morgen haben wir eine Sitzung, bei der es um deine Mutter geht. Wir wollen ihr helfen. Du kannst ihr auch helfen …«
»Ich, wie kann ich meiner Mutter helfen?« Natürlich wollte ich alles für sie tun.
»Du kommst auf die Bühne und wiederholst, was du mir gerade eben erzählt hast.«
»Was?«

»Verbrannt. Dass sie die Briefe verbrannt hat, die restlichen Briefe hat sie verbrannt. Das hast du gerade gesagt. Und morgen wiederholst du das einfach noch einmal, damit ist schon alles erledigt.«

»Kann meine Mutter dann wieder nach Hause kommen?«

»Natürlich! Morgen schicke ich einen Jeep her, um dich abzuholen. Und nach der Sitzung lade ich dich zum Bao-Ze-Essen ein. In unserer Kantine gibt es sehr viele Bao Ze, die sind ganz lecker. Danach bringt dich der Jeep wieder nach Hause. Einverstanden? Du kommst doch, ja?«

»Ja.« Ich nickte.

»Ach ja, deine Großmutter… Sie ist schon alt, du musst ihr nicht erzählen, worüber wir gerade gesprochen haben. Ich verspreche dir, morgen zu tun, was wir ausgemacht haben. Versprichst du mir auch, zu tun, was du gesagt hast?« Er hielt mir seine Hand hin.

»Ja, versprochen.« Ich gab ihm ebenfalls meine Hand. Wir hielten einander an den Händen wie Freunde.

Dann ging er zu seinen Kameraden, die noch mit der Suche nach irgendwelchen Dingen beschäftigt waren.

Die Hausdurchsuchung war beendet. Sie hatte gerade einmal zwei Stunden gedauert und schien nicht sehr erfolgreich verlaufen zu sein. Auf dem Lastwagen war nur eine kleine Ecke bedeckt mit dem, was sie bei meiner Mutter gefunden hatten. Alle fuhren mit dem Lastwagen weg. Nun mussten Großmutter und ich alles wieder aufräumen. Wir fegten das Geschirr zusammen, das bei der Aktion in Scherben gegangen war, und warfen es weg. Während der Arbeit wechselten wir kein einziges Wort miteinander. Auch unsere Nachbarn sagten nichts, sie schauten uns nur mitleidig zu. Als ich den Müll nach unten brachte, der vor zwei Stunden noch etwas von Wert dargestellt hatte, half mir Chao, Hong beim Tragen. Sie begleitete mich zu den Mülltonnen.

»Da Lee, warst du eigentlich in letzter Zeit wieder einmal in der Schule?« Hong brach zuerst das Schweigen. Sie war inzwischen schon ein großes Mädchen, fast größer als ich.

»Nein. Ich war schon wochenlang nicht mehr dort.«

»Ich war gestern dort. Alles ist durcheinander, im Klassenzimmer liegt viel Staub. Es ist sehr schmutzig.« Sie schüttelte den Kopf. »Weißt du, die Lehrer haben sich jetzt in zwei verschiedene Lager geteilt. Sie schreiben Wandzeitungen und schimpfen aufeinander. Jeder glaubt, er selbst wäre ein richtiger Revolutionär und die anderen nicht. Das ist interessant, nicht?« Sie lachte. Zwei Grübchen erschienen auf ihren Wangen, wie eine Blume sah sie nun aus. Das verbesserte meine Laune ein wenig. In diesem Moment zumindest war mein Kopf frei von dem, was heute bei uns passiert war.

Am nächsten Vormittag klopfte jemand an unsere Tür. Ein junger Mann stand davor. »Guten Tag, ich suche Chen, Da Lee. Der Leiter des Revolutionskomitees hat mich damit beauftragt, ihn abzuholen.«

»Warum? Was wollen Sie von meinem Enkel?« Großmutter wirkte sehr angespannt.

»Das ist schon in Ordnung, das haben wir gestern so vereinbart.« Ich kam sehr schnell zur Tür.

»Moment, was ist das für eine Vereinbarung? Warum weiß ich nichts davon?«

»Der Chef will, dass ich Mama helfe.«

»Helfen? Wie sollst du deiner Mutter helfen? Ich komme mit.«

»Nein, Großmutter, Sie sollen zu Hause bleiben«, sagte der junge Mann. »Ihren Enkel bringe ich zu seiner Mutter, er wird bald wieder zu Hause sein. Unser Jeep wartet schon unten. Keine Sorge, Großmutter.«

Seine Worte konnten ihre Zweifel nicht zerstreuen, doch sie bestand nicht weiter darauf, mitzukommen. »Da Lee, wenn du deine Mutter siehst, frage sie, was sie braucht.«

»Ja, mache ich, tschüss, Großmutter.« Ich fuhr mit meinem Begleiter zur Firma meiner Mutter.

Diese Firma kannte ich gut. Früher war ich oft hier gewesen. Schon wenn man durch das Tor schritt, hörte man immer das laute Gestampfe der Maschinen. Heute war das nicht so, man hörte überhaupt keinen Maschinenlärm. Auf der Firmenstraße waren viele Fußgänger. Alle drängten in die gleiche Richtung, in die auch unser Jeep fuhr, zur Kantine.

Der Wagen hielt bei der Hintertür des großen Saals. Normalerweise aßen hier die Angestellten, allerdings nicht um diese Zeit. Jetzt wurde hier die Sitzung abgehalten. Der Anführer freute sich sehr, als er mich sah. »Gut, gut. Du bist richtig gekommen, jetzt ist gerade der richtige Zeitpunkt.«

Dann wies er den jungen Mann an: »Ihr wartet zuerst hier unter der Bühne. Wenn ich dir nachher ein Zeichen gebe, schickst du ihn hoch. Klar? Gut dann.« Er sprang auf die Bühne und ging zur Mitte. Wahrscheinlich lief die Sitzung schon eine Weile. Sehen konnte ich nichts, aber vom Saal kamen die Geräusche von vielen Menschen, es herrschte ein ziemliches Stimmengewirr.
»Meine Genossinnen und Genossen, ich bitte um Ihre Aufmerksamkeit!« Der Leiter des Revolutionskomitees versuchte das Publikum im Saal zur Ruhe zu bringen, es gelang ihm jedoch nicht. Die Leute unterhielten sich weiter und schenkten ihm keine Aufmerksamkeit. Er fuhr fort, ins Mikrofon zu sprechen: »Wir Rebellen haben einen Verband der Antirevolutionäre entdeckt. Alle diese Machthaber sind aus unserer Firma, bis ganz oben!«
»Hast du Beweise?«, schrie ihm jemand von unten zu.
»Ja, natürlich. Wir können euch bald alles zeigen, was wir aufgedeckt haben. Doch unsere Feinde sind gerissen. Sie versuchen jetzt, alle Spuren zu vernichten! Nicht wahr, verehrte Parteisekretärin?«
»Ich weiß nicht, wovon Sie reden.« Das war die Stimme meiner Mutter, war sie auf der Bühne? Von hinten konnte ich überhaupt nichts sehen. Ich wollte ein Stück nach oben gehen.
»Nein, jetzt noch nicht, Sekunde. Bald darfst du hochgehen.« Der junge Mann hielt mich zurück. Er selbst stand auf einer hohen Stufe und beobachtete das Geschehen.
Aus dem Lautsprecher klangen nun wieder die Worte seines Chefs. »Stell dich bloß nicht dumm, wir haben Zeugen! Ich gebe dir eine Minute Zeit zum Überlegen. Entweder gibst du selbst zu, wie viele Beweise du schon vernichtet hast, oder wir lassen den Zeugen gegen dich aussagen. Also denk daran, eine Minute!« Eigentlich sollte das eine spannende Situation für die Zuschauer sein. Normalerweise sollten sie ganz ruhig auf die Entscheidung warten. Aber draußen wurden die Geräusche immer noch lauter. Die Minute war schnell vorbei.
»Hast du gut überlegt? Willst du dich jetzt dazu äußern?«
Keine Antwort.
»Gut, lasst den Zeugen kommen!«
Der junge Mann sprang von seiner Stufe herunter, er bewegte sich so schnell wie ein Affe. »Du bist jetzt an der Reihe, schnell! Du sollst auf

die Bühne gehen, schnell!« Er schob mich von hinten, bis ich oben auf der Bühne stand. Das Licht der Scheinwerfer war so stark, dass ich kaum meine Augen öffnen konnte. Doch meine Mutter entdeckte ich sofort. Sie stand dort mit einer schwarzen Tafel um den Hals. Mit beiden Händen hielt sie die Tafel fest. Mit ihr zusammen waren noch zwei Männer auf der Bühne, beiden hing ebenfalls eine Tafel um den Hals, auf denen ihre durchgestrichenen Namen standen. Der kleine, rundliche Mann war der Direktor der Firma, der andere, ein schlanker Mann mit Glatze, war Hauptingenieur. Ich kannte sie beide. Sie standen rechts neben meiner Mutter, hinter ihnen hingen zwei große Bilder an der Wand, eins vom Vorsitzenden Mao und eins von Karl Marx.
Der Anführer der Rebellen kam zu mir und legte mir seine Hände auf die Schultern. »Keine Angst, tu einfach das, was wir gestern besprochen haben.« Seine Stimme klang so nett. Er führte mich zum Mikrofon.
Nun stand ich dort auf der Bühne, die mehr als tausend Angestellten unten schauten mich an; manche sprachen nach links oder rechts mit denen, die neben ihnen standen. Ich schaute nach rechts, meine Blicke trafen sich mit denen meiner Mutter. Ich sah, dass sie mich erstaunt anschaute, als ob sie sagen wollte: Da Lee, was hast du diesen Leuten erzählt?
»Meine Genossinnen und Genossen. Dieser Junge ist der Sohn unserer Parteisekretärin. Er kommt heute hierher, um uns etwas zu erzählen. Um der Gerechtigkeit willen wird er selbst seine Blutsverwandten nicht schonen. Er ist ein echtes Kind der Revolution!«
Als hätte man Wasser in heißes Öl gegossen, begann unten ein wilder Tumult. Die Leute schrien sich gegenseitig etwas zu, doch es sprachen zu viele auf einmal, als dass ich etwas hätte verstehen können. Ich konnte nur sehen, dass ein paar alte Arbeiterinnen bedächtig ihre Köpfe schüttelten.
»Gut. Chen, Da Lee, jetzt erzählst du uns die Wahrheit. Was hat deine Mutter mit den vielen Briefen getan, bevor wir bei euch die Hausdurchsuchung gemacht haben?« Er hielt mir das Mikrofon noch dichter an den Mund, gleichzeitig gab er mir mit den Augen ein Zeichen: keine Sorge, keine Angst, sagten seine Augen.
»Verbrannt«, sagte ich.
Hong! Unten entstand wieder ein Tumult.

»Sehen Sie nun, dass diese Antirevolutionäre ihre Spuren schon vernichtet haben?« Er sah seinen Erfolg und freute sich unbändig darüber.
»Hast du das ganz genau gesehen, ja? Viele Briefe wurden im Feuer verbrannt?« Er wollte mehr von mir hören.
»Ja, viele Briefe. Ich weiß sogar, was darin stand«, antwortete ich.
»Was? Du kennst diese Briefe? Wer hat sie geschrieben?« Er war ganz gespannt. Seine Augen waren weit geöffnet, darin sah man das Licht der Hoffnung blitzen.
»Ja, ich kenne sie. Die Briefe sind alle von mir geschrieben.«
Hong! Nun brachen viele Leute in schallendes Gelächter aus.
»Quatsch! Ihr wohnt zusammen, warum solltest du deiner Mutter Briefe schreiben?« Jetzt war er böse, weil ich ihn in eine peinliche Situation gebracht hatte.
»Wissen Sie, immer wenn ich morgens aufstehe, ist meine Mutter schon weg. Und abends kommt sie oft erst nach Hause, wenn ich schon schlafe«, erzählte ich ins Mikrofon. Meine helle Kinderstimme war im ganzen Saal laut zu hören. Plötzlich war es unten ruhig, sehr ruhig sogar.
»Ich schreibe meiner Mutter jede Woche ein oder zwei Briefe und lege sie ihr auf den Schreibtisch. Ich hoffe immer, dass ich einmal so wie andere Kinder mit Papa und Mama im Park spazieren gehen kann oder ins Kino oder dass meine Eltern mir Geschichten erzählen. In meinem letzten Brief habe ich meiner Mama geschrieben, dass ich einen jungen Vogel auf dem Dach gesehen hätte. Zwei große Vögel waren immer neben ihm und haben mit ihm getanzt und gezwitschert. Die großen Vögel waren bestimmt sein Papa und seine Mama. Ich habe den kleinen Vogel beneidet.«
Die alten Arbeiterinnen, die vorhin kopfschüttelnd dagestanden hatten, bekamen vor Rührung schon rote Augen. Manche mussten sogar ihre Tränen trocknen.
»Sünde! Sünde! Wie können Sie unserer Parteisekretärin so Unrecht tun?« Eine Dame mit grauen Haaren schrie ganz laut zur Bühne hoch. In ihrer rechten Hand hatte sie einen Stock, mit dessen Hilfe sie nun schnell auf die Bühne kletterte. »Sünde! Ich habe mit eigenen Augen gesehen, wie sie zum ersten Mal zu uns in die Firma gekommen ist. Sie war nur vierzehn Jahre alt, ein armes Mädchen vom Dorf. Vor der Be-

freiung musste sie wie eine Erwachsene für die Kapitalisten arbeiten, zehn Stunden täglich. Nach der Befreiung ist sie Chefin geworden. Ich habe auch gesehen, wie sie morgens immer als Erste in der Firma war und abends als Letzte ging. Sie hat uns, der Firma, ihre ganze Kraft gegeben. Haben Sie ein Herz? Wer ist hier antirevolutionär? Unsere Chefin? Nein. Aber vielleicht Sie!« Sie zitterte am ganzen Körper.
Gegen diese Rentnerin konnten die Rebellen nichts tun. Der Sitzungsleiter konnte sie nur bitten: »Oh, bitte, geh wieder nach unten. Von manchen Sachen verstehst du nichts.«
Unten im Saal herrschte nun überhaupt keine Ordnung mehr. Die Leute schrien und lachten, manche klatschten der alten Frau Beifall. Rebellen waren meistens ganz und gar spießbürgerliche Menschen. Zum großen Teil waren sie einfache Arbeiter. Während der Kulturrevolution bezogen sie ihr Selbstbewusstsein allein aus dem Tragen der roten Armbinde. Plötzlich fühlten sie sich als Revolutionäre und Mao räumte ihnen viele Rechte ein. Doch innerhalb der Firma kannten sich alle untereinander. Und egal, was sie taten und wie sie sich aufspielten, die Kollegen wussten, mit wem sie es zu tun hatten. Jetzt war das Publikum böse auf die Rebellen, viele schimpften laut, es herrschte ein großes Durcheinander.
Ich ging zu meiner Mutter. »Mama, Großmutter will wissen, ob du etwas brauchst.«
»Nein, ihr sollt nur gut auf euch selbst aufpassen, ich brauche nichts.« Sie strich mir schnell mit einer Hand über meinen Kopf, Gesicht und Hals. »Da Lee, du bist ein braves Kind, ich kümmere mich zu wenig um dich… Ich…« Mutters Augen wurden rot. Zwei Tränen liefen langsam nach unten. Das hatte ich vorher noch nie bei ihr gesehen. »Mama, bitte sei nicht traurig.« Ich nahm ein Taschentuch und trocknete ihre Augen. Ich wusste, dass es ihr nicht recht war, wenn die Leute sie weinen sahen.
»He, junger Mann, du hast das gerade sehr gut erzählt.« Die beiden anderen Angeklagten drehten sich zu mir und lachten mich nett an. Der Direktor klopfte mit beiden Händen ein paar Mal auf seine Tafel, als wäre sie eine Trommel.
Im ganzen Saal herrschte ein furchtbarer Lärm, Rebellen und Zuschauer schrien durcheinander, stritten und schimpften. Die Angeklag-

ten waren vergessen. Sie standen nicht länger gebeugt, sondern stellten sich bequem hin und erholten sich ein wenig.
»Du bist größer geworden, seit ich dich das letzte Mal gesehen habe«, sagte der Direktor.
»Ja, er wächst zurzeit sehr schnell, bald wird er größer sein als ich.« Mutter lachte jetzt sogar ein bisschen.
»Das soll auch so sein. Nach der Evolutionstheorie von Darwin ist die nächste Generation immer besser als die vorhergegangene«, behauptete der Hauptingenieur.
»Nein, das stimmt nicht unbedingt. Ich bin zum Beispiel kleiner als mein Vater und meine drei Söhne sind auch nicht größer als ich.« Der Direktor war sofort dagegen.
»War dein Vater auch Direktor?«
»Nein.«
»Siehst du, die Theorie stimmt doch.«
»Aber mein Vater wurde auch nicht angeklagt, wie ich heute.«
»Das ist wieder schwer zu sagen.« Er rückte seine Brille zurecht. »Konfuzius hat gesagt, bevor der Himmel jemandem eine wichtige Aufgabe gibt, lässt er ihn zuerst leiden. Wer weiß? Vielleicht kannst du Minister werden, wenn die Kulturrevolution vorbei ist.«
»Gut, Minister. Ich nehme diese Tafel mit.«
Die drei Angeklagten lachten miteinander. Die schwarzen Tafeln tanzten vor ihren Körpern.
»Was macht ihr da? Ihr lacht noch?« Der Sitzungsleiter war plötzlich aus dem Durcheinander aufgetaucht.
Blitzschnell nahmen die Angeklagten wieder ihre demütige Haltung ein, die Köpfe nach unten, die Körper gebeugt, alle auf gleicher Höhe.
»Du, komm mit.« Er zog mich nach hinten von der Bühne herunter. Zwei große, muskulöse Männer warteten schon unten, nicht auf mich, sondern auf ihn. Einer davon, in schmutziger Arbeitskleidung, trat einen Schritt vor. »Zack«, packte er den Anführer am Hemd und zog ihn zu sich her. »Du bist ein Idiot, was ist das bloß für eine Kritiksitzung? Das ist wohl eher eine Belobigungssitzung! Du glaubst, du bist besser und klüger als wir? Du hast versprochen, dass dieser Kleine uns heute sehr nützen kann. Und was hast du geschafft?« Er schüttelte ihn.

»Wie konnte ich vorher wissen, dass er so etwas erzählt?« Er versuchte, sich zu befreien.
»Wir müssen Dummköpfe sein, dass wir dich zu unserem Anführer gemacht haben.« Der andere Mann schimpfte jetzt auch. »Du bist ein stinkender Esel. Sofort beendest du die verdammte Sitzung.«
»Schnell!« Der andere Mann hielt den Anführer nicht weiter fest, sondern schob ihn von sich, als ob er einen Müllsack wegwerfen würde. Der Anführer fiel mit dem Gesicht nach oben auf die Stufe, drehte sich dann schnell um und wollte auf die Bühne.
»Moment!«, sagte ich.
»Was?« Er schaute ganz böse auf mich herunter.
Ich hatte zwar Angst, sprach jedoch trotzdem weiter. »Du hast mir gestern etwas versprochen ... du ... hast das doch nicht vergessen, oder?«
»Geh zum Teufel, du kleiner Bastard. Hau ab!« Sein Gesicht sah länger aus als vorher, vielleicht vor Wut und Ärger, fast wie ein Esel. Der böse Esel funkelte mich noch einmal mit seinen Augen an, dann ging er hoch auf die Bühne, so als ob ein großes Theaterstück gerade beendet wäre. Der Saal stand Kopf.
Ich ging allein nach Hause, zu Fuß. Keine Bao Ze und auch kein Jeep. Mutter musste noch weiter im Stall der Firma bleiben. Zum Glück hatte ich noch Großmutter. Sie war meine Hauptstütze. Jetzt war sie bestimmt in Sorge um mich. Ich beeilte mich, um schnell zu ihr zu kommen.

5

In Shanghai wird es in der Zeit von Mai bis Juni sehr heiß, der Sommer kommt. Im Jahr 1966 stieg im gleichen Zeitraum nicht nur die Temperatur in der Natur, sondern auch in der Politik. Die Menschen benahmen sich wie Ameisen vor einem großen Erdbeben. Alle waren ruhelos, nervös, aufgeregt. Alle nannten sich Revolutionäre und wollten den großen strategischen Plan des Vorsitzenden Mao befolgen. Überall hingen Dazibaos, Wandzeitungen, und große Plakate. Es ging um »die Beseitigung der bürgerlichen und Aneignung der proletarischen Ideologie«, »das Alte zerstören, das Neue schaffen«, die »Berechtigung, gegen die Reaktion zu rebellieren«. Immer mehr Schüler und Schülerinnen der Mittelschule trugen grüne Uniformen und Mützen, um den linken Arm eine rote Armbinde: die »Rote Garde«. Sie begeisterten sich für die neue Kampagne Maos, die den Klassenkampf verstärkt propagierte. Besonders interessant waren die Rotgardisten, die aus Peking nach Shanghai kamen. Sie staunten über das, was sie sahen: überall florierten die Geschäfte, überall gab es Leuchtreklamen auf der Straße, die Leute waren viel moderner angezogen als in Peking. In ihren Augen waren die Shanghaier alle Revisionisten und nicht mehr weit entfernt vom Kapitalismus. Also begannen sie auf der Straße mit ihrer Revolution. Jeder hatte eine Schere in der Hand und wenn jemand vorbeikam, der ihnen unpassend erschien, vielleicht zu enge Hosen trug, dann schlitzten sie die Hosen von unten nach oben auf. Kam eine Frau mit Dauerwellen vorbei, dann schnitten sie ihr einfach die Haare ab. Den Menschen blieb nichts anderes übrig, als ihre Wut und ihren Ärger darüber hinunterzuschlucken, denn niemand wollte als Antirevolutionär gelten.

Die Eltern meiner Nachbarin und Klassenkameradin Chao, Hong arbeiteten beide als Ärzte in einem großen Krankenhaus. Beide waren immer ganz chic angezogen. Doch eines Tages sah ich eine peinliche

Szene. Als ihr Vater nach Hause kam, musste er seine Hose an beiden Seiten mit den Händen zusammenhalten, weil ein junger Rotgardist zu fleißig gewesen war. Er hatte nicht nur die lange Hose, sondern auch die Unterhose aufgeschlitzt. Darüber durfte Hongs Vater nicht einmal böse sein, sondern musste noch ein gequältes Lächeln zeigen. Zu seiner Frau waren sie noch relativ höflich gewesen. Sie hatten sie gebeten, sich auf einen Stuhl zu setzen. Dann schnitten sie ihr die Locken ab, allerdings nur auf einer Seite. Die andere Seite ließen sie lang.

»Meine revolutionären Genossen, bitte beenden Sie Ihre Arbeit und schneiden diese Seite auch weg. Bei der Arbeit trage ich sowieso einen weißen Hut. Sie haben bestimmt schon einmal so einen gesehen, mit einem roten Kreuz darauf. Ja, ich bin Ärztin. Bitte schneiden Sie alles weg, dann kann ich den weißen Hut auch einfacher tragen.« Sie versuchte, die peinliche Situation zu entschärfen, indem sie einen Scherz mit den jungen Leuten machte. Auf der rechten Seite hatte sie noch schulterlange, glänzende Locken, auf der linken Seite waren die Haare streichholzkurz.

»Nein, die andere Hälfte müssen Sie selbst zu Hause schneiden. Sie als Intellektuelle sollen Ihre Eigensucht bekämpfen, den Revisionismus verurteilen und das Innerste berühren. Ab jetzt sollen Sie sich mit den Arbeitern, Bauern und Soldaten verbinden.« Die Rotgardisten hatten alle eine Mao-Bibel in der Hand, darin konnten sie jederzeit schnell die passenden Worte finden, um die Leute zu belehren. Was blieb der Mutter von Chau, Hong anderes übrig, als nach Hause zu gehen? Auf dem Weg glaubten die anderen Fußgänger, dass sie einen Teufel getroffen hätten. Zum Glück waren »Teufel« wie sie auf der Straße nicht ganz selten. Deshalb hatten die Zuschauer auch keine Angst, sondern lachten sich nur halb tot. Zu Hause hatte Chau, Hongs Vater viel zu tun. Zuerst musste er natürlich seine Hose wechseln, dann schnitt er seiner Frau die Haare passend zur linken Seite. Später kam er hoch zu uns.

»Großmutter, entschuldigen Sie die Störung. Oh, Da Lee, du bist auch da.« Er stand vor der Tür und suchte nach Worten, um sein Anliegen vorzutragen.

»Kommen Sie doch herein, Doktor Chau«, bat Großmutter freundlich.

»Großmutter, könnten Sie mir helfen?« Er kam vorsichtig herein.

»Natürlich, sprechen Sie ruhig.«
»Haben Sie zufällig eine lange Hose von Ihrem Schwiegersohn hier?«
Hose? Seit wann hat er nicht genug Hosen?, wunderte sich meine Großmutter.
»Onkel Chao braucht eine Hose von der Armee, die sind jetzt sehr modern«, klärte ich Großmutter auf.
»Das ist richtig. Wissen Sie, Großmutter, ich habe gerade meinen ganzen Schrank durchsucht. Nur diese hier geht einigermaßen, doch sie ist auch unten noch zu eng. Wenn ich morgen früh zur Arbeit gehe, dann wird möglicherweise wieder ...« Er machte zwei Finger wie eine Schere auf und zu. Wir mussten lachen.
»Eine Hose, ja, im Schrank müsste noch eine Uniform hängen, die Hose ist aus Wolle.« Sie öffnete die Schranktür und nahm die Hose heraus, die gebügelt war und sehr chic aussah.
»Nein, nein, die nehme ich auf keinen Fall.« Doktor Chau wehrte mit beiden Händen ab.
»Diese Festuniform soll Genosse Chen besser selbst tragen. Das ist nicht, was ich suche. Haben Sie nicht etwas Einfaches, zum Beispiel eine Hose nur für Übungen?«
»Da gibt es noch eine, die ist allerdings schon ziemlich alt und fast kaputt. Sie ist aus Baumwolle. Eigentlich wollte ich sie zerschneiden und als Putzlappen benutzen. Ja, hier ist sie.« Sie ging in die Ecke, wo ein Bambuskorb für alte ausrangierte Kleider stand, und nahm eine Hose, die aussah wie ein Kartoffelsack. Doktor Chau strahlte, nicht nur seine Augen, sondern auch seine Glatze leuchtete. »Ja, das ist genau das, was ich suche.« Er schüttelte die Hose und hielt sie vor sich hin. Die Beine waren ungefähr doppelt so breit wie die der Hose, die er gerade trug.
»Sehr gut, sehr gut, Großmutter, darf ich die für einige Zeit ausleihen?«
»Leihen? Wenn Sie wollen, können Sie die Hose behalten. Ich finde jedoch, dass sie wirklich zu schrecklich aussieht. Soll ich Sie Ihnen bügeln?«
»Nein! Ich danke Ihnen sehr, so ist das revolutionär. Dann muss ich morgen auf der Straße keine Angst mehr haben. Gut, sehr gut!« Er schaute die zerschlissene und vollkommen stillose Hose mit zufriedenem Blick von allen Seiten an, als hielte er ein wertvolles Juwel in seiner Hand. Diese peinliche Situation, dass er mit zerschnittenen Hosen nach Hause gehen musste, passierte ihm nun sicherlich nicht mehr.

Denen, die schon früher als Antirevolutionäre, Kapitalisten oder Grundbesitzer angezeigt und bestraft worden waren, ging es jetzt noch schlechter. Sie mussten aus der Firma oder der eigenen Wohnung ausziehen. Jeder musste einen großen, hohen Papierhut von ungefähr einem Meter Länge auf dem Kopf tragen und um den Hals ein Plakat, worauf der Name und die Art seiner Verbrechen standen. Die Roten Garden kämpften auf Leben und Tod. Die Losung lautete: »So laut, dass man es bis zum Himmel hört.« Nur, was sie kritisierten, war dem Volk schon bekannt. Es war das Gleiche wie in jeder neuen Bewegung: Zuerst wurden diejenigen verurteilt, die im alten System Rang und Namen hatten.

An einem Mittwochvormittag während des Chinesisch-Unterrichts tönte es plötzlich aus dem Megafon: »Alle Schüler und Lehrer müssen sich sofort im Sportsaal versammeln. Es geht um eine wichtige Angelegenheit.«

Alle nahmen ihre Stühle und gingen in die Halle. Es herrschte eine sehr aufgeregte Atmosphäre. Ungefähr zehn Rotgardisten standen auf der Bühne, Mädchen und Jungen. Alle trugen die gleiche grüne Uniform mit Hut und Gürtel und hatten gespannte Gesichter. Sie waren so jung, zwischen sechzehn und achtzehn Jahre alt, nicht viel älter als wir; doch sie traten auf wie reife Erwachsene.

Nachdem alle Platz genommen hatten, ging eine Rotgardistin zum Mikrofon. »Revolutionäre Genossinnen und Genossen, lasst uns zuerst den Zitateband des Vorsitzenden Mao öffnen.« Sie sprach Peking-Dialekt mit starkem Akzent. Die Mao-Bibel musste man damals immer bei sich tragen. Sie ließ uns einige Sätze aus dem Buch lesen, alle betrafen den Klassenkampf.

Als wir mit dem Lesen fertig waren, sagte sie: »Alle aufstehen!«, es klang beinahe wie ein Befehl. Dann drehte sie sich zu dem Bild des Vorsitzenden Mao. »Wir wünschen dem Vorsitzenden Mao langes Leben, langes Leben!« Dabei grüßte sie mit der Mao-Bibel, indem sie sie vom Herzen weg nach oben hielt, noch einmal und noch einmal. Wir mussten alle im Takt mitsprechen: »Ein langes Leben, ein langes Leben!« Das hatten wir früher auch schon gemacht. Allerdings nicht so inbrünstig wie die Rotgardistin aus Peking. Sie machte alles ganz korrekt und mit viel Gefühl, so als ob der Vorsitzende Mao nicht nur aus

Papier sei, sondern lebendig vor ihr stünde wie ein Heiliger und ihre Wünsche hören könnte.

Als diese Zeremonie endlich fertig war, ging sie wieder zum Mikrofon.

»Meine revolutionären Genossinnen und Genossen, die Kulturrevolution hat schon das ganze Land erfasst. Es werden immer mehr Klassenfeinde aufgedeckt. Nur in dieser Schule, in dieser so genannten Vorbildschule, ist bis heute alles so wie immer. Das ist nicht in Ordnung. Wir sind hierher gekommen, um revolutionäre Massenkritik zu üben und die Klassenreihen zu sichten. Hier in dieser Schule gibt es eine Zeitbombe!« Die letzten Worte sprach sie ganz laut. Alle Schüler reagierten sofort nervös. »Ja, Zeitbombe. Sie ist eine ausländische Spionin. Jetzt schafft Yan, Lin Fan nach oben!«

Was, unsere Direktorin ist eine Spionin? Nein, das ist unmöglich!, dachte ich.

Direktorin Yan kam, so, wie wir sie kannten, sehr ordentlich in ihrer blauen Bekleidung. Ihre Augen hinter der Goldbrille schauten so liebenswürdig wie immer. Sie strich sich mit einer Hand über das Haar. Ein dünner roter Streifen lief langsam aus ihrem Mundwinkel nach unten. Ja, das war Blut. Sie nahm sofort ein weißes Taschentuch zur Hand und wischte es weg.

»Geh schneller!« Ein Junge und ein Mädchen schoben sie von hinten, beide waren Rotgardisten. Direktorin Yan drehte sich um und sah die beiden scharf an. Sie blieben erstaunt stehen. Dann ging sie im gleichen Tempo wie zuvor weiter. Sie hielt sich ganz gerade, als sie Ehrfurcht gebietend zur Treppe ging. Dann stand sie auf der Bühne und warf einen Blick durch den ganzen Saal. Hier waren alle ihre geliebten Schüler und Kollegen. Die beiden Rotgardisten stellten sich hinter sie. Im ganzen Raum herrschte Hochspannung. Einige Schülerinnen begannen zu weinen.

»Yan, Lin Fan! Jetzt müssen Sie alles offen gestehen!«, schrien die Rotgardisten.

»Was könnte ich gestehen?« Direktorin Yan fragte ganz ruhig. Ihre Stimme klang unverändert, so wie wir sie kannten.

»Ihre Sünden als Spionin. Sag uns, wie viele Nachrichten hast du den Ausländern verraten?«

»Ich bin keine Spionin! Das habe ich schon tausendmal gesagt!«

»Bist du keine Spionin? Du hast so viele Briefe aus Amerika in deiner Wohnung. Was wollen diese Ausländer von dir? Sie lassen dich Nachrichten sammeln, um unser Land zerstören zu können! Stimmt das?« Die Rotgardistin hielt einen Karton hoch und drehte ihn um. Es fielen ungefähr hundert Briefe auf den Boden.
»Diese Briefe habe ich schon seit Jahren gesammelt. Sie stammen von meinen ehemaligen Studienkollegen, Bekannten und Verwandten. Ich habe gar nichts erzählt, was China schaden könnte. Ihr könnt sie alle selbst lesen.« Direktorin Yan schüttelte den Kopf, sie fand die ganze Sache zu lächerlich.
»Was? Wir sollen die Briefe lesen? Sie sind alle auf Englisch geschrieben, wie können wir die lesen? Willst du uns zum Narren halten? Du bist ein verdammter, stinkender Machthaber! Wir sind bahnbrechende Revolutionäre, wir werden dich stürzen!«
»Nieder mit den Reaktionären! Lang lebe die Revolution!« Einer der Rotgardisten schrie ganz laut die Losung und wir mussten alle mitmachen.
»Meine Genossinnen und Genossen, ihr sollt einen festen Standpunkt haben, ihr müsst eine klare Trennungslinie zwischen Recht und Unrecht ziehen. Ihr sollt jetzt ins Feld der Kulturrevolution ziehen und die schlechten Taten dieser Spionin und der kapitalistischen Machthaber aufdecken.«
Obwohl die Rotgardistin sehr jung war, trat sie auf der Bühne fast wie eine routinierte Politikerin auf. Trotzdem zeigten die Zuhörer keine Reaktion, sondern bewahrten die Ruhe. Direktorin Yan, eine Frau, die ihr ganzes Herz unserer Schule gegeben hatte, stand heute als Angeklagte auf der Bühne. Wer konnte das akzeptieren? Nun begannen noch mehr Schülerinnen zu weinen. Wir waren alle noch so jung. Man hatte uns beigebracht, dass wir unsere Feinde hassen müssten, nur, wie konnte Direktorin Yan dazugehören? Nein, das erschien uns unmöglich. Ich hoffte, dass die Zeit schneller laufen könnte, damit all das schnell vorbeiginge.
Ein Rotgardist sprang auf die Bühne. Er zog seinen Gürtel aus und schlug ihn wie eine Peitsche heftig auf den Boden. »Pa.« Der ganze Raum erzitterte. Dann schrie er uns zu: »He, ihr solltet euer Klassenbewusstsein zeigen. Jetzt habt ihr die beste Möglichkeit dazu.«

»Ich kann etwas aufdecken.« Aus dem anderen Ende des Saals erklang eine alte, trockene Stimme. Sie gehörte der Türwache. Dieser Alte war ein Alkoholiker. Er hatte drei Dinge zu tun: an der Tür Wache zu stehen, sich um die Post zu kümmern und die Klingel zu betätigen. Doch selbst diese einfachen Aufgaben erledigte er gar nicht gut. Manchmal, wenn er betrunken war, klingelte er zur falschen Zeit. Einmal mussten wir mit vielen anderen Schülern mitten im Winter morgens vor der Tür stehen und warten. Obwohl wir laut gegen die Tür schlugen, schlief er in seiner Wohnung gemütlich weiter, weil er wieder einmal betrunken gewesen war. Direktorin Yan kritisierte ihn deswegen oft in aller Öffentlichkeit.
»Dann kommen Sie hierher auf die Bühne.« Der Rotgardist war freudig überrascht.
»Nein, nein, ich sage das lieber von hier aus.« Der Alte war auf einem Auge fast blind, weil er grauen Star hatte, nur das andere war noch gesund. Jetzt gingen beide Augen ganz schnell hin und her. Natürlich war er nervös. Er stand langsam auf, alle Blicke richteten sich auf ihn. Seine Stimme zitterte ein bisschen: »Direktorin Yan, ich meine die Spionin Yan, hat ein Sendegerät.«
»Was?«, zischte der ganze Saal aufgeregt. Zwei Rotgardisten sprangen zu ihm hin.
»Wo ist das?«
»In ihrem Büro.«
»Geh, zeig es uns.« Die beiden nahmen ihn von rechts und links und brachten ihn sofort weg. Ganz schnell waren sie wieder zurück. Der Ältere hatte ein Gerät in der Hand.
Einige Lehrer konnten sich das Lachen nicht verkneifen, als sie das Gerät sahen.
»Das ist ein Transistorradio, so eines haben wir auch zu Hause«, stellten einige Lehrer fest.
»He, alter Lun, bist du wieder betrunken?«, fragte ein junger Lehrer ironisch. Viele der Anwesenden lachten laut auf.
Der Alte in seiner Ecke war peinlich berührt, er versuchte, sich zu verteidigen. »Ich, ich habe im Film gesehen, dass alle Spione ein Sendegerät haben… sie ist auch eine Spionin, deshalb… deshalb…«, seine Stimme wurde immer leiser, dann erstarb sie im allgemeinen Gelächter.

Nicht nur Direktorin Yan, sondern auch sogar die Sitzungsführerin musste den Kopf schütteln. Für sie, die junge Revolutionärin der Kulturrevolution, war das hier heute nur ein Versuch.
Wenn sie der Schulleitung etwas nachweisen konnten, wäre das vielleicht der Beginn einer großen Karriere, wenn nicht, versuchten sie es einfach in einer anderen Schule oder Firma. Dafür waren sie von Peking nach Shanghai gekommen. Das nannte man damals »revolutionäre Kontakte herstellen« und »den Funken der Revolution verbreiten«.
»Gut, gut, Direktorin Yan, Sie sollen die Kritik und die Kontrolle von Seiten der Massen annehmen.« Ihre Stimme war schon um einiges weicher als zuvor. »Warum haben Sie noch kein Revolutionskomitee aufgebaut?«, fragte sie die Lehrer und Angestellten, die alle hinten standen.
»Die Kulturrevolution hat schon überall in unserem Land stattgefunden. Sie sollen jenen Teil der Macht, der von einer Hand kapitalistischer Machthaber usurpiert wurde, zurückerobern und eine neue Führungsgruppe aufbauen.« Nachdem sie ihre Propagandarede beendet hatte, besprach sie sich leise mit ihren Kameraden.
»Darf ich von der Bühne gehen?«, fragte Direktorin Yan die jungen Leute. Sie hatte sicherlich erwartet, dass in der Kulturrevolution dieser Tag einmal kommen würde, allein aufgrund ihrer familiären Herkunft. Doch sie wusste auch ganz genau, dass sie unschuldig war. Ihr halbes Leben hatte sie für den Aufbau des neuen China gegeben. Ihre Erfolge hatten sie in Shanghai schon sehr bekannt gemacht. Das hatte ihr Selbstvertrauen gegeben. Als neue Kommunistin, als Arbeitsheldin stand sie auf der Bühne und wartete vor den Roten Garden auf die Antwort.
»Ja, ja, natürlich.« Die jungen Leute waren plötzlich ziemlich aufgeregt, weil sie so viel Autorität ausstrahlte.
Direktorin Yan ging langsam die Treppe hinunter. Ich atmete tief aus. Endlich war alles vorbei.
»Moment, ich habe etwas aufzudecken.« Diese Stimme kannte ich sogar sehr gut, es war die Stimme unserer Lehrerin Chang. Sofort war der ganze Saal wieder in Aufruhr und Spannung. Ich sah, wie Lehrerin Chang sehr schnell zum Rand der Bühne lief. Ein Junge kam und zog sie hoch.

»Haben Sie etwas gegen die Direktorin aufzudecken?« Die Führerin schöpfte wieder neue Hoffnung.
»Ja.« Ganz klar kam die Antwort.
»Bitte nehmen Sie das Mikrofon.« Beide waren so aufgeregt, dass das Gerät fast auf den Boden gefallen wäre. Im ganzen Raum hörte man ein lautes Geräusch.
»Ja, ich habe etwas gegen sie vorzubringen und als revolutionäre Lehrerin wollte ich das nicht verschweigen.« Sie sprach mit kräftiger Stimme.
»Lernt von der revolutionären Lehrerin!« Ein Rotgardist schrie die neue Losung heraus. Fast alle Leute schrien mit, es blieb ihnen gar nichts anderes übrig.
Lehrerin Chang war ganz rot im Gesicht, wie immer, wenn sie aufgeregt war. Die Losung hatte ihr viel Mut gegeben. »Ich will Direktorin Yan, nein, Yan, Li Fan entlassen und anzeigen!« Sie hielt die Mao-Bibel in der Hand und war stark bewegt. »Sie, Yan, Li Fan, hat sehr giftig über den Vorsitzenden Mao gesprochen. Beispielsweise hat sie mir erzählt, dass in Amerika alle Präsidenten gewählt werden und dass das ein Zeichen von Demokratie und Gerechtigkeit wäre.«
Alle Zuhörer trugen ein Fragezeichen auf dem Gesicht: Was bedeutet das? Vor allem die Rotgardisten, die ja noch viel jünger waren als Chang, sahen sich gegenseitig an. Sie verstanden überhaupt nichts.
»Sie hat unseren großen Führer Mao boshaft attackiert. Sie hat angedeutet, dass es bei uns keine Demokratie und Gerechtigkeit gebe!«
Jetzt hatten die jungen Revolutionäre verstanden, sie schauten die Direktorin böse an.
»Sie hat mir auch noch erzählt, dass der Vorsitzende Mao große Fehler beim Aufbau der Industrie gemacht habe. Er sollte bei Fachleuten lernen und sein Amt zurückgeben.«
»Das habe ich nicht gesagt, wie können Sie nur so lügen?« Yan stand schon unten, vor Empörung und Wut zitterte sie am ganzen Körper. Natürlich wusste sie, was so eine Anzeige bedeutete. Das konnte nicht nur das Ende ihrer Laufbahn sein, sondern sehr viel Schlimmeres bedeuten. Sie konnte es überhaupt nicht fassen, dass Chang sich plötzlich so verhalten konnte, wo sie doch immer besonders nett zur Direktorin gewesen war und sich sogar als ihre »jüngere Schwester« bezeichnet hatte.

»Doch, das haben Sie gesagt, das war vor zwei Jahren, als wir einmal zusammen essen waren. Ich bin eine revolutionäre Lehrerin. Ich will jetzt einen ganz klaren Trennungsstrich zwischen uns ziehen und ihnen die gemalte Haut abziehen. Nieder mit der Antirevolutionärin!« Sie schrie ganz laut und streckte die Hand mit der Mao-Bibel hoch in die Luft. Fast alle schrien die Losung gemeinsam mit ihr. Für uns war diese Veränderung zu rasch. Die Schülerinnen hatten aufgehört zu weinen und wir alle schauten mit großen Augen dem Spektakel zu. Schüler und junge Leute sind immer leicht zu beeinflussen. Nach unserer damaligen Ausbildung war jeder, der etwas gegen den Vorsitzenden Mao sagte, ein Antirevolutionär, unser Feind. Vielleicht war Direktorin Yan auch eine Böse.

»Das ist Verleumdung. Ich liebe den Vorsitzenden Mao. Ich bin auch eine Kommunistin!« Yan versuchte, sich zu verteidigen.

»Halt den Mund! Du bist ein klassenfremdes Element, das sich in die revolutionären Reihen eingeschlichen hat! Du bist eine Antirevolutionärin!« Die Roten Garden fielen wie hungrige Tiger über ihre Beute her, alle sprangen auf sie zu. Sie zogen sie wieder auf die Bühne. Dann hängten sie ihr eine schwarze Tafel um den Hals, darauf schrieben sie mit weißer Farbe: Nieder mit der Antirevolutionärin Yan, Li Fan! Diesmal blieben die jungen Leute nicht mehr ruhig hinter ihr stehen, sondern zogen ihr beide Arme hoch, sodass sie den Kopf tief senken musste. Einer von ihnen faltete schnell einen hohen Hut aus Papier, den sie auf ihrem Kopf befestigten.

Unter dem Rufen verschiedener Parolen schoben sie Direktorin Yan aus dem Raum und führten sie durch die Straßen, um ihre Schande öffentlich zur Schau zu stellen.

»Kommt alle mit, wir führen die Revolution auf der Straße weiter!«, rief die Sitzungsführerin den Leuten zu. Viele kamen mit. Qiang und ich blieben.

Man war zu grausam gegen unsere Direktorin vorgegangen, gegen eine Frau, die wir immer geliebt hatten, da wurden uns die Beine schwer, so schwer, dass wir sie fast nicht mehr bewegen konnten.

Auf dem Weg nach Hause fragte Qiang mich: »Da Lee, woran denkst du? Du siehst so traurig aus und sprichst fast gar nichts mehr.«

»Qiang, weißt du, meine Mutter ist auch eine Chefin, ich habe Angst…«

»Keine Sorge, ich beschütze dich!« Er schlug sich auf die Brust. »Wenn jemand aus unserer Klasse etwas gegen dich tun will, mache ich ihn sofort fertig!«
»Danke.«
»Ja, du lachst. Gut, sehr gut. Dann schau dich doch einmal um, wie viel die Leute überall auf die Dazibaos geschrieben haben.« Er hatte Recht, die Wände, Mauern, ja sogar die Bäume waren voll geklebt mit Parolen, es gab fast keinen freien Platz mehr. »Wer etwas gegen den Vorsitzenden Mao tut, den machen wir fertig« oder »Nieder mit dem größten Machthaber, der auf dem kapitalistischen Weg ist«, konnte man hier lesen. Auf manchen Dazibaos wurden schon die Namen der »Feinde« genannt: »Nieder mit Liu, Shao Qi und Deng, Xiao Ping«. Die beiden spielten eine wichtige Rolle im höchsten Führungsorgan der Partei. Liu war der stellvertretende Vorsitzende und Deng war Mitglied des ständigen Ausschusses des Parteibüros. In der Zeitung und in Dokumentarfilmen sah man sie oft zusammen mit dem Vorsitzenden Mao.
»Sind das auch Antirevolutionäre?«, fragte ich die Erwachsenen, die vor der Wandzeitung standen und die Texte lasen. Doch niemand hatte die Geduld, uns Kindern etwas zu erklären. Sie wollten nur weiterlesen. Tatsächlich gab es viel zu viel zu lesen. Ich hatte das Gefühl, als ob Shanghai, ja ganz China von revolutionären Schreiben bedeckt wäre.
Wir gingen weiter in Richtung unseres Wohngebietes. In hundert Metern Entfernung kam uns auf der Straße ein großer Zug von Menschen entgegen. Mitten unter ihnen, auf einem Lastwagen, sahen wir einen hohen, weißen Hut, der sich bewegte. Der Zug war zu weit entfernt, ich konnte nicht sehen, wer den Hut trug. Die Losungen der Roten Garde konnte man jedoch deutlich durch das Megafon hören. »Nieder mit dem Antirevolutionär!« und »Wer gegen den Vorsitzenden Mao ist, den machen wir fertig!«
»Das hat bestimmt etwas mit der Direktorin Yan zu tun«, sagte ich. »Arme Yan, sie ist so eine nette Frau.« Qiang schüttelte seinen Kopf.
Der Zug kam langsam immer näher. Die Stimme aus dem Megafon klang immer lauter. Es war ein junger Mann, der Hochchinesisch mit starkem Shanghai-Dialekt sprach. »Genossinnen und Genossen, dieser Verbrecher hat wirklich großen Mut! Er hat bei dem Film ›Der Vorsit-

zende Mao empfängt die Rote Garde‹ unseren Vorsitzenden mit dem Kopf nach unten und den Füßen nach oben gezeigt! Das ist eine ungeheuerliche Missachtung unseres großen Führers! Jetzt sag uns ganz direkt, wenn du den Mut hast: Warum bist du gegen den Vorsitzenden Mao?«

»Ich wollte den Vorsitzenden Mao nicht beleidigen! Es war doch nur ein Fehler. Ich habe die Filmspule versehentlich falsch montiert, deshalb war der Film auf dem Kopf. Und ich habe doch sofort alles wieder in Ordnung gebracht. Ich liebe den Vorsitzenden Mao ...« Die Stimme drang durch das Megafon zu uns. Zwar klang sie schon verändert durch die traurige Gemütsverfassung, in der sich der Sprecher befand, trotzdem erkannte ich diese Stimme sofort. Sie gehörte Onkel Chao. Mein Herz wurde mir fast aus dem Mund gezogen.

»Kann das sein?«, fragte ich mich. Aber wo war Qiang? Er war schon von mir weggelaufen.

»Papa, Papa!«, schrie er und lief weinend zum Zug. Ich rannte schnell hinterher.

»Nein, er ist kein Antirevolutionär, er ist mein Papa!« Es waren so viele Leute dort, Qiang sagte es zu jedem, der vor ihm war.

»Er ist ein netter Mann! Onkel Chao ist ein netter Mann!«, beschwor ich die Roten Garden, doch das spielte überhaupt keine Rolle. Die Leute gingen mit dem Wagen langsam immer weiter. Niemand kümmerte sich um das, was wir sagten. Viele beschimpften und kritisierten den Angeklagten, einige Kinder warfen sogar Steine nach ihm, der mit tief gebeugtem Kopf auf dem Lastwagen stand. Um den Hals trug er eine schwarze Tafel aus dickem Holz. Das ganze Gewicht dieser schweren Tafel hing allein am Hals, weil seine Hände mit Handschellen hinter dem Rücken gefesselt waren. Auf der Tafel stand mit weißer Farbe geschrieben: »Antirevolutionär Chao«. Den Vornamen konnte man nicht mehr genau lesen, weil er mit Blut verschmiert war, das von seiner Nase und von seinem Hals rann. Man hatte ihn wohl geschlagen, denn die Nase war ganz dick geschwollen und blaurot. Der Stahldraht um seinen Hals, an dem das Schild hing, war so dünn, dass er tief ins Fleisch schnitt und das Blut den Hals herunterlief. »Nein, ich bin kein Antirevolutionär, nein, das bin ich nicht, ich liebe den Vorsitzenden Mao ...« Qiangs Vater wiederholte immer wieder das Gleiche, obwohl man das Megafon schon von seinem Mund weggenommen hatte. Ganz mechanisch sprach er die Sätze wieder und wieder.

Sein Gesicht und sein Körper wurden von Steinen, Erdbrocken und Abfällen getroffen. Er spürte gar nichts mehr, sondern wiederholte nur immer: »Nein, ich bin kein Antirevolutionär, nein, das bin ich nicht, ich liebe den Vorsitzenden Mao…« Plötzlich sah er Qiang und mich. Ein Zittern schüttelte seinen ganzen Körper, doch sofort versuchte er, gerade zu stehen und zog eine lächelnde Grimasse. Vielleicht wollte er uns zeigen, dass alles nur ein Spaß wäre, der sofort wieder vorbei sein würde, dass die Leute nur ein Spiel mit ihm machten.

So dumm waren wir jedoch leider nicht mehr, man musste sich nur sein blutig geschlagenes Gesicht anschauen, um Bescheid zu wissen. Die Rote Garde fand gar keinen Gefallen an seiner Haltung. Ein Junge kam von hinten. »Pa«, schlug er ihm aufs Ohr. »Lachst du noch? Runter mit dem Kopf!« Er drückte seinen Kopf tief nach unten.

»Nein, nein, tun Sie das bitte nicht!« Qiang weinte ganz laut.

Ein Rotgardist kam auf uns zu. »He, ihr beiden, macht Platz! Stellt euch da hinten hin.« In seiner Hand hatte er einen langen Stock, mit dem er uns einfach nach hinten drückte.

»Gehen wir, Qiang«, sagte ich.

»Nein, ich will bei meinem Papa bleiben.«

»Das hilft doch nichts, es wird dadurch nur noch schlimmer!« Ich zog ihn mit ganzer Kraft weg, dann begleitete ich ihn nach Hause.

Qiangs Wohnung bestand nur aus einem Zimmer. Küche und Toilette musste man mit den Nachbarn teilen. In diesem Zimmer gab es nicht sehr viele Möbel. Zwei große Betten nahmen schon den größten Teil des Raumes ein. Seine Mutter, eine Textilarbeiterin, war schon zu Hause, außerdem waren noch seine jüngere Schwester und sein Bruder da. Alle hatten ganz traurige Gesichter.

»Wie konnte er nur so einen Fehler machen!« Qiangs Mutter schüttelte den Kopf. Sie hatte eine kräftige Figur.

»Mama, sie sind alle so brutal zu Vater!« Qiang weinte wieder.

Ich versuchte, ihn zu beruhigen. Endlich hörte er auf zu weinen. Niemand im Zimmer sprach mehr, es herrschte eine angespannte Atmosphäre. Wir hatten alle Angst, so als könnte noch etwas Schlimmeres passieren. Qiangs Mutter saß allein auf ihrem Bett, wir Kinder alle auf dem anderen. Es war Sommer, deswegen lagen auf beiden Betten Strohmatten. Wir saßen darauf und warteten, warteten immer weiter, bis endlich am Abend Qiangs Vater mit unsicheren Schritten nach Hause kam. Er setzte sich auf einen Stuhl und Qiang machte Tee für ihn.

»Je, warum seid ihr alle so schweigsam? Kennt ihr mich nicht mehr? Ich bin hier und sehr gesund!«, versuchte er die Atmosphäre aufzulockern. Vielleicht war er schon in einer Klinik gewesen, bevor er nach Hause zurückgekommen war, denn die Blutspuren auf seinem Gesicht waren verschwunden, das Gesicht ganz sauber gewaschen, nur rund um seinen Hals gab es einen weißen Verband.

Sein Versuch war erfolgreich. Die drei Kinder hüpften sofort von ihrem Bett und gingen zu ihm. Die beiden kleineren setzten sich auf seine Beine, Qiang massierte ihm den Rücken. Jeder wollte etwas von ihm, die ganze Zeit ging es »Papa hin und Papa her«, als ob sie ihn lange nicht mehr gesehen hätten.

»Oh, Da Lee, bald ist es ganz dunkel, du gehst jetzt besser auch nach Hause.«

»Tut dir das weh, Onkel Chao?« Ich zeigte auf seinen Hals.

»Nein, gar nicht. Hast du vergessen? Ich kann Gong Fu und Qi Gong, das habe ich vom wunderbaren Affen gelernt.« Er zog die Luft heftig ein und aus und machte dazu ein komisches Affengesicht. Seine Kinder lachten sofort. Ich musste mitlachen, obwohl ich gesehen hatte, dass sein Gesicht noch blau verfärbt war, er war einfach zu witzig.

»Du«, er drehte sich mit den beiden Kleinen zu seiner Frau um, »du bringst die Kinder nachher zu deinen Eltern zum Übernachten. Ich muss eine Eigenkritik schreiben, dazu brauche ich einige Ruhe.«

Als die Roten Garden am nächsten Morgen zu seiner Wohnung kamen, um noch mehr Revolution gegen ihn zu machen, kamen sie zu spät. Nachdem sie die Tür eingeschlagen hatten, sahen sie nur noch eine Leiche in der Luft hängen. Onkel Chao hatte sich selbst erhängt…

Der arme Qiang weinte und weinte nur noch. »Papa hat mich sehr lieb gehabt, ich habe ihn auch sehr lieb, aber jetzt…« Wenn ich bei ihm war, wiederholte er das immer wieder mit Tränen in der Stimme. Ungefähr drei Wochen lang war Qiang nicht in der Schule und auch nicht bei Meister Yun gewesen.

In der Schule fand fast kein Unterricht mehr statt. Alle Lehrer machten Kulturrevolution: Wandzeitung schreiben und kritische Sitzungen führen: Manche fuhren nach Peking, um dort Neues für die Revolution zu lernen. In der Schule gab es eine neue Leiterin: Lehrerin Chang. Das Büro hieß nicht mehr: »Büro für den Direktor«, sondern: »Büro für den Leiter des Revolutionskomitees«. Darin saß Lehrerin Chang.
Wenn die Kinder in der Schule nichts zu tun hatten, spielten sie einfach dort. Dann gingen sie nach Hause und spielten dort weiter. Ich blieb zu Hause und las Romane. Mutter hatte mir erzählt, dass sie viele Bücher aus dem Regal verbrennen musste. Bevor sie das tat, wollte ich so viel wie möglich lesen. Ich war verrückt nach Romanen. Wenn meine Augen müde wurden, übte ich Qi Gong. Damit wollte ich nie aufhören, egal was passierte.
Am darauf folgenden Samstag klopfte es an die Tür. Qiang war gekommen. Das war eine Überraschung für mich, ich hatte ihn schon einige Zeit nicht mehr gesehen. »Qiang, du bist es? Komm herein. Willst du heute mit zu Meister Yun gehen?«
»Nein.« Er schüttelte den Kopf und blieb stehen. Jetzt sah ich ihn genauer an. Er trug eine Tasche. In den paar Tagen hatte er sich sehr verändert. Seine Augen waren deutlich größer, sein Gesicht nicht mehr rund, sondern länger geworden. Er war viel schlanker als vorher.
»Da Lee, ich komme, um mich von dir zu verabschieden.«
»Verabschieden? Wohin gehst du?«
»Zu meinen Großeltern, den Eltern von meinem Papa.« Die letzten Worte ließen seine Mundwinkel zittern. In seinen Augen erschienen zwei Tränen, die sofort größer wurden.
»Du, warte, ich begleite dich.« Ich sagte meiner Großmutter Bescheid, dass ich Qiang zum Bahnhof begleiten wollte. Ich wusste schon, dass seine Großeltern in Wushi wohnten, in der gleichen Provinz, aus der meine Großmutter stammte.
Großmutter ging zur Tür. »Qiang, du bist ein sehr braves Kind, dein Vater war auch so ein netter Mann …« Großmutter nahm ein Tuch aus der Tasche, um ihre Tränen zu trocknen. Qiang und ich taten das Gleiche.
»Vergiss nicht zurückzukommen. Wenn alles wieder in Ordnung ist, kommst du sofort zurück, ja?«

»Ja, ich komme bald zurück, Großmutter.«
Ich ging mit Qiang weg. Großmutter begleitete uns bis zur Haustür.
Auf dem Weg schwiegen wir sehr lange Zeit. Doch dann konnte ich es nicht mehr aushalten, ich musste ihn fragen: »Qiang, warum musst du gehen?«
»Ich finde, dass ich in der Familie jetzt überflüssig bin.«
»Bist du überflüssig? Glaubst du? Du bist das größte Kind, du bist bestimmt sehr wichtig.«
»Weißt du, Da Lee, dieser Onkel Li...« Er sprach nicht weiter.
»Onkel Li, wer ist das?«
»Er war ein Arbeitskollege von Vater. Früher hat er uns sehr oft besucht. Jetzt übernachtet er sogar in unserer Wohnung. Die ganze Nacht quetscht er meine Mutter. Stundenlang macht er im Bett ›gezi, gezi‹. Ich kann überhaupt nicht schlafen.«
»Oh, deine Mutter war bestimmt sehr traurig?«
»Traurig? Nein, im Gegenteil, sie küsst ihn sogar beim Frühstück. Komisch, ich habe nie gesehen, dass sie das bei Vater gemacht hat.« Er schüttelte den Kopf. »Nein, ich will nicht zu Hause bleiben. Die Leute schauen mich auch ganz anders an als früher. Sie tuscheln miteinander und zeigen mit dem Finger auf mich. Ich muss von hier weg.« Dann schwieg er wieder, genau wie ich. Wir gingen immer weiter die Allee entlang. In der Ferne konnte ich schon die Eisenbahnschienen sehen, die im hellen Sonnenlicht in meine Augen leuchteten.
»Qiang, weißt du noch? Dort bei den Schienen haben wir den Mönch Wu mit dem Wagen getroffen und durch ihn haben wir Meister Yun, Fe kennen gelernt.«
»Natürlich. Jedes Mal, wenn ich an den Schienen vorbeilaufe, erinnere ich mich daran.« Er schaute in die Ferne, dann senkte er seinen Blick wieder nach unten. Schweigsam setzten wir unseren Weg fort.
Seit der Geschichte mit dem Mönch Wu war nur ein Jahr vergangen, doch uns erschien das eine Ewigkeit. Wir hatten zu viel erlebt in dieser Zeit, so viel, dass wir Kinder es kaum ertragen konnten. Aber dadurch waren wir schneller gewachsen und gereift.
Als wir die Schienen erreicht hatten, blieb Qiang stehen. »Da Lee, geh nach Hause, ich will mich hier von dir verabschieden.«

»Warum? Bis zum Bahnhof ist es noch ziemlich weit, ich begleite dich dorthin.«
»Nein, ich gehe nicht zum Bahnhof, ich gehe zu Fuß entlang der Schienen nach Wushi.«
»Was? Bist du verrückt? Weißt du, wie weit es ist von Shanghai nach Wushi?«
»Mit dem Zug zwei Stunden.«
»Dann musst du den ganzen Tag, vielleicht sogar zwei Tage zu Fuß laufen. Nein, tu das bitte nicht.« Ich bettelte ihn fast an.
»Ich muss das tun. Weißt du, ich war gestern schon im Bahnhof. Alle Karten nach Norden sind ausverkauft. Sehr viele Rotgardisten wollen nach Peking, denn dort empfängt sie der Vorsitzende Mao. Manche Gruppen, die keinen Platz im Zug bekommen haben, wollen zwanzig Tage lang zu Fuß nach Peking gehen. Ich habe sogar eine Flagge gesehen, auf der steht: ›Wir gehen zu Fuß mit rotem Herzen dorthin, wo die rote Sonne aufgeht.‹ Sie können zwanzig Tage lang nach Peking laufen, dann kann ich auch zwei Tage lang nach Wushi gehen. Im Übrigen habe ich sowieso nicht mehr genug Geld für die Fahrkarte ...«
»Hat deine Mutter dir nichts gegeben?«
»Doch, sie hat mir fünf Yuan gegeben. Den Kartenpreis von vier Yuan habe ich nicht bezahlt. Ich habe für zwei Yuan fünf Metallanstecker mit dem Bild vom Vorsitzenden Mao und mit acht Mao etwas zum Essen gekauft. Hier ist alles.« Er zeigte mir die Tasche. »Jetzt habe ich noch zwei Yuan und zwei Mao, das ist genug für unterwegs.«
Ich schaute sofort in meiner Tasche nach, doch meine Mutter gab mir fast gar kein Taschengeld. Ich fand nur zwei Mao. »Lass mich dich auf jeden Fall noch ein Stück begleiten.« Ich steckte ihm die zwei Mao in die Hosentasche. Qiang nickte mit dem Kopf.
Wir gingen die Schienen entlang nach Norden. Die Verkehrsgeräusche von der Straße wurden immer leiser, dann verschwanden sie ganz. Um uns herum war es sehr ruhig. Die Schienen waren durch die Sonne sehr heiß geworden. Sie lagen auf unzähligen Holzstücken, unter denen ein Wall aus Steinen hochgemauert war. Qiang und ich liefen jeder auf einem Schienenstrang. Sie waren sehr schmal, deshalb konnten wir uns nie längere Zeit oben halten. Immer wieder verloren wir das Gleichgewicht und rutschten mit den Füßen ab. Früher hätten wir bestimmt

ein Spiel daraus gemacht, vielleicht einen Wettbewerb: Wer kann länger oben bleiben? Heute war das unmöglich. Wir balancierten beide mit traurigen Gesichtern über die Schienen, rutschten ab, kamen wieder nach oben, rutschten erneut ab.
»Da Lee, geh bitte nach Hause. Du hast mich jetzt schon so lange begleitet.« Er blieb stehen. Doch ich wollte noch weiter mit ihm laufen, ich hatte das Gefühl, als ob wir uns dieses Mal sehr lange nicht mehr sehen würden. »Qiang, ich gehe noch ein Stück mit dir zusammen.«
»Nein, Da Lee, geh zurück. Oh, kannst du mir bitte noch einmal helfen.«
Er nahm vorsichtig ein zusammengefaltetes Taschentuch heraus und öffnete es langsam. Darin waren die fünf Bilder vom Vorsitzenden Mao. Sie glitzerten so stark in der Sonne, dass ich meine Augen zusammenkneifen musste. Es waren verschiedene Porträts von Mao. Manche zeigten das ganze Gesicht, manche nur das Profil. Alle waren handgemalt. »Da Lee, schau mal, alle sind sehr schön, nicht wahr? Hilf mir bitte, sie anzustecken.«
»Alle?«
»Ja, alle auf der linken Seite, beim Herzen.« Er zeigte mir die Stelle auf seinem weißen Hemd. Auf der Rückseite der Metallplaketten waren Nadeln und Haken. Ich befestigte eine nach der anderen auf seinem Hemd. Gerade in diesem Moment »Hon, Lon, Lon« kam ein Dampfzug. Wir mussten nach unten und zur Seite gehen. Ganz eng standen wir an der Begrenzungsmauer aus Eisendrahtnetz, die drei Meter neben den Schienen verlief und von kleinen Bäumen gesäumt war. Es war ein langsamer Zug mit langen Güterwagons. Der schwarzweiße Rauch stieg weit hoch. Wie ein riesiges Ungeheuer mit furchtbarem Geräusch kam der schwarze Kopf des Zuges vorbei, dann die Wagons, manche geschlossen, andere nicht. Holz, Kohle, Steine wurden nacheinander vorbeigefahren. Die Schienen mussten das ganze Gewicht tragen, sie schwankten auf und ab. Unsere Ohren taten ein bisschen weh von dem Lärm. Qiangs Hemd wehte im Fahrtwind des Zuges. Die letzten beiden Porträts konnte ich nur mühsam am Hemd befestigen. Gerade als ich meine Arbeit beendet hatte, verschwand auch der Zug. Die fünf Porträts des Vorsitzenden Mao hingen im Kreis vor Chao, Qiangs Herzen.

»Das ist sehr schön.« Ich konnte meinen Blick kaum davon lösen.
»Danke.« Qiang strich mit den Fingern darüber. Jetzt war er wieder ganz ruhig. Vom Zug sah man nur noch einen kleinen Punkt in der Ferne. Wir gingen wieder auf den Schienen. »Da Lee, bitte geh nicht mehr weiter mit. Wir wollen uns hier verabschieden. Sag Meister Yun, Fe, ich übe weiter Qi Gong. Wenn ich von Wushi zurück bin, komme ich wieder zu ihm.«
»Du musst bald zurückkommen, sonst gehe ich auch nicht mehr zu Meister Yun, Fe, ohne dich.«
»Ja, wenn alles wieder in Ordnung ist, komme ich sofort zurück.«
»Versprochen?«
»Ja, versprochen.« Er gab mir seinen kleinen Finger, ich tat das Gleiche. Wir hakten die Finger ineinander und zogen sie dreimal hin und zurück.
»Qiang, wenn du bei deinen Großeltern bist, schreibe mir sofort. Und wenn du zurückkommen willst, sag mir auch sofort Bescheid. Ich will dich abholen, entweder vom Bahnhof oder hier.«
»Gut, ich sag dir Bescheid. O ja. Kannst du das hier für mich aufbewahren? Wenn wir uns wieder sehen, gibst du es mir zurück.« Er zog das rote Halstuch aus seiner Tasche. Das rote Halstuch hatte ihm so viel Freude bereitet und ihn so stolz gemacht. Ich wusste, wie hoch sein Wert für ihn war. Nur durften wir es in der Kulturrevolution nicht mehr tragen. Man erzählte, dass das rote Halstuch auch zum Revisionismus gehörte.
»Ja, ich verstecke das für dich.« Ich nahm es ganz fest in die Hand.
»Da Lee, mach's gut.« Er schaute mich an und schüttelte mir die Hand. Dann drehte er sich um, doch nur einen Meter weiter blieb er stehen und kam dann wieder zurück. »Da Lee, schau mal genau, ob die Porträts vom Vorsitzenden Mao richtig herum sind?« Er zeigte mir seine linke Brust.
»Ja, sie sind alle richtig herum.« Ich strich extra noch einmal über jede Aluminiumplakette, damit er sich keine Sorgen machten musste.
»Mein Papa hat gesagt, er hat ganz sicher nur einen Fehler gemacht. Er hat den Vorsitzenden Mao geliebt …« Er versuchte die Tränen zu trocknen, aber es lief immer mehr Wasser aus seinen Augen. Auch seine Stimme klang verändert. »Da Lee, pass … pass … gut … auf … dich …

ich .... ich gehe.« Er drehte sich um und ging entlang der Schienen weiter. Mit dem Ärmel trocknete er seine Tränen.

Ich konnte ihn gar nicht mehr genau sehen. In meiner Hosentasche hatte ich ein Taschentuch gefunden und auch meine Augen getrocknet.

»Qiang, warte!« Ich lief ihm nach.

Er blieb wieder stehen, weinend und die Augen nach unten gerichtet. Ich hatte ihm noch so viel zu sagen, nur was? Nichts, gar nichts kam aus meinem Mund. Ich stand dort und konnte nur wieder und wieder meine Augen trocknen. Langsam gab ich ihm meinen kleinen Finger. Wieder hakten wir unsere Finger ineinander, dreimal hin und zurück. Es war ein sehr würdevolles Ritual, das nur junge Männer machten. Dann ging Qiang endgültig. Diesmal blieb er nicht stehen, er ging immer weiter, bis ich ihn nicht mehr sehen konnte. Er war verschwunden, in der Ferne zwischen den beiden Gleisen. Ich stand noch immer am gleichen Platz. Plötzlich schoben sich Wolken vor die Sonne. Es wurde dunkler. Ein Blitz zuckte über den Himmel, begleitet von lautem Donner, dann folgte ein wolkenbruchartiger Regen. Nach kaum zwei Minuten war alles wieder vorbei. In China nennt man das Donnerregen, es gibt ihn nur in Südchina, zur Sommerzeit im Gebiet des Yangtse. Unvermittelt war es wieder hell. Die heiße Sonne brannte durch mein durchnässtes weißes Hemd und die blaue Hose bis auf die Haut. Es war eine unangenehme Wärme. Von den Schienen stieg Nebel auf. Ich hoffte, dass Qiang durch den Nebel zu mir zurückkommen würde. Doch er kam nicht.

Monatelang nicht, jahrelang nicht. Jedes Mal, wenn ich an den Schienen vorbeikam, musste ich eine Weile stehen bleiben. Ich schaute dann in Richtung Norden und wartete. Doch er kam nicht mehr zurück. Selbst als die verdammte Kulturrevolution zu Ende ging, kam er nicht. Seine Verwandten suchten ihn auch überall. Später erfuhren wir, dass Qiang nie bei seinen Großeltern angekommen war. Wo war er nur?

Sehr viel später, genau nach dreiundzwanzig Jahren, wollte ich mir endlich Gewissheit verschaffen. Ich gab in fünf verschiedenen Zeitungen die gleiche Anzeige auf: »Chao, Qiang, am Anfang der Kulturrevolution warst du erst zehn Jahre alt. Du hast fünf Plaketten von Mao getragen, als wir uns verabschiedet haben und du zu Fuß entlang der

Schienen von Shanghai nach Wushi gehen wolltest. Dein rotes Halstuch ist noch immer bei mir. Ich will es dir zurückgeben. Am kommenden Samstag um dreizehn Uhr warte ich auf dich, an der Stelle, wo wir voneinander Abschied genommen haben.« Ich glaubte sicher, dass er die Anzeige lesen und kommen würde. An diesem Samstag stand ich früh auf. Im Schrank hatte ich sein rotes Halstuch aufbewahrt, nur die rote Farbe war durch das lange Liegen verblichen. Ich zog eigens für Qiang einen blauen Anzug mit roter Krawatte an. Wie Qiang wohl heute aussah? Darauf war ich sehr gespannt.

Schon eine Stunde vor der Zeit war ich am vereinbarten Treffpunkt. Die Gleise leuchteten wie immer unter dem Sonnenlicht, sie waren so lang, dass sie sich in der Ferne fast mit dem Himmel zu verbinden schienen. In einiger Entfernung hatte man rechts und links der Schienen schon einige größere Häuser gebaut, nur die hohen Bäume schufen wieder dieselbe ruhige Atmosphäre wie damals. Wenn kein Zug kam, war es hier sehr ruhig. Ich war ganz allein, das rote Halstuch in meiner Hand. Als ein Schnellzug kam, steckte ich das rote Halstuch schnell ein, um den Zugführer nicht mit der roten Farbe zu verunsichern. Nachdem der Zug vorbei war, zog ich es wieder heraus. Ich hoffte, mir dadurch Qiang wieder in Erinnerung bringen zu können. Wie sah er heute aus? War er größer oder kleiner als ich?

Die Zeit verging sehr schnell. Es war dreizehn Uhr, aber niemand kam. Eine halbe Stunde später war immer noch niemand da, die Schienen gehörten mir allein. Plötzlich verdunkelte sich der Himmel und ein lauter Donner schlug bis zur Erde. Ich wusste, was kommen würde, und ging schnell an die Seite, um unter einem Baum Schutz zu suchen. Es regnete stark, allerdings wieder nur eine Minute. Die dicke, weiße Luft stieg langsam von den Schienen nach oben. Es war Nebel, der mir den Blick in die Ferne verdeckte. Wieder stand ich hoffnungsvoll auf den Gleisen. Doch, da kam jemand, ein Kind tauchte kurz aus dem Nebel auf, verschwand und erschien wieder. Ist das Qiang? Nein, unmöglich, es sind schon dreiundzwanzig Jahre vergangen, er musste auch ein Erwachsener sein. Das Kind kam näher. Ich sah genau seine weiße Bekleidung, sein Gesicht, seine Augen. Je, das war Qiang! Ob ich wohl träumte? Ich versuchte, seinen Namen zu rufen, doch es ging einfach nicht. Meine Stimme war so leise, dass ich sie selbst nicht hören konnte. Er stand vor mir mit entspanntem, lächelndem Gesicht. Ich spürte eine kühle, nicht unangenehme Energie zu mir kommen. Er sprach mit mir. Ich konnte ihn verstehen, obwohl ich seine Stimme nicht hörte.

»Da Lee, wir können uns jetzt nicht mehr treffen, aber wir sehen uns sicher wieder, in einer anderen Welt. Alles Gute…« Er lachte mich freundlich an, dann verschwand er langsam wieder im Nebel. Der Nebel wurde dünner, immer dünner, dann war er ganz fort. Das Sonnenlicht schien direkt auf die Schienen, sie leuchteten. Ich stand ganz allein darauf. Der Regen hatte die Luft etwas feuchter und kühler gemacht. Es war Donnerregen: Er kommt sehr schnell und ist auch sehr schnell wieder vorbei. Das passiert nur in Südchina zur Sommerzeit im Gebiet des Yangtse.

Ich stand ganz allein auf den Schienen mit dem roten Halstuch. Niemand war zu mir gekommen. »Qiang! Chao, Qiang, mein Jugendfreund. Wo bist du?«

6

Das Leben hatte sich verändert. Doch was ich überhaupt nicht verstehen konnte, war, weshalb meine Großmutter nicht mehr so nett zu mir war wie früher. Sie tat nicht mehr alles für mich. Nun musste ich alles selbst machen. »Da Lee, du bist schon groß, du solltest Kochen und Waschen lernen. Bis heute hast du nichts selbst getan. Das geht nicht mehr so weiter.«

Ich hatte sowieso nicht viel zu tun, doch diese Arbeit war für mich sehr uninteressant und ich vergaß sie gern.

Dann zwang Großmutter mich dazu. »Da Lee, ich habe Hunger. Du sollst etwas kochen. Und pass auf. Letztes Mal hast du zu wenig Wasser an den Reis gegeben. Er war zu hart. Heute gibst du etwas mehr Wasser in den Topf.«

»Ja, gut. Es dauert nur noch ein bisschen. Ich lese gerade den schönsten Teil.«

»Nein, du kochst jetzt sofort, den Reis und noch ein Gericht dazu. Heute muss ich nicht vegetarisch essen. Im Gemüse darf Fleisch sein. Und bereite beim Kochen zuerst das Schweinefleisch zu, dann gibst du Gemüse darauf, nicht umgekehrt! Ich zeige dir nachher, wie man es richtig macht.«

»Du brauchst mir das nicht zu zeigen, mach es doch einfach selbst.« Ich versuchte, es gegen sie aufzunehmen.

»Da Lee, du musst mit deinen eigenen Händen Hausarbeit tun, sonst lernst du es nicht. Wenn ich gehe, musst du alles allein schaffen.«

»Gehen? Wohin gehst du? Ich komme mit.«

»Nein, du kannst nicht mit. Tu jetzt, was ich dir gesagt habe. Und nach dem Essen sollst du deine Kleider waschen. Die liegen schon zwei Tage herum. Worauf wartest du? Ich wasche nicht mehr für dich. Du machst das selbst. Beim Waschen musst du mehrmals die Wäsche ausspülen, bis die Seife ganz weg ist. Nicht wie letztes Mal, als auf der fertigen Wä-

sche noch Seifenspuren waren. Das ist beim Tragen sehr unangenehm.«
Ungefähr zwei Wochen ging das nun schon so. Großmutter zwang mich täglich zu solch langweiligen Arbeiten. Den kleinsten Fehler kritisierte sie sofort, und nicht nur einmal, sondern mehrmals, bis ich schrie: »Ja, schon klar, alles schon im Kopf. Kannst du aufhören?« Ich war total genervt.
Es wird erzählt: Wenn Bäume alt sind, haben sie mehr Wurzeln. Wenn Menschen alt sind, haben sie mehr Wörter. Das ist ganz richtig. Ich konnte es nicht mehr aushalten und suchte nach jeder Chance, um nicht zu Hause sein zu müssen. Damals gab es überall kulturelle Freizeitveranstaltungen. Wenn solch eine Veranstaltung in unserem Wohngebiet stattfand, ging ich hin und nahm einen Stuhl von zu Hause mit. »Das ist eine revolutionäre Aufführung, ich muss hingehen.« Das war immer mein Argument, wenn Großmutter mich am Weggehen hindern wollte. Da konnte sie nicht widersprechen. Alles, was mit der Revolution zu tun hatte, war ganz wichtig.
»Komm nicht so spät«, sagte sie dann jedes Mal und ließ mich gehen. Doch es wurde immer schwieiger.
Als ich einmal im Theater eine Aufführung der Peking-Oper sehen wollte, reagierte sie äußerst sonderbar. Der Titel des Stückes lautete: »Moderne revolutionäre Peking-Oper«, »Sa Jia Ban«. Es war eine der acht zugelassenen Opern. Und fast jeder wollte sie besuchen. Wie schwer es war, ein Ticket zu besorgen, kann man sich vorstellen. Vater hielt sich nicht in Shanghai auf, trotzdem hatte er es geschafft, Karten zu besorgen. Darüber wunderte ich mich.
Ein Marine-Soldat wartete schon lange vor der Tür. Er sollte mich zur Oper begleiten.
Doch Großmutter wollte mich nicht gehen lassen. »Da Lee, der Weg ist sehr weit, musst du heute dorthin gehen?«
»Natürlich, ich freue mich doch schon so lange darauf.«
»Gut, aber dann komm möglichst früh zurück. Und nimm noch eine Jacke mit. Am Abend wird es kälter sein als jetzt.« Sie suchte mir eine Jacke aus dem Schrank heraus. »Wenn deine Mutter zurück ist, wird die vielleicht schon zu klein sein. Sie soll dir dann eine neue kaufen.« Sie gab mir die Jacke und schaute mich an. »Da Lee, groß bist du geworden. Als ich dich zum ersten Mal gesehen habe, warst du noch so

klein. Der Doktor dachte, du würdest nicht lange überleben und nun bist du schon größer als ich.« Sie schaute mich wieder von oben nach unten an, mit glücklichem und gleichzeitig traurigem Blick.
»Großmutter, ich muss gehen.« Ich hatte keine Geduld mehr.
»Ja, geh nur, geh nur, jeder muss einmal gehen.« Sie redete mit sich selbst. Dann ging sie auf ihren kleinen Füßen mit unsicheren Schritten in die Küche. Ich nahm meine Jacke und ging zur Tür. Als ich an der Küche vorbeiging, kam sie wieder zu mir, diesmal mit einem Topf in der Hand. »Da Lee, wenn du den Reis nicht ganz aufessen kannst, darfst du ihn nicht wegwerfen. Wenn du etwas Wasser dazugibst, kann man daraus noch Reissuppe kochen. Weißt du, die Bauern haben sich mit dem Reis sehr viel Mühe gegeben. Und du sollst auch sparen lernen.«
»Großmutter, was ist denn heute mit dir los? Warum redest du so viel? Er wartet schon lange auf mich.« Ich zeigte auf den Soldaten. »Gehen wir.« Ich nahm seine Hand und zog ihn fort.
»Auf Wiedersehen, Großmutter«, sagte der Soldat. Wir gingen hinunter.
»Da Lee, komm heute früh nach Hause!« Diesmal rief sie aus dem Fenster hinunter.
»Ja, tschüss!« Ich war froh, endlich frei zu sein.
Dieses Stück der Peking-Oper konnte ich fast auswendig singen, weil man es täglich im Radio hörte, dort wurden fast ausschließlich solche Sachen gespielt. Es jedoch mit eigenen Augen im Theater zu sehen war doch wieder etwas anderes und für mich sehr interessant.
Nach der Vorführung wollte der Soldat mich sofort wieder nach Hause bringen. »Deine Großmutter wartet auf dich«, sagte er.
»Nein, geh du ruhig zurück zu deiner Kaserne, ich kenne den Weg nach Hause.« Ich wollte noch etwas anderes machen.
»Bist du sicher?«
»Ja, ja. Weißt du, hier ist die Nanjing-Straße. Ich habe in der Zeitung gelesen, dass es hier ein Geschäft gibt, das durchgehend geöffnet hat. Ich will etwas einkaufen.«
Das Geschäft »Stern« war als vorbildlich erwähnt worden, weil seine Angestellten mit ganzem Herzen den Arbeitern, Bauern und Soldaten dienen wollten und deshalb als besondere Maßnahme in drei Schichten arbeiteten, um Tag und Nacht öffnen zu können.

In Wirklichkeit allerdings wollte ich gar nichts einkaufen. Ich hatte auch gar nicht viel Taschengeld bei mir. Ich wollte nur so lange wie möglich von zu Hause fortbleiben. Zurzeit redete Großmutter besonders viel und ständig zwang sie mich, irgendwelche Dinge zu tun. Und zuletzt hatte sie sich in den Kopf gesetzt, mir auch noch das Nähen beizubringen. Das war zu viel. Welcher Junge machte das schon. »Früher nach Hause kommen soll ich? He, ich komme heute extra später zurück!« Diese Entscheidung sollte ich mein ganzes Leben lang bereuen.
Als ich zurückkam, saß Großmutter auf dem Sofa. Auf dem Tisch stand schon das fertige Essen. Es gab zwei Speisen und eine Suppe: Trockengemüse mit Schweinefleisch, gedämpfte Eier mit Hackfleisch und Suppe mit getrockneten Krabben und Gemüse. Großmutter schien wieder vernünftig geworden zu sein. Endlich kochte sie wieder für mich. Das hatte sie schon lange nicht mehr getan.
»Großmutter, ich bin zurück. Ich habe einen Bärenhunger!«, sagte ich zu ihr.
Sie antwortete nicht. Ihr Kopf war weit zurückgelehnt, sie war offensichtlich eingeschlafen. Das passierte in letzter Zeit öfters bei ihr.
»Großmutter?« Ich trat näher an sie heran. Ihre Augen waren leicht geöffnet. Nein, sie schlief nicht. »Großmutter!« Ich schüttelte sie. Noch immer kam keine Antwort. Dann bemerkte ich, dass sie zu ruhig war, das war ganz außergewöhnlich. Sie zeigte keinerlei Reaktion, egal wie ich sie auch schüttelte. Nur ihr Körper bewegte sich mit. »Großmutter, sag doch etwas! Ich will mich auch nie mehr beschweren. Du darfst mit mir reden, so lange du willst, das geht mir überhaupt nicht mehr auf die Nerven. Bitte, sag doch etwas!« Ich war außer mir vor Sorge.
Großmutter saß auf dem Sofa, ganz ruhig.
Ich brauchte jetzt Hilfe. Schnell ging ich hinunter zu Chau, Hong. Ihre Eltern waren Ärzte. »Onkel Chau, bitte hilf mir. Etwas stimmt nicht mit Großmutter!«, schrie ich.
Seine Frau und er kamen sofort nach oben. »Großmutter, wie fühlen Sie sich?« Sie traten zum Sofa. Onkel Chau nahm Großmutters Handgelenke zwischen seine Finger. Er hatte einen erstaunten, fast erschütterten Ausdruck im Gesicht. »Das ist unmöglich, fühl mal.« Er ließ seine Frau ebenfalls den Puls fühlen.
»Nichts mehr«, sagte sie mit traurigem Gesicht. »Ich muss noch ihre

Augen sehen.« Sie öffnete ihr Augenlid. »Die Pupille ist schon ganz groß. – Leider, sie war so eine nette Frau.« Dann untersuchte sie Großmutters Körper. Ihre Hände berührten verschiedene Teile, dann hielten sie beim Herzen inne. »Hier, hier ist es noch ein bisschen warm. Ich glaube, das war ein Schlaganfall, ungefähr vor einer Stunde«, sagte sie zu ihrem Mann.

Onkel Chau nickte mit dem Kopf. »Warum bist du erst jetzt gekommen?«, fragte er mich.

»Ich war in der Stadt und bin gerade erst zurückgekommen. Warte, ich hole nur eine Decke für sie.«

»Da Lee, das ist nicht nötig.« Er versuchte, mich zurückzuhalten.

»Ach so, ihr wollt Großmutter zuerst behandeln. Ihr könnt sie sicherlich gesund machen.« Ich schaute die beiden hoffnungsvoll an.

»Du armes Kind!« Chau, Hongs Mutter umarmte mich. Ihr Mann kam ebenfalls und legte mir eine Hand auf die Schulter. »Da Lee, du bist ein braves Kind. Jetzt musst du stark sein. Weißt du, deine Großmutter ist tot.« Er nahm mich fest an beiden Armen, vielleicht um eine starke Reaktion zu verhindern.

Doch das war nicht nötig, ich glaubte ihm nicht. Großmutter war gar nicht verändert, sie sah genauso aus wie immer. Vielleicht schlief sie nur zu tief. Tot? Nein, das war unmöglich, sie doch nicht!

»Wo ist euer Telefon?«, fragte Onkel Chau.

»Haben die Rebellen bei der Hausdurchsuchung mitgenommen«, antwortete ich.

Er schüttelte seinen Kopf. »Wir müssen das im Krankenhaus melden und deine Mutter muss es auch wissen.« Er ging hinunter. Einige Zeit später kam er zurück, Chau, Hong war auch dabei.

»Großmutter …« Sie weinte.

Ein Wagen kam. Kein Krankenwagen, weiß mit rotem Kreuz. Es war ein Wagen von schwarzer Farbe. Zwei Männer kamen mit einer Bahre nach oben. Sie legten meine Großmutter darauf. Einer der Männer bedeckte Großmutters Körper ganz mit einem weißen Tuch. Sofort zog ich das Tuch ein Stück herunter, damit ihr Gesicht nicht bedeckt war. Der Mann zog es wieder ganz hoch.

»Meine Großmutter bekommt keine Luft mehr.« Ich zog es wieder herunter.

»Sie braucht keine mehr.« Er wollte ihr Gesicht wieder bedecken.
»Nein!« Ich war außer mir vor Wut.
»Lass nur, lass nur«, sagte Chaus Mutter zu ihm. »Das können Sie nachher machen. Der arme Junge braucht Zeit.« Sie ging zu Großmutter und strich ihr über die Augenlider. Jetzt waren ihre Augen richtig geschlossen. »Großmutter, du kannst beruhigt gehen, deinem Enkel wird es gut ergehen.«
Die Ärztin hatte jetzt kurze Haare, früher hätten ihre Haare schon Großmutters Gesicht berührt, so dicht hatte sie sich über sie gebeugt. Ihre Augen waren ganz rot. Sie nahm ein Taschentuch, um sie zu trocknen. Gleichzeitig gab sie den Trägern ein Zeichen. Die Männer gingen mit meiner Großmutter fort. Ich wollte mitkommen, doch alle hielten mich zurück.
Großmutter war weggegangen. Ganz ruhig war sie gegangen, so wie sie ihr ganzes Leben lang gewesen war. Wenn sie etwas für andere tat, tat sie es immer selbstverständlich und so gut sie konnte. Wenn sie etwas verlangte, tat sie das stets sehr vorsichtig. Immer hatte sie Angst, andere Leute zu stören. Sogar im Sterben wollte sie niemanden stören.
Zu ihrer Totenfeier im Krematorium kamen sehr viele Leute, all unsere Nachbarn und Verwandten. Auch mein Vater kam zurück, leider nur für drei Tage. Auch Mutter hatte nur drei Tage frei, dann musste sie wieder in den »Stall« zurück. Sie war Großmutters einzige Tochter und über den Tod ihrer Mutter besonders traurig. Es war ein zusätzlicher Schlag für sie in diesen schlimmen Zeiten, in denen sie noch immer angeklagt und eingesperrt war. Ihre beiden Brüder mussten Mutter mehrmals von der Bahre wegziehen, auf der Großmutter lag. Fast alle weinten.
Ich stand die ganze Zeit neben dieser Bahre und konnte den Blick nicht von Großmutter wenden.
Das sollte das letzte Mal sein, dass ich sie sah, aber ich wollte es immer noch nicht glauben. Sie sah aus, als würde sie tief schlafen. Ihr weißes Haar war ganz ordentlich frisiert. Sie trug neue blaue Kleider und Stoffschuhe. Die weißen Schuhsohlen hatten nie den Boden berührt, sie waren ganz sauber. Großmutter hatte einige schwarze Altersflecken im Gesicht gehabt, doch sie waren nicht mehr sichtbar. Vielleicht hatten die Angestellten des Beerdigungsinstituts sie weggeschminkt. An

ihrem Äußeren konnte ich nicht erkennen, dass ich eine Tote vor mir hatte.
Eine kleine Blutader im Kopf meiner Großmutter, die fünfundsiebzig Jahre lang funktioniert hatte, war plötzlich verbraucht. Nur aus diesem Grund musste sie mich für immer verlassen? Nein, ich wollte das nicht glauben.
Beide Onkel wollten mich zu sich nehmen und sich für einige Zeit um mich kümmern.
»Nein«, sagte ich ganz bestimmt. »Keine Sorge, ich kann schon selbst kochen und waschen. Ich kann für mich selbst sorgen.« So ging ich zurück nach Hause in den Raum, wo Großmutter immer für mich da gewesen war.
Am nächsten Tag fuhr mein Vater schon vormittags zum Flughafen und auch meine Mutter musste wieder weg.
»Da Lee, ich muss jetzt gehen.« Sie zog mich an sich und knöpfte einen Knopf an meinem Hemd zu, der sich geöffnet hatte.
»Wann kommst du zurück, Mama?«, fragte ich.
Ihre Augen wurden wieder rot. »Da Lee, du bist ein braves Kind. Du sollst ein guter Junge des Vorsitzenden Mao sein. Ich … ich muss ungefähr ein oder zwei Monate in der Firma bleiben. Das Revolutionskomitee hat mir versprochen, sich um dein Wohlergehen zu sorgen. Pass gut auf dich auf. Ich muss jetzt gehen und mich zurückmelden. Mein armes Kind …« Sie umarmte mich ganz fest.
Ich wusste, dass in der Firma viele unangenehme Dinge auf Mutter warteten. Sie hatte im Moment zu viel Ärger und Probleme, obwohl sie versuchte, es vor mir zu verbergen. Ich wollte nicht, dass sie sich meinetwegen jetzt auch noch Sorgen machen musste. »Mama, geh ruhig, ich kann schon gut selbst kochen. Gestern Abend habe ich ja auch für euch gekocht, hat es dir geschmeckt?«
»Ja, es hat mir sehr gut geschmeckt, sehr, sehr gut …«, sagte sie mit tränenerfüllter Stimme. »Leider muss ich jetzt gehen. Die Rebellen haben mir befohlen, mich um sechs Uhr zurückzumelden, mir bleibt nicht mehr viel Zeit.« Sie stand vom Sofa auf und zog eine dünne Jacke an, auf die schon ein schwarzes Band genäht war.
Ich trug auch ein Band. Wenn in China jemand stirbt, tragen die Verwandten dieses schwarze Band normalerweise zehn Tage lang als Erin-

nerung und Zeichen der Trauer. Meine Mutter musste zusätzlich noch etwas anderes auf ihrer Jacke tragen. Ich hatte es gesehen, tat allerdings so, als wenn ich nichts bemerkt hätte. Was meine Mutter tragen musste, konnte man damals häufig auf der Straße sehen. Es war eine kleine schwarze Karte, auf der mit weißer Farbe geschrieben stand: »Verbrecher.«

Sie umarmte mich noch einmal, dann lief sie schnell hinaus.

Ruhe. Jetzt war es richtig ruhig. Außer mir war niemand mehr in diesem Raum. Die Wohnung war so groß, viel zu groß für mich allein. Einige Tage lang lief ich immerzu darin hin und her, durch sämtliche Zimmer. Ich hoffte, etwas zu entdecken, doch da war nichts. Vielleicht in diesem Zimmer, in dem ich mit Großmutter gewohnt hatte? Auch nichts. Ihr Bett war noch da, nur wo war sie? Wenn ich sie früher hier nicht gefunden hatte, war sie in einem anderen Zimmer gewesen; oder ich musste nur kurz warten, dann hörte ich das Geräusch ihres Schlüssels an der Tür und dann kam sie herein mit einem großen Korb voll Gemüse und anderen Sachen wie Bao Ze. Solche Bilder gab es nun nicht mehr, einfach nicht mehr. Ich las gerade ein Buch mit dem Titel »Liao Zhai«. Es war ein wunderschönes Märchenbuch. Leben und Tod spielten darin immer zusammen. Der Tote konnte mit den Menschen wieder zusammentreffen, die ihm im Leben viel bedeutet hatten. Warum kam Großmutter nicht und zeigte sich ihrem Enkel, wo ich doch spürte, dass sie noch im Raum anwesend war? Wenn ich den Tisch zum Essen deckte, brachte ich oft zwei Teller und zwei Paar Stäbchen, manchmal füllte ich sogar beide Teller mit Reis und bemerkte erst hinterher, dass ich viel zu viel aufgetragen hatte. Dann kochte ich mir das nächste Mal von den Resten eine Reissuppe, so wie meine Großmutter es mich gelehrt hatte.

Ganz allein und viel zu einsam hoffte ich immer, es würde jemand kommen. Und tatsächlich kam jemand. Eines Abends klopfte es laut an die Tür, fast so, als wollte jemand die Tür einschlagen. Ich ging, um zu öffnen. Eine kräftige Frau stand davor, in ihren Händen hielt sie eine große Tasche voller Reis. Bestimmt hatte sie mit dem Fuß gegen die Tür geschlagen. »Mach mir einen Platz frei«, schrie sie mir zu, kam mit drei großen Schritten in die Wohnung gestampft und warf die Tasche auf den Boden. »Hu, ist das schwer! Diese verdammten Machthaber! Sogar

wenn sie selbst schon eingesperrt sind, muss ich noch für ihren kleinen Hund arbeiten.« Pong! Sie ließ sich aufs Sofa fallen. Da sie sich mit ihrem massigen Körper zu heftig niedergelassen hatte, versank sie tief im Sofa. »He, was ist das? Kleiner Hund, bring mir einen richtigen Stuhl. Schnell! Du sollst jetzt auch deine revolutionäre alte Schwester bedienen!« Sie schaute mich mit ihren dicken, runden Augen drohend an.
Ich kannte sie, sie war die Frau, die während der Hausdurchsuchung immerzu mit ihrem Stock vor uns gestanden hatte. Ja, ihre rote Armbinde hatte sie auch noch. Wie beschimpfte sie mich? Kleiner Hund? Und im gleichen Atemzug nannte sie sich selbst meine alte Schwester? Das war interessant. Ich brachte ihr einen Holzstuhl.
Kachi. Sie setzte sich darauf. Bekleidet war sie mit einer blauen Arbeitsuniform. Die Hose konnte sie fast nicht mehr tragen, so fest gespannt wurde sie durch die vielen Fleischmassen. »Ja, jetzt ist es richtig. Das ist richtig für einen revolutionären Hintern. Und das ist für Revisionisten.« Sie zeigte auf das Sofa. »Bring mir einen Tee.« Sie kreuzte ihre Beine.
Ich tat, was sie verlangt hatte.
»Du heißt also Chen, Da Lee, ja?«
Ich nickte mit dem Kopf.
»Das revolutionäre Komitee hat mir aufgetragen, mich um dich zu kümmern. Den Reis hat deine Mutter schon bezahlt, das hier ist ihr Monatslohn. Du sollst ihn jetzt nehmen und dann unterschreibst du hier.« Sie warf mir einen Briefumschlag zu.
Ich nahm das Geld, das darin war, heraus und zählte es. »Hundertachtzig Yuan, stimmt das?«, fragte ich. Ich hatte noch nicht ein einziges Mal so viel Geld gesehen.
»Richtig. Und jetzt unterschreib, sonst glauben die Leute, dass ich alles geklaut habe.« Ihre Augen traten fast aus den Höhlen, so starrte sie das Geld an. »Diese Scheißmachthaber, verdienen fast dreimal so viel wie ich! Das sind alles Kapitalisten, böse Kapitalisten!«, schimpfte sie mit bösem Gesicht. Plötzlich hatte sie wieder bessere Laune und begann, mit dem Tee in der Hand die Wohnung zu durchsuchen. »He, nicht schlecht, dieser Schrank!« Sie klopfte mit den Fingern darauf, summte etwas vor sich hin und schaute weiter. Sie ging zum Regal und nahm ein Buch heraus.

Ich war gespannt, was sie damit tun wollte. Es war mein Lieblingsbuch, »Geschichten vom Liangshan-Moor.«
»He, nur Dummköpfe lesen Bücher.« Sie warf es beiseite.
Ein Glück – ich atmete tief aus.
Dann blieb ihr Blick am Familienbuch hängen, das auf dem Schreibtisch stand. Sie öffnete es. »Je, du, brauchst du so viele Lebensmittelkarten?«
Damals herrschte an vielen Dingen ein großer Mangel. In den Städten konnte man beispielsweise Schweinefleisch, Speiseöl, Fisch und einiges mehr nicht mehr nur mit Geld bezahlen, sondern musste außerdem eine dieser Karten abgeben, von denen jede Familie eine begrenzte Anzahl für jedes Lebensmittel erhielt. Damit konnte eine Familie in Shanghai beispielsweise etwa zwei Kilo Fleisch und ein Kilo Fisch pro Monat kaufen.
»Kannst du damit umgehen?«, fragte sie mich. »Weißt du, was man mit welcher Karte bekommt?« Schon hatte sie sämtliche Karten in ihrer Hand, in ihre gierigen Augen trat ein erfreuter Ausdruck.
»Nein, das weiß ich noch nicht, aber ich werde es lernen.«
»Du musst es nicht lernen, denn ich kann es ja schon ... He, he, he ...«, lachte sie plötzlich, dann steckte sie blitzschnell alle Karten in ihre Jackentasche. »Ich gehe.« Sie stellte ihr Teeglas auf den Tisch und ging zur Tür. »Du solltest mir danken.« Als sie an der Tasche mit dem Reis vorbeikam, trat sie noch einmal mit ihrem großen Fuß dagegen. »Soll ich noch etwas für dich tun, Kleiner?« Sie stand schon an der Tür.
»Nein, nein, gar nichts. Auf Wiedersehen.« Ich hoffte nur, dass diese Teufelin verschwinden würde.
»He, he, nichts mehr, hast du gesagt, ja? He, he.« Pang! Die Tür schlug laut zu. Die Rebellin mit ihrem komischen Lachen war weg.
Endlich war es wieder ruhig. Jetzt brauchte ich diese Ruhe. Ich zog die Tasche mit Reis zu dem Behälter für Salzgemüse, der in der Küche stand. Großmutter hatte das Gemüse in diesem Behälter entweder eingesalzen oder getrocknet gelagert. Wenn man wollte, konnte man jederzeit etwas davon nehmen, kochen und essen. Durch die Bearbeitung hielt sich das Gemüse sehr lange und schmeckte auch besser. In der letzten Zeit hatte sie sehr viel Gemüse zubereitet, es würde für ein paar Monate ausreichen.

Nun aß ich wochenlang täglich Reis und Gemüse. So langsam vermisste ich das Fleisch dazu. Ich aß gerne Fleisch. Geld war genug da, also nahm ich mir zehn Yuan und ging zu einem Restaurant, um Bao Ze zu kaufen. Eine lange Schlange stand vor dem Restaurant. Ich wartete geduldig, bis ich an der Reihe war, und bestellte dann fünf Bao Ze.

»In Ordnung. Macht vier Mao und eine Karte für zweihundert Gramm.« Die Verkäuferin hob ihren Kopf gar nicht.

Ich legte die zehn Yuan auf die Theke.

»Ho, das ist aber ein großer Schein, Junge. Du bekommst neun Yuan und sechs Mao zurück. Moment, wo ist die Karte?«

»Ich habe keine.«

»Warum? Jede Familie hat Karten. Jetzt kann man ohne die nicht mehr einkaufen.« Sie sah mich misstrauisch an. Ihre Augen fragten, ob ich das wirklich nicht wusste oder nur so tat.

»Eine Bekannte hat mir alle Karten weggenommen«, sagte ich.

»Dann lass sie dir zurückgeben. Der Nächste, bitte.« Sie warf mir den Geldschein zu und kümmerte sich nicht weiter um mich. Also kam ich mit leeren Händen nach Hause zurück. Wieder gab es einige Tage lang nur Reis und Gemüse. Ich malte Fleisch und Fisch auf Papier, doch Bild war Bild, das war nur etwas für meine Augen und nicht für meinen Magen.

Ich nahm wieder Geld und den Korb und ging einkaufen. Diesmal versuchte ich es beim Metzger. Eine Frau und zwei junge Männer arbeiteten dort und auch hier gab es eine lange Schlange. Diesmal traute ich mich nicht mehr, mich anzustellen, sondern blieb an der Seite stehen und beobachtete die Menschen. Jeder musste beim Bezahlen eine Karte abgeben, es gab keine einzige Ausnahme. Das konnte ich genau beobachten. Die Schlange wurde kürzer, dann waren alle Kunden fort. Die Verkäufer sammelten Fleischreste und Schweineknochen zusammen. Ich ging näher an die Theke. »Guten Tag, darf ich ein bisschen davon kaufen?«

»Natürlich, das können wir dir sogar günstig geben.« Der Junge legte zwei Hände voll Fleisch und Knochen auf die Waage. »Das ist mehr als ein Kilo. Du bekommst einen Sonderpreis, ein Yuan.«

Ich hielt ihm schnell den Zehn-Yuan-Schein hin. »Karte für ein Kilo, bitte.« Er hielt die Hand auf und wartete.

»Ich hab keine. Ich kann dafür mehr bezahlen«, bat ich.
»Das geht leider nicht. Wir dürfen das Fleisch nicht so verkaufen. Mit dem Preis kann ich noch heruntergehen, aber die Karte muss ich haben.«
»Junge, komm morgen mit deiner Karte wieder.« Die Verkäuferin, eine Frau mittleren Alters, kam zu mir. »Dieses Fleisch ist nicht mehr so gut, morgen gibt es besseres.«
Wieder kam ich nach Hause mit Geld und leerem Korb.
Am nächsten Tag versuchte ich mein Glück noch einmal. Heute waren nur wenige Kunden im Laden. Die Verkäufer kannten mich schon. »He, Junge, hast du heute deine Karte da?«, fragte mich die Verkäuferin.
Ich schüttelte den Kopf. »Nein, kannst du mir trotzdem ein bisschen verkaufen? Bitte. Ich habe schon so lange kein Fleisch mehr gegessen.«
»Warum hast du keine Karte? Frag deine Eltern, jede Familie hat Lebensmittelkarten.«
»Meine Eltern sind nicht bei mir. Ich hatte die Karten für unsere ganze Familie.«
»Und wo sind die?«
»Alle von einer Rebellin weggenommen.«
»Dieses Schwein, jetzt genießt sie doppelt. Gib mir deinen Korb.« Sie legte eine Schweinebein auf das Holzbrett und schnitt mit ihrem großen Messer ein Stück weg. Dann legte sie das Fleisch auf die Waage. »Ein Kilo hundert Gramm, das macht einen Yuan, fünf Mao und vier Fen. Nur Geld, ausnahmsweise!«
Ich legte die zehn Yuan auf die Theke und sie gab mir Fleisch und Restgeld.
Ein großes Stück Schweinefleisch war jetzt in meinem Korb, so groß, dass ich meinen Augen fast nicht traute. »Ich danke dir sehr, du bist sehr nett.«
»Nichts zu danken. Wir haben gestern beobachtet, wie lange du gewartet hast. Und jetzt bist du wiedergekommen ... Du armes Kind. Geh jetzt nach Hause, ja?« Sie lächelte voller Sympathie. »Und ihr beiden dürft dem Chef nichts verraten, ja?«
»Wir haben nichts gesehen!«, antworteten die beiden jungen Männer.
Zu Hause schnitt ich sofort ein Stück Fleisch ab und kochte es mit Ingwer und Lauchzwiebeln. Dann schnitt ich es in ganz dünne Scheiben

und gab ein wenig Sojasoße darauf. Es schmeckte unglaublich gut. Ich genoss das Essen von ganzem Herzen. Mit dem restlichen Fleisch verfuhr ich so, wie ich es von meiner Großmutter gelernt hatte. Ich schnitt das Fett ab, rieb das Fleisch mit Salz ein und hängte es in der Küche am Fenster auf. Damals hatten wir keinen Kühlschrank und gesalzenes Fleisch hielt sich lange. Das Fett ließ ich in einem Topf aus und bewahrte es auf, um es später zum Braten zu benutzen. So hatte ich Vorrat für eine Weile. Ich konnte nicht damit rechnen, beim nächsten Einkauf wieder so viel Glück zu haben wie dieses Mal.

Großmutter, ich danke dir. Du hast mir beigebracht, wie man überleben kann.

In meinem Zimmer hing ein großes, schwarzweißes Foto von meiner Großmutter, das ich mir immer lange ansehen konnte. Im Wohnzimmer gab es ein riesengroßes, farbiges Bild, natürlich vom Vorsitzenden Mao. Mao lachte auf dem Bild, mit unerschütterlichem Stolz und Selbstvertrauen. Großmutter lachte auch auf ihrem Foto, allerdings sehr vorsichtig, nur ein wenig und sie wirkte ganz ruhig. Ich schaute mir das Foto lange an, weil sie auch mich anschaute. Ich spürte ihre Nähe. Sie kümmerte sich immer noch um ihren Enkel.

Wenn ich die Wohnung verließ, sagte ich ihr »tschüss«. Ich glaubte, dass sie mich noch hören könnte.

Dieses Mal sagte ich Großmutters Foto, ich wollte zur Schule gehen. Vielleicht konnte ich dort meinen Freund Qiang wieder treffen, vielleicht konnte ich erfahren, wann es wieder Unterricht gab. »Tschüss, Großmutter!« Keine Antwort. Ich ging.

Was war nur mit meiner Schule passiert, es sah aus wie im Krieg. Kein einziges Fensterglas war heil geblieben, alles war kaputt. Und nicht nur die Fenster, sondern auch Türen, Tische und Stühle. In unserem Klassenzimmer gab es gar keine Lampe mehr. Alles war verschmiert und voll gekritzelt. Viele Wandzeitungen waren auf den Boden gefallen, weil sie zu alt waren. Es gab zwar auch einige neue Wandzeitungen, aber keine Leser. Wo waren nur die ganzen Leute geblieben? Auf dem Flur begegnete mir eine Putzfrau, sie kehrte den Staub von den Wänden und vom Boden. Arme Frau, überall war es so schmutzig. Wie lange würde es wohl dauern, bis sie ihre Arbeit beendet hätte? Mit diesem Gedanken im Kopf ging ich an ihr vorbei.

»Da Lee, Chen, Da Lee!«, rief sie mich sehr leise an.
Ich war verwundert. »Kennen Sie mich?«
»Natürlich kenne ich dich.« Freundlich lächelnd richtete sie sich auf.
»Sie sind das? Direktorin Yan?«
Sie nickte und stützte sich mit beiden Händen auf ihren Besen. Vielleicht hatte sie Rückenschmerzen. »Jetzt, jetzt bin ich nicht mehr Direktorin.« Sie versuchte, sich noch mehr aufzurichten, doch das fiel ihr schwer. Sicher hatte sie Schmerzen. Sie sah wesentlich älter aus als früher. Ihr Haar war schon halb ergraut und sehr unordentlich. Bei ihrer Brille war ein Glas gesprungen; es war laienhaft zusammengeklebt. Ihre blaue Bekleidung war zerschlissen und vielfach gestopft. Darauf war eine schwarze Karte:« Verbrecherin!« Ich hatte ein unangenehmes Gefühl in der Nase und meine Stimme war plötzlich auch verändert. So sollte sie nicht aussehen, meine Direktorin, die ich immer geliebt und geachtet hatte. »Direktorin, kann ich Ihnen etwas helfen? Ich kann auch sauber machen …« Ich wollte den Besen nehmen.
»Nein, nein. Das ist meine Arbeit!« Sie hielt den Besen fest und schaute sich nach links und rechts um. Vielleicht hatte sie Angst, dass jemand uns beobachten könnte. »Da Lee, wie geht es der Chefin Liu? Ich habe gehört, dass sie auch angeklagt wurde? Ach, sie ist eine sehr nette Chefin.«
Ein Bild kam mir in den Kopf: die Aufnahmefeier für die neuen Pioniere auf dem Platz vor dem Gebäude der Freundschaft zwischen China und der Sowjetunion. Sie, Direktorin Yan und die Chefin Liu standen zusammen auf der Bühne, unter dem tosenden Beifall der Menge. Am gleichen Tag hatte Qiang zum ersten Mal das rote Halstuch getragen … Und jetzt? Das alles war gar nicht lange her, nur etwas über ein Jahr. Wie konnte ich das alles akzeptieren? Meine Augen wurden nass.
»Da Lee, wer von deiner Familie ist gegangen?« Sie hatte die schwarze Armbinde bemerkt. Inzwischen trug ich sie schon monatelang.
»Meine Großmutter.«
»Wer kümmert sich jetzt um dich? Ich habe noch ein paar Nudeln in meinem Zimmer, willst du die essen?«
»Nein, danke, ich bin satt. Meine Großmutter hat mir schon beigebracht, wie ich für mich selbst sorgen kann. Direktorin, passen Sie gut

auf sich auf, ich gehe jetzt.« Ich wollte der traurigen Situation entfliehen und ging langsam weg.
»Da Lee, Chen, Da Lee!«, rief sie hinter mir her. »Du sollst selbst etwas lernen, ja? Tu es für dein Land und auch für deine eigene Zukunft. Wenn der Unterricht wieder stattfindet, kommst du sofort wieder in die Schule.«
»Ja, Direktorin, ich komme wieder. Auf Wiedersehen.« Ich drehte mich um und ging rückwärts weiter. Ich sah die Direktorin Yan, wie sie in der Mitte des Flures stand, um sie herum lauter Staub, und sich mit beiden Händen auf den Besen stützte, der fast so groß war wie sie selbst.
Ich war ein Schüler, ich wollte in mein Klassenzimmer gehen und etwas lernen, so wie früher. Aber das war zu Beginn der Kulturrevolution leider nicht möglich. So blieb ich den ganzen Tag zu Hause, machte meine Qi-Gong-Übungen und las. Die Worte meiner Direktorin gingen mir nicht aus dem Kopf: »Für dein Land und auch für deine eigene Zukunft sollst du etwas lernen.«
Für ein Kind, wie ich es noch war, war es besonders schwer, so lange allein zu sein. Ich fühlte mich sehr einsam. Tagsüber schloss ich die Tür gar nicht mehr ab, jeder hätte ohne Schwierigkeiten hereinkommen können. Doch es kam niemand. Wenn mir auf der Straße jemand zufällig zulachte, war das ein schöner Tag für mich.
Es war schon Herbst, trotzdem schien die Sonne in Shanghai noch sehr stark. Eines Tages saß ich wie immer am Fenster und beobachtete die Leute auf der Straße. Ein Star mit weißem Kopf hüpfte in den Zweigen herum. Er sang. Es hörte sich an wie: guligulo. Ich glaubte, dass der Vogel mir in einer fremden Sprache etwas erzählen wollte, nur konnte ich es nicht verstehen.
Eine Hand legte sich langsam auf meinen Rücken. Ich erkannte diese Hand, ohne mich umzudrehen. Ich träumte schon lange von dieser Hand. Es ging eine starke Energie von ihr aus.
»Da Lee, du bist allein zu Hause, warum hast du die Tür so weit geöffnet?«, fragte er von hinten. Ich kannte diese Stimme und hoffte nur, dass ich nicht in einem Traum war.
»Meister Yun. Bist du es?« Ich wagte es nicht, mich umzudrehen. Es konnte sofort alles wieder verschwinden, wie das in letzter Zeit so oft passiert war.

»Ja, ich bin hier.«

»Meister!« Ich drehte mich um und fiel in seine Arme. Sofort kamen mir die Tränen.

»Meister, Qiang ist weggegangen, sein Vater ist tot, meine Mutter ist im Stall, meine Großmutter ist …« Ich konnte nicht mehr weitersprechen.

»Ich weiß, ich weiß schon alles, du armes Kind.« Er umarmte mich ganz fest. »Ich bin gekommen, um dich abzuholen. Willst du für einige Zeit mit mir kommen? Sonst wirst du wieder krank.«

Jetzt sah ich ihn genauer an. Er trug eine weiße Jacke und blaue Hosen, seine Haare waren lang gewachsen. Sein Gesicht sah genauso aus wie früher, es hatte eine rosige Farbe. Die Augen, seine Adleraugen, sahen mich direkt an, wie zwei Donnerblitze. Er wartete auf meine Antwort.

»Ja, Meister, natürlich will ich mit dir kommen.« Freude überkam mich.

»Gut. Dann pack dir ein paar Bücher ein und auch Kleider. Wenn du Papier hast, gib mir bitte ein weißes Papier.« Er setzte sich an den Tisch und wartete auf das Papier.

Ich gab es ihm, dann packte ich ein paar Sachen in meine Tasche. Als ich fertig war, zeigte mir Meister Yun, was er geschrieben hatte. Es war eine sehr schöne Kalligrafie, obwohl er mit einem Füller geschrieben hatte. Ganz im alten Stil, von oben nach unten und von rechts nach links hatte er geschrieben. »Sehr geehrte Eltern von Chen, Da Lee. Ihr Sohn wird einige Zeit mit mir zusammenleben. Ich werde mich um ihn kümmern, so gut ich kann. Wenn die Lage sich wieder beruhigt hat, wird er nach Hause zurückkommen. Alles Gute.« Unten waren zwei Adressen, eine vom Jadebuddha-Tempel, die andere war die Adresse seiner Wohnung.

»Hast du alles? Dann gehen wir.«

»Ja, ich habe alles.« Ich zeigte ihm meine Tasche.

Auf dem Weg redeten wir nicht viel. Meister Yun half mir, die Tasche zu tragen. »Hast du Hunger?«, fragte er, als wir an einem Restaurant vorbeikamen.

»Ja.« Ich war schon lange hungrig. An diesem Tag hatte ich nur morgens eine Reissuppe gegessen. Und jetzt war schon Abend.

»Gut, gehen wir hinein.« Er führte mich in das Restaurant. Es war voll darin.
Damals gab es zu wenige Restaurants in Shanghai. Wenn man essen gehen wollte, brauchte man viel Geduld. Zunächst einmal durfte man nicht die Hoffnung hegen, es gäbe einen freien Platz, das war unmöglich. Man konnte sicher sein, ein voll besetztes Lokal zu betreten. Es blieb nichts anderes übrig, als hinter den Tischen zu warten. Dieses Bild konnte man oft sehen: Während die einen gerade beim Essen waren, standen die anderen so dicht wie möglich und sehr konzentriert hinter ihren Stühlen. Sonst konnte es passieren, dass in Sekundenschnelle ein anderer Hintern auf dem gerade frei gewordenen Platz landete, der nicht, wie man selbst, lange gewartet hatte. Noch eines durfte man nicht erträumen: dass es alle Speisen auf der Speisekarte auch tatsächlich gab. Es passierte sehr oft, dass Kunden vier oder fünf verschiedene Speisen nannten und jedes Mal schüttelte der Kellner den Kopf:
»Nein, das haben wir nicht.«
»Warum steht es dann auf der Speisekarte?«
»Früher gab es das.«
»Warum jetzt nicht mehr?«
»Jetzt machen wir Kulturrevolution. Wir haben geistige Nahrung.«
»Was heißt geistige Nahrung?«
»Das, was der Vorsitzende Mao sagt, zum Beispiel: hart arbeiten und einfach leben.«
Was konnten die Kunden darauf noch erwidern? Nichts. Die Angestellten hatten auch keine Lust, ständig zusätzliche Arbeit durch solche Erklärungen zu haben. Manche Restaurants, wie das, in dem wir waren, hängten einfach eine Tafel neben der Kasse auf. Darauf stand der aktuelle Speiseplan. Jede Speise war nummeriert. Der Kunde bezahlte an der Kasse und bekam einen Zettel mit einer Nummer darauf.
Meister Yun hatte die Aufgaben unter uns verteilt. Er ging zur Kasse, wo auch schon eine Schlange stand. Ich suchte und wartete auf einen Platz. Fast hinter jedem Stuhl stand schon ein neuer Kunde. Wohin konnte ich gehen? Plötzlich entstand in der Ecke ein Streit. Zwei Männer aus Shanghai schimpften auf Hochchinesisch, zwei andere mit dunklerer Hautfarbe kamen wohl aus einer anderen Provinz. »Seid ihr

beiden krank? Die ganze Zeit zittert und wackelt ihr hinter uns. Hier ist ein Restaurant, kein Krankenhaus für Verrückte!«

»Oh, Genossen, könnt ihr ein bisschen schneller essen? Wir warten schon lange. Wir werden gebraucht, auf uns wartet noch viel Revolutionsarbeit!«

»Ha, ha, Revolutionsarbeit, wir sind Revolutionäre! Rebellen! Morgen müssen wir kämpfen. Deshalb wollen wir jetzt hier in Ruhe essen. Wollt ihr uns stören?«

»Nein, Genossen, wir hoffen nur, dass ihr euch ein bisschen beeilt!« Das Gesicht des Mannes, der gerade gesprochen hatte, war ganz rot. Er sprach in nordchinesischem Dialekt.

»Schneller? Wir essen heute besonders gern langsam. Ihr geht jetzt besser weg, ihr Bauerntölpel.«

»Was hast du gesagt?« Die beiden Männer aus der Provinz waren böse. Der andere Shanghaier stand auf. »Ihr sollt verschwinden. Wer macht so etwas wie ihr, schüttelt die Stühle der Leute, die gerade beim Essen sind? Wenn ihr nach Shanghai kommt, solltet ihr erst einmal lernen, was höflich ist.« Er war sehr groß und muskulös. Sein Gegner war ungefähr einen halben Kopf kleiner als er.

Als die beiden Provinzler sahen, dass sie beim Kämpfen keine Chance hatten, gingen sie weg. Noch an der Tür hörte man sie in ihrem Dialekt laut schimpfen.

Ich ging zum Tisch der beiden, weil das der Einzige war, hinter dem jetzt niemand mehr wartete. »Junge, du musst nicht lange warten, wir sind bald mit dem Essen fertig.« Jetzt war der muskulöse Shanghaier nicht mehr wütend.

Meister Yun kam mit einigen Zetteln in der Hand zu mir. »Ich habe heute drei Speisen gekauft, die dir bestimmt gefallen.«

»Warum?«, fragte ich.

»Alle enthalten Fleisch.« Er lachte wie ein Kind. Vielleicht hatte er ja auch schon lange kein Fleisch mehr gegessen. Wir warteten darauf, dass die Plätze der beiden Männer frei wurden. Sie ließen uns nicht lange stehen. Sobald sie fertig gegessen hatten, standen sie auf.

»So wie ihr wartet, ist das in Ordnung, aber die beiden Dorfleute eben waren unmöglich!« Der kleinere Mann war noch immer ärgerlich.

Wir warteten, bis der Kellner abgeräumt hatte, dann setzten wir uns und Meister Yun gab ihm seine drei Zettel.
»Da Lee, warum bist du so lange nicht mehr zu mir gekommen?«, fragte er und stellte die Tasche unter den Tisch.
»Ich habe darauf gewartet, dass Qiang von Wushi zurückkommt, dann wollten wir beide wieder zu dir kommen.«
»Und wenn das lange Zeit dauern würde? Wärst du dann auch die ganze Zeit nicht gekommen?«
Darauf wusste ich keine Antwort. Ich konnte nur schweigen.
»Seit deine Großmutter nicht mehr da ist, bist du doch ganz allein zu Hause, und trotzdem hast du mich nicht besucht?«
»Ich wollte schon, aber ich hatte…, ich hatte…«
»Hattest du keinen Mut?«
»Ja.« Das musste ich bejahen. Natürlich hatte ich mir gewünscht, wieder zu Meister Yun zu gehen. Jedes Mal, wenn ich in der Qi-Gong-Position dastand, dachte ich sofort an den Meister. Aber konnte er mich gebrauchen? Oder würde ich ihn stören? Einmal hatte ich schon vor der Tür des Tempels gestanden, mich dann jedoch nicht getraut hineinzugehen. Seit der Hausdurchsuchung schauten mich einige Bekannte immer sehr merkwürdig an und hielten Abstand zu mir. Jetzt wusste ich, warum Qiang damals weggegangen war. Ja, es stimmte, ich hatte keinen Mut.
»Junge, du musst eins wissen: Es gibt böse Menschen. Es gibt auch gute Menschen. Eine böse egoistische Frau hat dir beispielsweise alle Karten abgenommen, sodass du kein Fleisch und keinen Fisch mehr essen konntest. Und eine gute Frau hat das Risiko auf sich genommen, dir ohne Karte das Schweinefleisch zu verkaufen und dadurch vielleicht ihren Job zu verlieren.«
»Wie kannst du das alles wissen?« Ich war vollkommen verwundert.
»Ich weiß noch mehr. Ich weiß auch noch, was du auf der Bühne erzählt hast, während der Sitzung in der Firma deiner Mutter. Da warst du doch, oder?«
»Ja, das stimmt, der Chef der Rebellen ließ mich da hingehen, das war auch ein Böser.«
Er nickte mit dem Kopf. »Doch es gibt mit Sicherheit mehr nette Menschen als böse, glaubst du nicht auch?«

»Ja, das glaube ich. Ich will nur mit netten Menschen etwas zu tun haben.«
»Dann sollst du dein Herz öffnen und zuerst einmal selbst nett sein. Du bist noch jung. Du hast viel Zeit, das zu lernen. Aber Selbstvertrauen und Mut sollst du jetzt schon haben.«
Der Kellner kam und brachte die drei Speisen und zwei Portionen Reis auf einem Tablett. Nacheinander stellte er alles auf den Tisch. Geschnetzeltes Fleisch mit Bambussprossen, Scheiben von Rindfleisch mit grünem Paprika und Schweinefleisch mit getrocknetem Gemüse. Zum Schluss hatten wir zwei Speisen fast aufgegessen, nur die dritte war noch unberührt. Sie erinnerte uns an einen Menschen, eine einfache, nette Dame, meine Großmutter. Ich hatte keinen Appetit mehr darauf. Meister Yun auch nicht. Bis wir gingen, blieb diese Speise unberührt auf dem Tisch, das Schweinefleisch mit getrocknetem Gemüse.

7

Im Jadebuddha-Tempel hatte es keine große Veränderung gegeben, allerdings war es ruhiger als früher. Wer war so mutig, in dieser heißen Zeit der Revolution in den Tempel zu gehen? Sehr selten kamen wenige Besucher und sie brachten auch keine Spenden mehr. So war auch das Leben der Mönche ruhiger geworden. Selbst der morgendliche Glockenschlag und das Rühren der Trommel am Abend klangen nicht mehr so laut wie früher. Erstens hatten die Mönche keine Kraft mehr und außerdem befürchteten sie, dass die Geräusche durch die Mauer nach außen dringen könnten. Auf den Straßen gab es viele Rebellen und Rotgardisten. Wenn sie die Geräusche des Klosters hörten, würde in ihnen vielleicht das Bewusstsein von Rebellion und Klassenkampf hochsteigen und dann waren sie zu allem fähig. Für das kleine Kloster wäre das eine Katastrophe. Schon lange hatten die Roten Garden ihr Augenmerk auch auf die Tempel gerichtet. Nur die Tatsache, dass hier ein so genanntes Kulturgegenständeschutzgebiet war, hatte sie bisher davon abgehalten, auch hier ihre Revolution zu machen. Nur, wie lange würden sie wohl noch stillhalten? Im Tempel herrschte eine angespannte Atmosphäre. Eine große Unruhe lag in der Ruhe.

Doch mein Leben hatte hier wieder einen Halt. Meister Yun weckte mich täglich schon um fünf Uhr morgens. Im Garten ließ er mich zwei Stunden lang Qi-Gong-Übungen machen, danach durfte ich warmen Tee trinken. Vormittags las ich. Meister Yun las ebenfalls und manchmal schrieb er Kalligrafien, die er verkaufte. Mittags aßen wir in einem Nudelrestaurant und am Nachmittag lehrte er mich Gong Fu. Ich hatte nicht gewusst, dass er überhaupt Gong Fu machte, und wunderte mich darüber, wie perfekt Meister Yun diese Kunst beherrschte.

»Das sollst du lernen, damit du Selbstvertrauen und Mut bekommst.«

Auf dem Platz vor dem Tempel waren nur wir beide und das Echo seiner Stimme kam mehrfach zurück.

»Ja, das will ich sehr gerne lernen, dann kann ich später alle bösen Leute besiegen. Ich schlage sie alle zu Boden.« Wie ein Held schlug ich mir auf die Brust.
»Nein, nein. Das ist wiederum falsch.« Meister Yun schüttelte den Kopf. »Du willst mit deiner Faust gegen das Böse kämpfen? Das ist genau das Gegenteil von dem, was die Kampfphilosophie sagt. Nein, das ist nicht der Sinn des Gong Fu. Du sollst zuerst gegen den größten Feind kämpfen, den du hast.«
»Mein größter Feind, wer ist das?«, fragte ich sofort.
»Das bist du.« Sein Finger zeigte auf meine Nase.
»Ich?« Meine Augen wurden vor Verwunderung ganz weit.
»Ja, du! Du bist dein größter Feind. Du musst gegen dich selbst kämpfen. Schlag deine Unsicherheit und deine Mutlosigkeit zu Boden, dann bist du ein starker Mann, dann kannst du auch richtig kämpfen.« Als er mich anschaute, blitzten seine scharfen Augen wie zwei Schwerter zu mir herüber.
Ich nickte sofort mit dem Kopf, obwohl ich nicht ganz verstanden hatte.
»Gut, jetzt zeige ich dir den Yin- und Yang-Handschlag, du stellst dich so hin wie ich.« Er zeigte mir die Position: Mit dem linken Bein stand man auf der Fußspitze, einen halben Schritt weit nach vorne gesetzt, das rechte Bein stellte man nach hinten, den Fuß ganz auf dem Boden aufstellend. Die Knie sollten gebeugt werden. Das Gewicht war auf dem rechten Bein. Die rechte Handfläche sollte auf Augenhöhe vor das Gesicht gehalten werden, die linke Hand in Taillenhöhe.
Ich tat es ihm nach.
»Wenn der Angreifer von der linken Seite kommt, verteidigst du dich zuerst mit dem linken Arm nach oben, der linke Fuß geht einen Schritt weiter. Mit dem linken Arm lenkst du seinen rechten Arm weg. Jetzt kommt ein Schlag von der rechten Handfläche gegen den Gegner. Pass auf: der linke Arm ist Yin, das heißt, er ist ›Shü‹, ohne große Kraft. Die rechte Handfläche ist Yang, das heißt ›Sher‹, mit großer Kraft.« Er zeigte mir, wie man mit der rechten Handfläche schlagen sollte, aus der Taille heraus schlug er sie nach vorn hoch. Dabei gab es sogar ein Geräusch: »Hon!«
»Was mache ich, wenn der Angreifer von rechts kommt?«, fragte ich.

»Das ist gleich, nur aus der anderen Richtung. Dann ist der rechte Arm Yin und die linke Handfläche Yang.« Er zeigte mir auch diese Position. »Gut, jetzt übst du selbst, Schritt für Schritt vorwärts zu gehen. Pass auf, dein Bein muss beim Schlagen der Hand ganz stabil bleiben, wie ein Baum.«

Ich tat, was er mir gesagt und gezeigt hatte. Sehr schnell fing ich an zu schwitzen, doch ich wollte nicht aufhören. Nach jedem Schlag fühlte ich mich innerlich stärker als zuvor.

So ging ich weiter, bei jedem Schritt ein Schlag, bis zur Mauer. Dann drehte ich mich um und ging auf die gleiche Weise wieder zurück.

Der Meister ging weg. Stunden später kam er zurück und brachte Tee. »Gut, mach jetzt eine Pause. Dieses Yin- und Yang-Handschlagen muss man einige Jahre lang üben, bis man den Erfolg sieht.« Er warf mir ein Handtuch zu, um den Schweiß zu trocknen. »Sehr wichtig ist: Wenn man Gong Fu lernt, soll man auch Qi Gong üben, sonst nichts! Du bist im Vorteil, weil du zuerst mit Qi Gong begonnen hast. Die Energie ist am wichtigsten, man braucht sie nicht nur für Leben und Gesundheit, sondern auch zum Kämpfen. Schau einmal, was passieren kann, wenn ich Energie in meinem Dan Tian ansammle.« Er zeigte auf seinen Unterbauch, dann atmete er kräftig ein. Seine linke Hand in der Taille, in der rechten einen Tee, stand er lächelnd dort.

»Nichts, gar nichts passiert.« Ich konnte keine Veränderung sehen.

»Nichts? Versuch einmal, mit ganzer Kraft hierhin zu schlagen.« Er drückte seinen Bauch heraus.

Gut, er ließ mich schlagen. Also tat ich es. Ich sammelte meine Kraft und schlug kräftig auf seinen Bauch. »Pon!« Ich hatte ganz genau getroffen, doch es war, als hätte ich auf Beton geschlagen. Ich musste sofort auf meine Faust pusten, so weh tat sie mir.

Meister Yun stand ganz ruhig da. Kein einziger Tropfen aus seiner Teetasse war verschüttet. »Ha, ha, jetzt weißt du, was passiert!« Er lachte. »Wenn man diese Energie in der Hand sammelt, schau mal …« Er zeigte mir seine Hand.

Oje, was für eine Hand. Jetzt war sie nicht mehr weich und gefühlvoll, sondern ganz dunkelrot und dann blau. Rauch, weißer Rauch stieg von den Fingern hoch. Ich spürte eine furchtbare, aggressive Energie, die zu mir gedrückt wurde.

»Diese Hand kann jetzt keinen Menschen behandeln, sondern ihn zerstören. Willst du einmal probieren?«
»Nein!« Ich sprang schnell zur Seite. Er konnte mich mit seiner Energie schon aus einigen Metern Entfernung beherrschen. Ich wusste, wenn ich nur einmal von dieser Hand geschlagen würde, wäre ich sofort tot.
»Ha, ha, ha«, lachte er wie ein Kind. »Keine Angst, ich tue das nicht.« Er hielt seine Hand wieder nach unten. »Machen wir jetzt eine Pause«, schlug er vor.
Das Abendessen nahmen wir normalerweise im Restaurant ein. Ich hatte viel Geld in der Tasche, doch er ließ mich nicht bezahlen.
»Wenn du mich einladen willst, dann nur von deinem selbst verdienten Geld. Das machen wir später einmal. Du sollst dieses Geld aufbewahren und wenn deine Mutter wieder frei ist, gib es ihr zurück.«
Abends ließ er mich wieder zwei Stunden lang Qi-Gong-Übungen machen. Nachts, wenn Vollmond war, setzten wir uns in unsere Position und meditierten.
Dieses geregelte Leben gefiel mir, doch leider dauerte es nicht lange. Eines Vormittags kam der höchste Mönch, Fang Zhang, sehr aufgeregt in unser Zimmer. In seiner Hand hielt er einen Brief. »Meister Yun, eine Katastrophe! Eine Katastrophe kommt über unser Kloster!« Auf seinem runden Gesicht und der Glatze standen Schweißperlen.
»Was ist los?« Meister Yun legte seinen Pinsel auf den Tisch.
»Lies bitte diesen Brief, den der Kommandant der Roten Garden geschickt hat.« Er legte den Brief offen auf den Tisch, sodass ich ihn auch lesen konnte.
»Wir werden nach der Idee des Vorsitzenden Mao, dass es berechtigt ist, ›gegen die Reaktion zu rebellieren‹, morgen im Jadebuddha-Tempel mit den Monstren und Dämonen aufräumen. Der Vorsitzende Mao hat gesagt: ›Religion ist das Opium des Volkes.‹ Deshalb werden die Mönche, die seit langer Zeit unrevolutionäre Ideen propagieren und Aberglauben verbreiten, morgen angeklagt. Die Anklagesitzung findet im Tempel statt.« Unterschrieben war der Brief mit »Revolutionäres Kommando«.
»He«, nachdem er den Brief gelesen hatte, schüttelte Meister Yun seinen Kopf.

»Wie viele Leute werden wohl morgen kommen?«, fragte Fang Zhan.
»Hundert oder auch tausend«, sagte Meister Yun sehr ruhig.
Der oberste Mönch saß kraftlos, wie gelähmt, auf seinem Stuhl. »Omito Fo. Morgen ist Nirvana für uns alle.« Er hielt mit beiden Händen seinen Rosenkranz vor die Augen und schaute hoffnungslos auf das Dach. »Moment, hier ist ein Kulturgegenständeschutzgebiet. Man darf hier nichts zerstören.« Die Hoffnung kehrte in seinen Blick zurück.
»Haben Sie keine Zeitung gelesen?«, fragte Meister Yun.
»Wir sind Mönche, wir fragen nicht nach der äußeren Welt.«
»In diesen Zeiten müssen Sie leider danach fragen. Wissen Sie nicht, dass die Behörde für Kulturschutz bereits von den Roten Garden und Rebellen besetzt wurde? Ungefähr tausend Klöster auf vier buddhistischen heiligen Bergen sind schon zerstört. Dort gibt es keine einzige Buddha-Figur mehr, die unbeschädigt ist.«
»Omito Fo, mein Buddha!« Fang Zhang saß wieder wie gelähmt auf dem Stuhl.
»Wir können alle zusammenhalten und kämpfen …«, sagte ich.
»Kämpfen? Gegen wen? Junger Gönner, bitte wiederhole diese Worte nicht wieder.« Er stand langsam auf. »Ihr beiden seid keine Mönche, bitte verlasst noch heute dieses gefährliche Gelände. Ich gehe jetzt zum Hauptsaal, die anderen Mönche warten schon auf mich. Diese Zeremonie ist sicher die letzte. Nachher sage ich den Mönchen, sie sollen sich ebenfalls in Sicherheit bringen. Morgen, wenn die Strafe über uns kommt, will ich sie allein tragen.« Fang Zhang ging weg, er bewegte sich sehr unsicher mit schweren Beinen. Obwohl er erst Mitte fünfzig war, sah er heute alt aus.
»Was machen wir jetzt?«, fragte ich.
Meister Yun schwieg einige Zeit. »Tja, diese Katastrophe kann niemand verhindern. Lass uns auch zum Hauptsaal gehen und uns von den Buddhas verabschieden.« Er sah sehr traurig aus.
Im Hauptsaal konnte sich niemand konzentrieren. Alle Mönche waren da.
Allerdings waren das nur noch gegen zehn Männer, die anderen waren in der letzten Zeit schon nach und nach weggegangen.
»Omito Fo, Omito Fo …«, alle sangen und weinten mit diesem Wort. Es ist der Name des Hauptbuddhas. Er ist für das Paradies und das

Nachleben der Menschen zuständig, was für Buddhisten sehr wichtig ist. Deshalb nannten die Mönche in dieser Zeit oft seinen Namen. Eigentlich bittet man um Buddhas Schutz, jetzt musste man die Buddhas allerdings selbst beschützen. Die Mönche sahen sich jedoch gar nicht in der Lage dazu, was konnten sie tun, außer »Omito Fo« zu beten? Jeder konnte sich vorstellen, was am nächsten Tag hier passieren würde: Man würde alle Buddha-Figuren zerschlagen. Sie mussten zusammen mit den zerstörten Mauern des Klosters auf dem Boden liegen. Eine riesige Katastrophe würde bald geschehen.
Die Leute gingen langsam zum Hinterhaus, ich wusste, dass sie den Jadebuddha zum letzten Mal sehen wollten. Ich lief hinter ihnen her. Alle gingen über die Holztreppe nach oben, die ein unangenehmes Geräusch von sich gab. Es klang, als würde sie weinen. Vor dem Jadebuddha entzündeten die Mönche Räucherstäbchen und beteten. Lange Zeit betrachteten sie ihn mit Tränen in den Augen, dann gingen sie langsam weg, unentwegt ihr »Omito Fo« vor sich hin murmelnd.
Ich blieb allein zurück. Der Jadebuddha ist eine sehr schöne Figur. Er wurde aus einem einzigen Stück Jade hergestellt, misst fast zwei Meter und stellt Buddha Sakyamuni dar. Er sitzt mit gekreuzten Füßen, die linke Handfläche liegt geöffnet auf dem Bein. Die rechte Hand hält er vor dem Bein senkrecht nach unten, sodass die Finger den Boden berühren. Die ganze Figur ist reich mit Diamanten und Gold verziert. In der Mitte zwischen den Augen befindet sich ein lupenreiner weißer Diamant, so groß wie eine mittelgroße Olive. Sobald in der Nacht nur ein klein wenig Mondlicht durch das Fenster dringt, leuchtet dieser Diamant und das ganze Zimmer wird heller. Ohne eine Lampe kann man dann jede Kleinigkeit erkennen.
Jedes Mal, wenn ich den Jadebuddha sah, wunderte ich mich von neuem über seine Schönheit, eine Schönheit, die man sehr schwer mit Worten beschreiben kann. Ich fühlte die starke Ausstrahlung, die von ihm ausging. Er saß dort, ruhig, freundlich und liebenswürdig. Das Gefühl, das er bei mir auslöste, war so stark, dass ich es unmöglich unterdrücken konnte, selbst wenn ich gewollt hätte. Aber ich wollte auch gar nicht! Ich genoss es sehr, meine Seele und mein ganzer Körper wurden gereinigt. Ich saß gern mit geschlossenen Augen vor ihm. Dann gab es im ganzen Universum nur noch ihn und mich. Er konnte so weit

entfernt sein, so weit. Ganz fern in der Dunkelheit zeigte sich sein Lichtschein. Und er konnte auch so nah sein, so nah, in mir!
Ich kniete auf dem Boden nieder und legte die Handflächen zusammen. Diesmal war ich nicht nur zum Beten hier, sondern auch, um mich zu verabschieden; ein sehr trauriger Abschied. Eines wunderte mich: Wenn ich die Augen schloss, kam das bekannte Bild nicht mehr. Überall sah ich nur revolutionäre Wandzeitungen und Losungen. Wie war das möglich? Ich öffnete meine Augen schnell wieder. Der Buddha saß immer noch dort und schaute mich mit seinem nettem Lächeln an. »Lachst du noch? Morgen wirst du in hunderttausend kleine Stücke zerbrechen.« Ich schloss erneut meine Augen und wieder erschien mir dieses merkwürdige Bild. Überall waren rotschwarze, mit dickem Pinsel geschriebene Wandzeitungen und Losungen. Der Buddha versteckte sich dahinter und lächelte mir zu.
Plötzlich hatte ich verstanden. »Meister Yun, Meister Yun!«, schrie ich im Hinauslaufen.
Im Hauptsaal traf ich ihn an. Alle Leute waren da und stritten miteinander.
»Nein, wir gehen nicht! Wir wollen das Kloster beschützen«, sagten einige Mönche zu ihrem Abt.
»Das hat überhaupt keinen Sinn. Die Roten Garden machen hier morgen Revolution. Niemand darf sie daran hindern. Ich werde vermutlich auch angeklagt und hoffe, dass nur ich allein bestraft werde. Jetzt geht schon, ich erbitte Buddhas Hilfe für euch; Omito Fo.« Fang Zhang betete mit zusammengelegten Händen.
Meister Yun stand schweigsam daneben.
»Meister Yun, komm hierher!« Ich zog ihn in eine Ecke und erzählte ihm von dem Bild, das mir erschienen war.
»Du hast also überall Wandzeitungen und Losungen gesehen und der Jadebuddha hatte sich dahinter versteckt… interessant, sehr interessant.« Er ging einige Schritte hin und zurück, wieder hin und zurück; plötzlich blieb er stehen und schlug mit der rechten Faust »Pang!« fest in die linke Handfläche.
»Ja! Der Jadebuddha kann gerettet werden!« Er sprach so laut, dass jeder ihn hören konnte.
Der Streit hörte sofort auf.

»Meister Yun! Haben Sie eine Idee?« Fang Zhang ging zu ihm hin.
»Nein, nicht ich, Buddha hat uns eine Idee gegeben. Das ist eine sehr hohe, intelligente Strategie. Die Frage ist, ob Sie den Mut haben, diese Idee zu verwirklichen.« Meister Yun wirkte jetzt wie ein großer Kommandant vor dem Kampf. Er richtete seine Augen ganz scharf auf den Abt.
»Um dieses Kloster zu beschützen, tue ich alles.« Fang Zhang drehte sich zu den anderen Mönchen um.
»Ja, wir tun auch alles«, bestätigten alle wie aus einem Mund.
»Gut.« Mit drei großen Schritten ging Meister Yun zum Tisch, der an der rechten Seite des Saals stand. Solche Tische kann man in jedem Kloster sehen. Normalerweise stehen sie zu Füßen großer Buddha-Figuren. Darauf liegen immer ein dicker Stapel Papier und ein Pinsel, für die Spender, die ihren Namen aufgelistet haben wollen. Dieser Tisch hier wurde allerdings schon seit langem nicht mehr benötigt. Jetzt benutzte ihn mein Meister. Er nahm einen großen Pinsel, tauchte ihn in Tusche und schrieb dann auf ein großes Papier mit ganz dicken und kräftigen Zeichen eine Losung: »Nieder mit Buddha!« Er nahm das Papier in die Hand und drehte sich zu Fang, Zhang um. »Sie, Sie kleben dieses Papier auf Buddhas Gesicht!« Wie ein strenger Befehlshaber stand der Meister vor den verblüfften Mönchen.
»Sünde, Sünde, Omito Fo!« Der Abt sank auf den Boden wie ein Ball, der die Luft verliert. »Nein, nein, ich kann das nicht tun.« Er wehrte mit beiden Händen ab und rutschte auf dem Gesäß Stück für Stück nach hinten, so weit wie möglich weg von dem Papier, als wäre die Losung darauf der Teufel persönlich.
»Aber Sie müssen das tun. Buddha wünscht es auch, er hat uns durch das Kind diese Idee gegeben!«
»Ich glaube, das ist eine sehr gute Methode, um die Taten der Roten Garden zu verhindern. Der Buddha besitzt Klugheit und Einfallsreichtum.« Onkel Wu zog seinen Abt vom Boden hoch. Für Onkel Wu empfand ich noch immer große Dankbarkeit, denn schließlich hatte er mich damals Meister Yun vorgestellt. Wie würde es heute um mich stehen, wenn ich ihn nicht kennen gelernt hätte?
»Überlegen Sie einmal: Wenn wir überall im Kloster die revolutionären Wandzeitungen und Losungen hinkleben, was können die Roten

Garden morgen noch gegen uns vorbringen?« Onkel Wu fuhr täglich mit seinem Kuli-Wagen nach draußen, deshalb kannte er die Lage besser als die anderen Mönche.

»Früher benutzten die Krieger auch diese Methode. Um sich zu schützen, schadeten sie sich anscheinend zunächst selbst und warteten dann auf eine Chance, um ihre Gegner zu besiegen«, sagte Meister Yun.

»Ja, jetzt verstehe ich; ich danke dir, mein Buddha!« Fang Zhang hatte endlich begriffen. Die anderen verstanden den Plan nach und nach ebenfalls. »Eine gute Idee!« Ihr Gesichtsausdruck veränderte sich und ein Lächeln huschte über ihre Lippen.

»Also gut, ich klebe dieses Papier an. Verzeih mir, Buddha; Sünde, Sünde!« Der Abt nahm mit zitternden Händen das Papier und ging zum Hauptbuddha. Er klebte es fest und fiel sofort auf die Knie, um zu beten.

»Wir müssen schnell schreiben und alles ankleben, je mehr, desto besser!«, sagte Yun, Fe.

An diesem Nachmittag hatten alle im Kloster sehr viel zu tun. Jeder nahm einen Pinsel und überall wurde geschrieben. Bis zum Abend war das ganze Papier im Kloster schon aufgebraucht. Auch das Lager war leer.

»Ich habe eine Idee«, sagte Onkel Wu. Er fuhr mit seinem Wagen fort. Stunden später kam er wieder zurück, den Wagen voller Wandzeitungen und Losungen. »Ich habe draußen gesammelt, das will sowieso niemand lesen! Jetzt kleben wir alles auf unsere Buddhas!«

Bis zur Nacht war das ganze Kloster von revolutionären Papieren bedeckt. Auf jeder Buddha-Figur klebten dicke Papiere mit kritischen Worten. Keine einzige Wand war freigeblieben, entweder war etwas darauf geklebt oder mit roter Farbe darauf geschrieben.

Ein Mönch hatte roten Stoff gefunden. Er zerschnitt ihn in viele kleine Stücke. Darauf schrieb er: »Revolutionär.« Dann verteilte er die Stücke an die anderen Mönche, damit sie sie als Armbinden tragen konnten.

»Zieht alle eure Kasaya aus!«, rief Meister Yun.

Die Mönche folgten seinen Worten, alle waren nun normal bekleidet. Niemand wollte in dieser Nacht schlafen. Im Osten wurde es langsam hell und die Geräusche der Menschen vor der Tür wurden immer lauter. Die Roten Garden versammelten sich dort. Sie kamen von verschiedenen Schulen. Gegen acht Uhr morgens wurde das Megafon installiert. Die Rotgardisten mussten sich beim Anführer anmelden. Er zählte zwölf Schulen, von jeder Schule waren mehr als achtzig Rotgardisten gekommen.

»Gut, meine Genossinnen und Genossen.« Seine Worte drangen über das Megafon ganz deutlich bis in den Tempel. »Jetzt lassen wir sie zuerst die Worte des Vorsitzenden Mao lernen. Unser großer Führer hat uns gelehrt: Was reaktionär ist, fällt nicht von selbst, wenn man es nicht schlägt. Das ist wie beim Kehren: Wenn man den Besen nicht bewegt, geht der Staub auch nicht von selbst weg. Meine revolutionären Kolleginnen und Kollegen! Die Kulturrevolution hat im ganzen Land schon große Siege errungen. Fast alle Ungeheuer und Dämonen sind schon verjagt. Nur hier, vor unseren Augen, steht dieser Tempel, bei dem sich noch gar nichts verändert hat. Er ist ein Symbol des feudalistischen Aberglaubens und hundertprozentig antirevolutionär. Sollen wir das noch länger zulassen?«

»Nein!« Das Kloster erzitterte, so laut dröhnte die Antwort, die tausend heißblütige junge Leute gleichzeitig dem Anführer entgegenschrien. Auf dem Innenplatz des Klosters, wo wir alle standen, bebte sogar der Steinboden. Ich sah, wie Meister Yun zu Fang Zhang ging und mit zwei Fingern einen Punkt auf seinem Rücken drückte. Offensichtlich ging es ihm danach wieder gut, nachdem er vorher so ausgesehen hatte, als würde er gleich in Ohnmacht fallen.

»Gut!« Draußen erklang wieder die Stimme aus dem Megafon. »Jetzt ist der Zeitpunkt gekommen, wo wir unser revolutionäres Bewusstsein beweisen können. Angreifen!«

Die Haupttür erdröhnte wie von einem Donnerschlag. Ein Mönch wollte gehen, um die Tür zu öffnen, doch das war gar nicht mehr nötig. Innerhalb weniger Sekunden war die Tür unter den gewaltigen Hammerschlägen der Revolutionäre eingeschlagen. Die Rote Garde marschierte ein wie eine Flut. Keiner von ihnen kam mit leeren Händen, entweder hatten sie einen Hammer oder einen Stock, zum großen Teil trugen sie Eisenstangen. Schreiend rannten die jungen Leute ins Kloster herein, so laut, dass es fast bis zum Himmel dröhnte. Doch dann war es schlagartig ruhig. Was sie sahen, war so unglaublich, dass sie ihren eigenen Augen nicht trauen wollten: Überall im Kloster, von oben bis unten, von links nach rechts, hingen nur revolutionäre Losungen und Wandzeitungen. Auf dem Platz war ein riesiges Plakat aufgestellt: »Ein herzliches Willkommen für die revolutionäre Rote Garde.« Daneben standen gegen zehn Männer, jeder von ihnen hatte eine Mao-Bibel in der Hand und trug eine rote Armbinde.

»Was ist denn hier los?« Der junge Chef stand mit seinem Megafon zwischen den beiden Gruppen. Er konnte überhaupt nicht verstehen, was er sah. »Wo sind die Buddha-Figuren?«

»Alle von uns niedergeschlagen. Omi ... oh, nein.« Fang Zhang konnte sich nicht so schnell verändern.

»Wir haben hier schon seit langem mit der Revolution begonnen. Was die Buddha-Figuren betrifft, die kann man vergessen.« Onkel Wu stellte sich vor seinen Abt. »Schauen Sie, hier ist alles schon auf der proletarischen revolutionären Linie des Vorsitzenden Mao.« Er zeigte den jungen Leuten die Umgebung, voll mit Bergen von revolutionären Papieren.

»Oje, sie haben mehr Zeitungen und Losungen als wir in unserer Schule«, murmelten einige der Revolutionäre.

»Und wo sind die Mönche?«

»Wir waren Mönche, doch jetzt sind wir keine mehr. Wir sind aufgestanden, jetzt sind wir Revolutionäre.« Er zeigte auf seine rote Armbinde.

»Gut, gut. Das heißt, Sie sind auf unsere Seite übergelaufen und kämpfen für die gerechte Sache.«

Der Anführer der Roten Garde lachte. »Lernt von den revolutionären Mönchen!«, schrie er in sein Megafon.

»Lernt von den revolutionären Mönchen!«, schrien alle Schüler mit, ich auch.

»Lernt von der Roten Garde!«, schrie Meister Yun.

»Lernt von der Roten Garde!«, schrien alle Mönche mit, ich auch.

Die Atmosphäre war sofort wieder harmonisch, man lachte und redete miteinander. Die Mönche hatten schon guten Tee in großen Gefäßen vorbereitet. Jetzt boten sie ihn den jungen Leuten an. Eine Stunde später ging die letzte Gruppe weg. Ihre Eisenstangen hinter sich herziehend, verschwanden sie. Dann war das Lachen auf der Seite der Mönche. Meister Yun und ich lachten so, wie schon lange nicht mehr.

Einige Jahre später, als die Lage wieder relativ ruhig war, entfernte man die ganzen Wandzeitungen und Losungen wieder und die Buddha-Figuren tauchten erneut auf. Es waren einige hundert Stück und keine einzige von ihnen war zerstört. Der Jadebuddha sitzt noch heute in diesem Tempel in Shanghai, mit seiner ruhigen und freundlichen Ausstrahlung. Er bewegt sich nicht, er verändert sich nicht. Und doch hat er damals tausend bewaffnete Rotgardisten zurückgeschlagen und nach Hause geschickt und er hat den ganzen Tempel und die Mönche vor einer riesigen Katastrophe beschützt. Ist das nicht ein Wunder? Omito Fo!

8

Meister Yuns Wohnung lag im Südwesten Shanghais. Dort gab es die meisten Einwohner. Die Menschen wohnten ganz eng zusammen, Tür an Tür, Fenster an Fenster. Viele Straßen waren so eng, dass unmöglich ein Auto hineinfahren konnte. Das Taxi, mit dem wir hergefahren waren, konnte nur stehen bleiben. »Hier geht es nicht mehr weiter.« Der Taxifahrer ließ uns aussteigen und zu Fuß weitergehen.
Zum Glück hatten wir nicht sehr viel Gepäck. Meister Yun hatte eine große Tasche, ich eine kleine. Auf dem Weg versuchte ich mich wieder daran zu erinnern, was heute passiert war. Es war alles sehr schnell gegangen.
Heute Morgen hatte mich Meister Yun geweckt. »Da Lee, pack deine Sachen, wir müssen gehen.«
»Warum? Ich will weiterschlafen!«
»Die Polizei kommt heute. Sie machen eine Kontrolle, weil sie wissen wollen, wie viele Menschen noch im Kloster leben. Wir sind hier nicht gemeldet. Wenn wir bleiben, bekommen alle Schwierigkeiten. Steh auf und verabschiede dich von den Mönchen und von Buddha.«
Ich wusste, wenn ich diesmal ging, würde ich sicher lange Zeit nicht mehr hierher zurückkommen, was mich sehr traurig stimmte. Ich ging zuerst in den Hauptsaal. Die drei Buddhas waren mit Wandzeitungen und Losungen zugepackt. Ich betete vor jedem der Buddhas mit gefalteten Händen. Zuletzt stand ich vor Yaoshi Fo, der ganz rechts sitzt. Einer der Mönche hatte mir von ihm erzählt. Yaoshi Fo kümmert sich um das gegenwärtige Leben der Menschen. Er bringt ihnen Glück und verhindert Katastrophen. Ich glaubte, dass er der Richtige für mich war, weil ich trotz meiner Jugend schon so viele Probleme hatte.
Ich betete: »Lass meine Mutter bald wieder freikommen und lass auch meinen Vater zurückkommen. Lass mich und die anderen Kinder wie früher ein normales Leben haben und wieder zur Schule gehen.«

Dann ging ich ins Hinterhaus. Diesmal war ich ganz allein auf der Treppe, das machte mich etwas nervös. Oben saß der Jadebuddha. Ich als Kind war zu leicht, als dass die Treppe geknarrt hätte, trotzdem hoffte ich, man würde etwas hören. Der Jadebuddha sollte wissen, dass ich kam. Er wusste es trotzdem, das bemerkte ich sofort, als ich vor ihm stand.
Der Buddha war ebenso wie die anderen dick mit Papier verkleidet. Auf seinem Gesicht klebte ein Papier, darauf hatte man mit roter Farbe geschrieben: »Buddha ist ein Verbrecher.«
Doch dahinter lachte er noch immer. Wenn ich die Augen schloss, konnte ich das sehen. Er lachte mich an, so nett, so ruhig.
Es wird erzählt, dass der Begründer des Buddhismus, Sakyamuni, sechshundert Jahre vor Christus beim Meditieren die Geheimnisse des Universums entdeckt hatte und dann selbst Buddha geworden war.
Am Anfang hatte er von verschiedenen Meistern Zen-Meditation bis zum höchsten Niveau gelernt. Dann zog er sich auf einen Schneeberg zurück, um zu üben und nachzudenken. Er ging ganz allein. Seine reiche Familie hatte er verlassen und freiwillig auf das üppige Leben verzichtet, das er bis dahin gewohnt gewesen war. Sechs Jahre lang meditierte er auf diesem Schneeberg in einer Eishöhle und entwickelte sich spirituell immer weiter. Nur eine Frage konnte er nicht beantworten: Die Frage nach Leben und Tod. »Woher komme ich, wohin gehe ich?« Um darauf eine Antwort zu finden, verließ er den Berg und wanderte weiter.
Eines Tages sah er auf seinem Weg eine Pagodenfeige. Was war das für ein Baum? Schon aus der Ferne konnte Sakyamuni das heilige Licht sehen, das den Baum umgab. Er fühlte sich von ihm magnetisch angezogen und blieb, um darunter zu meditieren. Mit gekreuzten Beinen setzte er sich auf den Boden. Die linke Handfläche lag geöffnet auf dem Fuß. Die Finger der rechten Hand hingen vor dem Knie nach unten. In dieser Position verharrte er sieben Nächte lang. Dann erfuhr er unter dem Licht von Mond und Sternen die Erleuchtung. Plötzlich konnte er alle Fragen nach dem Universum und den Menschen beantworten. Diesen heiligen Erfolg, den er so lange gesucht und um den er sich bemüht hatte, wollte er nicht für sich allein behalten. Um die Menschen zu retten, die ein unzivilisiertes und unwissendes Leben

führten, verbreitete er neunundvierzig Jahre lang überall seine Lehre. Zum Schluss hatte er eine Religion aufgebaut, die noch heute auf der ganzen Welt verbreitet ist und viele Anhänger hat, den Buddhismus.
»Du sollst auch mit der Position von Buddha üben. In Wirklichkeit ist das auch eine Qi-Gong-Übung.« Das hatte Meister Yun mir oft gesagt. Jetzt sagte mir auch Buddha: »Übe die gleiche Form wie ich.«
Obwohl er von dem vielen Papier ganz dick bedeckt war, sah ich in meinem Kopf ganz genau, was er mir zeigen wollte.
Unten warteten schon alle Mönche auf dem Platz. Sie wollten sich von Meister Yun und mir verabschieden. Es herrschte eine sehr traurige Atmosphäre. Sie standen in einer Reihe und murmelten leise buddhistische Glücks- und Segenswünsche, alle mit gefalteten Händen. Meister Yun hatte ebenfalls die Hände gefaltet und verabschiedete sich von jedem einzeln.
»Tschüss, tschüss.« Ich strich jedem einmal über seine Kasaya. »Ich danke dir«, sagte ich, als ich zu Onkel Wu kam.
»Ich danke. Wir danken!«, antwortete er und lachte mir zu. Er war der Einzige mit lachendem Gesicht, doch jeder konnte bemerken, dass es ein trauriges Lachen war.
»Da Lee!« Fang Zhang war der Letzte in der Reihe. Als ich zu ihm kam, öffnete er seine Handflächen. Ein kurzer Rosenkranz war darin. »Ich bin ein armer Mönch, ich kann dir nur das schenken. Buddha hilft dir. Omito Fo!« Er legte den Rosenkranz in meine Handfläche, dann hielt er meine Hände.
»Danke!« Ich nahm ihn fest in meine Hände, er war sehr warm. Achtzehn Kugeln aus duftendem Holz waren daran.
»Meister, wovon leben Sie denn?« Meister Yun fragte ihn mit einem Blick voller Sympathie.
Das war sicher eine gute Frage. Mönche leben von Spenden. Wenn es keine Spender gibt, betteln sie auf der Straße mit einer Schale in der Hand. Seit Buddhas Zeiten gibt es diese Tradition schon. Doch während der Kulturrevolution war es den Mönchen verboten, auf der Straße zu stehen.
»Wir armen Mönche sind zufrieden, wenn es für das tägliche Essen reicht. Das Wohngebietskomitee hat mir gesagt, dass wir Reis haben können, wenn wir täglich tausend Papiertüten für eine Fabrik herstel-

len.« Der Abt senkte den Kopf. »Omito Fo, alles Gute auf dem Weg.« Den Rosenkranz versteckte ich in meiner Hosentasche. Er war warm, er hielt die Temperatur von Fang Zhang.
Die Straße im Wohngebiet von Meister Yun war zu klein. Sehr schlimm war, dass überall noch Kübel und Öfen standen, und oben hing die Wäsche auf langen Bambusstangen zum Trocknen. Das machte die Straße noch enger und komplizierter. Ohne die Führung von Meister Yun hätte ich mich verlaufen. Warum wohnte er hier? Die Leute, die vor der Tür saßen, sahen uns alle interessiert an. Ein Alter, ein Junge, beide mit einer Tasche, erregten in der kleinen Straße besonders die Aufmerksamkeit.
»He, Meister Yun, bist du zurück?«, rief eine Dame mit erfreutem Gesicht.
»Ja, ich bin wieder zurück. Da Lee, begrüßt du Tante Chang.« Meister Yun machte uns miteinander bekannt, dann musste ich sämtliche Leute begrüßen. Angefangen bei Tanten und Onkel bis hin zu Großvätern und Großmüttern, alle waren seine Bekannten. Das war auch kein Wunder, weil wir schon vor Meister Yuns Haustür angelangt waren.
Es war ein hübsches altes Shanghaier Wohnhaus. Um die schwarze, halbrunde Tür herum war eine Steinmauer. Solche Häuser nennt man in Shanghai »Steinloch«. Doch die Steine befinden sich nur um die Tür herum. Dahinter war das ganze Haus aus Holz gebaut. Sehr viele Menschen wohnten in diesem Haus, viele Kinder spielten auf dem Hof.
Die Tür von Meister Yuns Wohnung machte uns Schwierigkeiten. Es waren so viele Briefe dahinter, dass man sie mit Kraft aufschieben musste. »Warum schreiben dir so viele Leute?«, fragte ich.
»Alle wollen, dass ich sie mit Qi Gong behandle, nur woher soll ich so viel Energie haben?« Er schüttelte den Kopf.
Es war eine Zwei-Zimmer-Wohnung. Alle Möbel waren aus Mahagoni. Beide Zimmer waren sehr dunkel. Weil sie im Erdgeschoss lag, waren nur zwei Meter weiter schon die Fenster seiner Nachbarn. Manchmal brauchte man sogar tagsüber elektrisches Licht.
»Meister, warum wohnst du nicht oben? Hier ist es so dunkel«, fragte ich. Ich stand im Wohnzimmer vor der Wand. Dort hing ein Schwert, daneben ein großes Bild. Ich konnte nur einen schrecklich aussehenden Mönch sehen, mehr nicht. Es war zu dunkel.

»Mein Schlafzimmer war früher oben.«
»Warum jetzt nicht mehr?«
»Jetzt wohnen dort andere Leute. Früher hat das ganze Haus mir allein gehört.«
»Hast du alles verkauft?«
»Nein, der Staat hat alles verteilt. Alle Menschen sollen das gleiche Recht haben, nicht wahr? Weißt du, wie viele Familien hier wohnen?«
Ich schüttelte den Kopf.
»Nein? Ich sage es dir: siebenundzwanzig Familien. Ha, ha, sehr viele, ja?« Er lachte sehr laut.
Nur zwei Tage später wusste ich ganz genau, warum Meister Yun sich immer gern im Jadebuddha-Tempel versteckte. Er hatte überhaupt keine Ruhe in seiner eigenen Wohnung. Von morgens bis abends kamen ständig unangemeldete Besucher. Zum großen Teil verlangten sie von ihm eine Behandlung.
»Gehen Sie besser ins Krankenhaus. Sie sind Angestellte in einer Fabrik, da haben Sie doch automatisch eine Krankenversicherung. Warum wollen Sie so gerne zu mir kommen?« Der Meister sagte zu jedem Besucher fast das Gleiche.
»Ich habe gehört, dass Sie alle Krankheiten, die man im Krankenhaus nicht mehr behandeln kann, mit Ihrer Energie heilen.« Die Besucher antworteten auch alle fast das Gleiche.
»Nein, nein, das ist nicht wahr, ich bin kein heiliger Mensch. Bitte gehen Sie ins Krankenhaus.«
Die Besucher gingen, andere kamen. Alle kamen, weil ihnen irgendjemand von Meister Yun erzählt hatte.
Einmal kam eine ältere Dame. Sie ging geradewegs hinein und fiel auf die Knie. »Großmeister, Großmeister, helfen Sie mir! Krebs, ein Leberkrebs!« Ihr Kopf berührte fast den Boden.
»Sie sehen gesund aus, wo ist das Problem?« Der Meister zog sie nach oben.
»Nicht ich, sondern meine Tochter. Sie ist dreißig Jahre alt und wohnt in Xian. Jetzt ist sie dort im Krankenhaus. Hier ist ihr Foto.« Sie holte es aus ihrer Tasche.
»Xian? Das ist tausend Kilometer von Shanghai entfernt. Was soll ich da machen?«

»Doch! Sie können meine Tochter retten! Sie können sie mit Ihrer Energie über das Foto behandeln. Ein Bekannter hat mir das erzählt.«
»Was?« Meister Yun fiel fast in Ohnmacht.
Um Ruhe zu haben, gingen wir morgens in den Park. Dort machten wir Qi-Gong-Übungen. Die Parks von Shanghai sind das Paradies für die Menschen, die etwas für ihre Gesundheit tun wollen. Das ist schon seit langer Zeit so, allerdings nur morgens. Damals gehörten sie tagsüber den normalen Besuchern, abends den Liebespaaren. Die Ärmsten, auch wenn sie sich schon tief liebten, durften sie einander nur abends im Park küssen und streicheln, weil es überall Augen gab. Wenn ein Mann und eine Frau zu eng beieinander standen, war das »bürgerlich« und deshalb gefährlich.
Diese Tradition in den Parks hatte sich seit langer Zeit nicht verändert, auch nicht in der Kulturrevolution.
Nach der Übung gingen wir oft ins Teehaus. Meister Yun las dort immer zuerst die Zeitung. »Da Lee, deine Mutter kann schon bald wieder bei dir sein«, sagte er mir eines Tages beim Zeitunglesen, als ich schon zwei Wochen bei ihm zu Hause wohnte. »Und du, du kannst auch wieder zur Schule gehen.«
»Bist du sicher?« Ich konnte es kaum glauben.
»Ja, ganz sicher, weil der Vorsitzende Mao das ausrufen lässt.«
Der Vorsitzende Mao. In seiner Hand lag das Schicksal von ganz China. Wenn man wissen wollte, wie die Zukunft dieses Landes aussah, musste man nur hören, was er sagte. In dieser Zeit war er der große Sieger. Durch die Kulturrevolution hatte er die größtmögliche Macht erlangt. Die Rote Garde hatte alle Feinde und politischen Gegner für ihn vernichtet. Er konnte triumphieren. Auf dem Tiananmen-Gebäude hatte er schon zehnmal seine Rote Garde empfangen, damit einige Millionen junge Leute den großen Führer mit eigenen Augen sehen konnten.
Doch als die aufgeregte, schon fast verrückte Menge der Roten Garde dort unten »Langes Leben« schrie, als sich der ganze Tiananmen-Platz wie ein rotes Meer vor seinen Augen bewegte, kam eine Sorge in seinen Kopf. »Wasser kann ein Schiff tragen, aber auch versenken«, sagte Mao zu sich selbst.
Die jungen Revolutionäre hatten ihre Aufgaben schon erledigt, aber das Feuer brannte immer noch weiter.

Doch Mao wußte auch, wann man gebrauchtes Werkzeug wegwerfen sollte. Jetzt war der richtige Zeitpunkt dafür. Sonst könnte das Wasser, das das Schiff trug, es mit der Gewalt eines riesigen, unkontrollierbaren Stroms ganz tief versenken. »Jetzt sollen sie die Revolution mit der Wiederaufnahme des Unterrichts fortführen. Sie sollen in die Schulen zurückgehen«, lautete die Anweisung für die Rote Garde. Dann schickte er in alle Schulen »den Propagandatrupp der Ideen Mao, Tse Tungs von den Arbeitern«. Die Arbeiterklasse war die Führungsklasse in China. Damit wollte Mao den jungen Leuten der Roten Garden zeigen, dass die Zeit vorbei war, in der sie alles hatten machen dürfen.
Für die Arbeiterklasse selbst rief Mao »die große revolutionäre Vereinigung« aus. Die Revolutionskomitees sollten frühere Führungskräfte, die von ihnen angeklagt worden waren, in die Führungsgruppe aufnehmen, wenn sie keine Klassenfeinde waren und auf der Seite der proletarischen revolutionären Linie des Vorsitzenden Mao stehen wollten. Der große Politiker, der Vorsitzende Mao, musste jetzt gar keine Sorgen mehr um seine Macht haben. Sein alter Feind, der zweite Parteivorsitzende, Liu, Shao Qi, lebte als Gefangener in einem fast vollkommen unbekannten Gebiet. Dreißig bewaffnete Soldaten bewachten ihn rund um die Uhr. Liu, Shao Qi starb schließlich auch dort. Zum Schluss bestand er nur aus Haut und Knochen und einigen nicht sichtbaren politischen Titeln: großer Antirevolutionär, großer Verräter und großer Revisionist.
Die Welt gehörte Mao. Jetzt wollte er sie nach seinem Willen funktionieren lassen: »Aus großer Unordnung wieder Ordnung machen.« Dafür sollten die zahlreichen früheren Machthaber wieder auf ihre Posten zurückkehren, die jetzt verstanden hatten, was mit ihnen passieren könnte, wenn sie sich nicht hundertprozentig nach Mao richteten.
Eines Abends klopfte es an die Tür. Ich las gerade. Meister Yun öffnete.
»Guten Abend. Sind Sie Meister Yun?«
»Ja, und Sie sind …«
»Das ist meine Mama!« Ich sprang zur Tür. Meine Mutter hatte die Arme voller Geschenke.
»Da Lee!« Mutter sah mich glücklich an, dann drückte sie Yun, Fe Obst, Wein und noch eine Flasche Mao Tai in die Hand. »Ich weiß nicht, wie ich Ihnen danken kann.«

»Es gibt nichts zu danken. Kommen Sie bitte herein.« Jetzt freute sich Meister Yun richtig. »Ich habe schon vor einigen Tagen zu Ihrem Sohn gesagt, dass bald wieder alles in Ordnung sein könnte. Stimmt das, Da Lee?«

»Ja, du hast mir erzählt, dass ich wieder in die Schule gehen könnte.«

»Das stimmt auch.« Mutter zeigte mir ein Schreiben von der Schule, in dem mitgeteilt wurde, dass alle Schüler in der nächsten Woche zum Unterricht in die Schule kommen sollten. Vor Freude konnte ich kaum noch meinen Mund zumachen.

Beim Abschied bedankte sich meine Mutter tausendmal bei Meister Yun. Ich wollte noch oft zu ihm kommen, um weiter Qi Gong zu lernen. Deshalb vereinbarten wir zum Schluss, dass wir uns jeden Sonntagmorgen im Park treffen würden.

Blitzschnell veränderte sich alles, aber diesmal zum Guten. Meine Grundschule sah besser aus, als ich sie von meinem letzten Besuch in Erinnerung hatte. Fast alle Wandzeitungen und Losungen waren entfernt worden, dafür gab es viele neue rote Flaggen und im Sitzungssaal hing auf der Bühne statt des kleinen und alten Mao-Bildes ein neues und viel größeres Bild von ihm. Heute sollte hier eine wichtige Sitzung abgehalten werden. Wir hatten alle eigene Stühle von zu Hause mitgebracht und saßen nun dort. Schon seit Wochen mussten alle Schüler eigene Stühle in die Schule mitbringen, weil man in den Klassenzimmern keinen einzigen Stuhl finden konnte, der nicht kaputt war, und so schnell konnten die Fabriken keine neuen liefern.

»Heute ist die Sitzung für die Rehabilitation.« Ein Arbeiter aus dem Propagandatrupp der Ideen Mao, Tse Tungs stand hinter dem Mikrofon. Er war ungefähr vierzig Jahre alt, schlank, mittelgroß und in der Hand hielt er eine Mao-Bibel. »Unser großer Führer, der Vorsitzende Mao, hat uns gelehrt: ›Jeder Mensch macht Fehler. Das Wichtigste ist: Wenn man einen Fehler gemacht hat, soll man ihn korrigieren. Je schneller und umfassender man korrigiert, desto besser!‹ Genossin Yan, Lin Fan hat schon seit langer Zeit sehr fleißig für die Erziehungssache der Partei gearbeitet. Zwar hat sie auch einige große Fehler gemacht. Aber durch die Kritik und Hilfe der revolutionären Masse hat sie sich sehr gebessert. Sie hat auch Selbstkritik geübt. Jetzt will sie gemeinsam mit den Arbeitern, Bauern und Soldaten auf der proletarischen revolutionären Linie des Vorsitzenden Mao stehen.« Er musste plötzlich husten, trank schnell einen Schluck Tee und sprach dann weiter. »Solche Intellektuelle begrüßen wir!«

Ich konnte die Direktorin Yan sehen. Sie saß unten in der ersten Reihe, in einem blauen Anzug. Ihr Haar war sorgfältig frisiert, ganz anders als bei unserem letzten Treffen. Ihre Haltung war etwas gespannt, sie schaute ganz gerade zur Bühne hin.

»Der Vorsitzende Mao hat uns belehrt.« Er öffnete eine Zeitung, weil er dem Publikum eine neue Idee Maos vortragen wollte, die immer über die Zeitung verbreitet wurden. »›Wir müssen uns mit der überwiegenden Mehrheit der Kader zusammenschließen.‹ Nach einer Diskussion innerhalb des Revolutionskomitees haben wir uns entschieden: Genossin Yan ist rehabilitiert. Ab heute darf sie wieder in ihr Amt als Direktorin zurückkehren. Lasst uns gratulieren.« Er begann Beifall zu klatschen und wir taten es ihm nach, so laut wie möglich. Leider war Qiang nicht dabei; er hatte mir so oft erzählt, wie viel er von unserer Direktorin hielt.

Direktorin Yan ging langsam nach oben auf die Bühne. Sie verbeugte sich zuerst tief vor dem Bild des Vorsitzenden Mao, dann drehte sie sich mit Tränen in den Augen zu uns um und schaute einmal in die Runde. »Ich danke der Partei, ich danke dem Vorsitzenden Mao.« Ihre Stimme klang ein wenig heiserer als früher, ein paar Sekunden lang verschlug es ihr sogar die Sprache. Dann nahm sie das Mikrofon fest in beide Hände. »Meine lieben Schülerinnen und Schüler, bitte lernt noch fleißiger für dieses Land und eure Zukunft.« Sie konnte nicht mehr weitersprechen und ging schnell wieder von der Bühne.

Wie hätte sie auch mehr sagen können. Sie war mit heißem Herzen von Amerika nach China gekommen, um dieses Land durch eine bessere Ausbildung zu stärken. Dafür hatte sie fast alles gegeben. Und was hatte sie dafür bekommen? Zweifel, Anzeigen, Misshandlungen, Anklagen, Kritik. Bis jetzt wurde sie sogar von den Arbeitern aus der Fabrik verurteilt. Was könnte sie sagen? Sollte sie sich für die Idee des Klassenkampfes von Karl Marx und des Vorsitzenden Mao bedanken? Nein, sie konnte nicht mehr weiterreden. All ihre Erniedrigungen und ihr Schmerz konnten sich nur durch Tränen einen Weg nach außen suchen. Nur durch Tränen!

»Ich weiß, ich wusste von Anfang an schon, dass Direktorin Yan eine gute Chefin ist!« Lehrerin Chang sprang auf die Bühne und sprach ins Mikrofon, sie war noch Leiterin des Komitees. Doch jeder wusste, dass von jetzt an solche Organisationen nur noch ein revolutionäres Symbol waren ohne jede Machtbefugnis. »Direktorin Yan hat sich uns gegenüber immer wie eine nette Schwester verhalten ...«

Ich wollte meinen Augen und Ohren nicht trauen. Damals, als die Rote Garde erfolglos versucht hatte, der Direktorin ein Vergehen nachzuweisen, war nur die Anzeige von Lehrerin Chang der Grund für die Anklage gegen unsere Direktorin gewesen. War das die gleiche Frau, die jetzt sprach? Konnte sie so schnell vergessen, was sie Direktorin Yan angetan hatte?

Unsere Direktorin versuchte jedenfalls, das Unglück zu vergessen, das ihr widerfahren war, und konzentrierte sich auf die Verbesserung des Schulwesens.

Die Zeit verging schnell, die Welt ging in die Siebzigerjahre. Die Situation an den Schulen hatte sich immer weiter verbessert. Es war fast wie früher. Allerdings hatten die Lehrbücher jetzt mehr politische Inhalte, und es wurden regelmäßig revolutionäre Zeremonien für den Vorsitzenden Mao abgehalten. Ich beendete meine Grundschulzeit und kam auf die Mittelschule. Dieser Schulwechsel war für uns sehr einfach. Damals konnte man die Schule nicht wählen und es gab auch keine Aufnahmeprüfungen. Die Schüler wurden nach Wohnortnähe auf die Mittelschulen verteilt.

Anders erging es denen, die gerade die Schule oder ihr Studium beendet hatten. Alle diese jungen Leute hatten bei der Roten Garde eine wichtige Rolle gespielt. Jetzt mussten sie auf die Arbeitszuweisung warten. Der Vorsitzende Mao hatte alles schon gut für sie geplant. Er rief die jungen Leute aus den Städten auf: »Geht aufs Land und an jene Orte, wo die Partei und das Volk euch am dringendsten benötigen.« Mao wusste, dass diese heißblütigen, gebildeten Jugendlichen sehr zielstrebig waren. Er versprach ihnen: »Das Land ist ein unbegrenztes Gebiet, wo man auch seine Fähigkeiten unbegrenzt entwickeln kann.« Mehr als zehn Millionen junge Leute waren von seinen Plänen betroffen. Sie mussten alle ausnahmslos aufs Land gehen und sich dort ansiedeln. Meine Cousine gehörte auch dazu. Sie wurde in die Anhui-

Provinz geschickt. Mehrmals hatte sie den Termin für die Umsiedlung verschoben, weil sie einen schwachen Körper hatte und in schlechter gesundheitlicher Verfassung war. Doch schließlich blieb ihr keine andere Wahl, sie musste gehen. Fast alle Verwandten kamen zum Bahnhof, um sie zu verabschieden.

Es war Winter. Auf dem Bahnhof herrschte eine Atmosphäre wie bei einem großen Fest. Trommel- und Gongschläge dröhnten zum Himmel. Man hatte Kinder aus der Grundschule organisiert. Sie schenkten meiner Cousine und allen Mitreisenden, insgesamt einige hundert junge Leute, jeweils eine große, rote Kunstblume. Meine Cousine trug wie die anderen eine grüne Uniform, ihre schwarzen, auf Ohrlänge geschnittenen Haare machten das Gesicht noch blasser. Sie sah so traurig aus.

»Schwester.« Um sie etwas aufzumuntern, versuchte ich einen Witz mit ihr zu machen. »Schwester, du hast mir oft erzählt, dass du bei meiner Geburt wegen des Hochwassers einen Fisch auf der Straße gefangen hast. Jetzt fährst du in die Anhui-Provinz. Dort sind überall Flüsse und Seen. Du kannst jeden Tag Fisch essen.«

»Da Lee, wir werden dort wie Bauern arbeiten.« Sie schüttelte mich kräftig, um mir diese Kinderromantik auszutreiben. »Wir müssen täglich mehr als acht Stunden auf dem Feld arbeiten, wie soll ich das bloß aushalten?« Ihre kleine, schlanke Figur zitterte im Wind, sie weinte.

Immer mehr Leute weinten, besonders bei der Abfahrt, als der Zug sich in Bewegung setzte. Das Weinen war so laut, dass selbst die laute Musik es nicht übertönen konnte.

Tausend Hände reichten zum Zugfenster hin, tausend Hände kamen aus den Zugfenstern heraus, um einander zu halten, ganz fest. Sie wollten sich nicht trennen.

Eine alte Dame folgte dem Zug mithilfe ihres Holzstocks, ihr Enkel, ein großer Junge, hing schon mit dem ganzen Oberkörper aus dem Fenster heraus. Er schüttelte die Hand zu seiner weißhaarigen Großmutter. »Großmutter, bleib stehen, nicht weiterlaufen. Ich schreibe dir!« Seine Stimme klang wie ein Wimmern.

Der Zug entfernte sich, er wurde immer schneller. Die alte Dame musste zurückbleiben. Endlich verschwand der Zug ganz, mit meiner Cousine, der Roten Garde, mit den jungen Revolutionären.

»Mein Himmel, mein Himmel! Wie soll ich weiterleben?« Die alte Dame setzte sich auf den Boden. Weinend wandte sie sich an die anderen Leute. »Als mein Enkel noch ein Kind war, starben seine Eltern schon. Ich habe ihn mit Reis großgezogen. Wir leben füreinander und sind aufeinander angewiesen. Jetzt muss er mich verlassen. Warum? Warum?« Fragend hob sie ihre Handflächen zum Himmel.
Keine Antwort vom Himmel. Die alte Dame verlor das Bewusstsein. Viele Leute liefen schnell zu ihr hin, um zu helfen. Endlich wachte sie wieder auf und ging allein, schwankend, mithilfe ihres Holzstocks, nach Hause.

9

Vater kam zurück. Dieses Mal nicht nur für kurze Zeit, denn er hatte seinen Job gewechselt. Von nun an sollte er die Marine im Bereich der Industrie von Shanghai vertreten. Er kümmerte sich um den Bau von Raketen für Kampfschiffe. »In meiner Abteilung haben alle außer mir einen akademischen Abschluss, aber trotzdem bin ich der Chef«, erzählte er mir voller Stolz.

Sehr interessant war, wie meine Mutter sich veränderte. Sie war zwar noch Parteisekretärin ihrer Firma, arbeitete jedoch lange nicht mehr so fleißig wie früher. »Wofür denn immer wie ein Zugochse arbeiten, arbeiten. Wenn eine neue Bewegung kommt, werde immer ich zuerst kritisiert und angeklagt. Nein, keine Lust mehr! Das verkürzt nur mein Leben«, jammerte sie manchmal selbst.

Manchmal ließ Mutter sich sogar wochenlang krankschreiben und blieb zu Hause. Das hatte es früher nie bei ihr gegeben.

Vater kümmerte sich besonders gut um sie, als wollte er die Schuld dafür bezahlen, dass er so lange Zeit nicht mit ihr zusammengelebt hatte. Dann passierte etwas: Der Bauch meiner Mutter wurde immer größer. Als ich dreizehn Jahre alt war, bekam ich einen Bruder. Ich freute mich sehr. Ein jüngerer Bruder, das war meine Kraft.

Er war kaum ein Jahr alt, als ich ihn schon überallhin mitnahm. Sonntagmorgens, wenn das Wetter schön war, ging ich mit ihm in den Park zu Meister Yun. Mein Bruder war ganz anders als ich im gleichen Alter. Schon seit seiner Geburt war er sehr gesund und kräftig. Jedes Mal, wenn wir im Park waren, versuchte er sofort, an bestimmten Stelle zu graben. Er hatte einmal gesehen, wie eine Maus in einem Loch verschwand, und seitdem grub er immer dort. Das war auch für uns gut, so konnten Meister Yun und ich ungestört üben.

Der Parkwächter fühlte sich allerdings von meinem Bruder gestört. »Wenn dein Bruder noch weitergräbt, gibt es hier bald gar kein Gras

mehr.« Er kniff seine kleinen Augen zusammen und sah mich fordernd an.
Von da ab konnte ich meinen kleinen Bruder nicht mehr mitbringen.
An einem Sonntagmorgen im Frühling regnete es ein wenig. Es war Seidenregen, den es in Shanghai im Frühjahr oft gibt. Es regnete lange, aber nicht heftig. Der Regen war fast so dünn wie Seide, deshalb nennt man ihn Seidenregen. Unter diesem Regen ging ich besonders gern spazieren. Die Luft war ganz frisch und rein, Bäume und Pflanzen wurden nach der langen Zeit des Winterschlafes vom Regen wieder geweckt. Sie zeigten das erste junge Grün, die Luft duftete.
Ich ging ohne Schirm im Park spazieren. Es war ohnehin egal, ob man einen Schirm hatte oder nicht. Bei solchem Regen wurde man sowieso nass, denn die Seide kam nicht nur von oben, sondern auch von der Seite.
Meister Yun wartete schon auf mich. »Da Lee, du hast bei mir schon sechs Jahre lang gelernt.« Er saß im Pavillon, seine Augen schauten nicht auf mich, sondern in die Ferne, als wenn er durch den Nieselregen etwas suchte. »Sechs Jahre, das ist schon relativ lange«, sprach er weiter.
»Meister, was willst du mir sagen?« Ich merkte, dass er heute etwas Besonderes im Kopf hatte. Ja, ich kannte ihn schon sechs Jahre lang. Seine langen Haare waren in dieser Zeit viel weißer geworden.
»Da Lee, hast du dir schon einmal überlegt, ob du in Zukunft auch ein Meister sein willst?« Seine Augen schauten noch immer weit nach draußen. »Antworte nicht sofort, denk eine Minute lang darüber nach.« Er stand auf und ging zum Rand des Pavillons. Er war aus Bambus gebaut und hatte ein Doppeldach, über das die Wassertropfen Stufe um Stufe nach unten liefen, bis zum Steinsockel. Sie spielten eine schöne, etwas melancholische Melodie.
In diesem Bambusraum waren nur wir beide. Ohne das Geräusch des Wassers wäre es fast zu ruhig gewesen.
»Ja, ich will.« Es war schon immer mein Wunsch, selbst einmal Meister zu werden, doch ich hatte bisher nicht gewagt, diesen Wunsch zu äußern. Nun musste ich richtig darüber nachdenken.
»Gut. Ich zeige dir, wie man mit Energie arbeiten kann. Was du bisher gelernt hast, gehört zum Energieaufnehmen. Das ist die erste Stufe der

Qi-Gong-Übungen. Jetzt, wo dein Energiepotenzial schon relativ hoch ist, darfst du weitergehen. Aber du musst dich lange Zeit dafür bemühen und üben.« Er drehte sich zu mir und sah mich mit seinen scharfen Augen an.

»Ja, ich tue das.« Die gleichen Fähigkeiten wie mein Meister zu haben, das war seit sechs Jahren mein Traum. Vor Aufregung zitterte ich ein bisschen.

»Gut! Übrigens, du sollst allein weiterüben. Ich muss gehen.«

»Was? Wohin gehst du?« Es schlug wie ein Donner in meinen Kopf ein. Seit Großmutters Tod hatte ich immer Angst, dieses Wort »gehen« zu hören. Jetzt benutzte mein Meister auch dieses Wort, das machte mich natürlich nervös.

»Ich gehe nach Xinjiang.«

»Was, Xinjiang? Wie lange?« Ich verstand das überhaupt nicht. Xinjiang liegt in Nordwestchina. Wenn man diesen Namen hörte, dachte man sofort an die Wüste Gobi und an Schneeberge, es war ein ganz wildes Gebiet.

»Sehr lang, vielleicht für immer«, sagte er.

»Warum?« Ich traute meinen Ohren nicht.

»Wegen Problemen aus meiner Vergangenheit. Du bist noch jung. Jetzt verstehst du das noch nicht.« Er schüttelte den Kopf.

»Sag mir bitte, welche Probleme es in deiner Vergangenheit gab?«

Nach Xinjiang? Dort ist das chinesische Sibirien. Schon seit der Kaiserzeit werden Menschen zur Strafe dorthin verbannt. Warum musste mein Meister bestraft werden, wo doch jetzt alle Leute rehabilitiert wurden?

»Du musst das nicht wissen.« Meister Yun lachte sogar, wie immer, ganz locker. »Jetzt zeige ich dir, wie man Energie übertragen kann.« Er drehte einmal sein rechtes Handgelenk, dann schob er die Hand in der Luft in meine Richtung. »Spürst du das?«

Natürlich spürte ich, wie ein heißer Strom zu mir kam. Ich nickte mit dem Kopf.

»Dann mach es einmal so wie ich.«

Ich versuchte es.

»Nein, deine Schulter ist nicht locker genug, so geht die Energie nicht hinaus. Probiere es noch einmal.«

Ich machte es nach seiner Anleitung noch einmal.
»Diesmal war es gut. Dein Körper kann schon Energie übertragen. Gut, sehr gut.«
An diesem regnerischen Vormittag lehrte er mich sehr viel über Energiearbeit. Ich hatte das Gefühl, dass mein Meister mir alles beibringen wollte, was er selbst wusste.
»Du musst gut aufpassen: Am Anfang darfst du nicht zu viel Energie geben«, sagte er zum Schluss zu mir. »Sonst schadest du dir selbst. Man muss bei den Qi-Gong-Übungen die Energie ganz mühelos gewinnen können, dann darf man andere Menschen behandeln oder anderweitig damit arbeiten. Du sollst das gut im Kopf behalten: Man bekommt Energie vom Universum, aber gibt sie vom Körper ab.«
Einen Monat später fuhr Meister Yun weg nach Xinjiang. Er hatte mir nicht Bescheid gegeben, wann er genau abreisen würde, sondern ließ mir nur durch einen Bekannten einen Brief überbringen, in dem ein Schlüssel war. Er schrieb mir, wie ich weiter Qi Gong üben und dass ich mich ab und zu um seine Wohnung kümmern sollte. Es war nur ein kurzer Brief, mehr nicht. Ich war sehr enttäuscht.

Sonntags ging ich weiterhin in den gleichen Park und machte meine Übungen beim Pavillon, doch Meister Yun war nicht mehr dabei. Ich machte meine Übungen allein, ganz allein mit meiner Erinnerung an ihn.
Meine Zeit in der Mittelschule war sehr langweilig. Es war eine große Schule mit dreimal so viel Schülern wie in der Grundschule. Täglich gab es Beschimpfungen, Streit und Schlägereien unter den Schülern. Durch die Kulturrevolution waren die Beziehungen zwischen den Menschen in wilde Zeiten zurückgefallen. Die Mehrheit dachte allerdings anders. Viele Leute freuten sich über die Revolutionszeit. »Wenn man in der Zeit des Vorsitzenden Mao lebt, ist man ein glücklicher Mensch.« So hieß es damals.
Und wie lebten die Menschen in anderen Ländern? Das wusste kaum jemand wirklich, weil China isoliert war. Wenn man der Parteipropaganda glauben wollte, lebten viele ausländische Völker in Not und Elend. Zwei Drittel der Weltbevölkerung waren noch nicht befreit. Es war unsere internationale Aufgabe, sie zu retten.

»Der Osten ist rot, die Sonne ist aufgegangen. In China ist Mao, Tse Tung geboren. Er arbeitet für das Glück des Volkes. Er ist unser Retter.« Dieses Lied mussten alle Chinesen singen, täglich, bevor Sitzungen begannen, bevor ein Film anfing oder bevor der Unterricht begann. Am Ende, wenn alles vorbei war, sang man ein anderes Lied. »Wer den Ozean befährt, braucht einen Steuermann. Alles Leben braucht die Sonne. Die junge Saat braucht zum Wachsen den Regen. Die Revolution braucht die Ideen von Mao, Tse Tung.«

Lin, Biao hatte dieses Lied geschrieben. Marschall Lin, Biao war ein kampfsüchtiger Mann. Nach der Befreiung Chinas wollte er nie ruhig zu Hause bleiben, immer folgte er Mao in unsichtbare Kriegsgebiete, um den internen Kampf der Partei weiterzuführen. Er war beim Kampf um Maos Macht sehr erfolgreich gewesen und hatte selbst auch davon profitiert. Nach dem Fall von Pen, De Huan wurde er Verteidigungsminister und nach dem Fall von Liu, Shao Qi wurde er der zweite Parteivorsitzende. In China war er derjenige, der »unter der eins, über allen« stand.

Er war ein Mann von kleiner Statur und hatte eine Glatze. Eine Besonderheit in seinem Gesicht waren die Augenbrauen. Er hatte ganz dicke Brauen. Und die Besonderheit seines Sprechens waren die Schmeicheleien. Er wusste genau, was der Vorsitzende Mao gern hörte, und flüsterte ihm all die schönen Worte ins Ohr. Aus seinem Mund kamen Dinge wie: »Die Welt hat in hundert und China in tausend Jahren nicht so einen großen Führer gehabt wie den Vorsitzenden Mao.«

Dem Volk sagte er: »Die Ideen von Mao, Tse Tung sind eine Anleitung zum Handeln und die unwiderlegbare Wahrheit.«

Man konnte ihn damals oft in Dokumentarfilmen sehen: Er stand immer hinter dem Vorsitzenden Mao und die Mao-Bibel legte er niemals aus der Hand.

Er war ein großes Vorbild für die Chinesen. Jeder musste von ihm lernen. Jeder musste ihn lieben. Sein Bild stand neben dem Bild Maos. Seine Worte hörte man in jeder Familie täglich über das Radio. Man sagte nicht nur: »Langes Leben, Vorsitzender Mao«, sondern auch: »Wir wünschen dem zweiten Vorsitzenden Lin, dass er immer gesund bleibt.« Denn er war der beste Nachfolger für Mao. Er war eine neue Sonne!

Neue Sonne? Wie könnte Mao erlauben, dass zwei Sonnen gleichzeitig am Himmel stehen? Wer Maos Macht antasten wollte, musste mit Körper und Seele vernichtet werden. Diese Regel war bei Mao härter als ein Gesetz. Lin, Biaos Schicksal lief auf die Dunkelheit zu.
Als dieser davon erfuhr, schüttelte er nur den Kopf und sagte ein altes Gedicht auf: »Wenn alle Vögel abgeschossen sind, packt man den Bogen weg. Wenn die Hasen alle getötet sind, kocht man den Jagdhund.«
Lin, Bao wollte nicht das Schicksal seiner Vorgänger teilen. Dieser Marschall war ein großer Stratege. Konnte er tatenlos auf den Tod warten? Nein! Er unternahm etwas. Er befahl seinen Leuten, Maos Zug aus der Luft zu bombardieren und auch vom Boden her mit großen Kanonen zu beschießen. Er wollte, dass sein großer Führer, der Vorsitzende Mao, tausendfach zerstückelt würde.
Doch was er nicht wusste, war, dass in seiner Umgebung alle von der Putzfrau bis zum Leibwächter, Spione des Vorsitzenden Mao waren. Sogar seine eigene Tochter gehörte dazu. Natürlich erfuhr Mao sofort von Lins Plan. Mit der Hilfe des Ministerpräsidenten konnte er mit knapper Not dem Tod entgehen.
Lin, Biao hatte es nicht geschafft. Die einzige Möglichkeit, die ihm blieb, war die Flucht. Am 13. September 1972 flog er mit Frau und Sohn über die Mongolei Richtung Sowjetunion. Im Luftraum über der Mongolei schoss ein chinesisches Kampfflugzeug die Maschine mit Raketen ab.
Aufgrund ihres veralteten Luftschutzsystems bemerkten die Mongolen lediglich den Absturz eines Passagierflugzeuges und erhoben Protest bei der chinesischen Regierung, weil sich eine chinesische Maschine ohne Erlaubnis in ihren Luftraum begeben hatte. Maos Regierung reagierte sofort auf diesen lächerlichen Protest. »Ja, wir haben ein Passagierflugzeug, das die Orientierung verloren hat und über mongolischem Gebiet abgestürzt ist. Alle Leichen konnten in der Wüste Gobi beerdigt werden.«
Wieder hatte der Vorsitzende Mao einen inneren Kampf gewonnen, nur dass er diesmal fast mit seinem Leben bezahlt hätte. Er hatte bei diesem Kampf seine Vitalität eingebüßt. Der Vorsitzende Mao war alt, richtig alt geworden. Das spürte er selbst. Zwar wollte er nicht glau-

ben, dass es etwas in dieser Welt gab, was er nicht besiegen konnte, doch gegen die Regeln und die Kraft der Natur war selbst er machtlos. Er fühlte sich schon müder als ein achtzigjähriger Mann. In der folgenden Zeit wurde er viel ruhiger und kämpfte nicht mehr so heißblütig für die Utopie von Karl Marx. Ein Glück für das chinesische Volk!

In meiner Schule konnte man jetzt wieder richtig lernen, weil die Lage immer besser wurde. Nach Lin, Biaos Tod verschwanden auch die politischen Zeremonien. Das lächerliche Singen für Mao und das erzwungene Studium der Mao-Bibel wurden immer weniger. Stattdessen gab es mehr Mathematik, Chemie, Physik und Chinesisch als Unterrichtsfächer.

»Was willst du in Zukunft machen?«, fragte mich mein Vater einmal.

Was sollte ich in Zukunft machen? Konnte ich das selbst entscheiden? Alle mussten aufs Land gehen. »Ich gehe aufs Land als revolutionärer, neuer Bauer.« Ich antwortete wie jeder Schüler damals.

»Hast du dir noch nie überlegt, als Soldat in der Armee zu dienen?«, fragte er.

»Natürlich!« Eine richtige Uniform zu tragen, war der Traum für alle jungen Leute. Das symbolisierte Stolz, Glück und eine bessere Zukunft. Wer nicht auf dem Feld arbeiten wollte, versuchte immer, in die Armee einzutreten. Dann konnte man nach ein paar Jahren, wenn man entlassen wurde, auf jeden Fall nach Shanghai zurückkehren. Wer vom Militärdienst zurückkam und auch noch Parteimitglied war, dem standen alle Türen offen. Allerdings war ich erst fünfzehn Jahre alt und man durfte erst mit achtzehn in den Militärdienst eintreten. Außerdem war die Konkurrenz sehr stark, auf jede freie Stelle kamen tausend Bewerber.

Doch ich hatte Glück. Nur ein paar Tage später erhielt ich einen Brief von der Rekrutierungsbehörde mit der Aufforderung, dass ich mich im Krankenhaus auf meine Wehrtauglichkeit untersuchen lassen sollte. Ich traute meinen Augen nicht und fragte sofort meinen Vater.

»Ja, der Generalstab will etwa einhundert Jungen im Alter zwischen fünfzehn und siebzehn Jahren für den Informationsdienst im Heer bei der Marine und der Luftwaffe aufnehmen. Ich habe dich dafür angemeldet.«

Vater antwortete sehr ruhig.

Doch ich wunderte mich sehr: »Warum haben wir nichts davon gewusst?«
»Die Bürger durften das nicht vorher wissen und du darfst es auch nicht überall herumerzählen.« Er legte einen Finger vor den Mund.
»Warum?«
»Warum? Warum? Warum willst du immer alles wissen? Jetzt sage ich dir nur eins«, Vater kreuzte, auf dem Sofa sitzend, seine Beine und legte wieder den Finger auf den Mund. »Diesmal geht es um Soldaten für den Geheimdienst, da stellt man sehr hohe politische Bedingungen. Du hast Glück, einen Vater wie mich zu haben. Jetzt gehst du ins Bett. Ruh dich gut aus. Morgen bei der Untersuchung sollst du keine Probleme haben.«
Er hatte Recht, bei der Untersuchung hatte ich überhaupt keine Probleme. Die Ärzte untersuchten mich von Kopf bis Fuß und fanden nichts, was nicht in Ordnung gewesen wäre. Auch bei der Röntgenuntersuchung war alles bestens. »Bestanden«, sagte der Doktor zum Schluss.
Einen Monat später bekam ich noch einen Brief: dass ich nach körperlicher und seelischer Untersuchung und nach Prüfung des Familienstandes in die Armee aufgenommen werde, obwohl ich das wehrpflichtige Alter noch nicht erreicht habe. Ich solle mich sofort bei der Rekrutierungsabteilung anmelden.
Das freute mich natürlich. Unter den neidischen Blicken meiner Schulkameraden trug ich meine Marineuniform mit nur fünfzehn Jahren. Das war eine echte Uniform, keine nachgemachte wie die der Roten Garde. Nur ein Rangabzeichen gab es nicht mehr. Maos Frau Jiang, Qing mochte sie nicht. Sie glaubte, dass militärische Ränge zum Revisionismus gehörten. Deshalb hatte die Militärkomission befohlen, alle Abzeichen von den Uniformen zu entfernen.
»Da Lee, du bist noch so jung, wie hast du das geschafft?«, fragten mich beim Abschied viele Kameraden.
»Das ist schon klar, er ist durch die Hintertür hineingekommen. Er kommt aus einer hohen Beamtenfamilie, solche Leute können alles erreichen. Wir dürfen nur als Bauern aufs Land gehen, das ist ein anderes Schicksal! Stimmt das, ja, Da Lee?«, sagte ein großer Junge.
Ich hörte das nicht gern, doch leider entsprach es der Wahrheit.

Sehr interessant war der ranghöhere Vorgesetzte meines Vaters. Dieser Vizekommandant der Marine von Shanghai hatte einen dicken Bauch, war klein und sah fast rund aus.

»He, Genosse Chen, du hast Glück. Dein Sohn ist bei der Marine und der Stützpunkt ist auch in der Nähe von Shanghai.« Er war am Wochenende zu Besuch gekommen und hatte schon beim ersten Schritt in unsere Wohnung gejammert.

»He, Kommandant Wang, dein Kind wird auch aufgenommen!«, sagte Vater zu ihm und ließ unsere Haushälterin, eine alte Dame, die wegen meines Bruders eingestellt worden war, Tee machen.

»Ja, aber weißt du was«, er gab seinem Leibwächter ein Zeichen, dass er im Wagen warten sollte. Als der uniformierte Junge verschwunden war, sprach er weiter. »Weißt du was, in unseren Wohnbezirk ist die Luftwaffe von Xinjiang gekommen. Mein Kleiner wurde von ihnen genommen. Er hatte schon immer Angst vor Kälte. Das ist vielleicht schön. Dort kann es im Winter bis zu dreißig Grad minus werden.«

»Was sagt dein Sohn dazu?«, fragte mein Vater.

»Was er sagt? Er freut sich schon über seine neue Uniform. Dieser Kleine, er macht seiner Mutter und mir große Sorgen.« Er saß auf dem Sofa und schüttelte immerzu seinen runden Kopf.

»Onkel Wang, ich könnte mit ihm tauschen«, schlug ich vor.

»Was?« Beide Offiziere schauten mich mit verwunderten Blicken groß an. Meine Mutter war nicht da, sonst hätte sie mich genauso angesehen.

»Keine Witze, das ist auch nichts für dich«, sagte der Vizekommandant.

»Das ist kein Witz, ich wollte schon seit langer Zeit nach Xinjiang kommen.«

»Warum?«, fragte mich mein Vater. Er konnte sich gar nicht daran erinnern, dass ich diesen Wunsch schon einmal geäußert hätte.

»Hast du vergessen, ich habe immer gesagt, dass es mir in Shanghai zu heiß ist, ich mag kalte Gebiete. Übrigens hast du immer zu mir gesagt: Widrige Umstände können die Menschen stählen.«

»Ja, das habe ich schon gesagt. Über einen Tausch können wir jedoch gar nicht entscheiden.« Dann unterhielten sich die beiden Offiziere über ein anderes Thema. Sie kannten sich schon seit mehr als zwanzig

Jahren. Vater glaubte, ich hätte meinen Vorschlag nur aus momentaner Begeisterung gemacht. Er hatte sich geirrt.

Am nächsten Tag fuhr ich zu Wangs Haus, nahm die Hand seines Sohnes fest in meine und zog ihn einfach mit. »Gehen wir ins Büro der Rekrutierungsbehörde«, sagte ich zu ihm.

»Warum?« Der schlanke Junge wusste gar nicht, was ich von ihm wollte.

»Da Lee, überleg dir das noch einmal genau«, sein Vater folgte uns nach.

»Onkel Wang, könntest du deinem Fahrer sagen, dass er uns dorthin fahren soll? Ich habe mir die Sache gut überlegt.«

»Hmm, gut, aber du musst es nicht tun. Wenn die Genossen vom Büro Probleme damit haben, lässt du das Ganze.« Er ging ins Haus zurück und ein paar Sekunden später lief ein junger Soldat heraus. Er führte uns in die Garage, wo ein schwarzer Wagen stand.

Vor dem Büro der Rekrutierungsbehörde warteten schon viele Besucher. Als unser Wagen vor dem Gebäude hielt, zogen wir sofort die Aufmerksamkeit der Leute auf uns, weil solch ein Auto normalerweise hohen Offizieren vorbehalten war. Auf dem Nummernschild gab es vor dem Autokennzeichen ein großes rotes chinesisches Zeichen. Wenn die Polizei auf einer Kreuzung so ein Zeichen sah, gab sie dem Auto vor allen anderen Vorfahrt.

Ein junger Offizier empfing uns am Auto. Er wunderte sich darüber, dass nur wir zwei neuen Rekruten ausstiegen.

»Wir wollen mit dem Leiter des Büros sprechen«, bat ich.

Er führte uns in einen Raum, in dem ebenfalls viele Leute warteten. Sein Chef versuchte mit heiserer Stimme etwas deutlich zu erklären. »Bitte, gehen Sie alle nach Hause. Die Aufnahme ist schon beendet. Diesmal kümmern wir uns zuerst um die Kinder der militärischen Führer. Sie sind alle Ortsleiter. Für Ihre Kinder gibt es im nächsten Jahr bestimmt eine Chance. Kommen Sie bitte im nächsten Jahr wieder. Jetzt gibt es leider keine Möglichkeit mehr, jemanden aufzunehmen.« Er trocknete mit einem Tuch den Schweiß auf seinem Gesicht.

Der junge Offizier flüsterte ihm etwas ins Ohr. Daraufhin kam er auf uns zu, doch einige Leute ließen nicht von ihm ab und redeten weiter. »Genosse, mein Sohn liebt das Leben in der Armee sehr. Er würde ein sehr guter Soldat sein. Bitte vergessen Sie ihn das nächste Mal nicht«, sagte ein Mann, der in seiner Mao-Jacke wie ein typischer Leiter aussah.

»He, Genosse Offizier, meine Firma produziert seit langer Zeit für die Armee, mein Sohn würde auch sehr gerne in die Armee…« Er war sicher der Direktor der Firma.

»Lieber Genosse, mein Vater ist kein hoher Offizier, doch ich selbst bin in der Schule der Chef des Schülerkomitees. Wenn es eine Chance gibt, vergessen Sie mich bitte nicht.« Er sah so alt aus wie wir, war jedoch schon sehr selbstbewusst.

»Gut, gut, ich weiß Bescheid. Jetzt gehen Sie bitte alle nach Hause.« Der Offizier drehte sich zu uns. »Sie kommen mit.« Er führte uns in ein leeres Zimmer. Hier war es viel ruhiger als in den anderen Räumen.

»Huch, solche Leute machen mich verrückt.« Er machte die Tür schnell zu.

Nun waren wir nur noch zu dritt. »Was wollen Sie mit mir besprechen? Ich heiße Chang«, stellte er sich vor.

»Wir wollen miteinander tauschen«, erklärte ich.

»Tauschen? Nein, meine Genossen, Sie haben schon so viel Glück gehabt. Bitte, kein weiteres Theater.«

»Gut, gehen wir.« Der kleine Wang zog mich am Ärmel.

»Moment!« Ich blieb noch stehen. »Genosse Chang, darf ich mich vorstellen, mein Name ist Chen. Er heißt Wang, der Sohn des Marinekommandanten Wang.« Ich sah ihn an. Leider reagierte er nicht so, wie ich erwartete hatte. Er widmete uns keine große Aufmerksamkeit, sondern nickte nur mit dem Kopf. Vielleicht war er ein Mann, der sich gut beherrschen konnte.

»Wir kennen uns schon lange«, ich deutete auf den kleinen Wang. »Als er ein Kind war, hatte er Probleme mit der Lunge. Seitdem hat er immer Angst vor Kälte. Bei mir ist es das Gegenteil, ich mag kaltes Wetter sehr. Ich mag auch Xinjiang, schon lange habe ich vor, dorthin zu fahren.«

»Haben Sie vielleicht zu viele Romane gelesen? Der romantische und wilde Nordwesten, stimmt das?«, fragte Offizier Chang. Er nahm eine Zigarette zwischen die Lippen und zündete sie an. Eine dicke Rauchwolke kam aus seinem Mund. »Was sagt Ihr Vater dazu?« Bevor ich ant-

wortete, fragte er den kleinen Wang. »Er, er…« Der kleine Wang stotterte.
»Er will natürlich tauschen, warum sollten wir sonst mit seinem Wagen herkommen?«, sagte ich sofort.
»Werden Sie Ihre Entscheidung nicht bereuen?« Er sah mich an.
»Nein«, antwortete ich ganz klar.
»Gut, wechseln Sie Ihre Uniformen.« Er kreuzte die Hände.
Meine Uniform war hellblau, ich tauschte sie gegen die vom kleinen Wang. Seine Uniform war von der Luftwaffe, mit grünem Oberteil und blauer Hose.
»Gut«, der Offizier schaute uns mit zufriedenem Blick an. »Das passt. Haben Sie die Anmeldebriefe dabei?«
»Ja«, sagte ich.
»Geben Sie sie mir.«
Ich gab ihm die beiden Papiere.
»Warten Sie hier.« Er ging hinaus und schloss die Tür hinter sich.
Als nur noch wir beide im Zimmer war, fanden wir einander sehr lustig in der neuen Bekleidung. Einige Zeit später kam der Offizier zurück. »Hier sind Ihre neuen Papiere.«
»Haben wir jetzt getauscht?« So schnell, das wunderte mich ein bisschen.
»Ja, wenn Sie jetzt bereuen, ist es auch zu spät. Grüßen Sie Ihre Väter. Auf Wiedersehen! Ich habe sehr viel zu tun.« Er ging wieder weg, seine großen Lederschuhe brachten den Holzboden zum Quietschen. »Kachi, kachi.«

»Da Lee, Da Lee, was für ein bitteres Schicksal hast du. Seit deiner Geburt hast du nicht richtig glücklich gelebt. Jetzt ist unsere Familie endlich wieder zusammen. Dein Vater hat sich so sehr bemüht, dass du in Shanghai bei der Marine bleiben kannst. Warum tauschst du mit dem anderen nach Xinjiang? Welche Lebensbedingungen gibt es dort? Weißt du das? Willst du im Leben immer leiden?« Mutter verstand das überhaupt nicht.
»Mama, hier ist der Schlüssel von Meister Yun. Wenn ich gehe, kümmerst du dich bitte um seine Wohnung?« Ich gab ihr den Schlüssel.
»Du«, Mutter machte ihre Augen ganz groß. »Du, du tust alles nur… nur?«

»Ja, Mama, Meister Yun ist in Xinjiang. Ich will ihn finden.«
Mutters Augen waren rot. Sie sagte nichts mehr, schaute mich nur ganz intensiv an, so, als wollte sie ihren Sohn neu kennen lernen.
Vater blieb gelassen. »Lass ihn, lass ihn, nur ein paar Jahre, dann kann er zurückkommen.« Dann sagte er zu mir: »Eins musst du schaffen; du musst in der Armee der kommunistischen Partei beitreten. Jetzt hast du einen jüngeren Bruder, du sollst sein Vorbild sein.«
Ich nickte mit dem Kopf.
Eine Woche später stieg ich mit den anderen neuen Rekruten in den Zug. Ich verabschiedete mich von meinen Eltern und von meinem Bruder.
Ich dachte: Meister Yun, auch wenn du bis ans Ende der Welt gehst, ich finde dich. Ich komme jetzt!

10

Die Provinz Xinjiang liegt in Nordwestchina. Sie ist riesengroß. Im Norden und Westen grenzt sie an die Mongolei und Russland, im Süden an Pakistan und Indien. Sie ist sehr weit von Shanghai entfernt, mehr als dreitausend Kilometer Luftlinie bis zur Hauptstadt Urumchi. Wir mussten vier Tage und Nächte mit dem Zug fahren. Obwohl wir uns immer weiter von Shanghai entfernten, war keiner von uns wirklich traurig, denn im Gegensatz zu denen, die als Bauern aufs Land fuhren, wussten wir, dass wir zurückkehren konnten.

Wir waren sechzig Jungen in neuen Luftwaffenuniformen. Alle hatten wir tausend Fragen über unsere Armee und unsere Zukunft an die beiden Offiziere aus Xinjiang, die man zu unserer Begleitung geschickt hatte.

»Sie können alles selbst sehen, wir dürfen nicht zu viel erzählen. Das gehört zum militärischen Geheimnis und Sie haben noch nicht die Geheimhaltungsausbildung gemacht«, sagten die beiden.

Also spielten wir miteinander. Wir waren noch ziemlich kindlich. Obwohl schon in Uniformen, war der Älteste von uns gerade einmal siebzehn Jahre alt.

Wir waren alle Kaderkinder und jeder von uns wollte gern sein »Kapital« zeigen und das der anderen wissen, um sich miteinander zu vergleichen und dadurch die eigene Position zu finden. Dieses Kapital war die Rangordnung der Eltern. Im chinesischen Kadersystem gab es vierundzwanzig Ebenen. Auf Ebene vierundzwanzig bis fünfzehn waren niedrige und mittlere Funktionäre. Ab Ebene vierzehn gehörte man zu den hohen Funktionären. Sie hatten viele Sonderrechte im Sozialismus und ihre Kinder waren oft verzogen und verwöhnt. Beim Volk hatten solche Kinder keinen guten Ruf. Man nannte sie »revolutionäre Dandys«. Das Feuer der Kulturrevolution hatte die Armee nicht erreicht, weil der Vorsitzende Mao glaubte, dass die Volksbefreiungsarmee ihm gehöre.

Von der Armee spürte er keine Gefahr für seine Macht ausgehen. Deshalb wurden kaum militärische Machthaber, das heißt Offiziere, von der Roten Garde angeklagt. Im Gegenteil, Mao ließ alle Bürger von der Armee lernen. Das war auch ein Grund dafür, warum alle Rotgardisten zu Beginn der Kulturrevolution nachgemachte Uniformen tragen wollten. Natürlich, wenn der Vorsitzende Mao vorher gewusst hätte, dass Lin, Biao einen Militärputsch plante, wäre das Schicksal zahlreicher Offiziere ein anderes gewesen. Auch ihre Kinder hätten andere Dinge erlebt und Neues gelernt. Alles in dieser Welt hat Vorteile und Nachteile. Ein schweres Schicksal kann einen Menschen stärken und ein Leben in Luxus und mit besonderen Vorrechten kann den Charakter schwächen.
»Was macht dein Vater?«, fragte der Sohn des Befehlshabers der Luftwaffe von Shanghai jeden. Vielleicht hatte dieser dicke Junge schon bemerkt, dass sein Vater hier den höchsten Rang hatte.
»Mein Vater ist Divisionskommandant«, antwortete einer.
»O ja, das ist ungefähr Ebene dreizehn, aber mein Vater ist auf Ebene acht. Was ist mit deinem?«, fragte er weiter.
»Mein Vater ist Regimentskommandant«, antwortete der andere.
»Was, so niedrig?« Das war höchstens Ebene fünfzehn. Hochnäsig ging der Dicke an ihm vorbei, die Augen auf die Decke gerichtet. Dann kam er zu mir.
Ich schaute gerade aus dem Zugfenster und betrachtete die vorbeiziehende Landschaft.
»He, was ist mit deinem Vater, was macht er?«
»Ich weiß nicht genau«, antwortete ich. Mir war es wirklich egal, auf welcher Ebene sich mein Vater befand.
»Ha, ha, er weiß nichts von seinem eigenen Vater!«, lachte er mit zwei anderen Jungen. Sehr schnell hatte er schon einige Gefolgsleute, nur wegen seines Vaters. Überall gab es Menschen, die gute Beziehungen zu Mächtigen anstrebten.
Ich hatte keine Lust, mich weiter mit diesem Kerl zu unterhalten, aber ein anderer Junge kam, der anscheinend große Lust dazu hatte.
»Ich weiß ganz genau, auf welcher Ebene mein Vater ist, willst du es wissen?«
»Ja, sag es mir.« Der Dicke wandte sich ihm zu.
»Mein Vater ist Kommandant und auf Ebene eins.«

»Quatsch! Nur der Vorsitzende Mao ist auf Ebene eins.« Die Gesichtszüge des Dicken waren angespannt.

»Ja, richtig! Der Vorsitzende Mao ist auf Ebene eins von ganz China. Mein Vater ist auf Ebene eins von meiner Familie.«

Alle lachten sich halb tot, außer dem Dicken. Er ging nur peinlich berührt auf seinen Platz zurück.

»He, ich heiße Lin, Min Jiang.« Der andere Junge reichte mir seine Hand.

»Ich heiße Chen, Da Lee.« Ich nahm seine Hand. Sie war kräftig. Der Junge war fast so groß wie ich, ungefähr einen Meter siebzig, und noch immer im Wachstum. An seinem Hals zeigte sich schon der Adamsapfel, das männliche Reifesymbol. Er hatte eine dunkle Stimme. »Warum bist du so schweigsam, bist du traurig, dass du deine Familie verlassen musst?«, fragte er.

»Ja, aber nur ein bisschen. Ich bin auch gespannt auf das Leben in der Armee«, antwortete ich wahrheitsgemäß.

»Ich auch.« Min Jiang hatte einen hohen Nasenrücken und große Augen, ein hübscher Junge. Interessant war, dass er das Haar genauso trug wie ich, mit einem Seitenscheitel, siebzig Prozent nach rechts und dreißig Prozent nach links, und bis an die Ohren reichend.

»Willst du dich nicht hierher setzen?«, ich wies auf den Sitz mir gegenüber am Fenster, der schon lange frei war. Der Junge, der eigentlich dort saß, war auf die andere Seite des Abteils gegangen und unterhielt sich mit den anderen. Vielleicht fand er es zu langweilig mit mir, weil ich die ganze Zeit nur aus dem Fenster schaute. »Min Jiang, guck mal, die wunderschöne Landschaft.«

»Ja, sehr schön!« Er legte seine gefalteten Hände auf den kleinen Tisch, der zwischen uns stand, und schaute dann ebenfalls aus dem Fenster.

Es war Dezember, Winterzeit in China. Unser Zug fuhr nach Nordwesten. Jetzt waren wir kurz vor Nanjing, das am Jangtse liegt. Bevor wir den Süden endgültig verließen, wollte ich noch die bildschöne Landschaft genießen. Hier war das Land zum großen Teil flach. Die Felder waren mit den Flüssen verbunden wie ein riesiges Netz. Man konnte nicht genau wissen, ob die Flüsse das Land zerteilten oder das Land die Flüsse.

Was sehr gemütlich aussah, waren die Wasserbüffel. Im Winter arbeiteten sie nicht für die Bauern. Alle lagen auf der Erde und genossen den

Sonnenschein. Im Bereich des Jangtse gab es zwar in dieser Jahreszeit auch ab und zu Schnee und dünnes Eis, bei blauem Himmel schmolz es jedoch sofort wieder. Das Sonnenlicht, das man hier »Goldlicht« nannte, schickte angenehme Wärme zur Erde. Jetzt musste ich die Wasserbüffel beneiden. Sie hatten es bequem.
Manchmal huschten vor dem Zugfenster einige Berge vorbei. Sie sahen so klein und fein aus, wie von einem Maler gemalt. Alle waren grün, trotz der Winterzeit. Welche Bäume wohl darauf wuchsen? Leider konnte ich sie nicht genau sehen.
»Die Flüsse und Berge sind so schön, dass viele Helden sich davor verneigen«, sagte Lin, Min Jiang plötzlich.
»Liest du auch gern die Gedichte vom Vorsitzenden Mao?« Die gleichen Strophen hätte ich auch aufsagen können.
Er nickte mit dem Kopf. Dann schauten wir wieder hinaus, sprachlos. Diese vorbeilaufenden Bilder waren zu faszinierend.
In der Nacht schliefen wir alle im gleichen Wagon, mit Decken von der Armee. Die Räder des Zuges machten eine monotone Musik, einfach, aber kräftig. Sie schaukelte mich schnell in den Schlaf.
Am nächsten Morgen hatten die beiden Offiziere sehr viel zu tun. »Sie sind jetzt revolutionäre Soldaten, Sie müssen in militärischer Ordnung leben«, erklärte einer von ihnen. Er sprach mit starkem westlichem Dialekt. »Ihre Decke müssen Sie richtig verpacken.« Er zeigte uns, wie man die Schlafdecke mit Riemen schnell und ansehnlich verpacken konnte. Wir versuchten, es ihm nachzutun. Oh, das war schwer. Der halbe Tag war schon vorbei und noch immer hatten es einige neue Soldaten noch nicht geschafft. Die beiden Offiziere schwitzten schon. Sie liefen hin und her und halfen, so gut sie konnten.
Ich hatte meine Arbeit schon erledigt. Der Offizier prüfte einmal. »Gut.« Er schlug mit der Handfläche auf meinen Rücken, dann lief er sofort wieder weg zu den anderen Jungen.
»Ich danke dir«, sagte ich zu Min Jiang. Er hatte mir beim Verpacken geholfen.
»Nichts zu danken. Mein Vater hat mir das beigebracht. Ich habe mit meiner Familie in der Armee gelebt. Vater ließ uns immer genauso leben wie die Soldaten.« Er lachte mit einigem Stolz. Er war sechzehn, nur ein Jahr älter als ich, und ich wußte, dass ich viel von ihm lernen könnte.

Er hatte in der Nacht auch etwas bei mir entdeckt. Nachdem ich eine Weile geschlafen hatte, war ich wach geworden. Als ich sah, dass alle anderen schon im Traum waren, setzte ich mich in meine Position. Der Zug fuhr schnell, er schwankte ein wenig. Zwar war das Licht im Abteil gelöscht, durch die Lampen, die draußen vorbeieilten, konnte man dennoch etwas sehen.

»Was machst du?«, fragte mich Min Jiang plötzlich. Vielleicht hatte er noch gar nicht geschlafen. Im Dämmerlicht blitzten seine Augen groß auf.

»Ich mache meine Übung.« Ich verharrte in der Sitzposition des Jadebuddhas.

»Was für eine Übung ist das?«, wollte er wissen.

»Qi Gong. Bitte, schlaf gut!«

Er merkte, dass ich nicht gestört werden wollte, und sagte nichts mehr. Aber lange Zeit beobachtete er mich. Das spürte ich.

Im Bahnhof von Xian stiegen viele neue Soldaten zu. Auf den ersten Blick sah man schon, dass sie vom Land kamen, sie hatten ganz dunkelbraune Gesichter. Ihre Uniform war die gleiche wie unsere, doch sie trugen sie nachlässig. Sie kümmerten sich nicht um ihr Äußeres. Viele der neuen Kleidungsstücke waren schon schmutzig, vielleicht hatten sie sie bei der Feldarbeit getragen. Sie sprachen den Dialekt der Shanxi-Provinz, einem Gebiet mit trockener, gelber Erde.

Der Wagon neben unserem war schnell voll. Einige der neuen Soldaten kamen zu uns herüber, um Bekanntschaft zu schließen. Sie schauten uns verwundert an. »Wie alt seid ihr?« Als sie erfuhren, dass wir nur zwischen fünfzehn und siebzehn Jahre alt waren, rannten sie wieder zurück in den anderen Wagon und brachten einige Leute mit, die uns ebenfalls mit verwundertem Blick ansahen.

Sie waren alle im »normalen« wehrpflichtigen Alter zwischen achtzehn und zweiundzwanzig, also um einiges älter als wir.

Von den beiden Offizieren erfuhren wir, dass sie für das Wachregiment und die Versorgungstruppe vorgesehen waren und mit uns zusammen drei Monate lang im Ausbildungskorps für Rekruten trainieren sollten. Nur was wir danach machen sollten, welche Arbeit für uns vorgesehen war, das erzählten uns die beiden nicht.

Wer von Xian weiterfuhr, konnte die typische Landschaft des Nordens

sehen. Im Winter war es hier sehr trocken. Die Erde wurde rissig, wie ein durcheinander geratenes Schachbrett. Tote Pflanzen und Gräser standen dort, alle von gelber Farbe, der gleichen Farbe wie die Erde. Sie zitterten im kalten Wind, genau wie die Menschen. Die Leute trugen dicke, meist schwarze Baumwollbekleidung. Sehr selten sah man Kleider ohne Flicken darauf. Auf mancher Jacke gab es Flicken auf Flicken, so viele, dass man kaum wusste, welche Farbe die Jacke ursprünglich gehabt hatte. Gibt es so arme Menschen in unserem Land?, dachte ich. Je weiter man fuhr, desto schlimmer wurde es. Auf der Löss-Hochebene wurde unser Zug von starkem Wind erfasst. Man sah keinen Himmel mehr, alles war bedeckt von gelbem Nebel, der aus Erde, Sand und kleinen Steinen bestand. Wir befanden uns in tiefer Finsternis. Ein großer Wirbelsturm führte Sand und Steine mit sich. »Tin, din, dan. Tin, din, dan«, schlug es auf unserem Wagen auf. Wir mussten die Fenster ganz fest verschließen und mit Stoff isolieren. Trotzdem kam noch sehr viel Sand herein. Noch einen halben Tag später spürten alle Rekruten die kleinen Fremdkörper überall, in den Augen, den Ohren, den Zähnen… Einige Jungen gingen in die Toilette und wuschen sich, doch schon kurze Zeit später konnten sie wieder von vorn anfangen.
»Das ist Unsinn. Warten Sie, bis der Zug dieses Gebiet durchquert hat. Dann können Sie Ihre Gesichter richtig säubern!«, sagte einer der Offiziere aus seiner Erfahrung.
Es stimmte! Schon bald änderte sich die Landschaft und auch der Wind legte sich. Min Jiang und ich zogen gemeinsam das Fenster hoch. Draußen war es ganz ruhig, zu ruhig. Stundenlang sah man kein Lebewesen, noch nicht einmal einen einsamen Vogel in der Luft. Hier gab es keine gelbe Erde mehr, nur Steine und Sand lagen grenzenlos vor meinen Augen. Das war die Wüste Gobi. Dieses Gebiet gehörte zur ärmsten Provinz Chinas, Gansu. Ich wusste, dass hier auch die bekannte alte Seidenstraße sein musste. Fast tausend Jahre lang hatten chinesische Händler ihre Seidenprodukte und Porzellan auf Pferden und Kamelen von Südchina durch die Wüste Gobi nach Europa transportiert. Hier war es so furchtbar. Hatten die Händler alle ihr Ziel erreicht? Ich sah einige Skelette, vielleicht stammten sie von den Karawanen.
In unserem Wagon machte sich eine gedrückte Stimmung breit. Alle standen wortlos am Fenster. Die Räder drückten auf die Schienen: »Ka

den, Ka den …« Nur dieses Geräusch war zu hören. Es war, als befänden wir uns mit einem Boot auf einem riesigen Meer. Doch dieses Meer hatte kein Wasser. Es war ein Meer des Todes.
Ist das hier ein Vorgeschmack auf unser künftiges Leben?, fragten wir uns, jeder für sich. Hier waren wir ungefähr dreitausend Kilometer von unserer Heimat Shanghai entfernt und der Zug fuhr immer noch weiter. Was wartete auf uns? Diese Umgebung machte uns eines klar: dass unser Leben sich von Grund auf verändern würde.
So wie jedes Meer Inseln hat, gab es hier Oasen. Unser Zug erreichte eine solche, die Hauptstadt der Provinz Gansu, Lanzhou. Sie hat einen schönen Namen: »Obststadt«.
Als unser Zug im Bahnhof einfuhr, warteten dort schon zwei Lastwagen. Sie brachten uns Mäntel und Hüte aus grüner Baumwolle, die mit Schaffell gefüttert waren. Die Offiziere teilten die Sachen aus. Das Fell in meinem Mantel hing in unterschiedlich langen Bahnen herunter. Doch die Sachen waren sehr warm und mit dem dicken Hut war mir sogar schon ein bisschen heiß. Draußen zeigte das Thermometer minus zehn Grad, wir empfanden es jedoch überhaupt nicht so, wahrscheinlich aufgrund der trockenen Höhenluft. Der Zug sollte hier eine Stunde Aufenthalt haben.
Viele Leute kamen mit Körben an unseren Zug. Darin waren gefrorene Birnen und Kakifrüchte. Man sagt, dass dieses Obst besonders gut schmecke, wenn es gefroren sei. Nur, wie konnten sie es bis in den Winter hinein lagern? Bestimmt hatten sie ihre eigene Methode.
»Was kostet das?«, fragten viele von uns.
Die Leute unten schüttelten nur die Köpfe.
»Was denn, wollt ihr das nicht verkaufen?« Der Dicke hatte seinen Geldbeutel schon in der Hand.
»Wir wollen mit Ihnen tauschen.«
»Wie wollt ihr tauschen?«, fragte der Dicke.
»Eins zu eins.« Die Männer und Frauen hielten ihre Körbe hoch, vor die Zugfenster. Alles sah sehr gut aus. Die Birnen waren goldgelb und die Kakifrüchte dunkelrot.
Gegen was wollten sie tauschen?
»Man To.«
Pa! Wir wollten es einfach nicht glauben. Man To war gedämpftes Brot,

das man normalerweise nur in Nordchina aß. Es war überhaupt nicht gefüllt. Man reichte es als Beilage zu anderen Speisen, so wie man in Südchina Reis zu anderen Speisen isst. Seit zwei Tagen hatten wir keinen Reis mehr gesehen, es gab nur solche Man To. Auf dem Tisch blieb immer mehr liegen, weil niemand von uns Appetit darauf hatte. Das wollten sie gegen Obst tauschen? Gut, wir machten das. Wir nahmen die Man To, die teilweise schon hart waren, und tauschten mit ihnen. Auf unserem Tisch sammelte sich das appetitliche Obst.
Der Dicke und einige andere Jungen saßen auf ihren Plätzen und beschimpften sich gegenseitig, weil sie die gedämpften Brote schon weggeworfen hatten.
»Warum wollen Sie Man To haben?«, fragte ich einen Mann, der gerade mit zufriedenem Blick die Brote in seinem Korb zählte.
»He, junger Genosse.« Er sprach Hochchinesisch mit starker Dialektfärbung. »Seit einigen Jahren gibt es pro Person nur drei Man To und alle sind aus grobem Getreide. So feinen, weißen Teig haben wir schon lange nicht mehr gegessen.« Er nahm ein Brot aus seinem Korb und hielt es vor meine Augen.
»Da Lee, schau mal dort.« Min Jiang rüttelte an meiner Schulter.
Mein Blick ging in die Richtung, die sein Finger mir zeigte. Ich sah etwas, was ich nie mehr vergessen würde. Dieses Bild blieb immer in meinem Kopf. Dort, einige Meter hinter den anderen Leuten, die mit ihren Körben am Zug waren, standen eine alte Dame und ein Kind. Die Dame trug schwarze Kleidung mit vielen Flicken und Löchern. Sie hielt die Hand des kleinen Jungen. Er war gegen sechs Jahre alt und trug eine viel zu große Jacke, die ihm bis an die Knie hing. Unter dieser großen Jacke gab es nichts mehr. Seine nackten Beine waren fast so dünn wie Bambus, sein Kopf auf dem mageren Körper wirkte zu groß. Seine Augen, seine riesigen Augen sahen mich direkt an.
Ich gab den beiden ein Zeichen mit der Hand, dass sie zu uns kommen sollten.
Sie blieben einfach stehen. Die alte Dame schüttelte ganz leicht den Kopf und zeigte mir ein höfliches Lachen. Es war ein trauriges Lachen, sehr bitter.
»Da Lee, lass uns dorthin gehen«, sagte Min Jiang zu mir und ging zur Tür. Ich folgte ihm und sprang ebenfalls aus dem Zug.

»Können wir etwas für Sie tun?« Min Jiang lief sehr schnell. Nach fünf Sekunden stand er schon vor den beiden.
Ich kam gleich hinter ihm her.
Die alte Dame wollte etwas sagen, schreckte jedoch wieder zurück.
»Was machst du hier?« Ich beugte mich zu dem Kleinen hinunter.
»Onkel, meine Mutter hat mir gesagt, dass ich nicht betteln darf.« Aus seinen großen Augen schaute er mich noch immer mit ganz unschuldigem Blick an.
»Onkel«, er nannte mich Onkel! In den fünfzehn Jahren meines Lebens wurde ich zum ersten Mal so genannt, von dieser glockenhellen Stimme. Das berührte mein Herz. Ich wusste schon, dass er mich wegen meiner Uniform so genannt hatte. »Du musst nicht betteln, du sollst mir nur sagen, was du willst.« Ich strich über seinen Kopf und diese große Jacke. Als meine Hand seine unnatürlich dünnen, nackten Beine streifte, zitterten sie. Sie sahen ganz blau aus. »Ist dir nicht kalt?« Er antwortete nicht auf meine Frage, sondern fragte mich seinerseits etwas. »Onkel, wir haben kein Obst, um mit dir zu tauschen, kann ich mit dem da ein Man To haben?« Er holte ein Papierflugzeug aus seiner Jackentasche.
Als ich in der Kindergarde war, hatte ich mir auch immer solch ein Flugzeug aus einem Stück weißem Papier gefaltet. Es konnte lange in der Luft bleiben, wenn man es gut gemacht hatte. Sein Flugzeug war aus benutztem Papier gefaltet, man sah viele Schriftzeichen darauf. Ich merkte, dass es ihm trotzdem sehr gefiel.
Er streichelte es ein paar Mal, dann drückte er es mit seinen kleinen Händen in Form. »Oder einen halben Man To?« Langsam hielt er beide Hände hoch. In den Handflächen lag dieses Flugzeug. Seine Augen sahen direkt in meine, in seinem Blick zeigte sich Hoffnung.
Plötzlich hatte ich ein sehr unangenehmes Gefühl in Hals und Nase und meine Augen wurden warm. Ich versuchte, die Tränen zurückzuhalten. »Ja, das kannst du gegen Man To tauschen, warte!« Ich lief zurück, Min Jiang hinter mir her.
»Wer hat noch Man To?«, fragte ich im Abteil, so laut, dass mich alle mit verwunderten Augen ansahen.
»Wir brauchen Man To für dieses Kind!« Min Jiang zeigte es den anderen.

»Wir haben schon alles getauscht«, antwortete einer. Das stimmte. Auf allen Tischen lag nur gelbes und rotes Obst, das gegen das weiße, gedämpfte Brot eingetauscht worden war.
Dieser Handel schien schon beendet zu sein. Die neuen Soldaten mussten sich nicht um die nächste Mahlzeit sorgen. Bei jedem Essen bekamen sie drei Man To pro Person. Wem das nicht ausreichte, der konnte mehr verlangen. Doch hatte ich nie gesehen, dass es jemand getan hätte. Dagegen hatte ich oft gehört, dass die Leute sich über das schlechte Essen beschwerten. Natürlich tauschten sie alle Reste ein, genau wie ich. Ich ging zu meinem Tisch, nahm zwei Birnen und lief schnell nach unten.
Der Mann, der gerade den Tausch mit uns gemacht hatte, wollte schon nach Hause gehen. Als ich ihn erreicht hatte, warf ich die beiden Birnen in seinen Korb zurück und nahm mir von der großen Menge Man To zwei Stück. »Ich tausche das zurück.«
»He, das geht nicht, mein junger Genosse!«, schrie er.
Das war mir egal. Ich lief wieder zu der Dame mit dem Kind. »Du darfst zwei Man To haben.« Ich hielt ihm meine beiden Hände vor die Augen, in jeder einen Man To. Es waren große Man To, meine Hände waren voll.
Er machte nicht nur seine Augen, sondern auch seinen Mund weit auf. »Darf ich die haben?« Seine Augen bewegten sich zwischen den beiden runden Broten hin und her und er strich mit dem Finger darüber.
»Das gehört auch dir.« Min Jiang stand mit einem großen Stück Schokolade neben mir, sicher hatte er sie in seiner Reisetasche gefunden.
»Danke, danke!« Das Kind war ganz aufgeregt, es wusste gar nicht, was es zuerst nehmen sollte.
»Machen wir es so.« Min Jiang steckte die Schokolade einfach in die rechte Tasche der großen Jacke, die der Junge trug.
Ich steckte einen Man To in die linke Tasche. Es passte nur einer hinein, deshalb gab ich ihm den anderen in die Hand.
»He, kommen Sie zurück! Sie dürfen keine Militärhose verschenken!«, rief ein Offizier von hinten.
Ich drehte mich um und sah, dass drei Kameraden zu uns kamen, einer davon mit einer grünen Hose in seiner Hand. Hinter ihm kam der Offizier. »Sie kommen alle zurück, der Zug muss bald abfahren.«

Die drei neuen Soldaten blieben stehen. Jetzt kam der Offizier zu uns und zog Min Jiang und mich zum Zug zurück. »Es gibt hier sehr viele arme Leute, können Sie allen helfen?«
Wir setzten uns wieder auf unsere Plätze.
»Onkel!« Wieder diese glockenhelle Stimme. Das Kind stand vor meinem Zugfenster und streckte den rechten Arm ganz hoch, in der Hand das Papierflugzeug. »Onkel, das ist dein Flugzeug. Es kann sehr hoch fliegen.« Er stand auf den Fußspitzen und streckte seine dünnen Beine, so lang er konnte.
»O ja, danke.« Um ihn zu erreichen, musste ich mich mit dem ganzen Oberkörper aus dem Fenster lehnen.
»Du darfst es behalten.« Ich drückte ihm auf die Schulter, damit er wieder normal stand.
»Nein, das gehört dir«, reckte er seinen mageren Körper wieder höher.
»Ja, gut, ich nehme es und ich schenke dir das auch noch.« Ich zog meinen Kugelschreiber aus der Brusttasche.
Vielleicht hatte er zum ersten Mal solch einen zweifarbigen Kugelschreiber in der Hand. Sofort begann er mit einer Hand damit zu spielen, während er in der anderen Hand den Man To hielt, der schon zu einem Drittel aufgegessen war. Um seinen Mund sah man Mehlspuren.
Der Zug fuhr los. Die alte Dame kam ebenfalls, um uns die Hände zu schütteln. Das Kind legte den Kopf in den Nacken und begleitete unseren Zug mit seinen Blicken. Ich spürte die Traurigkeit, die Dankbarkeit und die Hoffnung dieses reinen, unschuldigen Kindes.
Armes Kind, ich wünsche dir, dass sich dein Leben schnell verbessert, dass du dich warm anziehen und dich satt essen kannst.
Mit diesem Wunsch warf ich das Flugzeug in die Luft. Es flog nach oben bis zum Wagendach, dann wieder zurück zu unserem Platz.
Min Jiang nahm es in die Hand. »Das ist sehr gut gebaut.« Er betrachtete es von verschiedenen Seiten. »Hier ist ein Artikel, interessant. Wo hat der Kleine dieses Papier gefunden? Willst du lesen?«
Ich schüttelte den Kopf. »Mach es bitte nicht kaputt!«
»Keine Sorge! Ich kann es sofort wieder zusammenfalten.« Er faltete das Flugzeug langsam, sehr vorsichtig auseinander. Der Zug fuhr immer schneller, er wackelte schon. Min Jiang las ruhig, was auf dem Papier stand. Als er beide Seiten gelesen hatte, sagte er zu mir: »Das ist ein gut

geschriebener Artikel. Der Titel lautet: ›Nieder mit dem Konfuziusgeschäft. Nieder mit der Doktrin von Maß und Mitte.‹ Hast du den gleichen Artikel auch geschrieben?«
»Ja, natürlich. Wir mussten ihn schreiben, du auch?«, fragte ich.
»Jeder musste ihn schreiben. Ich wusste überhaupt nicht, dass dieser Konfuzius schon vor mehr als zweitausend Jahren gestorben ist. Warum muss man ihn heute kritisieren?« Min Jiang sprach sehr leise und schaute sich um, ob auch niemand zuhörte.
»Ich weiß auch nicht warum. Ich habe nur sehr viele Geschichtsbücher über ihn gelesen, um den kritischen Artikel in der Schule schreiben zu können. Doch je mehr ich gelesen habe, desto wertvoller fand ich die Theorie von Konfuzius. Warum man das kritisieren soll, verstehe ich nicht.« Ich sprach ebenfalls leise.
Wer konnte das wirklich verstehen? Kaum jemand! Nur der Vorsitzende Mao und Jiang, Qing wussten, wofür sie diese Bewegung gegen den Konfuzianismus und gegen die Doktrin von Maß und Mitte führten.
Nach dem Tod von Lin, Biao blieb in der Nähe des Vorsitzenden Mao nur ein alter Genosse, der die gleiche lange revolutionäre Geschichte hatte und mit ihm durch dick und dünn gegangen war. Alle anderen waren junge Führungskräfte, die Mao selbst ausgewählt hatte, zum Beispiel seine Frau Jiang, Qing, der damalige Parteisekretär von Shanghai, Chang, Chun Qiao; der Kritiker Yao, Wen Yuan und der Rebellenführer Wang, Hong Wen. Diese vier nannte man später »Viererbande«. Die größte Machtbehörde in China, »die Gruppe für die Kulturrevolution beim Zentralkomitee«, gehörte in Wirklichkeit ihr. Mit der Unterstützung des Vorsitzenden Mao taten sie alles Mögliche. Sie selbst kamen mit nur einem Schritt in den Himmel. Beispielsweise Wang, Hong Wen: Vor der Kulturrevolution war er nur ein Arbeiter in einer Textilfabrik von Shanghai, nur einige Jahre später wurde er von Mao als sein Nachfolger zum zweiten Vorsitzenden von China befördert, wegen seiner Erfolge bei den Rebellen.
Der alte Genosse war Ministerpräsident Zhou, En Lai. Dieser Mann hatte eine starke Persönlichkeit. Zwar stand er bei jedem Klassenkampf und Machtkampf nur auf der Seite des Vorsitzenden Mao, aber er hatte ein Herz voller Sympathie. Er wollte seine Gegner nicht, wie Mao sich das wünschte, gnadenlos ganz und gar vernichten.

Zu Beginn der Kulturrevolution wurde ein großer Teil der hohen Beamten niedergeschlagen. Viele von ihnen mussten wie meine Mutter in den »Stall« oder sie wurden von den Roten Garden und Rebellen ständig in Kritiksitzungen gebracht und dort ganz unmenschlich behandelt. Zhou, En Lai kam, um ihnen zu helfen. Beim Volk hatte er einen sehr guten Ruf, weil er immer Freud und Leid mit den Massen teilte. Wo es große Probleme gab, so wie Naturkatastrophen, war er zur Stelle.
Ein bekannter Ausspruch von ihm war: »Von ganzem Herzen dem Volk dienen.« Bei ihm war das nicht nur ein Lippenbekenntnis, sondern er handelte auch danach. Aus diesem Grund genoss er die Achtung des Volkes. In dieser verrückten Zeit konnte man ihn bei vielen großen Kritiksitzungen sehen, er stand zwischen den Roten Garden, den Rebellen und ihren Angeklagten. Er beruhigte die heißblütigen Revolutionäre und ließ sie akzeptieren, dass ihre Angeklagten nicht wirkliche Verbrecher waren, sondern Machthaber, die in der Vergangenheit Fehler gemacht hatten. Sie könnten wieder gute Genossen sein und man sollte alle Gewalt verhindern.
Sein Haus war mehrmals Refugium für viele arme angeklagte Minister.
Nicht nur beim inneren, sondern auch beim äußeren Kampf zeigte er seine Menschlichkeit. Im Jahr 1962 sah der indische Premierminister Nehru seine Chance darin, eine territoriale Expansion gegen China zu machen. Er und seine Minister hatten bemerkt, dass China in der Welt damals fast keine Freunde mehr hatte. Überall gab es nur Feinde. Die alten Probleme mit der Supermacht Amerika waren nicht gelöst, sondern es hatte sich durch Korea und den Vietnamkrieg neuer Hass aufgebaut. Auch der brüderliche Kontakt zur Sowjetunion war ganz zerstört, sie standen sich wie Feinde gegenüber. Und in China selbst führte der Vorsitzende Mao sein Volk nach der Utopie von Karl Marx in die Katastrophe, einige Millionen Menschen verhungerten.
Der indische Kanzler und sein Verteidigungsminister sahen eine einmalige Gelegenheit, die nie wiederkehren würde. Sie befahlen ihrer Armee, in Tibet und Xinjiang einzumarschieren. Im ersten Moment konnte die indische Armee sehr viele Gebiete besetzen.

Doch das Ergebnis ist in der ganzen Welt bekannt: Die indische Armee verlor auf der ganzen Linie. Fast alle Militärs wollten die Inder richtig bestrafen, damit sie sich nicht länger überschätzten. Ministerpräsident Zhou, En Lai jedoch verhinderte jedoch solche Maßnahmen. Er befahl seiner Armee, sich zurückzuziehen. »Genug«, sagte er zu den Offizieren und Soldaten der Volksbefreiungsarmee. Dann wandte er sich an die indische Regierung: »Sie können die Gefangenen, ihre Waffen und alle Leichen zurücknehmen, wenn Sie mit grüner Flagge zu uns kommen.«

Warum ließ Zhou, En Lai die Inder mit grüner Flagge verhandeln? Wenn man einen Krieg verloren hat, sollte man mit weißer Flagge auf die Siegerseite gehen. Das war die Regel. Zhou, En Lai war jedoch daran gelegen, das Gesicht der Verlierer zu wahren. Er wollte den Selbststolz der Inder nicht ganz niederschlagen. Das war der typische Stil Zhou, En Lais.

In der Kulturrevolution unterstützte er zwar den Vorsitzenden Mao, seinen Führer, wie gehabt, aber als er sah, dass so viele Menschen unter dieser Revolution leiden mussten und so vieles zerstört wurde, zeigte er wieder seinen Stil. Er half den Leuten so gut wie möglich und setzte seine ganze Kraft ein, um dieses Land zu retten. Man kann sich kaum vorstellen, wie schlimm es ohne Zhou um China gestanden wäre. Er hatte sich die Achtung und Liebe des Volkes verdient. Der Vorsitzende Mao und seine Frau sahen das nicht gern, denn im Kreis der Mächtigen stört immer derjenige, der einen guten Ruf hat. Sie spürten Gefahr und drohende Konkurrenz immer nur von erfolgreichen Genossen ausgehen. Das Problem war, dass man gegen Zhou, En Lai nicht so leicht eine Handhabe finden konnte. Er war zu vorsichtig und intelligent.

Mao hatte zwei scharfe Waffen in der Hand. Die erste: »Zuordnung zu Klassen«. Er teilte seine Gegner einfach einer »unproletarischen Klasse« zu, die in China immer zu einer winzigen Minorität gehörte. Dann musste sein Gegner auch ein Feind der Arbeiter- und Bauernklasse sein. Mao benutzte die absolut größte Kraft des ganzen Landes, um ihn zu vernichten.

Die zweite: »Menschen zuordnen«. Das hatte er selbst erfunden. Er rührte seinen wirklichen Gegner zunächst nicht an, sondern suchte in der Geschichte Chinas oder des Auslands nach jemandem, dessen Stil dem seines Gegners ähnelte. Er brachte Partei und Volk dazu, diesen

Menschen, der unter Umständen schon seit tausend Jahren tot sein konnte, zu kritisieren, bis er überall einen schlechten Ruf hatte. Dann sagte er dem Volk: »In unserer Partei gibt es einen Machthaber, der genauso ist wie er.« Mao teilte seine Gegner einfach der Seite dieser Menschen zu, die schon von allen Seiten angegriffen wurden. Dort benutzte er den Hass des Volkes, um seine Gegner zu vernichten.
Diese beiden Waffen benutzte der Vorsitzende Mao immer, jedes Mal war er unaufhaltsam. Gegen Zhou, En Lai hatte Mao als Waffe Konfuzius gefunden, weil Zhous Stil Menschlichkeit, Rechtschaffenheit und Tugend zeigte. Das passte zum Konfuzianismus. Der Vorsitzende Mao brachte das Volk dazu, die Theorie von Konfuzius abzulehnen. Er symbolisiere die rückständige und konservative Kraft. Seine Doktrin von Maß und Mitte in Menschlichkeit gehöre zur »Heuchelei« und musste kritisiert werden. Maos Frau Jiang, Qing machte dann in verschiedenen Situationen Andeutungen: dass es ganz oben im ZK einen Machthaber gebe, der fast genauso sei wie Konfuzius, nur sei er bis heute noch nicht entdeckt worden.
Allerdings wollte das chinesische Volk das diesmal gar nicht mehr hören. Sie waren nicht nur satt von solchen Machtkämpfen innerhalb der Führung, sondern sogar böse. Im Übrigen wußte Zhou, En Lai, wie er sich vor Mao schützen konnte.
Damals war er verantwortlich für die Parteipresse, die »Volkszeitung«. Er strich alle Artikel weg, in denen er selbst gelobt wurde, denn so etwas hätte sein Leben gefährden können. »Aller Erfolg gehört nur dem Vorsitzenden Mao«, sagte er dem Volk. Damit wollte er bei Mao den Eindruck erwecken, dass er keine große Gefahr darstellte und somit auch nicht dringend vernichtet werden musste.
Zhou, En Lai wusste von seinem Arzt, dass er eine unheilbare Krankheit hatte: Harnblasenkrebs. Als Ministerpräsident wollte er bis zum Schluss etwas für sein Land tun. Er schaffte es, bis zum letzten Tag seines Lebens, dem 8. Januar 1976, nicht vom Ehepaar Mao niedergeschlagen zu werden, was an ein Wunder grenzt!

Der Zug fuhr wieder relativ langsam. Der Boden war weiß, wahrscheinlich hatte es einige Tage vorher stark geschneit. Es hatte sich eine dicke Schicht Schnee gebildet.

Lin, Min Jiang faltete das Papierflugzeug wieder so zusammen wie zuvor. Ich steckte es in meine Tasche und beobachtete weiter die Landschaft.

Draußen gingen Himmel und weiße Erde ineinander über. Es wunderte mich sehr, dass ein langes Bauwerk schon seit langer Zeit parallel zu unserem Zug lief, manchmal näher, manchmal weiter entfernt. Wenn ein Berg kam, führte es einfach darüber hinweg, wie eine riesige Schlange, die sich durch die Wildnis schlängelt.

»Die Große Mauer. Dort ist die Große Mauer.« Ein Junge schrie ganz laut, er war sehr aufgeregt. In seiner Hand hielt er eine große Landkarte.

Das war der Stolz unseres Landes. So lang! Von Shan Hai Guan am Bohai-Meer bis hier waren es ungefähr fünftausend Kilometer. Wie viele Menschen hatte man damals wohl für den Bau dieses riesigen Drachens einsetzen müssen?

Als ich plötzlich eine zusammengefallene Mauer sah, musste ich an die Geschichte denken, die mir meine Großmutter erzählt hatte. Zweihundert Jahre vor Christus hatte der Kaiser Qin seinen Soldaten befohlen, überall arbeitsfähige Männer zusammenzuholen, um sie als Sklaven für den Bau der »Großen Mauer« einzusetzen. Sie kamen auch in ein Dorf in der Mitte Chinas. Dort wohnte ein glückliches Ehepaar mit Namen Men Qiang. Beide waren im gleichen Dorf aufgewachsen. Nach der Heirat hatten sie sich versprochen, dass sie immer zusammenbleiben wollten, bis das Meer trocken würde und die Steine faulten. Leider kamen nur ein paar Tage später die Soldaten und nahmen den Ehemann zum Mauerbau mit.

Frau Men Qiang wartete und wartete. Sie ging täglich vors Dorf, um dort nach ihrem Ehemann Ausschau zu halten. Einige Jahre waren schon vergangen und sie hatte noch immer nichts von ihrem Mann gesehen oder gehört. Schließlich ging sie auch aus dem Dorf weg und machte sich auf den Weg zur »Großen Mauer«. Es dauerte einige Monate lang, bis sie endlich die Baustelle der Mauer erreichte. Dort fragte sie überall, ob jemand ihren Mann gesehen hätte. Einige hunderttausend Sklaven arbeiteten an der Mauer. Wochenlang fragte sie nur herum, fragte und fragte. Durch Zufall traf sie einen Bekannten aus ihrem Dorf. Von ihm erfuhr sie, dass er der einzige Überlebende war, ihr Mann und die anderen Gefangenen aus dem Dorf waren schon lange an der harten Arbeit und den Schlägen von Qins Soldaten zu Grunde gegangen. Der Nachbar zeigte ihr in der Ferne ein fertiggestelltes Mauerstück und sagte: »Darunter wurde ihr Ehemann vergraben.«

Die todtraurige Frau Men Qiang ging zu diesem Mauerstück, setzte sich dort hin und weinte in einem fort.

Tag und Nacht saß sie nur am Fuß der Mauer und weinte. Alle Leute hörten dieses traurige Weinen und selbst die Große Mauer wurde davon berührt. Sie zitterte, dann fiel das Stück zusammen, zu dessen Füßen Frau Men Qiang weinte und das ihren Ehemann verbarg.

Der Kaiser befahl, sie sofort wieder aufzubauen. Aber egal, wie sehr man sich auch bemühte, das neu gebaute Stück fiel immer wieder in sich zusammen. Und in der Umgegend hörte man noch lange Zeit die wimmernde Stimme der Frau, die an gebrochenem Herzen gestorben war.

Manche erzählen, man höre es noch heute.

»Ob das hier war?« Der Zug war schon lange an der Stelle vorbei, doch ich fragte mich immer noch.

In dieser Nacht schlief ich im Zug nicht gut. Ich hatte sehr viele Träume, die alle mit Frau Men Qiang zu tun hatten. Sie musste eine sehr hübsche Frau gewesen sein, ihr schwarzes Haar reichte fast bis zu den Knien. Es fiel im Stil der Qin-Dynastie über ihre weißen Kleider. Nur ihre Augen konnte ich in meinem Traum nicht genau sehen, sie waren voller Tränen.

Am nächsten Morgen, als ich meine Augen öffnete, ließ die Landschaft draußen mich Mund und Augen weit aufsperren. »Wo sind wir?« Überall gab es nur große, hohe Berge, imposant und prächtig. Unser Zug fuhr mitten hindurch. Oben stachen die Bergspitzen wie Schwerter in den blauen Himmel, unten klafften bodenlose Abgründe.

»He, Genossen, wir sind jetzt in Xinjiang!«, sagte ein Offizier, der auch schon wach war, laut zu seinen neuen Kollegen.

Alle Jungen schauten an einer Seite aus dem Fenster. Weil auf der anderen Seite nur Bergwände standen, konnte man dort nicht viel sehen. Unter unserem Fenster war die Schlucht, so tief! Sie ließ uns schon ein bisschen nervös werden.

»Wenn der Zug hier abstürzt, überlebt niemand«, sagte Min Jiang zu mir.
Ich glaubte das auch. »Das ist sehr großartig, dass man hier Schienen bauen konnte«, erwiderte ich.
»Schau mal gegenüber! Solche Schneeberge! Man erzählt, dass der Schnee dort oben fast nicht mehr schmilzt. Schön, nicht wahr?«, sagte Min Jiang. Sein Blick ging in die Ferne. Meiner auch. Die Natur ist der beste Künstler.
Zwei Dampfzuglokomotiven zogen unseren Zug langsam auf die Hochebene. Das Bild vor dem Zugfenster wechselte ständig. Nachdem wir die silbernen Schneeberge hinter uns gelassen hatten, kam ein riesiges Plateau. Der Schnee lag hier so wie weiße Wolken am blauen Himmel, er bedeckte die Wiese nicht vollständig. Dazwischen konnte man grün sehen, unzählige Schafe und Rinder weideten darauf. So eine schöne Landschaft.
Warum haben viele Schriftsteller immer so furchtbar über Xinjiang geschrieben? Wahrscheinlich sind sie schon umgekehrt, bevor sie hier angelangt waren, so dachte ich.
Mit langem Schrei fuhr unser Zug in Urumchi ein, der Hauptstadt der Provinz Xinjiang. Wir wurden immer langsamer, dann hielten wir im Bahnhof. Unsere vier Tage und Nächte dauernde Zugreise war hier zu Ende. Wir verließen mit unserem Gepäck, in die dicken Mäntel gehüllt, den Bahnhof. Es war schon ganz dunkel; das Licht der Lampen leuchtete auch von unten, vom dicken Eis auf der Straße. Beim Palast warteten einige Busse auf uns. Viele Menschen auf der Straße erregten bei uns auf unserem Weg dorthin große Aufmerksamkeit. Die Form ihrer Gesichter und die Farbe ihrer Haare waren ganz anders als unsere. Sie hatten tief liegende Augen, lange Nasen und blonde Haare: Es waren Uiguren.
Bevor ich in den Bus einstieg, atmete ich tief ein. Die Luft hier war trockener als in Shanghai. Darin spürte ich etwas Geheimnisvolles. Was es genau war, wusste ich nicht. Es war einfach ganz anders als in meiner Heimat. Ich schaute einmal über Urumchi. Das sollte die größte Stadt im Nordwesten sein? Es gab hier keine hohen Gebäude. Der Himmel war breiter, die Sterne größer.
»He, Xinjiang! Ich bin angekommen.«

11

Tagelang hatte ich überall Nachforschungen angestellt, doch niemand wusste etwas von Meister Yun, Fe. Die regionalen Verbände wurden in Xinjiang mit militärischen Namen bezeichnet, zum Beispiel als Regiment oder Korps. Der oberste Verband hieß Produktions- und Aufbaukorps. Ich hatte schon bei fast allen Korps durchtelefoniert. Überall erhielt ich die gleiche Auskunft: im Jahr 1972 war niemand aus Shanghai aufgenommen worden.

Ich verstand nicht, warum mir Yun, Fe nicht seine genaue Adresse hatte geben wollen. Das Einzige, was er mir gesagt hatte, war Xinjiang. Doch das war das größte autonome Gebiet Chinas. Zwar hatte es fast die gleiche Einwohnerzahl wie Shanghai, gegen zehn Millionen Menschen, nur war die Fläche zweihundertsechsundsiebzigmal größer als Shanghai. Wie sollte ich ihn hier nur finden? Ich wusste nicht mehr weiter.

Unsere Ankunft fiel zusammen mit dem Neujahrsfest 1973. Die Armee ließ uns, die neuen Soldaten, drei Tage lang ausruhen.

Diese Zeit wollte ich für eine besondere Prüfung bei meinen Qi-Gong-Übungen nutzen. In Büchern hatte ich gelesen, dass man auf einem Schneeberg das Energieniveau messen konnte. Die Methode war sehr einfach: Man setzte sich mit seiner Qi-Gong-Position auf den Schnee. Wenn es keinen Wind gab, ließ man die Energie aus dem Körper heraus. Der Schnee sollte dadurch schmelzen. Wenn im Umkreis von drei Metern aller Schnee und alles Eis schmolzen, hatte man schon ein sehr hohes Niveau erreicht.

Glücklicherweise hatte der »Affe« mir ein Metermaß ausgeliehen. Den Namen »Affe« hatten wir ihm im Zug wegen seines Aussehens gegeben. Er war schlank und sehr lebendig.

Nach dem Mittagessen ging ich auf den Berg. Unser Rekrutenkorps lag achtzig Kilometer von Urumchi entfernt, auf der nördlichen Seite des Himmelsberges, der Xinjiang in Norden und Süden teilte.

Unser Stützpunkt schien nicht weit vom Fuß des Berges entfernt zu liegen, doch da hatte ich mich geirrt. Stadtmenschen wie ich machten sicher häufig Fehler beim Einschätzen von Entfernungen. Ich fühlte mich richtig müde, auf dem dicken Schnee fiel mir jeder Schritt schwer. So lange hatte ich mich schon abgemüht und trotzdem blieb der Berg immer noch weit weg. Ich sank bis zu den Knien im Schnee ein, so tief, dass ich mehrmals so weit war, meine Idee aufzugeben. Aber ich ging nicht zurück. Mein erstes Abenteuer im Nordwesten wollte ich nicht einfach abbrechen. Unser Stützpunkt blieb immer weiter hinter mir. Die Gebäude sahen aus wie eine weiße Pilzgruppe. Von dort sah man eine lange Fußspur, die bis zu mir reichte. Das war die einzige menschliche Spur in dieser weißen Welt. So ein großer Berg, so ruhig. Ich war nicht nur neugierig, angesichts dieser großen Natur fühlte ich mich winzig klein.

Ich ging weiter auf den Berg zu. Der Himmel war ganz blau, keine einzige Wolke war zu sehen. Wo versteckte sich die Sonne? Sicher war sie hinter diesem Berg. Himmelsberg – der Name war ganz richtig.

Der Schnee knirschte unter meinen Füßen. Dann endlich erreichte ich den Berg und befand mich in einem riesigen Kiefernwald. Hier zeigte sich mir die Lebenskraft des Grüns: Dicker Schnee bedeckte die Bäume, doch die Kiefernnadeln versuchten sich immer wieder vom weißen Schnee zu befreien. In dieser silbernen Welt konnte man das Grün unter dem Weiß sehen, darüber wunderte ich mich. Allerdings konnte ich diese Schönheit nicht lange genießen. Ich musste die Zeit für meine Energie-Prüfung nutzen.

Ein flaches Gebiet gefiel mir. Der saubere Schnee war unberührt. Hier sollte der Platz für meine Prüfung sein. An einem großen Baum zog ich mich ganz aus. Es war bitterkalt, mehr als minus fünfzehn Grad. Und ich spürte das auch, doch hatte ich Vertrauen zu meiner Energie. Ich ging mit dem Maßband in die Mitte des Prüfungsplatzes. Es war das einzige Ding, das nicht zu meinem Körper gehörte. Ich legte es neben mich auf den Schnee, dann setzte ich mich mit gekreuzten Beinen auf den Boden. Die rechte Hand lag auf der linken Handfläche, vor meinem Unterbauch. Ich führte zuerst die Energie in den Unterbauch bis zum Dan Tian, dem Energiezentrum des Menschen. Ich konzentrierte mich auf diese Energiearbeit. Es war nicht ganz einfach. Zwar hatte ich die gleiche Übung in der letzten Zeit schon mehrmals gemacht, doch nicht auf einem eiskalten Schneeberg. Ich konzentrierte mich weiter auf mein Dan Tian und führte die Energie aus dem ganzen Körper dorthin. Im Dan Tian war es warm. Das freute mich, allerdings nicht lange, weil es immer nur warm blieb. Es musste jedoch heiß sein, damit man weiterarbeiten konnte. Jetzt machte ich mir Sorgen. Ich merkte, dass die Bedingungen hier anders waren als in Shanghai. In dieser wilden, weißen Welt musste man sich für das gleiche Ergebnis mehr bemühen. Ich erinnerte mich an eine Methode, die Meister Yun mir gezeigt hatte, bevor er wegging. Sie hieß: »Energie vom Universum leihen.« Meister Yun hatte mir Folgendes erklärt: Der Mensch bekommte seine Energie aus der natürlichen Umwelt. Wenn man bis zu einem hohen Niveau geübt hat, kann man einige Meridian-Punkte öffnen. Solche Punkte sind wie große Fenster für den Menschen. Dadurch wird viel Energie in kurzer Zeit aufgenommen.

»Gut, jetzt mache ich das.« Die Punkte befinden sich an Kopf, Handflächen und Rücken. Ich nahm meine Hände auseinander und ließ sie auf den Knien liegen. Mit meiner Energie öffnete ich diese speziellen Punkte. Es wirkte. Ich spürte, dass sich das ganze Universum mit mir verband. Die Energie kam wie ein gewaltiger Strom in meinen Körper, ganz und rein. Kein Wunder, dass so viele alte Meister gerne in den Schneebergen meditierten und übten. Ich führte die neue Energie ins Dan Tian. Heiß! Sofort wurde es dort heiß. Gut, die erste Stufe hatte ich geschafft.

Als dieses heiße Gefühl brennend stark war, ließ ich den Energieball in meinem Körper größer werden. Er vergrößerte sich immer weiter, kam aus der Tiefe bis zur Haut, noch größer und ging nach außen. Der Schnee schmolz, und zwar sehr schnell. Auf meiner Haut war nichts Weißes mehr, nur noch Wasser. Mein Körper begann zu sinken. Ich sank immer weiter, bis ich einen halben Meter tief in der schwarzen Erde war. Jetzt hatte ich direkten Kontakt mit dem Boden. Der dicke Schnee unter mir war schon ganz weggeschmolzen. Ich saß ungefähr zwanzig Zentimeter tief im Wasser. Um meinen Körper herum war ein schneefreier Kreis, der langsam größer wurde. Ich freute mich sehr. Sieben Jahre lang hatte ich Qi Gong gelernt und geübt. Jetzt konnte ich sehen, auf welchem Niveau ich war. Die Wand des Kreises sah aus wie

Jade, ganz glatt. Wie Schweiß kam das Wasser aus der weißen Jade heraus, sammelte sich und lief nach unten. Ich wollte meine Leistung vergrößern und dachte: »Wenn der Durchmesser mehr als drei Meter ist, habe ich schon ganz hohe Fähigkeiten.« Gleichzeitig machte ich meinen Körper noch lockerer, damit die Energie noch schneller nach außen strahlen konnte.

Plötzlich spürte ich die Kälte. Es wunderte mich, weil ich vorher ein solches Gefühl noch nicht gehabt hatte. Wegen der Energiearbeit war mir nur ganz heiß gewesen. Das Kältegefühl wurde immer stärker. Sehr komisch war, dass es nicht von außen kam, sondern von innen. Das machte mich nervös. Es erinnerte mich an die Worte von Meister Yun: Die Methode »Energieleihen« konnte zwar in kurzer Zeit sehr starke Energie sammeln, doch diese Energie blieb nicht lange im Körper. Sie ging auch sehr schnell wieder weg. Dann musste man lange Zeit warten, bevor man die gleiche Methode wieder benutzen durfte.

»Mein Himmel, was soll ich denn machen?« Ich spürte am ganzen Körper Eiseskälte. Jetzt war ich nicht mehr nur nervös, sondern hatte auch Angst. In dieser weißen Welt war außer mir niemand mehr. Ich versuchte aufzustehen, aber mein Körper bewegte sich nicht. Jetzt merkte ich, dass unten gar kein Wasser mehr war, sondern nur dickes Eis. Meine Beine klebten ganz fest auf diesem Eis. Ich spürte nun gar keine Kälte mehr. Das war kein gutes Zeichen, weil ich schon kein Gefühl mehr hatte, eine gefährliche Situation.

Diese Umgebung war auch nicht mehr freundlich zu mir. Der Schneeberg, das Eis, die Luft, alle griffen mich mit der furchtbaren Kraft der Kälte an. »He, Junge! Du weißt gar nicht, wie hoch der Himmel ist und wie dick die Erde. Nur sieben Jahre lang hast du Qi-Gong-Übungen gemacht und willst dich schon mit uns messen? Gut! Du bist gekommen, dann bleibst du für immer hier!« Das zeigte mir die weiße Welt. Sie lachte mich aus.

»Nein, ich kann jetzt nicht sterben. Ich muss etwas tun, bevor ich ganz gefroren bin«, sagte ich zu mir selbst. Nur wie? Die Beine gehorchten mir gar nicht mehr. Zum Glück konnte ich noch die Finger bewegen. Ich führte den Mittelfinger, der mit dem Herzmeridian verbunden war, fünfmal nach oben und den Ringfinger, der mit dem Dreifach-Erwärmer-Meridian zu tun hatte, ebenfalls einige Male. Von diesen beiden

Fingern gehörte einer zu Yin und einer zu Yang. Beim Qi Gong hilft dieses Bewegen der Finger beim Energieaufbau. Und mir rettete es das Leben. Das Gefühl von Wärme kehrte zurück. Ich spürte, dass ein Energiestrom wie heißes Wasser in meine Hauptmeridiane Len und Du lief. Das war meine Hoffnung auf Leben. Ich führte sie sofort nach unten in meine Beine und Füße. Das Wunder geschah: Mein fernster Körperteil, die Füße, wurden warm. Meine Beine wurden ein wenig vom Eis befreit. Ich nutzte meine Chance vollständig und drückte mit beiden Händen fest nach unten. Kachi. He, ich konnte aufstehen und war gerettet. So schnell wie möglich verließ ich diesen Prüfungsplatz. Jetzt erst spürte ich die Kälte richtig, mein ganzer Körper war kalt. Mund, Hände und Füße, alles zitterte. Es war schwer, sich mit diesem zitternden Körper wieder anzuziehen. Doch ich wollte mich sofort in der dicken Bekleidung, Mantel und Schuhen verstecken. Nachdem ich mich fertig angezogen hatte, merkte ich, was fehlte. Das Maßband. Ich ging zurück zum Prüfungsplatz. Es war ganz leicht wieder zu finden, es wieder in die Hand zu nehmen, war jedoch unmöglich. Zwar lag es noch an der gleichen Stelle, allerdings bedeckt von zwanzig Zentimeter dickem Eis. Ich trat einige Male mit dem Fuß dagegen, doch das Eis war so hart wie Stein. Mein Fuß tat sogar weh, obwohl ich dicke, fellgefütterte Stiefel trug. Das Maßband lag unerreichbar unter dem Eis und wurde von ihm festgehalten. »Das hätte auch mein Schicksal sein können«, sagte ich zu mir selbst. Ich begann wieder zu zittern, diesmal beim Herzen.

Ich musste meine Bemühungen aufgeben, weil es ohne Werkzeug unmöglich war, das Band vom Eis zu befreien. Da es langsam dunkel wurde, stieg ich schnell nach unten zu unserem Stützpunkt zurück.

»Wo warst du denn?«, fragte mich Lin, Min Jiang besorgt.

»Auf dem Berg.« Ich schlug den Schnee von meinen Stiefeln.

»Genosse Chen, diesen Fehler düfen Sie nicht noch einmal machen.«

»Fehler? Was für ein Fehler?« Ich wunderte mich.

»Natürlich ist das ein Fehler!« Der Offizier hob seine Stimme. »Sie sind in der Armee. Es gibt Regeln in unserem Leben. Wenn Sie bis zu zwei Stunden wegwollen, müssen Sie Ihren Wunsch beim Gruppenführer anmelden. Wollen Sie länger Urlaub nehmen, melden Sie sich beim Kompanieführer. Sie waren fünf Stunden lang fort und haben sich nur bei der Gruppe abgemeldet. Das ist nicht in Ordnung. Sie sind neu hier, Sie müssen mir genau erklären, was Sie auf dem Berg gemacht haben.« Der kleine Offizier war so freundlich zu mir, dass es mir schwer fiel zu lügen.

»Ich, ich habe eine Übung gemacht«, antwortete ich sehr leise.

»Übung? Was für eine Übung?« Er sprach noch immer sehr laut.

»Eine Qi-Gong-Übung«, antwortete ich noch leiser und hoffte, dass nur er allein mich hören konnte.

»Qi Gong? Was ist das?«, fragte er so laut, dass es jeder im Raum hörte. Es war ein großer Schlafraum mit fünfzehn Betten für die neuen Soldaten. Fast alle Bewohner waren da und jetzt schauten sie mich mit neugierigen Augen an.

»Das macht man für die Gesundheit.« Min Jiang half mir, er hatte gesehen, dass ich verzweifelt nach einer passenden Antwort suchte.

»Für die Gesundheit, gut. Doch passen Sie in Zukunft gut auf und bleiben Sie nicht so lange fort.« Er schlug mir leicht auf die Schulter, dann sagte er laut zu uns: »Sie müssen alle gut aufpassen und nicht den gleichen Fehler machen wie Genosse Chen. Wir sind hier nicht in Shanghai. Xinjiang ist ein gefährliches Gebiet. In den Bergen gibt es Wölfe und Bären. Außerdem gibt es nationalistische unabhängige Rebellen, die auch sehr gefährlich sind. Sie tragen jetzt noch keine Waffen, also gehen Sie besser nicht allein nach draußen.« Nachdem er zu Ende gesprochen hatte, ging er, blieb an der Tür jedoch noch einmal stehen.

»Morgen kommt der Kompanieführer zurück, er wird Ihre Ausbildung leiten.« Er lachte etwas merkwürdig, dann verschwand er.

»He, hast du einen Wolf gesehen? – Warum machst du Qi Gong in den Bergen? – Was kannst du mit Qi Gong machen?« Alle bestürmten mich gleichzeitig mit ihren Fragen, ich wusste nicht mehr, wie ich antworten sollte.

»Mein Großvater macht auch Qi Gong, ich konnte aus so großer Entfernung seine Energie spüren. Kannst du das auch?« Ein kräftiger Junge hielt mir seine Handfläche vor die Augen.

Die Energieübertragung war schon lange kein Problem mehr für mich. Ich hielt meine Handfläche ungefähr zwanzig Zentimeter über seine und entspannte mich innerlich, sodass ich meine Energie über die Hand weitergeben konnte.

»Oh, ich spüre das, dein Energiestrom ist sogar stärker als bei meinem Großvater!«, schrie er.
Sofort streckten sich mir zehn Hände entgegen. Jeder wollte es spüren. Ich enttäuschte sie alle nicht.
Eigentlich wollte ich meine Qi-Gong-Fähigkeiten als Geheimnis hüten. Das ging jetzt nicht mehr. Die Leute sahen mich ganz anders an als vorher. Mein Selbstbewusstsein wuchs ein ganzes Stück.
»Wo ist das Maßband? Kannst du es mir zurückgeben?« Der Affe hielt mir auch seine Handflächen entgegen.
»Das … das … im Eis. Darf ich es dir später geben? Oder bezahlen?« Mein Gesicht wurde rot.
»Im Eis? Wie kann es im Eis sein? Also gut, du kannst es mir später zurückgeben. Keine Sorge! Ich brauche es sowieso nicht dringend.«
Zum Glück war er sehr großzügig. Und ich musste nicht die Geschichte der Energieprüfung auf dem Schneeberg erzählen. Mein lieber Leser, bitte erzähle du sie auch nicht weiter, diese Sache war zu peinlich für mich.
»Jieh, jieh, jieh!« Am nächsten Morgen, als wir noch träumten, pfiff es schon ganz laut auf dem Übungsplatz. Unsere Tür wurde plötzlich von einem Stiefeltritt geöffnet und sofort kam eiskalter Wind und Schnee herein.
»Alle aufstehen und auf dem Übungsplatz versammeln!« Das war eine unbekannte Stimme.
Wir standen schnell auf und zogen Kleider, Gürtel und Stiefel an. Ich wusste, dass heute das Armeeleben richtig beginnen würde. Ich wollte nicht zurückbleiben und packte mich so schnell wie möglich ein, dann sprang ich nach draußen.
Auf dem Übungsplatz waren schon viele Leute, insgesamt sechzig, die auf vier Gruppen verteilt wurden. Ich sah, dass Min Jiang, den wir als Gruppenführer gewählt hatten, mit einigen Bekannten in einer Reihe stand. Das war wohl meine Gruppe. Ich ging hin und stellte mich ebenfalls auf. Ein Offizier schaute immerzu auf seine Uhr und schüttelte dabei ständig seinen Kopf. Es war noch dunkel, am Himmel konnte man sogar Sterne sehen. So früh mussten wir unsere warmen Betten verlassen und in die Kälte hinausgehen. Das war für uns ganz ungewohnt und bis die Letzten eingetroffen waren, dauerte es fast zehn Minuten.

»Ist das möglich? Brauchen Sie so lang?« Der Offizier hängte seine Hände in den breiten Gürtel, in dem eine Pistole steckte. »Sie sind allesamt verwöhnt.«
Wer ist das? Sieht uns das erste Mal und schon schimpft er, dachte ich.
»Jetzt gehen Sie alle wieder ins Haus und schlafen weiter. Sie müssen sofort wieder ins Bett gehen. Haben Sie verstanden?«
»Jawohl«, antworteten wir.
»Ich habe nichts gehört, die Antwort war zu leise. Haben Sie verstanden?«, fragte er ganz laut.
»Jawohl!«, antworteten wir mit ganzer Kraft.
»Gut! Weggetreten!«
Wir gingen zurück ins Haus und sofort wieder ins warme Bett. »Huh, der Chef ist ein böser Mann, so früh lässt er uns in die Kälte gehen!«
»Aber er war noch menschlich und hat uns nicht lange draußen bleiben lassen.« Einige jammerten miteinander, dann war es sehr schnell wieder ruhig, das Licht ging aus und wir schliefen weiter.
Nur eine Stunde später pfiff es wieder. »Antreten!« Die Tür wurde wieder plötzlich geöffnet und auch der kalte Wind kam wieder herein. Wie die anderen stand ich sofort auf und zog mich so schnell wie möglich an. Ich war nicht der Erste aus meiner Gruppe. Als ich zum Übungsplatz kam, waren schon einige Jungen vor mir da.
Der Offizier schaute auf seine Uhr. »Die Gruppenführer melden sich bei mir, wenn alle von ihrer Gruppe da sind«, sagte er.
»Erste Gruppe, alle da.«
»Zweite Gruppe, alle da.«
»Vierte Gruppe, alle da.«
In unserer Gruppe fehlte der Dicke, der Sohn des Kommandanten der Luftwaffe von Shanghai. Wir warteten ungeduldig und schauten zur Tür.
»Meldung, Kompanieführer! Der erste Zug ist vollständig da!« Ein junger Offizier kam und salutierte vor ihm.
Dieser unfreundliche Mann war unser Kompanieführer. Ein schlechtes Zeichen.
»Soll ich ihn rufen?«, fragte Lin, Min Jiang den Kompanieführer.
»Nein! Alles hört jetzt auf mein Kommando! Stillgestanden! Augen nach rechts!« Seine Stimme war so laut, dass von den Bergen ein Echo

kam. Wir schauten nach rechts und stellten uns alle genau auf eine Linie. Den Drill hatten wir alle schon in der Schule gelernt und oft geübt, deshalb hatte niemand Probleme damit.
Der Offizier gab ein weiteres Kommando. »Augen geradeaus!«
In diesem Moment rannte der Dicke ganz schnell zu unserer Gruppe.
»Halt! Treten Sie heraus!«, schrie der Kompanieführer mit böser Stimme. »Der Drill hat schon begonnen, Sie kommen zu spät! Sie melden sich zuerst bei mir, klar?«
»Jawohl! Hun, Chi meldet sich zur Stelle!« Der Dicke trat heraus und stellte sich vor den Chef.
»Warum so spät?«
»Ich, ich habe meine Hose gesucht.« Alle fingen an zu kichern.
»Ruhe!«, schrie der Offizier und wandte sich wieder Hun, Chi zu. »Das darf nicht wieder passieren. Sie sind jetzt kein Kind mehr, sondern ein Soldat, klar? Zurück in die Gruppe!« Der dicke Hun, Chi lief mit betretenem Gesicht zurück.
»Alle rechts um! Vorwärts, marsch! Eins, zwei, eins, eins, zwei, eins ...«
Wir folgten seinem Kommando und setzten einen Fuß vor den anderen auf dem riesigen Übungsplatz. Jemand hatte vor kurzem den Schnee weggeräumt. Er lag auf allen vier Seiten ganz hoch, wie eine weiße Mauer. Der Himmel war jetzt schon hell. Das laute Geräusch einiger hundert Stiefel ertönte auf der von Bergen umgebenen Ebene. Am Anfang hörte man nur ein Durcheinander von Geräuschen, doch nach einiger Zeit war es schon viel besser. Bis in den Nachmittag hinein erklang die Stimme immer gleich.
»Eins, zwei, eins, eins, zwei, eins ...« Auf dieses Kommando folgte »kah, kah, kah«. Hundert Stiefel drückten gleichzeitig auf die Erde. Die Berge erzitterten.
Zum Abendessen nahm ich zwei Man To mehr als sonst, obwohl das Essen schlecht war. Fast täglich gab es das Gleiche: gekochten Kohl. Wenn man Glück hatte, konnte man ein kleines Stück Lamm oder Schweinefleisch darin finden. Dieses Essen wurde über einer riesigen Flamme gekocht. Zwei Köche standen am Ofen in der Küche, ihre Kochlöffel waren so groß wie Schaufeln. Zur Essenszeit brachte einer aus der Gruppe eine Waschschüssel dorthin, um das Essen zu transportieren. Dann wurde es auf die Teller der Soldaten verteilt.

»Das ist genau wie Schweinefutter«, schimpfte der Dicke.
»Ja, das glaube ich auch«, stimmten ihm viele von uns zu.
Nach dem Abendessen versammelten wir uns wieder zum Abendappell. Der erste Zug und unserer, der zweite, standen in einem großen Saal, der gleichzeitig auch der Schlafsaal für den ersten Zug war. Alle sechzig Rekruten schliefen hier. Man erzählte sich, dass sie nur drei Monate lang im Ausbildungskorps bleiben mussten. Danach wurden sie als Leibgardisten, Köche, Fahrer und Bodenpersonal verteilt und verließen uns. Nur wir mussten für unsere Spezialausbildung noch bleiben. Jetzt mussten wir uns anhören, wie über unsere Arbeit des heutigen Tages geurteilt wurde.
»Sie machen das nicht ganz schlecht.« Der Kompanieführer war ungefähr dreißig Jahre alt, mittelgroß. Vielleicht war er zu viel in der Sonne, jedenfalls war seine Gesichtsfarbe ganz dunkel. Seine Augen gefielen mir nicht ganz, er kniff sie immer zusammen, so als ob er ständig unzufrieden wäre mit dem, was er sah. »Sie sind jetzt in der Armee, Sie sollen an sich selbst höhere Anforderungen stellen. Heute Morgen war der zweite Zug zu langsam beim Antreten. Sie sollen sich dafür schämen. Lernen Sie vom ersten Zug!« Er drückte uns immer mit seinen Blicken. »Vielleicht wissen Sie nicht, dass der erste Zug heute Morgen, als Sie noch im Tiefschlaf waren, bereits den Schnee auf dem Übungsplatz geräumt hat. Sie, ich meine den zweiten Zug, kommen alle aus einer großen Stadt und, wie ich gesehen habe, stammen Sie fast alle aus hohen Beamtenfamilien. Sie sind viel zu schwach. Natürlich sind Sie noch jung, aber jetzt sind Sie revolutionäre Soldaten. Sie sind Mitglieder unserer großen, unbesiegbaren Armee des Proletariats. Ist das klar?« Seine Hände hingen wieder im Gürtel.
»Ja, klar!«, antworteten wir.
»Ich kann nicht genau hören«, er kniff wieder seine Augen zusammen.
»Ja, klar!«, schrien wir mit ganzer Kraft.
»Jetzt alle stillgestanden! Weggetreten!«
In unserem Zimmer war der Dicke der Pechvogel.
»Alles wegen dir! – Ja, nur wegen dir wurden wir gerügt!« Viele von uns waren sehr böse auf ihn.
»Was denn? Was denn?« Der dicke Hun, Chi versuchte sich zu verteidigen. »Dieser Offizier kommt bestimmt auch aus einer armen Pro-

vinz. Natürlich stand er auf der Seite der Bauernkinder!«, sagte er zu uns.

»Ja, meine Beine schmerzen schon wegen der Plackerei. Und er sagt noch, dass wir uns schämen sollen, das ist unmöglich«, sagte ein anderer Junge. Er wärmte sich zusammen mit Hun, Chi an der Kohleheizung auf.

»Der Kompanieführer hat auch nicht ganz Unrecht. Wir waren langsamer als der erste Zug.« Ich ging auch zur Kohleheizung.

Solche Heizungen konnte man in Xinjiang sehr oft sehen. Sie waren aus Ziegelsteinen gemauert, eine ganz praktische Sache. Ein normal aussehender Ofen für Kohle stand in der Mitte des Raumes. Oben konnte man kochen, die heißen Abgase und der Rauch wurden durch einen dreißig Zentimeter breiten und gegen einen Meter achtzig hohen Schacht geleitet. Man nannte diese Mauer »Feuermauer«. Wenn alles funktionierte, konnte es draußen so kalt sein, wie es wollte, drinnen war es angenehm warm. Natürlich mussten die giftigen Gase der verbrannten Kohle aus dem Raum entfernt werden. Zu diesem Zweck führte ein Metallkamin mit fünfzehn Zentimetern Durchmesser durch das Dach nach außen.

»Tong, Tong«, schlug Hun, Chi mit dem Schürhaken darauf. »Kompanieführer? Ha, der Leibwächter meines Vaters ist schon größer als er!«

»Jühe, Jühe«, pfiff es draußen.

Wir machten sofort das Licht aus und gingen schlafen.

Am nächsten Morgen fuhren wir mit sechs Lastwagen zum eigentlichen Standort unserer Division. Nach einer halben Stunde Fahrt erreichten wir ein Dorf. Auf der Straße waren sehr viele Menschen unterwegs, viele von ihnen trugen Uniformen. Hier gab es einige Geschäfte. Dieses Dorf lag am Fuß eines großen Berges. Unsere Lastwagen konnten wegen der vielen Pferdeschlitten, die unterwegs waren, nur langsam hindurchfahren. Als wir den Berg hinter uns gelassen hatten, zeigte sich uns ein ganz anderes Bild. Hier gab es keine Geschäfte mehr und es waren auch nur wenige Leute auf der Straße. Fast alle waren in Uniform und bewaffnet. Unsere Wagen hielten vor einem Tor, das von zwei Wachhäusern eingerahmt wurde. Das ganze Gebiet war von einem langen Stacheldrahtzaun begrenzt, der zu beiden Seiten hoch über den Berg führte, bis er in der Ferne verschwand.

Fünf schwer bewaffnete Soldaten standen vor dem Tor. Alle trugen Maschinengewehre und im Gürtel hatte jeder noch fünf Handgranaten. Sie schauten uns mit wachsamen Blicken an. Noch wachsamer waren die drei Hunde, die uns böse anbellten. Es wunderte mich sehr, dass die Hunde in Xinjiang keine Hundeleinen hatten. Wenn einer von uns ausgestiegen wäre, hätten sie uns fressen können. Sie liefen am ersten Lastwagen, in dem ich saß, auf und ab und suchten ein Opfer.

»Halten, sitzen!«, befahl ein Soldat diesen großen Tieren. Blitzschnell liefen sie zu ihm und setzten sich an seiner Seite hin, aber aus ihren Mäulern kam noch immer ein unzufriedenes Knurren. Vielleicht hofften sie, dass ihr Besitzer seine Meinung noch ändern würde und sie kämpfen könnten.

Der Kompanieführer stieg aus dem ersten Wagen aus und salutierte vor den Soldaten, sie gaben den Gruß zurück. Dann gab er einem von ihnen ein Papier.

»Warten!« Er ging in eines der Wachhäuser, um zu telefonieren. Kurz darauf kam er zurück.

»In Ordnung!« sagte er zu den anderen und gab unserem Führer das Papier zurück. Die Atmosphäre war sofort entspannt. Die Schranke, die die Straße versperrte, wurde hochgezogen und die sechs Lastwagen fuhren hinein.

Oh, wo waren wir? Unsere Augen öffneten sich weit, und wir waren sprachlos. Hier sah man zuerst viele Flugabwehrkanonen und andere unbekannte militärische Anlagen.

»Schaut mal dort, die Flugzeuge stehen senkrecht!«, schrie ein Junge plötzlich und deutete aufgeregt in die Ferne neben einer Landebahn. Dort standen einige riesige Dinger mit Flügeln, die zum Himmel zeigten.

»Quatsch! Das sind Raketen!«, sagte Hun, Chi.

»Hon, Lon!« Dieses Geräusch klang wie Donner und ließ meine Ohren schmerzen. Zwei Kampfflugzeuge tauchten in der Luft auf und waren sofort wieder verschwunden. Nur ein paar Sekunden später waren sie wieder zurück, flogen ganz tief das Tal entlang und landeten dann auf der Bahn. Wie von Zauberhand verschwanden die beiden Maschinen sofort vor unseren Augen. Wie war das möglich? Unsere Wagen näherten sich der Bahn immer mehr, aber sie war ganz leer.

»Da, dort gibt es eine Höhle!« Der Affe hatte gute Augen, er zeigte uns den Ort.
Es stimmte. Am Ende der Bahn, am Fuß des Berges, gab es ein riesiges künstliches Loch, das aussah wie der Mund des Berges. Von dort kamen Motorengeräusche, die immer lauter wurden. Viele silberfarbene Flugzeuge fuhren aus der dunklen Höhle heraus. Gerade auf der Bahn, starteten sie schon »hon, lon« in die Luft und waren weg. Keine Spur blieb von ihnen zurück, nur das laute Donnern war noch da, das den Berg zittern und unsere Ohren schmerzen ließ.
Zwei große Metallnetze bewegten sich am Gipfel des Berges. Darüber wusste ich schon Bescheid, ich hatte einen Film darüber gesehen. Man nannte sie Radarantennen. Als wir an einigen Häusern vorbeifuhren, sah ich dort viele so große Antennen, das wunderte mich sehr. Wofür denn? Manche Antennen waren größer als ein dreistöckiges Haus, mit der Form eines geöffneten Regenschirms. »Wer kann mir sagen, wofür die Antennen sind?«, fragte ich. Niemand in unserem Wagen wusste das. Auch Hun, Chi nicht. Alle schauten nur mit verwunderten Augen.
Vor einem Saal hielt unser Wagen. Wir stiegen alle aus. Zuerst mussten wir antreten, dann ging es im Gleichschritt in den Saal, der schön geschmückt war, mit Rot und Grün wie an einem Feiertag. Auf der Bühne, ganz oben stand mit roter Farbe geschrieben: »Herzlich willkommen, neue Soldaten!« In der Mitte der Rückwand hing ein großes Bild des Vorsitzenden Mao.
Vor der Bühne waren auf beiden Seiten Kiefern eingepflanzt. Im Winter, wenn man aus der weißen Welt in diesen Raum kam, empfand man das Grün besonders angenehm für die Augen. Es war ein Zeichen von Leben und junger Kraft.
»Sie sind unsere junge Kraft.« Das sagte uns der politische Kommissar. Er war ein Mann mittleren Alters, von großer Statur und einem rundlichen Gesicht. Er lachte gern, die ganze Zeit lachte er uns nur an. »Sie können auch stolz sein auf Ihre Uniform. Die chinesische Volksbefreiungsarmee ist der große stählerne Schutzwall. Sie ist eine unbesiegbare Armee. Das hat sie in der Vergangenheit schon mehrmals bewiesen, im Krieg gegen die Japaner, gegen die Kuonmintang und in Korea gegen die Amerikaner.« Er stand auf der Bühne und redete ganz locker mit uns, man konnte sehen, dass er schon lange in diesem Job war und viel

Erfahrung hatte. »Sie sollen die revolutionären Traditionen entwickeln und noch größeren Ruhm erwerben. Unsere Armee ist eine große Schule der Ideen von Mao, Tse Tung. Ich hoffe, dass Sie fleißig lernen und üben und unser Vaterland gut verteidigen ...« Er sprach sehr lange. Nach seiner Rede kam ein Offizier auf die Bühne.
»Aufstehen!«, kommandierte er, »Gewehr nehmen!«
Ich war ganz gespannt, ebenso wie die anderen Jungen. Waffen sind für alle jungen Männer faszinierend. Das ist schon seit der Steinzeit so, denn mit einer Waffe können sich männlicher Stolz, Fantasie und Kraft mehrfach verstärken.
Von beiden Seiten kamen Veteranen und reichten jedem ein Gewehr. Ich bekam von einem Soldaten, der eine vom Waschen schon fast weiß ausgeblichene Uniform trug, ein Sturmgewehr und einen Patronengürtel. Er half mir beim Umhängen. Als er zufrieden war, ging er einen Schritt nach hinten und salutierte vor mir. Ich gab ihm den Gruß zurück.
»Ein Gewehr ist das zweite Leben für Soldaten, Sie sollen es hüten wie Ihren Augapfel«, sagte der Offizier zu uns. Dann ging er von der Bühne.
Ein anderer Offizier kam nach oben. »Jetzt lese ich die Geheimhaltungsbestimmungen vor. Jeder muss sie fest im Kopf haben. Unsere Division ist eine Sonderarmee für den Nachrichtendienst. Deshalb spielt die Geheimhaltung für uns eine besonders wichtige Rolle. Wer diese Regel verletzt, wird nach dem Militärgesetz hoch bestraft.« Seine letzten Worte betonte er mit besonderer Nachdrücklichkeit und Lautstärke. Seit es keine Rangabzeichen mehr gab, war der einzige Unterschied zwischen den Uniformen der Offiziere und Soldaten der, dass die Offiziere vier Jackentaschen hatten und Soldaten nur zwei. Wenn sich jemand nicht als Offizier vorstellte, war es für uns schwer, ihn als solchen zu erkennen.
Was der Mann auf der Bühne war, konnte man nicht erkennen. Er las ganz laut und genau einen Satz nach dem anderen. »Sehr wichtig sind diese beiden Sätze«, sagte er zu uns. »Wenn man die Angelegenheit nicht erzählen darf, darf man nichts sagen. Wenn man die Sache nicht wissen darf, darf man nichts fragen. Haben Sie das verstanden?«
»Jawohl!«

»Gut!« Er ging nach unten.
Unser Kompanieführer stellte sich vor uns, er ging nicht auf die Bühne, sondern stand nur unten vor uns und gab seine Befehle: »Achtung! Der zweite Zug bleibt sitzen. Der erste Zug steht auf. Richtung nach hinten, hinaus. Marsch!«
Die Plätze, die eigentlich dem ersten Zug gehörten, wurden sehr schnell wieder besetzt. Viele Veteranen und die Leute mit den Vier-Taschen-Uniformen waren gekommen. Es wunderte mich sehr, dass fast die Hälfte von ihnen eine Brille trug. Ihre Haut war ganz weiß, viele von ihnen waren Frauen. In ihren Uniformen, oben grün und unten blau, sahen sie ganz gut aus. Manche hatten ganz dicke und lange, schwarze Haare, einfach hübsch. Alle sahen uns mit großer Aufmerksamkeit an und lachten auch sehr freundlich. »He, Sie sollen unsere neuen Kollegen sein.« »Hoh, Sie sind alle so jung.« Sie sprachen zu uns und auch miteinander. Ein Offizier mittleren Alters kam zu uns. »Wie alt sind Sie?« Er lachte sehr nett.
»Fünfzehn«, sagte ich.
»Sechzehn«, antwortete Min Jiang.
»Sie sind schön jung, als ich so alt war wie Sie, hatte mein Studium noch nicht begonnen.«
»Haben Sie studiert? Welchen Beruf haben Sie?«, fragte Min Jiang.
»Sie sind sicher ein hoher Offizier«, sagte ich.
Er lachte. »Ich bin ein Horchfunker, so wie Sie in Zukunft auch.«
»Horchfunker?« Das hörte ich zum ersten Mal in meinem Leben. »Wo arbeiten Sie?«
»Wir arbeiten im Haus, aber wir wissen alles.« Er zeigte mit dem Finger auf sein Ohr. Jetzt lachte er geheimnisvoll.
»Achtung! Aufstehen!«, kommandierte jemand. Wir standen auf.
Der Horchfunker ging zu seinem Platz. »Der Divisionskommandeur kommt«, sagte er zu uns, bevor er ging.
»Setzen Sie sich, setzen Sie sich, ich halte keinen Vortrag.« Der Kommandeur kam direkt zu uns. »Ich will nur unsere neue Kraft besuchen. Wie geht es Ihnen allen?« Er lachte so nett.
Der Divisionsführer war ungefähr Mitte vierzig. Er hatte eine große Statur und eindringliche, lachende Augen. Er setzte sich einfach neben uns. »Kommen Sie alle nah zu mir, ja, hierhin setzen.« Er rief die an-

deren Jungen, die hinten saßen, zu sich. »Können Sie sich alle an dieses Leben gewöhnen? Hier ist es nicht wie in Ihrer Heimat, Shanghai, Sie haben sicher Probleme, ja?«, fragte er mit seinem lächelnden Gesicht.

Keiner von uns sagte etwas. Wir wussten, dass man sich nicht zu viel über das Leben hier beschweren durfte, sonst galt man als Schwächling. Wir lachten nur.

»Mein ältester Sohn ist auch Rekrut in der Armee für Nachrichtendienst, aber in Südchina. Er hat mir geschrieben, dass es täglich nur Reis gibt und er die Man To vermisst. Mögen Sie Man To?«

Zuerst schüttelten einige den Kopf, dann wir alle.

»Ha, ha, ha«, lachte der Chef der Division und nicht nur er, alle anderen Offiziere und Soldaten lachten mit. Die Atmosphäre war entspannt.

»Ja, hier sind die Lebensbedingungen nicht gut. Aber die großartige Arbeit wartet schon auf Sie.« Er holte einen Tabaksbeutel heraus. Zuerst legte er ein Zigarettenpapier auf sein Knie, darauf ein Stück Tabak. Dann drehte er einmal, feuchtete das Papier mit der Zunge an und drehte noch einmal. Eine Zigarette war schon fertig. Ich kannte diese Art von Zigaretten, man nannte sie Moche. Es gab sie nur in Xinjiang.

»Was werden wir in Zukunft machen?«, fragte Min, Jiang.

Der Offizier zündete mit einem Feuerzeug seine Zigarette an. Eine dicke Rauchwolke kam aus seinem Mund. »Horchfunker. Wissen Sie etwas darüber?«

Wir schüttelten wieder die Köpfe.

Diesmal lachte er nicht. »Das bedeutet abhören, Nachrichten sammeln. Das ist eine ganz wichtige Sache für die chinesische Armee. Ohne die kann man keinen Krieg gewinnen.« Er rauchte weiter.

»Wie kann man jemanden abhören, muss man sich dafür bei den Feinden verstecken?«, fragte einer der Jungen.

Der hohe Offizier und die alten Soldaten lachten wieder. »Das müssen Sie nicht tun, dafür haben wir hervorragende Geräte, mit denen man über eine Entfernung von einigen tausend Kilometern abhören kann.« Dann spannten sich die Gesichtszüge des Divisionskommandeurs an. »Aber Sie sollen gut und fleißig lernen und üben, nur gut ausgebildete Soldaten können Horchfunker sein. Nach den drei Monaten Rekruten-

ausbildung müssen Sie Russisch studieren. Es ist geplant, dass Sie nach Bestehen aller Prüfungen zum großen Teil hierher kommen. Natürlich sollen Sie zuerst von ihnen lernen«, er deutete auf die Soldaten, die neben uns saßen. »Einen kleinen Teil von Ihnen werden wir an die Grenze zwischen der Sowjetunion und China schicken. Ich hoffe, dass jeder von Ihnen an seinen Arbeitsplatz kommt und Sie nicht vorher ausscheiden.«
Seine Hoffnung erfüllte sich leider nicht. Zum Schluss blieben nur dreißig Jungen übrig. Nur die Hälfte von uns konnte die Arbeit als Horchfunker aufnehmen. Die anderen waren vorher ausgeschieden. Kaum zu glauben: der Erste, der uns verließ, war der dicke Hun, Chi, und zwar noch während der drei Monate der Grundausbildung.
Dieser Hun, Chi! Er hatte viele Probleme mit dem Kompanieführer. Ständig wurde er von ihm kritisiert. Er selbst hatte auch keinen Ehrgeiz. Morgens, beim Antreten, kam er fast immer als Letzter. Jedes Mal war er die Zielscheibe für alle Pfeile.
»Nur deinetwegen werden wir immer kritisiert.« Einige zeigten mit ihrem Finger auf seine Nase, deswegen versuchte er, die Stimmung umzulenken. Entweder schimpfte er den Kompanieführer »Bauerntölpel« oder die Soldaten vom ersten Zug »Schmeichler«. Zum Schluss wies er sein Kapital vor, den Ruf seines Vaters. Diesmal schimpfte er nicht nur, sondern analysierte zusätzlich unsere Lage. »Schaut mal, wir sind alle gleich lange in der Armee und leben alle gleich. Jetzt sind schon zwei Monate vergangen. Wie viele vom zweiten Zug sind Mitglieder des kommunistischen Jugendverbandes? Nur zwei oder drei. Aber fast alle vom ersten Zug sind schon aufgenommen. Einige von ihnen sind sogar schon Kommunisten. Findet ihr das nicht komisch?«
»Ja, das stimmt«, sagte der »Affe«. »Wir üben in der Ausbildung genauso fleißig wie die. Warum werden wir immer kritisiert und sie immer gelobt? Schau mal, ich habe von dem Drill schon Blasen an den Füßen.« Er zeigte uns seinen nackten Fuß, auf dem zwei weiße Erhebungen zu sehen waren.
»Ich auch!« Wieder wurden einige Füße vorgezeigt, nicht unbedingt wohlriechend.
»Wer hat noch Blasen?«, fragte der Gruppenführer Min, Jiang.
»Ich hatte auch welche, die sind schon weg«, sagten einige der Kollegen.

»Was ist mit dir, Chen, Da Lee?« Min Jiang kam zu mir. Ich saß mit gekreuzten Beinen auf dem Bett.
»Ich? Meine Blasen sind schon weg. Jetzt ist nur noch Hornhaut da.«
»Gut. Jetzt habe ich eine Idee. Morgen beim Abendappell melde ich, dass unsere Füße wegen dem fleißigen Üben schon verletzt sind. Dann kritisiert der Kompanieführer uns sicher nicht mehr, vielleicht lobt er uns sogar.«
»Eine gute Idee!« Fünfzehn Leute waren der gleichen Meinung.
»Ja, notfalls zeigen wir diesen Bauerntölpeln unsere Füße.« Hun, Chi freute sich total. Es war sehr selten, dass die ganze Gruppe auf seiner Seite stand.
Am nächsten Abend standen wir alle im Saal des ersten Zuges. Hier war es sehr warm, eine riesige Feuerwand stand in der Mitte. Sie musste so groß sein, denn es wohnten sechzig Menschen hier. Jetzt, beim Abendappell, waren es sogar mehr als hundertzwanzig Leute.
»Gut, Sie haben schon mehr als zwei Monate Ausbildung hinter sich, Sie nähern sich immer mehr dem Ziel, richtige Soldaten zu sein.« Heute hatte der Kompanieführer bessere Laune als sonst. Seine Augen waren weit geöffnet. »Aber Sie sollen sich noch mehr anstrengen und hartnäckig trainieren, um die Fertigkeiten zu erlangen, die Sie zur Vernichtung des Feindes brauchen. Manche Soldaten waren wieder zu langsam.« Sein Blick richtete sich langsam auf uns und er kniff die Augen wieder zusammen.
»Meldung!«, sagte Lin, Min Jiang laut.
Der Offizier zuckte zusammen, straffte sich aber sofort wieder. Seine Hände hatte er im Gürtel eingehakt. »Gut, Genosse Lin, treten Sie bitte einen Schritt vor.«
Lin, Min Jiang folgte dem Befehl. Alle Augen schauten auf ihn. Die Atmosphäre war gespannt. Die Zugführer und die Gruppenführer durften normalerweise nur am Ende einer Versammlung etwas sagen, doch Min Jiang wollte jetzt sprechen. Zu ungewöhnlich!
»Was haben Sie mir zu sagen?«, fragte der Führer mit gespanntem Gesicht.
»Meldung! Ein großer Teil unserer Gruppe hat Fußverletzungen. Sie können nicht mehr schnell laufen, deshalb sind wir beim Antreten langsamer.« Min Jiang stand ganz gerade und sprach jedes Wort mit Kraft.

»Verletzungen? Welche Verletzungen?«
»Blasen, wir haben fast alle Blasen an den Füßen.«
»Wer will mir das zeigen?« Er kam zu uns.
»Ich!« Hun, Chi reagierte ganz schnell. Bevor jemand anders etwas sagen konnte, hatte er den rechten Stiefel und Socken ausgezogen. Vielleicht sah er eine Chance, auf die anderen einen besseren Eindruck zu machen.
»Schauen Sie, hier sind drei Blasen. Am linken Fuß habe ich noch zwei.« Der dicke Chi hielt seinen dicken, weißen Fuß vor die Augen des Chefs. Die Zehen bewegten sich ein bisschen und er stützte sich auf die Schultern zweier Kameraden, um auf einem Bein stehen zu können.
Der Kopf des Kompanieführers ging ein Stück nach hinten, wahrscheinlich hatte er etwas gerochen. »Ziehen Sie den Schuh wieder an.« Er ging zurück zu seinem Platz vor der Treppe.
»Wer hat noch Blasen an den Füßen, bitte heben Sie Ihre Hände.«
Viele Hände hoben sich in die Luft, aber ausschließlich von unserem Zug. Vom ersten Zug meldete sich niemand.
»Gut, Hände herunter. Ich weiß schon, bei Ihnen fehlt etwas. Wissen Sie, was fehlt?« Er fragte ganz laut und ohne jede Sympathie für unsere Füße. Niemand von uns antwortete.
»Ihnen fehlt die Lebensfähigkeit und die Arbeitsfähigkeit der Bauern. Sie sollten von den Genossen vom ersten Zug lernen. Wissen Sie, warum deren Füße keine Blasen haben?« Er wartete nicht auf eine Antwort, sondern sprach einfach weiter. »Weil sie schon von Kindheit an auf dem Feld gearbeitet haben. Sie stammen aus dem Gebirge. Wenn sie unterwegs sind, dann nur zu Fuß. Nicht wie Sie! Sie kommen aus der größten Stadt Chinas und stammen alle aus reichen Familien. Sie fahren zu Hause täglich mit Bus und Bahn. Haben Sie gerade den Fuß des Genossen Hun gesehen? So weich ist er. Sie gehören nicht zum Proletariat und den revolutionären Soldaten. Sie brauchen mehr Drill!«
Hun, Chi hatte nicht erwartet, dass der Kompaniechef so auf seinen Fuß reagieren würde. Nun konnte er nicht mehr warten, bis wir zurück in unserem Raum waren, er musste seiner Wut gleich beim Abendappell Luft machen. »Bauerntölpel!«, schimpfte er laut.

Auch der Kompanieführer hatte ihn gehört. »Wer hat das gesagt?« Er wusste genau wer, trotzdem fragte er. »Derjenige, der eben diese Beleidigung geäußert hat, soll heraustreten!«
Die Atmosphäre war gespannt, im ganzen Saal herrschte Totenstille. Die Luft war so dick, dass uns der Atem stockte. Alles war erstarrt, die Zeit schien stehen zu bleiben. Meine Handflächen und der Rücken waren schweißnass, obwohl diese Sache überhaupt nichts mit mir zu tun hatte.
Unter dem Licht der Lampen funkelten die Gewehre über unseren Schultern. Alle standen unbeweglich, als ob sie aus Holz wären.
»Haben Sie keinen Mut?«, dröhnte die Stimme unseres Führers laut in den Raum.
»Bitte, mach Platz.« Das war die leise Stimme von Hun, Chi. Er stand hinter mir. Jetzt ging er zwischen uns hindurch, trat aus der Gruppe heraus und blieb neben Lin, Min Jiang stehen.
Sein Gesicht war von Schweißperlen bedeckt. Nun merkte er, was er angerichtet hatte. Zwar hatte er wegen seines Vaters ein großes Selbstbewusstsein und war etwas älter als andere, aber trotzdem war er noch sehr jung, erst siebzehn. Unter den scharfen Blicken unseres Vorgesetzten geriet er ins Schwitzen.
»Wiederholen Sie noch einmal, was Sie gerade gesagt haben!«, befahl der Führer mit böser Stimme. Er hielt beide Hände ganz fest am Gürtel, die rechte Hand war an die rechte Seite gerutscht, dorthin, wo in einem dunkelbraunen Lederetui seine Pistole steckte.
Hun, Chi hatte keine Wahl. »Bauern… Bauerntölpel.«
»Laut!«, befahl der Kompanieführer wieder.
»Bauerntölpel.«
Im Saal wurde es unruhig, vom ersten Zug kamen böse Geräusche.
»Zugführer, nehmen Sie ihm das Gewehr ab.«
Ein Offizier ging zu Hun, Chi und nahm ihm sein Sturmgewehr ab. Für einen Soldaten ist es eine große Strafe, wenn man ihm die Waffe abnimmt, fast als würde er einen Teil seines Körpers verlieren. Hun, Chi mochte sein Gewehr sehr. Beim letzten Scharfschießen hatte er mit allen neun Kugeln genau ins Schwarze getroffen. Er hatte fünfundachtzig Punkte bekommen und war der Beste aus unserer Gruppe und der Drittbeste der ganzen Kompanie geworden. Jetzt schaute er seinem

Schatz nach, wie er sich immer weiter von ihm entfernte. Er musste sich auf die Lippen beißen, um nicht in Tränen auszubrechen.
»Wegen Missachtung Ihrer Genossen müssen Sie bestraft werden. Unsere Armee gehört zur kommunistischen Partei. Das politische Bewusstsein spielt eine große Rolle. Sie glauben wohl, dass Sie Sonderrechte haben, weil Sie aus einer Familie der ersten Klasse kommen. Nein! Die haben Sie nicht. Ich werde der nächsthöheren Instanz melden, dass Sie zukünftig als Kasinokoch in der Kochgruppe arbeiten werden.«
Koch? Diese Entscheidung wunderte uns alle. In der Armee galt die Tätigkeit des Kochs als niedrigste und schwerste Arbeit. Hun, Chi schaute den Führer mit weit aufgerissenen Augen an, als ob er nicht richtig gehört hätte.
»Sämtliche Tätigkeiten der Armee gehören zur revolutionären Sache, es gibt keinen Unterschied zwischen gehobenen und niedrigen Arbeiten.« Der politische Instrukteur stellte sich vor uns hin. Er war ein relativ ruhiger Mann, mittelgroß, und stammte ebenfalls aus Südchina. »Ich unterstütze die Entscheidung des Genossen Kompanieführer. Harte Arbeit kann dem Genossen Hun helfen, sich gefühlsmäßig den Werktätigen zu nähern. Wir werden Ihren Vater, den Kommandanten Hun in Shanghai, ebenfalls gleich über die Entscheidung informieren.«
Wir gingen alle mit dicken Köpfen in unsere Unterkunft zurück. Der arme Hun, Chi hatte kein Gewehr mehr und es würde noch Schlimmeres auf ihn zukommen. Wir versuchten, ihn zu beruhigen, konnten jedoch nicht viel tun, außer ihm unsere Sympathie zu zeigen.
Aber seine Laune besserte sich plötzlich wieder. »Was hat der politische Instrukteur gerade gesagt? Sie wollen meinen Vater informieren? Gut, mein Vater wird mir bestimmt helfen. Er zeigt diesen kleinen Offizieren sicher ihre Grenzen und sie müssen sich bei mir entschuldigen!«
Die Antwort seines Vaters kam sehr schnell. Er schickte ein Telegramm an den Kompanieführer und den politischen Instrukteur, das der Instrukteur in der Unterkunft vor unserer ganzen Gruppe vorlas. »Sehr geehrte Genossen! Ich unterstütze Ihre Entscheidung hundertprozentig und hoffe, dass mein Sohn durch den neuen Arbeitsplatz eine große Verbesserung erfährt. Andernfalls möchte ich ihn nicht mehr zu Hause begrüßen.« Unterschrieben war das Telegramm mit »Hun, Zeng, Sohn eines Bauern.«

Mit diesem Zusatz war klar, dass er seinen Sohn belehren wollte.
Diesmal war Hun, Chi wie vom Donner getroffen. Er saß mit blassem Gesicht allein auf dem Bett. Einige von uns versuchten, mit ihm zu reden, doch er saß da wie eingefroren, bewegte sich nicht und sagte auch nichts.
Der Instrukteur war nach dem Vorlesen des Telegramms weggegangen. Der einzige Chef im Raum war Lin, Min Jiang. Er schien nervös zu sein. »Chen, Da Lee, du kannst Qi Gong, kannst du ihn behandeln?«
»Mit Qi Gong behandeln?« Bisher hatte ich noch niemanden mit Qi Gong behandelt. Davon abgesehen, hatte er ganz offensichtlich ein seelisches Problem, kein körperliches. Aber die Blicke meiner Kameraden richteten sich hoffnungsvoll auf mich. »Gut, ich versuche das.« Ich ging zu der steinernen Figur Hun, Chi.
Er saß vollkommen unbeweglich da, mit starren Augen.
»Mein Himmel, was kann ich mit ihm machen?«, dachte ich. Ich wusste, dass es in der Mitte der Schädeldecke einen Meridian-Punkt gibt, der Bai Hui heißt. Wenn man auf diesen Punkt Energie gibt, wirkt sich das auf alle Organe positiv aus. Ich hielt meine Hand ungefähr zehn Zentimeter über Hun, Chis Kopf. Doch bevor ich mit der Energieübertragung begann, bewegte er sich plötzlich wieder. Blitzschnell stand er auf. Ich wunderte mich sehr. Ich wusste ganz genau, dass er sich von selbst bewegt hatte, das hatte überhaupt nichts mit mir zu tun.
Doch alle Zuschauer rissen ihre Augen auf. Sie glaubten, dass ich außergewöhnliche Fähigkeiten hätte.
»Nein! Ich bin kein schwacher Mann. Ich kann es genauso gut machen wie die anderen«, sagte er zu sich selbst und packte seine Bettdecke in die Tasche. Dann ging er einfach mit seinen Sachen weg.
»Wohin gehst du?«, fragte Lin, Min Jiang.
»Zur Kochgruppe.« Hun, Chi, der schon einen Schritt aus dem Raum herausgegangen war, kam wieder zurück, um sich noch einmal diesen vertrauten Raum anzusehen. »Entschuldigt, meintwegen musstet ihr auch oft Kritik einstecken. Doch ihr werdet sehen, ich kann mich bessern.« Er stand an der Tür, sein Gepäck unter beiden Armen. »Tschüss!« Er schaute uns noch einmal der Reihe nach an.
Jetzt hatte sich die Situation umgekehrt. Wir, vierzehn Jungen, stan-

den alle da wie eingefroren oder wie aus Stein. Der einzige lebendige Mensch war Hun, Chi. »Tschüss.« Bevor irgendjemand reagieren konnte, war er weg. Er hatte uns verlassen.
Von da an sah ich jedes Mal, wenn ich früh aufstand, um Qi Gong zu machen, einen Mann in schmutziger Uniform. Er trug auf seinen Schultern eine Tragestange mit zwei großen Kübeln und ging die Schweine und Hühner füttern. Das war Hun, Chi. Er stand täglich schon um fünf Uhr früh auf, zwei Stunden vor der allgemeinen Weckzeit.
Wenn es windig war, machte ich draußen keine Übungen. Das war auch unmöglich bei dem Wind, den es in Xinjiang gab. Der Schnee formte weiße Wellen auf dem Boden. Der Wind war manchmal so stark, dass man nicht gerade stehen konnte. Man musste sich mit ganzer Kraft gegen den furchtbaren Sturm stemmen. In Sekundenschnelle stoben die Schneeflocken schon in sämtliche Kleider, egal wie dick man sich angezogen hatte. Wenn ich gegen sechs Uhr aufstand und vom Fenster aus den Schnee über den Boden tanzen sah, versteckte ich mich sofort wieder unter der warmen Bettdecke, um noch eine Stunde weiterzuschlafen. Aber schon mehrmals hatte ich einen Mann gesehen, der selbst bei so schlechtem Wetter draußen war. Wegen des Windes ging er drei Schritte vorwärts und zwei wieder zurück. Auf seinen Schultern hatte er eine Tragestange mit zwei großen, gestanzten Kübeln. Das war sicher Hun, Chi.
Wir halfen ihm bei allen schweren Arbeiten außer beim Schweine- und Hühnerfüttern. Das ließ er uns nicht tun. »Das ist schmutzige Arbeit. Der Gruppenführer hat bestimmt, dass ich allein sie tun soll. Fasst das besser nicht an. Diese Arbeit ist auch gut für die Verbesserung meiner Moral.«
Er schwenkte seine Hände vor unseren Augen hin und her. Sie waren rau und voller Risse. Doch egal, wie fleißig er auch arbeitete, er bekam dafür kaum ein Lob von den Offizieren, denn die Hühner und Eier wurden immer weniger. Das war zwar schon so gewesen, bevor er als Koch gearbeitet hatte, aber sein Gruppenchef machte ihn dafür verantwortlich. Er sollte besser aufpassen.
»Das war bestimmt ein Wiesel!«, standen ihm die Soldaten des ersten Zugs zur Seite.

»Ja, wir haben soo ein großes Wiesel gesehen, das hatte ein Huhn und ist zu den Bergen gerannt.« Seine Kameraden vom Land zeigten uns, wie groß das Wiesel war, als wir beim Kochen halfen.
Leider hatten wir noch nie ein Wiesel gesehen. In Shanghai gab es nur im Zoo solche Tiere. Wenn wir eines entdecken würden, hätten wir es bestimmt gejagt.
Die drei Monate der Grundausbildung waren fast vorbei.
Eine Woche vor Beendigung der Rekrutenausbildung wurde unsere Tür kurz nach fünf Uhr von einem Tritt mit dem Stiefel geöffnet. Nicht vom Kompanieführer, sondern von Hun, Chi. »Schnell, alle aufstehen! Helft den Leuten vom ersten Zug, sie sind alle in Gefahr.« Ganz aufgeregt machte er das Licht an. »Da Lee, gib mir dein Gewehr!«
Ich war zwar schon wach, verstand allerdings gar nicht, was vor sich ging. Bevor ich reagieren konnte, war er schon mit seinen schmutzigen Stiefeln auf mein Bett gesprungen, nahm mein Gewehr von der Wand und legte es sofort an.
»Mein Himmel, was hast du vor?«, schrie ich.
»Pa, pa!«, schlugen zwei Kugeln mit ohrenbetäubendem Geräusch in die Decke. Er sprang mit meiner Waffe vom Bett herunter, rannte zur Tür und schrie uns zu: »Schnell, kommt, helft dem ersten Zug, sonst sind sie vielleicht bald alle tot!«
»Was?« Nun waren alle wach. Wir rannten nach draußen. Keiner zog seine Uniform an, doch viele hatten ihre Gewehre dabei. An diesem Morgen ging kein Wind. Es war noch dunkel, am Himmel standen die Sterne. Die dichte Schneedecke gab das Licht der Sterne wieder zurück, wie ein Spiegel, sodass man ganz weit sehen konnte. Hun, Chi lief voraus, ich war direkt hinter ihm, nur im Hemd und einer dünnen Unterhose. Wir liefen alle zum Saal, wo alle sechzig Soldaten des ersten Zuges schliefen. Das große Haus war ganz ruhig, was mich sehr wunderte, denn aus den anderen Häusern kamen wegen der Schießerei schon Soldaten aus den Türen gelaufen. Doch das Gebäude, in dem der erste Zug war, blieb totenstill. Hun, Chi war als Erster da, mit meinem Gewehr schoss er ohne Unterbrechung auf die hohen Doppelfenster, bis etliche davon zerstört waren.
»Bist du verrückt?«, fragte ich. Er antwortete nicht, bis alle dreißig Kugeln verschossen waren. Dann warf er das Gewehr einfach weg und

rannte zu der großen Saaltür, die schon geöffnet war. »Zieht sie alle heraus!« Als wir mit ihm hineingingen, kam uns dicker Qualm entgegen. Jetzt verstanden wir, was passiert war: Der erste Zug war vom Kohlegas vergiftet.
In Xinjiang passieren jeden Winter solche Unfälle und immer sterben einige Menschen im Schlaf wegen einer Gasvergiftung. Normalerweise passierte das bei schlechtem Wetter, wenn der Kamin von Schnee bedeckt wurde. Doch heute schneite es nicht und es ging auch kein Wind. Aber wir dachten nicht darüber nach, sondern zogen die Körper so schnell wie möglich heraus. Drinnen war es sehr dunkel und wir wussten nicht, wo man Licht machen konnte. So mussten wir uns mit den Händen durch den Rauch tasten und jedes Mal wenn wir einen Menschen berührten, zogen wir ihn nach draußen, auf den Schnee. Nur die frische Luft draußen konnte ihr Leben retten. Ich zog einen nach dem anderen heraus, manche bewegten sich noch, andere gar nicht mehr. Überall im Raum stank es, wahrscheinlich hatten viele in ihrer Ohnmacht ihre Verdauung nicht mehr unter Kontrolle. Hoffentlich war es nicht das letzte Mal für sie.
Jemand hatte den Schalter gefunden und machte das Licht an. Das Bild, das sich uns bot, machte uns sprachlos. Wir sahen ein furchtbares Chaos. Die Menschen lagen kreuz und quer, manche mit den Köpfen auf dem Boden, den Unterkörper noch auf dem Bett. Immer noch quoll der Rauch aus dem Ofen nach oben. Ich nahm einen Wasserkübel, trug ihn zum Ofen und schüttete alles Wasser hinein, bis die brennende Kohle gelöscht war. »Pon, pon«, hörte ich zwei kleine Explosionen. Ich wunderte mich sehr: »Was ist das denn?« Der Ofen war riesig. Für eine große Feuermauer war diese Größe nötig. Zwischen der gelöschten Kohle sah ich zwei Erdkugeln mit Rissen in der Oberfläche. »Wofür ist das denn?« Doch zum Nachschauen hatte ich jetzt keine Zeit. Im Raum lagen noch viele vergiftete Menschen. Ich zog weiter einen nach dem anderen ins Freie. Es war schwer, besonders wenn sie groß und dick waren. Immer mehr Helfer waren gekommen und immer mehr Körper lagen auf dem Schnee.
Der Kompanieführer zählte die Soldaten: »Eins, zwei … Einundsechzig. Nein, das ist unmöglich.« Er zählte noch einmal und wieder kam er auf einundsechzig. Er bekam seine Augen nicht mehr zu, sondern

öffnete sie ganz weit. »Wie ist das möglich? Einer mehr?«, fragte er ganz laut.

Niemand konnte antworten, alle Stehenden waren schon todmüde und schwitzten vor Anstrengung. Und von den Liegenden bekam er natürlich auch keine Antwort. Sie zitterten unter den Mänteln und Decken, die wir besorgt hatten, manche begannen, sich zu erbrechen.

»Ich, ich gehöre nicht dazu.« Nun hatte doch jemand geantwortet. Es war Hun, Chi. Er stand auf, schwankend und mit blassem Gesicht vor Müdigkeit. Der Sohn des Kommandanten hatte sechzig Leben gerettet, mit seiner ganzen Kraft. Jetzt war er selbst am Ende. »Mel... Meldung«, er wollte noch einmal vor dem Offizier salutieren, doch seine Hand kam gerade noch bis zu den Schläfen, dann fiel er ganz um. Er war ohnmächtig geworden.

»Hun, Chi, Hun, Chi!« Ich ging zu ihm, ebenso wie meine Kameraden. Wir riefen und schüttelten ihn.

Er wachte wieder auf. »Ich, ich, es geht schon, ihr sollt euch um die anderen kümmern.«

Die meisten waren wieder aus ihrer Ohnmacht erwacht. Wenn man eine Vergiftung von Kohlegas hat, kann frische Luft sehr schnell alles wieder in Ordnung bringen. Fünf Soldaten waren jedoch immer noch nicht wieder aufgewacht. Ein Militärhubschrauber brachte sie in die Klinik.

Es war ein riesiger Unfall, viele Offiziere kamen in unser Korps und auch der Divisionskommandant. Er befahl eine sofortige Untersuchung, um die Ursache für den Unfall herauszufinden.

Die Ursache für das Unglück konnte sehr schnell und ganz klar erklärt werden. Alles war aufgrund eines Hühnerdiebstahls geschehen. Schon seit langem hatten viele Bauernkinder regelmäßig Hühner und Eier gestohlen. Sie alle arbeiteten für die Küche und hatten sich die Aufgaben gut untereinander aufgeteilt. Während einige Wache hielten, führten die anderen den Diebstahl aus, wieder andere transportierten und versteckten die Diebesware. Sie kochten die Hühner und Eier nie tagsüber und nahmen auch nicht viele auf einmal, wie die Wiesel. Untereinander war Geheimhaltung über die Diebstähle vereinbart. Die Hühner wurden in einer großen Suppe mit viel Gemüse gekocht. Jeder konnte etwas haben, entweder Suppe oder ein Ei. Nachts veranstalteten sie oft

solche Essgelage. Sie nannten es »kommunistisches gemeinsames Glück«. Sie hatten großen Spaß dabei.
Nur hatte das kommunistische Glück den Nachteil, dass in jede Hand gleich wenig verteilt wurde, egal ob man bei dieser Diebesarbeit viel getan hatte oder ganz wenig. Einige vom ersten Zug wollten das Ganze dann kapitalistisch machen. Sie hatten wieder zwei Hühner gestohlen. Da sie sowieso bald weggehen würden, hatten sie dieses Mal zwei auf einmal genommen. Damit die anderen Mitbewohner nichts merkten, hatten sie ihr Wissen von zu Hause eingesetzt. Und das hieß: »Bettlerhuhn«.
»Das schmeckt sehr gut«, erzählte mir einer der fünf Täter nachher. »Weißt du, ein Bettler hat dieses Rezept erfunden. In unser Dorf kamen früher oft Bettler. Sie stahlen unsere Hühner. Aber niemand konnte etwas bei ihnen finden. Wenn man zu dem zerstörten Haus ging, in dem sie schliefen, sah man nur, dass die Bettler um ihr Feuer herumsaßen. Es war Winter, natürlich mussten sie sich durch ein Feuer wärmen. Später hat dann jemand durch Zufall entdeckt, dass die gestohlenen Hühner in der Mitte des Feuers waren.«
»Im Feuer?«, wunderte ich mich.
»Ja, im Feuer. Sie töteten das Huhn, rupften es jedoch nicht, sondern schmierten eine Schicht aus nasser Erde um es herum, bis eine Lehmkugel entstanden war. Die warfen sie einfach ins Feuer. Wenn Risse entstanden, war es schon fertig. Dann entfernten sie den harten Lehm, wodurch gleichzeitig die Federn mit abgingen. Jetzt konnte man das duftende und ganz zarte Fleisch essen.« Das Wasser lief ihm im Mund zusammen. »Das schmeckt so gut, wenn man mich ohrfeigen würde, könnte ich trotzdem nicht aufhören, dieses Huhn zu essen.« Er schluckte den Speichel hinunter.
Ich bezweifelte sehr, dass ein mit Lehm gebackenes Huhn so sehr schmecken könnte.
Er hatte meine zweifelnden Blicke gesehen. »Glaub mir, in unserem Dorf hat ein Mann ein Spezialitätenrestaurant aufgemacht. Viele hohe Beamte besuchen es, nur um ein Bettlerhuhn zu essen.«
Ob ich das glaubte oder nicht, war nicht wichtig. Ihr Plan war jedenfalls nicht aufgegangen. In dieser letzten Nacht, als sie sicher waren, dass die anderen fünfundfünfzig Leute schon träumten, waren sie auf-

gestanden und hatten ihre Bettlerhühner gemacht. Sie legten die zwei Lehmkugeln ins Feuer und gingen wieder ins Bett, denn die Hühner brauchten einige Zeit, bis sie gar waren. Vielleicht waren sie zu müde, jedenfalls schliefen sie wieder ein. Die zwei Kugeln waren im Feuer ein wenig verrutscht und hatten das Loch zur Feuermauer verdeckt. Der giftige Rauch konnte nicht mehr durch die Mauer und den Kamin nach draußen gelangen, sondern kam in den Raum. Das passierte gegen vier Uhr morgens. Alle schliefen tief. Auch die fünf Hühnerdiebe. Einige Soldaten wurden dann wach, weil die Luft so unangenehm war. Sie sahen, dass der ganze Raum voller Rauch war, und wussten, dass irgendetwas nicht stimmte. Sie wollten aufstehen, doch ihre Hände und Füße waren ganz kraftlos, ihre Körper gehorchten dem Befehl ihrer Köpfe nicht mehr. Sie konnten nur liegen bleiben und auf den Abschied von der Welt warten.
Hun, Chi hatte frühmorgens das Futter zum Stall getragen, um die Hühner und Schweine zu füttern. Auf dem Weg hatte er gesehen, dass etwas am Haus des ersten Zuges merkwürdig war. Es kam kein Rauch aus dem Kamin, aber alle Fenster waren fest geschlossen. Er wunderte sich und ging zur Tür. Die Tür war auch verschlossen. Aus der Türritze kam starker Rauchgeruch. Da wusste er, dass das Schlimmste passiert war. Er schlug gegen die Tür, aber niemand reagierte. Deshalb brach er die Tür mit seiner Tragestange auf und schrie laut in den dunklen Raum hinein: »He, wer kann mich hören, bitte melden!« Mehrmals schrie er, doch niemand antwortete. Wegen dem starken Rauch musste er husten. Dann lief er zu uns, um Hilfe zu holen. Das Leben von sechzig Menschen wurde gerettet. Nun leuchtete der Name eines Helden hell: Hun, Chi.
Noch zwei Tage danach hatten viele Soldaten des ersten Zuges Probleme wegen der Wirkung des Gases. Sie hatten Kopfweh, Bauchweh und einen Druck auf der Lunge. Ich glaubte, dass ich etwas dagegen tun konnte.
»Was, Sie wollen Ihre Kameraden mit Qi Gong behandeln? Können Sie das?« Der Kompanieführer bezweifelte es.
»Meine Kameraden können sich selbst behandeln, wenn Sie erlauben, dass sie mit mir zusammen Qi-Gong-Übungen machen.« Ich stand mit ganz geradem Rücken in seinem Büro.

Der Führer ging unablässig vor mir hin und her. Dieser Unfall hatte ihm einen ziemlichen Schlag versetzt und er war noch immer vollkommen durcheinander. Plötzlich blieb er stehen, riss seine Augen auf, kniff sie wieder zusammen und riss sie erneut auf. »Gut, Genosse Chen, probieren wir es zunächst mit einer Gruppe. Wenn es etwas hilft, dann dürfen Sie die Übungen mit allen vier Gruppen zusammen machen.«
»Jawohl!« Ich salutierte.
Nicht alle Bauernkinder hatten von Qi Gong gehört. Doch alle waren neugierig und übten sehr fleißig. Die Qi-Gong-Übung war nicht schwer. Die Wirkung zeigte sich sehr schnell. Zuerst spürten sie alle das Stromgefühl, eine Spannung an den Händen und am Rücken, dann fühlten sie sich immer angenehmer. Manche bemerkten sogar, dass eiskalte Luft vom Körper durch die Hände und Füße austrat. Nur eine Stunde und der Energietausch war schon erledigt.
»Das ist wunderbar, alle meine Probleme sind weg. Ich habe kein unangenehmes Gefühl mehr!«
»Ich fühle mich viel leichter. Meine Kraft ist wieder zu mir zurückgekehrt«, erzählten sie überall.
Der Kompanieführer konnte nicht mehr bis zum nächsten Tag warten. Am Nachmittag schon befahl er mir, mit dem ganzen ersten Zug Qi-Gong-Übungen zu machen.
»Das ist eine großartige Sache, eine großartige Sache«, sagte ein Stabsoffizier aus der Division. Er hatte von unseren Übungen gehört und kam extra zu mir, weil er mit mir zusammen eine wissenschaftliche Untersuchung von Qi Gong machen wollte. »Das Qi Gong kann Menschen gesund machen, es könnte uns auch in dieser eiskalten Umgebung wärmen, vielleicht könnte es noch andere große Dinge bewirken. Ich werde einen Forschungsauftrag für Qi Gong beantragen.« Der Offizier trug eine Brille, sah sanft und mitfühlend aus. Leider habe ich nichts mehr von ihm gehört. Gar nichts. Ich wusste nicht warum und es war auch ziemlich egal, denn damals hatte ich viele andere Dinge zu tun.
»Min Jiang, wir sollen den Kompanieführer bitten, dass er Hun, Chi zurückkommen lässt«, sagte ich zum Gruppenführer.
»Natürlich.« – »Ja richtig, wir sollen das machen«, pflichteten mir die anderen Kameraden bei.

»Ich habe eine Idee«, sagte Min, Jiang. »Wir gehen zusammen zum Chef.«
»Gut, einverstanden«, stimmten wir ihm zu und gingen nach draußen.
»Antreten! Stillgestanden! Augen rechts!«, befahl unser Gruppenführer. Wir bewegten uns ganz ordentlich und so schnell es ging.
»Augen geradeaus! Rechts um! Im Gleichschritt marsch!«
Die anderen Soldaten schauten uns verwundert zu, weil gerade Mittagspause war.
»Meldung, die dritte Gruppe des zweiten Zuges!« Wir standen alle vor der Bürotür des Kompanieführers. Lin, Min Jiang sprach ganz laut für uns alle.
»Bitte, herein!« Der Kompanieführer war ganz allein in seinem großen Büro. Er schrieb etwas an seinem Tisch. Es wunderte ihn ein bisschen, dass wir alle vierzehn gekommen waren. Er stand sofort auf. »Genossen, was wollen Sie mir sagen?«
»Meldung! Wir hoffen, dass der Genosse Hun, Chi zu uns zurückkommt!«, riefen wir alle gleichzeitig.
»Das ist erlaubt, es entspricht unserer Entscheidung. Er soll heute zu Ihrer Gruppe zurückkommen.«
Es wunderte uns, dass es so leicht und schnell gegangen war.
»Übrigens«, er nahm zwei Papiere vom Tisch in die Hand, »ich beantrage den Verdienst dritter Klasse für den Genossen Hun, Chi und eine ehrenvolle Erwähnung Ihrer Gruppe wegen der guten Arbeit bei der Rettung Ihrer Kameraden.«
»Wir dienen dem Volk!«, antworteten wir alle mit den gleichen Worten. Damals musste man in der Armee so antworten, wenn man gelobt wurde.
»Hier ist noch ein Antrag. Ich verlange die Bestrafung der Soldaten vom ersten Zug, die alle mit den Hühnerdiebstählen zu tun hatten.« Er zeigte uns das andere Papier. »Außerdem verlange ich …«, seine Stimme wurde plötzlich tiefer. »Ich verlange noch eine strenge Verwarnungsstrafe gegen mich.«
»Gegen Sie?«, platzte jemand verwundert heraus.
»Ja! Gegen mich, wegen meines Versagens bei der Aufgabe, die Truppe zu führen.« Er schaute jedem von uns ins Gesicht. »Wissen Sie, ich komme ebenfalls aus einer Bauernfamilie. Am Anfang glaubte ich, dass

Sie vom zweiten Zug, die alle aus einer modernen Stadt kommen, aus Familien, die sogar Haushaltshilfen beschäftigen, keine Entbehrungen ertragen und Strapazen aushalten können, dass Sie auch kein Mitgefühl mit den Werktätigen haben. Doch das ist falsch! Sie haben mir etwas gezeigt. Meine Beurteilung war falsch!« Er kritisierte sich selbst, das erlebten wir zum ersten Mal; und zudem so ehrlich, dass es uns richtig berührte.

»Jetzt sind Sie korrekte revolutionäre Soldaten. Ich bin stolz auf Sie!« Er salutierte vor uns mit ganz geradem Körper. Das machte uns aufgeregt und nervös.

»Achtung! Stillgestanden!« Lin, Min Jiang reagierte schnell. Vierzehn Stiefelpaare schlugen gleichzeitig zusammen. »Pa!«, erzitterte der ganze Raum.

»Salutieren!« Vierzehn Hände gingen gleichzeitig zur Schläfe. Wir verharrten in unserer Position, keiner von uns wollte zuerst die Hand senken. Wir warteten darauf, dass unser Kompanieführer zuerst den Gruß beendete. Doch er blieb immer noch gleich stehen.

Das war mein längstes Salutieren in der Armee. Ein unvergessliches Salutieren.

12

In der Hauptstadt von Xinjiang, Urumchi, gab es das größte Restaurant für chinesisches Essen. Es hieß: »Hundert Blumen«. Dieser Name war zur damaligen Zeit eine Ironie, weil nur vier Speisen zur Verfügung standen, aber glücklicherweise konnte man hier wenigstens noch Schweinefleisch bekommen. Lin, Min Jiang, Hun, Chi, der Affe und ich waren schon dreimal mit dem Jeep um das Stadtzentrum herumgefahren, hatten jedoch nur einige kleine Restaurants für Moslems gefunden. Es gab dort nichts, was für uns besonders interessant gewesen wäre. Zum Schluss entschieden wir uns, im »Hundert Blumen« zu feiern.

Es war Frühling 1974. Unsere Ausbildung für Horchfunker hatten wir erfolgreich abgeschlossen. Man muss sagen, das war keine einfache Arbeit für uns. Nach der dreimonatigen Rekrutenausbildung begann unser zweiter Zug sofort, Russisch zu studieren. Fünf Lehrer, alle von der Militäruniversität, brachten uns den ganzen Tag nur russische Wörter, Sätze und Grammatik bei. Jeden Monat einmal gab es eine Prüfung. Wer zweimal durchfiel, schied aus und musste einen Posten als Schreiber oder Melder annehmen. Zum Schluss beim Praktikum blieben nur dreißig Soldaten übrig, die Hälfte von uns. Ich hatte Glück, obwohl auch ich ein paar Mal die Prüfung nicht bestanden hatte. Aber beim Nachholen hatte ich es immer wieder geschafft.

Der Kellner kam zu uns. Er hatte gar keine Karte in der Hand. Die brauchte man nicht. An der Tür hatten wir schon auf einer Tafel die vier Gerichte angeschrieben gesehen, die es heute gab. Gebratenes Gemüse, Bohnenquark, mit Fleisch gefüllten Weißkohl und Hackfleisch mit Bohnennudeln.

»Meine lieben Genossen von der Befreiungsarmee, was möchten Sie haben?« Er war ein Mann mittleren Alters. Vom Alter her hätten wir seine Kinder sein könne, doch wegen unserer Uniformen war das wieder anders. Er lachte sehr nett.

»Alle vier Gerichte«, sagte ich.
»Nein, mehr! Die doppelte Portion von dem mit Schweinefleisch und noch zwei Flaschen Spirituosen dazu«, sagte Hun, Chi.
»Gut, also sechs Gerichte. An Schnaps haben wir Erguotou. Können Sie das schaffen?« Der Kellner fragte, ob wir das schaffen könnten? Das war nicht üblich.
»He, Erguotou? Der hat mehr als sechzig Prozent! Damit kann unser Flugzeug fliegen! Nein, das ist nichts für uns, zu stark!« Der Affe war schon nervös.
»Doch, bitte zwei Flaschen, heute ist unser Festtag«, sagte Hun, Chi. Er war viel schlanker als früher. Man sollte ihn nicht mehr »Dicker« nennen.
Natürlich gab es etwas zu feiern. Wir hatten gemeinsam anderthalb Jahre gekämpft, uns bemüht und es auch geschafft. So viele Jungen, die mit uns von Shanghai gekommen waren, hatten vorher ausscheiden müssen. Wir nicht. Dieses wilde Xinjiang hatte uns zum Guten verändert. Es hatte uns schneller erwachsen werden lassen. Morgen sollten wir mit dem Hubschrauber wegfliegen, nach Tacheng, fünfhundert Kilometer weiter im Nordwesten. Diese Stadt liegt an der Grenze zwischen der Sowjetunion und China. Aber dort war für uns noch nicht die Endstation. Wir sollten noch weiterfliegen, über die Stadt hinweg. Zwei Kilometer vor der Sowjetunion gibt es einen Landeplatz auf dem Berg. Dort sollten wir landen.
Ich hatte nach meiner Ausbildung beantragt, dort zu arbeiten. Es war einer der sensibelsten Punkte unserer Armee. Man konnte der erste revolutionäre Märtyrer sein, wenn ein Krieg stattfand, und in der damaligen Lage zwischen der Sowjetunion und China konnte das Schlimmste passieren. Dort war man nahe am Feind.
Ich kannte die Situation, wollte aber dennoch dorthin, weil ich nun schon mehr als ein Jahr vergeblich in der Nähe der Hauptstadt von Urumchi gesucht hatte, ohne eine Spur meines Meisters zu finden. Vielleicht hatte ich dort, einige hundert Kilometer weiter, mehr Glück. Danach hatten Lin, Min Jiang, Hun, Chi und der Affe das Gleiche beantragt wie ich. Unser Wunsch hatte sich erfüllt. Wir vier hatten gar nicht den gleichen Stil, wollten jedoch sehr gern zusammenbleiben. Wir fragten uns nicht, warum, es war ganz einfach so.

»He, Hun, Chi, jetzt kann dein Vater stolz auf dich sein. Du hast den dritten Grad verdient und bist jetzt wie Min Jiang auch Kommunist.« Der Affe sagte das.
»Du! Und ihr auch«, Hun, Chis Gesicht war angespannt und er zeigte mit dem Finger auf uns. »Ihr dürft in der neuen Truppe nicht vor den Leuten über meinen Vater reden, sonst stoße ich eure Hintern kaputt. Mein Vater ist nur ein alter Soldat, ist das klar?«
Wir nickten mit den Köpfen, nicht aus Angst. Er hatte sich sehr verändert, das freute uns für ihn.
Erguotou war zu stark für mich, wie Feuer. Zuerst verbrannte er mir die Zunge, dann die ganzen inneren Organe. Ein Glas im Bauch genügte, damit auch mein Kopf nicht mehr in Ordnung war. Nach dem Essen, beim Bezahlen, hatten wir sehr viele Probleme. Jeder wollte alles bezahlen und die anderen einladen.
Ich warf meine Brieftasche auf den Tisch. »Ich bezahle das«, sagte ich. In dieser Brieftasche war fast mein gesamter Verdienst der Armee. Nur nicht das erste Monatsgehalt. Ich hatte versprochen, dass mein erster Monatsverdienst komplett Meister Yun, Fe gehörte. Es war nicht viel, nur acht Yuan. Ich hatte das Geld in rotes Papier verpackt und in meiner Tasche versteckt. In der Armee bekam man alles, was man für den Alltag brauchte. Das Einzige, was die Soldaten vom eigenen Geld bezahlen sollten, war Toilettenpapier. Bei uns kaufte sich das niemand, weil wir sehr viel Papier für den Russischunterricht ausgeteilt bekamen. Das brachten die Jungen in die Toilette mit.
Ich hatte schon mehr als einhundert Yuan gespart, mein Geldbeutel war dick. Die gesamte Rechnung für Essen und Trinken betrug weniger als zehn Yuan. Genug! Doch Hun, Chi warf mir den Beutel zurück. »Da Lee. Ich bezahle alles. Wenn du das weiter versuchen willst, werde ich es zu verhindern wissen.«
»Bist du in der Lage, mit mir zu kämpfen?« Mir war ganz schwindelig. Der Schnaps machte mir Mut, ich zeigte ihm im Restaurant meine Position vom Yin-Yang-Handschlagen.
Hun, Chi schaute ganz starr, dann schüttelte er schnell den Kopf. Der Schnaps wirkte auch bei ihm stark, was ihn jedoch nicht daran hinderte, sich an etwas zu erinnern. Im letzten Sommer hatten wir alle auf dem Gras geübt, ohne Waffen, nur mit unseren Händen, gegeneinan-

der gekämpft. Niemand aus unserer Gruppe hatte gegen meinen Yin-Yang-Handschlag gewinnen können. Selbst der Trainer staunte, nur Hun, Chi und Min Jiang wollten es nicht glauben. Doch ich schlug sie mehrmals zu Boden, bis sie nicht mehr aufstehen konnten, dann war Ruhe! Hun, Chi sagte jetzt auch nichts mehr.
»He, Da Lee, hör auf damit. Die anderen Leute schauen schon her«, sagte Min Jiang zu mir.
Das stimmte. Die anderen Gäste schauten mich mit komischen Blicken an, wahrscheinlich glaubten sie, dass ich total betrunken wäre. Das war sehr peinlich für mich, ich zog mich sofort aus meiner Kampfposition zurück. Schließlich hatte ich es jedoch auf diese Weise geschafft, die drei Kameraden einzuladen.

Nicht alle Berge haben eine Spitze, manche Berge haben ein ganz großes, flaches Dach. Balu gehört dazu. Als ich auf dem höchsten Punkt des dreitausend Meter hohen Berges stand, fühlte ich mich gar nicht wie auf einer Bergspitze, sondern wie auf einer Ebene. Der Berg Balu ist riesig, auch sehr schön. Er hat einen Mantel aus vielen Pflanzen, Bäumen und Gras. Das dicke, gelbe Gras auf dem Boden war gerade frei vom Schnee und von unten kam schon das erste Grün, das nachkommende Leben, das im Frühling geboren wird. Es gab Vögel, die wie Spatzen aussahen, aber ganz anders sangen und flogen. Sie konnten senkrecht nach oben fliegen und wie ein Hubschrauber in der Luft stehen. Dort oben sangen sie ganz laut und schön. Wenn ihr Lied zu Ende war, flogen sie zurück auf den Boden, ebenfalls senkrecht im Sturzflug. Man nannte sie »Himmelsglocken«.
Unser Arbeitszimmer lag oben auf dem Berg. Sehr viele Antennen standen vor dem Fenster, alle auf den Westen der Sowjetunion ausgerichtet. Nur zwei Kilometer bis zur Grenze! Wir alle waren in der direkten Schusslinie der Kanonen.
Als ich dieses Haus auf dem Berg zum ersten Mal sah, glaubte ich, es wäre nur ein Bauernhaus. Zwei bewaffnete Soldaten hielten vor der Tür Wache. Sie kontrollierten die Sonderausweise. Unsere ganze Truppe bestand aus fünfzig Leuten, nur zwanzig davon hatten diese Ausweise: vierzehn Horchfunker, vier Elektrotechniker und zwei Offiziere. Die anderen dreißig Soldaten, die als Köche, Leibgardisten, Fah-

rer und Mechaniker arbeiteten, durften dieses Haus gar nicht betreten. Sie wussten noch nicht einmal, was darin war, obwohl sie die gleiche Uniform trugen wie wir.

Ich traute meinen Augen nicht, als ich zum ersten Mal in das »Bauernhaus« kam. Die Inneneinrichtung war so modern. Es gab zwei Arbeitszimmer, nicht nur mit den Geräten, die ich schon kannte, sondern auch mit vielen neuen, die nicht in China hergestellt worden waren, sondern in den USA, England und Japan. Die Geräte verbanden einen großen Frequenzbereich und man empfing jedes Wort, das die russische Luftwaffe durch das Radio gegenüber sagte.

»Darauf müsst ihr gut aufpassen. Normalerweise soll man ihn nicht berühren.« Ein Veteran zeigte uns einen Metallkoffer, der unter einem Gerät stand. Er sah nicht wie ein normaler Koffer aus. Die Form war etwas ungewöhnlich. »Darin ist eine Bombe! Wenn die sowjetische Armee uns angreift und wir evakuieren müssen, dann wird dieser Deckel geöffnet. Darunter liegt ein Ring. Wenn man ihn herauszieht, ertönt ein sehr lauter Alarm. Wenn man ihn hört, müssen alle Leute sofort das Haus verlassen. Eine Minute, also sechzig Sekunden später, fliegt alles in die Luft!«

Wir vier Neulinge schauten einander sprachlos an. Unglaublich! So spannend und gefährlich war es hier.

Gegenüber befand sich unser Feindland – die Sowjetunion, die uns auflauerte wie ein gieriger Tiger. Diese Gefahr spürte man in der Nacht besonders: Ständig sah man Signalraketen und tanzende Scheinwerfer. Da jedoch nichts Schlimmes passierte, gewöhnte ich mich daran. Trotzdem war immer eine Anspannung da. Einmal hatte ich Nachtdienst und saß allein im Arbeitszimmer mit den Kopfhörern. Vor mir arbeiteten ungefähr fünf Maschinen. Jede von ihnen war auf der Frequenz der sowjetischen Armee. Vom Empfänger war nichts zu hören. Wahrscheinlich schliefen die russischen Offiziere auf ihrem militärischen Flughafen schon in aller Ruhe. Plötzlich sah ich durchs Fenster zwei grüne Signalraketen. Interessant war, dass sie nicht von unten nach oben flogen, sondern waagrecht knapp über dem Boden. Es kamen immer mehr, vier, sechs, acht… zum Schluss waren es mehr als zwanzig. »Nein, das sind keine Signalkugeln, die aus automatischen Schießgeräten abgeschossen werden.« Ich nahm sofort das Telefon und

ließ mich mit dem Wachtposten verbinden. »He, Genosse, hier ist das Arbeitszimmer. Etwas stimmt nicht! Vor unserem Haus erscheinen sehr viele grüne Lichter, vielleicht kommt ein sowjetischer Spähtrupp!«
»Ha, ha, ha«, die Soldaten lachten sich fast tot. »Spähtrupp? Du hast Fantasie! Das sind keine Menschen, es sind Wölfe!«
»Wölfe?« Ich wunderte mich sehr.
Im ganzen Leben hatte ich noch nie zuvor so viele Wölfe im Freien zusammen gesehen. Ich berichtete meinen Eltern und meinem jüngeren Bruder in einem Brief darüber. Mein Bruder war noch jung, erst vier Jahre alt, und konnte sicher nicht lesen. Doch meine Eltern würden es ihm bestimmt erzählen. Ich schrieb auch meiner früheren Direktorin, Lehrern und Schulkameraden. Über meine Arbeit durfte ich nie erzählen. Nach dem Geheimhaltungsgesetz wurde man hoch bestraft, wenn man Zivilisten gegenüber etwas darüber äußerte. Sogar nach der Dienstzeit galt das noch zehn Jahre. Doch ich hatte von genug anderen interessanten Erlebnissen zu berichten. Ich erzählte meinen Bekannten in Shanghai, wie imposant und prächtig die Schneeberge waren und wie Wiesen dufteten.
Viele schrieben mir zurück. Sie beneideten mich sehr, leider gab es so etwas in Shanghai nicht. »Duftende Wiesen? Kannst du mir das genauer beschreiben?«, schrieb ein früherer Schulkamerad, der dem Ruf des Vorsitzenden Mao gefolgt war, zwei Jahre lang auf dem Feld gemeinsam mit den Bauern gearbeitet hatte und gerade wieder glücklich von einer Fabrik in Shanghai aufgenommen worden war.
Wie konnte ich den Duft beschreiben? Eins wusste ich genau: Zur Erde hatte er einen ganz anderen Bezug als ich.
Im Sommer duftete die Steppe am Berg Balu. Es gab dort lilafarbene Blumen in Form eines Schmetterlings. Sie waren zwischen dem grünen Gras versteckt. Ein süßer Duft! Die Himmelsglocken bauten ihre Nester gerne dort auf dem Boden, wo besonders viele von diesen Blumen standen.
Ich genoss den Vogelgesang und den Duft der Blumen während meiner Qi-Gong-Übungen oder beim Spazierengehen. Wir hatten viel freie Zeit, wenn die Lage ruhig war. Als Horchfunker arbeiteten wir täglich vier Stunden an den Maschinen, in wechselnden Schichten. Danach analysierten wir entweder politische und militärische Nach-

richten oder wir verrichteten alltägliche Arbeiten. Natürlich gab es auch sehr oft Drill und Gefechtsausbildung.
Es gab auch einen politischen Instrukteur. Er hatte ein weißes, langes Gesicht. Zwar arbeitete er nicht direkt für den Nachrichtendienst, er hatte aber trotzdem viel zu tun. »Wir befinden uns in einem Gebiet, in dem mehrere Nationalitäten zusammenleben. Wir müssen die Beziehungen untereinander verbessern.« So sagte er in der Sitzung. »Der Vorsitzende Mao hat uns gelehrt: Alle Nationalitäten sind gleichberechtigt. Wir müssen den Lebensstil und die Gewohnheiten der nationalen Minderheiten achten. Diese Region hat nationale Autonomie. Wir brauchen die Hilfe der Menschen, die in diesem Gebiet leben. Sie sorgen für unser Essen und Trinken. Wenn es möglich ist, helfen auch wir ihnen.«
Das machte ich gern. Wenn es eine Chance dafür gab, den Bauern bei der Ernte zu helfen, Milch zu transportieren oder einen fehlenden Lehrer in der Grundschule zu vertreten, dann meldete ich mich sofort freiwillig. All dies waren hervorragende Gelegenheiten, um nachzufragen, ob jemand etwas von einem alten Mann aus Shanghai mit Namen Yun, Fe gehört habe. Leider schüttelten die Leute nur die Köpfe, vielleicht auch, weil sie nicht richtig verstanden. In diesem Gebiet wohnten zum großen Teil Kasachen. Außerdem Uiguren, Russen, Tadschiken und so weiter. Unsere Han-Nation war hier sehr wenig vertreten, obwohl in China mehr als fünfundneunzig Prozent des Volkes den Han angehörten. Hier in Xinjiang waren wir eine echte nationale Minderheit.
Fast jede Nationalität hatte eine eigene Schrift und Sprache, nur wenige Menschen verstanden mein Hochchinesisch. Einmal war ich den ganzen Tag mit Pferden unterwegs gewesen. Ich hatte fünf Produktionsbrigaden besucht, jedoch auch nicht die kleinste Spur von Yun, Fe gefunden. Als ich an einem Dreschplatz vorbeikam, sah ich sehr viele Kasachen, die dort tanzten.
»Guten Tag, können Sie mir helfen? Ich suche einen alten Mann«, ich lenkte mein rotes Pferd näher zu ihnen.
Wie auf Befehl hörten alle auf zu tanzen. Auch die Musik hörte auf. Sie standen da, als ob sie aus Holz wären, aus ihren tief liegenden Augen drangen wachsame Blicke in meine Richtung. Was bedeutete das? Ich war total verunsichert. Die Kasachen waren zwar tapfer und kraftvoll, aber auch sehr gastfreundlich. Warum verhielten sie sich mir gegenüber

so feindselig? Sie standen dort, fast alle Männer in weißen Hemden und breiten schwarzen Hosen, die Frauen in engen bunten Jacken zu den langen Röcken. Viele von ihnen trugen kleine, viereckige Hüte. Niemand sagte etwas.
Oh, ja! Plötzlich wurde mir klar, welchen Fehler ich gemacht hatte. Ich war bewaffnet, eine Pistole stak in meinem Gürtel und auf dem Rücken meines Pferdes hing ein Sturmgewehr. Es war sehr unhöflich, die Leute beim Feiern einfach so zu stören. Ich stieg sofort vom Pferd ab. »Entschuldigung bitte, einen alten Mann suche ich, der kam von …« Ich konnte die Frage nicht beenden, sondern musste schnell wieder aufsteigen.
Fünf kräftige Kasachenjungen waren auf ihren Pferden zu mir unterwegs. Die Männer in diesem Gebiet tragen immer gern ein Messer im Gürtel und alle fünf hatten ihre Hand am Messergriff. Sie schauten mich mit bösen Blicken an, ihre Pferde kamen in einer Reihe langsam immer näher.
Reflexartig nahm ich mein Gewehr zur Hand. In fünf Metern Entfernung blieben sie vor mir stehen. »Sie bekommen unseren Imam nicht«, sagte der Junge in der Mitte auf Hochchinesisch mit sehr starkem Akzent. Er hatte eine lange Nase und starke Muskeln. Vielleicht um mir seine Kraft zu zeigen, spannte er die Brustmuskeln noch extra an.
Ich hängte mein Gewehr auf den Pferderücken zurück. Ich war nicht sicher, ob er wusste, dass seine Muskeln keine Rolle mehr spielen würden, wenn ich meine Waffe benutzte. Sie enthielt dreißig Kugeln, die man in nur wenigen Sekunden abfeuern konnte. Bis zweitausend Meter wirkten sie tödlich. Und er und seine Kumpel waren nur fünf Meter von mir entfernt. Nein! Dafür war ich nicht gekommen. Ich wollte auch nicht mit ihnen streiten. Irgendetwas stimmte nicht.
»Meine Genossen, ich will nicht Ihren Imam, ich suche einen alten Mann aus Shanghai.«
»Alter Mann, ja, unser Imam ist ein alter Mann. Sie kriegen ihn nicht… Er geht nicht nach Shanghai, er bleibt bei uns …«
Mein Himmel, was war das denn? Sie verstanden mich überhaupt nicht. Ich verstand sie auch nicht.
Die Jungen unterhielten sich untereinander: »Grruh, grruh.« Ihre Mut-

tersprache, Kasachisch, war für mich wie die Sprache von Außerirdischen.
»Kann ich Ihnen helfen?« Die Frage kam in ganz korrektem Hochchinesisch und sehr charmant von der Seite. Ein Mädchen auf einem weißen Pferd kam zu uns. Es wunderte mich sehr, dass sie eine Kasachin in enger schwarzer Jacke und weitem, rotem Rock war. Unter ihrem kleinen Fez hingen viele kleine Zöpfe bis zur Taille. »Ich heiße Oigulie, er ist mein Bruder Tieljang. Mein Soldatenbruder, wie heißt du?« Ihre Rede war frei und locker und ihre Körpersprache faszinierend; sie legte die rechte Hand auf ihr Herz und verbeugte sich, auf ihrem Pferd sitzend.
»Da Lee, Chen, Da Lee.« Mein Pferd bewegte sich, obwohl ich die Zügel festhielt, ging es auf das weiße Pferd zu. »Entschuldigung, mein Pferd mag deines«, ich fand es ein bisschen peinlich.
Die Pferde nicht. Sie freuten sich und rieben die Schnauzen aneinander. »Hururu«, zitterten beide Pferde mit den Nasen.
Sie lachte laut, als sie sah, wie die Pferde sich verhielten. Ihre Stimme war wie eine Silberglocke, sie klang wunderschön.
»Oigulie, bitte übersetze für mich. Ich suche einen alten Mann aus Shanghai, sein Name ist Yun, Fe.«
Sie übersetzte es den Jungen auf Kasachisch, dann lachten alle und stiegen ab, ich auch.
»Entschuldigung, wir haben geglaubt, du suchst unseren Imam.« Tieljang kreuzte seine Arme vor der Brust.
»Was ist mit eurem Imam passiert?«, fragte ich.
»Er hat während der politischen Lernzeit den Koran erklärt. Jetzt suchen ihn die Polizei und die Volksmiliz überall«, antwortete Oigulie.
Mein Himmel, hat dieser Mann großen Mut!, dachte ich.
Politische Lernzeiten fanden normalerweise ein bis zwei Stunden wöchentlich statt, in der Armee noch öfter. In dieser Zeit durfte man nur Bücher vom Vorsitzenden Mao oder Marx und Lenin lesen. Wie überzeugt musste dieser Imam sein, dass er sogar diese Zeit für seinen Job benutzte!
»Ich suche den alten Mann, der mein Meister ist.«
»Meister? Leider können wir dir nicht helfen, von diesem Mann haben wir nicht gehört«, sagte Oigulie.

»Aber du musst mit uns zusammen feiern. Heute ist mein Geborentag«, sagte ihr Bruder zu mir.
»Was?« Ich verstand sein Hochchinesisch nicht ganz.
»Heute ist sein Geburtstag«, erklärte mir Oigulie.
»Gratuliere!« Ich wollte gern mitfeiern. Ich zog am Zügel, um mit ihnen zusammen zum Dreschplatz zu gehen.
»Halt, stehen bleiben!« Ein lauter Befehl kam von hinten, dann ein starkes Geräusch von Bremsen.
Wir alle standen, auch die Pferde. Ich drehte mich sofort um.
Ein offener Jeep hielt hinter uns, darauf saßen drei bewaffnete Soldaten mit Sonnenbrillen. Ich kannte sie. Es waren Min Jiang, Hun, Chi und Lu, »Pockennarben«. »Pockennarben« war natürlich nicht sein richtiger Name. Er hieß Lu, aber wegen einiger Narben im Gesicht hatten ihm die Kameraden diesen Spitznamen gegeben.
»Was macht ihr?«, fragte ich.
»Wir wollten dich das Gleiche fragen, komm her«, sagte Min Jiang.
Ich sah, dass meine Kameraden ihre Gewehre in die Hand nahmen. Die Atmosphäre war gespannt.
»Was wollten die Kasachen mit dir machen?«, fragte Min Jiang, als ich näher kam.
»Wollten sie dich mit den Messern stechen?«, fragte Hun, Chi.
»Nein.«
»Nein? Wir haben euch vorhin durch das Fernglas beobachtet, meine Maschine ist schon geladen.« Hun, Chi zeigte mir sein Gewehr.
»Nein! Es war nur ein Missverständnis.«
»Bist du sicher, dass sie nicht zu den nationalen Unabhängigen gehören?«
»Ja, sie sind gute Zivilisten. Sie wollten mich einladen. Was macht ihr?«
»Nur wegen dir sind wir hier, der politische Instrukteur macht sich Sorgen um dich. Du bist schon lange weg, so allein mit dem Pferd. Er hat uns aufgetragen, dich zu suchen. Moment.« Lu öffnete sein Funkgerät.
»Dreiachtzehn, Dreiachtzehn, wir haben ihn gefunden, alles in Ordnung.« Weil wir selbst Horchfunker waren, wussten wir genau, dass die Russen alles, was wir sprachen, abhören konnten, deshalb redeten wir so kurz wie möglich.
»Dreiachtzehn verstanden. Fertig!« Am anderen Ende war es noch einfacher. Dreiachtzehn war die Bezeichnung für unsere Truppe.

»He, schau mal!« Hun, Chi starrte auf etwas hinter meinem Rücken, die beiden anderen starrten sofort ebenfalls dorthin.
»Wow, wie hübsch dieses Mädchen ist«, sagte Hun, Chi leise.
Ich bemerkte, dass Oigulie zu uns kam. In unserer Truppe gab es nur Männer. Viele machten ein großes Aufheben, wenn sie eine Frau sahen.
»Soldatenbrüder, ihr seid alle willkommen mit uns zu feiern!«, sagte Oigulie, neben mir stehend.
»Danke, danke, wir sollten in die Armee zurück…«, die drei Soldaten lachten ihr freundlich zu.
»Warum nicht, wir haben gegrilltes Lammfleisch und auch Schnaps. Heute ist die Geburtstagsfeier meines Bruders.«
»Gut.« Lu, Pockennarben war schon überzeugt. Wenn er Schnaps hörte, sagte er nicht nein. »Kommt, lasst uns hier bleiben, wir vertiefen die Beziehungen zu den nationalen Minderheiten.« Als Veteran hatte er die Rolle des Chefs übernommen. Wir taten, was er sagte.
Wir entfernten die Magazine aus den Gewehren, steckten sie in die Tasche und nahmen nur die Pistolen zur Feier mit. Ich fand einen Baum, an dem ich mein Pferd festbinden konnte.
Oigulie zog ihr weißes Pferd auch zu diesem Baum. Sie wusste, dass die beiden Pferde gerne zusammenbleiben wollten.
Der Tanz der Kasachen war sehr faszinierend. Eine zweiseitige Dombra und eine Trommel wurden als Hauptinstrumente benutzt. Die Trommel hatte ungefähr fünfzig Zentimeter Durchmesser und war fünf Zentimeter hoch. Wer mit diesem Ding in den Tanzkreis kam, musste nicht nur ein guter Musiker, sondern auch ein guter Tänzer sein. Diese Rolle übernahm Tieljang. Er tanzte wie ein Pferd, das frei galoppierte, manchmal auch wie ein Adler, der sich gerade in die Luft erheben wollte. Ein Mädchen tanzte oft vor ihm, wahrscheinlich seine Freundin, sie zeigte ihm ihre reizende Körpersprache. Gerechter Zorn packte Tieljang. Seine Flügel schlugen die Trommel laut und kräftig. Keiner konnte mehr seine Füße ruhig halten. Der kasachische Tanz war nicht schwer zu lernen. Oigulie zeigte mir die Schritte ein paar Mal, dann konnte ich schon mittanzen. Nur meinen Hals konnte ich nicht wie sie bewegen, ebenso wenig wie meine drei Kameraden.
»Kein Mensch kann das«, sagte Hun, Chi zu uns. Er hatte ein paar Mal

versucht, wie sie den Kopf gerade zu halten und nur den Hals waagrecht zu bewegen. »Ich kriege einen Krampf im Hals«, er strich sich mit den Händen über seinen Hals, dann gab er auf. Als die Musik eine Pause machte, gingen wir zusammen zu einem Tisch an der Seite. Einige Frauen hatten den Tisch schon gut vorbereitet und mit viel Obst und Schnaps gedeckt. Ein alter Mann kam zu uns, beide Hände voll mit gegrilltem Lammfleisch.

»Das ist unser Imam«, sagte Oigulie ganz leise zu mir.

Der alte Mann hatte einen ganz langen Bart. Der Bart war dick und silberfarben, ganz im Gegensatz zu seinem Haar. Sein Kopf war schon ganz glatt. Er lachte die Leute sehr nett an, mit freundlicher und liebevoller Ausstrahlung. Kein Wunder, dass alle Einwohner ihn liebten. Als unsere Augen sich trafen, wirkte er ein wenig gespannt. Er schaute mich von oben bis unten an. Ich trug im Sommer wie die anderen Soldaten eine Mütze mit der Kokarde von fünf roten Sternen und eine dünne Uniform mit grünem Oberteil und blauer Hose. Meine Schuhe waren halb aus Baumwolle, halb aus Gummi und von grüner Farbe. Und an meinem Gürtel hing die Ledertasche mit der Pistole. Das passte zwar nicht ganz zu einem Fest, doch waren wir leider gezwungen, immer eine Pistole zu tragen.

Ich hatte die sehr vorsichtigen Blicke des Imam bemerkt und ging deshalb auf ihn zu. »Guten Tag, ich heiße Chen, Da Lee. Ich danke für eure Einladung.« Ich verbeugte mich nach ihrer Sitte, die rechte Hand auf der linken Seite über dem Herz liegend.

»Herzlich willkommen, herzlich willkommen für den jungen Adler, der auf unserer Wiese gelandet ist.« Er lachte laut und kräftig, dann gab er mir viele Spieße mit Lammfleisch, ungefähr zwanzig Stück drückte er mir in die Hände. Das war zu viel für mich, ich verteilte sie sofort an Min Jiang, Hun, Chi und Lu, »Pockennarben«.

Dieser Lu. Er vertiefte sich gerade sehr intensiv in seine Schale, die mit Alkohol gefüllt war. Und sobald er fertig getrunken hatte, goss er sich selbst aus einem großen Krug nach.

»Isst du nicht gern Lammspieße?«, fragte mich Tieljang. Seine jüngere Schwester stand auch bei ihm.

»Doch, aber es ist zu viel für mich.«

»Was isst du besonders gern?«, fragte mich Oigulie.

»Sch … schwarzes Huhn.« Eigentlich hatte ich Schweinefleisch sagen wollen, das hatte ich lange nicht mehr gegessen. Doch in diesem Gebiet lebten Muslime, hier durfte man dieses Wort absolut nicht äußern.
»Schwarzes Huhn?« Schwester und Bruder zogen die Schultern hoch. Huhn war Huhn, welche Rolle spielte die Farbe? Warum musste es schwarz sein? Sie verstanden das nicht. Ich hätte es auch nicht verstanden, wenn mir jemand diese Antwort gegeben hätte.
Dieser Schnaps wurde sicher im eigenen Dorf gebrannt. Beim Trinken hatte man einen leicht süßlichen Geschmack auf der Zunge und ab einer gewissen Menge schwebte man über allen Wolken. Bereits nach der zweiten Schale hatte ich das Gefühl, dass ich fliegen könnte. Das ging also keinesfalls so weiter mit dem Trinken. Bei Min Jiang und Hun, Chi auch nicht. Wir setzten uns einfach zusammen, um zu plaudern. Die Worte werden immer mehr, wenn man viel Alkohol in den Bauch gegeben hat.
Tieljang trank wahrscheinlich zu viel. Er ging tänzelnd herum und goss den Leuten Schnaps nach. Heute war sein schönster Tag, da durfte er mehr trinken und er kümmerte sich darum, dass seine Gäste auch mehr tranken. Mit wackeligen Schritten kam er zu uns. Ich sorgte mich um das Geschirr, das in Gefahr war herunterzufallen.
»Komm, gieß hier ein«, zeigte Lu ihm schon seine Schale.
Nachdem er Lu nachgeschenkt hatte, kam er zu mir. »Brüder, meine Soldatenbrüder, nehmt noch von diesem besten Getränk!«
»Nein, ich kann nicht mehr.« Ich hielt schnell meine Hand über die Schale.
»Doch!« Er goss mir den Schnaps einfach über den Handrücken.
Dieser Mann ist betrunken!, dachte ich und nahm ein Tuch, um den Tisch zu trocknen.
»Bruder, willst du haben, ja, haben.« Seine Zunge war schon schwer. Er goss einfach weiter auf den Handrücken, diesmal auf Min Jiangs.
»Mein Himmel, ich kann nicht mehr, zu gastfreundlich.« Er lachte ein wenig ärgerlich. Auf seine Hose war ziemlich viel Schnaps getropft. Er versuchte, sie mit einem Taschentuch zu trocknen.
Tieljang kam zu Hun, Chi. Chi hatte unsere Peinlichkeit schon gesehen. Er lernte schnell. Bevor die Kanne zu seiner Schale kam, zog er sie schon weg und versteckte sie hinter seinem Rücken.

»Ich kann auch nicht mehr trinken«, schüttelte er seinen Kopf und lachte Tieljang an.
Der muskulöse Tieljang goss den Schnaps einfach an Chis Hals.
Das war zu viel, er sprang auf. »Was bedeutet das?« Hun, Chi war sehr böse. Mit einer Hand wischte er sich den Hals ab, mit der anderen warf er die Porzellanschale auf den Boden. »Pa!« zersprang sie.
Tieljang war auch böse, er tat noch mehr. Zuerst warf er den Krug auf den Boden, der »Hong« ebenfalls zerbrach, dann zog er das lange Messer und steckte es »Pu!« ganz tief in die Tischplatte. »Allah, ich wurde missachtet!« Er hielt beide Hände und seine Augen gegen den Himmel. Dann sprach er ein paar Worte auf Kasachisch und drehte sich wieder zum Tisch um. Mit der rechten Hand zog er das Messer aus der Platte und wollte wie ein wütender Löwe gegen uns kämpfen.
»Halt! Keine falsche Bewegung!« Hun, Chi ging einige Meter rückwärts. Die Pistole hielt er in der Hand und richtete sie auf Tieljang, den Körper gesenkt und bereit, notfalls zu schießen.
»Wirf das Messer weg!« Lin, Min Jiang hatte ebenfalls seine Waffe gezogen und stellte sich neben Chi.
Fast alle gerieten in Panik. Oigulie schrie vor Schreck auf und sprang vor ihren Bruder, um ihn mit ihrem Körper zu schützen. »Nein, nein, nein!« Mit weit aufgerissenen Augen schaute sie uns an, voller Angst und Schreck. Plötzlich trafen sich unsere Blicke. Ihre blauen Augen waren so schön, sogar in dieser furchtbaren Sekunde. Ihre Augen, diese großen, blauen Augen mit den langen Wimpern konnten sprechen. »Da Lee, hilf uns, lass deine Kameraden nicht schießen!«
Zwar hatte ich kein Wort gehört, aber ich hatte verstanden. Ich sprang sofort vor Hun, Chi und Lin, Min Jiang. »Steckt die Waffen weg, er ist nur betrunken!«
Beide ließen ihre Hände sinken.
Einige Männer hatten Tieljang das Messer abgenommen.
»Unmöglich! Nicht zu fassen!« Min Jiang und Hun, Chi steckten die Pistolen wieder in die Tasche.
»Uh, uh, uh!« Plötzlich weinte Tieljang. Er saß laut weinend auf dem Boden, wie ein Kind.
Wir drei Soldaten schauten einander an, alle mit einem großen Frage-

zeichen auf dem Gesicht. Das verstand ich nicht. Zuerst wollte er uns angreifen, jetzt benahm er sich, als ob er sehr beleidigt wäre.
»Ihr habt ihn verletzt, er hat sein Gesicht verloren!« Lu kam zu uns, die mit Schnaps gefüllte Schale noch in der Hand. Er schwankte schon.
»Was? Was hast du gesagt?«, fragten Min Jiang und Hun, Chi ganz laut. Chi ging zu ihm, nahm ihm die Schale aus der Hand und stellte sie auf den Tisch.
»Moment.« Lu ging zum Tisch und nahm die Schale wieder in die Hand. Dann legte er den Kopf nach hinten und leerte sie bis auf den letzten Tropfen. Dann drehte er die Schale um und stellte sie umgedreht auf den Tisch zurück. »So soll man das machen! Nach kasachischem Brauch muss man die Schale umgedreht auf den Tisch stellen, wenn man genug getrunken hat. Sonst glauben sie, dass die Gäste nicht aufrichtig sind, und wenn sie dann nicht nachgießen, haben sie ihr Gesicht verloren.«
»Warum hast du uns das nicht vorher gesagt?«, fragte Chi.
»Ich, ich …«, seine Pockennarben bewegten sich stark. »Ich wollte noch weitertrinken.«
»Ein echter Säufer!« Min Jiang schüttelte den Kopf.
Ich ging mit Min Jiang zu Tieljang. Er weinte noch.
»Tieljang, wir kannten eure Trinkgewohnheiten nicht, es tut mir sehr Leid«, entschuldigte ich mich bei ihm.
Oigulie übersetzte noch einmal für ihn.
»Ja, tut mir auch Leid«, sagte Min Jiang.
»Du hast auch zu viel getrunken.« Hun, Chi kam nun ebenfalls und jammerte.
Ich schlug ihm ganz sanft auf den Hintern und sagte kräftig in sein Ohr: »Du, nicht weiter so! Er hat heute Geburtstag und er hat uns eingeladen. Jetzt ist er so traurig, das hat er nicht verdient!«
»O ja, Entschuldigung – und vielen Dank für die Einladung.« Hun, Chis Stimme klang sehr unnatürlich. Er drehte den Hals ein paar Mal. Seine Jacke war mit Schnaps überschüttet, er roch sehr unangenehm.
Die Kasachen versuchten, Tieljang zu beruhigen. Langsam hörte er auf zu weinen.
»Der Regen kann das Gras nie zerstören. Er lässt es nur besser wachsen, egal wie stark der Regen war. Ein Missverständnis, das aus der Welt

geschafft ist, kann unsere Herzen noch mehr öffnen, egal wie groß das Missverständnis war.« Der Imam strich seinen langen Bart. »So, gehen wir wieder zurück an den Tisch.«
Einige Frauen hatten den Tisch wieder in Ordnung gebracht, jede Schale war schon mit Schnaps gefüllt.
Wir standen dort, am Tisch, alle mit einer Schale in der Hand. »Lang lebe der Vorsitzende Mao, zum Wohl!«, sagte der Imam.
»Zum Wohl!« Wir stießen unsere Schalen aneinander.
»Auf gegenseitiges Verständnis, zum Wohl!«, sagte Lin, Min Jiang.
»Zum Wohl!« Zwanzig Schalen stießen aneinander, dann tranken wir.
Ich hatte nur ein bisschen getrunken. »Auf eine schöne Zukunft für unseren Gastgeber, Tieljang. Zum Wohl!«, sagte ich.
»Zum Wohl!« Alle Schalen trafen sich wieder.
Ich konnte nicht mehr trinken, ebenso wenig wie Hun, Chi und Min Jiang.
»Gebt her! Gebt her!« Lu freute sich total.
Diesmal hatten wir gut gelernt. Nachdem die Schalen geleert waren, drehten wir sie um und stellten sie auf den Tisch. Die Dorfleute lachten uns sehr freundlich an, auch Tieljang. Auf seinem Gesicht war schon keine Spur von Traurigkeit mehr.
Beim Abschiednehmen war die Atmosphäre wieder gut. »Kommt ihr wieder? Ihr seid immer herzlich willkommen«, luden uns die Einwohner ein.
Tieljang und Oigulie begleiteten uns zu unserem Jeep, dann gingen sie wieder zum Platz zurück. Die Feier war noch nicht vorbei.
»Mein Himmel! Wie hübsch ist diese Kasachin!« Hun, Chis Blick hing an Oigulies Rücken, der sich immer weiter entfernte.
»Gibt es in eurer Heimat keine hübschen Frauen?«, fragte Lu, Pockennarben. Er kam von Peking.
»Doch, aber sie sind ganz anders. Wie heißt sie, Da Lee?«
»Oigulie!«
»Ja, Oigulie hat so eine, so eine ...« Chi kratzte sich den Kopf.
»So eine wilde, natürliche Schönheit«, Min Jiang half ihm.
»Ja, richtig! Das fehlt den Shanghai-Mädchen.«
»Willst du sie heiraten? Dann musst du auf das rote Taschentuch warten«, sagte Lu. Er saß schon auf dem Fahrersitz.

»Heiraten? Nein, jetzt nicht, in zehn Jahren. Aber das rote Taschentuch, was ist mit dem roten Taschentuch?«, fragte Chi.
»Go …!« Lu rülpste. »Habt ihr noch nichts vom roten Taschentuch gehört?«
»Nein, wir wissen nichts darüber.« Ich war auch sehr neugierig.
»Wer hat eine Moche-Zigarette?« Dieser »Pockennarben« machte extra langsam. Er spielte mit unserer Neugierde und Lust.
»Ich habe eine.« Min Jiang gab ihm einen kleinen Behälter und Zigarettenpapier. Bevor die Zigarette fertig gedreht war, hielt Min Jiang schon das Feuerzeug bereit, in der Hoffnung, Lu würde dann schneller erzählen.
»Das rote Taschentuch ist …« Er nahm einen tiefen Zug aus seiner Zigarette. Dann schaute er uns mit merkwürdigem Lächeln an.
»Sag es jetzt einfach, sonst …« Chi konnte nicht mehr warten. Er packte Lu an der Schulter.
»Schon gut, lass mich los. Das rote Taschentuch ist für kasachische Mädchen ein Heiratsversprechen. Wenn sie ein rotes Tuch auf den Boden werfen und ein Junge hebt es auf, dann muss er das Mädchen heiraten. Das rote Taschentuch symbolisiert das Herz. Eine junge Frau wirft es nur ihrem Auserwählten hin.«
»Hast du eins bekommen?«, fragte ich ihn.
»Ich? Schau dir mal mein Gesicht an, welches Mädchen will mir wohl ein rotes Tuch werfen? Eine Kartoffel vielleicht!«
Wir lachten alle. Lu, Pockennarben machte immer gern Späße, er war nie böse. Er war schon verheiratet, leider wohnte seine Frau in Peking. Witz und Alkohol machten ihm das Leben angenehmer. Er wartete nur darauf, in seine Heimat zurückkehren zu können.
»Erzählen wir in der Truppe besser nichts über diese Geschichte hier. Sonst gibt es ein riesiges Theater, wenn der Chef erfährt, dass wir fast unsere Waffen benutzt hätten. Da Lee, du erzählst auch nichts, ja? Wir fahren zuerst, tschüss!« Lu ließ den Motor des Jeeps an.
»Kannst du noch fahren?« Ich machte mir Sorgen um ihn. Er hatte so viel getrunken.
»Keine Sorge, mit Schnaps fahre ich sogar besser. Hier gibt es auch keine Ampeln.« Beim Anfahren drehten die Räder durch und wirbelten die Erde auf. Sie fuhren nach oben zur Spitze des Berges Balu.

Ich ging zurück zu meinem roten Pferd. Es war sehr gut versorgt worden. Oigulie hatte ihm viel grünes Gras zum Fressen gebracht.
»Das ist ein sehr gutes Pferd. Wie alt ist es?«, fragte sie.
»Ich weiß nicht, aber es ist sehr kräftig«, antwortete ich.
»Es ist noch jung, jünger als fünfzehn Jahre.« Sie hatte dem Pferd das Maul geöffnet und schaute sich die Zähne an.
»Oigulie, ich muss gehen.« Ich zog mein Pferd weg.
Die Sonne stand schon über den westlichen Bergen. Wir waren von goldgelbem Licht eingehüllt. Oigulie stand unter dem Baum mit ihrem weißen Pferd. Ihr Blick begleitete mich. Ich wusste nicht, warum, aber ich verabschiedete mich nicht von ihr. Ich spürte nur, dass mein Herz sehr schnell schlug. Komisch, so ein Gefühl hatte ich zum ersten Mal in meinem Leben. Ich stieg auf mein Pferd und schaute zurück.
Oigulie stand noch dort unter dem Baum mit ihrem weißen Pferd. Ihr Rock wehte leicht im Wind und sie war von goldgelbem Licht umgeben. »Moment!« Sie schwang sich in den Sattel und kam zu mir. »Da Lee, wann ist dieser Mann, den du suchst, nach Xinjiang gekommen?«
»Vor vier Jahren. Er muss jetzt dreiundsiebzig Jahre alt sein, sein Name ist Yun, Fe.«
»Ich habe eine Idee. Ich bin Ansagerin beim Drahtfunk unserer Kommune, ich kann dir bestimmt helfen.«
»Sehr gut, ich danke dir.« Meine Hand hielt ihre. Wie vom Strom getroffen, zog ich sie zurück.
Sie lachte ein bisschen. Ihr Gesicht war rot geworden.
Unsere Pferde gingen im gleichen Tempo nebeneinander her. Wir schwiegen.
Oigulie konnte sich sehr gut auf dem Pferd halten. Die Bewegungen ihres Körpers waren in perfekter Harmonie mit denen ihres Pferdes. Sie hatte eine hohe, gerade Nase, die sehr gut zu den braunen Haaren und den tief liegenden großen, blauen Augen passte. Ihr Oberkörper war so selbstbewusst aufgerichtet. Aber ich konnte sie nicht länger ruhig anschauen. Mein Herz bangte und mein Körper bebte. Ihr Busen war so hoch, dass die Jacke ihn kaum bedecken konnte. Er bewegte sich beim Reiten unter dem Baumwollstoff, als ob er um Freiheit kämpfte. Mein Himmel! Ich spürte, wie mein Gesicht heiß wurde, und wendete meinen Blick ab.

Sie hatte etwas gemerkt, ein Lächeln stand in ihren Mundwinkeln.
»Wie alt bist du?«
»Achtzehn, und du?«
»Schau mal meine Zöpfe an, wie viele sind es?«Sie schüttelte ihren Kopf einmal kräftig hin und her. Jetzt waren alle Zöpfe auf meiner Seite.
»Ich kann nicht genau zählen, fünfzehn?«
»Nein, achtzehn Stück, ich bin genauso alt wie du.«
Von hinten kam Hufgeklapper immer näher. Es war Tieljang. Er ritt ohne Sattel auf seinem Pferd. Es war auch ein weißes Pferd, nur hatte es viele schwarze Punkte. »Bruder, ich habe ein schwarzes Huhn gefunden, zum Essen.« In seiner großen Hand kämpfte ein armer Hahn ohne jede Chance.
»Danke, nein! Wir dürfen keine Geschenke annehmen. Übrigens, was soll ich mit einem lebendigen Huhn machen?« Ich war sehr verwundert. Ja, ich hatte gesagt, dass ich gerne schwarzes Huhn essen würde. Doch das war nur eine Ablenkung gewesen. Ich hatte es schon fast vergessen. Oigulie übersetzte, was ich sagte. Ich wusste nicht, was sie genau sagte.
»Lebendig?« Er zog sein Messer aus dem Gürtel. »Puh«, schnitt er den Kopf des Hahns ab.
»Nimm das!« Er warf das kopflose Geschenk vor mein Pferd, dann drehte er um und ritt zurück.
Alles war so schnell passiert, dass ich keine Zeit zum Reagieren hatte.
»Wir Kasachen wachsen im Sattel auf, sehr zügellos.« Sie stieg vom Pferd ab, nahm das Huhn und reichte es mir. »Jetzt blutet es nicht mehr, du kannst es mitnehmen.«
»Was kostet es?« Ich zog meine Brieftasche.
»Nichts. Gar nichts.« Sie schlug mit der Reitpeitsche einmal auf den Hintern meines Pferdes. Das Tier lief sofort schneller, fast fiel ich vom Pferd.
»Ha, ha, ha!«, lachte Oigulie hinter mir mit ihrer silberhellen Stimme.
»Wir sehen uns bestimmt wieder. Ich komme bald auf den Baluberg! Tschüss!«
»Tschüss! Vielen Dank!« Ich winkte mit der Hand nach hinten.
Als ich in meine Unterkunft zurückkam, war alles schon dunkel. Ich brachte den Hahn in mein Schlafzimmer. Dort erzählte ich die Geschichte über Tieljang und den Hahn, alle Mitbewohner lachten.

»Was kann ich damit machen? Soll ich es zum Koch bringen?«, fragte ich meine Freunde.
»Quatsch, für so viele Leute reicht es nicht, entweder der Koch oder der Chef werden es für sich behalten. Wir bekommen höchstens ein wenig Suppe ab. Nein, wir kochen es selbst!«, sagte Hun, Chi.
»Wie denn? Jetzt, wo es noch warm ist, wird der Ofen für die Heizung doch gar nicht benutzt!«, warf Min Jiang ein.
»Ich habe eine Idee. Ich kann versuchen, ein Bettlerhuhn zu machen. Ich weiß ungefähr, wie man das zubereitet, nur brauche ich Salz und Wein.«
»Das ist kein Problem, das besorge ich.« Chi ging hinaus in die Küche.
An diesem Abend konnten wir drei richtig genießen. Wir gingen einige hundert Meter weiter zu einer Quelle. Lin, Min Jiang und Hun, Chi sammelten trockenes Holz. Ich bearbeitete das Huhn. Als es vollständig in Lehm eingepackt war, legte ich es auf das Feuer. Eine halbe Stunde später zeigten sich »pa!« die ersten Risse im Lehm. Das war das Zeichen dafür, dass das Huhn gar war. Ich schob den Lehmball zur Seite, aus dem Feuer heraus, und zerschlug ihn mit einem Stein. Die Erde fiel zusammen mit den Federn ab. Heraus kam das heiße Fleisch. Diesen Duft und Geschmack kann man nie vergessen.
»So ein schmackhaftes Essen bekommt man noch nicht einmal bei einem Staatsbankett«, sagte Hun, Chi.
Es war ein sehr großer Hahn, aber wir drei aßen alles auf. Zum Schluss nagte ich noch lange an einem Knochen herum. Man konnte es fast nicht glauben, doch selbst der schmeckte noch gut.

»Da Lee, Genosse Chen! Da Lee, ich habe gehört, dass du weißt, wie man gutes Huhn kocht. Stimmt das? Weißt du, ich bin verrückt nach Huhn. Kannst du mir das Rezept für Bettlerhuhn verraten?« Einige Tage später kam Wang, Jung mit Lu in meinen Schlafraum.
Er gehörte zum zweiten Arbeitszimmer und war schon Offizier. Das war ein Glückspilz. Er war drei Jahre vor uns ebenfalls aus Shanghai gekommen. Im ersten Jahr wurde er schon Kommunist, dann wurde er zwei Jahre lang von der Armee zur Uni in Peking geschickt. Nach dem kurzen Studium wurde er als Offizier-Horchfunker nach Balu geschickt. Zwar hatten wir den gleichen Job, aber er verdiente monatlich achtzig

Yuan, zehnmal so viel wie wir Soldaten. Normalerweise wirkte er sehr hochnäsig, nur jetzt war er ausnahmsweise nett zu mir.
»Ich habe kein Know-how«, antwortete ich.
»Ich schenke dir einen Schnaps als Gegenleistung«, sagte Lu.
»Den brauche ich nicht.« Ich drehte den Kopf zu meinen Mitbewohnern. In diesem Raum wohnten sechs Leute, vier davon waren da und schauten uns lächelnd an. Hun, Chi zeigte mit dem Finger auf den Ofen. Ich verstand, was er mir sagen wollte.
»Na gut, bringt uns Kohle her. Es wird bald kalt. Wenn ihr uns für unser Zimmer einen vollen Korb Kohle bringt, verrate ich dir mein Know-how.«
Wang, Jung dachte nach. Zum Glück trug er keine Stiefel, sonst hätte er auf jeden Fall »nein« gesagt. Im Winter putzte er seine schwarzen Stiefel, bis sie glänzten wie ein Spiegel, man konnte darin sogar sein Gesicht sehen. Vor seinen Augen trug er manchmal eine schwarze Brille. »Gut.« Er nahm die Brille herunter und steckte sie in die Tasche. Eine halbe Stunde später kamen die beiden Armen wieder in unseren Raum. Ihre Hände und Gesichter waren schon von Kohlenstaub bedeckt. Sie schleppten den Korb Kohle zum Ofen. »So, und nun bist du dran«, forderte Wang, Jung. Er strich sich noch einmal über die Stirn, die voller Schweißperlen war.
»In Ordnung«, ich hatte keine andere Wahl mehr.
»Moment! Wer ist so nett und gibt mir ein weißes Papier? Danke!« Jung bekam eines von Chi. »Jetzt, bitte!«
Ich tat sehr geheimnisvoll und flüsterte ihm ganz leise ins Ohr. Er schrieb jedes Wort ganz genau auf.
»Gut.« Er schüttelte das fertig beschriebene Papier. »Ich kaufe beim Bauern ein Huhn und mache das genau so.« Auf dem Papier gab es einige schwarze Fingerspuren, doch das störte den Offizier Wang, Jung nicht. Er packte es ganz vorsichtig in seine Tasche und ging dann mit Lu hinaus.
»Du bist toll, lässt diesen hochnäsigen Typen für uns Kohle tragen!«, sagte Hun, Chi.
Wir lachten alle. Nur zu früh.
Am nächsten Abend, wir sechs Jungen waren gerade beim Selbststudium von politischen Büchern, wurde die Tür plötzlich mit einem

Fußtritt geöffnet. So laut, dass wir sofort reagierten und zu unseren Waffen stürzten.
»Wo ist Da Lee? Dieser Chen, Da Lee, wo ist er?« Drei Besucher kamen herein, sie sahen komisch aus. Wang, Jungs rechter Arm hing in einer weißen Binde. Der »Affe«, der auch im zweiten Arbeitszimmer arbeitete, hatte ein Pflaster auf dem Gesicht. Lu, Pockennarben hatte keinen Verband und auch kein Pflaster, nur seine Jacke hatte zwei große Löcher.
»Wie konntet ihr so unhöflich sein?« Min Jiang war sehr aufgebracht. Wir auch! Trotzdem hängten wir unsere Waffen wieder zurück, weil wir sahen, dass die Besucher unbewaffnet waren.
»Kommt ihr aus dem Krieg?« Ich wunderte mich sehr.
»Ha! Du bist hier!« Alle drei sprangen ganz schnell vor mich hin.
»Moment, Moment, nur mit der Ruhe!« Hun, Chi kam mir zu Hilfe, die anderen Mitbewohner standen auch hinter mir.
Das war fast eine Regel. Wenn einer von Leuten aus einem anderen Raum angegriffen wurde, unterstützten ihn alle Mitbewohner sofort, auch wenn sie untereinander Probleme hatten. Diese Beziehung zwischen Menschen ist genau wie zwischen Tieren. In einer Höhle kämpfen oft die Tiere untereinander. Doch wenn Angreifer von außen kommen, kämpfen sie gemeinsam gegen den Feind.
»Da Lee, wie kannst du uns solch ein Know-how geben? Jetzt muss ich meine Jacke stopfen«, sagte Lu. Seine Pockennarben zogen sich schon zusammen.
»Was soll das denn? Ihr wolltet das Rezept doch unbedingt haben«, antwortete ich.
»Ja, richtig, das haben wir alle gesehen und gehört.« Min Jiang unterstützte mich.
»Aber du hast mir das Know-how für eine Bombe gegeben! Dieser Erdball ist auf dem Feuer explodiert! Und dafür lässt du mich sogar noch Kohle für euch tragen. Du bist wirklich unmöglich!« Wang zeigte mir seinen Arm.
Mein Himmel! Er war Offizier und der Schützling des Chefs. Diesmal hatte ich Pech. »Habt ihr alles genauso gemacht, wie ich es dir gesagt habe?« Ich wollte mich natürlich verteidigen.
»Natürlich, schau mal, hier habe ich aufgeschrieben, was du mir über

das Bettlerhuhn gesagt hast.« Wang zog das Papier aus der Tasche und warf es auf den Tisch. Darauf waren nun nicht mehr nur schmutzige Spuren von Kohle, sondern auch von Erde. »Du hast gesagt: Huhn töten, Federn nicht herausziehen, innere Organe entfernen. Frühlingszwiebeln, Salz und Reiswein in den Hühnerbauch füllen, dann zumachen. In nasse Erde einpacken, einen Erdball formen, aufs Feuer legen, bis die Erde Risse bekommt. Dann fertig. So hast du gesagt, oder?«
»Ja, aber ich habe auch gesagt, es dauert ungefähr eine halbe Stunde. Vielleicht hat es zu lange im Feuer gelegen.«
»Quatsch! Nach fünfzehn Minuten ist es schon explodiert! Zum Glück war es nur eine Bombe aus Hühnerfleisch und Erde. Sonst wären wir drei jetzt schon im Himmel!« Wang, Jung sah mich an, als ob er mich fressen wollte.
»Moment! Wie viel Salz habt ihr darangegeben?« Ich suchte weiter nach dem Grund.
»Einen Löffel.«
»Wie viel Reiswein?«
»Reiswein haben wir nicht gefunden, wir haben Schnaps als Ersatz genommen.«
»Schnaps? Was für einen Schnaps?«
»Erguotou, das ist gleich«, sagte Lu.
»Nein, das ist überhaupt nicht gleich! Reiswein hat zwölf Prozent Alkohol, Erguotou jedoch über sechzig Prozent. Wenn Feuer darauf kommt, brennt er wie Benzin! Wie viel hast du davon genommen?«
»Nicht viel, nur …«, stotterte Lu, Pockennarben.
»Ich habe gesehen, dass du ein Glas voll in den Hühnerbauch gegeben hast!«, sagte der »Affe« ganz laut in sein Ohr.
»Ein Glas Erquotau? Das ist natürlich wie eine Bombe.« Ich schüttelte meinen Kopf ganz stark.
»Gehen wir!« sagte Wang.
»Nein, Da Lee soll meine Jacke stopfen!«, beharrte Lu, Pockennarben. Er hatte immer das Problem, dass er nie merkte, wie andere Menschen reagierten. Seine Freunde hatten schon rote Köpfe. Jetzt schauten sie ihn mit ganz bösen Augen an, aber der Typ verstand immer noch nicht.
»Geh mal!« Der »Affe« schob ihn zur Tür. »Du hast Scheiße gemacht, stopf sie selbst!«

»Stopfen? Gut, ich stopfe sie für dich!« Wang nahm ihn mit der linken Hand fest am Kragen. »Zuerst repariere ich deine Haut. Du, du dummer Säufer, wann wirst du dich endlich bessern?«
»Ah, yo, yo.« Lus Hintern bekam einen Fußtritt. Wang, Jung und der »Affe« zogen ihn nach draußen. Er hatte eine kleine Figur und für die beiden Widersacher war es ein Leichtes, ihn hinauszuziehen.
Nun kam von dort lautes Schimpfen und Schreien. Die schimpfenden Stimmen gehörten Wang und dem »Affen«. Die schreiende, die sich anhörte, als ob ein Schwein quiekte, gehörte natürlich Lu, Pockennarben.
In unserem Zimmer war es ganz ruhig, aber nur kurz, so wie knapp vor einem großen Gewitter. Wir sechs mussten uns die Bäuche halten. Manche setzten sich auf den Boden. Wir lachten so laut, dass wir fast die Stimmen nicht mehr hörten.
»Lass mich sterben, lass mich sterben, ich kann nicht mehr weiterlachen!« Hun, Chi schlug mit der Faust auf sein Bett.
Ich war auch schlimm dran, mir tat der Bauch weh vor lauter Lachen.

13

Da Lee, du hast Besuch!«, Min Jiang kam zu mir ins Arbeitszimmer.

»Jetzt geht es nicht, der Oberstleutnant Sergej Prokovjev spricht mit seinen beiden Piloten. Beide Maschinen sind schon bereit zum Abflug. Es kommt bestimmt noch etwas, mein Besuch muss warten.« Ich saß vor der Maschine und konzentrierte mich auf das, was aus dem Hörer kam. Als Aushilfslehrer der Grundschule im Dorf bekam ich oft Besuch. Die Besucher durften nie in die Nähe des Arbeitszimmers kommen, noch nicht einmal militärisches Gebiet betreten. Sie mussten zuerst beim Wachposten warten.

»Weißt du, wer es ist?«, fragte mich Min Jiang geheimnisvoll.

»Egal. Ich muss hier weiterarbeiten. Lass ihn warten.«

»Das ist kein Mann, sondern eine Frau. Sie heißt Oigulie.«

»Oigulie?«

»Ja. Geh zu ihr, bevor der Wachposten verrückt wird. Ich arbeite für dich weiter.« Min Jiang nahm mir den Kopfhörer einfach weg und setzte ihn selbst auf.

»Danke.« Ich verließ das Zimmer.

Schon von weitem sah ich Oigulie mit ihrem weißen Pferd beim Wachturm stehen. Zwei bewaffnete Soldaten plauderten mit ihr. Die beiden, die aus einer armen Provinz stammten, versuchten gerade höflich zu sein, sie machten dem hübschen Mädchen den Hof.

»Da Lee.« Oigulie zog ihr Pferd zu mir.

Sofort warfen die beiden Männer mir neidische Blicke zu.

»Guten Tag, Oigulie. Gehen wir.« Ich führte sie ein Stück vom Lager weg zu einer Wiese. Es war gerade Herbstbeginn, überall sah man Dunkelgrün und Goldgelb. In der Luft lag ein trockener und reifer Duft, der sehr angenehm war. Die wellige Bergkette hatte eine Welt nur für uns beide geschaffen. Nachdem wir eine Weile spazieren gegangen wa-

ren, sagte Oigulie: »Da Lee, ich habe mich lange bemüht, den alten Mann, Yun, Fe, zu suchen. Leider habe ich ihn nicht gefunden.« Sie trug heute eine schwarze Jacke und einen weiten, weißen Rock. Die Jacke war so eng, dass sie ihre Figur mit dem hohen Busen und der schmalen Taille ganz genau zeigte. Der Rock sah aus wie eine riesige weiße Glockenblume. Unter dieser »Blume« waren ihre roten Stiefel.
»Ich danke dir. Du musst dich nicht weiter bemühen. Ich suche ihn schon seit mehreren Jahren. Vielleicht ist er ja gar nicht mehr in Xinjiang.« Langsam glaubte ich, dass es keine Hoffnung mehr gab, meinen Meister hier zu finden.
»Setzen wir uns ein bisschen hierher.« Oigulie ließ sich auf das trockene Gras nieder und das Pferd graste neben ihr.
»Hast du keine Angst, dass es wegläuft?« Ich setzte mich neben sie und deutete auf das Pferd, das sich immer weiter entfernte.
»Nein, ich habe keine Angst! Mein weißer Freund verlässt mich nicht. Er kommt sicher zu mir zurück.« Sie schaute mich mit ihren faszinierenden blauen Augen ganz gerade an.
Ich schaute geradeaus auf den Alakolsee, der in der Sonne wie ein großer Spiegel leuchtete. »Schau mal, Oigulie, wie schön dieser See ist.« Ich wollte ihren Blick von mir ablenken. Das war zu heiß, mein ganzes Gesicht war schon warm und mein Herz raste wie verrückt.
»Ja, sehr schön, leider gehört er zur Sowjetunion. Doch irgendwann kann ich diesen See besuchen, wenn die Beziehung zwischen beiden Ländern besser geworden ist.« Sie zog einen Grashalm durch die Finger. »Weißt du, dort wohnen Kasachen wie wir. Wir haben die gleiche Kultur und Sprache.«
»Ich weiß.«
»Woher kommst du?«
»Shanghai.«
»Von so weit her kommst du! Shanghai ist eine riesige Stadt. Dort ist es bestimmt sehr schön, warum kommst du allein hierher?«
»Ich bin nicht allein gekommen. Lin, Min Jiang und Hun, Chi, die beiden kennst du schon, waren schon drei Jahre lang mit mir zusammen in Xinjiang. In der Armee kommen die Leute immer aus den verschiedensten Gegenden des Landes.« Ich war schon lange Zeit nicht mehr in Shanghai gewesen. Heimweh kam in mein Herz. Ich schwieg.

Sie auch. Sie spielte nur weiter mit dem Grashalm.
Ein Vogel flog vor uns vom Boden senkrecht nach oben, ganz hoch, fast bis zu den Wolken, und blieb dann dort, um zu singen.
»Himmelsglocke, dieser Vogel heißt Himmelsglocke.«
»Ja, Himmelsglocke!« Es freute Oigulie sehr, diesen Vogel zu sehen, ihre achtzehn Zöpfe tanzten hin und her. »He, du singst sehr schön!«, schrie sie nach oben.
Als ob er das Lob verstanden hätte, flog er singend senkrecht nach unten. Auf dem Boden lief er ganz stolz vor uns im Kreis herum, dann verschwand er.
»Weißt du, warum die Himmelsglocken immer so hoch in der Luft singen?«
Ich schüttelte den Kopf.
»Sie suchen ihren Busenfreund.«
Das war so romantisch, dass ich fast keine passenden Worte als Antwort fand.
»Am kommenden Wochenende gibt es ein großes Fest, Mädchenjagd. Kommst du auch?«
»Was bedeutet Mädchenjagd?«
»Das ist ein traditionelles Fest, das es bei uns Kasachen seit langer Zeit gibt. In dieser Zeit dürfen die Jungen dem Mädchen, das sie lieben, alles sagen und zeigen. Und die Mädchen dürfen mit ihrer Peitsche antworten, ja oder nein. Das alles macht man auf dem Pferd.«
»Mit der Peitsche antworten? Ich habe gehört, dass kasachische Mädchen mit einem roten Taschentuch ...«
»Ha, ha, ha!«, lachte Oigulie mit der Stimme einer Silberglocke. »Du weißt also auch darüber Bescheid.« Sie lachte immer noch.
»Oigulie, ich muss leider zurück in die Armee gehen, auf mich wartet noch viel Arbeit.« Ich hatte gesehen, dass ihr weißes Pferd schon zurückkam, es war Zeit für den Abschied. Ich wusste nicht, wie ich das Gefühl beschreiben sollte, das ich mit meinen achtzehn Jahren hatte. Ich fühlte mich glücklich, sehr glücklich, aber auch nervös, sogar sehr nervös. War es möglich, dass ein Mädchen einen jungen Mann ganz nervös machen konnte, nur wegen ihrer Schönheit?
»Da Lee, vergiss nicht, am Sonntag zum Fest zu kommen.« Sie drückte mir die Hand. Sie hatte einen sehr kräftigen Händedruck, das hatte ich

noch nie bei einer Frau erlebt, es tat ein bisschen weh. Hatte sie das extra gemacht? Sie schwang sich in den Sattel, mit einer wunderschönen Bewegung, wie eine Schwalbe sprang sie aufs Pferd. Ich hätte das nie so schaffen können wie sie. »Da Lee, darf ich dich etwas fragen?« Oigulie saß auf ihrem weißen Pferd und sah mich mit ihren großen blauen Augen an.

»Ja bitte.«

»Nicht weit von hier liegt die Milchkuhfarm. Bist du schon dort gewesen?« Ihr Pferd ging im Kreis um mich herum, doch Oigulies Augen blieben fest auf mich gerichtet.

Sie wartete auf meine Antwort, anscheinend war ihr das sehr wichtig.

»Nein, ich war noch nie dort, soll ich sie besuchen?«

»Nein, nein, nicht! Du sollst sie nicht besuchen, dort ist es sehr langweilig und schmutzig. Du bist ein hübscher Junge, du darfst nie dorthin gehen.« Plötzlich wurde ihr Gesicht rot. »Wir sehen uns am Sonntag, jiah!« Das weiße Pferd trug seine Reiterin schnell davon.

»Wollen Sie alle morgen zum Fest kommen?«, fragte uns der politische Instrukteur. In seinem Büro waren ungefähr zehn Leute aus verschiedenen Bereichen versammelt. Hun, Chi, Lin, Min Jiang, Lu und Wang, Jung waren von mir informiert worden und von wem es die anderen gehört hatten, wusste ich nicht. »Gut, aber wir sind die Armee des Proletariats. Nicht vergessen, die Beziehungen zwischen der Armee und dem Volk zu verbessern. Bei allen Handlungen die Befehle befolgen. Genosse Wang, Jung, Sie sind Offizier, Sie übernehmen als Führer die Verantwortung für die anderen.«

»Jawohl!« Wang schlug seine glänzenden Stiefel geräuschvoll zusammen. »Pa!«

»Morgen zum Fest sollen Sie alle saubere Kleidung tragen. Passen Sie auf: Sie dürfen zuschauen und mitfeiern, aber nicht am Programm teilnehmen, weil Sie die Gewohnheiten der nationalen Minderheiten noch nicht gut kennen. Ich möchte nicht, dass Probleme entstehen. Das ist ein Befehl, haben Sie verstanden?« Der Instrukteur betonte seine Worte mit lauter Stimme.

»Ja, wir haben verstanden!« Wir schlugen gleichzeitig unsere Stiefel zusammen.

In unserem Zimmer spielten einige Leute Karten, was man in der Armee nur am Wochenende durfte. Min Jiang und Chi waren gut darin. Ich nicht und Lu war noch miserabler. Jedes Mal am Ende trug er auf dem Kopf ganz viele Sachen, zum Beispiel Mützen und Teller, denn nach der Spielregel musste der Verlierer etwas auf dem Kopf tragen. Wir unterhielten uns bei solchen Spielen gern über alles Mögliche.

»Wer ist schon bei der Milchkuhfarm unten am Berg gewesen?«, fragte ich.

»Ich«, sagte Hun, Chi. Er nahm einige Karten in die Hand und überlegte, welche Karten am besten zusammenpassen würden. »Ich bin einmal mit einem Lastwagenfahrer zusammen vorbeigefahren.«

»Wie sieht es dort aus?«

»Nicht besonders. Es ist sehr groß, viele Kühe, alle Melker sind Frauen.«

»Ist es dort nicht sehr schmutzig?«

»Nein. Dort arbeiten nur kräftige Kasachinnen, sie sind sehr fleißig. Es hat mich auch gewundert, dass alles so sauber ist. Warum fragst du das?«

»Aus keinem wichtigen Grund. Oigulie hat mir geraten, dass ich nicht dorthin gehen soll. Ich weiß auch nicht, warum.«

»Interessant, das ist sehr interessant.« Lu ließ wieder seine Pockennarben leuchten. Wenn das Thema mit Frauen oder Schnaps zu tun hatte, war er immer sehr interessiert. »Du, Da Lee. Dein Schicksal hat dich eine Pfirsichblüte treffen lassen. So ein hübsches Mädchen hat sich schon in dich verliebt.«

»Quatsch! Wie kann man eine Milchkuhfarm mit Liebe verbinden?«, fragte ich.

»Junge, Junge, weißt du das noch nicht? Auf dieser Farm sind viele Frauen wie Tigerinnen, sie jagen junge Männer! Solche wie ihr solltet lieber nicht allein dorthin gehen. Oigulie will bestimmt etwas von dir, warum würde sie sich sonst darum kümmern?«

»Aber ich habe die Frauen dort gesehen. Sie sind alle normal.« Hun, Chi glaubte das nicht.

»Wann warst du dort? Letzten Sommer? Wenn du im Winter kommst, ist das schon ganz anders. Das hat auch mit ihren Männern zu tun.«

»Warum?« Min Jiang hatte jetzt auch Lust auf dieses Thema bekommen.
»Habt ihr gesehen, wie groß der Penis von kasachischen Männern ist?« Lu schaute uns mit geheimnisvollem Lächeln an.
»Nein.« Wir schüttelten alle die Köpfe.
»So dick und so lang.« Lu legte seine Karten auf den Tisch und zeigte es uns mit beiden Händen. »Mein Himmel, der gehört einem Elefanten, nein, unmöglich!«, sagte ich.
»Doch, ich habe es gesehen, so dick und so lang.« Er zeigte es uns noch einmal, diesmal um die Hälfte kleiner.
»Der gehört einem Pferd«, sagte Chi.
»Doch, so groß.« Diesmal wollte er nichts mehr verändern, seine Hände zeigten die gleiche Größe wie zuvor. »Diese Männer gehören alle einem Nomadenvolk an. Nach der Geburt sitzen sie schon auf dem Pferd, deshalb haben sie solche großen Dinger. Im Winter müssen sie mit den Tieren in den Süden des Himmelsberges wandern. Sie lassen die Frauen einige Monate lang allein. Das ist für sie eine große Strafe. Natürlich werden sie verrückt, wenn sie junge Männer sehen.«
»Quatsch, quatsch, quatsch!« Wir drei Zuhörer lachten. Außer Lu hatte noch niemand Erfahrung mit Geschlechtsverkehr und wir waren überzeugt, dass er Witze machte.
»Glaubt mir, glaubt mir!« Lu versuchte, uns zu beeindrucken. »Vor einigen Jahren, als ihr noch nicht hier wart, ist ein Wachsoldat von ihnen gefangen genommen worden. Eine ganze Nacht lang, rund um die Uhr, haben fünf Frauen mit ihm geschlafen. Am nächsten Tag mussten wir ihn mit Trägern hierher zurückbringen. Das ist kein Witz, ihr könnt bei den alten Kollegen nachfragen.«
»Warum fragen? Wir können das selbst ausprobieren.« Chi machte ein Gesicht wie ein Komiker. Wir mussten lachen.
»Nein, nein! Das ist absolut nichts für euch, so junge Hähnchen wie ihr kommen vielleicht nicht lebendig zurück.«
»So furchtbar? Kein Wunder, dass Oigulie Da Lee nicht dorthin gehen lässt«, sagte Min Jiang.
»Sie hat einen anderen Grund, das hat bestimmt etwas mit Liebe zu tun.« Lu schaute mich komisch an. »Mit Frauen habe ich viel mehr Erfahrung als ihr. Leider muss sie sich morgen verloben.«

»Was?« Min Jiang und ich waren beide erstaunt.
»Ja. Habt ihr nicht gewusst, dass die Mädchenjagd nur dazu dient, dass die kasachischen Jugendlichen sich einen Partner suchen? Wenn sie ihn gefunden haben, dann wird sofort Hochzeit gefeiert. Oigulie ist so ein hübsches Mädchen, bestimmt jagen sie hundert Jungen. Ich bin gespannt, in welche Hand diese Blume fällt.«
Ich war auch sehr gespannt und konnte sogar die ganze Nacht nicht gut schlafen. Ein sehr komisches Gefühl war in meinem Kopf und in meinem Herzen.
Am nächsten Tag trafen wir auf eine unüberschaubare Menschenmenge. Die Leute waren von überall her gekommen. Bei unserer Ankunft bekamen wir jeder einen Wein. Die gastfreundlichen Kasachen hatten ihre schönsten Kleider angelegt, sie leuchteten ganz bunt. Das Fest hatte schon vor einer Weile angefangen. Die Leute waren gerade beim »Lammschleppen«. Zwei Gruppen von Jungen entrissen sich gegenseitig das »Lamm«, das aus Schaffell gemacht war. In wessen Hand es gelangte, der warf es sofort seinem Partner zu oder jagte mit seinem Pferd selbst zum Ziel. An einem hohen Holzstock hing ein Korb. Wenn jemand das »Lamm« in den Korb warf, hatte seine Gruppe gewonnen. Das war ein tollwütiger Sport. Die Jungen, die weiße und schwarze Hemden trugen, zeigten ihre ganze Kraft und Reitkunst. Plötzlich schrien alle Leute zusammen ganz laut. Ein sehr lebhafter Junge in weißem Hemd hatte das »Lamm« genommen. Er hatte beim Reiten eine sehr gute Technik. Sein Pferd lief, als ob es fliegen würde. Er konnte sich links und rechts neben dem Pferderücken verstecken, einmal hing er sogar mit dem »Lamm« unter dem Bauch des Pferdes, sodass seine Gegner machtlos waren. Er kam immer näher zum Korb. Als er glaubte, dass er sein »Lamm« sicher in den Korb werfen könnte, setzte er sich wieder gerade auf sein Pferd und bereitete sich auf den Wurf vor. Gerade in diesem Moment kam ein Apfelschimmel, auf dem ein großer Junge in schwarzem Hemd saß. Er streckte seinen langen Arm aus und holte einfach den Gegner mitsamt seinem »Lamm« auf das eigene Pferd. Er warf seinen Gefangenen auf den Boden und ritt mit dem »Lamm« zum Korb. Als sein Pferd darunter stand, stellte er sich gerade in die Steigbügel und warf mit seiner rechten Hand das »Lamm« in den Korb. Ein ganz sauberes Tor. Die Leute schrien wie verrückt für ihn.

Ich kannte diesen Helden. Es war Tieljang. Tieljang strahlte über seinen Erfolg. Er zog sein Hemd aus, schwenkte es über seinem Kopf und ließ sein Pferd im Kreis laufen.
Mein Himmel, er hatte solche faszinierenden Muskeln. Die Augen aller weiblichen Zuschauer sammelten sich schon auf ihm.
Der arme andere Junge, den Tieljang vom Pferd geworfen hatte, war vom Publikum schon vergessen. Er ging hinkend zur Seite und sein Pferd war auch weggelaufen.
Kasachen leben auf den Rücken ihrer Pferde. Sie sind sehr stolz, wie Adler, und hart wie Eisen. In ihrem Vokabular findet man ein Wort nicht und das heißt: »schwach«.
»Pa, pa, pa!« knallten drei laute Schüsse in die Luft. Wir griffen sofort nach unseren Pistolentaschen. Für uns Soldaten war es ganz normal, so zu reagieren. Wenn wir Schüsse hörten, waren sogar unsere Armeepferde gespannt. Mein rotes Pferd drehte seine Ohren sofort in die Richtung der Schüsse. In unserer Truppe gab es fünfzehn Pferde. Ich ritt immer gern dieses rote. Es war stark und reagierte auch sehr schnell.
»Ruhig, ruhig! Alles in Ordnung.« Ich strich ihm über den Hals, um es zu beruhigen. Auf dem Pferd sitzend, hatte ich schon gesehen, dass ein Angehöriger der Volksmiliz die Schüsse mit einem Einzelgewehr abgegeben hatte. Eine große rote Papierblume hing am Lauf des Gewehrs. Das war ein Signal, dass das Hauptprogramm begann: die »Mädchenjagd«.
Die Mädchen kamen, etwa zwanzig, auf ihren Pferden. Die meisten hatten sich wie Pfaue herausgeputzt, ihre schönen, großen Röcke tanzten wie bunte Flaggen über den Stiefeln. Zu ihren engen Jacken trugen sie heute viel Schmuck. Es wunderte mich ein bisschen, dass manche viele Plaketten mit dem Bild Maos an ihre Jacken hängten, die im Landesinneren schon als unmodern galten.
Oigulie ritt auf ihrem weißen Pferd in der Mitte. Sie hatte sich nicht geschminkt. Sie war genauso gekleidet, wie ich sie zuletzt gesehen hatte, mit schwarzer Jacke, weißem Rock und roten Stiefeln. Nur an ihrem Hut baumelte ein neues, weißes Fell. Sie saß ganz gerade auf dem Sattel. Mit ihrem unverwechselbaren Stolz hatte sie die Ausstrahlung einer Königin. Sie alle standen in einer Reihe, in der einen Hand die Zügel, in der anderen die Peitsche.

Ein Mädchen ritt plötzlich los. Sie hatte ein schwarzes Pferd. Sofort kam ein Junge auf weißem Pferd zu ihr, um ihr etwas zu sagen. Wir konnten leider nichts hören, doch was er sagte, hatte sicherlich etwas mit Liebe zu tun. »Pa, pa!« schlug sie ihm zweimal heftig mit der Peitsche auf die Schulter. Der arme Junge ritt sofort wieder zurück.
Dann kam ein anderer zu ihr. Beide Pferde liefen zusammen in einem großen Kreis. Was der junge Mann ihr erzählte, konnte man natürlich wieder nicht hören, doch das Mädchen lachte, das war ein gutes Zeichen. Sie schlug auch ihn, ihre Peitsche bewegte sich jedoch so langsam, dass es gar kein Geräusch mehr gab, es war wie ein Streicheln. Die beiden sprachen sehr vertraut miteinander. He, der Junge hatte es geschafft. Er brachte das Mädchen aus dem Kreis heraus. Beide Pferde liefen zusammen, immer schneller, dann verschwanden sie in der Weite der Wiese. Die Zuschauer schrien voller Freude. Viele klatschten Beifall für das glückliche Paar.
Dann ritt ein Mädchen nach dem anderen aus der Reihe. Die Jungen versuchten ihr Glück einmal und noch einmal. Manche hatten Pech und es klappte nicht, dann wurden sie sogar richtig mit der Peitsche geschlagen. Andere wiederum hatten Glück.
Sehr interessant war Tieljang. Als er ein Mädchen jagte, wollte diese junge Frau ihn überhaupt nicht schlagen, noch nicht einmal spielerisch. Sie warf die Peitsche auf den Boden und ließ sich einfach auf sein Pferd hinüberziehen.
»Das ist nur Show, die beiden kennen sich schon gut!«, vermutete Hun, Chi.
Wir zehn Soldaten blieben mit unseren Pferden beieinander.
Es stimmte, was Chi sagte. Ich konnte mich auch daran erinnern, dass die beiden auf der Geburtstagsfeier sehr heiß miteinander getanzt hatten.
Das glückliche Paar kehrte jetzt gemeinsam auf einem Pferd zurück. Sie bekamen ganz lauten Beifall.
Oigulie ritt auf ihrem Pferd heraus. Mein Herz zog sich sofort zusammen. Die kasachischen Jungen waren auch gespannt. Sie kämpften zuerst untereinander, weil immer nur einer ein Mädchen jagen durfte. Jeder wollte sich als Erster um Oigulie bemühen. Sie hielten den anderen die Zügel fest, damit er nicht losreiten konnte, wurden ihrerseits je-

doch auch festgehalten. Ein kräftiger Junge hatte es geschafft, sich aus dieser Peinlichkeit zu befreien. Er jagte sein Pferd im Galopp Oigulie hinterher.
»Pa, pa!« Kaum hatte er sie erreicht, antwortete sie ganz deutlich mit ihrer Peitsche: »Nein!«
Der arme Mann kehrte unter Schmerzen zurück.
Bei diesem Fest durften die Männer nur mit dem Mund ihre Chancen wahrnehmen. Alle schönsten Worte der Welt konnte man sagen. Und die Frauen antworteten mit der Peitsche. Bei »Ja« schlugen sie nur leicht zu, bei »Nein« ganz stark. »Pa, pa!« Dieses Geräusch konnten die Zuschauer genau hören. Es gab Männer mit »dickem Fell«, die schon einen Korb von einem Mädchen bekommen hatten und trotzdem weitermachten. Dann bekamen sie die Peitsche immer heftiger zu spüren, so wie der vierte Jäger von Oigulie. Er hatte ganz genau gesehen, wie schnell seine Konkurrenten aufgeben mussten, trotzdem ließ er sein graues Pferd immer näher zu ihrem weißen laufen. Er bekam ungefähr fünf kräftige Peitschenhiebe, doch er hielt die Schmerzen aus und versuchte sogar noch, das hübsche Mädchen zu sich hinüberzuziehen.
Diesmal war Oigulie böse. »Pa!« schlug sie ihm die Peitsche auf die Hand. Das tat ihm sicher weh. Er zog die Hand zum Mund und ließ sein Pferd zurücklaufen. Der Pechvogel wurde von den anderen Jungen ausgelacht.
Das weiße Pferd lief nicht mehr, es hielt vor uns an. Oigulie schwitzte schon, ihr Gesicht war rot. Ihr Oberkörper bewegte sich vom heftigen Atmen. Das Pferd unter ihr war auch müde. Oigulies Augen suchten etwas bei uns. Als der Blick aus diesen großen, blauen Augen mich getroffen hatte, bewegten sie sich nicht mehr. Mein Herz schlug auch fast nicht mehr.
Vorher, als die Jungen einer nach dem anderen zu Oigulie ritten, hatte mein Herz wie verrückt geschlagen. Ich war so gespannt und fühlte mich ganz merkwürdig. Ich hoffte, dass Oigulie Glück hätte, doch sie sollte auch nicht vor meinen Augen von einem anderen Mann weggebracht werden. Jeden ihrer Peitschenhiebe begrüßte ich. Und jetzt stand sie vor mir mit ihren unbeweglichen blauen Augen. Ich spürte, dass die Welt sich nicht mehr bewegte, die Balu-Wiese nicht mehr und auch mein Herz nicht mehr. Einige hundert Augen sahen uns beide an.

Oigulie hatte nur mit ihrem Blick meine Rolle verändert. Ich, ein junger Soldat auf einem roten Pferd, war kein Zuschauer mehr.
Die Sprache von Oigulies fragenden Augen konnte man ganz genau verstehen. »Du, hast du nicht den Mut, mich zu jagen?«
»Da Lee, du musst sie jagen!« Hun, Chi freute sich total. Er schrie laut zu mir herüber.
»Komm, mach das!« – »Ja, mach das doch!« Einige Kameraden kamen mit ihren Pferden hinter mich, alle waren sehr aufgeregt.
»Da Lee, gib mir deine Waffe! Worauf wartest du denn? Komm, jag sie!«
»Gut, ich mache es.« Ich zog meinen Pistolengürtel aus und warf ihn Chi zu.
»Hong!« Sofort sprachen die Leute in den Sprachen verschiedener Nationen miteinander, automatisch gaben sie mir den Weg frei.
Oigulie wandte ihr Pferd zum Kreis um. Auf ihrem Gesicht zeigte sich der Anflug eines Lächelns. Ich folgte ihr mit meinem Pferd. Alle Zuschauer waren ganz aufgeregt und schauten uns mit großen Augen an. Wahrscheinlich war es das erste Mal auf der Balu-Wiese, dass ein Soldat der Han-Nation eine Kasachin jagte.
Oigulie stand mit ihrem Pferd schon im Kreis, etwa fünf Meter von mir entfernt. Ihr Kopf drehte sich zu mir, sie hatte eine wunderschöne Gesichtsfarbe, wie eine geöffnete rote Blume. Etwas Scham stand auf diesem Gesicht. Sie warf mir einen Blick zu. »Ich lasse mein Pferd jetzt schnell laufen, kommst du, ja?«, sagten mir ihre Augen.
Ich nickte mit dem Kopf.
»Halt! Da Lee, Chen, Da Lee, das darfst du nicht machen!« Wang, Jung lenkte sein Pferd zu mir.
»Warum?« Nicht nur ich, alle Leute waren verwundert.
»Hast du vergessen, wir dürfen nur zuschauen und mitfeiern, aber nicht teilnehmen. Das ist ein Befehl vom Chef.«
Es stimmte. Jetzt erinnerte ich mich auch wieder daran. Was sollte ich denn jetzt machen?
Oigulie wartete. Das Lachen fror auf den Gesichtern der Zuschauer.
»He, Scheiße!« Hun, Chi schimpfte und warf Wang, Jung einen bösen Blick zu. Er hasste Wang dafür, dass er sich einmischte und störte. Aber Befehl war Befehl, niemand von uns konnte etwas dagegen tun.

Oigulie schüttelte den Kopf.
Ich wollte ihr eine Erklärung geben, fand jedoch keine passenden Worte. Mein Pferd hatte die gleiche Laune wie ich, es schlug ständig mit den Vorderhufen auf den Boden.
»Ich sage ihr Bescheid!«, sagte Min Jiang und ritt zu Oigulie.
Ich konnte nichts Genaues hören, doch Oigulie warf alle Zöpfe über die linke Schulter und stieg aus dem Sattel.
»Soldaten, Soldaten! Sind alle Soldaten so vernünftig oder nur solche, die in Shanghai geboren wurden?«, fragte sie ganz laut, als sie ihr Pferd an mir vorbei zog. »Pa!« schlug ihre Peitsche auf den Boden.
Hoh, war sie böse! Meine Kameraden und ich waren sehr beeindruckt. Lu streckte die Zunge heraus und machte hinter ihrem Rücken ein komisches Gesicht.
Das Fest ging weiter, doch ich hatte keine Lust mehr zum Feiern. Ich stieg auch ab und zog mein Pferd weg, um spazieren zu gehen.
»He, Genosse, ich habe gehört, dass Sie von Shanghai kommen.« Ein Mann mittleren Alters mit einem weißen, runden Hut kam zu mir. Auf den ersten Blick konnte man schon sehen, dass er der Hui-Nation angehörte.
»Ja, guten Tag!« Ich ging weiter. Ich hatte gar keine Lust, mit ihm zu plaudern.
»Ich komme vom Tali-Berg neben der Kalzin-Wiese.«
»Ja, gut.« Ich ging weiter, das rote Pferd hinter mir herziehend.
»In unserem Dorf Tali wohnt ein komischer Alter, der auch aus Shanghai kommt… Interessiert Sie wohl nicht, Genosse. Gut, ich gehe zurück zum Fest, tschüss!«
»Ja, gut. Tschüss… Moment, was haben Sie da erzählt? Ein alter Mann aus Shanghai? Wie heißt er?«
»Ich weiß nicht. Komischer Alter, man nennt ihn komischer Alter.« Der Mann war sehr klein, aber ganz lebendig. Sein Kopf verschwand fast in der großen Jacke. Nachdem er geantwortet hatte, drehte er sich wieder um in Richtung Fest.
»Warten Sie bitte! Rauchen Sie? Ich habe gute Zigaretten hier.« Ich gab ihm eine ganze Schachtel Zigaretten. Es waren »Shanghai«-Zigaretten, eine teure Marke.
Er machte große Augen, steckte sofort eine in den Mund und zündete

sie an. »So gute Zigaretten habe ich lange nicht mehr gehabt. Rauchen Sie nicht?«

»Ich rauche sehr wenig. Ich schenke Ihnen die Schachtel. Erzählen Sie mir bitte von dem komischen Alten aus Shanghai. Bitte nehmen Sie hier Platz.« Dort war sehr dichtes Gras. Ich setzte mich selbst auch.

»Danke, danke.« Wie durch Zauberei war die Schachtel Zigaretten ganz unmerklich schon in seiner Jackentasche gelandet. Er setzte sich auf den Boden und zog stark an seiner Zigarette; ein dicker Rauchring kam aus seinem Mund. »Diese Geschichte über den komischen Alten kann man nicht nur mit ein paar Worten erzählen. Haben Sie Lust, alles zu hören?« Er schaute mich mit seinen lebendigen kleinen Augen an.

»Ja, natürlich, erzählen Sie ruhig.« Ich ließ die Zügel meines Pferdes locker, damit es von dem Gras hinter mir fressen konnte.

»Vor einigen Jahren kam ein alter Mann in unser Dorf Tali. Man erzählte sich, dass dieser Mann wegen Schwierigkeiten aus der Vergangenheit als Antirevolutionär galt. Zur Strafe musste er Shanghai verlassen. Eigentlich hatte man ihn in die Vorstadt von Urumchi geschickt, aber er wollte unbedingt in unser Dorf kommen. Unser Parteisekretär ist ein sehr netter Mann. Er ließ diesen allein stehenden Alten bei uns wohnen. Bei uns gibt es genug leere alte Häuser. Der Chef hat ihm eines gegeben.«

»Warum gibt es in Ihrem Dorf viele leere Häuser?«, fragte ich.

»Im Dorf Tali gab es früher eine furchtbare Krankheit, die keinen Namen hat. Nur Kinder litten daran, o ja. Die Kasachen nennen sie Kalzin-Teufel. Sie glauben, dass sie von der Kalzin-Wiese gekommen ist. Was sehr schlimm war: Wenn dieser Teufel in eine Familie kam, erkrankten alle Kinder zur gleichen Zeit. Zuerst wurde die Haut rot, dann grau, dann starben sie zur gleichen Zeit. Wenn keine Nachkommen mehr da waren, standen nach dem Tod der Erwachsenen natürlich die Häuser leer.«

»Das stimmt. Aber konnte kein Arzt die Krankheit behandeln?«

»Nein, keiner! Man konnte noch nicht einmal herausfinden, wie sie heißt.«

»Was hat der Alte bei Ihnen gemacht?«

»Am Anfang hat er nicht viel gemacht. Der Chef ließ ihn das Getreidelager bewachen, aber der Alte hat sich sehr selten darum gekümmert. Er ging immer auf den Tali-Berg. Dort gibt es eine Höhle, man nennt sie die graue Berghöhle. Wenn die Spitze des Schneebergs im Sonnenlicht leuchtet, kommt grauer Rauch aus der Höhle, die auf halber Höhe des Berges liegt. Nur wenige Menschen haben den Mut, in diese Höhle hineinzugehen, weil der Kalzin-Teufel sie oft besucht. Ja, so sagen die Leute.«

»Warum geht der Alte oft in die Höhle? Was macht er darin?«

»Anfangs haben ihn einige Männer heimlich beobachtet. Er sitzt in der Höhle auf einem Stein in einer komischen Position, bewegungslos. Komisch, sehr komisch. Sein Lebensstil ist auch sehr komisch. Er redet fast mit niemandem. Ich habe mehrmals versucht, mit ihm zu sprechen. Doch er hat mir gar nichts über sich erzählt. Ein ganz komischer Mann. Deswegen ist es ganz richtig, dass die Leute ihn ›komischer Alter‹ nennen. Eigentlich hat dieser Alte gar keine wichtige Rolle bei uns im Dorf gespielt. Man konnte ihn einfach vergessen. Nur wegen einem Zufall ist er ganz bekannt geworden.« Er warf seine alte Zigarette, die schon fast bis zum Filter geraucht war, auf den Boden, nahm dann sofort eine neue und zündete sie an.

Ich sagte nichts und versuchte zu verbergen, wie gespannt ich war. Bei meiner Tätigkeit als Horchfunker hatte ich gelernt, dass man umso mehr Geduld und Ruhe haben musste, je interessanter ein Thema war.

»Es war ungefähr vor drei Jahren.« Er zog den Rauch kräftig ein, blies jedoch wenig aus, dann verweilte er ein bisschen in seiner Erinnerung. »Ja, etwa drei Jahre. Der Kalzin-Teufel kam wieder in unser Dorf. Diesmal besuchte er die Familie unseres Parteisekretärs. Der arme Sekretär. Er war schon Mitte vierzig. Er und seine Frau, die zehn Jahre jünger war, hatten nach der Heirat lange gewartet, bis sie Kinder bekamen. Was für eine große Überraschung war es gewesen, als sie auf einmal zwei Kinder hatten: Seine Frau hatte Zwillinge auf die Welt gebracht. Die beiden Jungen behandelte unser Sekretär wie glänzende Perlen auf der Handfläche, sie waren wichtiger als sein eigenes Leben. Und gerade die beiden Kleinen hatten die Krankheit. Sie waren nur zwei Jahre alt. Am Anfang hatten sie ganz rote Haut, dann graue, sie aßen nichts, sie sagten nichts. Zum Schluss hatten sie sogar keine Kraft mehr zum Weinen. Ihre Eltern liefen von einem Arzt zum anderen. Das ganze Dorf betete für sie. Zu fast allen Heiligen haben sie gebetet, von Allah und Buddha zu Jesus bis hin zu Karl Marx und dem Vorsitzenden Mao. Doch ohne Erfolg. Die beiden Kinder würden bald sterben wie die anderen vor ihnen.

Eines Abends versammelten sich viele Dorfbewohner im Haus des Parteisekretärs, alle saßen mit traurigen Gesichtern vor den sterbenskranken Zwillingen. Niemand von uns hatte ein Mittel, das helfen konnte. Ein Mann nach dem anderen begleitete den Sekretär, um Moche zu rauchen, und die Frauen blieben zusammen, um zu weinen. Plötzlich öffnete sich die Tür und der ›komische Alte‹ kam wie ein Windstoß herein. Er sagte nichts, sondern ging einfach zum Bett und nahm die Kinder in seine Arme, die in den letzten Zügen lagen. Dann ging er mit den beiden Kindern nach draußen.

›Halt! Was wollen Sie mit meinen Söhnen machen?‹, fragte ihn unser Parteisekretär.

›Sie wollen doch, dass ihre Kinder weiterleben, oder?‹

›Natürlich.‹

›Gut, dann bringen wir jetzt die Kinder zur grauen Berghöhle.‹

Er ging auf den Berg, wir folgten ihm, viele von uns mit Fackeln.

In der Höhle sollten die Kinder auf einem flachen Stein liegen bleiben und wir sollten an ihrer Seite stehen.

Der Alte stach den Kindern mit einer Nadel ein Loch in jede Fingerspitze. Schwarzes Blut kam heraus.

Das Herz unseres Chefs tat weh. Mehrmals versuchte er, seine Kleinen wegzureißen, der Alte hinderte ihn jedoch daran. Er hielt nur seine Finger nach unten und unser Chef musste sich wie durch einen Zauber vor ihm auf den Boden setzen, wie ein braver Hund. Wir wollten auch nicht eingreifen, denn es gab sowieso keine Möglichkeit mehr, die Kleinen zu retten. Warum sollten wir den Alten nicht sein Glück versuchen lassen?« Er warf wieder seine alte Zigarette weg.

Ich hielt ihm schon das Feuer hin. »Bitte, nehmen Sie noch eine und erzählen Sie weiter, das ist sehr spannend für mich.« Ich sagte das mit lachendem Gesicht.

»Der Alte hat eine komische Fähigkeit, wie nennt man das, Qi …«

»Qi Gong.«

»Ja, richtig, Qi Gong!« Er zog stark an seiner Zigarette, dann formte er mit seinem Mund einen kleinen Kreis und blies dünnen Rauch aus. Er wedelte mit seiner Hand den Rauch auseinander, um mir zu verstehen zu geben, dass solche Fähigkeiten nicht der Erwähnung wert seien. »Der Alte stand ungefähr einen Meter vor den liegenden Kindern und machte mit beiden Handflächen in der Luft etwas zu den Kindern, man nennt das Energie … Energie …«

»Energie übertragen.«

»Ja, Energie übertragen, Sie wissen sehr viel. Nur was jetzt kommt, können auch Sie nicht verstehen: Ein paar Minuten später verbesserte sich der Zustand der beiden Kleinen deutlich. Sie bewegten sich auf dem Stein und weinten. Ihre Eltern weinten auch, vor Freude. Sie hatten schon einige Tage lang nicht mehr die Stimme ihrer Kinder gehört. Die beiden, der Parteisekretär und seine Frau, fielen sogar aus Dankbarkeit vor dem Alten auf die Knie.

Seit diesem Tag ist der ›komische Alte‹ sehr berühmt. Alle kommen zu ihm, wenn sie ein gesundheitliches Problem haben. Wahrscheinlich ist es ein Zufall, dass seit drei Jahren kein Kind mehr wegen des Kalzin-Teufels gestorben ist. Der komische Alte ist jedenfalls auf einen Schlag berühmt geworden. Er wird wie ein Heiliger behandelt und bekommt das Beste. Wenn Sie in unser Dorf kommen, sehen Sie ein ganz neues Haus, es sieht aus wie ein Tempel. Das haben die Bewohner des Dorfes für ihn gebaut. So eine Ungerechtigkeit, ich wohne schon seit dreißig Jahren in Tali und bin schon mehr als zehn Jahre lang Tierarzt dort, aber mein Wert ist nicht größer als der des kleinen Fingers vom ›komischen Alten‹.« Er spuckte aufs Gras.

»Gut, ich danke Ihnen sehr. Sie haben mir sehr geholfen.« Ich stand auf. »Sagen Sie mir noch eins: Der alte Mann ist nicht sehr groß, oder?«

»Nein, er ist fast so groß wie ich. Er hat scharfe Augen wie ein …«

»Wie ein Adler.«

»Ja, wie ein Adler.«

»Jetzt hören Sie gut zu, Genosse Tierarzt! Er heißt nicht ›komischer Alter‹, sein Familienname ist Yun und mit Vornamen heißt er Fe.«

»Kennen Sie ihn?«

»Ja, ich suche ihn schon lange. Und Sie müssen mich bitte sofort zu ihm bringen.«

»Nein. Ich bin fünf Stunden lang mit dem Pferdewagen hierher gefahren. Das Fest dauert drei Tage lang. Ich will hier übernachten. Tschüss, Genosse Soldat, ich gehe jetzt.« Er drehte sich um und wollte zum Fest zurückgehen.

»Sie gehen nicht!« Ich packte ihn am Kragen. »Sie begleiten mich sofort zu Ihrem Dorf!«

»He, Genosse, so geht das nicht!« Er stand nur mit den Fußspitzen auf dem Boden und versuchte, seinen Kragen aus meinem Griff zu befreien. Plötzlich wandten sich seine Augen ab. »He, Genosse, Ihr Pferd ist weggelaufen!«

Es stimmte. Mein rotes Pferd war weggelaufen, weil ich die Zügel schon lange nicht mehr in der Hand hielt.

»Das ist egal. Sie müssen mich trotzdem zu Yun, Fe bringen. Klar?« Ich zog ihn noch ein bisschen näher zu mir.

»Ja, klar! Doch nehmen Sie Ihre Hand lieber hier und da weg!« Er zeigte mit einer Hand auf seinen Hals und mit der anderen auf meinen Gürtel.

Ich war zu aufgeregt. Das merkte ich jetzt selbst, nachdem er mich darauf hingewiesen hatte.

»Oh, Entschuldigung.« Ich nahm meine Hände sofort von seinem Kragen und meiner Pistolentasche weg.

Der kleine Mann rannte wie ein Hase davon. »Nein, ich begleite Sie nicht! Egal, was Sie mit ihm auszutragen haben! Töten Sie sich doch gegenseitig, aber ohne mich!«, schrie er während des Laufens und verschwand.

Es waren so viele Menschen auf dem Fest, wie sollte ich ihn wieder finden? Ich suchte ihn trotzdem. Wenn ich diesen Hasen wieder fange, lasse ich ihn nie wieder los, dachte ich bei mir, doch hatte ich keine Chance, diesen Typen unter all diesen Menschen wieder zu finden. Ich war enttäuscht und traurig und entfernte mich wieder von dem lauten Gejohle. Nun hatten meine Ohren wieder Ruhe.

Auf der Wiese kamen von fern drei Pferde immer näher, eines von ihnen ohne Reiter. Als sie näher kamen, konnte ich Genaueres sehen. Es waren Tieljang und seine jüngere Schwester Oigulie, die auf dem weißen Pferd saß und ein rotes hinter sich herzog. Das tat sie sicher für mich.

»Oigulie, Tieljang, vielen Dank, dass ihr mir dieses Pferd zurückbringt.« Ich lief zu den beiden.

»Pass gut auf dich auf! Auf der Wiese lässt niemand seinen Partner allein gehen.« Sie warf mir die Zügel des roten Pferdes ins Gesicht. Tieljang zog die Schultern hoch, als ob er mir sagen wollte, dass er verstand, warum seine Schwester jetzt so böse zu mir war.
Mich kümmerte das jetzt nicht mehr. »Oigulie, kennst du den Weg zum Tali-Berg?«
»Ja, warum?«
»Ich weiß jetzt, dass der alte Mann, mein Meister, auf dem Tali-Berg wohnt.«
»Hast du ihn gefunden? Schön, steig auf dein Pferd, ich bringe dich dorthin.« Sie sprach dann auf Kasachisch mit ihrem Bruder.
»Tschüss!« Tieljang wendete sein Pferd und ritt zum Fest zurück. Ich folgte ihm mit meinem Pferd.
»He, Da Lee, der Tali-Berg ist im Osten!«, schrie Oigulie mir nach.
»Ich muss meinen Kameraden Bescheid geben.« Ich gab ihr ein Zeichen, dass sie mitkommen sollte.
Meine Leute konnte man sehr leicht finden, denn sie trugen alle die gleiche Uniform. Ich ging zu Wang, Jung, der mit den anderen zusammenstand. »He, Jung, ich habe die Spur meines Meisters, oder besser meines Lehrers, gefunden. Er kommt auch aus Shanghai. Jetzt wohnt er im Dorf Tali. Ich muss jetzt zu ihm reiten.«
»Wann willst du zurückkommen?«
»Spätestens morgen Mittag. Am Nachmittag habe ich Dienst vor der Maschine.«
»Was? Willst du draußen übernachten?« Sicher hatte er Oigulie hinter mir gesehen. »Nein, das geht nicht!«
»Was geht nicht? Du sollst nur dem politischen Instrukteur Bescheid sagen, dann ist es schon gut!«
»Ich bin Offizier, hier bin ich verantwortlich für euch. Du darfst nicht weggehen. Das ist ein Befehl von mir.« Er hatte beide Hände in die Taille gestemmt und stand breitbeinig da. Seine Stiefel war so sauber und glänzend, dass sie in der Sonne leuchteten.
Das ist eine Krankheit der Menschen: Wenn sie Macht haben, müssen sie sie gelegentlich zeigen.
»Zum Teufel mit deinem Befehl!« Selbst wenn der Himmel einstürzen würde, wäre ich zu meinem Meister gegangen. Ich stieg auf mein Pferd,

wendete es und stieß ihm beide Knie in die Seiten. Das Pferd stieg mit den Vorderfüßen in die Luft und lief dann los.

»Zum Teufel mit deinem Befehl!«, schleuderte Oigulie meine Worte ebenfalls Wang, Jung entgegen. Sie hasste ihn! Wenn er es nicht verhindert hätte, dann hätte die »Mädchenjagd« mit mir stattgefunden. Aus ihrem Mund klangen meine Worte besonders interessant, sodass meine Kameraden laut lachten. Sie ließ ihr Pferd ebenfalls einmal steigen und kam mir dann hinterher.

Ich schlug mein Pferd auf den Hintern. Das hatte ich noch nie getan, doch zum ersten Mal lief es mir nicht schnell genug. Wir ritten in Richtung Osten.

»Da Lee, halt! Da Lee!« Ein schwarzes Pferd kam in schnellem Tempo hinter uns her, darauf saß Lin, Min Jiang.

Ich zog die Zügel an, Oigulie ebenfalls.

Lin, Min Jiang hatte uns erreicht. »Da Lee, ich habe diesem Wang, Jung gesagt, dass ich dich begleite. Sonst bekommst du bestimmt eine harte Strafe, wenn du zurückkommst. Morgen gehe ich zum Chef und erkläre ihm alles. Das ist sicher besser für dich.«

»Du bist ein echter Freund.« Ich reichte ihm meine Hand über den Pferderücken hinweg. »Gut, reiten wir.« Wieder trieb ich mein Pferd mit einem Schlag an.

Wie Oigulie sagte, würden wir mit den Pferden etwa zwei Stunden brauchen, bis wir Tali über zwei Berge und durch kleine Straßen erreichen könnten. Aber schon nach einer Stunde waren die Pferde müde, ebenso wie wir Menschen. Ich gab den galoppierenden Pferden die Peitsche.

»Pause, Pause! Machen wir eine Pause«, schlug Min Jiang vor.

Am Berghang hielten wir an, um uns auszuruhen.

»Da Lee, warum musst du deinen Meister so dringend wieder sehen?« Oigulie lag auf dem Gras und sah mich fragend an.

»Ich habe ihn schon seit vier Jahren nicht mehr gesehen.«

»Du hast deine Eltern und deinen Bruder auch schon seit drei Jahren nicht mehr gesehen, aber du hast bis jetzt keinen Urlaub beantragt, um sie zu besuchen!« Min Jiang saß ebenfalls erschöpft auf dem Gras.

»Das ist etwas anderes.« Dann musste ich alles erzählen.

Einige Zeit später wussten die beiden sehr viel über mich und meinen

Meister, von dem Zeitpunkt an, wo ich als krankes Kind zum ersten Mal im Jadebuddha-Tempel war und Meister Yun, Fe getroffen hatte, über meine Qi-Gong-Behandlung bis zu dem Zeitpunkt, wo ich selbst Qi Gong gelernt hatte. Als ich erzählte, wie zu Beginn der Kulturrevolution die Katastrophe über meine Familie kam, in welch einer schlimmen Situation ich als Kind gewesen war und wie Meister Yun mir geholfen hatte, gab mir Oigulie ein weißes Taschentuch. Ich schüttelte den Kopf. Sie nahm es wieder an sich, weil sie es selbst brauchte, aus ihren großen Augen kamen viele Tränen.
Min Jiang war auch berührt, er senkte seinen Kopf und seine Augen waren rot.
»Lasst uns gehen«, sagte ich.
»Ja, gehen wir.« Jetzt waren Oigulie und Min Jiang auch sehr gespannt und wollten Meister Yun kennen lernen.

14

Das Dorf Tali sah wie ein Halbmond aus, der am Fuß des Tali-Berges lag. Ein ganz sauberer Fluss floss durch das Dorf. Es wunderte mich sehr, dass dieses Dorf aussah, als ob es von Südchina hierher geflogen wäre. Die Häuser mit glasierten Dachziegeln und die kleinen Brücken mit Steinbalustraden hatte ich bisher in Xinjiang noch nirgendwo gesehen. Sogar die Form der Weidenbäume war wie in der Vorstadt von Shanghai.

»Sollen wir die Leute fragen?«, fragte mich Min Jiang, als wir den Hang herunterritten.

»Nein, ich weiß schon ganz genau, wo er wohnt.« Vom Berg aus hatte ich schon ein Haus mit gelben Wänden und schwarzem Ziegeldach gesehen. Mein Gefühl hatte mir gesagt: Dort wohnt mein Meister.

Dieses Haus kam näher und näher. Plötzlich wurde ich nervös. Vier Jahre lang hatte ich auf diesen Moment gewartet. Dafür hatte ich gesucht, mich bemüht und gekämpft. Doch jetzt hatte ich Zweifel, ob das richtig gewesen war. Ich hatte zum Glück keine Zeit mehr, darüber nachzudenken, denn unsere Pferde hielten schon vor der Tür. Es war ein neues Haus mit zwei Stockwerken. Die Tür war rund und schwarz lackiert. Über den Türrahmen hatte man drei Worte in Kalligrafie geschrieben: »Höhle der Wassermusik«. Ich kannte diese kräftige Handschrift. So konnte nur Meister Yun, Fe schreiben. Schöne Umschreibungen waren schon immer seine Leidenschaft gewesen. Sein Haus lag direkt am Fluss. Er nannte es »Höhle« und in dieser »Höhle« so nahe am Fluss konnte man natürlich das Wasserrauschen hören. »Höhle der Wassermusik«, das klang witzig und niveauvoll.

Wir banden die Zügel an der Bank fest, die es hier vor allen Häusern gab, dann gingen wir zur Tür. Drinnen war es sehr laut, als ob viele Leute anwesend wären. Ich klopfte an die Tür, vielleicht zu leise, denn es gab keine Reaktion. Also klopfte ich noch einmal ganz laut. Die Tür

wurde geöffnet. Ein fünfzigjähriger Mann stand vor uns. Wir schauten uns sehr enttäuscht an, alle mit einem Fragezeichen auf dem Gesicht.
»Guten Tag, wir suchen einen alten Mann, der von Shanghai kommt. Er heißt Yun, Fe. Wohnt er hier?«
»Was wollen Sie mit unserem Heilkundigen machen? Ich bin der hiesige Parteisekretär. Sagen Sie mir bitte zuerst Bescheid!« Er schloss sofort die Tür hinter sich und beobachtete Min Jiang und mich, zwei bewaffnete Soldaten, mit wachsamen Augen.
»Genosse Parteisekretär, wir besuchen den Heilkundigen nicht dienstlich, sondern privat. Ich bin ein Verwandter von ihm.«
»Sie sind ein Verwandter von ihm?« Seine Gesichtszüge wurden sofort wieder locker.
Ich nickte mit dem Kopf.
»Er kommt auch von Shanghai und sucht seinen Meister, o ja, seinen Verwandten, schon einige Jahre lang«, informierte ihn Oiuglie.
»Gut, gut! Unser Heilkundiger hat heute Besuch von seiner Familie, das freut ihn bestimmt!« Der Parteisekretär sah aus wie ein Südchinese. Sein Dialekt verriet mir, dass er aus einer Provinz nicht weit von Shanghai stammte. »Moment, bleiben Sie bitte hier. Ich gehe hinein und schicke die anderen Leute weg.« Er strich über seine kurzen, weiß melierten Haare.
»Wir können warten«, sagte ich.
»Warten? Nein, alle Besucher darin sind Einwohner des Dorfes. Sie kommen ständig und reden sehr lange. Ich lasse sie gehen. Dann können Sie sich ungestört unterhalten. Sie haben sich einige Jahre lang nicht gesehen, einige Jahre lang!« Er ging hinein.
Eine Minute später wurde die Tür wieder geöffnet. Diesmal kamen viele Leute heraus. An ihrer Kleidung und ihren Gesichtern konnte man erkennen, dass sie verschiedenen Nationalitäten angehörten. Auch einige Kinder waren dabei. Zwei Jungen, die ungefähr fünf Jahre alt waren, sahen sich zum Verwechseln ähnlich.
Oigulie ging zu den beiden: »Zwillinge, Zwillinge!« Die beiden Kinder mit den großen Augen gefielen ihr sehr. Sie legte jedem von ihnen eine Hand auf den Kopf.
»Das sind meine Kleinen.« Der Dorfchef kam zu uns. »Sagt den Gästen guten Tag.«

»Guten Tag!« So schöne Kinderstimmen. Wir bedauerten, dass wir keine Bonbons in der Tasche hatten.
»Genosse Soldat, jetzt ist er drinnen allein. Ich habe ihm gerade eine Überraschung angekündigt. Tschüss!« Der Chef ging mit seinen Zwillingen weg.
Die Haustür war halb geöffnet. Wir drei standen davor.
»Da Lee, geh hinein, wir warten zuerst hier«, schlug Min Jiang vor.
»Gut, danke, danke!« Meine Stimme zitterte. Ich zog meinen Fuß, der schon auf der Schwelle gestanden war, wieder zurück.
»He, warum kommst du zurück?... O ja, richtig, gib ihn mir.« Mein Jiang nahm mir den Pistolengürtel ab.
Ich atmete tief ein, dann betrat ich das Haus.
Der alte, schlanke Mann in weißer Jacke saß an einem großen Tisch. In einer Hand hielt er eine Teetasse, die andere lag auf dem Tisch. Sein langes Haar hing bis auf die Schultern. Es war schon ganz weiß. Vor zehn Jahren, als ich, ein krankes Kind mit weißem Kopf, zum ersten Mal vor seinen Augen aufgetaucht war, hatte er mich erstaunt und mitleidig angeschaut. Heute war ich gesund und groß, fast einen Meter achtzig groß, mein Haar war ganz schwarz, aber seines...?
Sein scharfer Blick blieb auf mir liegen, bewegungslos. Vielleicht erkannte er mich, einen Jungen in Uniform, nicht wieder.
»Meister, Meister, ich bin's, ich bin Chen, Da Lee!« Ich versuchte meine Stimme zu beherrschen, doch es war schwer. Sie klang ganz fremd und weinerlich.
»Da Lee, du....« Meister Yun stand auf, aber nur halb. Dann setzte er sich wieder, seine Mundwinkel zitterten ein bisschen.
»Ja, Meister, ich bin es. Ich habe dich lange Zeit gesucht. Endlich habe ich dich gefunden. Wie geht es dir?« Ich streckte beide Hände nach ihm aus.
Doch er blieb sitzen und gab mir auch nicht die Hand. Er wandte seinen Blick von mir ab und schaute zur Seite in die Ferne. »Genosse Soldat, kennen wir uns?«
»Was, was hast du gesagt, Meister?« Ich wollte meinen Ohren nicht trauen.
»Ich bin nicht dein Meister. Junger Mann, geh schnell in deine Armee zurück. Sofort!«

»Warum? Warum? Ich habe dich überall gesucht, einige Jahre lang. Meister, schau mich einmal genau an. Ich bin Da Lee. Kennst du mich nicht mehr? Ich bin dein Schüler, Da Lee!« Ich zog meine Mütze vom Kopf. Er schaute mich nur ganz kurz an, dann wandte er den Blick wieder ab. »Unsinn! Warum sucht du einen wertlosen Alten? Du bist ein revolutionärer Soldat, du sollst dich zuerst um deine Karriere kümmern! Übrigens habe ich auch keinen Schüler. Junger Mann, du hast eine schöne Zukunft vor dir, geh jetzt!« Dann setzte er sich wieder in seine Meditationsposition. Dieses Bild war mir vertraut. Er saß im Schneidersitz auf dem Stuhl, beide Hände vor dem Dan Tian, und schloss langsam die Augen.

Ich wusste, dass es jetzt keine Rolle mehr spielte, was ich sagte. Im Raum war es plötzlich ganz ruhig, totenstill, so als ob die ganze Welt aufgehört hätte, sich zu drehen. Doch in meinem Kopf war es, als ob Flüsse und Meere umgewälzt würden. Ich verstand nicht mehr, was mit mir passierte. Ich hörte ein Knirschen, das von meinen zusammengebissenen Zähnen kam. Nur so konnte ich verhindern, in Tränen auszubrechen. »Gut, Mei…, Meister, ich gehe. Lebwohl. Obwohl ich nicht weiß, was ich falsch gemacht habe. Hier…« Ich nahm meine Brieftasche, zog einen Zehn-Yuan-Schein heraus und legte ihn auf den Tisch. »Ich habe dir versprochen, dich von meinem ersten Monatslohn einzuladen, wenn ich einmal Geld verdiene. Leider liegt dieses Geld eingepackt in meinem Zimmer. Du willst mich wahrscheinlich nicht wieder sehen. Hier, hier, das hier ist die gleiche Summe. Meister, kauf bitte eine Flasche Shao-Hsing-Wein davon!« Jetzt konnte ich meine Tränen nicht länger unterdrücken. Ich drehte mich um und lief zur Tür. »Tong!« Die halb geöffnete Tür wurde stürmisch aufgeschlagen. Lin, Min Jiang stand in der Tür, hinter ihm war Oigulie. »Was für ein Meister sind Sie denn?«, schrie Min Jiang laut. Zum ersten Mal sah ich ihn so böse. »Wie können Sie sich so verhalten? Da Lee wollte Sie nur einmal wieder sehen. Deswegen hat er Shanghai verlassen und hat überall in Xinjiang nach einer Spur von Ihnen gesucht, drei Jahre lang! Und jetzt, wo er Sie endlich gefunden hat, verhalten Sie sich so ihm gegenüber? Haben Sie kein Herz?« Min Jiang hielt in einer Hand meinen Pistolengürtel, die andere hatte er zur Faust geballt. Seine Augen quollen vor Wut fast aus ihren Höhlen.

»Heh, Min Jiang, bitte hör auf, wie kannst du so mit meinem Meister sprechen?« Ich trocknete meine Augen.
»Meister? Zum Teufel, dieser Alte hat gar kein Herz, gehen wir!« Er warf mir meine Waffe zu.
Plötzlich wandte Meister Yun sich ihm zu: »Junger Mann, ich bin ein Alter, den man schlechter Dinge beschuldigt. Doch Da Lee ist ein Junge mit einer schönen Zukunft. Ich möchte ihm nicht schaden.« Meister Yun sagte das mit trauriger Stimme.
»Sie haben ihm schon geschadet, schauen Sie, wie traurig Da Lee ist!«, warf Oigulie dem Meister vor.
»Zukunft? Welche Zukunft hätte Da Lee gehabt, wenn Sie ihm damals nicht geholfen hätten? Ja, wir sind Soldaten, aber in erster Linie sind wir Menschen mit Herz, nicht so eiskalt wie Sie. Nicht zu fassen! Gehen wir!« Min Jiang zog mich zur Tür.
»Da Lee, in diesem Dorf gibt es ein Restaurant, in dem das Rindfleisch besonders gut schmeckt. Willst du mich dorthin einladen?« Yun, Fe nahm den Zehn-Yuan-Schein vom Tisch und hielt ihn mir hin.
»Ja, natürlich, Meister!«, antwortete ich halb lachend, halb weinend.

Es war ein muslimisches Restaurant. Der Kellner kannte Meister Yun schon sehr gut. »He, mein Heilkundiger. Du hast heute Besuch? Wir machen es genauso wie immer, oder? Sag deinen Gästen, dass die Lanzhou-Nudeln die besten Nudeln der Welt sind.« Der Mann trug einen kleinen, weißen Hut. Obwohl er einen dicken Bauch hatte, war er noch sehr lebhaft. Bevor Meister Yun etwas sagen konnte, ging er schon weg. Als er zurückkam, trug er ein großes Tablett. Nacheinander nahm er einen Kessel mit warmem Reiswein und vier Becher herunter, in Scheiben geschnittene frische Gurke, Weißkohlsalat und Paprika. »Der Hauptgang kommt nachher«, sagte der Kellner zu uns und ging dann.
»Ich trinke auf meinen Meister!« Ich hielt meinen Becher hoch.
»Zum Wohl!«, antworteten Min Jiang und Oigulie.
»Zum Wohl, auf euch!«, sagte Meister Yun und trank.
»Zuerst muss ich etwas sagen.« Min Jiang trank einen Schluck und drehte sich nach links zu Meister Yun. »Ich muss mich bei dir entschuldigen. Ich war vorhin so unhöflich zu dir. Ich weiß ganz genau, dass du

ein netter Mann bist. Durch meinen Spott wollte ich dich nur aus der Reserve locken.«

»Ha, ha, ha!«, lachte Yun, Fe ganz laut. »Es gibt nichts zu entschuldigen. Ich freue mich für Da Lee, er hat einen sehr guten Freund.«

»Er hat auch noch eine gute Freundin!« Oigulies Finger trafen fast ihre eigene Nase.

Wir lachten alle zusammen. Im Restaurant waren noch einige andere Gäste, die sich von unserer Stimmung beeinflussen ließen. Alle schauten uns mit lachenden Gesichtern an. Hier war es sehr warm, es dampfte regelrecht. Es gab keine Küche, der Koch bereitete alles vor unseren Augen zu. Ich sah, wie der Koch, der gleichzeitig auch Kellner war, ein Stück Nudelteig nahm. Er schlug den Teig einige Mal auf den Tisch, dann begann die »Akrobatik«. »Pa!« schlug er zuerst mit der Handfläche einmal auf den weichen Teig, dann strich er mit beiden Händen nach rechts und links. Sofort sah der Teig aus wie ein langer Stock. Diesen »Stock« hielt er an beiden Enden fest und schleuderte ihn mit ausgebreiteten Armen hoch, sodass er sich wieder und wieder drehte, wie eine Schraube, eine lange Schraube. Dann schlug er die »Schraube« einmal zusammen und zog sie wieder nach beiden Seiten auseinander. Schon entstanden zwischen seinen Fingern einige lange Nudeln. Wieder schlug er den Teig zusammen und zog ihn auseinander und schon waren es doppelt so viele Nudeln. Diese Prozedur wiederholte er immer wieder, sodass die Nudeln zwischen seinen Fingern immer mehr und dünner wurden, vierzig, achtzig, hundertsechzig…

»He, mein lieber Alter, wollt ihr heute etwas Elastisches oder eher etwas Weiches zwischen die Zähne bekommen?«, fragte er.

»Elastisch, und ihr?«, fragte Meister Yun uns.

»Auch elastisch.« In Wirklichkeit war es egal, für uns war es sowieso das erste Mal, dass wir diese Nudeln probierten.

»Elastisch? Schon gut.« Er warf die zahllosen Nudeln in kochendes Wasser. Nach nur einer Minute nahm er sie mit riesigen Stäbchen wieder heraus und verteilte sie auf vier große Schalen, die schon auf dem Tablett standen. Mit diesem Tablett ging er zu einem anderen Tisch, schnitt dort Scheiben von einem Berg Rindfleisch ab und verteilte sie ebenfalls auf die Schalen, dazu gab er noch Ringe von Frühlingszwiebeln und Petersilie. Dann brachte er alles zu uns.

Ich hatte einen Bärenhunger und steckte sofort ein Stück Fleisch in den Mund.
»Warte, es ist noch nicht fertig. Es kommt noch etwas!«, sagte Yun, Fe zu mir.
Das war ganz richtig. Der Kellner kam mit einem Topf wieder zu uns, der ganz heiße Rindfleischsuppe mit Curry enthielt. Er goss unsere großen Schalen voll bis zum Rand.
»Zah!« zischte es und sofort dampfte unser ganzer Tisch. Der Duft war so stark, dass keiner von uns länger warten konnte. Wir aßen nicht, sondern fraßen wie Wölfe oder Tiger.
Meister Yun schaute uns lachend an. »So gutes Rindfleisch bekommt man garantiert nicht in Shanghai.« Er nahm mit seinen Stäbchen ein Stück aus der Schale. »Man kann es so dünn wie Papier schneiden. Diese Tiere laufen den ganzen Tag auf den Wiesen hier herum.«
»Meister, ich habe gehört, dass du die Kinder von hier gerettet hast, stimmt das?«
»Iss weiter!« Yun, Fe erzählte nie gerne, was er für die Menschen getan hatte.
»Erzähl uns bitte davon. Wir haben auch Lust, die Geschichte zu hören«, bat Min Jiang.
Yun, Fe legte seine Stäbchen auf die Schale und begann nun doch zu erzählen. »Ich hatte schon lange vorher gehört, dass die Kinder hier immer an einer merkwürdigen Krankheit starben. Vor drei Jahren verließ ich dann das Gebiet in Xinjiang, in das man mich anfangs geschickt hatte, und kam hierher. Schon am ersten Tag spürte ich, dass an diesem Ort vieles durcheinander war. Ihr habt doch sicher den Fluss vor meinem Haus gesehen, oder?«
»Ja, das ist ein ganz sauberer Fluss«, sagte Oigulie.
»Das stimmt, doch wegen dieses Flusses mussten viele Kinder sterben.«
»Ist das Wasser giftig?« Oigulie riss ihre Augen furchtbar groß auf.
»Ha, ha, ha!«, lachte Meister Yun ganz laut. »Nein, nein! Nicht giftig! Ich trinke dieses Wasser täglich. Aber die Kinder, die hier geboren werden, dürfen nicht nur von dem Flusswasser trinken.«
»Warum?«, fragten wir alle drei gleichzeitig.
»Vielleicht habt ihr noch nicht bemerkt, wie dieser Fluss läuft. Normalerweise fließt Flusswasser immer von oben nach unten. Aber im Dorf

Tali läuft er umgekehrt, von unten nach oben. Das Wasser ist Schmelzwasser von der Spitze der Tali-Berges. Der Schnee schmilzt dort nicht normal, zuerst auf der Oberfläche, sondern von innen. In der Tiefe des Berges ist es sehr warm. Im Innern des Berges gibt es bestimmt einen unterirdischen Kanal. Das Wasser läuft dort in allen vier Jahreszeiten senkrecht von oben nach unten. Am Fuß des Berges gibt es ein großes Loch. Man nennt es Quelle, doch das ist falsch. Es ist keine Quelle, sondern nur die Austrittsstelle des Wassers.« Meister Yun trank einen Schluck Wein und nahm sich ein Stück von dem Rindfleisch.
Wir drei taten nichts. Wir saßen nur mit großen Augen und Ohren da und hofften, dass Yun, Fe bald weitererzählen würde.
»Der Fluss beginnt dort. Unser Dorf liegt höher als der Ausgang. Deshalb muss das Wasser von unten den Fluss entlang nach oben laufen. Oberhalb des Dorfes läuft es dann nach unten.« Nachdem er das Rindfleisch gegessen hatte, erzählte Yun, Fe weiter. »Dieser Fluss ist ungefähr tausend Jahre alt. Er besteht nur aus Schneewasser. Auf dem Grund des Flusses und zu beiden Seiten gibt es nur harte und ganz glatte Steine. Bis es hier im Dorf angelangt ist, ist das Wasser noch gar nicht mit Erde in Berührung gekommen. Dieses Wasser ist ganz sauber, aber es fehlt die richtige Lebensenergie darin. Yin und Yang harmonieren nicht miteinander. Die Kinder, die hier geboren werden, trinken von Anfang an nur dieses Wasser. Irgendwann müssen sie eine Energieblockade bekommen, dann sammeln sich alle kranken Elemente in ihren Körpern, bis sie die Todeskrankheit haben.«
»Bei der Behandlung führst du die giftige Energie zuerst aus den Körpern der Kinder, dann führst du ihnen neue zu. Stimmt das?«, fragte ich.
Meister Yun nickte mit dem Kopf. »In Wirklichkeit kann man dieses Problem leicht vermeiden. Entweder lässt man die Kinder einige Zeit lang in einem anderen Gebiet wohnen oder in der ›Graue-Rauch-Höhle‹ auf dem Tali-Berg Qi-Gong-Übungen machen. In dieser Höhle gibt es die nötige Energie, die dem Flusswasser fehlt. Jetzt kommen die Dorfkinder regelmäßig mit mir in die Höhle, um Übungen zu machen.«
»Haben die Kinder keine Probleme mehr?« – »Kann man das Flusswasser trinken?« Oigulie und Min Jiang machten ganz große Augen. Be-

stimmt hatten sie zum ersten Mal so eine märchenhafte Geschichte gehört.
»Ja, natürlich! Doch jetzt esst ihr erst einmal etwas, sonst wird alles kalt«, sagte Meister Yun.
Die Lanzhou-Nudeln schmeckten vorzüglich. Wir aßen alles auf, obwohl die großen Schalen anfangs randvoll gefüllt waren. Leider sah es in diesem Restaurant nicht sauber aus. Stühle, Tische und sogar die Schalen waren klebrig von dem gelben Rinderfett. Das störte uns jedoch nicht sonderlich. Die Chinesen sagen: »Auch ein schmutzig gekochtes Essen macht die Menschen gesund, wenn es gut ist.«
In Meister Yuns Haus gab es einige Gästezimmer. Er gab jedem von uns ein Zimmer zum Übernachten. Ich benutzte mein Zimmer allerdings kaum, weil ich so lange wie möglich mit meinem Meister zusammenbleiben wollte.
»Nächstes Mal, wenn du wieder zu mir kommst, bringe ich dich zur ›Grauen-Rauch-Höhle‹«, versprach mir Meister Yun. »In Wirklichkeit ist der Rauch dort nicht grau, sondern weiß. Durch das Licht der Sonne, das von der Spitze des Schneebergs kommt, sieht er grau aus. In dieser Höhle kann man sehr gut Energiearbeit machen. Ich werde dir eine ganze Woche lang Qi-Gong-Fähigkeit beibringen. Dann musst du nichts mehr von mir lernen.«
»Meister, von dir kann ich immer etwas lernen, immer, immer!«, sagte ich und war so unendlich froh, ihn wieder gefunden zu haben.
Als ich in mein Zimmer kam, dämmerte schon der Morgen. Ich war sehr müde und ging sofort ins Bett.
Nur kurz, nachdem ich in einen schönen Traum entschlafen war, weckte mich jemand.
Es war Oigulie. »Steh bitte auf, ich möchte dich etwas fragen.« Sie stand vor meinem Bett.
»Was denn? Lass mich weiterschlafen.« Ich vergrub meinen Kopf unter der Decke, doch ihre Finger kamen auch darunter und zogen mich an den Ohren nach oben.
»Ich konnte die ganze Nacht nicht schlafen und du darfst es auch nicht«, sagte sie mit lachendem Gesicht.
»Gut, dann frag mich bitte jetzt sofort!« Ich war sehr müde.
»Nein, nicht hier, du musst mit mir hinausgehen. Diese Frage und

deine Antwort sind sehr wichtig. Der Tali-Berg und der Fluss müssen es hören und beweisen.«
»So wichtig? Dann lässt du mich nachher weiterschlafen?«
»Ja, steh auf! Ich warte draußen.« Sie ging.
Ich war gar nicht richtig wach und tat nur mechanisch, was sie von mir verlangte.
Draußen war es schon ein bisschen hell, das ganze Dorf schlief jedoch noch ruhig. Sogar die Hunde hatten aufgehört zu heulen. Was man hören konnte, war nur die Musik des fließenden Wassers. In der Luft lag ein Nebel, der wie ein weißer Jadegürtel schien und den Tali-Berg mit dem Dorf verband. Oigulie stand vor mir, hinter sich ihr weißes Pferd, das schon bepackt war.
»Willst du jetzt gehen?«, fragte ich.
»Ja. Bevor ich nach Hause reite, will ich dich einmal fragen ...« Sie sprach nicht weiter, aber ihr Gesicht wurde rot und sie beugte den Kopf nach unten.
Ich hatte etwas bemerkt. Mein Herz schlug ganz schnell.
»Ich will dich nur fragen, ob du mich hübsch findest?« Ihre blauen Augen richteten sich wieder nach oben und schauten direkt in meine.
»Natürlich, du bist ein hübsches Mädchen«, sagte ich sofort.
»Warum schaust du dann immer weg, wenn ich dich anschaue? Weißt du, Da Lee, wenn die Himmelsglocke zum Berg singt, gibt der Berg ein Echo. Wenn sie zum Himmel singt, gibt der Himmel ein Licht. Aber du ziehst deinen Blick immer zurück.« Sie kam einen Schritt näher zu mir und hielt mit beiden Händen meine Hände fest, immer fester, direkt vor ihrem Busen. Ihre langen Wimpern waren groß aufgeschlagen. Ihr Blick war so nahe bei mir, dass ich ihren schnellen Herzschlag spüren konnte.
Ich musste jetzt antworten. Ich musste etwas sagen. »Oigulie, Oigulie, deine Augen sind wie zwei wunderschöne blaue Seen. Ich muss darin ertrinken, wenn ich sie immer weiter anschaue.«
»Da Lee, wie schön, Da Lee, du kannst so gut reden!« Oigulie ging zwei Schritte rückwärts. Ihre Augen waren nass, ihre Hände vor der Brust gekreuzt. »Allah, ich danke dir!« Sie schaute zum Himmel, sprang in die Luft und saß mit einer eleganten Drehung auf dem Rücken ihres Pferdes. »Übermorgen ist wieder Vollmond. Da Lee, treffen wir uns

dort, wo wir zusammen die Himmelsglocken gesehen haben, zur Zeit des Abendrots. Ja? Tschüss, mein Da Lee.« Sie ritt weg unter dem goldenen Licht des Morgenrots.

Min Jiang war sehr nett. Nach unserer Rückkehr erzählte er beim Chef nur Gutes über mich. Schließlich wurde ich für die Missachtung von Wangs Befehl gar nicht bestraft, ich musste noch nicht einmal eine Selbstkritik schreiben. Nur persönlich entschuldigen sollte ich mich bei Wang. Das war sehr einfach für mich, in zehn Sekunden war alles erledigt. Dann ging ich zum Dienst, das hieß, vor der Maschine sitzen und hören, was die sowjetischen Kampfflieger mit ihrem Kommandanten sprachen.

Jetzt hatte ich sehr gute Laune. Endlich hatte ich meinen Meister gefunden und es ging ihm gut. Vorher hatte ich seinetwegen tausend Sorgen im Kopf gehabt, jetzt konnte ich sie alle hinausjagen. Ich war locker. Trotzdem schlug mein Herz immer schneller, wenn das Bild Oigulies in meinem Kopf auftauchte. Wie hätte ich es verhindern können? Ihre wunderschönen blauen Augen, ihre achtzehn Zöpfe, ihre bezaubernde weibliche Körperlinie standen mir ständig vor Augen und ihr silberhelles Lachen klang mir in den Ohren, immer häufiger musste ich an sie denken. »Sexualität ist ein Teufel. Sie frisst deinen Körper, sie frisst deine Seele und sie schließt die Tür vor dir, durch die du deine innere Ruhe erreichen kannst.« Das hatte ich in einem buddhistischen Buch gelesen, als ich im Tempel wohnte. Damals, als Kind, hatte ich überhaupt nichts davon verstanden. Jetzt bekam ich eine Ahnung, was das bedeutete.

Ich war achtzehn Jahre alt und wollte Oigulie gerne sehen, weil mein Herz in ihrer Nähe schneller schlug und ich ein unbeschreibliches Glücksgefühl spürte. »Ist das Liebe?«, fragte ich mich selbst. Diese Frage stellte ich mir zum ersten Mal im Leben. Eine Antwort fand ich nicht.

Als der Zeitpunkt gekommen war, an dem ich mit Oigulie verabredet war, ging ich in den Pferdestall.

»Willst du wieder das rote Pferd?«, fragte mich der Stallbursche. Er war ein kleiner Junge und oft in schmutziger Uniform, aber den Stall hielt er immer so gut wie möglich sauber.

»Natürlich!«, antwortete ich. Es war die Idee meiner Mitbewohner gewesen, dass ich mit dem Pferd zu unserer Verabredung reiten sollte. Ich hatte in der Gruppe eine Freistunde beantragt. Alle hatten sofort gewusst, dass ich zu Oigulie ging.
»Du solltest mit dem Pferd zu ihr reiten«, sagte Min Jiang.
»Warum? Das ist nur knapp einen Kilometer weit entfernt im Norden.«
»Weil Oigulie sicher mit dem Pferd kommt. Es sieht besser aus, wenn du das Gleiche tust.«
»Ja, richtig.« Die anderen unterstützten seine Meinung. Dann kontrollierten sie alle meine Uniform, Mantel und Stiefel mit scharfen Augen. Erst als ich die letzte Spur vom Stiefel geputzt hatte, schickten sie mich zur Tür. »Erzähl uns nachher alles, ja?« Alle waren genauso aufgeregt wie ich.
Ich merkte schon, dass mein Pferd gern im Abendrot ein Stück mit mir spazieren ging, es schlug die ganze Zeit über mit seinem Schweif.
Mein Herz schlug wieder schneller, vor mir unter dem goldenen Licht stand ein weißes Pferd, darauf saß ein Mädchen in kurzer schwarzer Jacke und mit weitem rotem Rock. Auch wenn ich ihr Gesicht nicht ganz genau sehen konnte, wusste ich doch schon von ihrer Körperlinie, dass es Oigulie war.
Ein wunderschönes Bild, wie von einem guten Maler gemalt. Oben im Rahmen waren gefärbte Wolken, in der Ferne sah man den Schneeberg, eine Seite verschwand im See. Unten war die riesige Wiese mit gelbem Gras des Herbstes. In der Mitte des Bildes saß das kasachische Mädchen auf ihrem Pferd.
»Da Lee, du siehst heute sehr schön aus«, sagte sie ein bisschen verschämt. Ihr Gesicht konnte ich immer noch nicht genau sehen, obwohl wir schon ganz nahe beieinander standen. Ein großes, weißes Seidentuch hing unter ihrem Hut hervor wie ein durchsichtiger Wasserfall. Oigulies Gesicht war dahinter versteckt, man konnte es nur verschwommen erkennen, geheimnisvoll!
»Warum trägst du heute dieses Seidentuch, Oigulie?« Ich hatte eine dumme Frage gestellt.
»Ich will mich bedecken.«
»Warum? Ich habe dein Gesicht schon gesehen.«

»Aber nicht heute, schau mal, Da Lee.« Sie zog das Tuch ein Stück hoch und ließ es sofort wieder nach unten fallen.
Ich konnte nur einen sehr kurzen Blick erhaschen, sah aber genau, dass ihre Wangen so rot waren wie eine frisch geöffnete Rose. Wie konnte ein Mädchengesicht so rot sein? Es war nicht geschminkt und es lag auch nicht am Licht des Abendrots, sondern nur an ihrem heißen Blut.
»Oigulie, du bist sehr hübsch.« Mein Gesicht war auch heiß. Ich sprach trotzdem weiter und versuchte, mich romantisch auszudrücken. »Du bist wie die schönste Blume der ganzen Wiese.«
»Danke, du kannst sehr schön erzählen. Aber die schönste Blume soll man auch gießen. Da Lee, willst du das machen?« Sie fragte das hinter ihrem dünnen Seidenschleier. Wahrscheinlich vor Aufregung zitterte ihre Stimme bei den letzten Wörtern.
»Ja, natürlich.« Ich antwortete sofort.
Dann schwieg alles, nicht nur wir beide, sondern die ganze Wiese, der Berg und die Welt. Keiner von uns wollte vom Pferd absteigen, es war, als ob eine ganz wichtige Sache bald passieren musste und eine falsche Bewegung alles zerstören konnte.
»Fuh!« Ein Vogel stieg vor uns in die Luft, senkrecht nach oben bis zu den Wolken, dann sang er dort. Das entspannte die Atmosphäre für uns.
»Himmelsglocke«, sagte ich.
»Ja, Himmelsglocke.« Oigulies Stimme klang ganz glücklich. »Da Lee, das ist unser Schicksal, weißt du? Ich denke an dich Tag und Nacht. Ich habe mich in dich verliebt. Da Lee, hier, hier ist mein Herz.« Sie öffnete einen Knopf an ihrer Bluse und zog ein Tuch, ein ganz rotes Taschentuch, dort heraus. »Das ist mein Herz, das ist alles von mir. Da Lee, wenn du mich zur Frau haben willst, dann nimm es.« Sie öffnete ihre Hand. Das rote Taschentuch flog im leichten Wind einige Meter weiter, dann lag es auf dem Boden, auf dem goldgelben Gras.
Mein Herz lief mir fast zum Mund heraus, es wurde wie von einem Magneten mit unbegrenzter Anziehungskraft zu dem roten Tuch geführt. Mein ganzer Körper wurde wie nach einer intensiven Qi-Gong-Übung von viel frischer Energie umarmt. Ich spürte meinen Körper nicht mehr, nur Glück, grenzenloses Glück und auch immer mehr Nervosität. Mein Blick blieb über dem Pferdekopf ganz fest an diesem

roten Tuch hängen. Ich wusste, dass es kein normales Tuch war, es konnte mein Leben, mein Schicksal sofort verändern.
»Oigulie, sollen wir heiraten? Wenn ich dieses Tuch in die Hand nehme?« Meine Stimme zitterte wie verrückt.
»Ja, nach unserer Tradition müssen wir nach zehn Tagen heiraten, mein Da Lee.« Die Stimme, die hinter dem Seidenschleier hervorkam, zitterte auch.
»Nur zehn Tage, kann das nicht ein bisschen länger sein?«
»Warum, Da Lee? Ohne dich ist jetzt jeder Tag eine Strafe für mich.«
»Oigulie, Oigulie, ich liebe dich. Doch jetzt schon zu heiraten, das ist zu früh für mich. Ich bin erst achtzehn Jahre alt. Ich muss noch viele Dinge lernen und tun. Oigulie, lass mich überlegen, ja?« Ich bekam keine Antwort. Alles war plötzlich so still. In dieser Welt gab es nur uns beide. Diese Ruhe konnt ich nicht länger ertragen. Ich ließ mein Pferd laufen. Das Pferd hatte auch etwas von unserer Stimmung gespürt. Als wir an dem roten Tuch vorbeikamen, blieb es extra stehen. Mein Himmel! Ich wurde bald verrückt, unten, direkt vor meinen Augen lag das rote Tuch!
»Allah! Hilf mir!« Oigulie kreuzte beide Hände vor der Brust, ihr Seidentuch war vom Gesicht gerutscht und hing nach hinten. Sie schaute zum Himmel und betete zu ihrem Gott.
Wahrscheinlich wurde die Kraft des Heiligen falsch geschickt. Ich stieg nicht vom Pferd ab, sondern stieß ihm beide Knie fest in den Bauch. Es sprang über das Tuch und galoppierte zurück zur Unterkunft.
»Mein Himmel, wie siehst du denn aus, hat man auf dich geschossen?« Min Jiang sah mich erstaunt an, ebenso wie die anderen. In unserem Zimmer waren sehr viele Leute, vielleicht hofften sie alle, etwas Interessantes von mir zu hören.
»Pong!« Ich fiel halb tot auf mein Bett.
»He, was ist mit dir los?« – »Sag uns, was?« Die Kameraden sorgten sich ernstlich um mich.
»Oigulie hat mir das rote Taschentuch geworfen.« Ich weinte fast.
»Was, so schnell?« sagte Lu, Pockennarben.
»He, Da Lee, du bist ein Glückspilz. Lass es mich einmal sehen, das rote Tuch.« Hun, Chi kam zu mir.
»Ich habe es nicht genommen, ich muss erst überlegen.«

»Was? Was hast du gesagt? Was gibt es zu überlegen?«, schrie Hun, Chi mich an.
»Da Lee, bist du verrückt?« – »Vielleicht willst du deine Arbeit nicht aufgeben?« – »Du willst bestimmt nicht in Xinjiang leben.« – »So ein gutes Mädchen, so eines bekommst du nicht wieder. Armes Mädchen, sie muss ganz traurig sein.« Stundenlang saß ich da und musste mich kritisieren lassen wie in einer politischen Sitzung. Ich sagte nichts, wollte nur meine Ruhe haben, aber die bekam ich nicht.
Lu setzte sich zu mir. »Da Lee, glaub mir, Oigulie ist nicht nur ein hübsches, sondern auch ein nettes Mädchen. Du wirst es bereuen, wenn du dir die Sache zu lange überlegst. Ich bin ein Mann mit Erfahrung, glaub mir. Los, geh wieder zu ihr, nimm das rote Tuch!«
»Ja, richtig. Tu das.« Die anderen stimmten ihm bei.
»Tong!« Die Tür wurde geöffnet. Lin, Min Jiang stand im Türrahmen. Niemand hatte bemerkt, dass er weggewesen war.
»Leute! Ich ..., ich habe Oigulies rotes Tuch genommen.«
»Was?« Alle Anwesenden waren erstaunt.
Min Jiang hielt die geöffnete Handfläche hoch. Darauf lag ein rotes Tuch, das mir schon sehr bekannt war.
»Hong!« Ich war wie vom Donner geschlagen. Vor meinen Augen sah ich nur rote Farbe und Sterne. Alles, was direkt danach passierte, drang nicht mehr in mein Bewusstsein vor.

Einige Tage lang war ich nicht mehr ich selbst. Mein ganzer Kopf war leer. Ich versuchte durch fleißiges Üben die Situation zu verbessern, aber ohne großen Erfolg.
»Da Lee, sollen wir uns duellieren?«, fragte mich Min Jiang während eines Spaziergangs.
»Warum?« Seine Frage wunderte mich sehr.
»Ich habe schon einmal in einem englischen Roman darüber gelesen. Zwei Männer stehen Rücken an Rücken, jeder mit einer Pistole. Dann gehen sie gleichzeitig jeweils zehn Schritte vorwärts, drehen sich um und schießen. Wir sind revolutionäre Soldaten und in China steht auf so etwas die Todesstrafe. Das geht einfach nicht. Da Lee, schlag mich bitte!« Er hielt mir sein Gesicht hin.
»Quatsch! Warum soll ich dich schlagen?«

»Hasst du mich nicht? Du weißt doch ganz genau, dass Oigulie dich liebt.«
»Zum Schluss hat sie dir das rote Taschentuch gegeben. Sie liebt jetzt dich, Min Jiang. Ich wünsche euch Glück!«
»Da Lee, mein Freund!« Er umarmte mich. »Da Lee, in fünf Tagen werden wir heiraten. Meine Verwandten kommen jedoch alle erst in zehn Tagen. Kannst du mein Trauzeuge sein?«
»Natürlich.«
Die Hochzeitsfeier fand im Dorf »Roter Stern« statt. Viele Gäste waren gekommen.
»Ich erlebe zum ersten Mal, dass ein Soldat der Han-Nation und eine Kasachin eine Familie gründen, ich gratuliere herzlich!«, sagte der Parteisekretär der Kommune. Er selbst war, wie fast alle hohen Beamten in Xinjiang, Han-Chinese. Zur Hochzeit kam fast die Hälfte unserer Kameraden. Auch der Kompanieführer und der politische Instrukteur waren da.
Die Brautleute hatten auch meinen Meister eingeladen, dafür war ich sehr dankbar. Diese Tatsache besserte meine Laune ein wenig. Trotzdem war ich immer in merkwürdiger Stimmung. Einige Leute sahen mich auch komisch an.
»Schwächling!«, schimpfte mich Tieljang, als wir uns beim Tanzen trafen.
Ich tat so, als hätte ich nichts gehört, und machte weiter meine Tanzschritte. Es war ein sehr einfacher Tanz. Wir gingen im Kreis, eine Hand auf der Schulter des Vordermanns, eine Hand in die Taille gestemmt, immer weiter nach dem Takt der Trommel. Die Hauptakteure Oigulie und Min Jiang saßen an der Seite, beide in neuen Kleidern. Lin, Min Jiang trug eine neue Uniform und Oigulie war in Weiß, mit einem Schleier vor ihrem Gesicht. Niemand konnte sie genau sehen. Einmal zog sie mit ihrem Finger den Schleier zur Seite, nur einmal. Als ich während des Tanzes an ihr vorbeikam und zwei Notizbücher als Geschenk vor sie legte, sah sie mich aus dem geöffneten Schleier ganz direkt an.
Diese Augen, diese unbeweglichen blauen Augen, brachten mein Herz dazu, sich ganz eng zusammenzuziehen. Ich zitterte. »Beste Glückwünsche«, sagte ich.

Sie antwortete nichts. Ihr Finger zog sich zurück und ihr Gesicht war wieder von dem Schleier bedeckt.
Min Jiang drückte mir die Hand.
Ich gratulierte ihm, nur meine Stimme konnte ich nicht ganz beherrschen.
Nach dem Tanzen gingen wir zu dem langen Tisch, der vor Oigulies Haus stand. Es gab sehr viel Fleisch, Obst und Getränke. Heute interessierte mich nur eins davon: Schnaps. Eine Schale nach der anderen. Egal, was mit der Welt passierte, mich ging das alles nichts mehr an.
»Da Lee, das verletzt dich sehr, wenn du so trinkst.« Meister Yun, Fe kam zu mir. Seine Augen schauten nicht scharf, wie sonst, sondern voller Mitgefühl. Er trug eine neue weiße Jacke und blaue Hosen und auch seine langen, weißen Haare hatte er eigens für das Fest ordentlich frisiert.
»Meister, lass mich weiter trinken, so ist es besser für mich!«
»Pass gut auf dich auf, ja!« Er klopfte mir auf die Schulter, dann ging er zu den anderen alten Leuten zurück, mit denen er schon eine ganze Weile geplaudert hatte.
Als das Abendrot erschien, bekamen wir jeder eine Schale Ziegentee, Tee mit Ziegenmilch. Das war das Zeichen, dass die Hochzeitsfeier zu Ende war.
Ich bereute sehr, dass ich mich als Trauzeuge zur Verfügung gestellt hatte. Ich musste mit einigen kasachischen Mädchen Bräutigam und Braut bis zu ihrem Haus begleiten und für das Brautpaar die Tür schließen. Jeder Schritt war für mich so schwer, als ob unsere Füße nicht auf den Boden, sondern auf mein Herz treten würden. Nachdem wir die Haustür geschlossen hatten, sprang ich sofort in den Wagen, um mit meinen Kameraden zum Balu-Berg zurückzufahren. Ich hoffte, dass der Wagen schneller fahren würde, damit ich mich auf mein Bett legen und mir die Decke über den Kopf ziehen konnte, um alles zu vergessen. Doch unser Fahrer hatte auch zu viel getrunken und der Wagen fuhr viel langsamer als die anderen beiden.
Als ich vor der Tür meines Zimmers stand, sah ich, dass die anderen Mitbewohner schon alle da waren. Drinnen war es sehr laut.
»Der arme Da Lee, er weiß gar nicht, was wirklich passiert ist.« Das war die Stimme von Lu.

Meine Hand, die ich gerade auf die Türklinke legen wollte, hielt in der Luft inne.
Lu erzählte weiter. »Der Stallbursche hat erzählt, dass Lin, Min Jiang ihn an diesem Abend extra gefragt hat, welches Pferd Da Lee geritten hatte. Dann ist er schnell mit dem roten Pferd weggeritten. Den Stallburschen hat das gewundert und er ist ihm ebenfalls zu Pferd gefolgt.
Oigulie hatte immer noch am gleichen Platz gewartet. Sie glaubte, dass Da Lee ihretwegen zurückgekommen sei, und warf wieder das rote Tuch. Dieser Min Jiang hat es ganz schnell genommen.
Als Oigulie sah, wer er war, fiel sie in Ohnmacht. Als sie wieder erwachte, schrie sie nur den Namen: Da Lee, Da Lee! Armes Mädchen, sie konnte ihr Schicksal nicht mehr verändern, weil das rote Taschentuch schon in Lin, Min Jiangs Hand war.«
»Dieses Schwein, wie konnte er so etwas tun? Er ist sogar mit Da Lee befreundet. Wenn die Sache mir passiert wäre, könnte ich ihn sogar töten. Und dieser arme Da Lee begleitet ihn sogar noch als Trauzeuge. Was hat das alles zu bedeuten?«, sagte Hun, Chi ganz laut.
»Tong!« Mein Fuß stieß die Tür auf.
Die Leute im Zimmer staunten alle. »Da Lee, hast du alles gehört?« Lu war ganz nervös.
»Ja!« Ich ballte meine Fäuste immer fester.
»Vergiss das, es ist sowieso schon alles vorbei.« Lu versuchte, die Sache zu verharmlosen.
»Vergessen? Nein! Wie könnte ich das vergessen? Ich gehe jetzt zu ihm, zu diesem Lin, Min Jiang.«
»Nein, lieber nicht!« – »Du musst vernünftig sein!« Meine Kameraden waren sehr besorgt.
»Vernünftig? Gut!« Ich lockerte meinen Pistolengürtel und warf ihn aufs Bett. »Auf Wiedersehen, meine Genossen!« Ich schaute den Raum und die Menschen einmal an, dann ging ich.
Auf dem Weg schlug ich mein Pferd wie verrückt, um es anzutreiben. Es war schon ganz ruhig, als ich im Dorf ankam. Ich ließ mein Pferd direkt vor die Tür von Oigulies Haus gehen. »Lin, Min Jiang, komm heraus!« Ich schrie ganz laut, wahrscheinlich konnten mich alle Dorfbewohner hören. »Lin, Min Jiang, komm heraus! Hier ist Chen, Da

Lee!« Meine Stimme wurde immer lauter, das Feuer brannte schon in meinem ganzen Körper.
Einige Dorfbewohner kamen zu mir, alle sahen mich mit erstaunten Augen an.
»Lin, Min Jiang, komm heraus! Ich bin unbewaffnet. Du wolltest dich mit mir duellieren? Komm, ich zeige dir meine Faust!«
Die Tür wurde geöffnet. Lin, Min Jiang kam langsam heraus. Die Knöpfe seiner Jacke waren noch nicht geschlossen.
»Lin, Min Jiang, du bist ein hinterlistiger Verräter. Wie konntest du so etwas Gemeines tun? Meine Rolle ausnutzen, um Oigulie zu haben!« Ich stieg ab.
»Da Lee, hör bitte zu, ich liebe… oh!« Er hatte noch nicht fertig gesprochen, da lag er schon auf dem Boden, von meiner Faust getroffen.
»Du wusstest ganz genau, dass Oigulie ihr rotes Tuch mir zugeworfen hat!«
»Ich liebe sie! Ich überlege nicht! Nicht wie du…« Er stand auf und schlug zurück.
»Halt!« Eine Frau in weißem Schlafanzug kam aus dem Haus, Oigulie. Sie stellte sich zwischen uns. »Da Lee, zu spät, alles zu spät!« Ihre Hände krallten sich vor der Brust fest in ihre Jacke. »Da Lee, zu spät!« Sie weinte. Oigulie war verändert. Ihre achtzehn Zöpfe waren verschwunden, das lange braune Haar fiel wie ein Wasserfall über ihren Körper hinab.
»Mann! Jetzt bist du ein richtiger Mann!« Aus dem Kreis der Zuschauer kam ein muskulöser Junge. Sein Hochchinesisch war nicht gut, aber seine Kraft sehr groß. Er schob Oigulie einfach zur Seite, egal wie sie sich wehrte.
Es war Tieljang. Er war der Meinung, dass seine Schwester sich in Männerangelegenheiten einmischte, und wollte wohl sehen, wie wir kämpften. Jetzt war ich in seinen Augen nicht mehr schwach, sondern ein richtiger Mann.
Inmitten des Rings standen Min Jiang und ich uns gegenüber, von Angesicht zu Angesicht. Wenn Freunde zu Feinden werden, kann der Hass besonders stark sein, weil man dann alles, was während der Zeit der Freundschaft passiert ist, mit neuen Augen sieht, mit Verrat und Ausgenutztwerden.

»Zu spät, alles zu spät!« Oigulies Worte waren wie Messer, die in mein Herz schnitten. Meine Energie stieg im Körper. Es war aggressive Energie. »Lin, Min Jiang, bist du bereit?« Ich wusste, dass er auch Gong Fu in Shanghai gelernt hatte. Dennoch hatte ich keine Zweifel, dass ich ihn besiegen konnte. Dieses böse Feuer, die aggressive Energie und die große Menge Schnaps bewirkten in meinem Kopf nur einen Gedanken: dass ich diesen Mann heute fertig machen musste.
»Gut, komm, Da Lee!« Er öffnete beide Arme und sprang hoch, um mich mit einem schnellen Wechseltritt mit beiden Beinen anzugreifen. Diese Position gehörte zum Shaolin-Boxen. Leider hatte er in letzter Zeit nicht gut geübt. Zwar trafen mich seine Füße, aber nicht kräftig genug. Ich fand sofort eine Chance. Meine rechte Hand lenkte seinen Arm weg. Bevor er fest stand, schlug ich mit meiner linken Handfläche ganz genau auf seinen Magen. Ich hatte täglich Qi-Gong-Übungen gemacht.
Min Jiang spürte meine Energie. Jetzt lag er wieder wie ein gefällter Baum auf dem Boden. Diesmal war er mit dem Gesicht nach unten gefallen. Er hatte die Hände vor den Bauch gehalten, sodass seine Nase auf den Boden aufgeschlagen war und blutete.
»Aufhören, Da Lee. Er ist mein Ehemann!«, schrie Oigulie von der Seite her. Sie versuchte erfolglos, sich aus dem Griff ihres Bruders zu befreien.
»Nein, nicht aufhören, mach mich fertig, wenn du den Mut dazu hast. Ich habe schon alles, kämpfen … kämpfen wir weiter.« Lin, Min Jiang bemühte sich aufzustehen.
»Noch weiter, gut! Wenn du sterben willst, steh auf!« Die Energie sammelte sich in meinen Händen. Ich senkte meinen Körper ein bisschen nach unten. Was? Du hast schon alles? Du hast mir alles genommen! Oigulie nennt dich sogar Ehemann. Das sollte eigentlich ich sein. Das Feuer der Eifersucht verbrannte mein Inneres. Jetzt sammelte sich meine aggressive Energie schon in der rechten Hand. Ich spürte dort einen heißen Strom. Rauch kam von meinen Fingern. Alle, die Fachleute bezüglich Qi Gong sind, wissen, dass die Hand in solchen Situationen keine normale mehr ist, sondern eine furchtbare, tödliche Waffe. Lin, Min Jiang bemühte sich aufzustehen. Sein Körper richtete sich Zentimeter um Zentimeter auf. Endlich stand er fast gerade.

Darauf hatte ich schon gewartet. Ich schlug zuerst mit dem linken Ellbogen auf sein Gesicht zu, allerdings nicht richtig, fast ohne Kraft, nur um seine Hände zu führen.
Lin, Min Jiang ging in die Falle. Er schützte sein Gesicht mit beiden Händen, bot mir dafür jedoch seine Brust schutzlos dar.
Nun benutzte ich die Methode des Yin-Yang-Handschlagens, drehte die linke Hand nach oben und hakte seinen linken Arm fest, sodass er keine Möglichkeit mehr hatte, den Unterkörper zu verteidigen. »Lin, Min Jiang. Du bist ein toter Mann!« Meine rechte Handfläche schlug jetzt auf ihn zu.
»Halt, Da Lee!« Das ganze Dorf erzitterte von diesem Schrei.
Als meine Handfläche nur noch einige Zentimeter von ihrem Ziel, Min Jiangs Herzen, entfernt war, musste ich plötzlich, wie von einem riesigen Strom getroffen, ein paar Meter nach hinten gehen. Ein Mann war hinter Min Jiang aufgetaucht. Er trug eine weiße Jacke und hatte langes, weißes Haar. Seine beiden Handflächen zeigten zu mir und aus ihnen strömte unbegrenzte Energie.
»Meister.« Ich sank nach unten und setzte mich auf den Boden.
Lin, Min Jiang konnte es auch nicht mehr aushalten, schüttelte sich ein paar Mal und fiel dann wieder hin.
»Allah, hilf mir, alles ist meine Schuld!« Oigulie schob ihren Bruder zur Seite und lief zu Min Jiang.
»Nein, ich bin schuld. Da Lee, komm her!« Er reichte mir vom Boden her seine Hand.
»Mein Himmel, was habe ich getan?« Jetzt erst war ich richtig wach. Ich reichte dem liegenden Min Jiang meine Hand. »Min Jiang, du blutest. Es tut mir so Leid.« Im Schein der Lampe konnte ich sehen, dass seine Jacke blutverschmiert war. »Woher kommt das starke Lampenlicht?« Ich wunderte mich sehr.
Ein Jeep hielt hinter mir. »Nehmt Chen, Da Lee fest! Wie können Sie Ihren eigenen Kameraden so schlagen?« Das war die Stimme des Kompanieführers.
»Nein, nein! Da Lee hat mich nicht geschlagen, wir haben nur zum Spaß gekämpft!«, sagte Min Jiang zum Chef.
»Zum Spaß gekämpft? Sie bluten!«
»Das war meine eigene Schuld, ich habe nicht gut aufgepasst.«

»Sie beide sind gut befreundet?«
»Ja, gut befreundet!«, bestätigten Hun, Chi und Lu dem Kompanieführer.
Min Jiang warf Oigulie einen Blick zu.
Sie sprach auf Kasachisch zu den Leuten und alle Zuschauer nickten sofort mit lächelnden Gesichtern dem Chef zu.
»Gut, es ist nichts passiert.« Der Kompanieführer nahm seine Mütze ab, strich ein paar Mal über sein kurzes Haar und setzte sie dann wieder auf. »Gehen wir.«
»Mein Himmel, wir hatten solche Angst um dich. Jetzt ist alles wieder gut.« Lu klopfte mir auf die Schulter und fuhr dann mit dem Jeep weg.
Ich stieg wieder in den Sattel. Mein Pferd kannte den Weg nach Hause schon und trug mich zum Balu-Berg.

Ich musste viel mehr arbeiten als vorher, denn Min Jiang durfte nicht mehr an die Maschine, weil er jetzt mit einer Angehörigen der Minderheitennationen vom Ort verheiratet war. Gerade in dieser Zeit führte die sowjetische Luftwaffe große militärische Operationen durch. Auf dem nächstgelegenen russischen Flughafen landeten an einem Tag zwanzig Langstreckenbomber, außerdem jede Menge Kampfflugzeuge. Wir konnten sehr viele fremde Stimmen aufnehmen. Wir erfuhren, dass die sowjetischen Raketentruppen in besonderer Kampfbereitschaft waren und auch ihre Panzertruppe einsatzbereit war. Die Atmosphäre in unserem Arbeitszimmer war furchtbar angespannt. Ich musste ungefähr zehn Stunden am Stück mit dem Hörer auf dem Kopf dort sitzen.
»Ich glaube, das ist der Krieg gegen China.« Unser Kompanieführer strich sich die ganze Zeit nur noch über seine kurzen Haare. Seine Vermutung gab er auch nach oben weiter.
In unserem Arbeitszimmer stand ein rotes Telefon, das normalerweise nicht benutzt wurde. Es war eine Direktverbindung mit dem Büro des Generalstabs und dem Ministerpräsidenten. Die Leitung war ungefähr fünftausend Kilometer lang und besonders gesichert. Wenn die Spione, die sie entdeckten, kein passendes Gerät besaßen, konnten sie nur Geräusche wie das Schreien einer Kuh hören. Eigentlich hatte ich geglaubt, der rote Apparat stünde nur zur Zierde da und man würde ihn

nicht mehr benutzen, denn es rief auch nie jemand an. Jetzt aber funktionierte er perfekt. Ständig ging die Klingel. Unser Chef ging vor dem roten Telefon auf und ab und strich sich tausendmal über den eigenen Kopf. »Haben Sie etwas Neues gehört? Unser Führer will wissen, wann die Russen angreifen.« Diese Frage hatte er schon zehnmal gestellt. Wir Horchfunker brauchten jedoch gerade in so einer Situation als Allererstes Ruhe. Nur dann konnten wir genau hören und gut analysieren. Wenn etwas Wichtiges kam, meldeten wir uns sofort automatisch bei ihm. Allerdings hatte er auch einen Grund, nervös zu sein: Er war verantwortlich für einige tausend Offiziere, die mit dem Nachrichtendienst zu tun hatten. Der Vorsitzende Mao hatte uns gelehrt: »Es muss einen Krieg zwischen China und der Sowjetunion geben.« Sehr wichtig war für uns die Frage, wann? Der Kompanieführer glaubte, dass es heute war.

In der Nacht, als wir alle mit Kopfhörern vor den Maschinen saßen und uns auf die Arbeit konzentrierten, klingelte das rote Telefon wieder. Der Chef sprang sofort hin. »Ja, hier ist der Kompanieführer der Truppe Dreiachtzehn. Nach unserer Information stehen die Zeichen bei der sowjetischen Armee auf Krieg. Jawohl, bis dann.« Er legte den Hörer auf und strich sich wieder über den Kopf. »Gut, gut, in zehn Minuten wird der Führer entscheiden, dass ganz China in Kampfbereitschaft ersten Grades versetzt wird.« Vor Freude war er ganz aufgeregt. Es war auch sein Verdienst, wenn wichtige Informationen von seiner Truppe entdeckt und rechtzeitig nach oben gemeldet wurden.

Ich saß schon lange vor der Maschine. Am Gerät leuchtete die grüne Lampe, das bedeutete, dass auf den entsprechenden Kanälen kein Funkverkehr zwischen den sowjetischen Offizieren stattfand. Zuvor hatten sie ganze zehn Stunden lang wie verrückt geredet. Jetzt war es in meinem Hörer ganz ruhig. Mein Himmel, ganz China auf Alarmstufe eins! Ich wusste, was das bedeutete. Die ganze Marine, Luftwaffe und alle Bodentruppen mussten in Kriegsbereitschaft gehen und alle Angehörige des Militärs sich an ihre Plätze begeben, in die Kampfflugzeuge, die Steuerkabinen der Raketen, auf die Kampfschiffe und in die Panzer. Acht Millionen Berufssoldaten würden sich für den Krieg bewegen, mehr als zehn Millionen Angehörige der Volksmiliz sich in Schlachtordnung aufstellen …

Das rote Telefon klingelte wieder. Der Kompanieführer sprang sofort wieder hin. »Ja, ich bin hier. Ja, zu Befehl!« Er stand ganz stramm, fast salutierte er vor dem Apparat. Dann hielt er den Telefonhörer in beiden Händen und schaute sich mit seinen müden Augen im Arbeitszimmer um. »Genosse Chen, kommen Sie her. Der Führer will mit einem Horchfunker vom Dienst direkt sprechen.« Er gab mir den Telefonhörer mit beiden Händen, als ob er plötzlich doppelt so schwer geworden wäre.
»Soldat Chen, Da Lee, meldet sich!«, sprach ich in den Apparat.
»Sind Sie gerade am Abhörgerät?« Die Stimme war ganz hart.
»Ja, heute schon seit fast zehn Stunden.«
»Gut. Hier ist das Büro des Ministerpräsidenten. Warten Sie, unser Führer will mit Ihnen reden.«
»Guten Tag, oder lieber sage ich, gute Nacht. Ich danke Ihnen und Ihren Kollegen im Namen der Partei, des Vorsitzenden Mao und des Volkes. Sie haben sich sehr für das Vaterland bemüht. Jetzt sagen Sie mir bitte Ihre Meinung über die Lage.« Die Stimme kannte ich schon aus dem Radio und aus Dokumentarfilmen. Sie klang zwar sehr freundlich, brachte mich jedoch trotzdem zum Schwitzen.
»Ich, ich glaube, dass die sowjetische Armee ein großes Militärmanöver macht.« Meine Hand schwitzte total.
»Was? Das ist Krieg!« Der Kompanieführer sprach ganz leise, mit sehr böser Stimme zu mir. Seine Hand zeigte wie eine Pistole auf den Kopf.
»Ein großes Manöver? Bitte sagen Sie mir, was Sie weiter denken.« Die Stimme des Führers klang immer noch ruhig und freundlich durch den Hörer.
»Vor einer halben Stunde sind bereits zwanzig Bomber vor uns abgeflogen. Von ihrer Position und Richtung kann man schließen, dass ihr Ziel nicht bei uns in China ist, sondern in der Sowjetunion. Sie sollen einige militärische Objekte von imaginären Feinden bombardieren. Sie veranstalten jetzt das gemeinsame Manöver. Unsere Radarstationen und Satelliten können Ihnen wahrscheinlich die gleiche Beobachtung melden.«
»Wir haben schon wichtige Nachrichten in der Hand. Ich danke Ihnen. Genosse, wie alt sind Sie? Ihre Stimme hört sich noch sehr jung an.«

»Meldung! Ich bin achtzehn Jahre alt. Ein Jahr Spezialausbildung. Zwei Jahre im Dienst.«
»Gut, gut! Unsere revolutionäre Sache hat Nachfolger. Vielen Dank, Genosse Soldat. Auf Wiederhören!«
Fünf Minuten später kam ein Funker mit einem Telegramm zum Chef. Der Kompanieführer las es. »Befehl vom Verteidigungsministerium: Xinjiang-Wehrbereich in Kampfbereitschaft zweiten Grades!« Er strich einige Male über sein Haar. »Was bedeutet das? Nur zweiten Grades, nur in Xinjiang?« Er warf mir einen sehr bösen Blick zu.

Der Winter war noch nicht ganz vorüber, da begann auf dem Balu-Berg schon der Schnee zu schmelzen. Vielleicht wollte das Gebiet, in dem wir wohnten, früher den Frühling begrüßen. Es war Anfang März 1976.
Auf den Frühling hatte ich schon lange gewartet. Der Gedanke an die wunderschönen, grünen Blumenwiesen und diesen Duft ließ mich voller Sehnsucht werden. Leider konnte ich das alles jedoch nicht mehr erleben.
»Wir haben entschieden, dass Sie Ihren Abschied nehmen sollen«, teilte mir der politische Instrukteur in seinem Büro mit.
»Was? Warum?« Ich wollte meinen Ohren nicht trauen.
»Warum? Ich dachte, Sie freuen sich darüber. Sie kommen von Shanghai. Fast alle Soldaten, die aus der Stadt kommen, wollen früher nach Hause gehen. Wollen Sie nicht?« Er wunderte sich sehr.
»Aber ich bin ein Horchfunker, ein revolutionärer Soldat. Ich bin bereit, länger hier zu arbeiten. Übrigens bin ich noch nicht Kommunist …«
»Kommunist? Das ist gut, wenn Sie in die Partei eintreten wollen, aber …« Er hatte meine Worte unterbrochen. »Aber die kommunistische Partei ist die Vorhut des Proletariats. Nur die Menschen, die ein hohes politisches Bewusstsein haben, dürfen Mitglied werden. Aber … aber …« Zum ersten Mal hörte ich, dass er sich so oft wiederholte. »Aber Sie müssen sich noch darum bemühen. Zum Beispiel fordert die Partei, dass man bei allen Handlungen die Befehle befolgt. Sie haben sehr oft nur nach Ihren privaten Wünschen gehandelt. Und im Übrigen sind Ihre sozialen Beziehungen auch nicht ganz eindeutig. Mit

einem alten Antirevolutionär, der im Dorf Tali wohnt, haben Sie besonderen Kontakt…« Sein Blick wurde scharf.

Ich wunderte mich und mein Blick war erschrocken.

»Sie dürfen nicht vergessen, welchen Beruf wir haben!«

»Er ist ein sehr netter Mann!«

»Wir haben seine Akte ganz gelesen.« Der politische Instrukteur lehnte sich in seinem Stuhl zurück und schaute mich bewegungslos an.

»Bitte erzählen Sie mir etwas über seine Geschichte«, bat ich ihn.

»Nein! Das geht nicht. Es ist gegen die Vorschriften. Machen Sie sich keine Sorgen. Wenn wir etwas gegen ihn unternehmen wollten, hätten wir das schon lange getan. Ihr Meister hat einen sehr guten Ruf beim Volk, nicht wahr? Wegen seiner Qi-Gong-Fähigkeiten und seiner Hilfsbereitschaft?«

»Ja, einen sehr guten Ruf.«

Sein Gesicht wurde locker. »Gut, Genosse Chen, Sie sind noch jung. Vor Ihnen steht eine gute Zukunft. Hier ist Ihr Zeugnis, das kommt auch in Ihre Akte. Ich habe das Beste für Sie versucht.« Er gab mir ein Papier.

Ich las es sofort durch. Fast nur Gutes. Wie: »Genosse Chen, Da Lee ist seit dreieinhalb Jahren in der Armee; hat sehr fleißig den Marxismus, den Leninismus und die Lehre von Mao, Tse Tung studiert. Bei der Facharbeit sehr korrekt und hilfsbereit zu den Kollegen.« Was konnte ich noch verlangen, was tun, außer einmal »danke« zu sagen?

Ich hatte zehn Tage frei, bevor ich abreiste.

Wang, Jung war momentan in Hochstimmung. Auch er hatte den Dienst quittiert. »Lang habe ich auf diesen Tag gewartet, endlich ist er gekommen. Dieser dumme Lin, Min Jiang hat eine kasachische Frau geheiratet. Jetzt muss er nach Beendigung seines Armeedienstes in diesem armen Xinjiang bleiben. Wir gehen nach Shanghai zurück, ha, ha!«, lachte er.

»Bitte aufhören!« Ich wollte sein Gerede überhaupt nicht hören.

»Halt deinen Mund!«, schimpfte auch Hun, Chi. Er musste ebenfalls gehen und wurde zu einer Militäruniversität geschickt, was für ihn ein großes Glück war.

Ich musste noch eine wichtige Sache erledigen, bevor ich ging, nämlich meinen Meister besuchen. Es war nicht mehr notwendig, das verstohlen zu tun. Ich konnte direkt den Antrag stellen, fünf Tage mit Meister Yun, Fe zu verbringen.

Diesmal wollten Yun, Fe und ich in der Höhle des grauen Rauchs übernachten. Dazu brauchte man ein bisschen Mut, weil wir nicht allein dort waren. Die Besitzerin der Höhle, eine riesige gelbe Kobra, wohnte auch dort. Als ich sie zum ersten Mal sah, hätte ich diese Schlange fast erschossen. Sie begrüßte mich mit einer Drohgebärde; mehr als einen Meter hoch war sie aufgerichtet. »Fuh, fuh!«, machte sie ihren Hals ganz breit, in ihrem geöffneten Maul zeigten sich zwei weiße, scharfe Giftzähne.

Ich zog sofort die Pistole heraus.

»Stehen bleiben, nicht bewegen!«, rief Meister Yun mir zu.

Die Schlange schaute mich eine Weile an, dann verschwand sie.

»Sie zeigt sich nur Fremden, wenn die Dorfbewohner kommen, versteckt sie sich immer«, sagte Meister Yun. »Diese Schlange ist der Geist der Höhle. Du brauchst keine Angst zu haben, bis heute hat sie niemanden verletzt.«

Das war leichter gesagt als getan. Jedes Mal, wenn ich in die Höhle hineinkam, musste ich zuerst mit aufgerissenen Augen den Steinboden absuchen. Interessanterweise sah ich sie nie wieder. Überall gab es nur dunkelblauen Stein, kein einziges Tier war da. Es war eine ganz saubere Höhle, nur etwa dreißig Meter tief. Alle Steine waren ganz glatt. Wenn tagsüber Licht durch den Höhleneingang hereinfiel, wurde der ganze Innenraum durch die Spiegelwirkung der Steine erhellt. In der Mitte der Höhle lag ein riesiger, flacher Stein, wie ein großes Bett. Meister Yun machte darauf gern seine Qi-Gong-Übungen, ebenso wie ich. Es gab überhaupt keinen Rauch in der Höhle, doch wenn man am Fuß des Berges stand und nach oben schaute, konnte man sehen, dass Rauch herauskam. Vielleicht hatte es etwas mit der Temperatur zu tun, denn in der Höhle blieb die Temperatur das ganze Jahr über konstant bei zwanzig Grad.

Ich fühlte die besondere Energie dieses Ortes und war dankbar, dass ich mit Meister Yun hier sein durfte, der mir so viel beibrachte.

»Du musst nach Shanghai zurück, das ist sehr gut. Shanghai ist das Zentrum aller Kampftechniken und der Energiearbeit. Dort haben sich sehr gute Meister versammelt und du kannst viel weiterlernen.«

Diesen Rat gab mir der Meister, als wir die Höhle verließen und nach unten gingen.
»Meister, ich glaube, du bist der Beste!«
»Da Lee, einen Satz sollst du im Kopf haben: Es gibt keinen Besten. Hinter dem Berg steht noch ein Berg.«
Ich nickte mit dem Kopf und schaute auf die schöne Berglandschaft. Wenn ich diesmal den Tali-Berg verließ, wann würde ich Meister Yun wieder sehen?
»Meister, ich möchte sehr gern bei dir bleiben.«
»Unsinn! Geh nach Shanghai zurück und grüße deine Eltern von mir. Wir sehen uns bestimmt wieder. In Shanghai gibt es viele wichtige Dinge, die auf dich warten.« Dann schwieg er wieder.
Wir stiegen weiter herab. Auf dem Weg war schon viel Schnee weggeschmolzen. »Ka za, ka za!« gab der Berg die Geräusche von meinen Stiefeln wieder. Nur von meinen! Ich hatte noch nie Geräusche von den Tritten Meister Yuns gehört.
»Da Lee, wenn du wieder in Shanghai bist, sollst du eine Sache lernen, die dir gegen deine Aggressivität helfen wird. Es ist auch hilfreich für deine Zukunft.« Er stieß einen tiefen Seufzer aus. »Wenn ich dich damals bei deinem Kampf gegen Min Jiang nicht gehindert hätte weiterzumachen, was wäre dann mit dir passiert? Hast du dir das schon einmal überlegt?«
»Meister, ich wollte dich immer danach fragen. Wie konntest du plötzlich da sein in dieser Sekunde, in der es um Leben und Tod ging?«
»Ich habe während der Hochzeitsfeier schon deine aggressive Energie gespürt. Deshalb bin ich im Haus eines alten Dorfbewohners geblieben. Zum Glück konnte ich deinen letzten Yang-Handflächenschlag verhindern. Da Lee! Du warst zu aggressiv. Lin, Min Jiang, Oigulie und du, ihr seid alle nette Menschen. Mit diesem Schlag hättest du alles zerstört.«
»Meister, du hast mich wieder gerettet. Ich weiß gar nicht, wie ich dir danken soll!« Ich legte meine zusammengelegten Hände an den Kopf.
»Harmonisiere deine Energie zum Frieden. Das ist ein Dank für mich.«
»Sag mir, was soll ich in Shanghai lernen?«
»Tai Chi Chuan.« Seine Stimme war ganz kräftig.
»Tai Chi Chuan? Kennst du einen guten Lehrer, bei dem ich mich vorstellen kann?«

»Ein Mann namens Zhou, Xia Tiau. Du sollst ihn suchen und bei ihm weiterlernen. Er beherrscht Tai Chi Chuan im Chen-Stil perfekt. In den Fünfzigerjahren nannte man ihn Tai-Chi-Kaiser.«
»Wo kann ich ihn finden?«
»Auf der Sichuan-Straße gibt es einen Klub, der heißt Jin Wu Hue. Der Name wird dir schon etwas sagen, oder?«
»Ja, das bedeutet: Treffpunkt verschiedener Kampfsportstile.«
»Ganz richtig! Dieser Tai-Chi-Kaiser hat früher dort Kurse gegeben. Das ist schon lange her. Ich habe auch lange nichts mehr von ihm gehört. Jetzt, wo wir noch die Kulturrevolution haben …« Er schüttelte den Kopf. »Wenn man sucht, kann man auch finden.«
»Meister, was kann ich für dich tun, wenn ich zurück in Shanghai bin?«
»Schreib mir, was sich in der Stadt verändert hat. – Shanghai, dort bin ich geboren …« Seine Augen schauten nach Osten. Die Falten in seinem Gesicht zitterten und langsam fing auch sein langes, weißes Haar an mitzuzittern.
Ich wollte etwas tun, gegen seine Trauer und für sein Wohlbefinden. Leider war ich dazu nicht in der Lage. Ich wollte ihn mit Worten trösten, fand jedoch nicht die richtigen.
»Meister …« Ich hielt seine beiden Hände ganz fest in meinen. Seine Hände zitterten ebenfalls. »Meister …« Ich hoffte, dass er etwas zu mir sagen würde.
Er sagte nichts, nur seine Augen waren unentwegt nach Südosten gerichtet, die Richtung, in der Shanghai lag.
Es war Mittag, keine Sonne. Der Himmel wurde von dicken Wolken bedeckt. Wir standen am Fuß des Tali-Berges vor dem Dorf. »Hua, hua …« Sehr laute Wassermusik drang an unsere Ohren. Nicht weit von uns sprang Wasser aus einem riesigen Loch nach oben, endlos. Wir standen ganz lange dort, die Hände ineinander gelegt. Meine Hände zitterten auch sehr stark. »Meister …« Ich versuchte wieder, etwas zu sagen, doch es ging nicht. Die Kehle war zu hart. Dann, lange Zeit später, verabschiedeten wir uns dort, wo der Ursprung des Tali-Flusses ist, der sich mit anderen Flüssen zu einem mächtigen, tausende von Kilometern langen Strom nach Südosten verbindet und schließlich in den Ozean mündet.

15

Ich war wieder in Shanghai. Doch die Stadt war mir fremd, obwohl sie sich nicht sonderlich verändert hatte. Überall nur Menschen, zu viele Menschen. Der Raum, auf dem sich die Menschen bewegen konnten, sah wegen der unzähligen Gebäude so klein aus. Diese künstlich aus Beton gebauten großen Dinge hatten den Menschen viel Platz unter den Füßen weggenommen.

Ich vermisste den Nordwesten. Monatelang war ich mit den Gedanken immer dort, bei den ausgedehnten Wiesen, bei den imposanten und prächtigen Schneebergen und auch bei den Menschen, die mir unvergesslich waren.

»Da Lee, vergiss uns nicht!«, hatte Hun, Chi mich beim Abschied gebeten. Er verließ den Balu-Berg einige Tage nach uns. Die Hubschrauber standen schon zum Abflug bereit. Sie sollten uns zur Divisionszentrale bei Urumchi bringen. Wang, Jung, Lu und andere Soldaten, die alle ihren Abschied genommen hatten, waren schon eingestiegen. Ich wollte noch nicht.

»Schreib uns!«, sagte Lin, Min Jiang. »Was willst du in Shanghai machen?«

»Sehr viel, ich will, wie Hun, Chi, zur Universität gehen.«

»Dann ist es besser, wenn du zuerst einige Zeit in einer Fabrik arbeitest. Wenn du Glück hast, wirst du gewählt und als Arbeiterstudent zur Uni geschickt.« Der »Affe« machte diesen Vorschlag.

Ich nickte mit dem Kopf.

»He, Genosse, Sie sollen endlich einsteigen, wir müssen abfliegen.« Der Pilot kam zu mir.

»Auf Wiedersehen!« Wir salutierten voreinander und umarmten uns. Dann gingen meine Kameraden ein paar Schritte rückwärts.

»Da Lee, schau mal, sie ist dort.« Min Jiang kam noch einmal zu mir und zeigte nach links in die Ferne.

Ich sah, dass auf dem Bergrücken ein weißes Pferd lief. Eine Frau in enger Jacke und weitem Rock saß darauf. Sie kam nicht näher, sondern blieb auf Entfernung und ließ ihr Pferd hin und her laufen. Ein weißes Tuch war in ihrer Hand, mit dem sie mir zuwinkte. Das weiße Tuch war so weiß, als wäre es ein Teil der Schneeberge, die hinter ihr waren. Ich winkte mit meinem Hut zurück. »Min Jiang, ich wünsche dir und Oigulie Glück, viel Glück.« Wir umarmten uns noch einmal, dann ging ich zum Hubschrauber.

»Fuh!« Ein Vogel flog vor mir in die Luft, senkrecht nach oben, bis ganz oben und sang dann dort.

»Genosse, wir müssen los!«, ermahnte mich der Pilot.

»Bitte, Genosse Pilot, warten Sie noch ein bisschen. Nicht jetzt abfliegen, sonst wird der Vogel gestört.«

»Sehr interessant. Ich fliege schon seit fünf Jahren, aber zum ersten Mal höre ich, dass ich einem kleinen Vogel Platz machen soll.« Er steckte beide Hände in die Taschen seiner dicken Lederjacke und schaute amüsiert zum Himmel hoch. »Aber er singt wirklich gut und auch so laut. Wie heißt dieser Vogel?«

»Himmelsglocke, er heißt Himmelsglocke.« Mein Blick blieb oben.

Die Kulturrevolution dauerte jetzt schon fast zehn Jahre. Die Macht des Vorsitzenden Mao war uneingeschränkt und vollkommen. Doch die Volkswirtschaft stand kurz vor dem Zusammenbruch.

»Sie sollen die Revolution und Produktion miteinander verbinden!« Mao war mit Recht besorgt um sein Land, das ganz ihm gehörte: Die Produktion musste angekurbelt werden und zum Glück sind die Chinesen ein fleißiges Volk. Sobald sie eine neue Chance bekamen, arbeiteten sie wieder.

Aus den Kaminen der Shanghaier Fabriken kam wieder Rauch.

Ich war einer Maschinenbaufabrik für Werkzeuge zugeteilt worden. Ich war gespannt darauf, wie es ist, nun ein Arbeiter zu sein. Auf dem Weg in die Fabrik hatte ich sehr viel nachgedacht. Damals war es für Jugendliche eine große Ehre, wenn sie als Arbeiter in eine Fabrik gehen konnten, weil die Arbeiter zur Führungsklasse gehörten. Alle Betriebsangehörigen hatten die beste Sozialfürsorge, zum Beispiel wurden Arbeiter auf Kosten des Staats ärztlich behandelt. Es gab auch Invalidenrente, wenn man körperbehindert war, und Altersrente, wenn man lang genug gearbeitet hatte. Man konnte in ein Arbeitersanatorium gehen und der Staat stellte sogar die Wohnungen. Diese Vorteile interessierten mich jedoch nicht besonders. Ich wollte nur eins: mithilfe der Fabrik an die Uni gelangen. In der Kulturrevolution gab es keine Aufnahmeprüfung für Hochschulen mehr. Auf Vorschlag des Vorsitzenden Mao waren alle Studenten nur gewählte junge Arbeiter, Bauern und Soldaten.

»Wollen Sie an der Universität studieren? Ja, das ist sehr gut. Sie sind noch jung, Sie sollen diesen Wunsch haben.« Als ich dem Parteisekretär bei unserer ersten Begegnung anlässlich meiner Anmeldung von meinem Vorhaben erzählte, lobte er mich. Er war Mitte vierzig, mittelgroß und hatte dunkle Haut. »Unsere Fabrik schickt jedes Jahr ein bis zwei junge Arbeiter oder Arbeiterinnen zur Hochschule. Wenn Sie ein Jahr lang gut gearbeitet haben, würde ich Sie auch schicken.«

»Vielen Dank, ich werde mein Bestes tun.« Ich freute mich sehr.

»Leider sind Sie noch kein Kommunist.« Seine Augen konnte ich fast nicht sehen, er hatte nur zwei Risse rechts und links der Nase. Später erfuhr ich, dass er einen Spitznamen hatte: »Parteisekretär Rissauge«.

»Sie können sich weiter um die Aufnahme in die Partei bemühen. In unserer Fabrik, bei der Arbeiterklasse, haben Sie gute Chancen.« Er lachte – sehr nett lachte er.

Ich bekam schnell einen guten Eindruck von ihm. Dieser Sekretär des Parteikomitees hatte nichts von der Wichtigtuerei eines Bürokraten.

»Wir haben Ihre Akte schon gelesen, o ja! – Sie ist die Sekretärin der Parteizelle«, er zeigte auf die Frau, die bis jetzt schweigend neben ihm gesessen hatte.

»Guten Tag, ich heiße Wang.« Sie hielt mir die Hand hin. Ihre Augen waren, im Gegensatz zu denen ihres Chefs, rund und groß. Sie war Mitte dreißig. Ihr schwarzes Haar bedeckte gerade eben die Ohren. Für eine schlanke Frau hatte sie kräftige Hände, das spürte ich beim Händedrücken.

Anfangs glaubte ich, sie sei nur eine Bürosekretärin. In Wirklichkeit war sie meine zukünftige Chefin.

»Wir haben Ihre Akte gelesen.« Der Sekretär öffnete eine Dokumentenmappe. »Sie haben in der Armee für den Nachrichtendienst gearbeitet, stimmt das?«

»Ja, das stimmt.«
»Gut, sehr gut. Genosse Chen, in unserer Fabrik gibt es eine Werkstätte, deren Angestellte uns viele Probleme machen. Es ist ihre …« Er wies auf die Parteisekretärin. »Sie ist neu auf ihrem Führungsplatz, eine sehr harte Arbeit für sie. In dieser Werkstätte gibt es eine Gruppe, die fast nur aus Verbrechern besteht, außer dem Gruppenführer. Er ist einer unserer besten alten Arbeiter. Wir schicken Sie in diese Werkstätte!« Der Parteisekretär ballte seine Hände auf dem Tisch zur Faust.
»In diese Gruppe schicken Sie mich? Weshalb?« Ich war sehr verwundert.
»Ja, wir schicken Sie dorthin. Das ist eine neue Prüfung für Sie. Sie sind ein erprobter revolutionärer Kämpfer an der Grenze zwischen China und dem sowjetischen Sozialimperialismus. Sie haben dort gut gearbeitet.« Er schüttelte meine Akte. »Jetzt können Sie uns Ihr moralisches, revolutionäres Bewusstsein noch einmal zeigen. An Ihrem neuen Arbeitsplatz ist die Lage des Klassenkampfs besonders kompliziert.«
»Klassenkampf? Hier ist eine Fabrik, alle sind revolutionäre Arbeiter.« Ich verstand gar nichts mehr.
»Nein, nein! Die Verhältnisse innerhalb der Arbeitergruppen sind sehr kompliziert.« Die Frau mit den runden Augen schüttelte den Kopf und lachte ein bisschen.
»Es gibt klassenfremde Elemente, neue bürgerliche Elemente und Konterrevolutionäre. Sie sind unbewaffnete Klassenfeinde!«, betonte der Parteisekretär mit seiner hohen Stimme. »Hier, in unserer Fabrik, gibt es eine unsichtbare Kampflinie.«
Mein Himmel, wo bin ich?, dachte ich.
»Der Vorsitzende Mao hat uns gelehrt: Wo es Menschen gibt, da gibt es Linke, Rechte und Angehörige der Mitte und es gibt auch den Klassenkampf. In der Gruppe, in der Sie arbeiten sollen, herrscht eine sehr schlechte politische Moral. Es wird sehr wenig produziert und die Arbeiter suchen immer wieder Schwierigkeiten. Sie hören nicht auf die Wünsche der Partei, sondern handeln sogar immer dagegen. Wir hoffen, dass Sie diese Lage verändern können.«
»Ich? Aber ich bin ganz neu hier!«
»Keine Sorge, unsere Parteimitglieder und eine große Anzahl revolutionärer Genossen stehen hinter Ihnen. Sie sollen fleißig die Lehren des

Vorsitzenden Mao studieren und seinen Grundsätzen die Treue halten. Sie sollen außerdem der Parteiorganisation Ihre Gedanken anvertrauen.« Er zeigte wieder auf die Parteisekretärin. Dann zog er aus seiner Schublade ein Notizbuch mit rotem Leineneinband. »Das schenke ich Ihnen. Sie haben sicher viel Erfahrung im Auswerten von Informationen gewonnen.« Beim Lachen verschwanden seine Augen vollständig.

»Vielen Dank!« Ich nahm das Notizbuch mit beiden Händen.

»Wie ich vorhin schon sagte, wenn Sie gut arbeiten, schicke ich Sie in Zukunft als Arbeiterstudenten an die Universität. Sie könnten auch als neues Parteimitglied aufgenommen werden. Haben Sie sich entschlossen?«

»Jawohl!« Ich stand sofort auf. »Pa!« schlug ich die Hacken zusammen. Vor lauter Freude hatte ich vergessen, dass ich nicht mehr in der Armee war.

Die beiden wollten höflicherweise zurücksalutieren, wussten aber leider nicht wie. Sie blieben sitzen und hielten die Hand ans Ohr.

»Dein Chef will dir etwas beibringen. Normalerweise begrüßt der Sekretär des Parteikomitees nicht persönlich einen entlassenen Soldaten«, sagte meine Mutter, als ich wieder zu Hause war.

Meine Eltern waren enttäuscht über meinen geringen Erfolg in der Armee. »Die Kinder meiner Kollegen wurden fast alle während ihrer Armeezeit in die Partei aufgenommen. Manche sind sogar Offiziere, und du?«, schüttelte Vater seinen Kopf.

»Jetzt ist er Mitglied des kommunistischen Jugendverbands. Wenn er sich weiter bemüht, könnte er in der Fabrik auch in die Partei gehen.« Mutter ergriff meinem Vater gegenüber Partei für mich. »Da Lee, du sollst dich richtig bemühen, fleißig arbeiten und dich der Erwartungen deines Chefs nicht als unwürdig erweisen.« Mutter meinte das ganz ernst.

Nur mein jüngerer Bruder hatte sich vorbehaltlos über meine Rückkehr gefreut. Er war jetzt sechs Jahre alt und folgte mir auf Schritt und Tritt. Diesmal wollte er sogar mit mir zusammen in die Fabrik gehen, aber das war natürlich nicht möglich.

Als ich das erste Mal zu meinem neuen Arbeitsplatz ging, war ich sehr gespannt. Die Fabrik lag im Zentrum von Shanghai und hatte tausendzweihundert Angestellte. Ich ging zuerst zum Büro der Parteisekretärin Wang.

»Guten Morgen, du bist ja schon ganz früh da!« Frau Wang schien sehr froh darüber, mich zu sehen. »Ich begleite dich zu deinem Platz.«

Wir gingen eine kleine Straße zwischen verschiedenen Werkzeugmaschinen entlang. Einige Arbeiter waren schon da. Sie machten ihre Vorbereitungen.

»Das ist unser neuer Kollege«, stellte mich die Parteisekretärin vor.

»Guten Morgen.« Die Arbeiter und Arbeiterinnen lachten mich sehr nett an. Sie waren alle in unterschiedlichem Alter und trugen blaue Arbeitskleidung. Wir gingen immer weiter bis zum Ende des Saals, wo ein Eingang war. Dadurch gelangte man in einen Nebenraum, in dem es wesentlich dunkler war. Zwölf Drehbänke standen in diesem Raum. Auf dem Boden lag viel Schmutz. Ein alter Arbeiter fegte den Boden mit einem Besen.

»Guten Morgen, darf ich vorstellen: Das ist unser bester Arbeiter, Meister Li. Meister Li, das ist unser neuer Kollege Chen, Da Lee.« Die Parteisekretärin stand neben uns.

»Guten Morgen.« Meister Li hielt mir die Hand hin.

»Guten Morgen.« Ich gab ihm ebenfalls die Hand. An seiner Hand spürte ich harte Hornhaut.

Er war mehr als fünfzig Jahre alt, schlank und buckelig. Als er lachte, sah ich, dass ein Vorderzahn fehlte. Er lachte sehr einfältig.

»Meister Li, Genosse Chen ist gerade von der Armee zurückgekommen. Er ist unsere neue Kraft. Zeig ihm bitte, was er zu tun hat und wie die Drehbank funktioniert. Du, Chen, Da Lee, wenn dir etwas nicht klar ist, kannst du einfach Meister Li oder mich fragen. Bis dann!« Sie ging.

In diesem Raum waren nur Meister Li und ich. Ich wusste nicht, wie ich mich mit ihm unterhalten sollte, weil wir uns zum ersten Mal begegneten. »Hast du keine Arbeitskleidung dabei?«, fragte er zuerst. Er sprach starken Shanghai-Dialekt.

Die Shanghaier unterhielten sich untereinander nur im Dialekt. Das war eine Katastrophe für die Leute, die aus anderen Städten und Provinzen kamen, weil sie kein einziges Wort verstehen konnten.

»Doch, sie ist in meiner Tasche.« Ich sprach natürlich auch Shanghai-

Dialekt. Jetzt war ich nicht mehr in der Armee, wo man immer Hochchinesisch sprechen musste. Die Arbeitskleidung hatte ich bei der Anmeldung schon von der Personalabteilung bekommen: eine Latzhose mit hinten gekreuzten Trägern. Auf dem Latz stand die Losung: »Sichere Produktion«. Die musste ich auf jeden Fall tragen. Nachdem ich im Umkleideraum meine Kleider gewechselt hatte, stand ich sofort mit Meister Li vor der Drehbank. Er zeigte mir, wie man mit dieser Maschine umgehen musste. Er nahm ein Stück aus einem Berg runder Schmiedestücke und befestigte sie mit einem elektrischen Gerät am Drehbankfutter. Dann bewegte er einen Hebel, bis sich das Futter mit dem Schmiedestück ganz schnell drehte, dann schob er den Drehstahl durch den Schwängel dazu. »Hong!« Feuersterne, Rost und Drehspäne flogen zusammen mit Rauch in die Luft. Das war ein Wettbewerb, ein Kampf zwischen Groß und Klein, zwischen Schwach und Stark. Das Schmiedestück war zwar sehr groß, aber als es von dem kleinen Drehstahl getroffen wurde, musste es verlieren und sofort kapitulieren. Die Form war ganz schnell verändert, in zwei Minuten war die Arbeit daran schon beendet. Nach dem Messen nahm Meister Li das fertige Teil aus dem Drehbankfutter heraus. Jetzt leuchtete es wie die anderen gleich bearbeiteten Stahlprodukte. Man konnte kaum glauben, dass es vor ein paar Minuten noch ganz schmutzig und rostig gewesen war. »Wir arbeiten nur nach Zeichnung, das Maß ist ganz wichtig. Bei jedem Produkt muss man zwei Millimeter Übermaß geben. Hier in dieser Gruppe machen wir die Rohbearbeitung, draußen im Saal wird weiter fein bearbeitet.« Er zeigte mit dem Finger nach draußen. »Das hier ist die schwerste und schmutzigste Arbeit in unserer Fabrik.« Er lachte ein bisschen unnatürlich. Seine stumpfen Augen schauten mich bewegungslos an. Vielleicht wollte er meine Reaktion auf seine Worte beobachten.

»Wofür sind diese Produkte?«, fragte ich. In Xinjiang hatte ich zu viel erlebt, die Bedingungen hier machten mir gar nichts aus und nach nur acht Stunden ging ich in meine Freiheit.

»Das hier ist für Zahnräder. In dieser Werkstatt arbeitet man nur für Zahnräder. O nein, zuerst arbeitet man für die Revolution!« Er lachte wieder.

»Darf ich es selbst probieren?«

»Natürlich, zuerst musst du aber Handschuhe anziehen!« Er warf mir zwei gelbe Handschuhe aus Schutzleder zu. »Für diese Arbeit ist nicht viel Technik nötig, in zwei Tagen kannst du das selbst!«
Ich versuchte, es allein zu machen. Es stimmte, die Arbeit war nicht schwer zu lernen, nur schmutzig und ein bisschen gefährlich. Die Drehspäne flogen in die Luft, fast zwei Meter hoch in Form einer Feder. Wegen der hohen Temperatur waren alle zunächst rot, nachher auf dem Boden, wenn sie abgekühlt waren, sahen sie blau aus. An der Maschine gab es einen Schutz gegen solche gefährlichen Teile, trotzdem war ich als Anfänger ungeschickt und musste die heißen Dinger auf der eigenen Haut spüren.
Eine kleine »Feder« flog mit dem Rauch auf meine Nase zu. Sofort riss ich den Kopf nach hinten. Es roch nach Fisch. Das kleine Ding hatte zwar meine Nase verfehlt, dafür aber den Hals getroffen. Es rutschte an meiner Haut hinunter und verbrannte sie überall, wo es Kontakt damit hatte. Die Schmerzen ließen meinen ganzen Körper zittern.
»Ha, ha, ha!« Plötzlich war ich umringt von Zuschauern. Sie lachten wie verrückt. »So musst du machen!« Ein Junge zeigte mir, wie ich das Ding loswerden konnte. Er hielt mit beiden Händen seine Jacke fest und sprang mit gebogenem Körper mehrmals hoch.
Ich tat das Gleiche. Das löste tatsächlich das Problem. Der kleine heiße Drehspan fiel von meiner Bauchhaut ab und auf den Boden, nur die Schmerzen blieben. Diese Leute sind so unhöflich, sie lachen noch, wenn ein anderer Mensch in Not ist, dachte ich. Und woher waren sie eigentlich gekommen?
»Ihr seid wieder zu spät, das ist ja nicht zu fassen!«, schimpfte Meister Li die Zuschauer.
Ich schaute auf meine Uhr. Es war halb neun, eine halbe Stunde nach Arbeitsbeginn.
»He, hast du eine neue Kraft, ja?« – »Wir kommen wegen des langsamen Busses zu spät.« – »Wir sind keine Bestarbeiter wie du!« Sie jammerten, dann gingen sie zu ihren Drehbänken. Sie waren meine Gruppenkollegen, doch keiner von ihnen sagte ein Wort der Begrüßung zu mir.
»Um solche Leute brauchst du dich nicht zu kümmern.« Meister Li hatte bemerkt, wie es mir ging. »Das sind alles problematische Men-

schen, zum Beispiel der hier.« Er zeigte mit seinem Kinn auf den Jungen, der an der Drehbank auf der linken Seite stand und mir vorher gezeigt hatte, was ich gegen die heißen Metallspäne tun konnte. »Er heißt Sun, Liu Fong. Zwar ist er sehr jung, so alt wie du, doch er hat schon ein Jahr Zwangsarbeit hinter sich.«

»Weswegen?«

»Schlägereien, und ... und der ...«, er wies wieder mit seinem Kinn auf jemanden, diesmal gegenüber. Dort stand ein Mann mit Brille, der ungefähr Mitte dreißig war. Er sah sanft und zart fühlend aus. »Er heißt Xu, Ben De, ein nicht verurteilter Antirevolutionär. Die Leute haben ihn angezeigt, weil er zu Hause schwarz Konzerte organisiert hat. Er spielte mit seinen Leuten Geige und schwere Geige.«

»Cello?«

»Ja, Cello und andere westliche Instrumente, bürgerliche Musik. Dieser Typ spricht sehr oft reaktionäre Worte. Du solltest gut auf ihn aufpassen. Und der andere, der jetzt neben ihm steht, hat einen problematischen Lebensstil.«

Ich sah, dass er ein großer Mann war, mit dicken Augenbrauen.

»Er heißt Wang, Lin Min. Er hat mit vielen Frauen geschlafen. Jetzt hat er den Bauch einer Arbeiterin, die hier in der gleichen Werkstatt arbeitet, groß gemacht. Ihn erwartet eine schwere Strafe. Außer mir sind hier fast nur problematische Männer, du musst deine Wachsamkeit verstärken, ja?« Dann ging er.

Ich arbeitete weiter. Ein Stück nach dem anderen und aus dem Lautsprecher kamen revolutionäre Lieder. Leider konnte man nichts Genaues hören, weil der Motor der Drehbank ziemlich laut war. Nur das Klingeln hörte ich genau. Das war um halb zwölf. Viele Kollegen nahmen ihr Geschirr. Ich wusste, dass ich in die Kantine gehen sollte. Aus einem schmutzigen Schrank nahm ich mein Geschirr, das auch von der Fabrik gestellt wurde, eine Schale und einen Teller. Darauf war ein Name lackiert: »Zweite Werkzeugmaschinenfabrik Shanghai«. In der Kantine musste ich zuerst Essensmarken kaufen. Am Fenster der Essensausgabe bezahlte man nur mit Marken. Ich verdiente damals sechsunddreißig Yuan, dazu kamen noch sechs Yuan Prämie, also zweiundvierzig Yuan pro Monat. In Shanghai verdienten damals alle jungen Arbeiter gleich. Am Fenster der Essensausgabe sah ich, dass auf dem Tisch der Küche schon viele leckere Speisen standen. Ich wählte zwei Speisen, Schmorfleischklößchen und Fischfilet. Der Koch, der einen weißen Kittel und Hut trug, gab mir alles einfach in meinen großen Teller, dann füllte er Reis in meine Schale. Beide Hände voll beladen, suchte ich einen Platz. Es war eine große Kantine. Überall standen Losungen, wie: »Lang lebe die proletarische revolutionäre Linie des Vorsitzenden Mao«, »Beseitigung der bürgerlichen Ideologie und Aneignung der proletarischen Ideologie«, »Bemühen Sie sich unter dem Kommando der Revolution um die Steigerung der Produktion«. Man konnte sehen, dass der Raum auch als Sitzungssaal benutzt wurde. Jetzt saßen unter den Losungen viele Frauen und Männer in Arbeitskleidung, die zum Essen gekommen waren. Sie blieben mit ihren Bekannten in Gruppen zusammen und plauderten ganz laut miteinander.

Wo soll ich mich hinsetzen?, überlegte ich. Da sah ich, dass meine Gruppenkollegen, Sun, Lin Fong, Xu, Ben De und andere, insgesamt fünf Leute, an einem Tisch zusammensaßen. Ich ging zu ihnen. »He, Kollegen, darf ich mich hierher setzen?« Ich versuchte mit lachendem Gesicht zu fragen.

Anfangs sagten sie gar nichts, sondern schauten mich nur mit komischen Blicken an. »Ja, du darfst dich setzen. Doch sei vorsichtig, wir sind schmutzig«, sagte Xu, Ben De zu mir.

»Meine Jacke ist auch nicht sauber.« Ich wusste schon, dass in seinen Worten Ironie versteckt war, tat jedoch so, als hätte ich es nicht bemerkt. Also setzte ich mich neben sie und genoss meinen Fisch und die Fleischkugeln. Beide Speisen kosteten nur fünf Mao, wirklich billig! »Das schmeckt sehr gut, in der Armee habe ich nie so gutes Essen gehabt«, sagte ich zu den Leuten.

Sie hatten offensichtlich keine Lust, mit mir zu sprechen. »Dann nimm dir mehr und iss langsam!«, riet mir Sun, Lin Fong. Er stand auf und ging mit den anderen vom Tisch weg. Im Gesicht hatte er eine lange Narbe. Dem Alter nach war er so jung wie die anderen, stand jedoch bei ihnen offensichtlich in hohem Ansehen.

Sie gingen weg und ich blieb allein am Tisch zurück. Das war natürlich peinlich für mich. Plötzlich sah ich etwas. Auf den Tisch, zwischen Reisstücken und Fischgräten, hatte jemand mit Suppenbrühe etwas geschrieben: »Lakai«, das bedeutete Spion.

Ist das gegen mich gerichtet?, fragte ich mich.
»Das ist nicht zu fassen, solche Leute! Du solltest sie anzeigen! Du warst ein revolutionärer Soldat, wie können sie so etwas gegen dich machen?« Frau Sekretärin Wang brachte ihr Essen zu meinem Tisch. Sie schüttelte mit dem Kopf, als sie sah, was die anderen geschrieben hatten.
»Das hat bestimmt dieser Sun, Liu Fong geschrieben.« Meister Li kam mit seinem Essen ebenfalls an meinen Tisch. »Da Lee, du darfst das nicht einfach hinnehmen.«
»Was könnte ich denn machen? Lass nur.« Ich strich das Schimpfwort mit dem Finger weg. Schließlich war ich gerade neu an meinen Arbeitsplatz gekommen und wollte nicht schon Ärger mit meinen Kollegen haben.
Nach dem Essen arbeitete ich weiter an der Drehbank. Meister Li hatte Recht: Das war keine schwierige Arbeit. Den ganzen Nachmittag über machte ich meine Dreharbeit fast allein. Für jedes Produkt gab es eine Zeitvorgabe. Was von mir gemacht wurde, berechnete man mit zwanzig Minuten. Mit vierhundertachtzig Minuten war die Aufgabe für einen Tag erledigt. Bis halb fünf hatte ich schon achtundzwanzig Stücke geschafft, mehr als der Plan vorschrieb. Die anderen Kollegen machten die gleiche Arbeit ganz fließend und schneller. Doch sie arbeiteten nur die halbe Zeit, die andere Hälfte ihrer Arbeitszeit verbrachten sie mit Plaudern, Teetrinken, Zigarettenrauchen und Zeitunglesen. Meister Li beteiligte sich nicht an den Gesprächen der Kollegen. Er ging oft weg. Wohin? Ich wusste es nicht. Ich hatte den Eindruck, dass ich an diesem Tag der fleißigste Mann war. Nach Geschäftsschluss verließ ich die Fabrik. Ich fuhr mit dem Bus zum Klub Jin Wu Hue, der an der Sichuanstraße lag. Ich war schon einige Male dort gewesen. Leider hatte ich den Tai-Chi-Kaiser Zhou, Xiao Tian nicht gefunden. Die Leute hatten mir erzählt, dass der Klub gleich zu Beginn der Kulturrevolution für lange Zeit geschlossen worden sei. Erst kürzlich hatte er wieder geöffnet. Man bemühte sich darum, die Lehrer der verschiedenen Kampfsportarten wieder zurückzuholen, von einigen Lehrern hatte man jedoch nichts mehr gehört. Meister Zhou gehörte zu denen, die noch nicht wieder aufgetaucht waren.
Das letzte Mal, als ich dort war, hatte ich einen dicken Meister getroffen. Er war der einzige Tai-Chi-Lehrer und unterrichtete den Yang-Stil.

»Du kannst auch bei mir lernen«, schlug er mir vor.
»Was, bei dir Yang-Stil lernen? Nein, ich bin doch kein Opa.«
Im Geschichtsbuch hatte ich gelesen, dass der Erfinder des Yang-Stils, Yang, Lu Chan, anfangs durch heimliches Beobachten Tai Chi Chuan im Chen-Stil gelernt hatte. Er war als Diener bei der Familie Chen beschäftigt und beobachtete den Meister, der sein Wissen an seine Söhne weitergab. Yang hat die Tai-Chi-Form später vereinfacht und einen eigenen Stil aufgebaut, weil er am kaiserlichen Hof unterrichtete, wo es nur verwöhnte und verweichlichte junge Leute und alte, schwache Beamte gab.
»Ich wollte das ursprüngliche Tai Chi lernen, den Chen-Stil!«, antwortete ich dem dicken Meister.
»Das ist sehr schwer, ich kann es selbst auch nicht. Vielleicht kannst du zuerst bei mir den Yang-Stil lernen und später, wenn du die Chance hast, lernst du den Chen-Stil.« Mit seinem runden Gesicht lachte er sehr süß.
Ich nahm seinen Vorschlag an. Außerdem meldete ich mich noch beim Gong Fu und zu Schwertkampf-Kursen an. Gong Fu unterichtete eine Frau. Bei einer Vorführung hatten drei Männer zusammen gegen sie keine Chance. Das war nicht weiter verwunderlich, schließlich hatte sie zwei Jahre zuvor bei einem Wettbewerb für chinesische Gong-Fu-Kampfkunst die Goldmedaille des Landes gewonnen. Schwertkampf unterrichtete der Chef des Klubs selbst. Er sah sehr schlank aus und wirkte weiblicher als die Gong-Fu-Lehrerin. Nur wenn er ein Schwert in der Hand hielt, war er nicht wieder zu erkennen. Er reagierte wie Sturm und Blitz, in Sekundenschnelle hätte er einige Köpfe rollen lassen können. »Fu, fu!« Sein Schwert durchschnitt die Luft wie ein weißes Licht.
Der Klub Jin Wu Hue war faszinierend für mich. Am liebsten hätte ich alle Kurse und Programme belegt, ich konzentrierte mich jedoch zunächst tiefer auf Tai Chi Chuan. Meister Yun, Fe hatte gewollt, dass ich diese Kunst erlerne. Das hatte sicher einen Grund und eine Bedeutung.
Die Sichuanstraße war eine große Geschäftsstraße. Entlang dieser Straße gab es unzählige Läden. Hinter den Geschäftshäusern waren Wohnhäuser und Fabriken. Eine Gasse führte mich tief hinein in das Wohngebiet bis zur Tür des Klubs. Die Gasse war mit Kopfsteinen ge-

pflastert. Der Frühling gehört in Shanghai zur feuchten Zeit, deshalb fühlten sich die Steine unter meinen Füßen ganz glatt an. Das Hauptgebäude von Jin Wu Hue war ein großer Saal, das halbrunde Dach war ganz hoch. Es gab noch einige Nebengebäude zum Umziehen und für die Toiletten.

Als ich in den Saal kam, wartete der dicke Meister bereits auf seine Schüler. Es waren nicht viele, nur acht zum großen Teil alte Leute. Wer zum Tai-Chi-Kurs kam, wollte normalerweise etwas für seine Gesundheit tun. Nachdem der Meister mir die ersten Positionen beigebracht hatte, lief die Energie schon ziemlich stark. Diese sanfte und leichte Bewegung bewirkte eine wunderschöne Harmonisierung der Energie in meinem ganzen Körper.

»Hast du Qi Gong gelernt?« Der dicke Meister war erstaunt.

»Ja, wie kannst du das wissen?« Ich hatte ihm nichts davon erzählt.

»Ich spüre es.« Er war wahrscheinlich kein schlechter Lehrer. Und er war ein sehr guter Kämpfer.

Am Schluß der Stunde zeigte er immer, wie man mit Tai-Chi-Positionen kämpfen konnte. »Für euch ist es eigentlich noch zu früh, das zu lernen, doch das macht nichts. Da Lee, kommst du heraus?«

Es gefiel mir nicht, dass ich bei den Kampfübungen jedes Mal sein Partner sein musste. »Warum immer ich?«, fragte ich ihn einmal.

»Du hast lange Zeit Qi Gong geübt. Du bist schwer zu verletzen.« Er lächelte immer so süß.

Mein Pech, einfach mein Pech. Ich wurde jedes Mal von ihm zu Boden geschlagen. Der große und dicke Meister ließ mich immer in einer speziellen Position stehen, ganz nach seinem Wunsch, dann griff er mich an. Und am Schluss lag ich auf dem Boden, es gab keine andere Wahl.

Zum Glück war die Atmosphäre im Kurs sehr locker, nicht wie in meiner Fabrik, wo die Beziehungen zwischen den Menschen eiskalt waren. Ich wusste nicht, was mit meiner Gruppe in der Fabrik los war. Nur Meister Li unterhielt sich manchmal mit mir, die anderen behandelten mich wie einen Feind und hielten immer Abstand zu mir. Wenn sie mich sahen, während sie miteinander plauderten, hörten sie sofort auf und warteten, bis ich weg war, dann sprachen sie weiter.

Schon einige Wochen waren vergangen und nichts hatte sich verändert, obwohl ich mir große Mühe gab. Ich hoffte nur, dass die acht Stunden der Dreharbeit schnell vorbei wären, dann fuhr ich zu meinem Klub. Ich vermisste meine Kurse und auch das Lokal, das neben Jin Wu Hue lag. In dieser Kneipe gab es ganz leckere Bao Ze. Man nennt sie Nan Qiang Bao Ze. Das sind kleine Bao Ze aus sehr dünnem Teig, so dünn, dass man durchsehen kann. Der Kern aus Schweinefleisch schwimmt in Bouillon. Alles ist in Teig eingehüllt. So viel Brühe gibt es bei anderen Bao Ze nicht. Beim Essen muss man sich einer bestimmten Technik bedienen, sonst spritzt die Brühe überallhin. Einmal hatte ich ein sehr peinliches Erlebnis.

Nach dem Tai-Chi-Kurs ging ich durch die Gasse mit Kopfsteinpflaster zur Sichuanstraße zurück. Am Eingang der Gasse lag das Lokal. Es war dunkel, die Straßenlampen brannten schon. Mein Bauch war leer, ich hatte Hunger. Der Duft, der aus dem Lokal drang, machte es mir unmöglich weiterzugehen. Ich ging einfach hinein. Drinnen gab es fünf Tische, fast alle waren besetzt. Ich ging in die Ecke. Dort saß ein Mädchen allein am Tisch.

»Ist hier frei?«, fragte ich.

»Ja, frei.« Sie hob den Kopf gar nicht, ihr Blick hing weiter an einem Buch. Sie hatte wohl noch nicht bekommen, was sie bestellt hatte.

Ich setzte mich ihr gegenüber hin, musste jedoch gleich wieder aufstehen. »Können Sie mir diesen Platz freihalten? Ich gehe Marken kaufen.« In den kleinen Lokalen von Shanghai musste man zuerst selbst Essensmarken an der Kasse kaufen. Dann setzte man sich hin und gab der Bedienung die Marken. Die Kellner kamen mit einer Auswahl von Suppen und mit kleinen Schiebewagen voller Bao Ze zu den Tischen. Das Mädchen gab keine Antwort, sondern nickte nur mit dem Kopf und las weiter. Ihre Marken lagen schon auf dem Tisch. Sie hob ihren Blick keine Sekunde von ihrem Buch. Es war klar, dass sie nicht gestört werden wollte. Ich sah nur ihre langen und dicken schwarzen Haare. Sie trug ein weißes Hemd und blaue, lange Hosen. Damals kleideten sich fast alle Frauen in solchen einfachen Farben, so genannte »Revolutionsfarben«.

Ich hatte acht Nan Qiang Bao Ze und eine Suppe mit Hühnermagen, Blut und Glasnudeln bestellt. Diese Suppe mochte ich sehr. Man musste sie nur riechen, ohne sie probiert zu haben, und konnte schon an ihrem Duft erkennen, wie gut sie schmeckte. Wenn nach dem Kochen noch gehackter Lauch und Pfeffer dazugegeben wurde, duftete die ganze Straße.

Der kleine Wagen wurde zu uns geschoben. Die Kellnerin gab dem Mädchen ein Bambusgeschirr und mir zwei.

Ich hatte solchen Hunger, dass ich sofort nach den Stäbchen griff, mir eine Bao Ze holte und hineinbiss. »Pu!« Unter dem Druck meiner Zähne explodierte dieses Ding. Die heiße Brühe spritzte zum großen Teil in meinen Mund. Das ging noch, obwohl sie zu heiß für meine Zunge und meinen Mund war, jedenfalls schmeckte sie gut! Der andere, kleinere Teil der Brühe spritzte allerdings nach gegenüber. Das war die falsche Richtung!

»He!«, schrie das Mädchen.

Mein Himmel! Als ich es bemerkte, war es schon zu spät. Auf ihrem weißen Hemd, gerade auf der Mitte zwischen ihrem Busen, hing die Brühe und der Fleck wurde schnell noch größer. »Entschuldigung, Entschuldigung!« Ich konnte nicht deutlich sprechen, weil die halbe Bao Ze noch in meinem Mund war. »Ich, ich mache das weg!« Ich holte ein Taschentuch aus meiner Hosentasche.

»Halt!« Sie hielt mit ihren Stäbchen meine Finger und das Tuch in der Luft fest. Richtig – dort war eine verbotene Zone für fremde Männer. Mein ganzer rechter Arm fühlte sich wie gelähmt an. Dieses Mädchen sah nicht kräftig aus, woher hatte sie so große Kraft, dass sie mich nur mit zwei dünnen Bambusstöcken zurückhalten hatte können? »Oh, Entschuldigung!« Ich konnte meine Finger nur mit großer Anstrengung zurückziehen.

Meine ganze Kontrolle war verloren gegangen, ich war wie ein Bratapfel, der vom Feuer verbrannt wurde.

»He, he!« Sie lachte sogar, sicher wegen meiner peinlichen Betroffenheit. Ihre schmalen Augen schauten nicht mehr scharf. Sie nahm ihr eigenes Taschentuch und säuberte ihr Hemd selbst. »Das geht wahrscheinlich nicht weg«, sagte sie leise.

»Ich kann es für Sie waschen oder bezahlen.«

»Lass nur, lass nur. Sie konnten das ja auch nicht vorher wissen!« Sie begann zu essen.

»Auf jeden Fall lassen Sie mich Ihr Essen bezahlen.« Ich schob ihr zwei Yuan zu.
»Nein.« Sie schob mir das Geld zurück.
»Doch!« Ich legte es ihr zwischen die Seiten ihres Buches. »Kommen Sie oft in dieses Lokal?« Die Stimmung war gerettet.
»Ja, ich besuche einen Kurs im Jin Wu Hue«, sagte sie ganz natürlich.
»Was für einen Kurs? Ich bin auch Mitglied im Klub.«
»Schwert.«
»Schwert? Das lerne ich auch gerade, ich habe dich jedoch nicht dort gesehen.« Ich war ganz gespannt.
»Ich bin schon lange beim Klubchef. Jetzt lerne ich privat bei ihm.« Sie sprach nicht weiter, sondern konzentrierte sich auf ihr Essen.
Doch ich hatte Lust, etwas zu erzählen. Also sagte ich ihr, dass ich eigentlich Tai Chi Chuan im Chen-Stil lernen wollte, dass man im Klub jedoch momentan leider nur Yang-Stil machen konnte. Weiter sagte ich, dass ich jetzt zuerst diesen Stil bei einem dicken Meister lernte, eigentlich aber schon lange den bekannten Tai-Chi-Kaiser Zhou, Xiao Tian suchte.
»Zhou, Xiao Tian? Warum suchst du ihn?« Sie schaute mich erstaunt an.
»Ich will bei ihm richtig Tai Chi Chuan lernen und den Chen-Stil üben. Kennst du ihn?«
»Die Frage ist, ob er dich als Schüler nehmen will.« Sie beantwortete meine Frage nicht, sondern schaute mich mit konzentriertem Blick von oben nach unten und von links nach rechts an. Dann schüttelte sie leicht den Kopf und ihre Augen glitten wieder nach unten und konzentrierten sich aufs Essen.
Ich fühlte mich ein bisschen unangenehm und sagte auch nichts mehr, sondern aß schweigend weiter. Beim Abschied stellten wir uns gegenseitig mit Namen vor. Sie hieß Zhou, Yin Min.
Ich hoffte, sie zufällig wieder einmal im Lokal zu treffen, doch leider ergab es sich nicht. Einmal sah ich sie mit dem Klubchef beim Üben, abends im Hinterhof. Ihre Schwertkampfkunst war so reif und harmonierte so gut mit ihrem Körper, dass ich mich nicht mehr über ihren kräftigen Stäbchengriff wunderte.

Meine Arbeit in der Fabrik war sehr langweilig, zu mechanisch. Die Maschine hieß »Revolverdrehbank«, ein massiges Ding. Langsam lernte ich, sie zu lieben, so wie man einen besonders guten Kontakt zum eigenen Auto bekommt, wenn man es einige Zeit gefahren hat. Die Drehbank war zwar riesig und dumm, aber sehr kräftig und tat sofort, was ich von ihr wollte. Ich putzte sie immer ganz sauber, bevor ich sie verließ. Jedes Mal nach dem Händewaschen und Umziehen kam ich noch einmal zu ihr, um mich zu verabschieden. Sie leuchtete an ihrem Platz. Und man konnte kaum glauben, dass es jemanden störte, wenn ich meine Maschine ganz sauber putzte. Doch es war so. Irgendjemand schmierte immer heimlich Farbe, Bilder und Schimpfwörter darauf. Das ärgerte mich ungemein und ich wollte den Verantwortlichen finden.

Eines Tages hörte ich absichtlich früher auf zu arbeiten und putzte die Drehbank, bis sie glänzte. Dann versteckte ich mich im Umkleideraum. Dieser Raum war aus Holz. Schon lange war er nicht mehr renoviert worden, das Holz hatte überall Risse. Durch diese Risse konnte man die Umgebung meines Arbeitsplatzes gut beobachten.

Nur ein paar Minuten, nachdem ich meinen Posten bezogen hatte, tauchte der Täter auf. Sun, Liu Fong schlenderte zu meiner Maschine und schrieb und malte mit einem Stück Kreide ganz schnell etwas darauf. Ich schlich mich ganz leise zu ihm.

Auf den Support hatte er schon »Spion« geschrieben. Jetzt malte er einen Hund auf das Futter. Er betonte besonders den Schwanz und versuchte, eine wedelnde Bewegung zu malen. Im Chinesischen symbolisiert ein mit dem Schwanz wedelnder Hund einen Denunzianten oder Schmeichler. Er schien ganz zufrieden mit seinem künstlerischen Werk und pfiff eine Melodie.

Das Feuer der Wut stieg von meinen Füßen bis in den Kopf. Was bedeutete das? Ich hatte ihm nie etwas getan, warum beschimpfte er mich immer? »Was machst du?«, schrie ich hinter seinem Rücken und hielt ihn mit der rechten Hand an der Schulter fest.

»Was?« Der schlanke Junge drehte sich erschrocken zu mir um. »Was denn? Nimm deine Hand sofort weg!«

»Mach meine Drehbank sofort wieder sauber!« Ich schob ihn an die Maschine.

»Was ist denn los? Was ist passiert?« Die anderen Kollegen aus meiner Gruppe kamen zu uns.
»Schau mal, ich habe die Maschine gerade ganz sauber gemacht und er kommt und schmiert sie voll mit diesem Mist!«, beschwerte ich mich bei den Kollegen.
»Ha, ha! Interessant! Wer ist der Hund, bist das du?« Xu, Ben De lachte. Die anderen lachten mit. »Geh zum Teufel, Spion!« Sun, Liu Fong schob mich mit ganzer Kraft weg. Er hatte gemerkt, dass die anderen auf seiner Seite standen. Sofort vergrößerte sich sein Mut. Sein Stoß war besonders kräftig.
Darauf war ich nicht vorbereitet gewesen. Der plötzliche Angriff ließ mich zurückgehen. Auf dem Boden lagen lauter Drehspäne, es war ganz glatt. Ich spürte, dass sich unter meinen Schuhen etwas bewegte, verlor das Gleichgewicht und dann fiel ich rückwärts auf den Boden.
»Ha, ha, ha!« Zuschauer und Täter lachten wie verrückt.
Eine riesige Peinlichkeit für mich. Schmerzen und Scham hielten meinen Mund fest, ich wusste gar nicht, was ich den Leuten sagen sollte. Doch sie sagten mir etwas. »Eigentlich haben wir geglaubt, dass du ein starker Mann wärst, in Wirklichkeit bist du ein Schwächling!« – »Wo ist dein Mut? Kämpf mit uns!« – »Du warst Soldat beim Nachrichtendienst? Schämst du dich jetzt nicht?«
Ich sagte nichts. Böse Menschen, alle sind böse Menschen. Die Parteisekretärin hatte Recht, in dieser Gruppe gibt es fast nur Verbrecher. Wartet, euch mache ich fertig! Das dachte ich, während ich immer noch auf dem Boden saß.
»Wie könnt ihr so etwas machen? Warum schlagt ihr ihn?« Meister Li stand in der Tür, hinter ihm die Parteisekretärin.
»Wer hat ihn denn geschlagen? Er ist selbst ausgerutscht und hingefallen!«, sagte Sun, Liu Fong. Die Narbe in seinem Gesicht zitterte vor Erregung.
»Was ist das?« Frau Wang ging zu meiner Drehbank. Mit ihren runden Augen betrachtete sie das »Kunstwerk« von Sun, Liu Fong genau. »Hen! Genosse Chen, Da Lee kommt von der Armee. Er ist ein gut revolutionär ausgebildeter Mensch. Es ist nicht erlaubt, dass ihr euch ihm gegenüber so verhaltet. Das hat eine politische Ursache!« Die Parteisekretärin betonte den letzten Satz mit lauter Stimme. Hier war sie

jetzt die einzige Frau. Ihre helle Stimme hallte mit einem Echo durch den Raum. Die Männer verharrten als unbewegliche Zuhörer. »Da Lee, du darfst eine Anzeige machen, ich muss diese Sache auch nach oben melden. Und ihr…«, sie zeigte mit dem Finger auf Sun, Liu Fong und seinen Partner, »…ihr müsst darauf warten, welche Strafe das Parteikomitee gegen euch beschließt.«
»Da Lee, komm mit der Parteisekretärin in ihr Büro und sage ihr alles.« Meister Li half mir, aufzustehen.
»Lass nur, lass nur. Liu Fong hat die Wahrheit gesagt, ich bin hingefallen, weil ich ausgerutscht war. Niemand hat mich geschlagen.« Ich stand gerade und wischte mit beiden Händen den Staub vom Hintern.
»Und was ist damit?« Frau Wang wies auf die Kritzeleien und das Bild auf meiner Maschine.
»Das? Da hat sich bestimmt irgendjemand einen Spaß gemacht.« Ich versuchte, sie anzulachen
»Ja, ja, das ist nur ein Spaß!«, fielen ein paar der Männer sofort ein.
Die Sekretärin schüttelte den Kopf. Sie glaubte das nicht, doch wenn das Opfer selbst keine Anzeige machen wollte, konnte sie nichts weiter tun. »Ihr solltet gut aufpassen, damit ihr nicht noch neue Probleme schafft. Ihr habt euch selbst schon genügend Probleme gemacht. Tschüss, Da Lee. Wenn dir irgendetwas passiert, sag mir Bescheid.« Sie ging und Meister Li folgte ihr.
»Du bist ja doch nicht ganz schlecht. Lass uns den Streit vergessen. Nimm das!« Sun, Liu Fong gab mir voller Stolz eine Zigarette. Er hatte Grund, sich über mich zu freuen. Vielleicht glaubte er, er sei so stark, dass ich keinen Mut gefunden hätte, ihn anzuzeigen.
Ich nahm die Zigarette, steckte sie jedoch nicht in den Mund, sondern zerdrückte sie in der Hand und warf sie auf den Boden. »Ihr habt euch wahrscheinlich geirrt. Diese Sache ist noch nicht zu Ende.«
»Was?« Das stolze Lachen erstarb auf ihren Gesichtern.
»Wollt ihr mit mir kämpfen? Gut, dann machen wir das. Ich gehe jetzt zum Zin-An-Park und warte vor dem Pavillon auf euch. Wenn ihr Mut habt, dann kommt ihr nachher! Ich zeige euch dort etwas! Ich gehe zuerst, bis dann!« Ich ging.
»Dieser Scheißtyp, den machen wir kaputt!« Ihre Worte klangen mir hinterher.

Es war Nachmittag, kurz vor der Dämmerung. Zu dieser Zeit gab es nur wenige Menschen im Park. Die Leute, die zum Üben von Tai Chi und Qi Gong in den Park kamen, waren schon lange weg und die Liebespaare waren noch nicht da, weil es noch nicht dunkel war.
Der Mai gehört in Shanghai zum Frühling. Vom Himmel kam in dieser Zeit oft Seidenregen. Das Gras vor dem Pavillon war nass und weich, obwohl es momentan nicht regnete. Das war gut, wenn man zu Boden geschlagen wurde, konnte man sich nicht so leicht verletzen. Ich hatte schon mit dem Fuß probiert, wie die Beschaffenheit der Erde war. Nicht für mich, sondern für Sun, Liu Fong und seine Leute. Ich würde heute bestimmt nicht darauf liegen, da war ich mir ganz sicher. Ich machte ein paar Qi-Gong-Übungen und versuchte, die Energie in die Handflächen, die Füße und die anderen Körperteile zu führen. Blitzschnell gelang es mir, damit war ich sehr zufrieden. Dann harmonisierte ich meine Energie wieder und wartete.
Sie kamen. Von weitem konnte ich sie schon sehen. Es waren drei Leute. Der Erste war Sun, Liu Fong. Er hatte mich auch gesehen und lief direkt auf mich zu. Hinter ihm kamen Xu, Ben De, der eine Brille trug, und Wang, Lin Min, ein großer Mann. Alle drei waren nicht dick, sondern sahen sportlich aus. Auf ihren Gesichtern zeigte sich Selbstvertrauen. Bei diesem Verhältnis, drei gegen einen, durften sie dieses Gefühl haben.
Sie stellten sich in einer Reihe vor mir auf. Die Farbe ihrer Kleidung war fast gleich, entweder Blau oder Grau, und auch der Stil der Jacken war gleich, einfacher Mao-Stil. Damals, in der Revolutionszeit, gab es fast nur solche Kleidung.
Ich war noch in Uniform, nur trug ich keinen Kragenspiegel mehr. Fast alle, die von der Armee kamen, trugen die Uniform noch eine Weile.
»Wer will sich zuerst mit mir messen?« Ich senkte meinen Körper leicht nach unten, stellte den linken Fuß vor und hielt beide Hände geöffnet nach oben. Das war meine Vorbereitungsposition fürs Kämpfen.
»Ich, ich lasse dich zuerst meine Faust kennen lernen!« Sun, Liu Fong sprang mit geballten Fäusten auf mich zu. In schnellem Wechsel schlug er links, rechts und direkt auf mein Gesicht und den Oberkörper zu. Er hatte den Kopf gesenkt und sah mich gar nicht an, sondern ließ nur seine beiden Fäuste zu mir kommen. Das war ein wildes Kämpfen,

ziemlich gefährlich. Aber leider war er nicht speziell dafür ausgebildet. Fast seine ganze Kraft schickte er ins Leere.
Ich ging ein Stück rückwärts, damit mich seine Fäuste nicht trafen. »He, wohin schlägst du denn hier! Du musst ungefähr sehen, wo dein Gegner ist!« Ich musste über seine harten und sinnlosen Bewegungen lachen. »Schau, meine Hand.«
Seine ungeschützte Stirn wurde von meiner Handfläche getroffen und sofort fing er an zu schwanken.
Dann schlug ich mit meiner linken Handfläche gegen seinen Oberkörper, zwar ohne gesammelte Energie, aber kräftig und ganz zielgenau. Er lag sofort auf dem Boden.
»Wer kommt als Nächster, du?« Ich zeigte mit zwei Fingern auf Xu, Ben De.
»Moment, ich lege zuerst meine Brille weg.« Er nahm die Brille ab und zeigte sie mir.
»Gut, dann bist du an der Reihe.« Meine zwei Finger zeigten zu Wang, Lin Min.
Er war groß und wollte diesen Vorteil nutzen. »Du! Ich mache dich fertig!« Er sprang auf mich zu. Mit zwei hochgehaltenen Armen wollte er mich einfach zu Boden drücken.
»Anfänger!« Ich stellte mich in den Ausfallschritt und lenkte mit dem linken Arm seine Arme noch höher. Dann schlug ich mit der Faust der rechten Hand auf seinen offen gezeigten Bauch.
»Aua!« Er setzte sich sofort auf den Boden.
»Dann kommst du jetzt!« Meine Finger zeigten wieder zu Xu, Ben De.
»Meine Brille, meine Brille muss ich wegpacken!« Es war eine Brille mit schwarzem Rahmen. Er hielt sie mir auf den Handflächen hin und ging dabei immer weiter rückwärts.
»Komm her, wir kämpfen noch einmal!« Sun, Liu Fong war aufgestanden und kam mit wackeligen Schritten auf mich zu.
»Willst du es noch einmal probieren? Gut, ich lasse dich hier schlagen.« Ich zeigte ihm meinen ganzen Körper bis zum Bauch.
Erstaunt stand er vor mir. Seine Narbe zog sich auf dem Gesicht wie ein Fragezeichen zusammen.
»Ja, schlag ruhig hierhin! Keine Angst! Ich schlage dich nicht zurück.« Ich öffnete beide Arme.

»Ich schlage dich tot!« Seine Fäuste trafen meinen Oberkörper und Bauch wie Regentropfen. Ich spürte gar keine Schmerzen. Meister Yun hatte mir diese besondere Qi-Gong-Fähigkeit beigebracht. Man nannte sie »Eisenhemd«: Wenn man die Energie mit einer speziellen Methode führte, konnte man den Körper und seine inneren Organe gut beschützen, so als ob man ein »Eisenhemd« anhätte. Zwar hatte ich diese Fähigkeiten nicht gut geübt, doch gegen ihn, den schlanken, schon fast kraftlosen Jungen, genügte es.

»Mein Himmel! Wie eine Betonmauer!« Sun, Liu Fong hörte schwer atmend auf. Mit der Hand hielt er sich die Faust, mit der er mich geschlagen hatte. »Dieser Typ hat beim Nachrichtendienst der Armee wohl einige komische Sachen gelernt!«, sagte er zu den anderen.

»Das hat nichts mit der Armee zu tun. Habt ihr schon einmal etwas von Qi Gong gehört?« Ich senkte meine Arme wieder nach unten.

»Was? Machst du Qi Gong?«, fragte alle drei wie aus einem Mund.

»Ja, schon seit über zehn Jahren. Jetzt bin ich an der Reihe, bist du bereit? Ich probiere nur einen Schlag bei dir.« Ich zeigte auf Sun, Liu Fong.

»Nein!« Er setzte sich sofort auf den Boden.

»Nein, mit mir auch nicht!« Wang, der schon gestanden hatte, setzte sich ebenfalls schnell wieder hin.

»Meine Brille, meine Brille muss ich zuerst ...« Bevor ich mich Xu, Ben De zuwenden konnte, hielt er mir wieder seine Brille hin.

Ich konnte mir kaum das Lachen verkneifen. »Du musst zuerst die Brille wegpacken, ja?« Ich schüttelte den Kopf. »Gut, der Kampf ist zu Ende. Ihr solltet meinem Meister danken. Er hat mich gut und vernünftig unterrichtet, sonst wäre es gut möglich gewesen, dass ihr alle ein paar Monate im Krankenhaus liegen würdet. Klar?«

»Ja, klar.« Sie nickten mit den Köpfen wie Hühner, die Reiskörner picken.

»Jetzt sagt ihr mir, warum ihr immer so gemein zu mir seid. Warum?« Endlich hatte ich eine Chance, diese Frage zu stellen.

»Man erzählt sich, dass du vom Chef geschickt wurdest, um uns zu kontrollieren«, sagte Liu Fong.

»Und du bleibst nur kurz bei uns. Wenn du für den Parteisekretär genügend Material gegen uns gesammelt hast, dann gibt er dir eine führende Position.« Ben De trug seine Brille wieder vor den Augen.

»Dumm, sehr dumm! Glaubt ihr alles, was ihr hört? Habt ihr keine Augen, um zu sehen, und auch keine eigenen Köpfe zum Denken?« Ich stemmte beide Hände in die Taille. »Wischt euch die Augen sauber und schaut genau. Was für ein Typ bin ich? Ich hasse selbst solche Speichellecker, die sich nur nach den Mächtigen richten und alle verraten, wenn sie einen Vorteil davon haben! Ihr seid echte Dummköpfe!« Ich ging. Ich hatte noch einen Kurs zu besuchen.
»He, Da Lee! Wie heißt dein Meister? Darf ich ihn auch einmal besuchen?«, rief Liu Fong mir nach.
»Yun, Fe. Er heißt Yun, Fe. Und du kannst ihn jetzt nicht besuchen, weil er nicht in Shanghai ist.« Ich drehte mich um. Mein Blick blieb am Pavillon hängen. Er war aus Bambus gebaut und hatte ein Doppeldach. Der Himmel war bedeckt. Bald kam wahrscheinlich der Seidenregen. Der Bambusraum im Pavillon war leer, niemand war da. Das Vergangene lief wie fließendes Wasser vorbei, unaufhaltsam kamen meine Erinnerungen. Ich musste mich wieder umdrehen und schnell weggehen. Nur so konnten meine Kollegen, die noch auf dem Gras saßen, die Tränen in meinen Augen nicht sehen.

16

Die unangenehmen Belästigungen hörten auf. Stattdessen bekam ich oft überraschend Geschenke: eine Schachtel Zigaretten, manchmal lagen auch ein paar Bonbons oder ein Apfel auf meiner Maschine. Die Kollegen unterhielten sich immer öfter mit mir. An der Wand stand eine lange Bank; auf der saßen wir gern und redeten über alles Mögliche.

Der Vater von Sun, Liu Fong war Hauptingenieur in unserer Fabrik gewesen. Er war jedoch schon lange krankgeschrieben und musste zu Hause bleiben. Liu Fong selbst war wegen seiner Schlägereien mehrfach vorbestraft, immer wenn ihm etwas nicht gefiel, zeigte er die Faust. Und sicher konnte auch die lange Narbe in seinem Gesicht eine Kampfgeschichte erzählen, doch danach fragte ich ihn nicht. Er wollte in Zukunft entweder ein Held oder ein bekannter Mathematiker sein. An seiner Drehbank lag eine kleine Tafel, auf der er oft etwas mit Kreide ausrechnete.

»Wenn wir keine Kulturrevolution hätten, dann wäre ich bestimmt schon ein berühmter Musiker!«, sagte Xu, Ben De eines Tages zu mir. Er schob seine Brille wieder nach oben. Wie er mir erzählte, waren seine Eltern Berufsmusiker und er selbst spielte seit seinem sechsten Lebensjahr Geige. Vor einigen Jahren hatte er nach dem Aufruf des Parteikomitees mit einigen Freunden in der Fabrik eine kleine Gruppe von Literatur- und Kunstschaffenden aufgebaut, die jedoch nach kurzer Zeit aufgelöst wurde.

»Warum? Wenn das Parteikomitee etwas unterstützt, sollte es doch keine Probleme mehr geben?«, fragte ich.

»Das war nur wegen diesem Rissaugen-Parteisekretär.« Er warf seine Zigarette auf den Boden. »Er ist ein Banause. Er hat gesagt, dass die Musik verpflichtet ist, einer bestimmten Klasse zugehörig zu sein, und dass sie den Arbeitern dienen muss. Das ist schon richtig, ich bin selbst

Arbeiter. Aber! Er ließ uns oft in der Kantine revolutionäre Stücke aus der Peking-Oper auf der Geige spielen. Alle Stücke hatten nur mit Klassenkampf zu tun. Die Peking-Oper gehört zur traditionellen chinesischen Musik. Sie hat eigene, spezielle Instrumente. Wie können wir das auf einer Geige passend spielen? Dann kritisierte der Parteisekretär mich dafür, dass ich nicht in einer Familie von Werktätigen geboren wurde und deshalb nicht wirklich nachempfinden könnte, was er meinte. Ich habe ihn auch beschimpft.«

»Womit denn?«

»Banause, Plagegeist. Dieser Rissauge will nur die Menschen zerstören. Das macht ihm sogar Spaß. Früher habe ich draußen im Saal mit der Präzisionswerkzeugmaschine gearbeitet. Er sagte dann der Werkstattchefin, dass ich zu viele bürgerliche Ideen im Kopf hätte und mich durch schwere Arbeit reinigen müsste. Deshalb bin ich hierher geschickt worden.« Er atmete tief aus.

Wang, Lin Min erzählte mir nicht gern von sich, er hatte wahrscheinlich zu viel mit sich selbst zu tun. Seine Probleme kannte jeder in der Fabrik. Seine Frau war schon seit einigen Monaten schwanger. Die Abteilung des Frauenbundes hatte anhand der Untersuchungspapiere aus dem Krankenhaus festgestellt, dass sie ihr Kind schon seit ungefähr vier Monaten trug. Die beiden hatten ihre Ehe beim Standesamt jedoch erst vor zwei Monaten angemeldet. Das war damals absolut nicht erlaubt. Die Chefin der Abteilung des Frauenbundes und Parteisekretärin Wang besuchten das Ehepaar ständig und ließen sie »gegen den bürgerlichen Lebensstil kämpfen«, das bedeutete, sie sollen das Kind abtreiben.

Die beiden wollten das nicht, auch weil der Arzt gesagt hatte, dass die kleine und schlanke Frau wahrscheinlich nur schwer wieder schwanger werden könnte, wenn sie jetzt eine Abtreibung vornehmen würde.

»Wie läuft es jetzt?«, fragte ich ihn beim Mittagessen in der Kantine.

»Ich war schon beim Sekretär des Parteikomitees. Er lässt mich zuerst eine Selbstkritik schreiben, dann entscheidet er je nach unserem Verhalten.«

»Warum sollt ihr eine Selbstkritik schreiben? Warum?« Ich wunderte mich sehr.

»Er hat gesagt: Wer vor der Ehe schon eine sexuelle Beziehung hat, ge-

hört zu den korrumpierten und verdorbenen Menschen. Wir müssen uns kritisieren, um bald wieder auf die Seite der Proletarier zurückzukommen. Er war auch so nett, uns zu erlauben, dass wir zuerst einen Artikel schreiben und mit der Werkstattchefin sprechen, um das Problem unter uns zu lösen. Wenn das nicht geht, entscheidet das Parteikomitee für uns. Weißt du was, er war zu Beginn der Kulturrevolution selbst im ›Stall‹, gemeinsam mit dem Hauptingenieur, dem Vater von Liu Fong.« Er schaute sich um. Am Tisch waren nur wir beide, also konnte er weitersprechen. »Dieser Parteisekretär ist ein kluger Mann. Sein ganzer Mund war damals nur voller schöner Worte über die Rebellen. So wie ›das ist eine gute Chance für meine moralische Verbesserung‹, und ›ich nehme alle Kritik und Kontrolle von Seiten der Massen an‹. Ganz im Gegenteil zu Liu Fongs Vater. Dieser Ingenieur hat die Lage überhaupt nicht begriffen. Im ›Stall‹ hat er den ganzen Tag nur gejammert und geschimpft. Und weißt du was? Der Parteisekretär hat das alles notiert und ihn bei den Rebellen verraten. Daraufhin wurde er als Erster aus dem ›Stall‹ befreit und kam wieder zurück in die führende Position der Fabrik.«
»Und was ist mit Liu Fongs Vater passiert?«, fragte ich.
»Der? Er wurde als Antirevolutionär angeklagt und blieb am längsten im ›Stall‹. Jetzt wurde ihm zwar der ›Hut‹ der Antirevolutionäre abgenommen, aber er ist seit langer Zeit krank zu Hause. Die Arbeiter in der Fabrik haben ihn fast schon vergessen.« Er schüttelte den Kopf, dann sagte er ganz leise zu mir: »Vielleicht bereut der Rissaugen-Sekretär, was er dem Hauptingenieur angetan hat. Er ließ seinen Sohn Sun, Liu Fong, den man schon wie andere Jugendliche nach der Schule aufs Land geschickt hatte, in die Fabrik kommen.«
»Aber ich habe gehört, dass Liu Fong auch Zwangsarbeit leisten musste.«
»Das war wegen einer Schlägerei. Die Strafe war auch nicht so schlimm, es war nur ein Jahr Zwangsarbeit für Jugendliche. Danach hat der Parteisekretär ihn wieder in die Fabrik aufgenommen. Das ist nett, oder?«
Ich nickte mit dem Kopf. Auch Wang, Lin Mins Schicksal lag ganz in der Hand seines Chefs. Er brauchte Hilfe, Sympathie und eine wohlwollende Entscheidung von oben für sich, seine Frau und das Kind in ihrem Bauch.

Im sozialistischen System der Mao-Zeit konnte man ganz schwer einen Raum nur für sich privat finden. Ganz so, wie man es damals ausdrückte: »Die Ideen Maos sind Licht und Luft.« Sie kamen überallhin, in jeden Bereich. Die Menschen waren es gewöhnt, dass die Partei sich um ihr gesamtes Leben kümmerte, privat und öffentlich, in der Gesellschaft, in der Familie. Im wahrnehmbaren Äußeren: was gesagt und was getan wurde; und im nicht wahrnehmbaren Inneren: was im Kopf gedacht wurde.

Ein paar Tage später sprach Wang, Lin Min mich sogar von sich aus an. »Da Lee, kannst du mir helfen? Du hast in der Armee sehr viele Artikel geschrieben, aber ich habe schon lange Zeit keinen Füller mehr in der Hand gehabt. Bitte sage mir, wie ich mich selbst besser kritisieren kann.« Dieser große Mensch war jetzt besonders bescheiden.

»Du hast doch schon so viel geschrieben.« Ich zeigte auf den dicken Stapel Papier in seiner Hand.

»Ja, aber der Chef glaubt, das sei noch nicht tief genug, das Wesen der Frage sei noch nicht berührt. Hilf mir bitte.« Er sah mich mit müden und roten Augen an, den Blick voller Hoffnung. Seine Frau kam auch zu mir, sie war klein und hatte ein blasses Gesicht. Auch in ihrer Hand war ein dicker Stapel Papier.

»Ist der Chef mit deiner Selbstkritik auch nicht zufrieden?«, fragte ich sie.

»Nein.« Ihre Stimme war ganz leise. Sie schüttelte den Kopf, die Augen auf den Boden gerichtet. Was konnte ich diesem Ehepaar gegenüber anderes tun, als ihre Bitte zu bejahen? Ich tat mein Bestes. Ich zeigte ihnen, wie sie sich noch besser weiter kritisieren konnten. Nachdem ich ihre Schreiben gelesen hatte, machte ich meine Vorschläge. »Die Artikel sollen mit politischem Bewusstsein verbunden sein. Ihr könnt etwa schreiben, dass ihr wegen mangelndem Studium der Theorien des Vorsitzenden Mao und Karl Marx in der Praxis auf Irrwege geraten seid und so weiter. Dann könntet ihr so schreiben: In Zukunft garantieren wir, fleißig zu lernen, wie man mit der revolutionären ideologischen Waffe gegen die Idee vom Kapitalismus und Revisionismus angehen kann, und so weiter und so fort.« Ich wusste, dass die beiden das Wohlwollen des Chefs dringend brauchten, damit ihre Familie in Ruhe gelassen wurde. Ich hoffte das ebenfalls!

Zwei Tage später kam Wang, Lin Min mit lachendem Gesicht auf mich zu: »Da Lee, weißt du was? Der Chef hat unsere Artikel angenommen. Die Sekretärin Wang hat mir erzählt, dass der Chef jetzt sehr zufrieden damit ist. Vielleicht können sie von der Forderung absehen, dass meine Frau abtreiben muss! Jetzt müssen sie diskutieren und dann entscheiden. Da Lee, ich danke dir. Nach der Arbeit kommst du zu mir nach Hause. Wir wollen dich einladen!«
»Nein, danke, heute nicht. Ich muss nachher in den Klub gehen. Ladet mich lieber nach der Geburt eures Kindes ein!«
»Abgemacht!« Er hielt mir seine große Hand hin.
»Abgemacht!« Ich legte meine darauf.
Im Klub Jin Wu Hue hatte ich bereits alle Positionen des Yang-Stils gelernt. Der Kurs war bald zu Ende und der dicke Meister lachte heute besonders süß. »Gut, gut! Am Anfang wart ihr acht Leute und zum Schluss wart ihr auch acht Leute. Keiner hat gefehlt. Ihr habt sehr fleißig gelernt und geübt. Sehr gut! Sehr gut! Heute zeige ich noch einmal, wie man mit der Position ›Liu Feng Si Bi‹ kämpfen kann. Komm, Da Lee, komm zu mir!«
»Warum wieder ich?« Auch daran hatte sich nichts geändert, noch immer war ich sein Opfer.
»He, he, du hast Qi Gong gelernt, schwer zu verletzen!«, sagte er mit lachendem Gesicht.
Diese Worte hatte ich schon zu oft von ihm gehört. Leider hatte ich keine andere Wahl. Übung war Übung. Ich ging einige Schritte vor, sodass ich vor den anderen Schülern stand.
»Gut, bleib so stehen, beide Füße auf einer Linie, den Körper nach unten gesenkt, ja gut. Spann deinen Oberkörper an, sehr gut!« Er dirigierte mich in die entsprechende Position, bis er zufrieden war. Dann ging er erst rückwärts, anschließend wieder vorwärts auf mich zu, gleichzeitig schob er mich mit beiden Händen an den Schultern weg. In dieser dummen Position, die der Meister mich einhalten ließ, musste ich nach hinten fallen, es gab keine andere Möglichkeit.
»So kann man damit kämpfen, habt ihr gesehen? Es funktioniert gut, sehr gut.« Der Meister lachte seine Schüler an.
»Aber nicht praktisch …«, sagte ich vom Boden aus. Zum ersten Mal hatte ich ihm Widerrede geleistet.

»Wieso?« Er lachte immer noch süß.

»Welcher Gegner will schon bewegungslos wie ein Holzmensch dastehen und sich von dir angreifen lassen? Willst du es so noch einmal mit mir probieren?« Ich stand auf und ging in die Vorbereitungsposition, die ich vom Yin-Yang-Handschlag her gewöhnt war.

»Ja, genau, probiert es noch einmal!« – »Ja, gut, du gegen ihn in freier Position, das wollen wir sehen!« Die anderen Teilnehmer feuerten uns von der Seite her an.

Jetzt hatte der dicke Meister auch keine andere Wahl mehr. »Gut, probieren wir es noch einmal.«

Diesmal ging sein Versuch ins Leere, weil ich schon einen Schritt nach hinten gegangen war. Er versuchte es noch einmal, wieder ins Leere, denn ich hatte meinen Körper gedreht.

»Darf ich zurückschlagen?« Ich wollte nicht länger immer nur von ihm geschlagen werden.

»Einverstanden!« Er war ein dicker und großer Mann, ich musste es wohl mit großer Kraft versuchen; so überlegte ich. Schade, dass ich ihn überschätzt hatte.

Nachdem ich ihn einmal kräftig mit der Handfläche gegen seine Schulter geschlagen hatte, verlor er sofort das Gleichgewicht. »Tong, tong, tong« stolperte er einige Schritte nach hinten, dann fiel er.

»Oh, Entschuldigung!« Ich ging zu ihm, um ihm beim Aufstehen zu helfen. Es wunderte mich sehr, dass er noch lachte.

»Gut, sehr gut! Du bist ein Könner. Zum Glück mache ich schon seit langer Zeit Tai Chi, sonst wäre ich verletzt worden.« Er lachte ganz süß, so als ob nichts passiert wäre.

»Tai Chi Chuan ist sehr gut für die Harmonisierung von Energie und für die Gesundheit, aber damit kann man nicht gut kämpfen«, teilte ich den anderen nun selbstbewusst meine Meinung mit.

»Bist du sicher, junger Mann?« Eine dunkle Stimme drang an meine Ohren. Diese Stimme kam von einem mittelgroßen Mann mit schlanker Figur. Er war um die sechzig. Hinter ihm stand eine junge Frau. Ah, ich kannte sie. Letztes Mal im Lokal hatte ich ihre weiße Bluse mit meiner Bao-Ze-Brühe bespritzt. Ihr Name war noch in meinem Kopf, sie hieß Zhou, Yin Min.

»Willst du es einmal mit mir aufnehmen? Ich mache auch Tai Chi

Chuan.« Dieser fremde Mann sprach weiter mit seiner dunklen Stimme, aus seinen Augen kam ein Blick voller Selbstvertrauen.
»Darf ich frei kämpfen?« Ich sprach nicht alle meine Gedanken aus. Eigentlich hatte ich fragen wollen, ob ich als junger Mann frei kämpfen durfte, obwohl er doch schon so alt aussah?
»Klar! Du darfst mir alles zeigen, was du kannst!«
»Und wenn ich dich dabei verletze?«
»Dann ist das mein Glück! Mein Körper war schon zu lange in Ordnung!« Er schüttelte seinen Oberkörper, wie um zu fragen: Bist du in der Lage, diesen Körper zu verletzen?
»Da Lee, probier das!« – »Ja, zeig ihm, was du kannst!« Die anderen Schüler waren aufgeregter als ich.
Meine Blicke trafen sich wieder mit der Frau, Zhou, Yin Min. Sie schaute mich aus ihren schmalen Augen lächelnd an und nickte mit dem Kopf.
Gut, ich probiere es!, dachte ich.
In dieser Situation, in der es eine Zuschauerin vom anderen Geschlecht gab und ich von ihr unterstützt wurde, wuchs mein Mut. Ich wollte den Leuten noch besser beweisen, wie stark ich war. Ein neunzehnjähriger, heißblütiger Junge wie ich, der schon lange Energiearbeit machte und mit der Kampfkunst vertraut war, gegen diesen schlanken Alten! Das war wohl ein Witz! Nur zwei Schläge, dann wäre er fertig! Lass diesen alten Typen noch große Worte sagen! Ich ging im Kreis herum, Auge in Auge mit diesem Fremden.
»Komm, zeig mir was!« Er winkte mich zu sich her.
Ich sprang auf ihn zu, mit Yin-Yang-Handschlag links und rechts. Es wunderte mich sehr, dass er sich gar nicht gegen mich verteidigte. Sogar seine Hände hielt er immer noch unten. Trotzdem trafen meine Handflächen seine Brust einfach nicht, sie war immer unerreichbar, zwei Zentimeter neben meiner Hand. Das ärgerte mich sehr, ich griff schneller und kräftiger an, wieder ohne Erfolg. Sein Körper war wie eine fliegende Feder. Immer bevor ich ihn mit meiner Angriffswaffe, wie Faust, Handflächen, Ellbogen, Knie und Füße, treffen konnte, zog er sich ein Stück zurück. Immer nur ungefähr zwei Zentimeter von mir entfernt, ließ er meine Kampfkraft ins Leere gehen. Er reagierte nur auf mich. Wenn ich schneller schlug, bewegte er sich auch schneller, wenn

ich langsamer wurde, war er es auch. Doch er ließ nicht zu, dass ich ihn berührte.
Schon nach kurzer Zeit schnappte ich nach Luft, ich schwitzte am ganzen Körper. Ich fühlte meine Kräft schwinden und erkannte, dass dieser Alte kein normaler Mensch war. Der Kampf wirkte bei ihm wie Kunst und es schien, als ob jede meiner Bewegungen von ihm programmiert würde. Er wusste ganz genau, wie weit meine Hände und Füße reichen konnten, wie ich meine Kraft benutzte, in welche Richtung ich angreifen, welche Technik ich verwenden würde und welchen Schritt ich als Nächstes tun wollte. Er spielte nur mit mir. Es hatte keinen Sinn mehr, so noch weiterzukämpfen. »Du bist gut, ich kann nicht mehr!«, sagte ich und wollte aufhören.
»Moment, nicht so früh aufgeben! Du hast die richtige Tai-Chi-Kampfkunst noch nicht ganz kennen gelernt.« Er reichte mir seine Hand.
Ich hielt sie sofort mit meiner fest. »Soll ich mit einem Ringkampf gegen dich weitermachen?«
»Du kannst machen, was du willst. Ja, richtig! Halt mich fest, noch fester, keine Sorge!« Er stand ganz locker. Sein Körper war wie Gummi, er zog ihn langsam tief. Sein rechter Arm wurde von mir mit beiden Händen festgehalten. Jetzt zog er seinen Körper langsam zurück wie eine Schlange.
Da ich ihn noch immer festhielt, musste mein Körper auch näher zu ihm kommen. Ich hatte den Vorteil, dass sein Arm in meinen Händen war, deshalb machte ich mit, ohne nachzudenken. Doch schnell spürte ich, dass etwas nicht stimmte. Die Kraft meiner Arme ging durch eine geheimnisvolle, schraubenförmige Bewegung ins Leere, wahrscheinlich nahm er sie auf. Mein Himmel, das ist eine Falle!, dachte ich, aber zu spät.
»Hen!« Er schraubte sich schon mit seinen Armen und dem Oberkörper zurück. Eine grenzenlose Kraft zwang mich, die Hände loszulassen. Mein ganzer Körper wurde von dieser Kraft kräftig getroffen. »Ton, ton, ton!« lief ich einige Meter weit rückwärts, bevor ich fiel.
»Hui!« Die Zuschauer schrien erstaunt auf. Mit dieser Kampfkunst konnte man gegen jeden Gegner gewinnen. Das hatten sie sicher zum ersten Mal gesehen!

Ich auch. Ich saß auf dem Boden und versuchte, in meiner Erinnerung etwas zu finden. Was hatte dieser Mann gerade mit mir gemacht?
»Junger Mann, willst du wissen, wie diese Kunst heißt?« Er hatte das Fragezeichen auf meinem Gesicht gesehen. »Das nennt man Chan Si.«
»Chan Si? Das habe ich beim Tai Chi noch nie gehört.«
»Im Yang-Stil gibt es das nicht, aber beim originalen Chen-Stil!« Er lachte mich an.
»Chen-Stil? Moment... du bist...« Ich sprang auf.
»Das heißt Lan Za Yi.« Er kam einen Schritt auf mich zu. Mit beiden Händen beschrieb er einen Kreis in der Luft, dann schob er mich mit der rechten Hand ein wenig, sehr sanft, aber trotzdem musste ich sofort wieder fallen.
»Moment, ich habe eine Frage...!« Ich stand auf und hielt ihn an der Schulter fest.
»Das heißt Xie Xing.« Er hielt mit einer Hand meine linke Hand an der Schulter fest. Mit dem anderen Arm drückte er meinen Ellbogen. Er drehte sich nur leicht einmal um und schon musste ich, wie verzaubert, mit dem Gesicht nach unten fallen. Diesmal half er mir damit, dass er seinen Fuß unter mir stehen ließ, sodass ich beim Fallen nicht verletzt wurde.
»Moment, wie heißt du, Meister?« Ich blieb sitzen.
»Wenn du Fragen hast, solltest du aufstehen!« Seine schmalen Augen lachten unentwegt.
»Nein, dann wirfst du mich nur wieder um.«
»Ha, ha, ha!«, lachte er mit seiner dunklen Stimme. »Willst du immer noch behaupten, dass man mit Tai Chi nicht kämpfen kann?«
»Nein, nicht mehr!«
»Junger Mann, du kannst beim Tai Chi eine ganze Menge lernen. Ich weiß, dass du schon eine ganze Weile Qi Gong geübt hast!«
»Woher weißt du das?«
»Das kann ich spüren. Tai Chi muss man auch lange lernen, erst dann kann man urteilen. Heute hast du einen kleinen Einblick bekommen, oder?«
»Ah, ja, jetzt weiß ich schon, wer du bist!« Der dicke Meister klatschte mit den Händen in seine Richtung. »Du bist der Tai-Chi-Kaiser, Zhou, Xiao Tian!«

»Kein Kaiser, nur Zhou, Xiao Tian bin ich. Ich entschuldige mich für die Störung. Jetzt verabschiede ich mich. Auf Wiedersehen!« Er legte die Hände zusammen und verabschiedete sich sehr höflich von den Leuten. »Tschüss, junger Mann!«, sagte er, dann ging er.
»Moment, Meister Zhou, ich suche dich schon lange. Warte!« Ich sprang ganz schnell auf und folgte ihm.
Er wartete nicht, sondern verschwand ganz schnell durch die Tür.
Ich lief ihm nach.
»Er ist schon weg!« Die junge Frau, Zhou, Yin Min, stand plötzlich vor mir.
»Lass mich vorbei, ich muss den Chen-Stil von ihm lernen!«
Sie ging nicht zur Seite, sondern blieb stehen und hielt mir sogar beide Hände entgegen. »Wenn du eine Bitte an ihn hast, dann sag es einfach mir!«
»Kennst du ihn gut?«
»Ja, sehr gut.«
»Dann sage ihm bitte: Meister! Chen, Da Lee ist ein sehr netter, fleißiger Junge, du sollst ihn als Schüler annehmen!«
»Soll ich das so sagen?« Ihre schmalen Augen lachten.
»Ja, bitte vergiss, dass ich letztens im Lokal deine Bluse beschmutzt habe. Ich, ich kaufe zwei neue für dich, wenn die Sache klappt.«
»Eine Bluse brauche ich nicht. Zwei Schinkenkeulen für ihn sind besser. Die isst er gern. Übrigens kann ich das nicht so sagen, wie du möchtest: »Meister! Chen, Da Lee ist ein …«
»Warum nicht?«
»Nein, ich könnte höchstens sagen: »Papa, Chen, Da Lee ist ein …«
»Was? Der Tai-Chi-Kaiser ist dein Vater?«
»Ja, ich bin seine jüngste Tochter.«
»Schön, glaubst du, dein Vater könnte mich annehmen?«
»Ich glaube schon, sonst hätte er wohl kaum so lange mit dir Kampfübungen gemacht. Er mag dich. Da bin ich sicher. Hier ist unsere Adresse. Morgen Abend darfst du kommen.« Sie gab mir einen Zettel.
»Danke! Vielen Dank!«
Am nächsten Abend trug ich zwei große, dunkelrote Schinkenkeulen, zwei Flaschen Wein und eine rote Karte mit meinem Geburtsdatum darauf zum Haus von Meister Zhou. Es lag südwestlich vom Zentrum

Shanghais, fast in der Vorstadt. Hier gab es keine hohen Gebäude, aber viele große Bäume. Am Ende einer langen Allee befand sich das Haus. Es war mit Dachziegeln gedeckt und klein, doch der Vorhof war groß. Was mich sehr beeindruckte, war der Boden im Hof. Dort lagen riesige, dunkelblaue Steine, ganz glatt.

»Junger Mann, darauf sollst du in Zukunft fleißig lernen und üben!« Meister Zhou zeigte auf den Boden. So wie seine Tochter es vermutet hatte, war ich einfach angenommen worden, ganz unkompliziert. Ein großes Glück für mich.

»Weißt du, als ich nur sieben Jahre alt war, habe ich schon von meinem Vater den Chen-Stil auf diesem Steinboden gelernt«, erzählte mir Yin Min. Sie begleitete mich zur Tür. Als wir über den Hof gingen, blieb sie in der Mitte stehen und wippte mit beiden Füßen auf dem Boden auf und ab. »Vater hat mir erzählt, dass es hier früher einen Boden aus Ziegelsteinen gegeben hatte, der allerdings oft kaputtgegangen war. Beim Chen-Stil gibt es eine Position, die Jin Gang Dao Zhui heißt. Dabei tritt man mit einem Bein fest auf den Boden auf. Mein Vater machte für seine Schüler auch eine Lehrerausbildung zu Hause. Sie hatten alle große Kraft und starke Energie in ihren Beinen, weil sie schon lange Tai Chi geübt hatten. Man musste den Boden oft renovieren, wenn der Kurs vorbei war, weil viele Ziegelsteine von ihren Fußtritten zerschlagen worden waren.«

»So stark!« Ich war sehr erstaunt. »Ziegelsteine sind sehr hart.«

»Trotzdem. Um die Situation zu verbessern, hat Vater von Yunnan riesige Steinplatten hierher bringen lassen.«

»Aus der Provinz Yunnan, die ist zweitausend Kilometer weit entfernt?«

»Ja, sehr weit. Weißt du, jede dieser Steinplatten ist ungefähr einen Meter dick. Jetzt gibt es keine Probleme mehr.« Sie wippte noch einmal mit den Füßen.

Ich stieß mit meinem rechten Fuß auf die Steine. »Pa!« Ein ganz klares Geräusch war zu hören, mit einem Echo. Sofort spürte ich den Rückstoß im Fuß, durch Beine und Körper ging er bis in meinen Kopf. Was für ein Boden, wie viele Menschen haben wohl auf ihm schon Können erlangt?

Von diesem Tag an kam ich dreimal in der Woche dorthin, um bei Meister Zhou Tai Chi Chuan zu lernen. Auch Sturm und Unwetter konnten mich nicht daran hindern. Ich spürte, dass ich dem Kern von Tai Chi immer näher kam, mich gleichzeitig jedoch auch davon entfernte. Tai Chi beinhaltet umfassende Kenntnisse der chinesischen Kultur und Philosophie und geht sehr viel tiefer, als ich das anfangs für möglich gehalten hätte.

»Da Lee, deine Hände und Arme sollen weicher sein und deine Beine sind noch nicht stabil genug.« Meister Zhou stand auf den blauen Steinen und unterrichtete mich. »Du sollst wissen, dass beim Tai Chi der Körper oben shü ist, locker. Unten ist er sher, fest. Wenn der Oberkörper shü ist, kann man Kraft und Energie von außen aufnehmen.«

»Kraft von außen aufnehmen?« Das war für mich ganz neu. Wenn man mit entspanntem Körper in der Übungsposition ist, kann man Energie von außen auftanken. Das wusste ich schon lange. Von Kraft hatte ich noch nie gehört.

»Ja, das ist der Kern von Tai Chi Chuan. Wenn aggressive Kraft auf dich zukommt, kannst du nur begrenzt zurückschlagen, wenn dein Körper hart und gespannt ist. Doch wenn er weich und entspannt ist, kannst du die Kraft des Gegners aufnehmen und mit unbegrenzter Kraft kämpfen. Jetzt schiebst du mich einmal mit deiner Kraft gegen meine Brust.« Er zeigte mir den Punkt.

Ich wusste schon, dass er beim Kämpfen kaum zu verletzen war, deshalb schob ich ihn ganz kräftig.

»Ton, ton, ton!« ging er überraschend einige Schritte nach hinten. »He, Junge, du hast große Kraft.« In seiner dunklen Stimme klang Lachen mit. »Ich habe meinen Körper hart gemacht, so wie die Menschen normalerweise reagieren. Schieb noch einmal. Pass auf, diesmal ist meine Tai-Chi-Fähigkeit beteiligt.« Er zeigte die gleiche Stelle wie vorher, aber an seiner Brust sah ich keinerlei Veränderung.

Ich drückte wieder mit aller Kraft gegen seine Brust. Mein Himmel. Es war, als wäre ich in eine unendlich tiefe Höhle gefallen. Als meine Handflächen gerade seine Jacke berührten, drückte er seinen Oberkörper nach hinten. Er führte meine Hände und meinen Körper einfach über den Punkt hinaus, wo ich mein Gleichgewicht halten konnte. Meine ganze Kraft ging ins Leere. Dann drehte er sich ein wenig in der Taille und drückte mit einem Finger leicht auf meinen Rücken.

Ich war vollkommen verloren, meine Füße blieben nicht mehr auf dem

Boden. Mein Körper musste unter seinem Finger zu Boden fallen. Das hätte sehr schmerzhaft sein können, weil unten die harten blauen Steine lagen. In diesem kritischen Augenblick kam wieder sein Fuß unter mich, wie ein Haken, der mich festhielt.
»Perfekt! Danke schön«, sagte ich, auf dem Boden liegend.
»Shü und sher gehören zur inneren Haltung beim Tai Chi. Durch langes Üben kannst du diese Fähigkeit beherrschen. Es ist eine hohe Philosophie, die für das ganze Leben gilt.« Er half mir, aufzustehen. Aus seinen schmalen Augen traf mich ein wissender Blick.

Die Augen der Arbeiter in der Fabrik leuchteten sehr unterschiedlich, wenn sie Xu, Ben De und seine Frau ansahen. Manche schauten froh, manche missachtend, manche voll Mitleid und Sympathie. Die Entscheidung des Parteikomitees war getroffen: Abtreibung!
»Ist das möglich? Sie ist schon im sechsten Monat schwanger?« Als Parteisekretärin Wang an meinem Arbeitsplatz vorbeikam, fragte ich sie.
»Ja, das wurde von oben leider so entschieden.« Sie schüttelte den Kopf. Als Frau zeigte sie ein Gefühl des Mitleids, allerdings nur ganz kurz. »Von oben, vom Parteikomitee hat jemand angerufen. Wir sollen Widerstand leisten gegen den Einfluss der bürgerlichen Ideologie. Es handelt sich um eine politische Entscheidung. Sie muss ins Krankenhaus gehen. He, wenn die beiden ein paar Monate früher auf mich gehört hätten, dann wäre sie damals schon einfach zur Abtreibung gegangen. Heute wäre alles schon erledigt. Jetzt haben sie keine andere Wahl mehr. Entweder sie lassen abtreiben oder sie verlassen die Fabrik für immer.«
»So hart?«
»Ja, Klassenkampf ist immer hart.« Sie fixierte mich kurz mit ihren runden Augen, lachte mich dann aber schnell wieder sehr nett an. »Da Lee, du sollst heute Nachmittag um vierzehn Uhr ins Büro des Parteikomitees kommen. Der Sekretär will mit dir sprechen.«
»Worüber?«
»Über eine Sache, die sehr gut für dich ist. Vergiss nicht, dein Notizbuch mitzubringen.«
»Notizbuch? Was für ein Notizbuch?« Ich wunderte mich sehr.
»Das Notizbuch, das der Chef dir geschenkt hat.«

»O ja, das habe ich immer in meiner Tasche. Kein Problem. Ich kann es mitnehmen.«
»Gut, bis dann.« Sie ging.
Ich war gespannt. Eine gute Sache für mich? Was konnte das sein?
Nachmittags pünktlich um zwei Uhr klopfte ich an die Tür des Büros.
»Herein!« Das war die Stimme des Parteisekretärs.
Als ich eintrat, sah ich, dass er nicht allein im Büro saß. Am Tisch saßen fünf Leute, die mir alle lächelnd zunickten. Ich kannte sie schon. In der letzten Zeit hatte es in der Kantine viele Versammlungen gegeben. Jedes Mal saßen diese Leute auf der Bühne. Jetzt war rechts neben dem Parteisekretär der Direktor, ein schweigsamer Mann mittleren Alters. Links saß die Bürosekretärin, daneben zwei weitere Frauen. Eine davon war die Chefin der Personalabteilung. Die andere kannte ich schon gut, die Parteisekretärin meiner Werkstatt.
»He, Sie sehen ganz anders aus als letztes Mal. Bitte nehmen Sie Platz.« Er wies auf einen freien Platz auf der rechten Seite. Beim Lachen verschwanden seine Augen fast vollständig, man sah nur noch zwei Risse.
»Trinken Sie doch zuerst einen Tee.«
»Vielen Dank.« Ich ging zu meinem Platz.
Wie die anderen Leute in diesem Raum war auch ich noch in Arbeitskleidung, nur dass meine viel schmutziger war als ihre.
»Genosse Chen, Sie arbeiten sehr fleißig, das haben wir gehört. Sehr gut, sehr gut. Hier, hier ist eine Zulassung für die pädagogische Hochschule von Shanghai.« Die Chefin der Personalabteilung zeigte mir ein Papier. »Wir haben drei Kandidaten, Sie sind dabei.«
»Was? Ist das wahr?« Das war in der Tat eine riesige Überraschung für mich.
»Ja, das ist wahr«, bestätigte der Parteisekretär. »Zwar haben Sie noch nicht lange in unserer Fabrik gearbeitet, aber Sie stellen Ihre Aktivität unter Beweis, deshalb habe ich Sie gewählt, so wie ich es Ihnen damals versprochen hatte.«
»Danke, vielen Dank!« Ich fühlte mich wie in einem glücklichen Traum. Kaum zu glauben, dass ich nur wenige Monate nach dem Armeedienst mein Ziel schon erreichen konnte: an der Universität zu studieren. Ich war vor Freude überwältigt.
»Nichts zu danken. Die Sache ist noch nicht entschieden. Es gibt eine

Zulassung für drei Kandidaten. Wir vom Parteikomitee müssen darüber diskutieren, wem von Ihnen wir diese Chance geben wollen. Ich persönlich hoffe, dass Sie diesmal als Student aus den Reihen der Arbeiter, Bauern und Soldaten geschickt werden. Sie haben gute Voraussetzungen. Sie kommen aus einer revolutionären Familie. Ihr Vater ist ein hoher Offizier; ja! – und Sie selbst haben in der Armee und der Fabrik gearbeitet, als Soldat und Arbeiter. Sie haben sehr gute Voraussetzungen. Das alles entspricht der proletarischen Erziehungslinie des Vorsitzenden Mao. Gut, sehr gut!«

Der Sekretär des Parteikomitees lachte wieder.

Die anderen Leute nickten mit den Köpfen.

»Hast du gewusst«, sagte er zum Direktor, »dass Genosse Chen in der Armee beim Nachrichtendienst war? Deshalb habe ich ihn zu der problematischen Gruppe geschickt.« Der Sekretär sah aus, als ob er sehr zufrieden mit seiner damaligen Entscheidung wäre.

Doch den Direktor schien das nicht weiter zu interessieren. Nur eine Sekunde lang schaute er mich an, nickte kurz mit dem Kopf und schaute dann weg.

»Jetzt erzählen Sie uns von Ihren Kampferfahrungen.« Die Augen des Sekretärs waren ein bisschen weiter geöffnet.

»Kampferfahrungen? Welche Kampferfahrungen?« Ich wunderte mich sehr.

»Es wird erzählt, dass diese bösen Leute aus Ihrer Gruppe viel Schlechtes gegen Sie getan haben. Und Sie haben dagegen gekämpft, sodass sie sich jetzt ruhig verhalten. Erzählen Sie uns bitte, mit welcher Methode Sie das erreicht haben!«

»Ich, ich habe keine Methode.« Ich wusste gar nicht mehr, was ich sagen sollte.

Die Bürosekretärin war etwas enttäuscht, weil Sie sich schon für Notizen bereit gemacht hatte, aber keine Information von mir kam.

»Nicht zu bescheiden. Sie haben sicher viel Material gesammelt. Erzählen Sie uns, was solche Leute, besonders dieser Sun, Liu Fong gegen Sie getan haben. Klassenkampf gibt es überall. Man muss jedes Jahr, jeden Monat und jeden Tag darüber reden. Ja, erzählen Sie uns!« Die Augen des Parteisekretärs vergrößerten sich, bis sie zwei breite Risse waren.

»Ich, ich ...« Vor dem Chef begann ich nervös zu werden.

»Darf ich dein Notizbuch sehen? Ich habe gesehen, dass du während der Pause immer etwas hineingeschrieben hast.« Die Parteisekretärin Wang hielt mir ihre Handfläche hin. Ihre runden Augen lachten, so als ob sie mir helfen wollte.
»Ja, natürlich.« Ich nahm das Buch aus der großen Tasche meiner Arbeitshosen und reichte es ihr über den Tisch.
Sie öffnete es sofort und blätterte einige Seiten vor und zurück. »Was ist das? ›Die Philosophie von Yin und Yang‹, ›Der Energiekreislauf bei den fünf Elementen‹, ›Die Harmonisierung zwischen Mensch und Universum‹. Was bedeutet das?« Sie klappte das Buch wieder zu und sah mich mit großen Augen fragend an.
Es wunderte mich überhaupt nicht, dass sie davon keine Ahnung hatte. »Diese Texte haben alle mit Tai Chi Chuan zu tun. Das lerne ich im Moment«, sagte ich.
»Und ich dachte, du notierst, was deine Kollegen tun!« Sie war sehr enttäuscht.
»He, Genosse Chen wurde in der Armee speziell für den Nachrichtendienst ausgebildet. Er hat sicher alle Informationen im Kopf.« Der Sekretär nahm das Notizbuch in die Hand, klappte es ein paar Mal auf und zu, dann gab er es mir zurück. »Ja, erzählen Sie uns etwas!« Er lachte nicht mehr. Auch seine Stimme klang härter. »Genosse Chen, das hier ist jetzt eine gute Chance für Sie, Ihr politisches Bewusstsein zu zeigen. Sie sollten wissen, dass wir nur junge Arbeiter auswählen und zur Universität schicken, die vom Parteikomitee geprüft wurden.« Die Chefin der Personalabteilung wedelte mit diesem Zulassungspapier vor mir herum. Ihr weißes und relativ dickes Gesicht wirkte etwas gespannt. So wie auch die Atmosphäre in diesem Büro. In mir stiegen allerlei Überlegungen hoch. Mein Blick blieb mehrmals an der Zulassung für die Universität hängen. Das war mein Traum. Studieren an der Universität. Dafür war ich in die Fabrik gekommen. Dafür hatte ich diese schmutzige und schwere Arbeit angenommen. Wenn ich heute tat, was sie von mir wünschten, würde sich mein Schicksal sofort verändern. Ich könnte eine bessere Zukunft haben, meine Eltern könnten auch wie ihre revolutionären Genossen und Genossinnen stolz auf ihr Kind sein. Doch wenn ich es nicht tat, würde alles wie vorher bleiben. Ich könnte wahrscheinlich nicht einmal diese dunkle, schmutzige Werk-

statt verlassen. Wenn alle Vorgesetzten hier von mir enttäuscht waren, hatte ich keine Chancen mehr.

Meine Hände schwitzten, ja sogar mein Rücken. Die Teetasse in meiner Hand quietschte schon, wenn ich sie noch fester fasste, würde sie zerspringen. Musste ich wirklich die Kollegen aus meiner Gruppe verraten? Sie hatten mich am Anfang sehr schlecht behandelt, doch jetzt vertrauen sie mir, sagen mir alles, was sie wirklich denken und auf dem Herzen haben. Wenn ich alles aussage, für meine Zukunft und meinen Traum, könnten sie sofort als »klassenfremde Elemente«, »neue bürgerliche Elemente«, sogar als »Antirevolutionäre« verurteilt werden. Sie haben schon genug Probleme, durch meine Aussage würden sie noch neue Strafen erwarten.

»Genosse Chen, wir warten, die Zeit läuft.« Der Parteisekretär unterbrach meine Gedanken.

»Kann ich mich unter vier Augen mit Ihnen unterhalten?«, fragte ich ihn.

»Ja, natürlich.« Er lachte wieder ein bisschen, so als hätte er schon etwas erreicht. »Ich bitte Sie!«, forderte er die anderen Leute auf.

Der Direktor ging sofort. Die ganze Zeit hatte ich kein einziges Wort von ihm gehört. Bestimmt fand er es überhaupt nicht nötig, dass er hier saß.

Dann gingen auch die Bürosekretärin und die Chefin der Personalabteilung.

»Frau Wang, Sie sollen hier bleiben«, befahl der Parteisekretär seiner Untergebenen, die auch schon gehen wollte. Dann drehte er sich zu mir um. »Sie ist Ihre Abteilungsleiterin, sie sollte besser hier bleiben.«

Ich nickte mit dem Kopf.

Die Parteisekretärin blieb sitzen und nahm ein kleines Notizbuch aus der Tasche.

Jetzt, wo die Bürosekretärin weg war, sollte sie wohl deren Aufgabe übernehmen.

Jetzt musste ich etwas sagen und das wollte ich auch. Wir saßen zu dritt im Büro, zwei Vorgesetzte und ich als normaler Angestellter. Doch meine Worte waren jetzt besonders wertvoll.

Es ging um das Schicksal einiger Menschen, unter anderem auch um

meines. »Ja, in dieser Gruppe gibt es einige Probleme«, sagte ich, nachdem ich einen Schluck Tee getrunken hatte.
»Ja, sprechen Sie ruhig. Sie müssen keine Repressalien fürchten. Wir Kommunisten und eine große Zahl revolutionärer Arbeiter stehen hinter Ihnen«, ermunterte mich der Chef.
»Danke, vielen Dank. Doch jetzt muss ich wirklich keine Angst mehr haben, weil die Missverständnisse zwischen mir und einigen Kollegen beseitigt sind.«
»Die Missverständnisse sind schon beseitigt?« Die Parteisekretärin hob ihren Kopf, den sie über das Notizbuch gebeugt hatte, und sah mich an. »Du hast doch aber gerade gesagt, dass es Probleme in deiner Gruppe gibt!«
»Ja, doch die entsprechen den Widersprüchen innerhalb des Volkes. Manche Kollegen sind zwar wild und aggressiv, aber sie sind keine Feinde. Der Vorsitzende Mao hat uns gelehrt: ›Man muss die Widersprüche zwischen uns und dem Feind und die innerhalb des Volkes richtig voneinander unterscheiden und behandeln.‹«
»Der Vorsitzende Mao hat uns zuerst gelehrt: ›Vergesst nie den Klassenkampf!‹ Wer zu den Feinden gehört oder zum eigenen Volk, das entscheiden wir, die Parteiorganisation. Die kommunistische Partei führt alles nach der Idee des Vorsitzenden Mao. Sie sollen nur die Tatsachen berichten.« Er war schon etwas ungehalten.
Das wollte ich nicht, ich wollte nicht, dass er unzufrieden mit mir war. Er als der oberste Chef der Fabrik hatte sich von Anfang an um mich gekümmert und mir auch vertraut. Heute hatte er mir die Chance gegeben, auf die ich schon lange gewartet hatte. Ich sollte ihm für all das dankbar sein. Nur was er jetzt als Gegenleistung von mir verlangte, war für mich sehr schwer. Ich konnte mein Studium nicht mit schlechtem Gewissen beginnen und ich konnte nicht mit dem Mund etwas reden, was mein Herz nicht wollte.
»Genosse Parteisekretär, können Sie mir verzeihen, wenn ich Ihnen direkt etwas sage?« Vor Aufregung stand ich von meinem Stuhl auf.
»Ja, sprechen Sie nur.«
»Gut, danke, Genosse Parteisekretär, können Sie meinem Kollegen Wang, Lin Min eine Chance geben? Ich weiß, dass er einen Fehler gemacht hat, aber er und seine Frau haben schon eine Selbstkritik ge-

schrieben. Vielleicht hatte er früher einen problematischen Lebensstil, man erzählt, dass er mit vielen Frauen sexuelle Beziehungen hatte. Doch dieses Mal meint er es ernst. Er liebt seine Frau sehr. Ich habe oft beobachtet, wie sich die beiden umeinander kümmern. Sie kommen immer zusammen in die Fabrik und gehen zusammen nach Hause. Bitte zwingen Sie seine Frau nicht abzutreiben. Sie ist schon im sechsten Monat schwanger, ihr ungeborenes Kind ist schon voll entwickelt. Das Kind ist unschuldig. Erlauben Sie, dass es geboren wird!«

»Warum sagen Sie mir das? Wir müssen Widerstand leisten gegen den Einfluss der bürgerlichen Ideologie. Dafür hat sich das Parteikomitee entschieden. Genosse Chen, Sie sollten auch Ihr ideologisches Bewusstsein erhöhen.« Der Sekretär wollte offensichtlich nicht mit mir über dieses Thema reden.

Pech. Trotzdem wollte ich nicht einfach aufgeben. Da ich meinen Mund sowieso schon aufgemacht hatte, wollte ich auch alles herauslassen. »Genosse Sekretär, Sie sollten den Arbeitern aus meiner Gruppe eine Chance geben. Es sind keine schlechten Menschen. Anfangs konnte ich nicht verstehen, warum die Leute aus meiner Gruppe solche schwere und schmutzige Arbeit leisten müssen und nicht die richtigen Verbrecher, die es ja auch in der Fabrik gibt, diejenigen, die schon einige Jahre im Gefängnis waren. Jetzt weiß ich warum. Sie haben ein Problem miteinander.«

»Was für ein Problem?« Er schien auf meine Antwort gespannt zu sein.

»Diese Kollegen schmeicheln sich nicht ein, nein, wenn sie das Gefühl haben, dass der Chef etwas Ungerechtes getan hat, schimpfen und kritisieren sie sofort. Sie sind heißblütige Männer. Wenn Sie aufhören, Material für weitere Strafen gegen sie zu sammeln, sondern ihnen eine Chance und Hoffnung geben, könnten sie auch unsere revolutionären Genossen sein. Bitte entschuldigen Sie, ich weiß, dass ich nicht so zu Ihnen sprechen sollte. Doch das sind Worte, die aus meinem Herzen kommen.« Ich legte meine rechte Hand aufs Herz.

»Chancen haben diese Leute genug, aber sie tun nichts dafür. Wie arbeiten sie denn? In deiner Gruppe haben nur du und Meister Li das Monatssoll erfüllt. Was machen die anderen? Sie kommen später und gehen früher. Während der Arbeitszeit zeigen sie überhaupt keine Leistung, sondern unterhalten sich nur miteinander. Chance? Sie haben die gleichen Chancen wie die anderen, nur nutzen sie ihre Chancen nicht.« Parteisekretärin Wang konnte sich nicht länger zurückhalten. Mit ihrer hohen Stimme schleuderte sie die Worte heraus, sie kamen so schnell aus ihrem Mund wie aus einem Schießautomaten.

»Das ist nicht ganz richtig. Meine Gruppe hat in der Fabrik einen sehr schlechten Ruf. Meine Kollegen werden nicht so gut behandelt wie die anderen, aber sie müssen die schmutzigste und schwerste Arbeit machen. Genosse Parteisekretär, Sie wurden zu Beginn der Kulturrevolution auch stark kritisiert und sogar angeklagt. Sie sind auch im ›Stall‹ gewesen, genau wie meine Verwandten. Sie haben damals bestimmt auch auf eine Chance gewartet...«

»Da Lee, wie kannst du so etwas sagen, wie kannst du das so vergleichen?« Sekretärin Wang merkte, dass es für ihren Chef peinlich wurde.

»Lass ihn, lass ihn. Genosse Chen, Sie können sehr gut sprechen.« Er versuchte sogar noch zu lächeln. »Es gibt für jeden eine Chance! In unserer Fabrik gibt es jetzt gerade einen Produktionswettbewerb. Manche Gruppen haben hundertzwanzig oder sogar hundertdreißig Prozent produziert. Wenn Ihre Gruppe im nächsten Monat, das heißt im August, das Monatssoll auch zu hundertdreißig Prozent erfüllt, gebe ich Ihnen die Flagge für das ›fortgeschrittene Kollektiv‹, ganz genau wie den anderen guten Gruppen.«

»Können Sie mir das versprechen?« Ich wusste selbst nicht so genau, seit wann ich mich so eng mit meiner Gruppe verbunden fühlte.

»Ich bin der Sekretär des Parteikomitees. Haben Sie Zweifel an der Richtigkeit meiner Worte?«

»Nein, nein, keinen Zweifel!« Ich schüttelte den Kopf.

»Aber ob Ihre Gruppe das schaffen kann, daran habe ich meine Zweifel. Wir wollen sehen.« Der Chef legte sich aufs Sofa.

Ich war mir dessen auch nicht sicher und wusste selbst nicht genau, warum ich diese schwierigen Menschen vor dem obersten Chef der Fabrik und der Abteilungsleiterin verteidigen musste.

Es war Zeit, sich zu verabschieden. Als mein Blick wieder auf das Zulassungspapier auf dem Tisch fiel, bereute ich meine Worte. Mein Himmel, ich rede so viel, dass ich mich um meinen Traum vom Studieren bringe!, dachte ich.

»Genosse Sekretär, Genossin Sekretärin, ich gehe jetzt. Ich werde mein

Bestes tun. Wenn ich dieses Mal nicht mit dem Studium beginnen kann, hoffe ich sehr, dass Sie mich das nächste Mal als Arbeiterstudenten auswählen. Vielen Dank. Auf Wiedersehen.« Ich ging mit einiger Hoffnung.

Am nächsten Vormittag, ich war gerade in meine Arbeit vertieft, kamen viele Kollegen zu mir. Die lange Bank, die an der Wand stand, war voll besetzt.

»Du bist ein richtiger Mann, leider hast du unseretwegen deine Chance auf ein Studium verloren.« Sun, Liu Fong schlug mir auf die Schulter.

»Woher wisst ihr das alles?« Verwundert schaltete ich die Maschine aus.

»Diese Frau, ich meine, die Parteisekretärin Wang, könnte nie etwas im Bau verstecken.« Xu, Ben De gab mir eine Zigarette und zündete sie für mich an. »Sie musste alles ihrer guten Bekannten erzählen und die hat es dann uns erzählt. Sie hat gesagt, dass du ziemlich dumm bist. Du stehst auf der falschen Seite und so hast du dir selbst deine schöne Zukunft zerstört.«

»Ihr macht zu viele dumme Sachen, so viele, dass ihr sogar Da Lee geschadet habt.« Meister Li schimpfte wieder mit den Leuten.

»Tsch, tsch, geh zur Seite!«, forderten ihn die Männer auf.

Er ging. Jedes Mal wenn es Ärger mit den Kollegen gab, ging er. Das war für ihn die einfachste Lösung.

»Sag uns, was willst du in Zukunft machen? Bereust du nicht, was du gesagt hast?«, fragte mich Ben De.

»Doch, ich bereue sehr, dass ich in Zukunft mit solchen ›Stinkschweinen‹ wie euch zusammenbleiben muss.«

»Was?« Die lange Bank war sofort leer, alle Hintern waren hochgesprungen. »Was hast du gesagt?« Alle sahen mich mit bösen Augen an. Zum Glück wussten sie schon, wie ich kämpfen konnte, sonst hätte es sofort eine Schlägerei gegeben.

»Ich habe gesagt, dass ihr in der Fabrik einen schlimmen Ruf habt. Ihr arbeitet nicht richtig. Ihr kommt fast täglich zu spät zur Arbeit und geht früher nach Hause. Ihr greift alle an und beschimpft sie. Ihr sucht nur Schwierigkeiten.«

»Aber diese Typen aus der Fabrik suchen ständig Schwierigkeiten bei uns!«, behauptete Sun, Liu Fong. Die Narbe auf seinem Gesicht zog sich vor Ärger zusammen.

»Ja, besonders du, du solltest gut aufpassen, was du tust; nicht nur deinetwegen, sondern auch deinem Vater zuliebe!« Mein Finger traf fast seine Nase.
»Warum meinem Vater zuliebe? Was hat das mit meinem Vater zu tun?«
»Du bist so ein Idiot. Verstehst du das immer noch nicht? Je schlimmer du dich benimmst, umso mehr freut sich der Gegner deines Vaters. Dein Vater, der Hauptingenieur, wurde auch kritisiert, weil er Erziehungsprobleme mit dir hat. Sein Ruf wird immer wieder geschädigt. Das bedeutet, dass er weiter im Kalten sitzen und zu Hause bleiben muss. Kannst du das nicht begreifen?«
Viele Zuhörer nickten mit den Köpfen.
»Wie, wie kannst du das wissen?« Liu Fongs Stimme war schon viel leiser.
»Ich habe in der Armee für den Nachrichtendienst gearbeitet, deshalb funktioniert es hier bei mir besser als bei dir!« Ich zeigte auf meinen Kopf. Das stimmte nicht unbedingt, doch ich wollte ihn beeindrucken. Ob er böse war oder nicht, das war mir egal.
Es war interessant, dass meine Worte dem aggressiven Jungen nicht besonders viel ausmachten. Er wurde nicht böse, sondern senkte seinen Kopf, um nachzudenken. Die anderen Männer schwiegen ebenfalls.
»Die Frage ist, warum ihr euch selbst aufgegeben habt«, sprach ich weiter.
»Das Problem ist, dass es keine Rolle mehr spielt, was wir tun. In dieser Gruppe sind wir wie zum Tode verurteilt«, sagte Liu Fong zu mir.
»Das ist nicht wahr. Jetzt bekommt ihr eine Chance. Übermorgen ist der erste Arbeitstag im August. Der Parteisekretär hat mir versprochen, dass er uns die Flagge vom fortgeschrittenen Kollektiv schickt, wenn unsere Gruppe die Monatsproduktion zu hundertdreißig Prozent erarbeitet hat.«
»Glaubst du das? Man kann diesem Rissaugen-Parteisekretär nie trauen!«, rief Xu, Ben De ganz laut. »Er hat einen schlechten Charakter.«
»Das stimmt vielleicht, doch der Parteisekretär ist der oberste Chef der Fabrik. Er muss halten, was er versprochen hat. Das Wichtigste ist, dass wir allen Fabrikarbeitern zeigen, was wir können. Ab morgen werde ich doppelt so fleißig produzieren. Wenn ihr richtige Männer seid, dann macht ihr mit!«

Der August ist in Shanghai der heißeste Monat. Die Temperatur stieg tagsüber auf neununddreißig Grad an. In unserem Arbeitsraum hatte es wegen der schlechten Belüftung und der wie verrückt laufenden Motoren über vierzig Grad. An den laufenden Maschinen arbeiteten wir hart. Der Schweiß floss wie Wasser unsere Körper herunter. Doch die ganze Gruppe nahm richtig am Arbeitswettbewerb teil, wir hatten keine einzige Minute zu verlieren. Durch hartnäckiges Arbeiten wollten wir die Wandflagge in unsere Gruppe bringen. Es sollte für uns das absolut erste Mal sein, deshalb waren wir gespannt und aufgeregt.
Einmal ging ich zu Lin Mins Drehbank und wollte ihn entlasten. »Lin Min, du musst nicht so hart arbeiten wie wir. Du sollst auch nicht eine halbe Stunde früher kommen und später nach Hause gehen. Deine Frau liegt wegen der Abtreibung doch jetzt im Krankenhaus. Du solltest dich um sie kümmern.«
»Meine Mutter ist bei ihr.« Er richtete seinen großen Körper vor der Maschine auf. »Pa!« Seine große Hand schlug auf meine Schulter. »Da Lee, du hattest Recht. Das ist jetzt unsere Chance. Ich will es den Kollegen in der Fabrik und solchen Chefs, die sich wie Schweine benehmen, auch zeigen! Weißt du was? Ich bin schon lange in dieser Gruppe, aber zum ersten Mal erlebe ich, dass die Leute so eng zusammenstehen und so fleißig arbeiten. Ich glaube, dass wir es schaffen können!«
»Ich glaube auch!« »Pa!« Wir schlugen unsere Handflächen ineinander und auch unsere Schweißtropfen vermischten sich. Dann ging ich wieder an meine Maschine zurück.
Drei Tage, bevor der August zu Ende war, fegte Liu Fong einen Teil der schwarzen Wand mit einem Besen ab. Dicker Staub kam herunter. »Die Wandflagge soll hier hängen«, rief er den anderen laut zu, mit unverhülltem Stolz.
»Bist du sicher, dass wir diesmal die Flagge gewinnen können?«, fragte ein Kollege.
»Ganz sicher, ich habe gerechnet!« Er deutete mit dem Finger auf seine kleine Tafel. »Diesen Monat können wir ganz bestimmt hundertfünfzig Prozent produzieren. Keine einzige andere Gruppe wird das schaffen!«
»Das ist toll! Der Parteisekretär hat uns versprochen, dass er uns die Flagge schon schickt, wenn wir hundertdreißig Prozent haben. Wir sollten das in einem Restaurant feiern!«, schlug ich vor.

»Ja, genau! Gegenüber dem Haupttor der Fabrik ist ein Restaurant, in dem nach Sichuan-Art gekocht wird. Am 1. September gehen wir nach der Arbeit alle dorthin«, schlug Meister Li uns vor. Er freute sich ebenfalls über die positive Veränderung der Gruppe.
»Nach Sichuan-Art? Sollen wir bei diesem heißen Wetter wirklich scharf essen?«, fragte ich.
»Ja, wo ist das Problem? Scharfes Essen ist bei Hitze genau das Richtige.« Meister Li schien scharfes Essen sehr zu mögen.
»Ja, gerade richtig!« Einige Kollegen stimmten ihm zu.
Zum ersten Mal herrschte so eine gute Stimmung in unserer Gruppe, zum ersten Mal lachten alle ganz locker. Hundertfünfzig Prozent! Wir hatten in der Fabrik ein Wunder geschafft. Viele Leute kamen, um uns zu gratulieren. Man schaute uns mit anderen Augen an.
»Gratuliere, gratuliere!« Parteisekretärin Wang kam nach Betriebsschluss mit breitem Lachen auf dem Gesicht zu mir. Es war der Nachmittag des 1. September. Meine Kollegen waren schon in das Restaurant vorgegangen. Ich hatte sie gebeten, mir einen Platz freizuhalten, weil ich noch die Maschine putzen wollte und mehr Zeit brauchte als die anderen.
»Huh, bei euch ist es immer so heiß!«, sagte sie und wedelte sich mit einem Fächer Luft zu. »Ich komme gerade vom Parteikomitee, gratuliere! Du und Meister Li wurden zu ›Bestarbeitern‹ gewählt. Hier ist dein Dokument!«
»Gut, danke schön. Und wann kommt die Wandflagge für unsere Gruppe?«
»Wandflagge? Was für eine Wandflagge?«
»Die Wandflagge vom fortgeschrittenen Kollektiv.«
»Oh, die ist in eine Gruppe der anderen Werkstatt gegangen. Sie haben im letzten Monat hundertdreißig Prozent produziert.«
»Aber wir haben hundertfünfzig Prozent produziert. Übrigens hat der Sekretär mir die Flagge versprochen. Du warst auch dabei. Wie kann man so etwas machen?« Das Dokument in meiner Hand zitterte. Ich gab es ihr sofort zurück.
»Das hat einen politischen Grund, Da Lee. Diesmal machst du keine Dummheit. Du solltest dich um deine Zukunft kümmern.« Sie öffnete meine Hand und legte das Dokument wieder hinein.

»Wieder ein politischer Grund! Wieder die Zukunft! Zum Teufel! Was werden die anderen von mir denken? Mein Ruhm soll mit dem Schweiß der anderen begossen werden? Wie viel Schweiß haben meine Kollegen letzten Monat verloren? Du, du kannst darin baden!« Ich ging. Von ihr konnte ich jetzt sowieso keine Lösung erwarten.
Dieses Restaurant betrat ich zum ersten Mal. Als ich die Tür öffnete, schlug mir kalte Luft entgegen. Sie hatte die Klimaanlage darin. Meine Kollegen saßen schon am Tisch, schweigend.
»Wisst ihr schon?«, fragte ich und setzte mich ebenfalls.
Niemand antwortete. Die Atmosphäre ließ mir den Atem stocken.
»Sprecht bitte mit mir!«, schrie ich.
»Ja, wir haben die Parteisekretärin am Fabriktor getroffen. Sie hat uns alles erzählt. Ich gratuliere dir«, sagte Xu, Ben De. Dann putzte er seine Brille.
»Pa!« Ich warf mein Dokument auf den Tisch. »Morgen Vormittag gehe ich zum Parteikomitee. Männer! Kommt alle mit! Dafür bezahle ich heute das Essen für euch. Ihr seid alle von mir eingeladen.«
Elf Gruppenmitglieder saßen zum ersten Mal gemeinsam im Restaurant. Eigentlich wollten wir feiern. Doch niemand hatte mehr Lust dazu. Die Speisen nach Sichuan-Art waren alle so scharf, dass wir viel Bier trinken mussten.

Als ich anschließend auf dem blauen Steinboden bei Meister Zhou, Xiao Tian übte, war mir ganz schwindelig.
»Da Lee, was ist heute mit dir los?« Meister Zhou sah mich mit seinen schmalen Augen an. »Du hast zu viel getrunken, ja?«
»Ja, ich habe sehr viel Bier getrunken«, gab ich zu. Dann erzählte ich ihm die ganze Geschichte. »Morgen gehen wir zu diesem Parteisekretär und erzählen ihm etwas!«, rief ich zum Schluss.
»Ihr solltest in der Tat gemeinsam dorthin gehen. Du weißt, was diese Auszeichnung zum ›Bestarbeiter‹ zu bedeuten hat, oder?«
»Ja, Meister. Ich habe diese Strategie auf den ersten Blick durchschaut.«
»Gut. Jetzt kannst du weiter üben.« Der Meister ging, vor sich hin brummelnd, die Hände hinter dem Rücken verschränkt: »Ja, das Wissen von Tai Chi darüber, wie man seine Kraft benutzt und führt, gilt für Menschen, für die Welt und das ganze Universum.«

Der Morgen des nächsten Tages brachte eine wirkliche Überraschung. Meine Kollegen kamen genauso früh wie im letzten Monat und arbeiteten ebenso viel. Alle Drehbänke liefen mit schnellem Tempo. Der Drehstahl ließ die Eisenspäne ganz hoch springen; Rauch tanzte in der heißen Luft des Raumes. Nur die Wand, die Su, Liu Fong gesäubert hatte, war noch frei.
Ich schaute auf meine Uhr, es war zehn. Ich wusste, dass nun im Büro des Parteikomitees eine Sitzung stattfand. »Gehen wir, alle kommen mit mir!« Ich machte meine Maschine aus.
Die anderen taten es mir nach und plötzlich war es im ganzen Raum still. So still, wie wir es gar nicht gewöhnt waren. Die Blicke der Kollegen sammelten sich auf mir, sie beobachteten jede meiner Bewegungen.
Ich ging zur Schublade. Dort zog ich meine Handschuhe aus und nahm das Dokument in die Hand. »Männer, wir gehen jetzt zum Parteikomitee!«
Elf Leute gingen gemeinsam hinaus, durch die Werkhalle, zwischen den verschiedenen Werkzeugmaschinen hindurch, durch Gruppen von Arbeitern mit verwunderten Augen. Wir gingen gemeinsam in Richtung Verwaltungsgebäude.
»Da Lee, ich … ich komme lieber nicht mit.« Vor diesem Haus blieb Meister Li stehen. Er versuchte uns anzulachen, doch es gelang ihm nicht; er zeigte nur seine Zähne. Dort fehlte etwas, ein Schneidezahn.
»Gut, Meister Li, ich kann das akzeptieren. Bis dann!«, sagte ich.
Er ging unter den verächtlichen Blicken seiner Kollegen zurück.
»Ton, ton, ton!« Zu zehnt stiegen wir über die Holztreppen nach oben. Alle trugen schmutzige Schuhe und Arbeitskleidung.
»He, haben Sie einen Termin? Im Moment findet in diesem Raum eine Sitzung statt!« Vor der Tür des Sitzungsbüros versuchte uns die Bürosekretärin aufzuhalten.
»Ist das die Sitzung des Parteikomitees über die Produktionslage der Fabrik, ja?«, fragte ich.
»Ja, das stimmt.«
»Dann haben wir einen Termin!« Bevor sie reagieren konnte, gingen wir alle schon hinein.
Drinnen, am runden Tisch, saßen ungefähr zwanzig Menschen. Alle

schauten uns erstaunt an. Der Fabrikchef war gerade dabei, etwas vorzulesen. Er hielt sofort inne.

»Was macht ihr? Warum kommt ihr hierher?« Parteisekretärin Wang war auch da. Sie stand auf und kam auf uns zu.

»Wir sind deswegen hergekommen!« Ich zeigte das Dokument vom »Bestarbeiter« und sprach so laut, dass jeder im Raum mich hören konnte. »Genosse Parteisekretär! Sie haben mir damals versprochen, dass Sie uns die ›Wandflagge vom fortgeschrittenen Kollektiv‹ geben, wenn unsere Gruppe hundertdreißig Prozent produziert, nicht dieses Papier! Deshalb gebe ich es Ihnen zurück!« Ich legte das Papier auf den Tisch. Ich hatte gesagt, was ich zu sagen hatte. Ich fühlte mich am ganzen Körper locker. Die Blicke meiner Kollegen waren auch gelöst.

»Moment, Moment, Genosse Chen! Das können wir in aller Ruhe besprechen. Jetzt haben wir eine Sitzung, kommen Sie später wieder, ja?« Der Chef stand schnell auf. Vor Aufregung bemerkte er nicht, dass seine Teetasse auf dem Tisch umgekippt war.

Sun, Liu Fong ging einen Schritt vorwärts. »Können Sie uns erklären, warum wir die Flagge nicht bekommen haben, obwohl wir hundertfünfzig Prozent produziert haben?«

»Hong!« Die Leute am Tisch konnten nicht länger die Ruhe bewahren. »Was, hat diese Gruppe hundertfünfzig Prozent geschafft?« – »Das ist nicht einfach, sie haben eine sehr schwere Arbeit!« – »Oh, das ist wunderbar, diese Gruppe hat hundertfünfzig Prozent produziert! Warum haben wir das nicht erfahren?«, riefen sie sich untereinander zu. Viele von ihnen waren Mitglieder des Parteikomitees.

Die Reaktion der Leute machte den Parteisekretär nervös. »Meine Genossen, vielleicht haben wir einen Fehler gemacht. Lassen Sie uns einmal darüber diskutieren.« Er zeigte uns ein Extralachen.

»Gut, gehen wir!« Ich glaubte, dass unser Ziel schon erreicht war. Mit Intrigen konnte man nur im Dunkeln arbeiten. Jetzt war alles ans Licht gekommen. Das war unser Erfolg. Doch einige Leute aus der Gruppe wollten noch nicht wieder gehen. Zu lange hatten sie den Ärger im Herzen getragen; nun endlich hatten sie die Gelegenheit, mit Stolz zurückzuschlagen.

»Warum wollen Sie uns immer Schwierigkeiten machen?« – »Gehören wir zu einer niedrigeren Klasse?«, fragten einige mit böser Stimme.

»Nein, nein! Sie dürfen mich nicht missverstehen!« Der Fabrikchef verteidigte sich. Das musste für ihn sehr peinlich sein.
»Wissen Sie was, wissen Sie was?« Wang, Lin Min zog die Jacke von seinem großen Körper.
»Wollen Sie uns nun Ihre Muskeln zeigen?«, fragte ein altes Mitglied des Parteikomitees.
»Nein, ich will Ihnen all das zeigen. Schauen Sie einmal. Wissen Sie, was das ist?« Es war eine schmutzige Arbeitsjacke mit vielen Spuren von rostigem Metall, Öl und weißer Farbe. Lin Min zeigte mit seinem Finger auf die weißen Spuren. »Was ist das? Wissen Sie es? Das sind viele Spuren von getrocknetem Schweiß. Die haben wir alle.« Er zeigte auf uns. »Haben Sie solche Spuren auf Ihrer Kleidung?«, fragte er die Leute, die am Tisch saßen. »Sie kritisieren meinen bürgerlichen Lebensstil. Aber ich glaube, dass Sie viel eher einen bürgerlichen Lebensstil haben als ich!«, sagte er ganz laut. Er hatte viel Wut im Bauch, hatte bis zuletzt geglaubt, dass Menschen auch menschliche Gefühle haben müssten und dass man ihm und seiner Frau verzeihen würde, wenn man sah, wie viel Mühe sie sich gaben. Doch er war eines anderen belehrt worden.
Lins Frau hatte mit ihrer Gesundheit für die Abtreibung bezahlt, monatelang konnte sie das Krankenbett nicht verlassen. »Sie haben kein menschliches Gefühl für uns Arbeiter, Sie gehören zur Bourgeoisie!« Wang, Lin Min zeigte mit dem Finger direkt auf den Fabrikchef, in seinen Augen brannte ein starkes Feuer.
»Was? Was haben Sie gesagt? Ich gehöre zur Bourgeoisie? Warten Sie!« Der Parteisekretär hatte seine Augen ganz groß aufgerissen, ganz groß! Sie sahen jetzt nicht mehr wie Rissaugen aus. Dann tat er das Gleiche wie Wang, Lin Min. Er zog seine Jacke aus, doch so schnell und ungeduldig, dass sogar einige Knöpfe abgerissen wurden. »Hier wurde ich von Number One geschlagen!« Er zeigte uns die Narben auf seinem Rücken und auf der Schulter. »Damals war ich dreizehn Jahre alt. Es war in der Zeit vor der Befreiung. Um nicht zu verhungern, arbeitete ich zwölf Stunden täglich in dieser Fabrik. Einmal hatte ich beim Transport von Schmiedestücken geschlafen. Der Boss befahl der Nummer eins, mich mit einem heißen Eisenstück zu schlagen! Hier!« Er zeigte eine große Narbe auf seiner Brust. »Da wurde ich mit einem be-

arbeiteten Stahlteil geschlagen! Ich war sechzehn und es war genau in der Werkstatt, in der Sie jetzt arbeiten. Es gab damals kein elektrisches Drehbankfutter. Jedes Stück musste man mit der Hand festmachen. Es gab auch keine Schutzanlage. Dieser Scheißkapitalist wollte nur Geld verdienen. Ein Stahlstück flog bei meiner Dreharbeit direkt hierher. Das Blut lief mir überall herunter. Um weiterhin etwas zu essen zu haben, arbeitete ich unter großen Schmerzen immer weiter, keinen einzigen Tag habe ich mich ausgeruht. Was haben Sie gesagt? Ich gehöre zur Bourgeoisie? Sagen Sie das noch einmal!« Er schrie ganz laut. »Pon, pon!« schlug er sich auf seinen nackten, mageren Oberkörper mit den furchtbaren Narben. »Sagen Sie es noch einmal! Hen!«
Niemand entgegnete etwas. Im ganzen Raum herrschte Totenstille. Wir zehn standen da wie vom Blitz getroffen…

17

Der September ist in Shanghai noch heiß; und so war es auch im Jahr 1976. Bei heißem Wetter fuhr ich nicht mit dem Bus zur Arbeit und zum Training, sondern lieber mit dem Fahrrad.

Wenn man morgens oder abends von einem hohen Gebäude nach unten schaute, bewegten sich unzählige Köpfe wie ein schwarzer Strom auf der Straße. Wie Ameisen reagierten die Menschen auf ihren Rädern, links, rechts und vorwärts. Sie suchten jede Möglichkeit, weiterzufahren im Fluss der Fahrräder, zwischen verschiedenen Wagen und Menschenfüßen. Jeder beherrschte eine akrobatische Technik. Damals gab es in Shanghai, anders als heute, noch nicht überall Autobahnen, Schnellstraßen und U-Bahnen, sondern nur flache Wege. »Privatauto« war ein ganz fremdes Wort für die Menschen. Das Fahrrad war das beliebteste Verkehrsmittel.

Eines Morgens kam in diesen Strom, in diesen riesigen Fluss wieder ein neuer Tropfen – und das war ich. Logischerweise bemerkte niemand etwas von mir, doch ich sah eine Veränderung. An diesem Tag sahen alle Leute sehr traurig aus und machten nicht, wie sonst, beim Radfahren Späße miteinander oder unterhielten sich lautstark. Nein, alle wirkten ganz gespannt. Manche ältere Arbeiter und Arbeiterinnen weinten sogar. Es musste etwas Schlimmes passiert sein.

Als ich in der Fabrik ankam, wusste ich Bescheid. Der Vorsitzende Mao war tot. Die Todesmeldung wurde vom ZK durch das Radio gesendet und über den großen Lautsprecher der Fabrik verbreitet und immer wiederholt. Ganz China versank in tiefer Trauer. Die rote Sonne war untergegangen.

Das Parteikomitee der Fabrik entschied, dass zwei Tage lang nicht produziert werden sollte und stattdessen alle Arbeiter und Angestellten sich in Gruppen zusammensetzen sollten, um über die hervorragenden Leistungen des Vorsitzenden Mao zu sprechen.

Darüber gab es viel zu viel zu reden. Im Jahr 1921 war ein heißblütiger junger Mann mit einem kleinen Schiff in Shanghai angekommen. Er sollte am ersten Parteitag der kommunistischen Partei Chinas teilnehmen. Diese Sitzung, an der vierzehn Leute teilnahmen, fand heimlich in einer französischen Niederlassung im Zentrum Shanghais statt. Der junge Mann war Mao, Tse Tung. Auf dem Weg hatte er gesehen, wie schlimm die Menschen in der halb kolonialen und halb feudalen Gesellschaft lebten. Nach dem Ende des Opiumkriegs hatten die Chinesen überhaupt keine Rechte mehr im eigenen Land. Das wollte er verändern. Er führte erfolgreich den Kampf des chinesischen Volkes gegen den Imperialismus und den Feudalismus und dann auch gegen die alte, verkommene Regierung. Er erreichte die bewaffnete Machtergreifung. Dann stand er auf dem Tor des Himmlischen Friedens und sagte der ganzen Welt: »Das chinesische Volk ist nunmehr aufgestanden.«

Wie schön und wie großartig. Leider litt er als großer Politiker und Kämpfer auch an einer schlimmen Krankheit: der Machtsucht. Er musste die Macht immer fest in Händen halten, koste es, was es wolle. Gegen diese Krankheit gibt es aus der chinesischen Kulturgeschichte genug hilfreiche Medizin und auch zahlreiche perfekte Ärzte, wie Konfuzius, Menzius und Lao Tse. Die bekannte philosophische Theorie wie »Wuwei« von Lao Tse war genau die entsprechende Therapie für ihn. Sie zeigt den Menschen, wie man mit sich selbst zufrieden sein und die innere Ruhe finden kann, und auch, wie und wann man mit etwas aufhören sollte. Es gibt auch die perfekte Heilkunst des Qi Gong und Tai Chi Chuan, mit tausend Jahre alter Tradition. Sie zeigt den Menschen, wie man sich mit der Energie und Kraft unseres Universums verbinden und sich vom menschlichen Intrigenspiel befreien kann, um seelische und körperliche Gesundheit zu erreichen.

Leider hatte der arrogante Mann, das Bauernkind, sich für die Idee von Karl Marx entschieden. Seine Theorie des Klassenkampfes wurde Maos Motto, denn er erkannte, dass diese Theorie nicht nur die beste Waffe für den Kampf um die Ergreifung der Macht war, sondern auch die beste Schutzwaffe zum Festhalten der Macht. Nur eines hatte er nicht erkannt: dass der Klassenkampf auch ein Mittel war, das zur Verschlimmerung seiner Krankheit führte. Seine Machtsucht war so ausgeprägt, dass dafür einige Millionen Menschen geopfert werden mussten.

Und nun war er tot. Bis zum letzten Atemzug hatte der Dreiundachtzigjährige die höchste Führungsmacht von Partei, Regierung und Armee fest in der Hand gehabt. Er war der Vorsitzende der kommunistischen Partei Chinas, der Präsident der Volksrepublik China und der höchste Oberkommandierende der Militärkommission beim ZK von China.
Er hoffte wahrscheinlich, all diese Macht ins Jenseits mitnehmen zu können. Doch das sollte ihm nicht gelingen. Im Gegenteil: die vielen Millionen Seelen, die bei seinem Machtkampf ungerecht behandelt und getötet worden waren, warteten dort schon auf ihn.
All diese Dinge sind mir heute bewusst. Damals, am Todestag Maos, weinte ich genauso wie die übrigen mehreren hundert Millionen Chinesen, weil ich schon als Kind darauf trainiert worden war, dass ich unseren großen Führer, den Vorsitzenden Mao, lieben musste. Bei der Aufzählung der Leistungen des Vorsitzenden Mao erzählte ich der Gruppe, dass ich die Artikel und Gedichte des Vorsitzenden Mao so gern läse, dass sie erfüllt seien von Kraft und stolzem Pathos. Vor Trauer liefen mir dabei Tränen über die Wangen.
Es war eine Zeit des Weinens. Viele machten daraus eine Art Wettbewerb. Sie verglichen sich gegenseitig. Je mehr Tränen jemand weinte, desto größer seine Treue zum Vorsitzenden Mao. Nur eine Frau, die besonders traurig hätte sein sollen, lachte heimlich. Das war Jiang, Qing, Maos Ehefrau. Sie freute sich schon auf die Aussicht, dass möglicherweise sie als neue Vorsitzende wie die Kaiserin von China herrschen könnte. Das Ehepaar hatte geplant, dass zunächst ein ehrenhafter Mann als Nachfolger gewählte würde, Hua, Guo Feng. Er sollte stellvertretend für Jiang, Qing regieren, um das Volk zunächst zu beruhigen. Später sollte Maos Frau zur höchsten Macht kommen. Sie erwartete mit hungrigen Augen diesen Tag, doch kam alles ganz anders. Am 6. Oktober 1976 wurde sie festgenommen. Die ehemalige Schauspielerin hatte in der Kulturrevolution zu viele Sünden begangen. Sie hatte als Komplizin ihres Mannes unzählige Familien und Menschen zerstört, im Namen von »Revolution und Klassenkampf«. Mit der Unterstützung Maos hatte sie Unheil über Land und Volk gebracht. Sie hatte das Vertrauen des Volkes vollständig verloren. Solange der Vorsitzende Mao am Leben gewesen war, konnte man nicht viel gegen sie tun.

Doch jetzt war ihr Schutzengel tot, wie konnte man noch ruhig bleiben?
Das chinesische Volk versuchte immer, Mao seine Sünden zu verzeihen, weil er zusammen mit seinen Genossen die Partei, die Armee und die Volksrepublik China gegründet hatte und weil er erfolgreich für die Erhebung des chinesischen Volkes gekämpft hatte.
Tausend Jahre konfuzianisches Denken mit Werken von »Menschlichkeit, Rechtschaffenheit und Tugend« oder »Loyalität und Duldsamkeit« waren im chinesischen Leben und in der chinesischen Seele tief verwurzelt. Man hatte früh gelernt, die guten Taten anderer im Kopf zu behalten und das Schlechte zu vergessen. Als ich ein Kind war, hatte meine Großmutter oft zu mir gesagt: »Da Lee, du sollst nie vergessen, wer dir geholfen und etwas Gutes für dich getan hat. Und wenn du später die Möglichkeit hast, sollst du es erwidern.« In China nennt man das »hohe Tugend«.
Der Vorsitzende Mao wollte zu Lebzeiten die traditionellen Ideen von Konfuzius zu Gunsten der marxistischen Ideale vernichten, doch war es gerade dieses traditionelle Denken, das seinen Ruf teilweise gerettet hat. Sein Bild hängt heute noch am Tor des himmlischen Friedens. Sein Foto wird sogar auf neue chinesische Geldscheine gedruckt. Das ist interessant, sehr interessant.
Was allerdings seine Frau betraf, fand man keinen Grund zu verzeihen, weil sie fast nur Schlechtes getan hatte. Hunderttausende jubelten vor Freude auf den Straßen und freuten sich über die Festnahme Jiang, Quings. Am Ende wurde sie zum Tod verurteilt mit Bewährung. Mit dem Tod Maos war auch die Kulturrevolution zu Ende. Man feierte es wie ein großes Fest. Fast überall sah ich lächelnde Gesichter, so als seien die Menschen nun befreit.
Nur ein Mann war nicht gelöst, sein Gesicht blieb immer traurig. Das war Sun, Liu Fong. »Zu spät, dieser Tag kommt zu spät!«, sagte er eines Morgens zu mir.
»Warum?« Ich wunderte mich sehr, aber er hatte bestimmt einen Grund, so zu sprechen. Ich ließ ihn sich neben mich auf die Bank vor der Drehmaschine setzen. »Weißt du, Da Lee, mein Vater will immer auf seinen Arbeitsplatz als Hauptingenieur zurückkommen. Seit einem Jahr schreibt er an einem Buch. Es heißt: ›Die Entwicklung von Werk-

zeugmaschinen in Shanghai‹. Er hat schon sehr viel geschrieben. Aber jetzt, jetzt ...«

»Was ist jetzt? Jetzt kommt eine neue Chance für alle! Die Kulturrevolution ist vorbei. Dein Vater kann wieder in der Fabrik arbeiten und auch sein Buch kann er veröffentlichen!« Ich glaubte, dass Sun, Liu Fong die neue Lage noch nicht erfasst hatte.

»Nein, du weißt nicht ...« Er schaute nach links und nach rechts, dann sagte er zu mir: »Seit langer Zeit ist mein Vater schon krank. Gestern hat der Arzt mir gesagt ...« Er sprach nicht weiter. Vor Trauer zitterten seine Mundwinkel. Nach einer Weile sprach er weiter. »Der Arzt hat mir gesagt, dass mein Vater Lungenkrebs hat!« Er weinte, sehr traurig weinte er.

»Weiß dein Vater das auch?«, fragte ich mitleidig.

»Nein, der Arzt wollte, dass ich es ihm verheimliche. Er hat gesagt, dass der Patient normalerweise nichts von einer unheilbaren Krankheit wissen soll. Ich habe ihn gebeten, auf jeden Fall meinen Vater zu retten, aber... aber... der Doktor hat gesagt, es sei zu spät. Wenn man jetzt operieren würde, könnte mein Vater sofort sterben. Weißt du, mein Vater ist meine ganze Familie. Meine Mutter hat sich zu Beginn der Kulturrevolution umgebracht. Was kann ich jetzt machen? Mein Vater... mein armer Vater, wenn er bald gehen muss, was kann ich machen?« Er weinte, sehr traurig weinte er.

»Liu Fong, bitte hör auf zu weinen.« Ich versuchte, ihn zu beruhigen. »Dein Vater geht nicht bald. Er kann wieder gesund werden. Heute nach der Arbeit bringst du mich zu ihm. Wo ist er, im Krankenhaus?«

»Nein, er will nicht im Krankenhaus bleiben. Er hat gesagt, dass er zu Hause besser an seinem Buch arbeiten kann.«

»Dann gehen wir nachher gemeinsam zu dir nach Hause.«

Die Wohnbedingungen des Hauptingenieurs waren nicht schlecht. Schöne alte Möbel, ein großer Fernseher und Radio, das war damals Luxus. Sie hatten eine Vierzimmerwohnung, in der viele Dinge unordentlich herumlagen.

»Ha, du bist Chen, Da Lee. Ich habe von meinem Sohn schon viel über dich gehört.« Der Hauptingenieur hielt meine Hand fest.

Als ich mit Liu Fong kam, sass er gerade über seinen Papieren und Bücherbergen. Der ganze Raum war voller Rauch. In seinem Mundwinkel hing eine brennende Zigarette. Er war mittelgroß und schlank, ungefähr fünfzig Jahre alt. Seine Haare waren schon zur Hälfte weiß. Mit seinem blassen Gesicht lachte er mich sehr nett an. »Liu Fong, kümmere dich gut um deinen Kollegen. Wir haben sehr guten Tee auf dem Schrank. Oh, Da Lee, ich habe gerade Arbeit in der Hand. Entschuldige mich.« Er setzte sich wieder und schrieb sofort etwas auf das dicke Papier.

»Genosse Hauptingenieur, du solltest eine Pause machen«, sagte ich zu ihm.

»Pause? Wir haben zu lange Pause gemacht. In der Kulturrevolution wurden wir Intellektuelle als ›Stinkende Neun‹ verleumdet. Wir sollten zur neunten Klasse gehören. So ein Quatsch!« Er nahm die Zigarettenkippe aus dem Mund und drückte sie in einem großen Aschenbecher aus, in dem schon zahlreiche andere lagen. Sofort steckte er wieder eine neue Zigarette in den Mund und zündete sie an. »Pause? Nein! Ich brauche keine! Die politische Bewegung ist zu Ende, für uns ist eine neue Chance gekommen. Wenn wir alle nicht fleißig arbeiten, muss dieses Land zugrunde gehen. Nächste Woche gehe ich wieder in mein Büro zum Arbeiten.« Plötzlich bekam er einen starken Hustenanfall. »Mein Buch ...« Seine Stimme war nach dem Husten viel leiser geworden. »Noch drei Monate, dann habe ich mein Buch fertig geschrieben.« Wieder hustete er.

Sun, Liu Fong ging schnell ins Badezimmer und holte ein nasses Tuch für seinen Vater.

Ich setzte mich an den Tisch und wartete, bis sein Hustenanfall vorbei war. Dann sagte ich: »Genosse Hauptingenieur, du musst eine Pause machen und mit dem Rauchen aufhören.«

»Was? Damit soll ich aufhören?« Zwischen seinen Fingern hing die brennende Zigarette. »Weißt du, junger Mann, wie wichtig diese Dinger für mich sind? Ich rauche seit dreißig Jahren. Nein, du kannst nicht wissen, wie wichtig die Arbeit und diese kleinen Dinger für mich sind.« Er machte ein witziges Gesicht und zog heftig an seiner Zigarette. »Po!« Ein dicker, weißer Rauchball kam aus seinem Mund. Dahinter versteckte er sein blasses, lächelndes Gesicht.

»Sie haben Recht, das weiß ich nicht. Nur eines weiß ich ganz genau: dass du dieses Buch nicht mehr fertig schreiben kannst, wenn du so weitermachst.« Ich lachte nicht, sondern sprach in vollem Ernst.

Durch meine langjährigen Qi-Gong-Übungen war ich in der Lage zu erkennen, dass dieser Mann einen großen Mangel an Lebensenergie hatte und kranke Energie ihn beherrschte. Ich spürte ein unangenehmes, kühles Gefühl. Nur leider wusste er selbst nichts davon, seine Gedanken wurden beherrscht von der freudigen Erwartung einer neuen Welt. Die verdammte Kulturrevolution war endlich vorbei. Die »Viererbande« war festgenommen und viele Chinesen, vor allem Intellektuelle, fühlten sich wie befreit.

»Da Lee, ich danke dir für deine Fürsorge. Doch lass mich bitte wieder weiterarbeiten. Liu Fong!«, sagte er zu seinem Sohn, »bring Da Lee in dein Zimmer.«

»Nein, ich gehe nicht. Ich bin nur deinetwegen gekommen, Genosse Hauptingenieur! Du leidest an einer schlimmen Krankheit!«

»Da Lee, komm mit mir!« Liu Fong rollte mit den Augen. Die Narbe in seinem Gesicht zitterte. Er wollte mich hindern weiterzusprechen.

»Du hast Krebs, Lungenkrebs!«, sagte ich ganz laut zu ihm.

»Pa!« Der Füller fiel ihm aus der Hand auf den Boden. »Ist das wahr? Hat der Doktor dir das gesagt?«, fragte er seinen Sohn.

»Nein, nein ...! Ja, Papa. Du hast Lungenkrebs und er hat sich schon ausgebreitet ...« Sun, Liu Fong weinte, sehr traurig weinte er.

Die Augen des Hauptingenieurs schauten starr. Er saß da wie eine Holzfigur. Nach einer Weile bewegte er seinen Mund. »Das bedeutet ... das bedeutet, dass meine Tage schon gezählt sind.« Die Tränen stiegen ihm in die Augen. Seine Hand strich langsam über den dicken Papierstapel, den Rohstoff für das Buch, das er möglicherweise nicht mehr fertig schreiben konnte.

»Nein, das bedeutet es nicht unbedingt. Ich will dir helfen.« Ich nahm ihm einfach die Zigarette aus dem Mund und drückte sie im Aschenbecher aus.

»Mir helfen? Womit? Wenn sich der Krebs schon ausgebreitet hat, dann kann ihn niemand mehr heilen.« Er sprach sehr traurig, seine Augen hingen immer an dem Konzept auf seinem Tisch.

»Qi Gong kann dir helfen«, antwortete ich mit ganz sicherer Stimme.

»Qi Gong? Ja, ich habe schon von Liu Fong gehört, dass du diese Fähigkeit hast. Hast du schon jemanden behandelt, der an Krebs leidet?«

»Nein, doch ich will es versuchen.«

»Da Lee, wenn mein Vater wieder gesund wird, gebe ich dir alles, was ich habe.« Liu Fong weinte nicht mehr, in seinen Augen leuchtete ein Hoffnungsschimmer.
»Das brauchst du nicht, du musst deinem Vater nur sofort die Zigaretten wegnehmen.«
»Gib sie mir!« Blitzschnell sprang er zu seinem Vater und nahm Zigaretten und Aschenbecher vom Tisch, um sie in die Küche zu bringen.
»Ich will dich jetzt schon behandeln. Steh bitte auf und drehe deinen Stuhl in die andere Richtung.« Ich ging zu ihm.
Der Hauptingenieur tat alles, was ich sagte.
Nachdem er wieder auf dem Stuhl saß, legte ich meine Hand auf seinen siebten Halswirbel. Meister Yun hatte mich gelehrt, dass dort ein Meridian-Punkt ist, der Da Zuen heißt. Wenn man Qi-Energie dorthin überträgt, kann man die kranke und verbrauchte Energie des Patienten herausholen. Ich konzentrierte mich auf meinen Körper und ließ die Energie im großen Kreislauf fließen. Dann führte ich sie durch die Handfläche weiter zu diesem wichtigen Meridian-Punkt des Lungenkrebspatienten.
»Warm, sehr warm, sogar heiß, schön!«, sagte er. »Da Lee, du bist schon ein richtiger Qi-Gong-Meister!«
»Bleib bitte ruhig, nicht bewegen!« Ich benahm mich selbst wie ein Arzt. »Wenn das Hitzegefühl deine Füße erreicht hat, sag mir bitte Bescheid!« Ich stand bei ihm, meine Hand hielt ich aus fünf Zentimeter Entfernung auf seinen unteren Halswirbel gerichtet.
»Jetzt, jetzt sind meine Füße auch schön heiß!«, sagte der Patient ungefähr zehn Minuten später.
Es freute mich sehr, das zu hören, denn es bedeutete, dass das Energienetz über die Meridiane funktionierte. Außerdem war es ein Zeichen dafür, dass es noch möglich war, eine positive Veränderung oder sogar eine Heilung zu erreichen. Mit Erfolg hatte ich meine erste Behandlung abgeschlossen.
Liu Fong brachte mir gleich eine heiße Tasse Tee. »Ist er schon gesund, ja?« Er sah viel entspannter aus.
»So schnell sicher nicht. Wir müssen die gleiche Behandlung noch ungefähr zehnmal durchführen. Er muss auch selbst Qi-Gong-Übungen lernen und machen«, sagte ich.

»Ich fühle mich viel angenehmer! Vielen Dank!« Liu Fongs Vater hielt meine Hand fest.
»Nichts zu danken. Ich behandle dich noch weiter. Aber du darfst nicht mehr rauchen, klar?«
»Ja, klar, klar!«
»Morgens um halb sieben mache ich Qi-Gong-Übungen im Park. Komm morgen dorthin. Ich zeige dir, wie das geht, dann kannst du mitüben.«
»Ja, ich komme! Wo treffen wir uns?«
»Vor dem Pavillon im Park, dein Sohn kennt ihn.«
»Ja, ich kenne ihn. Dort hast du uns zu Boden geschlagen!«
»Was? Zu Boden geschlagen? Was hat das zu bedeuten?« Sein Vater verstand nicht, worum es ging.
»Das hat nichts mit dir zu tun. Morgen begleite ich dich dorthin.«
So hatte ich meinen ersten richtigen Qi-Gong-Schüler, nein, zwei: den Hauptingenieur und seinen Sohn.
Die beiden lernten und übten sehr fleißig. Jeden Morgen, wenn ich in den Park kam, waren sie schon da. Bei gutem Wetter übten sie selbst im Freien auf dem Gras. Wenn es regnete, warteten sie im Pavillon auf mich. Sie behandelten mich sehr höflich und nannten mich »Meister«. Ich war noch jung, deshalb war mir das peinlich. Ein paar Monate später hatte ich schon mehr als zehn Schüler und nach und nach wurde die Zahl immer größer, weil die Menschen sich gegenseitig davon erzählten. Diese Qi-Gong-Übung ist nicht schwierig zu lernen und die positive Wirkung spürt man schnell. Wenn man längere Zeit in der Position bleibt, fühlt man den starken Energiestrom, zuerst an den Händen und dann am ganzen Körper. Die Gesundheitslage verbessert sich von Tag zu Tag.
»Meister Chen, eine gute Nachricht!« Der Hauptingenieur freute sich wie ein Kind, als er mich beim Pavillon sah. »Ich war gestern beim Arzt im Krankenhaus, dort wurde eine Röntgenuntersuchung gemacht. Ein sehr gutes Ergebnis: die Tumore in Magen und Leber sind verschwunden! Nur der in der Lunge ist geblieben, doch er ist schon ziemlich klein! Ich danke dir sehr, Da Lee! Nein! Meister Chen!«
Es war ein Frühlingsmorgen. Der Hauptingenieur hatte nun schon ein halbes Jahr lang Qi Gong geübt.

Über diesen Erfolg freute ich mich natürlich. »Gratuliere!«, rief ich.
»Hier, das ist für dich.« Er gab mir ein Paket.
Ich öffnete es. Ein rotes Buch lag darin. Der Titel lautete: »Die Entwicklung des Werkzeugmaschinenbaus in Shanghai«.
»Unter dem Buch gibt es noch etwas!«, sagte Sun, Liu Fong mit geheimnisvoller Stimme.
Unter dem Buch lag ein Briefumschlag. Darin war bestimmt Geld. Jeder Schüler bezahlte mich mit einem Briefumschlag, in dem zehn Yuan waren, als monatliche Gebühr. Doch dieser Briefumschlag war ziemlich groß und dick. Ich öffnete ihn an der Seite. Mein Himmel, darin steckten nur lauter große Geldscheine! »Wie viel ist das?« Ich war vollkommen erstaunt.
»Tausend Yuan«, sagte Liu Fong.
»Was?« Ich steckte den Briefumschlag schnell zurück in die Hand des Hauptingenieurs. So viel Geld hatte ich zum ersten Mal im Leben mit der Hand berührt. »Nein, nimm das zurück! Die Kursgebühr habt ihr schon bezahlt. Dieses Geld will ich nicht haben!«
»Du musst es nehmen!« – »Ja, du musst es nehmen!« Vater und Sohn drückten mir den Umschlag wieder in die Hand. »Meister Chen, ich danke dir von ganzem Herzen.« Liu Fongs Vater hielt meine Hand ganz fest. »Du hast mir das Leben gerettet.«
»Nein! Qi Gong hat dein Leben gerettet. Ich selbst habe auch davon profitiert und das alles hat Meister Yun mir beigebracht. Ihm solltest du danken.« Ich wollte den Briefumschlag wieder zurückgeben, aber beide hinderten mich daran.
Schließlich steckte Liu Fong ihn mir einfach in die Tasche. »Wir danken zuerst dir. Wenn dein Meister zurückkommt, will ich ihn sehr gerne kennen lernen.«
Seine Worte trafen mich tief ins Herz. Ja, er hatte Recht. Meister Yun musste zurückkommen nach Shanghai in seine Heimat. Ich musste etwas für ihn tun.
»Jetzt machen wir unsere Übung!«, sagte ich zu den zwölf Menschen, die an diesem Morgen zum Üben gekommen waren. Die Sonne schien auf das Gras. Die meisten waren älter als ich, außer Sun, Liu Fong. Manche waren sogar doppelt so alt wie ich. Trotzdem erhielt ich, als unerfahrener junger Lehrer, sehr viel Respekt und Anerkennung. Das

ist eine typisch chinesische Tradition: Wenn man zu einem Meister oder Lehrer kommt, den man selbst ausgewählt hat, verhält man sich immer so höflich und bescheiden, wie man kann.
Nach dem Kurs bat ich den Hauptingenieur, noch zu bleiben. »Liu Fong, sagst du Meister Li, dass ich eine Stunde freinehmen will? Ich komme nachher. Dein Vater braucht noch eine Qi-Gong-Behandlung, ich mache das jetzt hier.«
»Du darfst in die Fabrik kommen, wann du willst.« Er winkte mit der Hand und ging.
Im Pavillon war niemand außer dem Hauptingenieur und mir. Für eine Qi-Gong-Behandlung braucht man keine Geräte und kann sie deshalb überall durchführen. Ich benutzte diesen Pavillon jetzt als meine Praxis. Der Ingenieur setzte sich auf einen Bambusstuhl, dann übertrug ich meine Energie durch die Hand direkt zu seinen Lungen, wo der letzte Tumor lag. Vielleicht wegen des guten Erfolgs, vielleicht auch wegen des vielen Lobs und der Belohnung, wollte ich diesmal die stärkste Energie geben. Ich hoffte, dass ich sein Problem endgültig beseitigen könnte.
Junge Leute dürfen nicht zu viel gelobt werden, sonst kennen sie sich selbst nicht mehr. Sie wissen nicht mehr, wie hoch der Himmel und wie dick die Erde ist. So ging es mir damals. Ich wollte nur Energie geben, mehr und immer mehr. Plötzlich spürte ich ein sehr unangenehmes Schwächegefühl im Körper. Mein Himmel! Ich habe meine eigene Grenze überschritten. Ich habe zu viel Energie abgegeben!, dachte ich. Ich hörte sofort auf und verabschiedete mich von meinem Patienten, der mir wieder hundertmal dankte. Dann ging ich in die Fabrik.
Das war ein schwerer Tag für mich. Nach der harten körperlichen Arbeit fühlte ich mich richtig unwohl. Ich war unbeschreiblich müde und hatte in der Brust ein starkes Druckgefühl. Die Müdigkeit verschwand erst nach einigen Tagen, doch der Druck auf den Lungen blieb.
»Damit musst du vorsichtig sein. Vielleicht ist die kranke Energie des Patienten in deinen Körper gekommen«, warnte mich Meister Zhou, Xia Tian mit seiner dunklen Stimme. »Ich bin ein Tai-Chi-Meister. Leider kann ich dir in dieser Sache nicht viel helfen. Du solltest einen guten Qi-Gong-Meister befragen, ja, zum Beispiel Yun, Fe, deinen Qi-Gong-Meister Yun, Fe.«

Also schrieb ich einen Brief nach Xinjiang. Seit Jahren hatte ich Meister Yun regelmäßig geschrieben und ihm von den Veränderungen in Shanghai und von meinem Leben erzählt. Diesmal beschrieb ich ihm genau, was ich bei der Behandlung getan und welche Folgen es bei mir gehabt hatte.

Einige Zeit später kam eine Antwort von Yun, Fe. Es war kein normaler Brief wie sonst, sondern ein Eilbrief. Er schrieb mir, dass es ganz und gar kein kleines Problem sei, wenn sich die kranke Energie in meinen Lungen gesammelt hätte. Das konnte meiner Gesundheit schaden. Leider wohne er zu weit von mir entfernt, um selbst helfen zu können, doch ein ihm bekannter Qi-Gong-Arzt könne dieses Problem für mich lösen. Er heiße Lu, Pin und wohne in Suzhou, in der Sen-Chuan-Straße. Die Nummer wusste er nicht mehr, doch wenn ich dort fragte, könnte ich sie sicherlich erfahren. Er riet mir, Lu, Pin so bald wie möglich aufzusuchen.

Suzhou konnte man mit dem Zug in nur einer Stunde erreichen. Am Wochenende fuhr ich gleich früh am Morgen los. Bei mir trug ich eine Ledertasche, in der Meister Yuns Brief und zweihundert Yuan waren. Damals war der größte Schein ein Zehn-Yuan-Schein. Die zweihundert Yuan machten meinen Geldbeutel ganz dick, doch hatte ich keine Ahnung, was ein bekannter Qi-Gong-Arzt für eine Behandlung nehmen würde, und wollte sichergehen, dass meine Behandlung nicht am Geld scheiterte.

Suzhou ist eine wunderschöne Stadt mit sehr vielen Gärten und Kanälen. Kein Wunder, dass die Stadt »Gartenstadt« und »Venedig des Ostens« genannt wird. Ich ging und schaute, ließ mich treiben; vergnügte mich nur noch und dachte nicht mehr so dringend an den Arztbesuch.

»He, Genosse, bist du zum ersten Mal hier?«, fragte eine hohe, weiche Stimme von hinten.

»Sprichst du mit mir?« Ich drehte mich um. Ein schlanker Junge tauchte vor meinen Augen auf.

»Ja, ich rede mit dir. Kommst du aus Shanghai?« Seine kleinen Augen bewegten sich lebhaft.

»Ja, woher weißt du das?«

»Von deiner Ausstrahlung und von deiner Bekleidung.« Seine Finger zeigten auf mein buntes Hemd.

Es stimmte. Shanghaier kleideten sich immer nach der neuesten Mode. Nach der Kulturrevolution hatten die Leute Freude daran, das anzuziehen, was ihnen gefiel.
Dieser Junge lachte mich so nett an, irgendwie gefiel er mir. »Du hast gute Augen!«, sagte ich zu ihm.
»Wohin gehst du, was willst du dir anschauen?« Sein Dialekt klang ganz weich und schön.
»Sen-Chuan-Straße.«
»Was für ein Zufall! Ich gehe in die gleiche Richtung. Wenn du nichts dagegen hast, können wir zusammengehen.«
»Warum sollte ich etwas dagegen haben? Ich bin zum ersten Mal hier… Chen, Da Lee«, ich gab ihm die Hand.
»Lin, Din Din.« Er hielt meine Hand.
Dieser Mann war interessant, sehr weiblich, wie seine Stimme.
»Ich sage dir: Es gibt viel zu viele schöne Orte in Suzhou, die man besuchen kann.«
Auf dem Weg erzählte mir Lin, Din Din unentwegt etwas, wie ein Reiseleiter. »Den Garten darfst du dir nicht entgehen lassen, dort sind entzückende Berge und Seen zu sehen. Sie sind von Menschen gemacht und sehen ganz natürlich aus. Den musst du besuchen.«
»Ja, sehr gern, aber hier ist es schon schön genug.« Wir gingen gerade zwischen einem Wohngebiet und dem Fluss entlang. Ich war fasziniert von den kleinen Häuschen mit schwarzen Ziegeldächern aus der Ming-Dynastie, von denen eines neben dem anderen stand. Wenn sie sich trennen mussten, kamen dazwischen entweder kleine Steinstraßen oder Flüsse. Viele Häuser hatten zwei Türen: eine lag höher zur Straße hin, die andere unten am Fluss. Dort waren kleine Boote festgemacht. Die Form der Brücken war besonders interessant, fast alle waren Bogenbrücken aus Stein. An jeder Brücke hing eine Steintafel, auf der stand, wann und von wem die Brücke errichtet worden war. Ich stellte fest, dass die jüngste schon zweihundert Jahre alt war.
»Moment, bleiben wir lieber ein bisschen hier.« Als wir auf einer Doppelbogenbrücke waren, blieb ich stehen. Diese Brücke war sehr hoch. Man hatte von dort einen guten Rundblick. Unten, am Ufer, wuschen viele Frauen ihre Wäsche, dabei plauderten und lachten sie miteinander. Ein kleiner, etwa fünfjähriger Junge lief barfuß ans Ufer. Er hatte

nur ein kurzes Hemd auf dem Körper. Sein Hintern war nackt. In seinen Armen hielt er einen großen Fisch. Er lief die Steintreppe hinunter bis zum Fluss, dann wusch er seinen Fisch im Wasser, den er wahrscheinlich aus der Küche seiner Eltern mitgebracht hatte. »Uah!« Plötzlich weinte er ganz laut, weil der Fisch im Wasser die Chance gefunden hatte, sich aus den kleinen Händen zu befreien, und im tiefen Wasser verschwunden war. Er weinte ganz traurig.
»Hier, Kleiner, nimm den mit nach Hause.« Eine Frau hatte in ihrem Reiskorb zwei Fische entdeckt und gab ihm einen davon.
Diese dummen Tiere! Als die Frau ihren Reis im Wasser gewaschen hatte, waren sie einfach in den Korb geschwommen, um sich am Reis satt zu fressen; so leicht ließen sie sich von den Menschen fangen.
Das Kind weinte nicht mehr, sondern nahm den Fisch in den Arm, der allerdings kleiner war als der erste, und lief nach Hause. Noch nicht einmal »danke« sagte er mehr. Doch eines hatte er bestimmt gelernt: dass man lebendige Fische nicht im Fluss waschen darf!
Ich musste so sehr lachen, dass ich am ganzen Körper bebte.
»Vorsichtig mit deiner Tasche, lass sie nicht von der Brücke fallen!«, warnte mich Lin, Din Din.
Wir gingen weiter. Unsere folgende Unterhaltung drehte sich hauptsächlich um Fisch.
»Du! Du musst auf jeden Fall den Mandarinfisch probieren! Der schmeckt köstlich.« Lin, Din Din war wirklich der perfekte Reiseleiter. »Der ist eine Spezialität von Suzhou!«
»Hast du das schon einmal gegessen?«, fragte ich ihn. Jetzt hatte er meine volle Aufmerksamkeit, denn für gutes Essen interessierte ich mich immer.
»Schon, allerdings nur ein-, zweimal. Er ist teuer.« Er rieb die Finger aneinander, das Zeichen für einen teueren Preis. »Dieser Fisch lebt im Tai-See, in den alle Flüsse hier münden. Er kann bis zu einem halben Meter lang werden.« Er gestikulierte lebhaft mit den Händen. Jetzt zeigte er mir, wie groß dieser Fisch werden konnte.
»Die Küche von Suzhou ist sehr bekannt. Wie bereitet man diesen Fisch zu?«
»Es gibt viele Möglichkeiten, in den großen Restaurants serviert man ihn jedoch meistens auf zwei Arten: in heißem Öl gebacken oder in

Brühe gekocht. Für beide Zubereitungsarten braucht man einen lebendigen Fisch. Nach dem Backen ist der ganze Fisch goldgelb, dazu gibt es süß-saure Soße. Wenn man ihn in Suppe kocht, hat das ganze Gericht eine weiße Farbe. Es schmeckt wundervoll, egal ob gelb oder weiß!« Der schlanke Junge leckte sich die Lippen.
Lin, Din Din war sehr hilfsbereit. Sogar als wir schon die Sen-Chuan-Straße erreicht hatten, wollte er noch nicht nach Hause gehen. Nein, er ging gemeinsam mit mir von Haus zu Haus, um zu fragen, wer etwas über den alten Mann namens Lu, Pin wusste. Wir fragten überall, doch niemand kannte ihn. »Vielleicht ist er tot oder schon lange umgezogen«, vermutete Lin, Din Din.
»Ich glaube auch«, sagte ich und war sehr enttäuscht.
»Gehen wir in ein Restaurant?«
»Jetzt?« Ich schaute auf meine Uhr. Es war halb elf. »Es ist noch früh.«
»Eigentlich wollte ich mich mit dir zum Essen verabreden, wenn du deinen Besuch beendet hättest. Da das mit dem Besuch wohl nicht klappt, könnten wir doch jetzt zusammen essen. Ich kenne hier ein gutes Lokal, lass uns dorthin gehen! Ich lade dich ein«, schlug er vor.
»Warum bist du so nett zu mir?«, fragte ich.
»Das ist Schicksal. Du hast mir schon auf den ersten Blick gefallen. Wir könnten gute Freunde werden. Komm!« Er führte mich zu dem Lokal. Um diese Zeit war es noch ganz leer, die Tür war jedoch schon weit geöffnet. Drinnen gab es nur drei Tische, um jeden Tisch standen drei bis vier Stühle. Die Möbel waren alle alt und der rote Lack blätterte schon an vielen Stellen ab. Trotzdem sahen sie stabil aus.
»Setz du dich hierher, mit dem Gesicht zur Tür; das ist der Ehrenplatz.« Er war sehr gastfreundlich.
»Sehr nett, vielen Dank!« Ich nahm Platz und legte die Tasche auf den freien Stuhl.
»Heh, jetzt ist es warm!« Er zog seine blaue Jacke aus und legte sie auf den gleichen Stuhl, auf dem meine Tasche war. »Ich gehe erst einmal auf die Toilette.« Er ging durch eine Nebentür. Sehr schnell kam er wieder zurück. »Die Wand dort ist kaputt, ein Riss! Es zieht entsetzlich, ich muss meine Jacke holen«, lachte er. »Die Bedingungen hier kann man nicht mit denen in einer Stadt wie Shanghai vergleichen! Schau

dir schon einmal die Speisekarte an!« Er nahm seine blaue Jacke und verschwand durch die kleine Tür.
Ich suchte mir auf der Speisekarte etwas aus und wartete. Es war schon eine ganze Weile vergangen, doch Lin, Din Din kam nicht zurück.
»Was wollen Sie essen und trinken?« Ein Kellner tauchte vor mir auf.
»Wir sind zu zweit, doch mein Begleiter ist schon lange Zeit da drin.« Ich zeigte auf die Toilettentür.
»Ist er Ihr Freund?«, fragte der Kellner, ein Mann im mittleren Alter.
»Nein, noch nicht! Wir kennen uns erst seit kurzem!«
»Schauen Sie einmal nach, ob Ihnen etwas fehlt. Mein Himmel, nicht schon wieder!« Der Mann war richtig um mich besorgt.
Ich schaute sofort auf dem freien Stuhl nach, er war ganz leer. »Meine Tasche? Meine Tasche ist weg!« Schnell rannte ich zur Toilette. Niemand war darin. Es gab auch keinen Riss in der Wand, nur das Fenster stand offen. »Hong!« explodierte es in meinem Kopf. Der Junge ist ein Dieb! Ich lief auf die Straße – wo gab es noch eine Spur von ihm?
»So dumm bin ich! Ihn so mit mir spielen zu lassen!«, schimpfte ich mit mir selbst und auch mit ihm: »Scheißdieb, du lebst nicht lange! Mein Geld wird dich in die Hölle bringen!«
In der Ledertasche war nicht nur mein Geldbeutel mit den zweihundert Yuan gewesen, sondern auch noch mein Ausweis und der Brief von Meister Yun, Fe. Jetzt war alles weg. So ein Pech! Den Qi-Gong-Arzt hatte ich nicht gefunden, dafür einen Dieb getroffen.
Ich stand auf der Straße und empfand plötzlich alles hier als fremd. Ich ging weiter, immer weiter, ohne Ziel. An einigen Teehäusern kam ich vorbei – ich konnte nicht hineingehen, weil ich keine einzige Münze mehr hatte. Aber mein Durst wurde immer größer.
Bei einem öffentlichen Wasserhahn mit Leitungswasser saß eine Frau und wusch ihre Wäsche. Ich ging zu ihr. »Entschuldigung! Darf ich ein bisschen Wasser trinken?« Bevor sie reagieren konnte, hielt ich schon meine Hände wie eine Schale unter den Wasserhahn und trank. Das tat mir wirklich gut.
Die Frau hob ihr Gesicht zu mir: »Dieser Genosse! Das ist ungekochtes Wasser. Es ist nicht sauber, Sie werden Bauchweh bekommen!«
»Danke, aber ich habe keine andere Wahl. Ein Dieb hat mir die Tasche mit allem Geld gestohlen.«

»Scheißdieb, er soll tausendmal geschnitten werden. Kommen Sie von Shanghai?«
»Ja. Ich bin zum ersten Mal hier. Können Sie mir sagen, wo man gebrauchte Sachen verkaufen kann? Ich brauche Geld.«
»Wollen Sie etwas verkaufen?« Die Frau stand auf. Mit ihren runden Augen musterte sie mich von oben bis unten. »Ihr Hemd ist ganz schick! Wollen Sie das …?«
»Nein, nein! Das will ich nicht verkaufen.« Ich wehrte mit den Händen ab. »Es hat auch nicht viel gekostet. Ich will in Suzhou noch etwas erledigen und auch eine Rückfahrkarte kaufen. Die Uhr, diese Uhr will ich verkaufen.« Ich zeigte ihr mein Handgelenk.
»Dann müssen Sie ins Stadtzentrum gehen. Auf dem Hauptplatz gibt es solche Läden.«
»Wie komme ich dorthin?« Ich hatte nur Flüsse, schöne Häuser und viele kleine Straßen vor den Augen.
»Sie können ein Stück mit dem Boot fahren oder gehen Sie nach links zur Hauptstraße und fahren Sie mit dem Bus.«
»Nein, ich muss zu Fuß gehen!« Ich zeigte ihr meine leeren Hosentaschen.
»Je! Das dauert dann stundenlang. Sie müssen immer nach Süden gehen. Und fragen Sie unterwegs lieber noch ein paar Mal. Hier ist es nicht einfach, sich zurechtzufinden.« Sie schüttelte den Kopf.
»Vielen Dank! Auf Wiedersehen!« Ich ging in Richtung Süden, doch nach zehn Metern musste ich mich schon nach Westen wenden. Ein Fluss lag vor mir. Links von mir gab es eine Bogenbrücke. Dort ging ich hin.
»Halt! Warten Sie!« Gerade als ich auf der Brücke war, erreichte mich die Frau, die mir den Weg beschrieben hatte. »Hier sind fünf Mao. Ich schenke sie Ihnen. Dann können Sie mit dem Bus fahren und noch einen warmen Tee kaufen.«
»Das ist sehr nett von Ihnen! Bitte, geben Sie mir doch Ihre Adresse. Ich schicke Ihnen das Geld zurück.«
»Diese kleine Summe müssen Sie mir nicht zurückgeben. Hier gehen Sie weiter bis zur Hauptstraße. Dort gibt es eine Buslinie. Tschüss und alles Gute!« Sie ging wieder zu ihrer Wäsche zurück.
Wie nett diese Frau ist!, dachte ich bei mir. Mit meinen Blicken folgte

ich ihrer Gestalt, die sich immer weiter entfernte und kleiner wurde. Ich bereute, dass ich noch nicht einmal nach ihrem Namen gefragt hatte. Zum Glück gibt es in unserer Welt mehr Gute als Böse.

Im Zentrum gab es tatsächlich Läden, die Gebrauchtwaren kaufen wollten, nicht nur einen, sondern sogar mehrere. Ich ging einfach zu einem großen Laden.

In diesem Laden waren eine Menge Leute, zum großen Teil Angestellte. Sie standen hinter dem Ladentisch, plauderten miteinander und nahmen keine Notiz von mir.

»He! Genosse, können Sie zur Arbeit kommen?«

Jetzt bewegte sich jemand auf mich zu, ein mittelalter Mann mit ungeduldigem Gesicht, das mir sagte, dass ich ihn gestört hatte. »Was wollen Sie?«

»Ich, ich will meine Uhr verkaufen.«

»Haben Sie einen Ausweis dabei?«

»Nein, mir wurde alles von einem Dieb gestohlen.«

»Dann kann ich Ihnen nicht helfen!«

»He, Genosse, ich brauche dringend Geld!«

»Was kann ich dafür? Wir sind ein staatlicher Laden.« Er drehte noch nicht einmal den Kopf zu mir zurück, sondern ging wieder zu seinen Gesprächspartnern.

»Ein Scheißladen. Wenn man einmal Pech hat, kommt immer mehr dazu!« Ich ging hinaus.

Gerade nebenan gab es noch einen Gebrauchtwarenladen, der viel kleiner war. Dort versuchte ich erneut mein Glück.

»He, guten Tag, Genosse. Was kann ich für Sie tun?« Der Mann hinter dem Ladentisch begrüßte mich gleich. Er war ebenfalls mittleren Alters, ansonsten jedoch gerade das Gegenteil des vorigen Verkäufers. Sein Gesicht zeigte ein strahlendes Lächeln. »Mein lieber Genosse, wollen Sie kaufen oder verkaufen?«

»Ich will eine Uhr …«

»Ja, wollen Sie eine Uhr haben? Gerade darauf sind wir spezialisiert. Kommen Sie bitte zu diesem Tisch. Wir haben eine große Auswahl an Uhren. Diese hier sind alle in China hergestellt und das hier sind importierte Produkte. Natürlich sind die Uhren alle gebraucht, aber sie sehen sehr schick aus, oder?« Er sprach ganz schnell in seinem weichen

Suzhou-Dialekt, sodass ich gar keine Chance hatte, etwas dazwischen zu sagen. Nur sein Gesicht konnte ich genau beobachten. Es gab nichts Besonderes darin, Augen, Nase und Mund waren alle auf dem richtigen Platz und hatten die richtige Größe. Auffallend war nur, dass seine Haut sehr gut gepflegt war, er hatte keine einzige Falte. Sein Haar glänzte vor Pomade. Er sah aus wie ein erfahrener Händler.

»Ich will meine Uhr verkaufen.« Ich zeigte sie ihm.

»Omega!« Seine Augen wurden sofort ganz groß. »Wann haben Sie die gekauft?«

»Vor einem Jahr.«

»Gut! Haben Sie einen Ausweis dabei? Ich kann hundertneunzig Yuan dafür bezahlen.«

»Mein Ausweis und alles Geld wurden gestohlen.«

»Dann ist es schwer.«

»Ich brauche das Geld!«

»Gut, aber wenn Sie keinen Ausweis haben, kann ich nur hundert Yuan bezahlen.«

»So wenig? Ich habe sie damals für dreihundertfünfzig Yuan gekauft. Dieses Geld war die Schlusszahlung der Armee und alles, was ich in drei Jahren sparen konnte.«

»Leider kann ich nicht mehr für Sie tun.« Er hielt mir beide Hände ganz offen hin.

»Gut. Hundert Yuan.« Ich musste in dieser Stadt noch etwas erledigen und nach Shanghai zurückfahren. Ich brauchte dieses Geld auf jeden Fall. »Auf Wiedersehen.« Ich ging hinaus.

Im Zentrum von Suzhou war sehr viel los. Busse, Autos, Fahrräder und Menschen bildeten ein einziges Gewirr. Damals war die Stadt noch nicht sehr fortschrittlich. Die Einwohner sahen größtenteils wie Bauern aus. Überall auf den Straßen konnte man Hausierer und Gemüseverkäufer sehen, auch viele Obstverkäufer standen am Straßenrand. Es gab viele Obstsorten, alles war ganz frisch und sah sehr gut aus. Und sofort sagte mir mein Magen etwas: Ich hatte Hunger. Ich schaute auf mein Handgelenk, aber dort war es leer, keine Uhr mehr. Die hundert Yuan steckten ganz fest in meiner Hosentasche. Jetzt musste ich vorsichtig damit sein.

Drei große Restaurants tauchten vor meinen Augen auf. Sie waren ganz

großartig gebaut und stammten aus der Tjing-Dynastie: über den lackierten Holzkonstruktionen unten spannten sich Doppeldächer mit glasierten Dachziegeln.
An einem von ihnen hing eine große Tafel mit der Inschrift: »Song He Lou«. Die drei Zeichen in chinesischer Kalligrafie waren vergoldet. Der Schriftstil war reif, kräftig und niveauvoll. »Wer hat das geschrieben? Das muss ein außergewöhnlicher Mensch sein.« So dachte ich beim Näherkommen. Dann konnte ich die Unterschrift genau lesen: »Qian Long«. Mein Himmel! Das war der Kaiser! Ein bekannter, tüchtiger Kaiser der Tjing-Dynastie! Meine Füße gingen wie von selbst, unaufhaltsam, unter der Tafel ins Innere des Restaurants. »Ton, ton, ton«, ging ich die Treppen hinauf. Wenn man eine Pechsträhne hat, versucht man immer, etwas dagegen zu tun. Ich wollte meinen Ärger nun mit einem guten Essen beseitigen.
»Guten Tag, sind Sie allein?« Ein Kellner, ungefähr fünfzig Jahre alt, begrüßte mich.
»Ja, allein. Sagen Sie mir bitte: Ist die Unterschrift von Kaiser Qian Long echt?«
»Natürlich! Nehmen Sie bitte Platz. Welchen Tee darf ich Ihnen anbieten?« Dieser Kellner sah kräftig aus, aber sehr nett. Er lachte auch sehr natürlich.
»Grünen Drachen-Tee, bitte.« Ich setzte mich auf den Platz, den er mir gezeigt hatte.
Der Kellner ging weg. Auf der Wanduhr sah ich, dass es für ein Mittagessen schon sehr spät war, bald vierzehn Uhr. Im ganzen Raum war niemand außer mir. Die Tische waren zum großen Teil schon benutzt, wahrscheinlich waren die anderen Gäste schon gegangen. Nur aus dem Nebenraum kamen Geräusche. Dort saßen sicherlich noch einige Leute, die ich allerdings nicht sehen konnte. Eine kleine Flügeltür hinderte mich daran.
Der Tee kam in erstklassigem Teegeschirr aus feinem Porzellan. Das passte in dieses großartige Restaurant. »Was möchten Sie essen?«, fragte der Kellner, nachdem er den Tee serviert hatte.
»Etwas Gutes, können Sie mir etwas empfehlen?«
»Natürlich, wir haben sehr viele gute Speisen. Unsere Spezialität ist der Mandarinfisch.«

»Mandarinfisch? Ja, davon habe ich schon gehört. Gut, den nehme ich.«
»Gekocht oder gebacken?« Er zeigte mir die Speisekarte.
Es war teuer, jedes der beiden Gerichte kostete zwölf Yuan. Doch das war mir nun egal. »In Brühe gekocht!«, sagte ich.
»Gut gewählt. Der Kaiser hat vor hundert Jahren das gleiche Gericht gegessen, er war vollkommen zufrieden. Danach hat er diesem Restaurant eine seiner eigenhändig geschriebenen Tafeln geschenkt.«
»Wie konnte man diese Tafel so lange behalten? Gab es in der Kulturrevolution keine Probleme?«
»Doch! Wir haben sie versteckt und erst vor kurzem wieder aufgehängt.« Er ging in die Küche.
Ich saß allein in dem großen Raum und genoss den grünen Tee. Das Gespräch vom Nebenraum wurde immer lauter. Eine der Stimmen war mir nicht fremd, sie klang sehr weiblich.
»Heute ist mein Glückstag! Nur einmal habe ich bisher so viel Geld erwischt. Kolleginnen und Kollegen, lasst uns noch einmal trinken!«
»Ja, das ist Lin, Din Din, der Dieb! Bestimmt ist er das!« So ein Zufall! Das Feuer meiner Wut stieg von den Füßen bis zum Kopf. Meine Hände waren durch die gesammelte Energie furchtbar heiß. Ich überlegte, welchen Schritt ich als nächsten unternehmen sollte.
Gerade in dieser Sekunde kam eine Kellnerin auf dem Weg in den Nebenraum bei mir vorbei. Ich hatte sie schon mehrmals gesehen. Sie hatte viele Vorspeisen dorthin gebracht. Jetzt kam der Hauptgang. Auf ihrem Tablett lag ein großer, gebackener Fisch, »ze, ze, ze!«, so heiß, dass er noch zischte.
Ich ging hinter diesem Fisch und seiner Trägerin her in den kleinen Raum.
Die Kellnerin öffnete die Tür mit ihrem Körper.
»Gut, unser Mandarinfisch kommt. Schaut mal, wie groß dieser …« Der schlanke Junge konnte nicht weiter sprechen. Sein Mund blieb offen stehen, denn sein Blick hatte meinen getroffen.
»Eine sehr gute Leistung, dein Diebstahl, nicht wahr? Lin, Din Din?«
Ich stand an dem ausgezogenen Tisch, an dem drei junge Leute saßen; zwei Männer und eine Frau. Alle hatten ganz flinke Augen, gut möglich, dass sie zusammenarbeiteten.

Die Kellnerin, die ahnte, was passieren würde, stellte den Fisch einfach auf den Tisch und lief blitzschnell weg.
»Moment! Er heißt nicht Lin, sondern Wu.« Sein Partner stand auf. Er war sehr dünn.
»Das ist möglich, wahrscheinlich ist Lin nur sein Name bei Diebstählen!«, sagte ich ganz laut.
»Wer ist ein Dieb? Vorsicht mit deinen Worten!« Die Frau wechselte sofort den Sitzplatz. Mit ihrem dicken Hintern setzte sie sich auf den Stuhl, auf dem meine Ledertasche lag. Sie versuchte, sie zu verdecken, doch ich hatte sie schon gesehen.
»Chen, Da Lee, mach keinen Fehler, sonst schlage ich dich tot!« Er zeigte mir eine Position aus dem Shaolin-Kampf.
Ich musste fast lachen, denn seine Form war zwar nicht schlecht, doch seine Beine zitterten schon.
»Dann komm, Dieb! Versuch dein Glück bei mir!« Ich schob den Stuhl unter den Tisch.
»Pu!« schlug er mich tatsächlich. Er hatte mehr Leute zur Unterstützung und glaubte sich im Vorteil! »Pu!« mit der anderen Faust schlug er in Richtung meines Gesichts.
Bevor er mich traf, drehte ich meinen Körper zur Seite. Meine rechte Hand lenkte seinen angreifenden Arm weg, dann schlug ich mit schraubender Kraft zurück und stieß ihm gleichzeitig meinen Fuß in den Unterkörper. Das heißt im Tai Chi Chuan »You Deng Jiao« – mit Hand und Fuß gleichzeitig kämpfen.
Wie konnte dieser schlanke Dieb die Schläge ertragen? »Hai Yu!«, schrie er und flog in die Ecke. Dort lag er bewegungslos, wie ein Toter. Sein Partner kam auf mich zu und versuchte, mich zu packen. Ich zog meinen Körper sanft zurück und führte seine beiden Arme zu mir. Er verlor das Gleichgewicht. Ich nutzte die Gelegenheit, um ihn mit der Position »Xie Xing« fest auf den Tisch zu drücken. Zwar hielt ich ihn nur mit einem Arm auf dem Tisch fest, doch hatte er keine Chance freizukommen.
Jetzt sprach er mit glatter Zunge. »Vater, Onkel, Meister«, nannte er mich und bettelte, um freizukommen.
»Gehen wir jetzt zur Polizei!«, sagte ich.
»Polizei? Nein, nein, Onkel!« Lin, nein! Wu war plötzlich wach. Er be-

mühte sich aufzustehen. Ich hatte ihn am ganzen Körper geschlagen, was bestimmt wehtat, doch er hatte es sich selbst zuzuschreiben.
»Hier, deine Tasche ist hier!« Er ging auf unsicheren Füßen zu der Frau. »Tschü, tschü!«, schob er sie zur Seite und zog meine Tasche unter ihrem dicken Hintern vor. »Hier, Onkel, hier ist deine Tasche! Kontrolliere einmal, es fehlt nichts. Ich bitte dich um Verzeihung!« Er gab mir mit beiden Händen meine Tasche zurück.
»Trotzdem sollten wir zur Polizei gehen. Diebstahl muss bestraft werden.« Ich packte ihn am Kragen.
»O nein! Ich habe eine kranke Mutter zu Hause, ich will nicht ins Gefängnis gehen. Onkel, bitte verzeihe mir.« Er fiel vor mir auf die Knie. Ich machte einen Schritt rückwärts. »Was bedeutet das?«
»Ja, verzeih ihm bitte! Es tut ihm ja so Leid.« – »Ja, Onkel, wir danken dir tausendmal.« Sein Partner und seine Partnerin bettelten für ihn. Mein Himmel, war das schwer für mich. Einer lag vor mir auf den Knien, die beiden anderen bettelten und alle zusammen sahen Mitleid erregend aus. Wie sollte ich mich verhalten? Ich konnte nicht anders als Mitleid mit diesen Gestalten zu empfinden. »Gut, steh auf.« Ich kontrollierte mein Geld und meine Papiere. Diesmal hatte er mich nicht belogen, alles war da. »Geht jetzt nach Hause und tut so etwas nicht wieder!«
»Danke, vielen Dank!« – »Wir können dich einladen.« – »Ja, wir laden dich ein.« Die drei waren wieder ganz munter.
»Verschwindet!« Ich ließ meinen rechten Fuß geräuschvoll vor ihren Köpfen durch die Luft kreisen, »fu«! Das gehörte zur Gong-Fu-Kampftechnik und wirkte kraftvoll und imposant. Um diese Diebe richtig zu beeindrucken, ließ ich meinen Fuß extra so nahe an ihre Nasen kommen, dass es einen Windzug gab. Sie sollten wissen, wie schlimm es sein konnte, von so einem Schlag getroffen zu werden.
Dieses Ziel hatte ich sofort erreicht: Die drei sprangen wie Mäuse zur Treppe.
»Kommt mir nicht wieder unter die Augen!«, rief ich ihnen nach.
»Sauber, sauber! Solche Körperbewegungen kommen unmöglich aus einem kleinen Ort.« Der Kellner klatschte in die Hände. »Schau mal, kein einziger Teller ist kaputt. Meister! Darf ich fragen, aus welchem großen Kloster Sie kommen?«

»Ich bin kein Meister, bin nur im Jin-Wu-Hue-Klub gewesen. Haben Sie den Namen schon einmal gehört?«
»Dieser Name ist mir schon vor langer Zeit zu Ohren gekommen, wie Donnerdröhnen. Er wurde vom Großmeister Huo, Yuan Ja aufgebaut, nicht wahr?«
»Ja, leider ist er im Krieg gestorben«, entgegnete ich.
»Ja, vergiftet von einem japanischen Samurai! Beim Kampfwettbewerb haben die Japaner verloren und dann heimlich den Sieger ermordet. Solche Leute sind gar keine Kämpfer, sie sind schlimmer als die Diebe.« Er zeigte auf den Tisch.
»Diebe? Sind sie alle weggelaufen?« Die Kellnerin tauchte vor uns auf.
»Ich habe sie weggejagt.« Ich sagte das mit ein bisschen Stolz.
»Aber sie haben nicht bezahlt!« Die Augen der Kellnerin wurden Furcht erregend groß.
»Ja, richtig! Mein Himmel! Das habe ich vergessen«, sprudelte es aus mir heraus. »Keine Sorge! Ich bezahle alles«, versprach ich, nachdem ich mir dreimal über die Haare gestrichen hatte.
Die Lage im Restaurant war wieder entspannt. Auf meinen Tisch kamen sofort ein gebackener Mandarinfisch und die rote Ente, beides von den Dieben bestellt und noch nicht berührt.
»Hier sind zwei Flaschen guter Schnaps ›Da Tschü‹. Eine Flasche ist schon halb leer, die andere noch nicht geöffnet. Die gehören jetzt auch Ihnen.« Die Kellnerin brachte die Flaschen vom anderen Tisch zu mir.
»Ihr Mandarinfisch in Suppe kommt.« Der Kellner brachte eine große, tiefe Schüssel zu meinem Tisch.
»Das ist ja viel zu viel! Setzen Sie sich her und essen Sie mit mir zusammen«, bat ich die beiden netten Kellner.
»Nein, nein, das dürfen wir nicht. Bitte essen Sie langsam und genießen Sie alles«, sagte die Frau und ging.
Der gebackene Fisch leuchtete goldgelb. Wie hatte der Koch ihn wohl bearbeitet? Das Fleisch des Fisches war ganz geöffnet, wie eine schöne, duftende Blume. Und der andere, in der Suppe, war ganz weiß, die Suppe sah aus wie Milch. Das Fleisch war so fein und glatt, wie erstklassige weiße Jade. Ich musste meinen Mund nur weit geöffnet lassen. Stäbchen und Löffel benutzte ich abwechselnd, ohne eine Pause zu machen. Das Essen schmeckte so gut, dass ich es nie vergessen konnte.

Mein lieber Leser, für einen Autor ist es besonders schwer, schmackhafte Gerichte zu beschreiben, weil man die mit der Zunge und dem Mund spüren und nachher lange mit der Nase und dem Bauch genießen muss. Ich kann dir hier nur so viel sagen: nach diesem Essen kam ich jedes Jahr mindestens einmal dorthin zurück, egal wo ich wohnte. Der Kellner war stark davon beeindruckt, wie genussvoll ich mein Essen verschlang. »Sie haben wohl einen Bärenhunger, nicht wahr?«
»Ja, sehr. Aber dieser Fisch schmeckt auch verdammt gut.« Meine Stimme klang ganz dumpf von dem vielen Fisch, den ich im Mund hatte.
»Danke. Dieses Gericht hat bei uns eine lange Tradition. – Was machen Sie allein hier in Suzhou?«
»Ich wollte zu einem Qi-Gong-Arzt auf der Sen-Chuan-Straße, doch niemand scheint ihn zu kennen. Ein Pech! Ihn habe ich nicht gefunden, dafür einen Dieb getroffen!«
»Jetzt hat unser Fisch Ihr Missgeschick in Glück umgewandelt.« Dieser Witz war wirklich gut. »Sagen Sie mir, wie heißt dieser Qi-Gong-Arzt? Kampfsport und Qi Gong, diese Dinge interessieren mich immer. Vielleicht kenne ich ihn.«
»Lu, Pin, er heißt Lu, Pin.«
»Ja, das ist ein guter Qi-Gong-Arzt. Ich kenne ihn. Wissen Sie: Es gibt viele falsche Qi-Gong-Ärzte hier, aber er ist keiner. Er hat richtige Qi-Gong-Fähigkeiten.«
»Wie können Sie das wissen?« Ich war aufgeregt.
»Das ist sehr einfach. Bei falschen Qi-Gong-Ärzten spürt man gar nichts, doch bei ihm kann man schon aus einem Meter Entfernung starke Energie spüren. Vor einigen Jahren habe ich mir bei einer Gong-Fu-Übung den Rücken verletzt. Überall suchte ich nach Heilungsmöglichkeiten. Schließlich habe ich ihn gefunden. Jetzt ist alles wieder gut.« Er bewegte seinen Rücken hin und her.
»Bitte sagen Sie mir seine Adresse!«
»Er wohnt nur zwei Straßen von hier entfernt. Moment!« Er schrieb etwas auf einen Zettel und gab ihn mir. »Hier wohnt er.«
»Danke, tausendmal danke! Können Sie die Ente und den Schnaps für mich einpacken? Die habe ich noch nicht angerührt. Jetzt kann ich sie als Geschenk verwenden.«
»In Ordnung.« Er nahm beides mit.

Zum Schluss kam die Rechnung. Zum Glück hatte ich keine Herzprobleme, sonst hätte ich sicher einen Herzschlag bekommen. Mein Himmel! Wann hatte ich jemals eine solche Summe für ein Essen bezahlt? Hundertzwanzig Yuan! Die Diebe hatten gefeiert. Solche Leute verstanden überhaupt nicht, was es bedeutet, sparsam zu leben. Sie bekamen ihr Geld zu leicht. Wenn ich das vorher gewusst hätte, hätte ich ihre Hintern noch ein bisschen mehr bearbeitet.

»Hier ist ihr Paket.« Nach dem Kassieren brachte mir der Kellner die gut verpackte Ente und den Schnaps. Er war ein netter Mann.

Ich bedankte mich mehrmals bei ihm und gab ihm auch meine Adresse.

»Wenn Sie nach Shanghai kommen, besuchen Sie mich bitte!«, bat ich ihn beim Abschied.

Dann war ich wieder auf der Straße. In den Händen hatte ich das Paket mit den Geschenken und meine eigene Tasche.

Ich ging nun nicht direkt zu dem Qi-Gong-Arzt, sondern zu dem Laden, in dem ich meine Uhr verkauft hatte.

»Gut, gut. Sie sind ein Glückspilz. Diese Geschichte hört sich an wie ein Märchen. Hier! Das gehört jetzt auch Ihnen.« Als ich fertig erzählt hatte, lachte der Verkäufer mich sehr nett an. Sein Haar glänzte leuchtend.

»Was ist das?« Ich wunderte mich, dass er mir nicht meine Uhr zurückgab, sondern Geld.

»Das sind neunzig Yuan. Sie hatten vorhin keinen Ausweis dabei. Jetzt haben Sie einen, dann bekommen Sie den kompletten Preis.«

»Ich will meine Uhr zurückhaben!«

»Dann müssen Sie sie kaufen.« Er zeigte mir die Uhr mit lachendem Gesicht.

Ich hatte schon gesehen, dass meine Uhr in der Mitte des Ladentisches lag. Um sie herum gab es noch verschiedene andere Uhren. Ein kleiner, weißer Zettel lag daneben, auf dem der Preis stand. Ich traute meinen Augen nicht. Nachdem ich mir dreimal darüber gestrichen hatte, öffnete ich sie wieder. Ich sah die Zahl ganz genau: dreihundertachtzig Yuan. »Wie ist das möglich? Ich habe damals dreihundertfünfzig dafür bezahlt. Und Sie haben Sie mir für nur hundertneunzig Yuan abgekauft!«

»Ja! Das heißt Geschäfte machen. Ich habe billig gekauft und verkaufe teuer. Mein Herr, Sie hatten eine gute Uhr, eine Omega, und das ist eine der besten. Heute ist der neue Preis vierhundertfünfzig Yuan und er steigt immer weiter.«
»Kann ich sie nicht für das Geld, das Sie mir bezahlt haben, zurückbekommen? Es ist doch erst ganz kurz her, dass ich sie verkauft habe.«
»Das geht leider nicht. Wir sind private Händler, wir müssen am Kaufabschluss festhalten, sonst läuft gar nichts mehr.« Er öffnete seine Arme, so wie um meine Sympathie zu bitten.
»Private Händler? Wir leben in einem sozialistischen Land!«
»Die Lage hat sich verändert, junger Mann! Ja, es stimmt, wir leben im Sozialismus. Doch nun kommt Deng, Xiao Ping wieder an die Macht. Er wird das steife System der Planwirtschaft verändern. In Zukunft wird China ein marktwirtschaftliches System haben und privatisiert werden.« Dieser Mann schien sich gut auszukennen.
Bestimmt sah er das Fragezeichen in meinem Gesicht, denn er redete gleich weiter: »Lassen Sie es mich mit anderen Worten ausdrücken. Nebenan ist ein größerer Laden, fünfzehn Angestellte arbeiten dort. Dieser Laden gehört noch dem Staat. Egal, wie man dort arbeitet, alle bekommen das gleiche Gehalt. Hier arbeiten wir zu zweit. Und wissen Sie was? Letzten Monat hat unser Laden doppelt so viel Gewinn gemacht. Und wissen Sie, warum? Weil wir kein festes Gehalt haben. Wir verdienen nur nach Leistung! Wir müssen fleißig arbeiten. Das ist der große Vorteil des freien Marktsystems.« Er lachte mich stolz an.
Das war meine erste Bekanntschaft mit der freien Marktwirtschaft. Sehr lehrreich! Mir fehlten hundertzehn Yuan, um die Uhr zurückzukaufen.
Die Uhr, die vor zwei Stunden noch mir gehört hatte, lag jetzt bei den anderen Uhren. Sie wartete auf einen neuen Käufer. Was konnte ich in dieser Situation machen? Gar nichts!
»Tschüss! Ich wünsche Ihnen, dass sie schnell Millionär werden und dass meine Uhr ihrem neuen Besitzer viel Glück bringt.«
Dann ging ich.

18

Der Qi-Gong-Arzt wohnte zwar noch im Stadtzentrum, doch es war ein sehr schöner, ruhiger Platz. Mauern schirmten das Viertel vom Lärm der Menschen und des Verkehrs ab. Hinter den Mauern standen kleine Häuser mit Höfen. In den Höfen und an den Straßen waren viele Bäume, deren Blätter sich überall über den Mauern trafen. Viele Vögel sangen und tanzten darin.

Ein doppelzeiliger Spruch erregte meine Aufmerksamkeit. Er war mit weißer Farbe auf ein schwarzes Plakat geschrieben und hing über der Tür des Qi-Gong-Arztes. Der Text lautete: »Schießt die Vögel nicht im Frühling. Die Jungen warten im Nest.« Kein Zweifel, der Dichter war ein intelligenter Naturliebhaber.

Ein fünfzehnjähriges Mädchen öffnete mir die Tür. »Mein Großvater sagt, er empfängt heute keinen Besuch, es ist Sonntag.«

»Moment!« Ich drückte gegen die Tür, damit sie nicht zumachen konnte. »Ich komme von Shanghai. Ich bin ein Schüler von Meister Yun, Fe. Hier.«, ich zeigte ihr Yun, Fes Brief. »Bringst du den bitte deinem Großvater? Ich warte hier so lange.«

Das Mädchen ging hinein.

Ein paar Minuten später kam ein alter Mann mit langem, weißem Bart, der ungefähr siebzig Jahre alt war. In seiner Hand hielt er den Brief . »Bist du der unvorsichtige Schüler von Yun, Fe? Komm herein!«

Er führte mich durch den Hof, dort sah ich viele Verwandte von ihm. Er stellte mich jedoch nicht vor, sondern führte mich nur eilig in eine Art Ruheraum. Im Zimmer gab es ein großes Regal voller Bücher. Außerdem war hier nur noch ein großer Tisch und zwei Stühle, mehr nicht!

»Zuerst führen wir die Behandlung durch, bleib stehen.« Er selbst setzte sich auf einen Stuhl. Seine Augen waren halb geschlossen, beide Hände hatte er auf die Beine gelegt. Das war eine Qi-Gong-Position,

die ich schon kannte. Eine Weile verharrte er bewegungslos, dann sagte er zu mir: »Du hast ein unangenehmes Druckgefühl in der rechten Brust, stimmt das?«
»Ja, das stimmt. Doch es ist schon viel besser, es ist nur noch ein bisschen unangenehm.« Ich schlug mit der Hand ein paar Mal auf meine rechte Brust.
»Junger Mann! Das Problem ist nicht kleiner geworden, sondern es ist in die Tiefe gegangen. Du hast bestimmt einen Lungenkrebs-Patienten behandelt. Seine kranke Energie hat sich jetzt zum Teil bei dir gesammelt. Das kann deiner Gesundheit, sogar deiner ganzen Zukunft schaden. Wenn Yun, Fe bei dir gewesen wäre, hätte das unmöglich passieren können.« Er strich mit seiner Hand ein paar Mal über die eigene Brust und warf mir dann einen scharfen Blick zu, wie um noch einmal zu betonen, dass die Sache kein Spaß und ganz ernst zu nehmen war.
»Meister Lu, du kannst mir doch helfen, oder?«
»Bleib stehen.« Er antwortete nicht, sondern begann mit seiner Behandlung. Sitzend zeigte er mit zwei Fingern auf mich. Ich stand etwa einen Meter von ihm entfernt, spürte aber trotzdem sofort einen starken Energiestrom in meinen Körper kommen. An der Brust, wo ich das Druckgefühl hatte, zitterte ich sogar ein bisschen.
»Du kannst die Energie in deinem Körper lenken?«, fragte er mich einige Minuten später.
»Ja, das habe ich schon vor einigen Jahren gelernt.«
»Gut, jetzt leitest du die Energie mit der rechten Hand zum Boden.«
Das tat ich. Am Anfang spürte ich einen eiskalten Strom durch meine Finger in den Boden gehen, aber das Körperinnere wurde immer wärmer. Langsam wurden auch meine Finger warm.
»Gut. Jetzt ist alles schon wieder in Ordnung.« Er stand auf und gab mir einen Klaps auf die Schulter. »Junger Mann, pass in Zukunft auf. Wenn du Patienten behandelst, darfst du nie so viel Energie abgeben, dass es deine Grenzen übersteigt.« Er ging zur Tür und rief nach draußen: »Jin Jin, besorg uns bitte Tee.« Dann drehte er sich zu mir um. »Du darfst jetzt Platz nehmen.«
»Vielen Dank, vielen Dank! Hier, das ist für dich.« Ich schob die beiden Pakete über den Tisch zu ihm, dann nahm ich hundert Yuan aus meiner Tasche und legte sie darauf. »Jetzt fühle ich mich ganz locker,

kein bisschen Druck ist mehr in meinem Körper. Das ist schön! Sehr schön! Noch einmal danke.«

»Bedank dich nicht so viel. Du bist ein Schüler von Yun, Fe. Ich nehme kein Geld. Und das Geschenk, was ist darin?«

»Eine Flasche Schnaps und eine Ente.«

»Eine Ente? Woher weißt du, dass ich gerne Ente esse?«

»Du isst gerne Ente? Das ist ein Zufall. Eigentlich wollte ich etwas im Laden kaufen, aber im Restaurant hatte man zu viel bestellt.« Dann musste ich die ganze Geschichte erzählen.

Meister Lu, Pin lachte sehr laut, als er sie hörte. Als ich am Ende war, strich er sich den Bart. »Und jetzt erzähl mir von deinem Meister. Wir haben nun seit fast fünfzehn Jahre keinen Kontakt. Dieser Brief wurde von Xinjiang nach Shanghai geschrieben. Was macht er dort?«

Daraufhin erzählte ich sehr viel, stundenlang. Zwischendurch tranken wir von dem Tee, den seine Enkelin gebracht hatte, zwei Gänge.

Meister Lu stand auf. Er hatte ganz ruhig zugehört, nur am Ende meiner Erzählung verschwand das Lachen aus seinem Gesicht. Er ging im Zimmer hin und her, leise vor sich hin murmelnd, als ob er mit sich selbst spräche. »Yun, Fe, Yun, Fe. Er hat kein einfaches Schicksal. Wir haben damals beim gleichen Meister Qi Gong gelernt. Er war ganz begeistert von unserem Meister. Wir wohnten mit den anderen Schülern fünf Jahre lang im Haus des Meisters. Fünf Jahre lang, Tag und Nacht. Er ist drei Jahre älter als ich und war ein ganz netter und fleißiger Schüler und Kamerad …« Dann stand er schweigend vor dem Fenster. Seine lange, blaue Jacke reichte bis zu den Füßen.

»Meister, ich habe eine Bitte.« Ich stand auf und ging zu ihm. »Können Sie mir die Geschichte meines Meisters erzählen?«

»Das musst du deinen Meister selbst fragen.«

»Ich habe ihn schon mehrmals gefragt, aber er erzählt mir nichts von sich.« Ich schüttelte den Kopf. »Es ist so ungerecht. Die Beamten kennen sie, der ›Hut‹ seiner antirevolutionären Vergangenheit sitzt bis heute noch auf seinem Kopf und ich, der ihm helfen will, darf seine Geschichte nicht erfahren!«

»Junger Mann, du sollst deinem Meister helfen. Er hat dir sehr viel beigebracht. Das habe ich von Anfang an gespürt. Dafür sollst du ihm richtig danken.« Er strich sich wieder über seinen weißen Bart.

»Von ganzem Herzen will ich ihm danken. Ich will immer etwas für ihn tun. Er ist ein sehr netter Mann, er ist....« Ich wusste nicht, wie ich mich weiter ausdrücken sollte.
»Er ist ein Mann mit Herz und Verstand!« Meister Lu drehte sich zu mir um. Seine Augen schauten mich ganz scharf an.
»Ja, richtig, ganz richtig.« Ich nickte sofort mit dem Kopf.
»Gut, ich erzähle dir etwas von ihm. Doch lass mich zunächst schauen, was du mitgebracht hast.« Sein Blick wurde weicher. Er öffnete die Packung. »He! Eine Ente vom Restaurant Song He Lou! Sie haben sehr gute Sachen. Schau mal, wie rot diese Ente ist, und wie sehr sie duftet! Und das hier? Nein, dieser Schnaps ist nichts für mich.«
»Sag mir, was du gerne trinkst. Ich gehe sofort und kaufe es.« Um Yun, Fes Geschichte zu hören, wollte ich alles tun.
Der Qi-Gong-Arzt lachte. »Ich habe schon etwas. Trinken wir zusammen, ja?« Er ging zur Tür. »Jin Jin, Shao-Hsing-Wein und noch einige Teller, bitte.«
Seine Enkelin kam einige Minuten später herein. In ihren Händen trug sie ein großes Gefäß, einige Teller und Stäbchen. Sie stellte alles auf den Tisch. Dann brachte sie die Ente weg. Als sie wieder zurückkam, war die Ente geschnitten und lag mit Quallensalat und Gurkensalat zusammen auf einem großen Tablett.
Ich half ihr, eines nach dem anderen auf den Tisch zu stellen. Aus dem großen Gefäß nahm ich eine Flasche Shao-Hsing-Wein, die schon eine Weile im heißen Wasser gestanden hatte. »Isst du mit?«, fragte ich das Mädchen.
»Nein.« Sie schüttelte sich mit lachendem Gesicht und ging.
Ich goss zuerst Meister Lu das Glas voll mit warmem Wein, dann mir selbst. »Zum Wohl, auf deine Gesundheit!« Wir stießen an, dann genoss er langsam seinen Wein und die Ente. »Gut, das schmeckt sehr gut.«
»Meister Lu, kannst du mir jetzt über meinen Meister erzählen?« Ich konnte es kaum mehr erwarten. Die Stäbchen hielt ich nur in meinen Fingern. Große Lust zu essen hatte ich nicht.
»Was soll ich dir erzählen?«
»Alles!«
»Nein! Das würde zu lange dauern. Weißt du schon, dass dein Meister in der alten Zeit Polizeidirektor war?«

»Was?« Meine Stäbchen fielen auf den Tisch. »Er war Polizeidirektor?« Das konnte ich nur schwer glauben.
Lu, Pin stand auf und ging zum Bücherregal. Von dort holte er ein Buch und setzte sich wieder an den Tisch.
»Darin kannst du etwas finden.« Er schob mir das Buch über den Tisch zu.
Ich öffnete es sofort. Ein altes Schwarzweißfoto lag darin, auf dem drei Männer zu sehen waren. Die beiden, die rechts und links standen, trugen Uniform und hatten Pistolen, in der Mitte saß ein Mann im Anzug. Seine Augen waren scharf wie die eines Adlers. Die Männer sahen noch jung aus, aber alle hatten eine starke Ausstrahlung. Oben stand das Datum: Februar 1937, Shanghai.
»Der in der Mitte sitzt, ist Yun, Fe. Hier auf der linken Seite bin ich. Wir waren damals sehr jung, nicht wahr?«
»Nicht nur jung, faszinierend!« Ich konnte meinen Blick kaum von diesem Foto abwenden.
»Das ist das letzte Foto während der Dienstzeit. Nachher haben wir unseren Job gekündigt.«
»Warum?« Ich goss wieder Wein in sein Glas.
»Tja, das hatte mit dem Meisterschüler zu tun. Gut, ich erzähle dir diese Geschichte.« Er trank einen Schluck Wein und aß ein wenig, dann fragte er mich: »Warst du schon einmal in Hangzhou?«
»Ja, das ist eine wunderschöne Parkstadt.«
»In dieser Stadt gab es eine Schule auf einem kleinen Berg. Der Schulleiter hatte zahlreichen Schülern chinesische Philosophie, Qi Gong und Gong Fu beigebracht. Yun, Fe und ich gehörten auch dazu. Sehr viele Leute machten nach dem Studium an dieser Schule große Karriere. Meister Wu, der Schulleiter, fühlte sich langsam alt. Er wollte einen Jungen finden, dem er all seine Fähigkeiten weitergeben wollte. So jemanden nennt man Meisterschüler.«
»Das war bestimmt mein Meister, Yun, Fe«, vermutete ich sofort.
»Leider nicht. Er wollte jemand ganz Neuen finden. Er hatte von einem Jungen gehört, der als Kind schon seine Eltern verloren hatte. Durch Betteln und körperliche Arbeit hatte er es von der Grundschule bis an die Universität geschafft. Meister Wu war durch dieses Schicksal berührt. Er kam persönlich nach Shanghai, um diesen armen Studenten

zu besuchen. Er gab ihm sehr viel Geld und stellte nur eine Bedingung: dass der Junge ihn nach seinem Studium besuchen sollte.
Zwei Jahre später besuchte der Junge Meister Wu in Hangzhou, sein Diplom mit den allerbesten Noten in der Tasche. Um sich für die Hilfe zu bedanken, änderte das Waisenkind seinen Namen in den des Meisters um. Meister Wu freute sich sehr und nahm ihn als Pflegesohn an. Dann lehrte er ihn einige Jahre lang alles, was er selbst konnte. Er hatte seinen Meisterschüler gefunden. Der Junge, der junge Wu, lernte fünf Jahre lang intensiv bei unserem Lehrer. Dann wollte er seine Fähigkeiten selbst einmal ausprobieren.«
»Fünf Jahre sind keine lange Zeit, um Qi Gong zu lernen«, warf ich ein.
»Das ist richtig. Die Frage ist, wie fleißig man lernt und was Meister Wu mit ihm gemacht hat. Wenn man jahrelang übt, kann ein Lehrer mit großen Fähigkeiten durch eine besondere Technik die eigene Energie in die Meridiane des Schülers übertragen und dieser dadurch wesentlich schneller zum Erfolg kommen. Der junge Wu war sehr gut aufgebaut. Er wollte für kurze Zeit nach Shanghai zurückgehen, um sein Können dort einmal auszuprobieren.
Der Meister hat das zugelassen. Bevor er ging, sagte er zu ihm: Ich habe zahlreiche Schüler ausgebildet. Viele von ihnen spielen heute in China eine wichtige Rolle. Wenn du nach Shanghai kommst, bringst du diesen Brief zu Polizeidirektor Yun, Fe. Er und andere Schüler von mir können sich um dich kümmern.
Leider war der junge Wu ein bisschen hochnäsig. Er steckte den Brief in seine Tasche und zeigte ihn nie wieder jemandem.
Ich war damals als Hauptkommissar im Dienst von Yun, Fe. Wir waren in Shanghai sehr verwurzelt und hatten viele gute Beziehungen. Aber niemand wusste, dass der Meisterschüler kam. Shanghai war Ende der Dreißigerjahre schon riesengroß. Es war damals schon die größte Hafenstadt der Welt und das größte wirtschaftliche Zentrum Asiens. Der junge Wu hatte wirklich großen Mut. Er wollte ganz allein ein welterschütterndes Unterfangen in Shanghai durchführen.« Er schüttelte den Kopf, trank wieder einen Schluck Wein und aß etwas.
»Bist du schon im Vergnügungszentrum Great World gewesen?«, fragte er mich.

»Ja. Es liegt mitten in Shanghai und ist sehr groß. Ich war schon mehrmals dort. Man muss nur eine Eintrittskarte kaufen und kann damit zwanzig verschiedene Theaterstücke oder Filme besuchen. Es ist schön darin, kleine Brücken, künstliche Berge, viele Teehäuser und einen Teich gibt es …«
»Ja, sehr schön. Jetzt gehört es der Stadt. Wem hat es früher gehört, weißt du das?«
»Nein.«
»Der Mafia! Der oberste Mafiaboss, Wang, Zin Long hatte es gekauft. Seine rechte Hand und sein wichtigster Gehilfe Bai, La Lie war der Chef dort und kümmerte sich um alles. Dieser Bai, La Lie war ein großer Spezialist für Gong Fu. Und ein großer Halunke. Er war auch sehr geschäftstüchtig, hatte sehr viele Ideen.
Einmal brachte er ein wildes mongolisches Pferd nach ›Great World‹ mit und informierte die Presse! ›Zehn Tage lang bleibt dieses Pferd im Vergnügungszentrum. Derjenige, der es reiten oder zähmen kann, bekommt sofort tausend Gramm Gold.‹ Er hatte diese tausend Gramm Gold auf der Bühne liegen, unten stand das Pferd. Es war ein großer, schwarzer Hengst, stärker als ein Löwe.
Anfangs versuchten viele ihr Glück bei ihm, doch sie wurden entweder schwer verletzt oder sogar totgetreten. Nach drei Tagen hatte kein Mensch mehr den Mut, es zu versuchen. Auch die Zuschauer wurden weniger. Dann steigerte er die Prämie: zweitausend Gramm Gold und noch etwas dazu, sagte er der Presse. ›Wenn jemand es schafft, das Pferd zu zähmen, ziehe ich meine Hose herunter und laufe einmal durch ganz Great World.‹
Danach versuchten es wieder einige Leute und wieder kamen tausende von Besuchern. Am zehnten Tag kam ein Junge in weißem Anzug und mit weißer Kopfbedeckung zu dem Pferd. Das Tier wollte ihn wieder, wie die bisherigen Bewerber auch, beißen und treten. Doch der Junge reagierte schnell wie der Wind, sodass das wilde Pferd gar keine Chance hatte, ihn zu treffen. Doch dabei blieb es nicht. Der Junge fand eine Möglichkeit, das Pferd zu besiegen. Er kam einen Schritt näher, klatschte mit der rechten Hand nur einmal auf den Rücken des Tieres und schon lag es bewegungslos auf dem Boden. Dann sprang der junge Mann auf die Bühne und nahm das Gold einfach weg. Kein Wort,

keine Spur. Noch nicht einmal sein Gesicht hatte jemand genau gesehen, er verschwand einfach vor den Augen einiger tausend Menschen. Das Pferd war tot. Interessanterweise hatte es keine äußeren Verletzungen. Beim Sezieren sah man jedoch, dass seine inneren Organe durcheinander geraten waren, alle waren zerstört. Wir wussten, dass das jemand mit großen Qi-Gong-Fähigkeiten gemacht haben musste. Doch jemanden mit so einer starken Energie hatten wir noch nie gesehen.« Meister Lu schüttelte den Kopf, so als ob die Geschichte noch vor seinen Augen stünde. Dann trank er einige Schlucke vom Wein und aß etwas von der Ente.

Ich tat das Gleiche, aber spürte kaum mehr, was ich im Mund hatte. Plötzlich lachte Meister Lu ein bisschen. »Dieser Bai, La Lie mit seiner Halbglatze. Er hatte große Worte gesprochen, dann musste er sein Versprechen auch halten. Er zog wirklich die Hose aus und lief eine Runde durch Great World. Dieser Halunke hatte sein Gesicht verloren. Ha, ha!«, lachte er laut. Nach dem nächsten Schluck erzählte er weiter. »In diesem Herbst passierten viele merkwürdige Dinge im Haus des Mafiachefs. Einmal verlor er ein Vermögen, ein andermal wurde er selbst mit seinem Leibwächter von einem Jungen schlimm zusammengeschlagen. Niemand hatte das Gesicht des Jungen gesehen. Alles war blitzschnell passiert. Damals gab es in Shanghai viele Mafiagruppen. Anfangs glaubten sie, das Ganze sollte ein Kampf zwischen Kollegen sein; doch mit der Zeit merkten sie, dass dieser unsichtbare Mann mit den besonderen Fähigkeiten aus einem fremden Bereich kam. Dann baten sie um polizeiliche Hilfe.«

»Was hatte der Meisterschüler gegen die Mafia?«, fragte ich.

»Das erfuhren wir hinterher. Er wollte sich rächen. Als armes Kind lebte er in den Straßen von Shanghai und war immer wieder von kleinen Mafiamitgliedern unterdrückt worden. Seine Rache galt den großen Mafiachefs. Aber diese Leute hatten gute Kontakte zur Regierung. Ein Befehl nach dem anderen kam von oben, dass die Polizei den Täter so bald wie möglich finden sollte. Das war sehr schwer für uns, obwohl die Polizisten zum großen Teil gut ausgebildet waren. Damals wurde ein Kriminalfall nicht wie heute mit Hilfsmitteln jeder Art gelöst. Nein, wir mussten es mit dem Kopf und guter körperlicher Kampftechnik schaffen, weil viele Täter außergewöhnliche Fähigkeiten hatten. Wir sollten und mussten besser sein. Bei diesem Fall fühlten wir uns allerdings zu schwach. Direktor Yun, Fe kümmerte sich dann selbst um die Sache. Er wartete mit uns zusammen vor dem Haus eines Mafiachefs, denn der Meisterschüler hatte es sich zur Gewohnheit gemacht, mit einem Brief sein Kommen anzukündigen. Yun, Fe glaubte, dass der Täter zuerst die Lage und die Bedingungen um das Haus herum kennen lernen wollte.

Also warteten wir dort, alle in Zivilkleidung. Dieses Haus lag bei einer Geschäftsstraße. Sehr viele Leute gingen vor unseren Augen vorbei.

›Der ist der Täter!‹ Dein Meister zeigte auf einen jungen Mann.

›Wie kannst du das wissen?‹ Ich war sehr verwundert. Der Junge sah ganz normal aus, er trug einen blauen Anzug wie ein Bankangestellter.

›Schau mal genau, wie er geht! Jetzt ist Herbst, so viele trockene Blättchen liegen auf dem Boden. Normale Leute gehen darauf ganz bestimmt geräuschvoll ›kaza, kaza‹. Doch bei ihm hörst du nichts! Obwohl er Lederschuhe trägt, kann er ganz genau den Boden spüren und seine Energie so gut steuern, dass er die trockenen Blätter nicht herunterdrückt. Er ist ein außergewöhnlicher Mensch!‹ Dann gab Yun, Fe ein Handzeichen. Sofort kamen zwanzig Kollegen von verschiedenen Seiten und umringten den Jungen.

›Du! Du hast großen Mut und keine schlechten Fähigkeiten, stimmt das?‹, fragte ich ihn und zeigte meinen Polizeiausweis.

Das war bei uns eine gebräuchliche Methode: Den Verdächtigen direkt scharf fragen und sehen, wie er reagiert.

Es wunderte uns sehr, dass der Junge ganz direkt antwortete: ›Ja, das bin ich.‹

›Wie heißt du? Woher kommst du?‹

›Das will ich jetzt noch nicht sagen.‹

›Dann musst du mit uns mitgehen.‹

›Zuerst müsst ihr mich festnehmen!‹, entgegnete er voller Stolz.

Wir verstanden natürlich, dass das Kampf bedeutete.

Zwanzig gut ausgebildete Polizisten gegen ihn allein, aber wir hatten keine Chance, ihn festzunehmen. Seine Kampftechnik war perfekt. Es wunderte uns nur, dass wir seinen Kampfstil schon kannten.

Als er sah, dass immer mehr unserer Leute kamen, wollte er verschwinden und sprang auf ein Hausdach.

Viele Kollegen zogen die Pistole.

›Nur auf seine Beine zielen!‹, befahl Direktor Yun. Er wollte ihn nicht töten.

Der Junge wurde von zwei Kugeln ins Bein getroffen und dann von uns festgenommen.«

»War er schlimm verletzt?« Ich hatte große Sympathien für ihn.

»Für normale Menschen wäre die Verletzung schlimm gewesen, nicht jedoch für ihn. Noch in der gleichen Nacht konnte er aus dem Kerker entkommen. Nur die beiden Kugeln ließ er zurück, die er selbst aus seinen Beinen herausgeholt hatte. Kaum zu glauben, oder?«

»Ja, kaum zu glauben, wie konnte er das schaffen?«

»Bestimmt hatte er von unserem Meister medizinisches Qi Gong gelernt. Ich selbst habe in der Schule sehr viel medizinisches Wissen bei ihm gelernt, nur deshalb konnte ich später als Qi-Gong-Arzt arbeiten.«

»Aber damals hast du als Hauptkommissar mit meinem Meister zusammen gearbeitet.Was ist dann mit dem Jungen passiert?«

»Wir wollten die Sache einfach zu den Akten legen, weil er nur gegen die Mafia gearbeitet hatte. Keiner von uns wollte wirklich weitermachen. Nur die Mafia ließ ihn nicht in Ruhe. Besonders dieser Bai, La Lie. Er hatte durch den Jungen sein Gesicht vollkommen verloren und suchte nach einer Chance, es zurückzugewinnen. Er baute in Great World eine Kampfbühne auf. Dann setzte er sich darauf und informierte über die Presse alle Leute darüber, dass er drei Tage warten wollte. Wenn der Junge Mut hätte, sollte er kommen und mit ihm einen Messerkampf machen. Falls der Junge gewann, sollte er das Vergnügungszentrum bekommen und er würde einen Kniefall vor ihm machen.

Das war die größte Nachricht in Shanghai, die Leute erzählten und diskutierten überall nur über dieses Thema. Die Zeit lief und die Menschen waren gespannt.« Er trank wieder einen Schluck Wein. »Dann kam Yun, Fe zu mir. ›Gehen wir‹, sagte er, ›ich führe dich zu einem Freund.‹ Wir gingen zu seinem Auto und fuhren direkt zum Peace Hotel. Bestimmt kennst du dieses Hotel, es ist als erstes Fünf-Sterne-Hotel am Bund weltbekannt. Und weißt du, wen ich dort gesehen habe? Den jungen Wu! Ich weiß nicht, wie Yun, Fe seine Spur hatte finden können.

›Lieber Junge‹, so nannte ihn der Direktor, ›wir kommen heute nur zu zweit. Wir wollen dich nicht festnehmen, sondern dir nur einen Rat geben.‹
›Welchen Rat?‹ Der Junge trug einen eleganten weißen Anzug. Er setzte sich aufs Sofa und bat uns dann auch, uns zu setzen.
›Ich will dir vorschlagen, dass du nicht zu diesem Messerkampf gehst.‹ Direktor Yun sagte das sehr eindrücklich.
›Warum nicht?‹, fragte der Junge.
›Bai, La Lie ist ein Halunke, ein Mafiachef. Er kann vor den Leuten seine Hose ausziehen, aber unmöglich vor dir einen Kniefall machen. Ebenso unmöglich kann er dir die Great World geben. Das ist ein Fall, bei dem egal ist, ob du gewinnst oder nicht. Das Ergebnis wird das gleiche sein: Tod!‹
›Ja, dieser Halunke spielt sicher nicht nach den Regeln‹, pflichtete ich bei.
›Junge, ich weiß nicht, von welchem Hafen du gekommen bist, aber verlasse bitte den Shanghaier Hafen. Sonst lebst du nicht mehr lange, das ist mein Gefühl.‹ Dann standen Yun, Fe und ich auf, um uns zu verabschieden.
›Ich danke dir dafür, dass du deinen Leuten befohlen hast, mich nicht zu erschießen, Direktor Yun, Fe!‹
›Woher kennst du meinen Namen?‹ Er wunderte sich sehr.
Der Junge verabschiedete sich höflich von uns, beide Hände vor der Brust ineinander gelegt.
Er war ein hübscher Junge, sportlich und intelligent. Er hatte ganz dicke schwarze, lange Haare und kräftige Augen. Aber beim Abschied richtete sich sein Blick so weich und freundlich auf Yun, Fe und auch der Direktor schaute ihn mit dem gleichen Blick an. Ich bemerkte, dass sie einander mochten. Damals war dein Meister auch noch jung, fünfunddreißig Jahre alt, also ungefähr sieben Jahre älter als der Meisterschüler. Heh!« Meister Lu sagte nichts mehr, auch seine Stäbchen bewegten sich nicht mehr, so als ob ein vergessenes Bild wieder vor seinem inneren Auge aufgetaucht wäre und er sich nur darauf konzentrierte.
»Hat der junge Wu Shanghai verlassen?«, fragte ich nach einer Weile des Schweigens.

»Nein! Er hat unseren Rat nicht angenommen, sondern kam allein nach Great World, um mit Bai, La Lie den Messerkampf zu machen. Die erste Runde gewann er. In der zweiten Runde warf ein Gehilfe von Bai, La Lie gebrannten Kalk in seine Augen. Er war sofort blind, kämpfte jedoch trotzdem noch weiter. Seine Beine drehten sich blitzschnell wie Stahlpeitschen. Keiner von Bais Leuten konnte näher kommen. Dann steckte dieser Bai, La Lie ein Schwert in den Boden, sodass es halb feststeckte. »Ich bin hier«, sagte er zu dem Jungen.
Der junge Wu konnte nicht mehr sehen. Er schleuderte das Bein nach ihm, der Stimme folgend. Wie konnte er so stark sein? Er schlug sein Bein auf dem Weg in die Luft. Als er am Schwert vorbeikam, wurde sein rechtes Bein jedoch in zwei Stücke geschnitten. Dann sprangen zehn Mafiosi auf ihn zu und töteten ihn mit Messern.
Wir kamen zu spät. Zum Schluss fanden wir in seiner Jackentasche den Brief, von Blut durchtränkt. Meister Wu hatte ihn an Yun, Fe geschrieben. Der Hauptinhalt lautete: ›Mein Adoptivsohn Wu kommt allein nach Shanghai. Obwohl ich ihm alles beigebracht habe, was ein Meisterschüler wissen muss, mangelt es ihm doch noch an Erfahrung in der Gesellschaft. Yun, Fe und die anderen Schüler sollen sich um ihn kümmern ...‹
Nachdem er diesen Brief gelesen hatte, fiel der Direktor fast in Ohnmacht. Wir bereuten sehr, dass wir die Sache so spät erfahren hatten. Yun, Fe, ich und andere ehemalige Schüler von Meister Wu begleiteten dann die Leiche des Meisterschülers nach Hanghzou zu unserem Lehrer. Wir baten ihn um eine Bestrafung.«
»Euer Meister muss sehr traurig gewesen sein«, sagte ich.
»Ja, er war sehr traurig und weinte, doch er behielt seinen klaren Kopf. ›Das war nicht eure Schuld‹, sagte Meister Wu zu uns. ›Nur bin ich schon alt und kann nicht noch einen Meisterschüler ausbilden.‹ Dann weinte er weiter. Er war damals einundachtzig Jahre alt.
Wir fragten ihn, was wir mit Bai, La Lie tun sollten, ob wir ihn lebendig zu ihm bringen oder gleich töten sollten?
›Lasst mich die Sache selbst erledigen, ich will diesen Mann persönlich kennen lernen.‹ So antwortete er uns.
Einen Monat später feierte Bai, La Lie seinen vierzigsten Geburtstag. Viele wichtige Leute aus Shanghai waren gekommen. Vor seiner Haus-

tür standen nur Luxusautos. Er hatte einen riesigen Festsaal gemietet, der voll von hochrangigen Gästen war.
Als die Feier gerade begonnen hatte, kam plötzlich ein alter Mann, der wie ein Obdachloser gekleidet war. Der Alte ging direkt zum Tisch des Gastgebers. ›Ha, du bist Bai, La Lie!‹, rief er. ›Wenn du vor mir auf die Knie fällst und um Verzeihung für deine Sünden bittest, dann könnte ich mir überlegen, ob ich dich deinen nächsten Geburtstag noch feiern lasse, sonst nicht!‹
›Woher kommt dieser alte Bettler? Schafft ihn hinaus!‹, schrie Bai, La Lie seine Leibgarde an.
Der oberste Chef der Mafia, Wang, Zin Long, saß auch am Tisch. Er hatte sofort bemerkt, dass der Alte ein außergewöhnlicher Mensch war, denn er hatte schon viel erlebt und sah Menschen mit anderen Augen an. ›Halt, macht keine Dummheit!‹, befahl er der Leibgarde und kam selbst zu dem alten Mann, um ihn sehr höflich anzusprechen. ›Alter Herr, bitte nehmen Sie den Ehrenplatz.‹
Bai, La Lie hielt es nicht länger aus. Er sprang auf den Alten zu. ›Hau ab!‹ und versuchte ihn nach draußen zu schieben.
Der Alte drückte nur mit zwei Fingern auf einen Punkt seines Körpers, und schon sank Bai, La Lie wie ein lebloses Stück Fleisch auf den Boden. Dann verschwand der Alte wie der Wind.
Bai, La Lie starb noch in der gleichen Nacht.
Überall suchte die Mafia nach dem Alten, bei der Polizei hing sein Steckbrief. Wir wussten natürlich, wer der Alte war!
Yun, Fe hatte keine Lust mehr, weiter seinen Dienst zu verrichten. Er kündigte seine Stelle als Polizeidirektor. Ich kündigte ebenfalls und baute eine eigene Praxis für traditionelle Medizin auf.«
»Was hat Meister Yun hinterher gemacht?«, fragte ich.
»Er besuchte sämtliche heiligen Berge und Klöster, wie ein Wandermönch. Seine Frau sah ihn sehr selten. Sie war die Tochter einer reichen Unternehmerfamilie. Sie konnte nicht verstehen, was dein Meister tat. Vor der Befreiung Shanghais ging sie mit zwei Söhnen und Verwandten nach Amerika, ohne Abschied zu nehmen…
Das war unser letztes Foto. Die Zeit läuft wie im Flug. Vierzig Jahre sind seitdem schon vergangen.« Er strich mit dem Aufschlag seines Ärmels ein paar Mal über das Foto.

Im Verlauf der vierzig Jahre hatte es schon gelbe Spuren bekommen. Ich nahm es langsam in die Hand und bemühte mich, das Zittern meiner Finger zu unterdrücken. »Danke, Meister Lu!«, sagte ich. »Ich danke dir sehr, dass du mir das erzählt hast.«

Ich konnte meinen Blick nicht von dem Foto nehmen. Ein altes Schwarzweißfoto, auf dem drei Männer zu sehen waren. Die beiden, die rechts und links standen, trugen Uniform und hatten Pistolen, in der Mitte saß ein Mann im Anzug. Seine Augen waren scharf wie die eines Adlers. Die Männer sahen noch jung aus, aber alle hatten eine starke Ausstrahlung. Oben stand das Datum: Februar 1937, Shanghai.

19

Nach meiner Rückkehr aus Suzhon hatte ich Meister Yun in einem Brief gefragt, ob er von Xinjiang nach Shanghai zurückkommen wolle. Seine Antwort kam schnell, nur vier chinesische Schriftzeichen in Kalligrafie, die mit einem ganz dicken Pinsel geschrieben waren. Sie lauteten: »Das Laub fällt wieder zur Wurzel des Baumes nieder.« Ich wusste natürlich, was das bedeutete. Und ich wollte ihm dabei helfen. Dafür brauchte ich selbst auch Hilfe, weil das Aufenthaltsgesetz im damaligen sozialistischen System ziemlich streng war.

»Ich erledige das«, versprach mein Vater. »Das ist unmöglich, dass jemand, der vor vierzig Jahren einmal als Polizeichef für die alte Regierung gearbeitet hat, bis heute noch als Antirevolutionär gilt und aus Shanghai ausgewiesen wird. Unmöglich, das ist ungerecht! Morgen rufe ich die Beamten an und kläre das.«

»Hör mit deinem Quatsch auf!«, widersprach ihm meine Mutter. »Das ist nicht deine Armee, welcher Beamte sollte wohl auf deine Worte hören? Diese Sache muss so laufen: Da Lee, du schreibst deinem Meister. Er soll sich von der Ortsregierung ein Führungszeugnis besorgen, in dem eine aktuelle gute Beurteilung steht. Dann kannst du damit zu den Beamten gehen!«

Ich tat, was meine Mutter vorgeschlagen hatte. Sie hatte lange als Parteisekretärin gearbeitet und sehr viel Erfahrung mit solchen Sachen.

Zwei Wochen später kam ein dicker Brief, ein Führungszeugnis mit rotem Stempel und einiges Beweismaterial, geschrieben vom Parteisekretär des Dorfes. Der Inhalt war sehr beeindruckend. So wie: »Genosse Yun, Fe hat ein gutes Herz für Bauern und Viehzüchter. Er hat Menschen vor dem Tod gerettet, Verwundete geheilt, revolutionären Humanismus verwirklicht…« Bei den Unterlagen waren auch einige Papiere voller Unterschriften, von ungefähr hundert Leuten.

Das war mehr als gut für meinen Antrag. Am nächsten Tag ging ich

mit diesem dicken Brief direkt ins Rathaus. In der Abteilung für Aufenthaltsrecht in Shanghai wurde ich von einem Beamten mittleren Alters empfangen, der gerade die Zeitung las.
»Gut, lassen Sie mich die Unterlagen einmal anschauen.« Nachdem ich mein Anliegen vorgebracht hatte, öffnete er die Papiere. »Ho, interessant, so viele Unterschriften. Was für eine Sprache ist das hier?« Er zeigte auf einige Unterschriften.
»Kasachisch und Uigurisch, ja, und das hier ist Russisch. Wissen Sie, das Gebiet dort wird von nationalen Minderheiten bewohnt.«
»Ja, gut. Nehmen Sie das erst einmal wieder mit nach Hause. Jetzt setzen wir uns für die Leute ein, die in der Kulturrevolution zu Unrecht verurteilt und ausgewiesen wurden. Um Leute wie diesen Mann, wie heißt er, Yun, Fe? Ja, so wie diesen Genossen Yun, die wegen ihrer problematischen Vergangenheit ausgewiesen wurden, können wir uns noch nicht kümmern. Wir müssen auf eine Anforderung vom Zentralkomitee der Partei warten.«
»Wann kann die kommen?«
»Vielleicht in drei oder fünf Jahren. Dann brauchen wir noch ungefähr drei Jahre, bis die Sache erledigt ist.«
»Was? Er ist fünfundsiebzig Jahre alt und da muss er noch so lange warten? Übrigens war die Strafe gegen ihn auch ungerecht. Schauen Sie einmal, wie gut dieses Zeugnis für ihn ist. Können Sie nicht ausnahmsweise etwas für ihn tun?«
»Leider kann ich das nicht! Ich glaube, dass es ihm dort schon sehr gut geht. Lassen Sie ihn mit Geduld warten! Ich habe viel zu tun. Auf Wiedersehen!« Er nahm seine Zeitung wieder zur Hand und las weiter.
Das war es. Fast hätte ich diesem Beamten eine Ohrfeige gegeben, doch zum Glück tat ich es nicht. Stattdessen ging ich zur Fabrik und nach der Arbeit in den Klub von Jin Wu Hue. Ganz spät kam ich mit traurigem Gesicht nach Hause.
Mein jüngerer Bruder merkte auch, dass etwas nicht stimmte. »Sag mir, was du hast, Da Lee, ich helfe dir!«
»Geh zur Seite!« Ich hatte sehr schlechte Laune. Mein Bruder war erst sieben Jahre alt, wie konnte er mir helfen?
Doch meine Mutter ließ nicht locker. »Geh morgen zu deiner Tante Liu. Sie ist gerade Stadtbezirkschefin bei der Behörde«, sagte sie zu mir.

»Bringt das was? Du weißt noch nicht, wie bürokratisch die Beamten dort sind!«
»Ich weiß!«, lachte Mutter schon. »Aber wenn ihr Chef etwas dazu sagt, dann ist es wieder anders.« Dann ging sie zum Telefon und rief ihre revolutionäre Schwester an.
Am nächsten Tag ging ich ins Rathaus zum Büro von Chefin Liu.
»Haben Sie einen Termin?« Eine Sekretärin hielt mich vor der Tür auf.
»Ja, ich habe einen Termin. Mein Name ist Chen, Da Lee.«
»Gut, warten Sie hier.« Sie zeigte auf ein Ledersofa.
Mein Hintern hatte sich knapp eine Minute niedergelassen, als die Sekretärin auch schon wieder kam, und jetzt war sie sehr herzlich zu mir.
»Genosse Chen, kommen Sie bitte mit mir. Die Chefin wartet schon auf Sie. Welchen Tee möchten Sie gern trinken?«
»Grünen Tee, danke!«
»Er kommt bald. Bitte gehen Sie hinein.« Sie öffnete die Tür für mich und ging selbst nach hinten, wahrscheinlich um sich um den Tee zu kümmern.
»Komm her, nimm Platz!« Tante Liu wies auf einen Platz.
»Guten Tag, Tante, ich hoffe, dass du mir hilfst!«
»Du hast eine sehr gute Beziehung zu deinem Meister, nicht wahr, deine Mutter hat mich schon angerufen. Jetzt zeig mir seine Unterlagen.«
Ich legte alle Papiere auf den Tisch.
Die Sekretärin brachte uns zwei Tassen Tee, dann ging sie wieder.
»Ein sehr gutes Zeugnis«, bemerkte die Chefin nach dem Lesen. Dann schrieb sie auf ein Papier: »Bitte, nehmen Sie dieses Führungszeugnis in die Aufenthaltsabteilung auf und lösen Sie das Problem so schnell wie möglich.« Dann unterschrieb sie. »Geh nachher wieder dorthin.« Sie gab mir alle Papiere zurück.
»Das genügt schon?« Ich bezweifelte sehr, dass es so einfach sein sollte.
»Ich glaube schon.« Sie lachte mich an und betrachtete mich genau.
»Da Lee, du bist jetzt so groß. Ich kannte dich schon als Baby. Jetzt bist du zwanzig Jahre alt, stimmt das?«
»Ja, das stimmt!«
»Bist du Kommunist geworden?«
»Nein.« Ich schüttelte den Kopf.

»Da Lee, du sollst dich darum bemühen! Kennst du einen Mann, der Wang, Jung heißt?«
»Ja, wir waren gemeinsam in der Armee.«
»Er ist bei uns Abteilungschef und soll sehr bald auf einen höheren Führungsplatz kommen. Du, Da Lee, deine Eltern sind beide revolutionäre Kader. Du solltest auch, wie Genosse Wang…«
»Wir sind nicht die gleichen Menschen!« Ich unterbrach sie. Dieser Wang, Jung hatte seine Stiefel in der Armee immer so spiegelblank geputzt. Es wunderte mich nicht, dass jeder Chef einen guten Eindruck von ihm hatte. Schon damals war er ein Glückspilz gewesen.«
»Hast du eine Idee, einen Plan für deine Zukunft?«, fragte Tante Liu mit besorgter Stimme.
Ich wusste, dass sie sich richtig um mich kümmern wollte. Sie hatte selbst keine Kinder und immer sehr gut für mich gesorgt. Jetzt hatte die Zeit auf ihrem Gesicht einige Spuren hinterlassen, es war faltig. In ihrem schwarzen Haar tauchten schon einige weiße Strähnen auf. Sie hoffte wirklich, dass ich eine gute Zukunft hätte.
»Ja, ich habe etwas«, antwortete ich. »Ich möchte gern studieren. Bis jetzt habe ich es nicht geschafft, als Arbeiterstudent zur Universität zu gehen. Vielleicht ist es mein Glück, dass man seit neuestem eine Aufnahmeprüfung machen muss. Ich könnte als richtiger Student zur Universität.«
»Kannst du die Prüfung bestehen? Man erzählt sich, dass sie sehr schwer sein soll. Es muss auch eine starke Konkurrenz geben, denn zehn Jahre Kulturrevoution haben viele Studienträume junger Menschen zerstört. Jetzt wollen sie alle durch eine Prüfung an die Hochschule gelangen. Kannst du es schaffen?«
»Ich werde mich bemühen.«
»Gut. Aber dabei kann dir niemand helfen, du musst alles durch deine eigene Kraft erreichen.«
»Ich weiß. Ich danke dir für diese Hilfe.« Ich wedelte mit ihrem Schreiben. »Tschüss!« Ich verließ dieses riesige Büro und ging wieder zu dem Beamten, bei dem ich gestern schon gewesen war.
»Kommen Sie schon wieder? Sie waren doch erst gestern da.« Der Beamte der Aufenthaltsabteilung sprach ganz ungeduldig mit mir. Er saß mit übereinander geschlagenen Beinen am Tisch, eine Zeitung in den Händen.

»Ja.« Ich warf alle Papiere auf seinen Tisch.
»Die habe ich gestern schon gesehen und Ihnen auch den Sachverhalt erklärt.« Er blieb sitzen und strich nur mit einem Finger über das Material. Plötzlich war er wie vom Strom getroffen. »Ist das Schreiben von Chefin Liu?« Er hielt das Papier näher an die Augen und warf seine Zeitung sofort weg. »Kennen Sie Chefin Liu?«
»Ja, sie ist meine Tante.«
»Oh, warten Sie, nehmen Sie bitte zunächst Platz hier.« Er besorgte einen Stuhl für mich und ging durch die Tür in einen anderen Raum. Einige Zeit später kam er mit einem kleinen, dicken Mann zurück.
»Ich bin hier der Abteilungsleiter.« Der Dicke reichte mir seine Hand. »Ich habe dieses Material gerade durchgelesen. So eine Ungerechtigkeit, man muss ihn rehabilitieren!«
»Darf er zurückkommen?« Gespannt hielt ich seine Hand ganz fest.
»Natürlich. Er darf zurück und sein ›Hut‹ als Antirevolutionär soll auch weggenommen werden. Wir sorgen dafür. Spätestens in einem halben Jahr ist die Sache erledigt.« Er lachte mich an.
Ich dankte ihm.

Die Aufnahmeprüfung für die Hochschule war im ganzen Land die erste nach der Kulturrevolution. Endlich hörte das lächerliche Wahlsystem auf. So viele, die nur Grundschulniveau hatten, waren aufgrund ihrer »guten Moral« und der »Treue zum Vorsitzenden Mao« oder wegen guter Beziehungen mit ihrem Chef als Arbeiter-, Bauern- und Soldatenstudent auf die Universität gewählt worden. In dieser verrückten Zeit war alles möglich gewesen. Dieses Theater war nun zum Glück beendet.
Nach dem Tod des Vorsitzenden Mao verschwand auch seine Utopie vom Kommunismus langsam mit ihm. China war nicht länger isoliert. Es hatte sein Joch abgeworfen, wie ein Gigant, der lange Zeit gefangen gewesen war. Und dieser Gigant staunte, was er zu sehen bekam: die chinesische Wirtschaft war vollkommen zerstört, während der Rest der Welt sich weiterentwickelt hatte. Der Gigant wollte diese Situation verändern. Er versuchte zuerst, die Ketten von seinem Körper abzuschütteln. Zu diesem Zweck wurden die chinesische Öffnungspolitik und die Wirtschaftsreformen durchgesetzt. China wollte modernisieren. Um dieses hohe Ziel zu erreichen, brauchte man fähige und gut ausge-

bildete Leute. Die fehlten damals überall. Deshalb wurde eine Maßnahme ergriffen, die es vorher in der chinesischen Geschichte noch nie gegeben hatte: die Türen aller Hochschulen öffneten sich für die Jugendlichen, welche die Aufnahmeprüfung bestanden hatten. Jeder zwischen achtzehn und zweiundvierzig Jahren durfte an dieser Prüfung teilnehmen. Wer sie bestand, konnte kostenlos an der Hochschule studieren. Niemand durfte ihn daran hindern. Diese historische Entscheidung des chinesischen Zentralkomitees war eine sehr gute Entscheidung.

Es war eine sehr schwere Prüfung, die drei Tage lang dauerte. Ich hatte Geisteswissenschaften gewählt, deshalb musste ich Prüfungen in Literatur, Fremdsprachen, Politik, Geschichte, Geografie und Mathematik ablegen. Am Schluss wusste ich nicht mehr, wo ich war. Mein ganzer Kopf war durcheinander. Auf dem Weg nach Hause stieß mein Fahrrad fast mit einem Lastwagen zusammen.

»Bist du blind?«, schimpfte der junge Fahrer, nachdem er stark gebremst hatte.

Und am Ende musste ich erfahren, dass ich die Prüfung leider nicht geschafft hatte.

Das war eine schwere Zeit für mich, wieder einmal war der Traum vom Studieren zerronnen. Nur war es diesmal meine Unfähigkeit, ich konnte nur mich selbst beschuldigen.

»Es haben nur fünf Prozent der Teilnehmer die Prüfung bestanden. Sie war bestimmt zu schwer.« Mein Kollege Xu, Ben De versuchte, mich zu beruhigen.

»Diesmal hat es nicht geklappt, dann versuchst du es eben das nächste Mal. Es gibt noch eine Chance!«, tröstete mich Sun, Liu Fong. Viele Kollegen litten mit mir.

Und manche freuten sich auch. »He, du bist noch da? Ich habe geglaubt, dass du schon an der Universität wärst!«, kam Sekretärin Wang zu mir.

Ich schaute in die andere Richtung und arbeitete weiter an meiner Drehbank.

Auf ihre ironische Bemerkung wollte ich nicht eingehen.

»Nicht böse sein, das war nur ein Spaß! Du sollst zum Büro des Hauptingenieurs kommen. Der Chef will mit dir sprechen.«

»Worüber denn?«
»Keine Ahnung. Der Chef hat mich angerufen und gesagt, es sei dringend!«
Also ging ich in das Büro.
Der Hauptingenieur war nicht allein dort, auch der Parteisekretär und der Direktor waren anwesend; alle mit gespannten Gesichtern, besonders der Hauptingenieur Sun. Das bescheidene Auftreten, das er im Qi-Gong-Kurs gehabt hatte, war vollkommen verschwunden. »Genosse Chen, sag uns nur das eine: Willst du die Aufnahmeprüfung noch einmal machen oder nicht?«, fragte er mich ganz laut.
Die Zeiten hatten sich geändert. Der Parteisekretär hatte im Lauf der Zeit immer mehr Macht verloren. Jetzt waren die wichtigsten Personen in der Fabrik der Direktor und der Hauptingenieur. Er zeigte mir seine neue Macht. In diesem Büro war ich kein Meister mehr.
Vor dieser überraschend gestellten Frage stand ich da und wusste gar nicht, was ich antworten sollte.
»Du bist kein schwacher Mensch, oder?«, setzte er noch lauter hinzu.
»Ich will es schon noch einmal versuchen, aber ...«
»Was aber? Es war eine schwere Prüfung. Wer konnte die schon beim ersten Mal schaffen? Wir haben damals an der Universität auch nicht alle Prüfungen bestanden, nicht wahr?«, fragte er den Direktor.
»Das stimmt, aber deine Noten waren immer besser als meine, ich weiß gar nicht, warum«, sagte der Direktor. Jetzt entspannte sich die Atmosphäre ein bisschen. Die beiden lachten sich über den Tisch hinweg an. Der Parteisekretär saß dort nur peinlich berührt im Abseits. Er konnte nichts einwerfen, denn wie man sich erzählte, hatte er nur die Grundschule besucht.
»Diesmal haben fünfzehn Leute von unserer Fabrik an der Prüfung teilgenommen. Keiner hat bestanden. Das ist ein großer Skandal!« Der Hauptingenieur schaute den Parteisekretär böse an.
»Ja, ein Skandal, es ist ein großer Skandal!«, bekräftigte der Parteichef ihn sofort.
»Wir haben gerade miteinander vereinbart, dass die jungen Arbeiter und Arbeiterinnen nicht die volle Zeit arbeiten müssen, wenn sie sich für die nächste Prüfung angemeldet haben. Sie dürfen täglich drei Stunden ihrer Arbeitszeit für das Selbststudium verwenden. Das ent-

spricht auch den Anforderungen des ZK. China braucht dringend gut qualifizierte junge Kräfte für den Aufbau. Du sollst dich bemühen! Ich habe deine Prüfungsnoten schon gesehen. Literatur und Geschichte hast du sehr gut gemacht, nur in den anderen Fächern musst du dich verbessern. Warum hast du als Fremdsprache Englisch genommen? Soviel ich weiß, kannst du sehr gut Russisch.«
»Aber, wenn ...« Ich war mir selbst in dieser Sache nicht sicher.
»Es gibt kein Wenn und Aber! Du musst gar nicht weitersprechen. Wir wissen schon, dass du gern studieren möchtest. Jetzt gehst du zurück und bereitest dich für die nächste Prüfung vor. Es wäre auch eine Ehre für die Fabrik, wenn du nach bestandener Prüfung zur Universität gehst. Tschüss!« Der Hauptingenieur schüttelte mir die Hand.
»Dein Vater ist sehr nett«, sagte ich zu Sun, Liu Fong später in der Werkstatt. »Was ist mit dir? Willst du die Prüfung nicht machen? Du bist so gut in Mathematik.«
»Doch, ich will mich diesmal für die Hochschule für Naturwissenschaften und Ingenieurwesen anmelden. Weißt du, nachdem mein Vater wieder an seinen Führungsplatz zurückgekehrt ist, wollte der andere Chef, dass ich meinen Arbeitsplatz wechsle und einen besseren bekomme. Aber ich habe gesagt: Nein! Ich muss durch eigene Anstrengung von hier weg.«
»Gut, du hast Ehrgeiz. Du musst auch viel Zeit für die Vorbereitung haben. Kommst du dann nicht mehr morgens zum Qi Gong?«
»Doch, ich komme, mein Vater kommt auch. Wir haben schon vereinbart, dass wir die Übungen weitermachen. Damit darf man nicht aufhören. Mein Vater ist jetzt schon ganz gesund. Auch mir tut Qi Gong sehr gut, ich spüre das. Wir haben genug Zeit für die Vorbereitung, nicht wahr?«
Wir hatten noch nie so eng und so lang zusammengesessen. Sun, Liu Fong brachte das Material für seine Vorbereitung mit in die Fabrik. Er half mir bei der Verbesserung meiner Mathematikkenntnisse und ich half ihm in Literatur.
Ich konnte nun nie mehr so fleißig an der Drehmaschine arbeiten, doch die Leute aus meiner Gruppe akzeptierten das.
»Die hängt schon zu lange bei uns.« Xu, Ben De zeigte zur Wand, wo die Fahne für das fortschrittliche Kollektiv hing. Wir hatten einige Mo-

nate lang immer mehr als hundertzwanzig Prozent gearbeitet, deshalb war sie noch immer bei uns.
»Ja, richtig! Wir brauchen sie nicht mehr. Wir sollten auch einmal Pause machen«, stimmten ihm die anderen Gruppenmitglieder zu.
Tag und Nacht las ich nur das Material für die verschiedenen Fächer und versuchte, alles im Kopf zu behalten. Zum Glück hatte ich Qi Gong und Tai Chi gelernt und gut geübt, dadurch hatte ich sehr viel Energie aufgebaut. Sonst hätte ich schon auf dem Boden gelegen, bevor ich noch zur Prüfung gegangen wäre.
Die nächste Prüfung fand im Sommer 1978 statt. Es war die zweitgrößte Prüfung in der chinesischen Geschichte. Einige Millionen Menschen nahmen daran teil und ganz China redete darüber. Es war Thema Nummer eins. Eine Prüfung, die das Schicksal vieler Menschen verändern konnte und danach das ganze Land.
Wieder war es eine schwere Prüfung, trotzdem versuchten es sehr viele Leute. Zum Schluss hatten nur vier Prozent der Teilnehmer bestanden, doch unsere Fabrik hatte diesmal großen Erfolg: Sechzehn Leute waren zur Prüfung gegangen, vier hatten es geschafft. Ich war dabei und Sun, Liu Fong auch. Wir feierten ausgelassen miteinander, nachdem die Noten bekannt gegeben worden waren. Die Zulassung kam auch schnell: Sun, Liu Fong wurde von der Technischen Universität Shanghai aufgenommen und ich von der zweiten Fremdsprachenhochschule in Peking, eine Überraschung für mich! Wie die anderen Teilnehmer hatte auch ich vier Hochschulen ausgewählt. Aber obwohl ich diese Hochschule ausgewählt hatte, hatte ich doch nicht erwartet, dass sie mich aufnehmen würde.
»Ich haue dir deinen Hintern kaputt!«, schrie mich Hun, Chi am Telefon an. Er studierte gerade an der militärischen Hochschule in Nordchina, durch die Telefonleitung klang seine Stimme jedoch so laut, als ob er direkt vor mir stünde. »Wie hast du es an diese Hochschule geschafft? Mit welchen Beziehungen? Weißt du, dass früher viele Kinder von Ministern dort studiert haben? Sag mir die Wahrheit! Durch welche Beziehungen hast du diese Zulassung bekommen?«
»Ich habe es nicht durch Beziehungen erreicht. Jetzt ist es nicht mehr so wie früher, wo alles nur über Beziehungen lief. Die Chancen sind für alle gleich!«

»Mensch! Wie konntest du das schaffen? Gratuliere! Leider bin ich nicht in Shanghai, sonst würde ich dich auf jeden Fall besuchen…«
Der Sohn des Luftwaffenkommandeurs freute sich wirklich für mich.
Sehr viele nette Leute kamen, um mir persönlich zu gratulieren: Arbeitskollegen, Übungskollegen vom Qi Gong und Tai Chi, Verwandte… und mein Meister.
Meister? Meister Yun, Fe? Ja! Er höchstpersönlich!
Als ich die Tür öffnete, traute ich meinen Augen nicht.
»Meister, bist du endlich von Xinjiang nach Hause gekommen? Wann denn?«
»Gestern bin ich in Shanghai angekommen. Zwei Tage war ich mit dem Bus unterwegs und vier Tage mit dem Zug. Ein langer Weg!« Er lachte. Seine langen, weißen Haare waren ganz ordentlich gekämmt. Doch seine scharfen Augen sahen viel weicher aus als früher. Er trug eine blaue Hose und ein weißes Hemd im alten Stil. Alles war ganz sauber. Bestimmt hatte er gerade die Kleider gewechselt.
»Meister, warum hast du mir nicht vorher Bescheid gesagt? Ich hätte dich am Bahnhof abholen können.«
»Das ist nicht nötig. Der Zug hat immer Verspätung. Gestern war er drei Stunden zu spät. – Gratuliere, Da Lee! Ich bin stolz darauf, dass du es bis zur Hochschule geschafft hast.«
»Weißt du das auch schon? Komm herein.« Ich hatte gerade erst bemerkt, dass wir noch immer an der Tür standen.
Es war Abend. Meine Eltern waren auch schon zu Hause. Sie freuten sich ebenfalls über Meister Yuns Besuch.
»Sind Ihre Probleme alle gelöst?«, fragte Mutter ihn.
»Ja. Die Beamten haben mich heute aufgesucht. Sie teilten mir mit, dass die damalige Entscheidung über meine Ausweisung und die politische Verurteilung falsch gewesen seien, und entschuldigten sich. Jetzt bin ich ein revolutionärer Alter.« Yun, Fe lachte laut, nachdem er diesen Witz gemacht hatte.
Wir lachten ebenfalls.
»Sehen Sie mal, das ist Da Lees Hochschulzulassung.« Mein Vater zeigte dem Meister das Dokument. Er wusste bestimmt selbst nicht mehr, wie oft er es schon stolz gezeigt hatte.
»Schön!« Der Meister schaute es an und zog dann einen Pinsel mit Ja-

deschaft aus seiner Tasche. »Da Lee, diese Pinselspitze ist aus dem Haar lebendiger Wölfe gemacht. Ich schenke ihn dir.«
»Danke!« Ich wusste, wie hoch der Wert dieses Geschenkes war. »Meister, gehen wir, ich lade dich ein.«
»Ich sollte euch einladen. Ihr habt sehr viel dazu beigetragen, dass ich zurückkehren konnte. Auch um meine Wohnung habt ihr euch sehr gut gekümmert… ich danke euch.«
»Gehen wir, Meister, ich will dich etwas Wichtiges fragen.« Meine Eltern waren da, deshalb fühlte ich mich nicht ganz frei.
Es gab in Shanghai viele neue Lokale. Die Speisekarten wurden immer umfangreicher und man bekam tatsächlich alles, was darauf stand. Wir gingen in ein neues Restaurant, das nur halb besetzt war, und setzten uns an ein Fenster. Im Sommer war es in Shanghai auch abends heiß und am Fenster gab es etwas Wind.
»Sechs Jahre lang war ich in Xinjiang, sechs Jahre lang!« Meister Yun schaute in Richtung Nordwesten. Draußen hing der Himmel voller Sterne.
Die Bedienung brachte uns die Karte.
»Wir brauchen keine Karte. Bringen Sie uns einfach etwas Gutes. Vier Speisen, eine Suppe«, sagte ich zu ihr.
»Mehr Gemüse. Je älter ich bin, desto mehr esse ich vegetarisch.«
»Trinkst du noch gerne Shao-Hsing-Wein?«
»Natürlich.«
»Zwei Flaschen Shao-Hsing-Wein, bitte.«
Die junge Kellnerin ging in die Küche.
Eigentlich hatte ich geglaubt, dass wir viel Gesprächsstoff hätten. Doch wir schwiegen sehr lang und schauten uns nur an. »Da Lee, du wolltest mich etwas fragen.« Yun, Fe brach das Schweigen zuerst.
»Ja, ich wollte dich fragen…« Ich stotterte ein bisschen. »Ich wollte dich fragen, wie es ihr geht?«
»Es geht ihr gut! Oigulie geht es gut.« Er wusste sofort, wen ich meinte. »Oigulie und Lin, Min Jiang haben mich ein paar Mal im Tali-Dorf besucht.«
»Sind die beiden glücklich?«
Yun, Fe nickte mit dem Kopf. Sein Blick blieb immer auf meinem Gesicht.

Ich vertraute diesem Blick. »Gut, das ist sehr gut. Das habe ich mir auch wirklich gewünscht.«
»Die beiden sind umgezogen. Sie haben in Yining eine private Handelsfirma aufgebaut und sie kommen in den nächsten Monaten nach Shanghai, wegen ihrer Geschäfte.«
»Leider bin ich dann nicht mehr da. Noch eine Woche, dann muss ich nach Peking gehen. Schade! Jetzt, wo du gerade zurückgekommen bist.«
»Da Lee, du solltest stolz darauf sein....«
Das Essen kam, zwei Gemüsegerichte, ein Fisch und noch Fleisch. Der Wein war gewärmt.
»Zum Wohl, auf deine Rückkehr!«, sagte ich.
»Zum Wohl, auf deine Zulassung zur Hochschule. Erzähl mir, was du die letzten beiden Jahre getan hast.«
Ich erzählte ihm dann einiges, zum großen Teil über Tai Chi Chuan, das ich ja sehr intensiv geübt hatte.
»Da Lee, du solltest in Kontakt mit dem Tai-Chi-Kaiser bleiben. Ich weiß, dass er gut ist«, sagte Yun, Fe, nachdem ich mit dem Erzählen fertig war.
»Meister, ich weiß auch...«, ich sprach nicht weiter. Ich hatte nur sagen wollen: Meister, ich weiß auch, wie gut du bist und wie großartig deine Geschichte ist. Doch ich sagte es nicht, weil ich wusste, dass mein Meister nicht gern über vergangene Dinge redete. Fast wären die Worte aus meinem Mund herausgekommen, ich konnte sie gerade noch hinunterschlucken. Nun schaute ich den Ex-Polizeidirektor nur unbeweglich an.
»Da Lee, was weißt du? Sage es mir einfach.« Yun, Fe trank einen Schluck Wein, dann wartete er.
»Ich weiß..., ja, ich weiß, dass du dich bestimmt ausruhen möchtest. Trotzdem bitte ich dich, den Qi-Gong-Kurs in Shanghai zu führen.«
»Nein, dafür bin ich zu alt.«
»Meister, du musst den Kurs geben. Weißt du, es gibt diese so genannten Qi-Gong-Meister, die selbst gar kein Qi Gong beherrschen, aber überall Kurse geben.«
»Wie kann man so etwas machen? Wenn sie nicht in der Lage sind, Energie zu übertragen, wer kann ihnen glauben?«

»Das Problem ist, dass viele Teilnehmer das gar nicht wissen. Sie fragen nicht, ob man bei solchen falschen Meistern Energie spüren kann. Nein, sie bezahlen Geld und machen dann einfach bei dieser komischen Gymnastik mit. Meister, die Menschen brauchen dich. Ich habe schon dreißig Schüler…«

»Dreißig? Du hast mir von zehn geschrieben!«

»Ja, das ist schon eine Weile her. Qi Gong ist in Shanghai jetzt sehr populär.« Ich lachte.

Der Meister lachte auch.

Drei Tage später gingen Meister Yun und ich zusammen in den Park. Vor dem Pavillon warteten viele Leute auf mich.

»Da Lee, gratuliere zu deiner Unizulassung.« Ein Mann mittleren Alters kam zu mir, ein großes Paket in den Händen. »Hier ist unser Geschenk für dich. Wir nehmen an, dass der Kurs heute zum letzten Mal stattfindet.«

»Danke, vielen Dank. Ich habe auch ein Geschenk für euch.« Ich winkte alle Schüler mit den Händen zu uns her. »Darf ich bekannt machen, hier ist mein Meister, und in Zukunft auch euer Meister.« Ich zeigte auf Meister Yun.

Die Leute rissen sofort ihre Augen auf. »Ist er Meister Yun, Fe?« – »Ist er der Meister, von dem du uns so viel erzählt hast?«

»Ja! Richtig! Unser Meister ist von Xinjiang zurückgekommen«, sagte ich.

»Guten Morgen, Meister Yun.« Zehn Hände, zwanzig Hände, nein, mehr als zwanzig Hände streckten sich ihm gleichzeitig entgegen.

20

Peking, die Hauptstadt Chinas, liegt im Norden. Hier lebten damals mehr als fünf Millionen Menschen.

Ende der Siebzigerjahre wurden umwälzende wirtschaftliche Reformen in China beschlossen und in ein paar Städten in Südchina operierte man schon versuchsweise gegen das alte System. Doch in den größten chinesischen Städten, Shanghai und Peking, hatte sich noch nichts verändert. Beide Städte standen am Beginn der Veränderung, nur dass Shanghai schon lange eine moderne Stadt und wirtschaftliches Zentrum war; während mein erster Eindruck von Peking dagegen ein anderer war: Peking war ein riesiges Dorf! Diese Beurteilung kam nicht nur durch den langweiligen Stil der Gebäude und die trockenen Geschäftsstraßen zustande, sondern auch durch die Art der Einwohner mit ihrer altmodischen Kleidung und ihrer Hochnäsigkeit.

Peking wurde seit achthundert Jahren die Hauptstadt genannt. Kaiser der verschiedenen Dynastien hatten hier zentralistisch regiert. Die kaiserlichen Familien waren zum großen Teil aus dem Norden gekommen, von Wiesen und Wüsten. Nach der Besetzung ganz Chinas hatten sie in Peking ihr Machtzentrum geschaffen. Hier war man tief im Festland und weit entfernt vom Meer, sodass Seeräuber die Stadt schwer erreichen konnten. Und man war nahe der Heimat.

Doch für ihre Nachkommen bedeutete das Leben in diesem isolierten Paradies schnell den sittlichen Verfall. Manche von ihnen kümmerten sich überhaupt nicht um die Regierung der Stadt. Sie nutzten ihre Macht nur, um einen verschwenderischen Lebensstil führen zu können. Die Mauern des Kaiserhofes wurden immer größer und höher gebaut und sie selbst blieben jahrelang nur innerhalb dieser Mauern, um mit zweitausend Konkubinen das schöne Leben zu genießen. Diesen Kaiserhof nennt man jetzt die »Verbotene Stadt«.

Während der Mao-Zeit war Peking so etwas wie ein heiliges Gebiet.

Hier stieg die »Sonne« auf, die den Vorsitzenden Mao symbolisierte. Hier war das »Herz« des revolutionären Volkes.
Die Einwohner, die im »Herzen« geboren wurden, gewöhnten sich an, die Welt mit dem Blick der Hauptstadt zu betrachten. Sie waren sehr politisch und ihr Blick ging immer sofort senkrecht nach oben. Sie taten gewöhnlich nur das, was von oben bestimmt wurde, und versuchten, sich mit den Mächtigen gut zu stellen. Das konnte man schon beim Busfahren feststellen.
»He, wisst ihr schon, was es neuerdings in Zhong Nan Hai gibt?«, fragte ein Mann im Bus seine Bekannten.
Ich saß im gleichen Bus und fuhr in Richtung Osten, wo die zweite Pekinger Fremdsprachen-Hochschule lag. Gerade neu in der Stadt, war ich ganz fasziniert vom hiesigen Dialekt. Die Pekinger sprechen zwar Hochchinesisch, aber sie drehen ihre Zunge immer gern nach hinten, was sehr interessant klingt.
»Nein, das wissen wir nicht«, antworteten die beiden.
»Es gibt frische rote Paprika aus dem Süden. Der neue Vorsitzende isst auch gern scharf. Ich habe einen Verwandten, der in der Küche für den Hauptführer arbeitet«, erzählte er voller Stolz. »Das haben wir noch nicht gewusst, dass er auch gern scharf isst«, sagte die Frau. In ihren Augen leuchtete ein hochachtungsvoller Blick.
»Du lügst. Du hast gar keine Verwandten in Zhong Nan Hai. Wir haben auch noch nie gehört, dass der Chef gerne scharf isst.« Der Mann konnte sich nicht mehr zurückhalten. »Ich habe einen Nachbarn, der gerade dort als Fahrer arbeitet. Er hat mir erzählt, dass der Vorsitzende Hua gern süß isst.«
»Du lügst, du hast gar keine solchen Nachbarn!«
»Nein, du ...!«
Die beiden Männer stritten immer lauter. Im Bus saßen viele Leute, doch niemand außer mir wunderte sich. Einige Zeit später war ich auch daran gewöhnt, weil es überall in Peking solche Streitgespräche gab. Man verglich sich miteinander: Wer hatte mehr Kontakt nach oben, wer hatte mehr Nachrichten über die Machthaber? Im Bus, im Teehaus und allen anderen Orten, an denen sich die Menschen treffen, konnte man ganz schnell erfahren, welcher Politiker keine Zukunft mehr hatte, welcher Minister gerne etwas trank und welcher gerne aß.

In einem sozialistischen System können die Menschen die Politiker nicht an die Macht oder aus der Macht wählen, aber beurteilen dürfen sie. Und so viel Lust, über die politische Lage und die Persönlichkeit der hohen Beamten zu sprechen, gab es sicher nur in Peking.
Einem Shanghaier war es vollkommen egal, ob ein Politiker scharf aß oder nicht. Man kümmerte sich lieber darum, ob die eigenen Kinder zu viel Süßes aßen.
Die Hauptstadt hatte immer eine eigene, spezielle Kultur. Was die Pekinger gerne taten, gehörte dazu. Sie waren immer sehr selbstbewusst. Was sie in ihrem politischen Zentrum hatten, fanden sie immer richtig und waren stolz darauf. Sie glaubten, dass sie die glücklichsten Menschen auf der Erde seien.
Nach dem Tod des Vorsitzenden Mao war ihr Selbstverständnis ins Wanken gekommen. Chinas Tore öffneten sich langsam und die Bilder einer anderen, modernen Welt kamen durch Fernsehen, Radio, Zeitungen und die Touristen in die Stadt. Die Pekinger erwachten aus ihrer Selbstgefälligkeit und aus ihrem Hochmut. Sie sahen, dass sie im Vergleich zu anderen Hauptstädten sehr rückständig waren. Ihr Lebensniveau war sogar niedriger als das der chinesischen Küstenstädte.
Doch Pekinger haben, wie die anderen Nordchinesen auch, einen heiteren und offenherzigen Charakter. Sie schlugen sich mit beiden Handflächen »pon, pon!« zweimal auf die Brust: »Tun wir etwas!«, sagten sie. Und sie bauten eine riesige neue Metropole.
Damals allerdings, vor zwanzig Jahren, wurden wir mit unseren Schulabzeichen an den Jacken auf den Straßen von Peking von den Menschen mit großer Aufmerksamkeit bedacht und bewundert. »Schön! Sie haben die Prüfung bestanden. Großartig, ganz großartig.« – »Hoh, eine sehr gute Hochschule, Sie sind ein glücklicher Mann!« Viele unbekannte Menschen sprachen mich auf der Straße an, das war ein wunderschönes Gefühl für meine Studienkollegen und mich.
»Sie sind unser Stolz, Sie sind die Zukunft unseres Landes!«, sagte der Direktor bei der Begrüßungssitzung. Er war gegen fünfzig Jahre alt und schlank. Man nannte ihn den »unstürzbaren Direktor«. Er hatte es geschafft, von der Kulturrevolution bis jetzt immer auf einem Führungsplatz zu sitzen, sogar der Job als Parteisekretär gehörte ihm. In der Aula saßen ungefähr dreihundert Studenten, die gerade neu immatrikuliert

waren. Fünfzig Prozent davon waren Pekinger, die andere Hälfte kam aus verschiedenen Städten und aus der Provinz. Der größte Teil von ihnen kam aus dem Süden.

Der Direktor hatte eine kräftige Stimme. Obwohl sein Mund ganz weit vom Mikrofon entfernt war, konnten wir jedes Wort genau hören. »Unsere Hochschule soll die Nachwuchskräfte der revolutionären Sache des Proletariats ausbilden. Die Studenten sollen sich bei uns allseitig, das heißt moralisch, geistig und körperlich entwickeln... Sie müssen auch die Schulordnung und die Studiendisziplin gut achten, zum Beispiel darf es keine Verspätung geben, kein Versäumnis, keine privaten Tanzfeste, keine Liebschaften...« Es gab sehr viele »keine«, ich konnte sie mir nicht alle merken. Zum Schluss sagte er: »Ich hoffe, dass Sie sich auf Ihr Studium konzentrieren können und einen guten Erfolg haben. Bitte enttäuschen Sie mich nicht.«

Doch er wurde enttäuscht. Verspätungen und Versäumnisse bei Vorlesungen und Seminaren gab es täglich. Partys gab es auch jeden Abend in den verschiedenen Fakultäten. »Wir sind neue Studenten in der neuen Zeit. China ist geöffnet. Warum sollen wir keine Discos veranstalten?« Um dieses Verbot kümmerte sich wirklich niemand.

»Keine Liebschaften?« Dagegen sagte offiziell keiner etwas, doch konnte man abends und nachts im Wald, unter der Mauer der Hochschule und draußen auf dem Feld überall Liebespaare finden. Alle waren junge Erwachsene. Wie sollte man die gegenseitige Anziehung verhindern? »Zie, zie, zie«, solche Laute hörte man immer im Dunkeln und wusste nur zu genau, wo sie herrührten.

Die Schulverwaltung wollte mit Autorität durchgreifen, um diese Dinge zu verändern. »Das geht zu weit. Man soll das Denken befreien, doch gegen den bürgerlichen Lebensstil muss man kämpfen«, verlangte der Direktor in einer Sitzung. Er ließ dann die Dekane und Angestellten der Sicherheitsabteilung nachts patrouillieren.

Ein paar Pechvögel wurden gerade in der heißesten Sekunde von ihnen erwischt. Sie bekamen eine Verwarnungsstrafe. Ein Liebespaar von der Fakultät für Amerika wurde sogar entlassen, weil sie keine Selbstkritik schreiben wollten und ihren eigenen Chef »Spanner« schimpften.

Die neuen Studenten waren auch nicht einfach. Wir kritisierten die Probleme der Hochschule genauso scharf. »Das Essen hier ist zu

schlecht und so verdammt teuer!«, schimpften einige Mädchen und Jungs aus dem Süden in der Mensa.
»Jetzt ist es Winter. Das Gemüse muss ein bisschen teuer sein.« Manche Studenten, die in Peking geboren waren, wollten am Anfang die Mensa verteidigen.
»Ja, aber so teuer muss es nicht sein. Auf dem Markt kostet ein Kilo Kohl nur ein Mao. Und hier kostet so ein kleiner Teller einen Mao fünf Fen. Und das gekochte Fleisch ist sogar teurer als im Restaurant.« Die Studenten vom Süden waren sehr schnell im Kopfrechnen.
»Das stimmt. Es gibt bestimmt eine große Maus bei den Angestellten dieser Mensa.« Der Pekinger Student hatte verstanden, was sie meinten, und verlangte dann vom Direktor, dass er sich mit uns unterhielt.
»Sie sollen mit unserem Essen hier zufrieden sein«, sagte der Direktor zu uns. »Sie sollten auch für ihre perfekten Bedingungen dankbar sein. Sie zahlen alle keine Studiengebühren für die Hochschule. Sie bezahlen nichts für Ihr Studentenwohnheim und die Krankenversicherung.« Der Direktor stand auf einem Tisch und hielt von diesem hohen Platz aus seinen Vortrag. »Unser Land ist zwar noch arm, aber trotzdem investiert es so viel Geld in Ihre Ausbildung. Sie sollten dankbar sein …«
»Ja, wir danken unserem Land und Volk, aber nicht der Korruption in dieser Mensa!« Der Chef der Studentenverbindung sprang ebenfalls auf einen Tisch.
»Ja, richtig!«, schrien alle jungen Leute in der Mensa gemeinsam.
»Korruption? Wer hat das gesehen?« Der Direktor stemmte seine Hände in die Taille.
»Wir, wir haben es gesehen!« Einige Studenten sprangen auch auf den Tisch.
»Dann zeigen Sie mir Beweise.«
»Das Essen ist zu teuer.« – »Das schmeckt überhaupt nicht!« Wieder sprangen einige Leute auf den Tisch.
»Nein, das ist kein Beweis«, der Direktor schmunzelte.
»Das Essen ist schmutzig. Ich habe einmal ein Insekt im Gemüse gefunden.« Eine Pekinger Studentin sprang auf den Tisch neben mir, der schon ganz voller Menschen war. Leider gab es nur so wenig Platz für ihre Füße, dass sie sicherlich bald herunterfallen würde.
Ich ging schnell hin, um sie zurückzuschieben.

»Danke!«, sagte sie. »O nein!« Jetzt hatte sie gesehen, dass ich ein Junge war, und spürte, dass meine Hände bei ihr nicht auf dem richtigen Platz waren. Ihr Gesicht wurde sofort rot.

Meines auch. Ich merkte, dass etwas nicht stimmte: Meine Hände lagen gerade auf ihrem Po. »Entschuldigung!«, zog ich meine Hände sofort zurück. Zum ersten Mal in meinem Leben waren meine Hände auf einen weiblichen Hintern gelangt.

Ohne die Hilfe meiner Hände musste diese Studentin allerdings wieder vom Tisch herunterfallen.

»Komm her.« Ich half ihr herunterzusteigen und brachte sie zu unserem Tisch, der der Fakultät für Europa gehörte. Darauf gab es nur wenige Leute. Ich sprang zuerst hinauf und zog sie auch hoch. Ihr Gesicht sah aus wie ein reifer roter Apfel. Meines war auch ganz heiß. Zum Glück schaute uns niemand an. Im Raum herrschte ein großes Stimmengewirr. Nur noch wenige Studenten standen auf dem Boden, der Großteil war schon auf den Tischen. Jeder versuchte, dem Direktor seine Meinung aufzudrängen.

»Nein, nein! Das alles sind keine Gründe zu behaupten, es gäbe Korruption.« Der Direktor winkte mit den Händen ab.

»Warum sind die Speisen so teuer wie im Restaurant?«, fragte ich mit ganz lauter Stimme.

Das hatte der Chef gehört. »Das weiß ich auch nicht. Warum können sie nicht genauso teuer wie im Restaurant sein?«, fragte er mich zurück. Er musste auch mit ganz lauter Stimme fragen, es gab zu viel Lärm um uns.

»Weil das Restaurant einen Gewinn machen muss, die Mensa aber nicht«, antwortete ich.

»Soviel ich weiß, macht die Mensa gar keinen Gewinn, sie ist sogar immer in den roten Zahlen. Unsere Hochschule muss immer finanziell helfen«, sagte der Direktor.

»Das bedeutet Korruption! In den Essenspreisen im Restaurant ist schon sechzig Prozent Gewinn enthalten. Die Mensa macht den gleichen Preis wie ein Restaurant, allerdings mit viel schlechterer Essensqualität. Zum Schluss macht sie keinen Gewinn, sondern sogar einen Verlust. Dabei muss Korruption im Spiel sein!«, sagte ich so laut wie möglich. Ich hoffte, dass jeder mich hören konnte.

»Ja, richtig! Das ist ein Beweis für Korruption!«
Manche Studenten klatschten sogar Beifall für meine Worte. Und zwei Hände neben meinem Ohr klatschten besonders fleißig: Es waren ihre. Ihr Gesicht war nicht mehr rot, sondern wandte sich mir lächelnd zu.
Jetzt betrachtete ich sie genau. Sie war groß, etwa einen Meter siebzig, und hatte ein sehr feines Gesicht. Augen, Nase und Mund waren nicht groß und sahen sehr schön aus. Besonders die runden Augen waren beim Lachen ganz süß.
»Wie heißt du? Ich bin Chen, Da Lee.«
»Hu, Lei.« Ihr Pekinger Hochchinesisch klang sehr schön.
»Hu, Lei, ein schöner Name.« Leider konnte ich nicht weiter mit ihr sprechen.
»Ruhe, alle ruhig jetzt!«, schrie der Chef der Studentenvereinigung. In seiner Hand hielt er einen Zettel. »Ruhe jetzt! Wir haben zwei Bedingungen für die Verwaltung. Jetzt sollen wir die beiden Bedingungen vor unserem Direktor durch Abstimmung beschließen. Die erste Bedingung: Eine sofortige Durchsuchung bei den Angestellten der Mensa, um die korrupte Maus zu finden!«
»Ja, richtig!« Alle Studenten hoben die Hände.
»Okay, beschlossen! Die zweite Bedingung: Ab morgen sinkt der Essenspreis um fünfzig Prozent!«
»Gut! Sehr gut!« Wieder gingen alle Hände nach oben, manche hoben sogar beide Hände.
»Okay, wieder beschlossen.« Der Chef der Studenten war ganz glücklich. Er trug eine Brille und sah jünger aus als ich, wirkte jedoch sehr tatkräftig. Jetzt jubelte sein ganzer großer und schlanker Körper. Er lachte über die Entscheidung. »Herr Direktor, können Sie unseren gemeinsamen Wunsch morgen umsetzen?«
»Meine jungen Genossinnen und Genossen! Diese Sache muss überlegt werden. Das Parteikomitee soll zunächst darüber diskutieren.« Der Direktor schwitzte.
»Okay! Um eine positive Entscheidung vom Chef zu erhalten, verkünde ich jetzt im Namen der Studentenvereinigung der zweiten Pekinger Fremdsprachen-Hochschule: Ab morgen machen wir einen Hungerstreik!«

»Ja, gut, wir machen mit!«, schrien alle jungen Leute zusammen. Die Mensa zitterte.
Am nächsten Morgen kam kein einziger Student zum Frühstücken in die Mensa. Auch mittags kam niemand.
Gleichzeitig waren alle Restaurants rund um die Hochschule voll besetzt mit Studenten. Mädchen und Jungen tranken, aßen und lachten dort miteinander wie bei einem Fest. Die Studentenvereinigung hatte vorher schon mit allen Restaurantbesitzern vereinbart: Wenn Studenten kamen, bezahlten sie einen Sonderpreis von achtzig Prozent. Wir wohnten alle im Studentenwohnheim innerhalb der Hochschule. Jeder wurde rechtzeitig davon informiert. Trotzdem fehlten noch einige Leute, und zwar die ausländischen Lehrer. Sie sollten normalerweise in die Kantine für die Lehrer gehen, kamen jedoch immer gerne zu uns. Um die Mittagszeit waren einige von ihnen gesehen worden, wie sie in die Mensa gegangen waren. Das musste verhindert werden. Die Vereinigung organisierte sofort zwanzig Studenten, die abends vor der Tür der Mensa stehen sollten. Ich war auch dabei.
Als die Zeit fürs Abendessen gekommen war, zündeten die Angestellten der Mensa alle Lichter an. Sie hatten heute Rind- und Schweinefleisch mit viel Lauch, Ingwer und Curry zubereitet, sodass es besonders duftete, und absichtlich einige Fenster geöffnet.
Die jungen Leute hatten ihre zu offensichtliche Absicht schnell durchschaut und gingen alle mit lächelnden Gesichtern nach draußen in die Restaurants und Nudellokale. Nur die Langnasen waren, dem Duft folgend, zur Mensa gekommen. Zuerst die Lehrer aus Spanien, Italien und Amerika. Die Studenten ihrer Fakultät gingen sofort zu ihnen und unterrichteten sie darüber, dass wir gerade einen »Hungerstreik« machten. »Bitte verraten Sie uns nicht, gehen Sie einfach in Ihre Kantine.« Meine Studienkollegen sprachen in verschiedenen Sprachen zu ihren Lehrern. Daraufhin gingen alle wieder weg.
Sehr interessant war die Lehrerin aus Amerika. Nachdem sie von Hu, Lei erfahren hatte, was bei uns lief, ging sie noch einmal ganz dicht an die Mensa und schnupperte zweimal. »Gut, sehr gut, leider!« Dann zog sie ein lustiges Gesicht in unsere Richtung, gleichzeitig hatte sie ein Stück Schokolade in ihrer Tasche gefunden und sofort in den Mund gesteckt. »Tschüss, viel Erfolg!« Sie ging.

Später kamen auch einige Kurznasen. Das waren chinesische Lehrer und Lehrer aus Japan. Ihnen mussten wir nichts weiter sagen. Sie kamen nicht näher, sondern drehten gleich ab, weil sie unsere Tafel gelesen hatten, auf die wir mit riesigen Zeichen »Hungerstreik« geschrieben hatten.

Doch nicht bei jedem war das Problem so leicht zu lösen. Ein Mann machte es mir sehr schwer. Das war Dr. Müller. Er arbeitete in der Fakultät für Europa, der ich auch angehörte. Er kam oft in die Mensa.

»Dr. Müller, gehen Sie bitte nicht in die Mensa. Wir machen einen Hungerstreik.« Als ich sah, dass er wieder auftauchte, ging ich sofort zu ihm.

»Warum?« Er riss seine Augen hinter der Brille weit auf.

»Das Essen ist schlecht und auch zu teuer«, erklärte ich ihm.

»Ja, richtig. Ich bin auch dieser Ansicht. Ich mache mit!«

»Gut! Dann gehen Sie in die Kantine.«

»Nein, ich gehe nicht in die Kantine. Ich mache mit beim Hungerstreik.«

»Gut, dann gehen Sie bitte in eines der Restaurants draußen. Die Studenten sind schon dort.«

»Restaurant? Nein, ich gehe nicht ins Restaurant. Wenn man einen Hungerstreik macht, soll man nichts essen.«

»Haben Sie Hunger?«

»Ja, schon lange. Heute habe ich noch nicht einmal gefrühstückt.«

»Dann gehen Sie essen, nur nicht in diese Mensa.«

»Nein, ich gehe nicht essen. Ich mache beim Hungerstreik mit. Ich esse nicht.«

»Das ist der Hungerstreik der chinesischen Studenten!« Damals konnte ich sehr wenig Deutsch und was ich konnte, hatte ich zum großen Teil von ihm gelernt.

»Nein, wenn man einen Hungerstreik macht, soll man nichts essen.«

»Gehen Sie ins Restaurant und essen Sie mit den Studenten zusammen.«

»Nein. Wenn man einen Hungerstreik macht, soll man nichts essen.« Er setzte sich einfach auf die Treppe und bewegte sich nicht mehr.

Was konnte ich mit ihm machen? Dort störte er uns nur. »Bringt ihn von hier weg!«, sagte ich zu meinen Kollegen.

Zwei Jungen sprangen zu ihm hin: »Gehen wir, Doktor!« Bevor er reagieren konnte, hatten sie ihn schon in Richtung Restaurant weggezogen.

Dieser »Hungerstreik« dauerte drei Tage lang, dann konnte der Direktor es nicht länger aushalten. Er sprach im Hochschulsender: »Meine lieben jungen Genossinnen und Genossen! Das Parteikomitee unserer Hochschule hat entschieden, dass der Essenspreis in der Mensa noch weiter sinken wird. Auch haben wir von den Angestellten verlangt, die Qualität des Essens zu verbessern. Meine revolutionären Genossinnen und Genossen, Sie sollen jetzt in Ihre Mensa zurückgehen. Alle Probleme können wir gemeinsam und Schritt für Schritt lösen ...« Er hoffte nur, dass die Sache in seiner Hochschule damit erledigt wäre. Doch hatte er offensichtlich vergessen, mit wem er es zu tun hatte.

Die Pekinger handelten immer senkrecht nach oben. Das Ministerium für Bildungswesen war von Anfang an informiert gewesen. Und nicht nur das: Viele Kinder von hohen Beamten studierten mit uns zusammen. Sie erzählten ihren Eltern ausführlich von der Situation an ihrer Hochschule.

»Das ist unmöglich. Fast tausend Studenten haben drei Tage lang einen Hungerstreik gemacht wegen diesem unfähigen Leiter. Wie kann man das weiterhin zulassen?« Ein Stellvertreter des Ministerpräsidenten schlug auf seinen Schreibtisch.

Der Direktor verlor sein Amt. Der unstürzbare Direktor wurde gestürzt. Einige Angestellte der Mensa wurden wegen Korruption bestraft. Sie hatten innerhalb eines halben Jahres den Studenten fünfzigtausend Yuan vom Mund weggestohlen und in die eigene Tasche gesteckt.

Und ein neuer Chef wurde zu uns geschickt. Vom ersten Tag an mochten ihn die Studenten, weil er eine sehr lockere Ausstrahlung hatte. Der neue Direktor trug sogar Jeans.

»Jetzt wird in China Politik öffentlich diskutiert und es gibt eine Wirtschaftsreform. Hier ist eine Fremdsprachen-Hochschule. Sie bekommen direkt neue Ideen und neue Meinungen von außen. Sie sollen fleißig studieren und sich für die Modernisierung Ihres eigenen Landes erfolgreich einsetzen.« Die Worte des neuen Direktors gefielen vielen Studenten. »Ich hoffe, dass Sie beim Studium und in der Freizeit viel

Spaß haben. Wenn Sie eine Tanzparty organisieren, vergessen Sie bitte nicht, mich auch einzuladen!«

»Ha, ha, ha!«, lachten die jungen Zuhörer in der Aula, manche klatschten Beifall.

»Nur auf eines müssen Sie gut aufpassen.« Der Direktor spannte seine Gesichtszüge an. »Das gehört auch zur Studiendisziplin: Sie sollen keine Liebesbeziehung haben und keine Partnerschaft aufbauen, weil es Ihr Studium stört. Das ist unser Grundgesetz. Sie sollten es nicht übertreten, sonst könnten Sie in Zukunft schlechtere Arbeitschancen haben.«

Diese Warnung war sehr bedeutend. Damals wurden alle Arbeitsplätze nach dem Studium von Verwaltungsbeamten beschafft. Sie hatten das Recht zu entscheiden, wohin die Studenten nach der Abschlussprüfung geschickt wurden. Alle Jugendlichen, die von der Hochschule kamen, wollten einen schönen Arbeitsplatz haben, zum Beispiel im Außenministerium oder an einer ähnlich attraktiven Stelle. Niemand wollte auf dem Weg dorthin Probleme bekommen. Deshalb verschwanden von diesem Tag alle Lieben und Partnerschaften in den Untergrund. Und im Übrigen hatte der neue Direktor mit seiner Behauptung nicht ganz Unrecht: Das konnte ich am eigenen Leib erfahren.

Eine Frau kam in meinen Kopf, ganz leise, aber wirkungsvoll. Langsam spürte ich, wie fast mein gesamtes Denken von ihr besetzt wurde. Es war das Mädchen aus Peking, die Studentin von der Fakultät für Amerika, Hu, Lei.

Am Anfang sahen wir uns nicht oft. Ich studierte an der Fakultät für Europa und wir hatten eigene Seminarräume. Nur bei Vorlesungen konnten wir uns zusammensetzen. Sie lachte mich immer so nett an. Manchmal wirkte sie ein wenig beschämt, vielleicht erinnerte sie sich an meine Hilfe, als sie beinahe vom Tisch gefallen wäre.

»Kannst du mir heute Nachmittag einen Platz im Lesesaal reservieren?« Einmal hatte ich endlich den Mut, sie in einer Pause während der Vorlesung anzusprechen.

Ich hatte nachmittags einen Tai-Chi-Kurs für Studenten aufgebaut. Eigentlich hatte ich den Kurs morgens geben wollen, doch viele junge Leute konnten nicht früh aufstehen, weil sie abends zu viel feierten. Meine einzige Möglichkeit war, den Kurs zweimal wöchentlich nachmittags zu geben. Immer wenn ich meinen Kurs beendet hatte, war der

Lesesaal schon ganz voll. Die Studenten hatten den ganzen Vormittag lang Unterricht gehabt und nachmittags war der Lesesaal ein idealer Ruheort. Schon bevor um vierzehn Uhr die Tür geöffnet wurde, wartete regelmäßig eine große Menge Studenten darauf, eingelassen zu werden. Einige davon waren sehr hilfsbereit. Wenn sie es schafften, früher hineinzukommen, warfen sie sofort einige Bücher auf die Stühle, als Zeichen der Reservierung für ihre Bekannten.

Heute bat ich Hu, Lei, es genauso zu machen wie die anderen hilfsbereiten Studienkollegen.

»Ja, ich reserviere einen Platz für dich«, hatte sie bejaht, ganz leise und mit rotem Gesicht.

Als ich am Nachmittag in den Saal ging, sah ich sie sofort. Sie saß am Fenster, in einer roten Jacke. Neben ihr war ein freier Stuhl, auf dem ein Buch lag. Ich spürte sofort ein sehr angenehmes, warmes Gefühl am Herzen, obwohl ich gerade von draußen kam aus dem kalten, jungen Frühling. »Vielen Dank.« Ich legte das Buch vom Stuhl auf den Tisch und setzte mich neben sie.

»Nein, der ist nicht für dich!«, sagte Hu, Lei zu mir.

»Oh, Entschuldigung.« Ich stand sofort auf, das warme Gefühl verschwand blitzschnell. Die Situation war ein bisschen peinlich für mich.

»Doch, der ist für dich!« Sie lachte mich an.

»Du!« Ich machte eine Faust in der Luft.

»Pschscht!« Ein paar Studenten am Nebentisch legten den Finger vor den Mund, wir sollten ruhig sein.

Wir mussten schweigsam sitzen bleiben und konnten einander nur mit lachenden Augen anschauen.

Eine Stunde später stand Hu, Lei auf. Sie schob mir einen Zettel zu und ging. »Warte heute Abend auf mich, um sieben Uhr am Haupttor«, hatte sie darauf geschrieben, in sehr feiner und guter Handschrift. Mir gefiel der Inhalt besonders gut. Das bedeutete eine Verabredung mit einem hübschen Mädchen. Mein Herz begann schneller zu schlagen, immer schneller. Bis zum Abend, als ich sie beim Tor sah, schlug mein Herz fast aus dem Mund heraus. Doch ich versuchte, mich zu beherrschen und ruhig zu bleiben. »He!«, sagte ich zur Begrüßung zu ihr.

»He!«, sagte sie ebenfalls zu mir, drehte sich zum Tor um und ging hinaus, fünf Meter vor mir her.

Am Tor standen drei Wachen mit roten Bändern. Sie schauten uns mit neugierigen Blicken nach. Wir gingen nach draußen über eine Straße und dann auf einen Feldweg.
Hier war die Vorstadt von Peking und es sah aus wie auf dem Land. Auf dem Feld kam das junge Grün schon heraus. Was es genau war, konnte ich nicht erkennen, denn es war noch zu klein. Vielleicht Weizen, oder Gemüse. Es wurde langsam dunkel. Viele Studenten kamen mit Lehrbüchern vom Spazierengehen zurück. Doch wir gingen in die Gegenrichtung.
Hu, Lei ging langsamer, dann blieb sie stehen. Im Abendrot sah ihre rote Jacke sehr schön aus. »Da Lee, ich habe dich mitkommen lassen, weil ich dir etwas sagen wollte.«
»Ja, sag es mir.« Meine Stimme zitterte ein bisschen.
Zu beiden Seiten des Weges hatte man zwei Reihen Bäume gepflanzt. Hu, Lei lehnte sich an einen davon. Jetzt kamen nur noch wenige Menschen vorbei, ein idealer Ort, um sich zu verabreden.
»Da Lee, ich will dir sagen, ich will... sagen, ja, ich will sagen, dass wir uns in Zukunft weniger oft treffen sollten.«
»Warum?« Ich war sehr verwundert.
»Ich kann mich nicht mehr konzentrieren, wenn du nahe bei mir bist, zum Beispiel in der Vorlesung.« Sie steckte beide Hände in die Taschen ihrer hellen Jeans. Ihre Augen schauten nach unten. »Vielleicht haben sie schon etwas bei uns bemerkt.«
»Was haben sie bemerkt?« Ich war enttäuscht. Dass unsere Verabredung so beginnen würde, hätte ich nicht erwartet.
»Ich weiß nicht genau, aber die Leute schauen mich zurzeit sehr komisch an. Meine Mitbewohnerinnen haben mich gefragt, ob ich mit dir...«
»Was? Sag es mir einfach.«
»Nein, sie machen nur ihre Späße mit mir.« Ihr Gesicht war ganz rot.
»Du, du bist unmöglich, wie konntest du mir an diesem Tag helfen?«
»Warum? Weil du sonst gefallen wärst.«
»In Wirklichkeit wolltest du nur meinen Hintern berühren. Du hast lange auf diese Chance gewartet, stimmt das?«
»Quatsch! Wie wäre das möglich gewesen?« Ich war ein bisschen böse.
»Gut, sehen wir uns in Zukunft so wenig wie möglich. Zurzeit kann

ich mich auch nicht konzentrieren. Meine Prüfungsnoten werden immer schlechter.« Ich wandte meinen Blick von ihr ab.
»He! Du hast das gleiche Problem.« Sie kam einen Schritt näher zu mir. Nun standen wir Gesicht an Gesicht. »Da Lee, ich will dich fragen ...« Sie war aufgeregt. »Wenn, wenn ich in Zukunft wieder herunterfallen würde, hilfst du mir dann noch?«
»Ja! Natürlich!«
»Egal, was kommt?«
»Ja, ich helfe dir, Lei! Egal, was kommt!«
»Warum, Da Lee?« Ihre beiden Hände hielten meine Arme fest. Ihre Atmung war ganz schnell. Ihr Gesicht kam immer näher.
»Weil ich dich liebe.« Meine Energie explodierte im Körper. Ich spürte überall Hitze.
»Ich, ich liebe dich auch, ich ...« Sie konnte nicht mehr weitersprechen, weil ihre Lippen auf meine trafen.
Es war ein wunderschöner Kuss, das erste Mal in meinem Leben. Ihre nassen Lippen und ihre Zunge waren warm und angenehm. Das sollte ein Teil von mir sein. Ja, das gehörte jetzt mir.
Wir küssten uns immer weiter und hofften, die Zeit würde stehen bleiben. Es dauerte ziemlich lang. Als wir wieder in die Realität zurückkamen, fühlten wir uns von etwas gestört. Das war das Licht der Straßenlampe. Früher hatte ich dieses Licht immer als so dunkel empfunden, dass ich beim Spazierengehen kaum in meinem Buch lesen konnte. Heute fanden wir, dass es zu hell war.
»Gehen wir weiter!«, sagte Lei zu mir.
»Komm!« Ich führte sie weiter in die Gegenrichtung, weg von unserer Hochschule.
Ihr Kopf lag auf meiner Schulter. So ein unbeschreibliches Glück erfasste mich.
Wir gingen weiter, immer weiter. »Lei, schau mal, dort ist ein Gewächshaus.« Ich zeigte ihr das Gebäude neben uns. Auf dem Feld hatten Bauern ein Glashaus gebaut, ungefähr hundert Quadratmeter groß.
»Wofür ist das, Da Lee?«
»Für Gemüse und Obst. Es wird durch das Glas vor der Kälte geschützt und die Sonnenenergie kann sich darin sammeln.«
»Darin ist es bestimmt sehr warm. Lass uns hineingehen.«

»Ja, komm.«
Die Tür war nicht abgeschlossen. In den Regalen gab es viel grünes Gemüse. Was es genau war, konnte man im Dunkeln schwer sehen. Das war auch überhaupt nicht wichtig für uns. Wir suchten in diesem warmen Raum nur einen Platz, wo man liegen konnte. »Hier, hier ist trockenes Gras.« Lei legte sich zuerst darauf.
Ich legte mich zu ihr und wieder küssten wir uns heiß, überall küssten und streichelten wir uns. Dann spürten wir, dass die Kleider uns bei unserem Tun störten und begannen, einander auszuziehen.
»Der Reißverschluss von deiner Jeans ist zu fest«, beschwerte ich mich.
»Deiner auch!«, sagte sie.
Nach einer Weile Kämpfen und Bemühen hatten wir es in die Freiheit geschafft.
Die Weiblichkeit ihres Körpers machte mich wie verrückt. Das Mondlicht schien durch das Glas direkt auf sie. Ihr nackter Busen, die nackten Beine und ihr verschämtes Lächeln brachte mich in ein Paradies, in dem ich in meinem ganzen Leben zuvor noch nie gewesen war.
»Lei, ich will dich haben.« Meine Stimme zitterte.
»Komm, Da Lee!« Sie umarmte mich mit ihrem ganzen Körper. Ihre Stimme zitterte auch. »Da Lee, mach ein bisschen langsamer, es ist das erste Mal…«
Langsamer? Wie konnte ich langsamer machen? Ich war ein zweiundzwanzigjähriger, heißblütiger junger Mann. Das unterirdische Feuer war schon explodiert. Wie konnte man einen Vulkanausbruch wieder rückgängig machen? Nein, das war unmöglich! Das trockene Gras unter uns quietschte, weil es so gepresst wurde. Die Regale für das Gemüse wackelten. Dann kam ein Erdbeben und danach war es wieder ruhig, ganz ruhig, so als ob ein großes Gewitter plötzlich verschwunden wäre.
Leider konnten wir die wunderschöne Ruhe nicht lange genießen.
»Da Lee, hast du auch etwas gehört? Fußtritte?«, fragte Lei mich leise.
»Ja, ich höre auch etwas. Schnell, anziehen!« Wir sprangen sofort auf und packten uns im schnellsten Tempo wieder ein.
Dann kam wirklich jemand. Eine große Katze. »Miau!«, schrie sie und setzte sich vor uns hin.
»Mein Himmel!« Lei versteckte sich hinter mir.

»Tschü, tschü! Was gibt es hier zu sehen?« Ich jagte den unwillkommenen Besucher weg.
»Lass uns gehen.« Lei ging zur Tür.
»Hast du Angst vor Katzen?«, fragte ich draußen auf dem Feldweg.
»Ja, sehr. Die Katze sieht wie ein Tiger aus. Schon als Kind hatte ich immer Angst vor diesen Tieren. – Moment, mein Reißverschluss ist kaputt.« Sie beugte ihren Kopf nach unten und versuchte, ihre Hose zu schließen. »Nein, das geht nicht mehr.«
»Warte, ich helfe dir.«
»So, hast du wieder eine Chance gefunden, mich zu berühren.« Sie lachte mich an.
»Ich habe dich schon berührt!«
»Moment, es tut mir ein bisschen weh.« Sie steckte ihre Hand zwischen die Beine, dann zog sie sie wieder heraus. »Ich blute. Hast du einen Eisenstock da unten?«
»Soll ich dich in die Klinik begleiten?«
»Quatsch! Wer geht denn deswegen zu einem Arzt? Begleite mich bitte zum Wohnheim.«
Unser Studentenwohnheim lag innerhalb der Hochschulmauern. Es waren zwei große Gebäude, eines für Studentinnen, das andere für die Jungen. Wir gingen in diese Richtung zurück. Ihr Arm lag auf meiner Schulter, meine Hand um ihre Taille. Unsere Kleider waren ganz unordentlich. Lei musste ihre Hose immer wieder in der Mitte zumachen. Schließlich befestigte sie ihre Haarspange dort als Ersatz für den Reißverschluss. Es war, als kämen wir aus einem Kriegsgebiet. Zum Glück gab es in der Nacht nur sehr wenige Fußgänger.
Hu, Lei jammerte die ganze Zeit auf dem Rückweg. »Dumm, alle Frauen sind Dummköpfe, wenn sie Sex machen. Mein Himmel! Alles wegen dir! Ich habe dir gesagt, du sollst langsamer … langsamer!«
»Sprich ein bisschen leiser, wir sind bald am Tor.« Ich beschwerte mich auch.
»Ich sage dir, in Zukunft bleibt es beim Küssen, nichts weiter …«
»Halt!« Plötzlich kamen viele Leute zum Tor heraus. Dort war es dunkel, deshalb hatten wir sie vorher gar nicht gesehen. Wahrscheinlich hatten sie sich schon lange hinter dem Tor versteckt und uns nun genug beobachtet. »Was machen Sie so spät noch hier?«, fragte uns der

Leiter der Sicherheitsabteilung. Neben ihm standen einige Frauen und Männer, alle mit Handlampen. Der Dekan von Leis Fakultät war auch da. Das war eine Patrouille.

Nachdem der neue Direktor gekommen war, hatte sich die Atmosphäre sehr gelockert und viele unnötige Maßnahmen gegen die Studenten waren von ihm beseitigt worden. Nur das System der Patrouille wollte er weiter bestehen lassen. Die Studenten schimpften sie »Hundegruppe«.

Hu, Lei und ich trennten uns sofort. Ich ging einen Schritt vorwärts und sagte zu der Gruppe: »Wir gehen zusammen zum Studentenwohnheim.«

»Sie müssen nichts erklären, gehen Sie zuerst.« Dann drehte sich der Leiter zu Lei um: »Sie bleiben zunächst hier. Wir haben ein paar Fragen an Sie.«

Eine lange Nacht war das für mich. Ich konnte überhaupt nicht schlafen. In meinem Zimmer wohnten noch drei Jungs aus dem gleichen Semester. Sie träumten schon lange. Und ich wälzte mich auf dem Bett hin und her. Ich wusste schon, dass morgen etwas Schlimmes kommen musste. Sie hatten Hu, Lei dabehalten und sicher wollten sie alles von ihr wissen, was wir getan hatten. Wenn sie das erzählte, dann würden wir schwer angeschuldigt werden. Ich würde auf jeden Fall einen dicken Stapel Selbstkritik schreiben müssen.

Auf dem Rückweg war sie schon ein wenig böse auf mich gewesen. Wenn sie dem Chef nun sagte, dass alles nur meine Schuld wäre? Mein Himmel! Was würde mich dann erwarten? Vielleicht musste ich die Hochschule wieder verlassen und Zwangsarbeit verrichten.

Meine Gedanken drehten sich in dieser Nacht wie verrückt.

Mein lieber Leser. Hast du schon dein »Erstes Mal« gehabt? Egal, ob du eine Frau oder ein Mann bist, du hast bestimmt ein gutes Gefühl, wenn du dich daran erinnerst. Nicht wie der arme Chen, Da Lee, der sich die ganze Nacht »kazi, kazi« auf dem Bett herumwarf und nicht in Ruhe schlafen konnte.

Ich hoffte nur, dass der Dekan meiner Fakultät mich nicht gleich am nächsten Tag besuchen würde, dann war alles vorbei.

Und er kam zu mir, sogar ganz früh. Als ich mit schwerem Kopf die Tür öffnete, setzte ich mich fast auf den Boden. Mein Chef stand vor

mir, hinter ihm waren der Leiter der Sicherheitsabteilung und der Dekan von Hu, Leis Fakultät.
»Hong«, ich hatte das Gefühl, mein Kopf würde explodieren. Fertig! Alles ist vorbei! So dachte ich.
»Wir waren schon auf dem Sportplatz. Warum machst du heute keine Übungen?«, fragte mein Dekan.
»Ich, ich bin sehr müde...« Was konnte ich noch sagen. Ich wartete nur darauf, welche Strafe kommen würde.
»Du bist müde? Natürlich, du musst müde sein, du hast gestern Nacht etwas sehr Gutes getan!«, sagte mein Chef.
Das gefiel mir überhaupt nicht.
»Wir danken dir sehr, dass du der Studentin von unserer Fakultät in ihrer schwierigen Situation geholfen hast«, sagte der Dekan von Hu, Leis Abteilung mit echter Rührung.
»Was haben Sie gesagt? Ich verstehe gar nichts.« Ich strich zweimal über mein Augen und zweifelte, ob ich wach war oder noch nicht.
»Nicht so bescheiden. Hu, Lei hat uns alles erzählt: Sie ist bei ihrem Spaziergang auf dem Feld ohnmächtig geworden. Du hast sie mit deinen Qi-Gong-Fähigkeiten gerettet und ihr geholfen, Schritt für Schritt zur Hochschule zurückzukommen.« Mein Dekan klopfte mir auf die Schulter. »Gut, das hast du sehr gut gemacht!«
»Wie gefährlich!«, sagte der Chef der Sicherheitsabteilung. »Ein Mädchen liegt allein bewusstlos auf dem kalten Feld. Wenn du es nicht gleich bemerkt und ihr geholfen hättest, was wäre passiert? Undenkbar! Undenkbar!« Er drückte meine Hand ganz fest.
Dann folgten die Hände der anderen beiden Besucher.
»Ihr sollt euch ein Beispiel an eurem Kollegen Chen, Da Lee nehmen, er hat Freude daran, anderen zu helfen!«, sagte mein Dekan zu den drei Mitbewohnern, die gerade wach geworden waren und auf den Betten saßen. Doch damit nicht genug: Eine Studentin besuchte mich in der Zwischenpause des Seminars. »Ich heiße Wang, Lin Zhuan und bin die Rundfunksprecherin unserer Hochschule.« Sie drückte mir die Hand. »Der Chef hat mir aufgetragen, dich für unser Programm zu besuchen. Ich habe schon von Hu, Lei viel über diese Geschichte erfahren. Jetzt habe ich folgende Fragen: Als du deine Studienkollegin da liegen gesehen hast, woran hast du gedacht?«

»Woran ich gedacht habe?« Ja, das war eine schöne Frage. Dieses Bild kam wieder vor meine Augen: Lei lag dort und zog langsam ihre Unterwäsche aus. »Ja, ich habe sie im Gewächshaus gesehen…«
»Im Gewächshaus? Hu, Lei hat gesagt, vor dem Gewächshaus!«
»O ja, vor dem Gewächshaus habe ich Hu, Lei liegen gesehen.«
»Ja, richtig! Woran hast du in dieser Sekunde gedacht?«
»Ich wollte sie haben…«
»Was?«
»O nein, geben! Ich wollte ihr etwas geben!«
»Geben? Ja, natürlich! Du wolltest ihr dein hilfsbereites Herz geben. Du wolltest ihr deine Freundlichkeit geben.« Sie öffnete ihr Notizbuch und schrieb schnell etwas hinein. Sie war eine wunderschöne junge Frau mit großen Augen. Kein Wunder, dass ich sie einige Jahre später dauernd im Fernsehen sah, wo sie als Englisch sprechende Moderatorin arbeitete.
Am nächsten Mittag, als wir alle gerade in der Mensa aßen, kam aus dem Lautsprecher die Hochschulsendung. »Meine lieben Studentinnen und Studenten, Genossinnen und Genossen. Die heutige Sendung heißt: ›Verwirklichung des revolutionären Humanismus‹.« Eine wohlklingende weibliche Stimme sprach, als Begleitung gab es ruhige Klaviermusik im Hintergrund.
»Es war in der Nacht. Das Mondlicht schien auf die Erde«, so begann die Rundfunksprecherin. Durch den Lautsprecher breitete sich ihre Stimme in der ganzen Hochschule aus. »…Unser Studienkollege Chen, Da Lee machte allein einen Spaziergang auf dem Feld. Plötzlich sah er eine junge Kommilitonin ohnmächtig auf dem Boden liegen. Da hat er ihr sein hilfsbereites Herz gegeben und die Hände gereicht…«
»He, Da Lee. Du bist ein Held!«, schrien die Jungen, die mit mir am gleichen Tisch aßen. Einige klopften mir auf die Schulter.
»Hilfe! Wer ist so nett und gibt mir etwas Wolle?«
»Wofür brauchst du Wolle? Wer hat so etwas? Ein weiches Papier habe ich hier«, sagte ein Junge.
»Gib es mir!« Ich nahm es schnell, machte zwei Stopfen und steckte sie mir in die Ohren.

Meine Mitbewohner waren heute besonders nett zu mir. Schon bevor der Termin für meine Verabredung da war, machten sie sich zum Gehen bereit.
Hu, Lei hatte einen Zettel in unser Zimmer geschickt: Um sechzehn Uhr wollte sie persönlich kommen, um sich bei mir zu bedanken.
»Wir lassen euch eine Stunde lang ungestört«, sagte der große Lin zu mir und ging lachend mit den anderen beiden fort.
Lei kam, in roter Jacke und dunkelblauen Jeans. Wir umarmten uns ganz fest. Dann schloss ich die Tür. »Wie kannst du so gut lügen und so ein großes Theater machen?«
»Da Lee, nur so konnte ich uns schützen.«
»Lei, ich habe dich vermisst!«
»Ich dich auch, sogar sehr. Ist das hier dein Bett?«
»Ja, diese Decke habe ich von der Armee mitgebracht. Sie ist schon alt und schrecklich.«
»Nein, sie ist schön. Komm, Da Lee. Wir haben nicht sehr viel Zeit.«
Sie setzte sich auf das Bett und begann sich auszuziehen.
»Was machst du, Lei? Du hast gesagt, du machst keinen Sex mehr mit mir!«
»Habe ich das gesagt? Ja, nicht im Gewächshaus, aber hier.«
»Lei, ich liebe dich.«
Dann kamen wir zusammen ins Paradies. Ich hatte zum ersten Mal einen so guten Eindruck von diesem kleinen Zimmer. Jetzt gehörte es nur Lei und mir. Und wenn ich gewusst hätte, dass meine Mitbewohner mit ihren Ohren an der Tür klebten, hätte ich auf jeden Fall Leis Mund bedeckt. Die drei Jungen hatten alles gehört. Der »kleine Dicke« sprach hinterher mit der Stimme von Hu, Lei zu mir: »Oh! Ich liebe dich!«
Ich ging auf ihn los.
»Moment, Moment!« Lin ging dazwischen, um ihn zu beschützen. »Da Lee, du solltest dich bei uns bedanken.«
»Warum?«
»Weil wir drei armen Leute stundenlang draußen vor der Tür gestanden haben, um euch zu beschützen. Was glaubst du denn? Glaubst du, wir sind so dumm wie der Chef? Wir wussten schon, was in Wirklichkeit zwischen euch läuft. Wir wollen dir nur helfen.«
»Helfen? Vor der Tür stehen und lauschen, das nennst du helfen?«

»Ihr beiden wart so laut und die Tür ist dünn wie Papier. Jeder könnte sie mit einem Stoß einschlagen. Du sollst uns danken. Dann bleibt die Geschichte nur unter uns.« – »Ja, du sollst dich bei uns bedanken!« Die drei Kommilitonen lachten mich an.
Was konnte ich machen, vor solchen Erpressern? »Gut, ich lade euch zum Abendessen in das Restaurant neben der Hochschule ein.« Ich kapitulierte.
»Das können wir uns selbst leisten. Du bist ein Student und bekommst gleichzeitig ein volles Gehalt. Du sollst uns etwas Besseres anbieten«, sagte der kleine Dicke.
Sie hatten Recht. Ich studierte und bekam Lohn, weil ich schon mehr als fünf Jahre gearbeitet und dann die Aufnahmeprüfung bestanden hatte. Ich war von unserer Fakultät der Einzige mit diesen Bedingungen.
»Sagt mir, was soll ich euch anbieten?« Ich starrte den Kleinen an.
»Peking-Ente!«
»Was?« Ich hielt meine Faust in die Luft.
»Doch, Peking-Ente.« Er versteckte sich hinter Lin und zeigte mir zwei Finger.

Im Zentrum von Peking gab es ein Restaurant, das für seine Peking-Ente bekannt war. Es hieß Quan Ju De. Als ich es zum ersten Mal besuchte, musste ich ganz unfreiwillig zwei Enten bestellen.
»Das ist zu viel für vier Leute, eine Ente reicht«, schlug der Kellner vor.
»Zwei Stück, bitte.« Ich bestand auf meiner Bestellung. »Wir wollen uns heute ganz satt essen.« In Wirklichkeit wollte ich die Münder meiner drei Kameraden stopfen, damit sie nicht überall herumerzählen, was sie bei der Tür erlauscht hatten.
Der Kellner brachte zuerst die Beilagen: geschnittene Grünzwiebel, viele runde, flache Pfannkuchen und noch einen Teller süße Weizenmehltunke. Dann schob er auf einem Wagen zwei riesige, rote Enten heran, die gerade vom Feuer genommen worden waren. Vor unseren Augen schnitt er die Haut der Enten Stück für Stück ab. Als das ganze Entenfleisch mit der roten Haut auf dem Teller lag, schob er den Wagen mit den Gerippen in die Küche zurück. Dort wurde das Gerippe zerschnitten und in Wasser mit Ingwer gekocht, bis die Brühe eine milchige Farbe hatte. Dann gab man noch Lauch und Grünkohl dazu und

die Suppe war fertig und wurde in einer großen Schale ebenfalls zum Tisch gebracht. Es war ein richtiges Bankett für uns. Peking-Ente isst man so: Zuerst legt man die flachen Kuchen auf den Teller, darauf kommt ein wenig süße Weizenmehltunke. Scheiben vom Entenfleisch und grüne Zwiebelringe legte man in die Mitte. Dann wird alles in den Fladen eingerollt. Und dann darf man es in den Mund stecken. Das schmeckt ganz anders, als wenn man die Zutaten getrennt isst. Dafür gibt es keine wissenschaftliche Erklärung. Nur die Zunge und der Gaumen wissen ganz genau, wie gut und lecker man so isst.

Als wir zum Schluss die Suppe aßen, war noch viel von der Ente auf dem Teller.

»Ich kann nicht mehr! Schade.« Der kleine Dicke bewegte seine fettigen Lippen, aber seine Augen hingen noch am Teller.

»Da Lee, du bist großzügig. Deine Freundin darf dich in Zukunft immer besuchen. Wir garantieren jedes Mal eine ungestörte Stunde, das ganze Zimmer gehört euch«, sagte Lin.

»Ha, wollt ihr wieder lauschen und mich dann erpressen?«

»Nein, nicht mehr! Wir schwören«, versicherte ein anderer Junge. »Wir schwören im Namen des Vorsitzenden Mao.«

»Er ist schon lange tot«, sagte ich.

»Wir schwören im Namen der Peking-Ente. Die gibt es immer«, schlug der Dicke vor. »Ja, richtig! Wir schwören im Namen der Peking-Ente!« Drei Hände erhoben sich in die Luft.

Jahrelang hielten die Jungen ihren Schwur. Wenn Hu, Lei mich besuchte, gingen sie mit lächelnden Gesichtern weg. Sie warteten nicht vor der Tür, sondern blieben wirklich stundenlang fort. So konnten sich Yin und Yang in diesem Raum verbinden. Lei und ich waren natürlich sehr dankbar dafür.

Nach der Beendigung unseres Studiums wollte ich die Jungen noch einmal zur Peking-Ente einladen, diesmal ganz freiwillig! Leider ergab sich keine Gelegenheit dazu, denn jeder hatte sehr viel zu tun.

Schade, sehr schade!

21

Ich ging mit dem Diplom für Literatur nach Shanghai zurück. Auf dem Heimweg war ich ganz allein. Lei war nicht dabei.

»Da Lee, ich kann nicht mit dir zusammen nach Shanghai kommen«, hatte mir Hu, Lei am Duftenden Berg, der in einer Vorstadt Pekings liegt, gesagt.

»Warum? Wir haben doch ausgemacht, dass wir nach dem Studium zusammen nach Shanghai gehen.« Ich verstand überhaupt nichts mehr.

»Ich… ich habe die Prüfung für das Stipendium an einer Hochschule in Amerika bestanden.« Lei schaute auf den Boden. Sie strich mit dem Fuß immer wieder über das Gras.

»Das weiß ich doch. Du hast gesagt, dass du zuerst einige Zeit in China arbeiten und dann in Amerika deine Doktorarbeit schreiben willst.«

»Ja, das habe ich gesagt. Doch Men, Lin, mein ehemaliger Nachbar, hat für mich die Zulassung für die Universität in den USA besorgt.«

»Men, Lin? Der, der dir sehr viele Liebesbriefe aus den USA geschickt hat? Willst du zu ihm gehen?«

»Ich will nach Amerika gehen. Da Lee, du weißt selbst, dass so viele Leute in den Westen gehen, um mehr Freiheit und eine bessere Zukunft zu haben. Jetzt habe ich die Chance…« Sie sprach nicht weiter, zwei Tränen kamen aus ihren Augen. »Das ist für mich sehr schwer; sehr schwer… zu entscheiden.« Sie weinte.

Es war, als ob ein Messer in meinem Herzen steckte. Was konnte ich sagen? Ich versuchte, meine Tränen und das Zittern um den Mund zurückzuhalten.

Vor mir lag dieser Duftende Berg mit herbstroten Blättern. Der ganze Berg war rot gefärbt. Er war ein Nachmittag zu Beginn des Herbstes 1982.

Duftender Berg. Wegen dieses faszinierenden Namens und seiner wunderschönen Landschaft kamen zu ihm so viele junge Paare, um einander ewige Liebe zu schwören. Doch wir sollten heute das Gegenteil tun. Ich wollte etwas erwidern. Ich wollte ihr erzählen, wie sehr ich sie liebte. Doch die Worte waren ganz verändert, als sie aus meinem Mund herauskamen. »Lei, ich wünsche dir in Amerika Glück und guten Erfolg.« Das sagte ich tatsächlich.

Hu, Lei hatte die Gelegenheit, eine gute Zukunft in Freiheit zu haben. Auch wenn das auf Kosten meiner Liebe ging, konnte ich sie nur unterstützen. »Wenn du sie richtig liebst, sollst du das Beste für sie tun.« Ich hatte vergessen, in welchem Buch ich das gelesen hatte. Nur eines wusste ich ganz genau: Was Hu, Lei sich wünschte, konnte ich ihr in China nicht bieten. Zwar war ich selbst nicht in westlichen Ländern gewesen, doch ich hatte schon viel darüber gehört. Sie hatten Demokratie, Freiheit und ein angenehmes Leben. Dort war das Paradies und das Traumziel für viele junge Leute, die Karriere machen wollten. Nein, ich konnte nichts gegen die Entscheidung Leis sagen.

»Lei, morgen fahre ich nach Shanghai zurück. Du hast sicher viele Vorbereitungen für deine Fernreise zu treffen und musst mich nicht zum Bahnhof begleiten.«

»Da Lee, bleib bitte noch einige Tage in Peking!«

»Nein. Ich fahre morgen zurück. Bitte grüße deinen früheren Nachbarn, wenn du in Amerika bist.« Ich verabschiedete mich am Duftenden Berg von ihr.

Am nächsten Tag kam Lei zum Bahnhof. Sie fand mich auf dem Bahnsteig. »Da Lee, ich vergesse dich nicht!«

Wir umarmten uns, dann schauten wir einander ganz genau an, so als ob wir uns gegenseitig im Kopf speichern wollten.

Lei trug die rote Jacke und helle Jeans, die ich schon lange nicht mehr bei ihr gesehen hatte.

»Ist deine Hose wieder in Ordnung?« Ich fragte absichtlich, um die Stimmung aufzulockern.

»Ja, der Reissverschluss ist repariert.« Sie lachte ein bisschen mit rotem Gesicht.

Ich lachte auch.

Dann lachten wir zusammen. Es war ein Lachen, in dem auch Bitterkeit und Schmerz enthalten war.

Shanghai war mir während meines vierjährigen Studiums nicht fremd geworden, weil ich jedes Mal in den Semesterferien zurückgekommen war. Es hatte sich vor meinen Augen Schritt für Schritt verändert. Diese Veränderung zeigte sich zuerst bei den Menschen. Die Einwohner der Metropole hatten bemerkt, dass sie durch die Reformen immer mehr Freiheiten im Bereich der Wirtschaft hatten. Sie konnten jetzt für ihren eigenen Reichtum und ihr Glück arbeiten. Es war kein Witz, dass man in der Zeit Maos seine eigene Katastrophe herbeirufen konnte, wenn man eine Idee zum Geldverdienen hatte. Doch jetzt verglich man, wer die größere Summe auf dem Sparbuch hatte und welche Wohnung schon modernisiert war.

Auch im Städtebau sollte Shanghai, diese schönste Perle im Osten, wieder stärker als jemals zuvor leuchten. Die Menschen arbeiteten wie verrückt, für sich selbst und auch für diese Stadt. Sie hatten ihren eigenen Wert kennen gelernt. Man konnte so viele Wunder geschehen lassen! Die Menschen wollten gesund und länger leben, man glaubte, dass es noch viele schöne Dinge zu erleben gab. Überall suchte man nach Mitteln für ein langes Leben. Überall machte man Qi Gong und Tai Chi Chuan.

»Mein Himmel, ich kann nicht mehr! So viele Leute kommen zu mir, um Tai Chi Chuan zu lernen, viel zu viele. Da Lee, führe einige Anfängerkurse für mich«, bat mich Meister Zhou, Xiao Tian mit seiner dunklen Stimme.

»Ich? Nein, in allen Kursen sind so viele Leute. Das kann ich nicht schaffen.« Ich hatte gesehen, dass die Leute in einer langen Schlange standen, um sich bei ihm anzumelden.

»Keine Sorge, nach ein paar Übungsstunden gehen sie zum großen Teil schon wieder weg. Sie haben gehört, wie gut Tai Chi Chuan den Menschen tut, und nach nur drei Tagen wollen sie schon alle Vorteile davon haben. Doch wenn sie ein bisschen schwitzen und Muskelkater haben, dann gehen sie sofort weg. Was glauben sie denn? Hier machen wir Tai-Chi, keinen Tanzkurs …«, schimpfte der Tai Chi Kaiser im Park. Bei ihm zu Hause machte er jetzt nur noch die Lehrerausbildung und nur wenige Teilnehmer durften auf den blauen Steinen üben. Zum Glück gehörte ich dazu.

Meister Yun, Fe hatte das gleiche Problem. »So viele Leute kommen zu mir. Ich habe kein bisschen Zeit mehr für mich. Heh! Wenn ich das vorher gewusst hätte, wäre ich im Tali-Dorf von Xinjiang geblieben, dort ist es viel ruhiger!« So sagte Meister Yun zu mir.

Ich wusste, dass er halb im Spaß sprach. Doch in der Tat kamen viel zu viele Leute zu ihm; jede Woche musste er für ein paar hundert Menschen Qi-Gong-Kurse geben. Außerdem besuchten ihn noch zahlreiche Patienten, um sich behandeln zu lassen.

»Meister, du solltest eine Pause machen und dich gut ausruhen«, riet ich ihm besorgt.

Er sah jetzt viel älter aus als früher. Sogar die Augenbrauen waren weiß geworden. Doch mit einundachtzig Jahren durfte man wirklich auch alt aussehen.

»Pause? Ja, richtig, ich soll jetzt eine Pause machen.« Er hatte meinen Vorschlag direkt angenommen. »Bald mache ich eine lange Pause.«

»Was bedeutet das?«, fragte ich.

»Das bedeutet, dass ich bald ins Jenseits gehen muss.«

»Damit spaßt man nicht.«

»Das ist kein Spaß. Das ist Schicksal. Die Zeit wird bald kommen, ich spüre das. Du, Da Lee, bist jetzt zurück, du sollst meine Kurse übernehmen.« Er sagte das ganz ernst. Und ich konnte gar nicht anders, als den Job als Qi-Gong- und als Tai-Chi-Lehrer anzunehmen. Zum Glück hatte ich damals tagsüber sehr viel Freizeit. Ich war in eine große Firma für Maschinenbau geschickt worden. Der Chef der Firma wollte, dass die staatliche Personalabteilung ihm junge Kräfte mit Diplom schickte, egal aus welchem Bereich. Die Hauptsache war, dass sie ihr Studium beendet hatten.

In Wirklichkeit passte mein Studienfach überhaupt nicht zu diesem Arbeitsplatz.

»Keine Sorge. Sie sollten Geduld haben, Genosse Chen. Unsere Firma muss sich so schnell entwickeln wie dieses Land. Vielleicht haben wir bald eine Lizenz für den Import und Export. Dafür sind sie gut ausgebildet«, sagte der Hauptmanager lächelnd zu mir.

»Aber ich habe ein geisteswissenschaftliches Fach studiert.« Ich hatte den Eindruck, dass dieser Chef mit der schlanken Figur und Brille nur den Wert seiner Firma vergrößern wollte, indem er neue Mitarbeiter mit Diplom einstellte.

»Ich weiß, welches Fach sie studiert haben. Sie haben bestimmt eine Zukunft bei uns. Zurzeit haben Sie vielleicht wenig zu tun, doch das ist auch eine Chance für Sie, Selbststudien zu betreiben und Material zu sammeln.« Er kümmerte sich sogar persönlich um die Bedingungen in meinem Büro. Ich bekam einen riesigen Schreibtisch und einen sehr bequemen Stuhl.

In meinem Büro saßen noch drei neue Angestellte, zwei Frauen und ein Junge. Alle waren, wie ich, frisch hierher geschickt worden. Alle hatten, wie ich, ein Diplom. Alle hatten, wie ich, keine Ahnung, warum wir hierher geschickt worden waren.

Damals war die Arbeitszuweisung von Schul- oder Hochschulabgängern noch nicht reformiert. Man hatte sehr wenig Entscheidungsmöglichkeiten, was den eigenen Arbeitsplatz betraf. Die Vorgesetzten entschieden über das Schicksal der Leute, die ihre Ausbildung beendet hatten und auf einen Arbeitsplatz warteten. Sie schickten die Akten im Namen des Bedarfs von Partei und Volk irgendwohin und man musste dorthin gehen, wo diese Akten gelandet waren. Wenn der Chef am Arbeitsplatz die Akte nicht hergab, konnte man nie weggehen.

Wir vier neuen Angestellten hatten alle woanders eine ideale Arbeitsstelle gefunden, die zu unseren Studienfächern paßte, doch dieser verdammte Hauptmanager wollte uns nicht gehen lassen. »Leute mit guter Ausbildung sind schwer zu bekommen«, sagte er zu uns. »Geduld, Geduld. Sie sollten mit ihren Bedingungen zufrieden sein. Sie sind alle nach der neuen Kaderpolitik engagiert und haben die idealen Arbeitsbedingungen eines Funktionärs. Bleiben Sie ruhig bei uns.« Er sagte das mit lachendem Gesicht und echtem Gefühl, sodass wir sogar Sympathie für ihn empfanden.

Und es stimmte! Wir hatten ein wunderschönes Büro, sehr groß und gemütlich. Darin konnten wir während der Arbeitszeit alles machen, was wir wollten, Romane und Zeitung lesen, Radio hören, Karten und Schach spielen, als ob wir nichts zu tun hätten.

Und ich nutzte die Zeit für meine Qi-Gong- und Tai-Chi-Kurse und schrieb viel Lehrmaterial an meinem großen Tisch. Ich sammelte die philosophische Bedeutung des Tai Chi von Meister Zhou und das Wissen über Energie von Meister Yun und brachte alles zu Papier. Dann druckte ich tausend Blätter in meinem Büro.

Im Kurs gab ich vor dem Unterricht jedem Schüler sein Lehrmaterial in die Hand. Die Schüler waren begeistert, ebenso wie Meister Yun. »Traditionell lehrt man Qi Gong und Tai Chi nur durch mündliche Anweisungen und körperliche Demonstration. Das heißt, sowohl mit Worten als auch durch persönliches Vorbild. Aber du ...«, Meister Yun klopfte mir auf die Schulter, »du bringst ein paar Änderungen ein, gut gemacht! Ich kann ohne Sorgen ins Jenseits gehen.«
»Meister, bitte mach keine Späße«, bat ich ihn. Es gefiel mir gar nicht, wenn er so oft vom Jenseits redete.
Im Mai regnet es sehr oft in Shanghai, so auch an diesem Sonntag im Jahr 1983. Normalerweise hätte ich an diesem Tag morgens einen Qi-Gong-Kurs im Park geben sollen, wegen des Regens fand er jedoch nicht statt. Ich ging trotzdem in den Park, mit einem Regenschirm als Schutz. Mein Gefühl sagte mir, dass dort jemand auf mich warten würde. Und ich hatte mich nicht geirrt. Meister Yun saß im Pavillon.
»Meister! Guten Morgen. Hier ist es noch kalt und sehr nass, pass bitte gut auf dich auf.«
Er saß allein im Pavillon in einer dünnen, weißen Jacke im traditionellen Stil und schwarzer Hose. Einige Regentropfen drangen mithilfe des kalten Windes in diesen kleinen Raum.
»Morgen, Da Lee, danke für deine Besorgnis.« Er wies auf die Bambusbank neben sich.
Ich setzte mich dorthin und zog meine Jacke aus, um sie ihm zu geben.
»Nein, ich brauche sie nicht, danke, zieh du sie wieder an.« Er schob die Jacke zu mir zurück. Seine Blicke verharrten lange im Regen, sehr lange Zeit. Dann drehte er sich zu mir um. »Da Lee, du musst mir die Wahrheit sagen. Spürst du jetzt noch etwas von mir?« Er hielt seine Handflächen einen halben Meter weit über meine. »Sag mir die Wahrheit, bitte!« Seine scharfen Augen sahen mich an, sodass ich nichts sagen konnte außer dem, was ich wirklich spürte.
»Nein, nicht mehr.« Ich war sehr verwundert darüber.
»Da Lee, meine Tage sind gezählt.« Yun, Fe schüttelte langsam den Kopf.
»Nein! Meister, das ist unmöglich. Du brauchst nur eine Pause. Du hast zu viel für die Leute gearbeitet. Ich habe von Sun, Liu Fong gehört, dass du in einem Krankenhaus kostenlos Krebspatienten behandelt hast, als

ich in Peking war. Du bist regelmäßig hingegangen, obwohl dein eigener Gesundheitszustand sich immer mehr verschlechtert hat. Und er musste dann die Termine in deinem Namen absagen.«

»Er hat das also gemacht. Ich habe mich noch gewundert, dass das Krankenhaus mich nicht mehr kommen ließ, obwohl es den Patienten dort doch immer besser ging.«

»Dein Leben ist auch wichtig! Die Patienten können selbst Qi Gong üben. Wie ich gehört habe, gehörte zum Schluss der Erfolg von dem, was du getan hast, nur dem Krankenhaus. Der Chefarzt berichtet der Presse oft über seine Leistungen. Doch niemand wollte von dir …«

»Nein! Das ist nicht wahr!« Meister Yun unterbrach mich. »Einige Journalisten haben auch mich besucht, doch ich hatte kein Interesse an einem Interview.«

»Meister, du bist zu nett, zu nett!« Ich schüttelte den Kopf. »Die Leute, die sich um Macht, Bekanntheit und Gewinn balgen, müssen sich vor dir schämen!«

»Da Lee, es gibt genug nette Leute.« Yun, Fe stand auf und ging näher zur Tür des Pavillons. Worte des Lobs hatte er noch nie gern gehört. Draußen regnete es nur noch ein bisschen. Die Bäume und das Gras waren wie sauber gewaschen, ein frisches, grünes Bild zeigte sich uns. Dünne Nebelschwaden zogen langsam nach oben. Ein ruhiger Park.

»Meister, viele Qi-Gong-Schüler haben mir Grüße für dich aufgetragen.« Ich sagte ihm das, um die Stimmung aufzulockern.

»Danke! Kommen Sun, Liu Fong und sein Vater, der Hauptingenieur, noch zum Kurs? Die beiden haben mir beim Organisieren der Kurse sehr viel geholfen.«

»Ja, sie helfen mir jetzt auch. Weißt du, Sun, Liu Fong ist mit seinem Studium auch fertig. Er arbeitet jetzt als Ingenieur in einem Institut für Maschinenbau.«

»Gut, sehr gut.« Der Meister lachte ein bisschen. »Wie geht es deinen Eltern und deinem Bruder?«

»Ihnen geht es auch gut. Mein Vater wird bald in Rente gehen. Er hat von der Stadt eine große Wohnung bekommen und ist mit meiner Mutter und meinem jüngeren Bruder, der mir inzwischen schon bis zur Schulter reicht, dorthin umgezogen. Ich wohne jetzt allein in der alten Wohnung.«

»Da Lee, du hast Glück. In Shanghai wohnen so viele Leute auf engem Raum zusammen, aber du hast schon eine eigene Wohnung.«
»Meister, ich habe von einigen Schülern gehört, dass du auch umgezogen bist. Sehr viele Leute wollten dich besuchen, aber man kann dich unter deiner alten Adresse nicht mehr finden. Die Nachbarn wollten den Besuchern auch nicht sagen, wohin du gezogen bist.«
»Ja, ich habe sie gebeten, das für mich geheim zu halten.«
»Das ist ganz richtig, sonst hast du gar keine Ruhe mehr. Wohnst du jetzt wieder im Jadebuddha-Tempel?«
»Nein. Ich habe ebenfalls eine Wohnung bekommen, du weißt schon, nach den neuen Bestimmungen der Regierung. Man soll zurückgeben, was der Staat damals im Rahmen der Enteignung den Leuten weggenommen hat. Das ganze Haus, in dem ich gewohnt habe, hat mir gehört. Aber jetzt wohnen viele Familien darin. Ich habe die Beamten gebeten, sie nicht zu stören und mir eine neue Wohnung zu besorgen. Dieses Haus habe ich dem Staat geschenkt. Hier ist meine neue Adresse.« Er gab mir einen Zettel. »Es ist eine sehr große Drei-Zimmer-Wohnung und hell ist sie. Ich muss bald diese Welt verlassen, ein bisschen schade um diese Wohnung …«
»Meister, bitte hör auf!« Ich konnte das nicht mehr hören. »Wann? Wann kannst du endlich einmal an dich selbst denken? Ein Mensch darf nicht nur geben und geben, man muss auch selbst etwas haben!«
»Ich bin ein Buddhist. So einfach wie möglich leben und nichts verlangen, das ist meine Weltanschauung.« Er sagte das so laut, dass ein Echo aus der Ferne kam.
»Pa, pa, pa!« ging er hinaus, seine Füße ließen das Wasser aus den Pfützen herausspringen. »To, to, to!« Den Regenschirm benutzte er jetzt wie einen Stock. Er ging einfach von mir weg.
»Meister, warte!« Ich folgte ihm sofort. »Meister, entschuldige bitte! Ich sage das nicht mehr wieder.« Ich hielt seinen Arm beim Weitergehen.
»Du darfst immer sagen, was du willst, nur, bald höre ich es sowieso nicht mehr.«
»Du kannst hundert Jahre alt werden.«
»Leider ist es eine Andeutung meines Körpers, dass ich die Energie nicht mehr speichern kann. Da Lee, wenn du noch irgendwelche Fragen über Qi Gong hast, stell sie mir bald. Ich habe das Gefühl …«

»Diesmal ist dein Gefühl bestimmt falsch. Gehen wir jetzt zum Teehaus.« Ich begleitete ihn zum Parktor.

»Nein, ich muss nach Hause gehen, meine Söhne, die Schwiegertöchter und Enkel warten auf mich.«

»Söhne und Enkel?«

»Ja, sie sind aus Amerika gekommen, um mich zu besuchen. Sie sind schon eine Woche in Shanghai. – Da Lee, kannst du morgen einen Tag frei bekommen?«

»Natürlich! Schön, dass deine Kinder dich besuchen, ich freue mich für dich. Ja, ich kann morgen freihaben. Ich habe in dieser Firma sowieso nichts zu tun.«

»Gut, dann komm morgen bei mir vorbei.«

Ich begleitete ihn zum Taxi, wo wir uns verabschiedeten.

In Meister Yuns neuer Wohnung waren sehr viele Leute, Männer, Frauen und noch einige Kinder. Yun, Fe machte uns alle miteinander bekannt. Es waren seine beiden Söhne, die Schwiegertöchter und die Kinder des jüngeren Sohns.

Sein älterer Sohn beeindruckte mich sehr. Er sah aus wie ungefähr fünfzig, war groß mit einem kräftigen Bauch und wirkte sehr locker. »Ha, du bist Da Lee, komm!« Er führte mich vom Flur ins Wohnzimmer. Hier standen die alten Möbel, die ich noch gut kannte, und einige neue Sofas. »Bitte nimm hier Platz.« Er zeigte auf ein Sofa. »Du kannst uns helfen!«

»Wobei kann ich euch helfen?« Ich war ganz neugierig.

»Wir versuchen schon lange, unseren Vater zu überreden, dass er mit nach Amerika geht. Aber er sagt immer nein! Du sollst uns helfen, die Meinung unseres Vaters zu verändern. Schau mal, hier sind Fotos von meinem Haus.« Er zeigte mir viele Farbbilder.

»Schön, du hast so ein großes Haus. Wo ist das genau?«

»In Kalifornien. Schau mal, hier in der ersten Etage hat meine Mutter gewohnt. Leider ist sie schon vor fünfzehn Jahren an Krebs gestorben.«

»Tut mir Leid!«, sagte ich zum Meister, der vor mir saß.

»Das ist schon lange vorbei. Wir haben unseren Vater schon seit fünfunddreißig Jahren nicht mehr gesehen«, erzählte mir der ältere Sohn. »So ein furchtbares Land, wie könnt ihr es hier nur aushalten?« Er schüttelte den Kopf.

»Jetzt ist es schon viel besser. China hat seine Tore geöffnet, sonst hätten wir nicht hierher kommen können«, meinte der jüngere Sohn. Er war auch schon über vierzig und viel schlanker als sein Bruder.
»Ein Rolls-Royce, ist das dein Auto?« Ich schaute mir die Fotos weiter an.
»Ja, ich habe auch noch einen Benz.«
»Und dieses Schwimmbad?«
»Das ist mein eigenes Schwimmbad.«
»Du musst ein reicher Mann sein!«
»Ich habe drei Firmen für elektronische Geräte. Hat mein Vater dir nicht von uns erzählt?«, fragte er mit großem Stolz.
»Meister, geh bitte mit deinen Kindern nach Amerika. Dort ist es viel besser als hier.« Ich freute mich für ihn.
Yun, Fe schwieg. Schon seit einer ganzen Weile hatte er nichts mehr gesagt, sondern uns nur still beobachtet. Jetzt warteten alle im Raum auf seine Antwort.
»Da Lee, lass uns einen Spaziergang machen.« Er ging voraus zur Tür. Ich verabschiedete mich von seinen Verwandten und folgte ihm dann nach draußen. Seine neue Wohnung lag im Erdgeschoss eines sehr großen Hauses. Es gab einen Vorteil, wenn man unten wohnte: Man musste nicht auf den Fahrstuhl warten.
»Hoh, die Luft ist hier besser! Meine Kinder rauchen zu viel«, sagte Meister Yun zu mir, als wir draußen waren.
»Meister, du solltest dir den Vorschlag deines Sohnes überlegen ...«
»Nehmen wir ein Taxi.« Er winkte mit der Hand ab, um mir zu bedeuten, dass ich nicht weitersprechen sollte.
»Fahren Sie bitte zum Bund«, sagte er zum Taxifahrer. Den ganzen Weg über schwieg er, den Blick immer nach draußen gerichtet.
Shanghai hatte mit dem Neuaufbau begonnen, überall gab es nur Baustellen. Unser Wagen brauchte ewig, bis wir endlich dort waren. Der Bund ist seit hundert Jahren ein Symbol für Shanghai. Hier stehen auf der einen Seite verschiedene hohe, sehr moderne Gebäude, auf der anderen Seite liegt ein tausend Meter breiter Fluss. Dazwischen ist die Hauptverkehrsstraße und Allee.
Wir standen am Damm, der aus Marmor gebaut ist. Vor uns war der Huangpu-Fluss, der in zahllosen Wellen zum ostchinesischen Meer fließt.

Riesige Schiffe fuhren darauf hin und her. In der Luft schwang die Sirene der Dampfschiffe mit langem Echo nach. Vor uns, gegenüber, auf der anderen Seite des Flusses, war Pu Dong, Neuland, das bebaut wurde.
»Großartig! Großartig!«, sagte Yun, Fe. Sein langes, weißes Haar wehte im Wind. »Ich wollte hierher kommen, nur um die Energie noch einmal zu spüren.«
»Schön hier«, sagte ich.
»Da Lee, ich habe einen Rat für dich: Du bist noch jung. Du darfst in Zukunft zu den entferntesten Winkeln der Erde gehen. Aber die alten Chinesen haben gesagt: ›Eine Sache wird teurer, wenn man sie von ihrem Herkunftsort wegschickt. Doch ein Mensch wird billiger, wenn er seine Heimat verlässt.‹ Verstehst du, was das bedeutet?«
»Ja, ich verstehe!«
»Gut. Ich bin schon da angelangt, wo das Laub zur Wurzel des Baumes niederfällt. Wenn du später in die Ferne reisen willst, vergiss bitte nicht, die Dinge, die du hier gelernt hast, mitzunehmen. Das muss wertvoll sein, weil die Leute dort auch davon profitieren können. Das vergisst du nicht, ja?«
»Meister, ich vergesse es nicht. Es ist schon fest in meinem Kopf.«
»Jetzt lass uns gehen.« Er schaute noch einmal den Huangpu-Fluss an, mit schwerem Herzen, dann drehte er sich zu mir um. »Nehmen wir ein Taxi. Diesmal sagst du dem Fahrer, wohin wir fahren sollen.«
»Zur Great World, bitte!«, sagte ich zum Fahrer, als wir am Peace-Hotel vorbeifuhren.
»Da Lee, warum sollen wir dorthin fahren?«, wunderte sich Yun, Fe.
»Wegen einer Geschichte, die mit dem Meisterschüler zu tun hat.«
»Du kennst die Geschichte?«
»Ja, Lu, Pin hat mir davon erzählt, Meister. Ich bin sehr stolz auf deine Geschichte und auf deine Gegenwart.«
»Da Lee, ich will nicht dorthin fahren.«
»Warum nicht? Es war nicht deine Schuld. Du hast ihm schließlich den Rat gegeben, nicht zu diesem Messerkampf zu gehen.«
»Ich will nicht dorthin fahren!«, sagte Yun, Fe ganz laut.
»Gut, gut, ich halte meinen Wagen hier an. Sagen Sie mir dann Bescheid.« Der junge Fahrer bremste sein Auto und konzentrierte sich dann auf die Radiomusik.

»Da Lee, warst du noch oft dort, wo wir uns zum ersten Mal getroffen haben?«
»Nein, ich muss mich wieder an die schlimmste Zeit erinnern, wenn ich dort vorbeigehe.«
»Aber Buddha kümmert sich immer um dich.« Seine Stimme war jetzt ganz ruhig. »Da Lee, ich will meine letzten Räucherstäbchen dort anzünden, willst du mich begleiten?«
»Fahren Sie bitte zum Jadebuddha-Tempel«, bat ich den Fahrer.
Im Tempel hatte sich viel verändert. Er sah ganz sauber und neu aus. Man hatte ihn renoviert, der Lack war ganz frisch.
»Bitte, die Eintrittskarte.« Zwei Männer hielten uns am Tor ihre offenen Hände entgegen.
»Muss man jetzt Eintrittskarten kaufen? Wo denn?«, fragte ich.
»Ja, hier.« Ein alter Mann zeigte mir eine kleine Fensteröffnung in der Mauer.
Ich kaufte die Karten und begleitete den Meister hinein. Zwar hatte sich auch drinnen viel verändert, doch der Tempel war immer noch der Gleiche. Er stand auf dem gleichen Platz. Ich wurde innerlich durch viele bekannte Dinge stark berührt. In meinem Ohr klangen wieder die Stimmen meines Jugendfreundes Chao, Qiang, von Meister Yun, Fe, den Mönchen und die Schreie der Roten Garden.
»Da Lee, kannst du mir helfen?« Yun, Fe holte mich mit seinen Worten in die Gegenwart zurück. »Ich fühle mich jetzt so schwach, bringst du mir bitte die Räucherstäbchen? Hier sind zehn Yuan.«
»Ich habe Geld.«
»Bring bitte die zehn Yuan zu dem Mönchsmeister dort. Sag ihm, dass ich einige Räucherstäbchen brauche.« Meister Yun stand vor dem Buddha im Hauptsaal. Langsam faltete er seine Hände.
Ich ging zur Seite, wo ein Mönch hinter dem Tisch stand. Vor sechzehn Jahren hatte Meister Yun diesen Tisch benutzt, um den Tempel zu retten. Er kommandierte hier und schrieb da und ließ schließlich die Roten Garden, die auf jeden Fall nach der revolutionären Idee alle Buddhas im Tempel zerstören wollten, ruhig nach Hause gehen.
Ich ging zu dem Tisch, die zehn Yuan in den Händen. Plötzlich drängten sich einige Frauen vor und tollten lachend am Tisch herum. Jede von ihnen öffnete ihren Geldbeutel und schrieb anschließend etwas in

ein Buch. An ihrer bunten Kleidung und an ihrem Dialekt merkte man, dass sie von Hong Kong kamen.
Ich wartete, bis sie weggegangen waren. Dann sagte ich dem jungen Mönch, dass ich eine Packung Räucherstäbchen haben wollte, und legte gleichzeitig die zehn Yuan auf den Tisch.
»Omito Fo, bitte hier signieren.« Er gab mir ein Stäbchen.
»Meister, ich will nicht hier unterschreiben, sondern eine ganze Packung Stäbchen. Zehn Yuan sind sicher genug.«
»Mein Wohltäter, hier ist ein Notizbuch für Wohltätigkeit. Wenn man mehr als zehn Yuan spendet, darf man seinen Namen hineinschreiben. Mein Wohltäter, Sie dürfen noch mehr geben, dann ...« Er lachte mich sehr klug an. In seiner Hand hielt er zwei frische Packungen Räucherstäbchen.
»So einfach kann man jetzt ein Wohltäter sein.« Ich zog meinen Geldbeutel aus der Tasche, nahm neunzig Yuan heraus und legte sie zusammen mit den zehn Yuan auf den Tisch.
»Grenzenlose Wohltaten, grenzenlose Wohltaten! Omito Fo, nett, nett!« Er gab mir sofort die zwei Packungen Räucherstäbchen, tauchte einen Pinsel in Tinte und schob ihn mir in die Hand. »Bitte.« Mit seinen Handflächen wies er auf das Buch für die Wohltätigkeit.
Ich sah, dass verschiedene Summen auf dem Papier standen, zehn, zwanzig, sehr wenige über fünfzig. Darunter waren die Namen der Spender. Ich schrieb oben neben die letzte Zahl hundert Yuan, dann gab ich ihm den Pinsel zurück.
»Mein Wohltäter, bitte, Ihre Ehre zu signieren.«
»Nein, ich will meinen Namen nicht aufschreiben. Kennen Sie diesen alten Mann?« Ich zeigte ihm meinen Meister, der ein Stück weit von uns entfernt vor dem Buddha stand. »Er heißt Yun, Fe.«
»Yun, Fe? Nein, ich kenne diesen Namen nicht«, der junge Mönch schüttelte den Kopf.
»Ich sage Ihnen: Das ist ein Mann, der grenzenlose Wohltaten tut, aber ich schreibe seinen Namen auch nicht in das Buch. Wissen Sie, warum? Weil dieses Notizbuch für Wohltätigkeit zu klein für ihn ist.« Ich ging vom Tisch weg.
Der junge Mönch stand dort mit dem Pinsel und dem Geld, bewegungslos. Er brauchte Zeit, um meine Worte zu verstehen.

Meister Yun führte mich im Saal von einem Buddha zum anderen, um zu beten und die Räucherstäbchen zu verteilen, die wir alle senkrecht vor die Buddhas steckten, glimmend und mit duftendem Rauch. Zum Schluss behielten wir jeder nur ein letztes Stäbchen in der Hand.
»Gehen wir jetzt zu ihm?«, fragte mich Meister Yun.
Ich nickte mit dem Kopf.
Wir gingen zusammen zum Hinterhaus. Dort hatte man auch renoviert. Im Haus, auf den Treppen lag sogar ein neuer roter Teppich. Ich half Meister Yun, Stufe für Stufe auf dem roten Teppich nach oben zu gehen, wo der Jadebuddha saß.
»Halt!«, schrie uns ein kleiner, alter Mann in Mönchskutte an, »diese Treppe ist für ausländische Touristen. Sie müssen die andere Treppe benutzen, um nach oben zu kommen.« Er schüttelte seine Hand gegen uns: »Gehen Sie zurück, gehen Sie zurück!«
»Was haben Sie gesagt? Hier ist ein heiliger Ort. Wie kann man so etwas anordnen?« Ich war böse.
»Sünde, Sünde! Ich begrüße euch spät, Verzeihung, Verzeihung!« Ein alter Mönch in Kasaya kam herauf. In seiner Hand hielt er den Rosenkranz. Hinter ihm war der junge Mönch, der vorhin am Tisch gestanden hatte.
»Meister Yun, Fe! Zehntausendmal Glück, zehntausendmal Glück!« Er half Yun, Fe, nach oben zu gehen. »Sie sind unsere Ehrengäste!«, sagte er zu dem alten Mann in der Mönchskutte, der sofort lächelte und zur Seite ging. Jetzt erkannte ich den Mann in Kasaya. Es war der Abt – Fang Zhang. Die Zeit hatte auch bei ihm ihre Spuren hinterlassen. Sein Rücken war gekrümmt.
»Guten Tag, Fang Zhang! Gratuliere, hier ist jetzt eine viel besuchte Kultstätte«, sagte Meister Yun.
»Glück von Buddha, Glück von Buddha! Dieser junge Wohltäter ist…?«, fragte er Yun, Fe nach mir.
»Das ist Chen, Da Lee.«
»Da Lee! Omito Fo, du bist schon so groß!«
»Guten Tag, Fang Zhang.« Ich legte meine Handflächen zusammen. »Ich begleite meinen Meister, um den Jadebuddha zu besuchen.«
»Nett, nett! Kommt herein.« Fang Zhang führte uns in den Raum des Jadebuddhas.

Nun sah ich ihn wieder. Er saß da mit faszinierendem Lächeln und grenzenloser Ausstrahlung.
Meister Yun betete dreimal vor ihm und stellte dann sein letztes Räucherstäbchen vor ihn hin.
Ich tat das Gleiche. Im Stillen bat ich den Buddha, dass er meinen Meister beschützen sollte.
Ich spürte, dass seine Lebensenergie immer weniger wurde.
Nachdem wir den Jadebuddha besucht hatten, wollte Fang Zhang uns einladen, im Tempelrestaurant zu essen.
»Nein, danke«, sagte Yun, Fe. »Die Lage des Tempels hat sich gerade verbessert. Wir sollen dabei helfen und nicht noch Kosten verursachen.«
»Ihr habt damals das Kloster gerettet.«
»Buddha hat diesen Tempel gerettet. Er hat uns eine intelligente Lösung eingegeben«, sagte Yun, Fe.
»Ja, richtig. Omito Fo, Buddha hat uns alle gerettet. Er hat uns jetzt Glück geschenkt. Ihr sollt es mit uns teilen.« Fang Zhang wollte uns noch nicht gehen lassen.
»Gut! Dann schenke mir dreimal Glockenläuten.« Yun, Fe, der schon am Ausgang angelangt war, blieb wieder stehen.
»Dreimal läuten?« Der Abt war erstaunt.
»Ja, Fang Zhang. In Zukunft kann ich wahrscheinlich nicht mehr, wie Da Lee, zu Besuch hierher kommen. Wenn es dir möglich ist, dann lass den Meister als Abschiedsgeschenk für mich einige Mal läuten. Ich wäre dir sehr dankbar.« Meister Yun legte die Handflächen zusammen.
»Yun, Fe, mein großes Vorbild, du…« Fang Zhang konnte nicht mehr weitersprechen, seine Stimme zitterte zu stark. »Ihr geht zu den Glocken.« Er zeigte auf einige Mönche, die neben ihm standen. »Nein, wartet, ich mache das selbst. Yun, Fe, Meister Yun, alles Gute auf dem Weg!« Mit dem Rosenkranz in der Hand verbeugte er sich ganz tief, dann drehte er sich um und lief aus dem Saal.
»Dong, dong, dong.« Es läutete ein um das andere Mal. Der Klang hallte in der Luft wider, im Zentrum der Metropole.
»Wievielmal wurde schon geläutet, Da Lee?« fragte Yun, Fe.
»Ich weiß nicht, fünfzigmal oder auch schon hundertmal?«
Wir gingen im Menschenstrom immer weiter vom Tempel weg. Die Glocken klangen noch weiter, nur hörten wir sie immer leiser.

»Schön, diese Glocken. Die einfachste Musik.« Yun, Fe schaute sich um. Vor seinen Augen bewegte sich die Menschenmenge zwischen den unterschiedlichen Gebäuden und vielfältigen Fahrzeugen. »Heh! So wie das Leben.« Meister Yun sprach zu sich selbst. »Das Einfachste ist auch das Schönste. Ich bin einmal durch die Welt der Menschen gewandert. Es hat sich gelohnt; es hat sich gelohnt!«

»Meister, ich begleite dich nach Hause.«

Ein Taxi fuhr an uns vorbei. Ich hob meine Hand. Es hielt an.

»Da Lee, du musst mich nicht nach Hause begleiten. Wir verabschieden uns hier.« Er sah mich mit liebevollem Blick an. »Da Lee, alles Gute. Ich gehe.« Er stieg ins Taxi ein.

»Ich besuche dich morgen und übermorgen auch!« Ich streckte meinen Kopf durch das Autofenster hinein.

»Nein, im Moment sollst du mich nicht besuchen und auch nicht anrufen. Ich werde zu dir kommen. Alles Gute, Da Lee, ich gehe.« Der Wagen fuhr weg, mit meinem Meister, Yun, Fe.

Der nächste Samstag war ein schöner Tag, ganz früh kam das Sonnenlicht schon durch das Fensterglas in mein Schlafzimmer. Ich wurde wach und konnte nicht mehr weiterschlafen, obwohl der Wecker erst in einer Stunde klingeln sollte. Normalerweise versuchte ich, noch ein paar Minuten im Bett liegen zu bleiben, wenn ich von der Uhr geweckt wurde. Dann zwang ich mich selbst aufzustehen, um im Park den Qi-Gong-Kurs zu geben. Heute war es nun ganz anders. Mein Gefühl sagte mir wieder, dass jemand im Park auf mich warten würde.

Das stimmte auch; als ich beim Pavillon war, sah ich den älteren Sohn von Yun, Fe. Ich hatte eine schlimme Vorahnung, besonders als ich das schwarze Band um seinen Arm bemerkte.

»Guten Morgen, sag mir, wie geht es deinem Vater?« Ich lief eilig zu ihm in den Pavillon und hielt seine Hand ganz fest.

»Er … er ist weggegangen, mein Vater ist tot«, sagte er mit Tränen in der Stimme.

»Wann, sag mir wann?«

»Vor fünf Tagen.«

»Nein, das ist unmöglich. Ich habe ihn hier mehrmals gesehen, sogar noch vorgestern!« Ich konnte nicht glauben, was er sagte, weil ich in der letzten Zeit oft gesehen hatte, dass ein Alter mit langen, weißen

Haaren in der Ferne stand, wenn wir unseren Qi-Gong-Kurs machten. Ich war sicher, dass es Yun, Fe gewesen war. Wie konnte das sein?
»Da Lee, es ist wahr! Hier sind einige Sachen, die ich nach dem letzten Willen meines Vaters dir geben soll. In diesem dicken Notizbuch ist alles Wissen und die ganze Erfahrung meines Vaters über Qi Gong gesammelt.« Er gab mir ein großes Buch, dann ein Schwert. Die Geschichte des Schwertes kannte ich schon. Es war das letzte Produkt eines guten Schwertbauers. »Hier, dies hier ist von meinem Vater.« Er hielt mir eine Urne hin.
»Was?« Ich hielt sein schwarzes Jackett ganz fest. »Warum habt ihr die Feuerbestattung so schnell gemacht? Ich hätte ihn gern noch einmal gesehen.«
»Mein Vater hat gesagt: Wenn man stirbt, ist der Körper nur wie ein abgelegtes Kleidungsstück. Er hat in seinem Testament bestimmt, dass seine Leiche spätestens nach drei Tagen verbrannt werden muss und wir dich nicht vorher informieren dürfen.«
»Sag mir, wie ist mein Meister gegangen?« Ich nahm meine Hände von seinem Jackett. Wie gelähmt saß ich auf der Bambusbank.
»Er ist an diesem Morgen nicht aufgestanden. Mein Vater ist ganz ruhig gegangen.« Er öffnete die Urne und nahm einen Behälter heraus. »Seinem Wunsch entsprechend haben wir den größten Teil seiner Asche schon in den Huangpu-Fluss gestreut. Diesen Teil sollst du hier verteilen.« Er gab mir aus der Urne einen Beutel mit der restlichen Asche.
Meine Hände zitterten wie verrückt.
»Da Lee, ich fliege heute nach Kalifornien zurück. Diese leere Urne, in der die Asche meines Vaters war, nehme ich mit. Auf Wiedersehen.«
Ich nahm gar nicht wahr, wie der ältere Sohn meines Meisters mich verließ. Die Welt veränderte sich plötzlich vor meinen Augen. Ich saß allein im Pavillon, mit diesem Behälter, wie ein Mensch, der aus Holz geschnitzt ist.
Langsam kamen immer mehr Schüler zum Kurs auf den Rasen und in den Pavillon.
»He, Meister Chen, was ist denn mit dir los?« Die Leute weckten mich auf.
Ja, was sollte ich jetzt machen?, fragte ich mich selbst im Stillen. Sollte

ich eine große Abschiedszeremonie für Meister Yun organisieren? Ja, das sollte ich machen. Mein Blick lag noch immer auf dem Beutel in meinen Händen.

»Dong, dong, dong!« Aus der Ferne läuteten die Morgenglocken vom Tempel herüber. Man hörte sie nur sehr leise in der Luft, aber sie brachten mir eine Erkenntnis.

»Das Einfachste ist auch das Schönste.« Die Worte von Meister Yun klangen mir wieder in den Ohren.

»Nein, ich soll das damit tun, was Meister Yun wirklich erhofft hat!« So sagte ich zu mir selbst.

Ich stand auf, ging zum Tor des Pavillons und öffnete den Beutel, dann streute ich den ganzen Inhalt in die Luft. Im Sonnenlicht verbreitete sich die Asche ganz schnell wie eine silberfarbene Wolke. Dann senkte sie sich langsam herunter auf die Bäume, das Gras und die Erde.

»Schön, was ist das?«, fragten einige Schüler.

»Das hat Meister Yun gegeben«, antwortete ich.

»Meister Yun? Wie geht es ihm?« – »Kommt er wieder?« – »Wann kommt Meister Yun wieder zu uns?«, wurden mir viele Fragen gleichzeitig gestellt.

Ich stand auf der Treppe beim Pavillon. Hundert Augen schauten mich vom Rasen her an. Sie warteten auf meine Antwort.

»Ja, Meister Yun kommt bald hierher. In Wirklichkeit ist er immer bei uns.« Ich unterdrückte mit ganzer Kraft meine Tränen. »Jetzt, jetzt machen wir zusammen unsere Übungen.«

Der Kurs hatte wieder begonnen.

Nachwort

Meister Yun, Fe ist weggegangen, doch die Hauptperson dieses Buches ist geblieben. Chen, Da Lee. Er geht auf seinem Weg weiter und weiter. Leider ist der Menschenweg nicht immer eben und gerade. Über seine Freuden und Schmerzen soll ein neues Buch berichten. Daran arbeite ich jetzt.

Yuang, Hong Li